Über die Autorin:
Sophia Langner ist das Pseudonym einer jungen Autorin, die in Köln Geschichte, Germanistik und Anglistik studiert hat. Sie promovierte an der University of St. Andrews, an der sie auch unterrichtete und jahrelang in einem internationalen Projekt zum europäischen Buchdruck forschte. Ihre Arbeit wurde bereits mehrfach gefördert, u. a. von der Royal Historical Society und dem Max-Planck-Institut für europäische Rechtsgeschichte. Seit April 2018 ist sie an der Johannes-Gutenberg-Universität Mainz tätig. »Die Herrin der Lettern« ist ihr erster Roman..

Sophia Langner

DIE HERRIN DER LETTERN

Historischer Roman

Besuchen Sie uns im Internet:
www.droemer.de

Originalausgabe Dezember 2019
© 2019 Droemer Verlag
Ein Imprint der Verlagsgruppe
Droemer Knaur GmbH & Co. KG, München
Alle Rechte vorbehalten. Das Werk darf – auch teilweise – nur mit
Genehmigung des Verlags wiedergegeben werden.
Redaktion: Dr. Heike Fischer
Covergestaltung: ZERO Werbeagentur, München
Coverabbildung: © PixxWerk®, München,
unter Verwendung von Motiven von shutterstock.com
Satz: Adobe InDesign im Verlag
Druck und Bindung: GGP Media GmbH, Pößneck
ISBN 978-3-426-30722-9

Personenverzeichnis

(Historische Persönlichkeiten sind mit einem Sternchen versehen.)

Magdalena Morhart*, geborene Breuning
*Ulrich Morharts Ehefrau
und spätere Witwe*

Jakob Gruppenbach*
*Magdalenas erster Ehemann,
der Stadtschreiber in Dornstetten*

Ulrich Morhart*
*Magdalenas zweiter Ehemann,
Buchdrucker in Tübingen*

Ulrich Morhart der Jüngere*
Ulrichs Sohn aus einer früheren Ehe

Oswald*, Jakob*, Georg*, Moritz*, Magda*
Magdalenas Kinder

Leonhart Fuchs*
*Professor an der Universität Tübingen
und ebenfalls Rektor 1554/1555*

Nikodemus
Professor an der Universität Tübingen

Kaspar Beer*
Jurist an der Universität Tübingen

Franz Kurtz*
*Kammersekretär von
Herzog Christoph von Württemberg*

Eberhard
Pedell der Universität Tübingen

Anna
Tochter des Papierers in Urach

Katharina Morhart*, geborene Kuhn
Ehefrau von Ulrich Morhart dem Jüngeren

Anna*, Johann*
*Kinder von Katharina Kuhn
und Ulrich dem Jüngeren*

Katharina »Käthe« Vogler*
Magdalenas Schwester

Jakob Vogler*
Ehemann von Katharina Vogler

Prolog

Es war ein ungewöhnlich kalter Tag im Januar 1554, an dem Franz nach Tübingen ritt. Die Reise von Stuttgart dauerte zwar nur einen Morgen, doch es war so eisig, dass der Reiter sein Pferd unbarmherzig antrieb, um die Stadt in kürzester Zeit zu erreichen und endlich in die Wärme zu gelangen. Vor dem Kammersekretär des Herzogs von Württemberg tauchten nun die beiden mächtigen, parallel zueinander verlaufenden Mauerringe der Universitätsstadt auf, hinter denen die Türme und Dächer der größeren Gebäude emporragten. Und über allem thronte die Festung Hohentübingen, die Residenz der Herzöge des Landes. Ein großes, eindrucksvolles Schloss, das jedem Betrachter die Stärke des Hauses Württemberg verdeutlichen sollte. Franz merkte, wie er seinen Mund vor Anspannung verzog.

Wenn die Leute wüssten, wie schlecht es in Wirklichkeit um das Haus Württemberg bestellt ist ... ihnen würden die Haare zu Berge stehen, dachte er bei sich. Tatsächlich wuchs die Spannung im Reich zwischen den Katholiken und Evangelischen täglich, und einige katholische Herrscher wurden zunehmend ungeduldig mit der Politik des Kaisers. *Wenn es zu einem Angriff kommt, wer weiß, wie lange das Haus Württemberg überhaupt noch dieses Schloss sein Eigen nennen kann.* Unwillkürlich schüttelte Franz den Kopf. Er musste alles dafür tun, damit es gar nicht erst zu einem Angriff kam. Entschieden trieb er sein Pferd an und hielt auf den äußeren Mauerring zu.

Als er durch das Lustnauer Tor ritt, setzte ein scharfer Wind ein, der ihn an den ähnlich kalten Wintertag vor mehr als drei Jahren erinnerte, an dem er anlässlich der Beisetzung des alten

Herzogs Ulrich die Stadt besucht hatte. Wie viel sich seitdem doch geändert hatte! Damals war Franz noch einer von mehreren Kanzleisekretären gewesen und durfte nicht wie die höheren Beamten in den Sitzreihen der Stiftskirche Platz nehmen, sondern musste während der langen Trauerfeier still und regungslos hinter den Holzbänken stehen. Doch das hatte ihn an diesem grauen Novembertag nicht im Geringsten gestört. Ganz im Gegenteil. Er hatte lange auf diesen Tag hingearbeitet. Endlich würde das geschehen, wofür er sich zunächst als einfacher Kanzleischreiber und später als Sekretär jahrelang gemüht hatte. Und kurz darauf war es wirklich so weit gewesen – der neue Herzog Christoph hatte ihn zum Kammersekretär ernannt und ihn somit zu einem der wichtigsten Beamten der württembergischen Regierung gemacht. Damit oblag ihm die Leitung der Hofkanzlei, und er war der Referent für viele wichtige Beamte. Nun konnte er endlich selbst dafür Sorge tragen, dass dem Herzogtum bessere Zeiten beschert wurden – Zeiten, in denen man nicht täglich darum fürchten musste, dass das Land von einer fremden, katholischen Macht erobert werden würde.

Endlich war er an seinem Ziel, dem mehrstöckigen Nonnenhaus direkt am Ammerkanal, angekommen. Es war ein imposantes Haus, das einst den Beginen als Kloster gedient hatte und dann im Zuge des neuen Glaubens zum Wohnhaus des Universitätsrektors umgestaltet worden war. Franz stieg vom Pferd, nahm seine schwere Satteltasche und übergab die Zügel einem Bediensteten des Hauses. Der junge Bursche schenkte dem Fremdling keine besondere Beachtung, denn er hielt ihn, dank seiner wohlbedachten Verkleidung, für einen ganz gewöhnlichen, reisenden Boten, der seinem Herrn neue Kunde brachte. Erst nachdem Franz sichergestellt hatte, dass der Knecht seinem Pferd ausreichend Hafer gab, ging er die Stufen zum Haus empor, wo ihn bereits der wohlige

Duft von trocknenden Kräutern umfing. Seitdem Medizinprofessor Fuchs nach Tübingen berufen worden war, hatte er sich einen Namen damit gemacht, dass er verschiedenste Pflanzen als Arznei verwendete. Einige seiner Kollegen, die diese Heilmethode zutiefst ablehnten, hatten sich vehement gegen seine Wahl zum Rektor gewehrt. Doch Professor Fuchs hatte dennoch eine knappe, aber ausreichende Mehrheit erzielen können.

Als Franz in das Studierzimmer des Rektors trat, sah er, dass dieser seit ihrem letzten Zusammentreffen deutlich gealtert war. Sein volles Haar, welches er bis zum Ohr trug, war nun fast gänzlich ergraut, ebenso sein kräftiger Bart, der nur noch hie und da das einstige helle Braun erkennen ließ. Trotz seines Alters erhob sich der Professor sofort von seinem Stuhl vor der Feuerstelle und begrüßte seinen unerwarteten Gast standesgemäß. Im Gegensatz zu den vielen Menschen, denen Franz auf seiner Reise heute begegnet war, ließ er sich auch nicht lange von seinem dunklen Umhang und dem herkömmlichen Hut täuschen. Ein Blick auf die kostbare Ledertasche, die wachen Augen und die stolze Haltung seines Gastes genügte, um ihn zu erkennen.

»Seid gegrüßt«, sagte Professor Fuchs, während er Franz seine Hand reichte. Der war überrascht, wie fest der Händedruck des alten Herrn noch immer war. »Was führt Euch an diesem grauen Tag nach Tübingen? Noch dazu in dieser Verkleidung? Aber bitte setzt Euch erst einmal hier ans Feuer und wärmt Euch. Nach Eurer langen Reise von Stuttgart hierher seid Ihr sicher durstig. Ich werde meiner Magd auftragen, Euch umgehend etwas zu trinken zu bringen.«

Erleichtert ließ sich Franz auf dem ihm angebotenen Stuhl nieder und streckte seine Beine aus. Obwohl der Stuhl deutlich unbequemer war als die Stühle in der Kanzlei, fühlte sich Franz nach dem langen Ritt, als hätte er auf einem weichen Kissen Platz genommen. Die Wärme des Feuers tat seinen müden, schmerzenden Gliedern gut, und er bemerkte, wie ihn die Müdigkeit überkam. Abrupt richtete er sich auf. Er konnte es sich nicht erlauben, in diesem so wichtigen Moment unkonzentriert zu sein.

Als er den angebotenen Trunk in den Händen hielt, kam Franz daher auch sofort auf den Anlass seines Besuches zu sprechen. »Es gibt ein weiteres Gesetzbuch von Herzog Christoph«, sagte er mit gedämpfter Stimme an den Professor gewandt. Franz hatte über die Jahre hinweg gelernt, über wichtige Themen stets nur im Flüsterton zu sprechen. Vor allem in der Kanzlei war man nie sicher und musste unter allen Umständen vermeiden, dass man insgeheim belauscht und die dabei erbeuteten Informationen umgehend nach außen getragen wurden. Gerade in so unsicheren Zeiten wie diesen war Verschwiegenheit eine unschätzbare Tugend.

»Ein weiteres Gesetzbuch? Und zudem ein wichtiges, wenn Ihr Euch persönlich damit auf den Weg gemacht habt«, stellte Professor Fuchs fest, allerdings ohne seine Stimme zu senken, wofür er sogleich einen vorwurfsvollen Blick seines Gegenübers erntete. Fuchs senkte augenblicklich seine Stimme, er schien die Befürchtung seines Gastes, dass es auch in seinem Haus Lauscher geben könnte, zu verstehen.

»Da Ihr recht überraschend gekommen seid, gebt mir einen Augenblick, um eine Unterredung mit meinen Studenten zu verschieben, die gleich stattfinden soll«, sagte er entschuldigend und erhob sich.

Die Hand des Professors lag schon auf dem Türriegel, da drehte er sich noch einmal um und sagte nachdenklich: »Ein weiteres Gesetzbuch. Damit hätte Herzog Christoph in den drei Jahren seiner Regierungszeit schon fast so viele Gesetze erlassen wie sein Vater Ulrich in seinem ganzen Leben.« Nach diesen Worten wartete er keine Antwort mehr ab, sondern verließ den Raum.

Herzog Ulrich, dachte Franz verächtlich, als er alleine zurückblieb, *was hat er diesem Land nicht alles angetan!* Schon zu Beginn seiner Herrschaft war es offensichtlich gewesen, dass er nicht zum Regieren taugte. Kaum war er an die Macht gekommen, hatte er jeden Heller aus dem Volk herausgepresst, und das nur, um rauschende Feste zu feiern. Doch als sich das gebeutelte Volk friedlich erhob, um sich gegen noch höhere Steuern zur Wehr zu setzen, ließ der Herzog diesen Aufstand blutig niederschlagen. Hunderte wurden damals gefoltert und grausam getötet, selbst hochrangige Persönlichkeiten, die es gewagt hatten, mit dem Volk zu sympathisieren und den Armen und Schwachen Schutz zu gewähren. Württemberg hatte jahrelang unter diesem Herrscher zu leiden gehabt, bis sich schließlich – durch eine glückliche Fügung – so viel Widerstand gegen ihn gebildet hatte, dass der Herzog von seiner eigenen Regierung verbannt worden war.

Doch die Hoffnung, dass nun endlich wieder Frieden herrschen würde, hatte sich schon bald darauf in Luft aufgelöst. Die darauffolgende Herrschaft der Habsburger Statthalter stellte nur eine geringfügige Verbesserung dar, denn sie brachte andere große Nachteile mit sich. Damals hatte Martin Luther mit seinen zahlreichen Pamphleten und Drucken auf die furchtbaren Zustände in der Kirche aufmerksam gemacht und damit vielen Württembergern aus der Seele gesprochen. Auch sie wollten sich endlich aus der Unterdrückung durch den Klerus befreien. Doch die neuen Herrscher standen aufseiten des Papstes und zogen daher hart gegen jeden Anhänger der neuen Lehre zu Gericht. Abermals wurden Menschen gefoltert und getötet, und die Habsburger unterbanden mit drakonischen Strafen, dass die neue Religion gelehrt oder gar über sie gesprochen wurde.

Gleichzeitig bemühte sich der verbannte Herzog nach Kräften, sein Territorium wiederzuerlangen. Er ließ Zettel drucken, auf denen er seinem Volk versprach, sich als ehrenwerter und würdiger Landesfürst zu erweisen, ließe dieses ihn nur zurückkehren. Im Exil verbrachte er viel Zeit mit evangelischen Beratern und ließ sich über die neue Bewegung unterrichten. Und als der habsburgische Statthalter Württembergs dann in Ungarn weilte, nutzte der Herzog diese Gelegenheit geschickt, um sein Land zurückzuerobern.

Allerdings löste er seine zuvor an die Bevölkerung gegebenen Versprechen nicht ein. Zwar führte er, wie angekündigt, den neuen Glauben ein, doch tat er dies viel zu rigoros: Er ließ umgehend alle Bilder aus den Kirchen entfernen, die bunten Wände und Säulen weiß waschen und alles Gold und Silber darin einschmelzen. Er löste fast alle Klöster auf, zum Teil sogar mit Gewalt, und zwang die vielen Mönche und Nonnen, die bisher abgeschieden von der Welt gelebt hatten, sich dem neuen Glauben zu unterwerfen. Dieses strikte Vorgehen erboste selbst die Anhänger Luthers. Doch der Herzog ließ sich nicht erbarmen und forderte die Bevölkerung auf, ihm auch ihre privaten Andachtsgegenstände wie Heiligenspiegel und Amulette auszuhändigen.

Auch war ihm das Regieren immer noch fremd, und schon bald litt das Herzogtum wieder unter seiner Unberechenbarkeit. Als die Kosten für den Umbau der Kanzlei in Stuttgart seiner Meinung nach zu hoch wurden – obwohl sie sich immer noch im Rahmen hielten –, ließ er den Verantwortlichen für den Bau einsperren und so lange foltern, bis er starb. Wochenlang empfing er keinen seiner Berater, wodurch wichtige Regierungsgeschäfte verzögert wurden. Wenn er sich dann endlich einmal dazu bequemte, die Meinung seiner Berater zu hören, nahm er zu keinem ihrer Bedenken Stellung, sondern schwieg so lange, bis sie ratlos wieder gingen.

Und das, obwohl sich die evangelischen Fürsten, zu denen Ulrich mittlerweile gehörte, ihrer Stellung im Reich durchaus nicht sicher sein konnten. Kaum einer wusste, ob die neue Religion Bestand haben würde, und die Württemberger mussten jederzeit damit rechnen, von den großen katholischen Mächten im Süden des Reiches, allen voran den Wittelsbachern in Bayern und den Habsburgern in Österreich, eingenommen zu werden.

Doch obwohl sich die Lage immer mehr zuspitzte und der Kaiser, der nach einem Sieg über die evangelischen Fürsten verfügt hatte, dass sich Württemberg wieder dem katholischen Glauben unterordnete, und dies auch mittels eigens entsandter Soldaten kontrollierte, blieb ein solcher Angriff aus. Stattdessen starb der Herzog überraschend und hinterließ sein Land seinem Sohn Christoph. *Ein Umstand, der sich als wahrer Segen erwiesen hat,* dachte Franz. Denn der neue Landesfürst zeigte bereits kurz nach seinem Amtsantritt, wie man in solch einer politisch schwierigen Lage regieren musste. Statt den Konfrontationskurs seines Vaters fortzuführen, setzte er auf die Versöhnung der beiden Glaubensrichtungen. Dazu ließ er ein besonderes Schriftstück erstellen, die *Confessio,* in dem er auf die gemeinsamen Tugenden von Katholiken und Evangelischen, Glaube, Hoffnung, Liebe, verwies – ein Gesprächsangebot an die Gegenseite. Nachdem er dann auch noch das Ende des Interims und damit den Abzug der kaiserlichen Truppen herbeigeführt hatte, erließ Christoph eine Vielzahl von Ordnungen und Gesetzen und baute die evangelische Kirche Stück für Stück in Württemberg auf.

Trotzdem bleibt noch einiges zu tun, damit Württemberg endlich wieder sicher ist und der Friede lange anhält. Franz sah auf seine lederne Satteltasche hinab, die er neben seinen Stuhl gestellt hatte. Er wusste, dass dem sich darin befindlichen geheimen Schriftstück hierbei eine große Rolle zukam. Daher hatte er auch selbst den Weg nach Tübingen angetreten, damit die Schrift unterwegs auf keinen Fall in die falschen Hände geriete. Niemand durfte wissen, dass der Herzog eine entscheidende Reform plante, die nicht wenige Adelige ihrer Sonderrechte berauben würde. Denn sollten diese vorzeitig von der Publikation erfahren, bliebe ihnen möglicherweise noch genug Zeit, die Einführung des neuen Gesetzbuches zu verhindern. Das durfte unter keinen Umständen geschehen!

Inzwischen war Rektor Fuchs zurückgekommen und hatte sich wieder neben Franz vor das Feuer gesetzt. Neugierig fragte er: »Was ist nun so dringlich, dass Ihr persönlich zu mir gekommen seid?«

»Hier drin«, Franz legte seine linke Hand auf die lederne Tasche, »befindet sich ein erster Entwurf des neuen Landrechts.«

Sein Gegenüber zog überrascht die buschigen Brauen hoch. »Ich dachte, die Vereinheitlichung des Rechts in Württemberg sei ein Ding der Unmöglichkeit?«, brummte der Professor und musterte seinen Gast skeptisch.

Doch Franz verzog seine Mundwinkel zu einem kurzen Lächeln. »Das dachten wir in der Kanzlei bis zuletzt auch. Jede Stadt und jedes Amt pocht auf sein eigenes althergebrachtes Recht und will – besonders in Erbfällen – genauso verfahren, wie es das bisher getan hat. Selbst wenn diese Gesetze bislang niemals niedergeschrieben wurden.« Er schüttelte den Kopf und schnaubte verächtlich. Schon als junger Student hatte Franz sich über diese eigenwillige Rechtsauslegung in seiner Heimat geärgert.

In der warmen Schreibstube des Professors schüttelte Franz erneut den Kopf, als könne er damit die Vergangenheit vertreiben. »Diese Willkür hat nun ein Ende. Die vielen Verhandlungen und Abstimmungen und die jahrelange Arbeit haben sich endlich ausgezahlt. Württemberg wird als eines der ersten Herzogtümer ein einheitliches Recht bekommen und damit zum Vorbild für die Städte und Territorien im gesamten Reich werden. Das wird unserem Herzogtum endlich die gewünschte starke Position verleihen.«

Zufrieden sah er zu seinem Gastgeber hinüber. Der Rektor lehnte sich in seinem Stuhl zurück, um sich das Gesagte durch den Kopf gehen zu lassen. Geistesabwesend spielte er mit der schweren Kette, die ihm als Oberhaupt der Universität verliehen worden war. Für Franz war es ein Leichtes zu erraten, woran der Professor dachte. Die vielen Vorzüge für das Herzogtum lagen schließlich auf der Hand. Aber Fuchs würde sich sicherlich auch vorstellen können, dass die Einführung dieser neuen Reform auf Widerstand stoßen würde.

Der Kammersekretär ließ dem Professor eine Weile Zeit, sich das Gesagte durch den Kopf gehen zu lassen. Dann fuhr er fort: »Der Herzog befiehlt, diesen ersten Entwurf in fünfzig Exemplaren drucken zu lassen, die er seinen Beratern und einigen anderen ausgewählten Personen überreichen will. Das wird die abschließende Überarbeitung erheblich erleichtern.«

Franz griff nach seiner Satteltasche und entnahm ihr das umfangreiche Schriftstück. Wissbegierig streckte der Professor seine Rechte aus, um das Manuskript entgegenzunehmen, doch der Kammersekretär hielt inne.

»Bevor wir diesen Druck in Auftrag geben, möchte ich mich noch einmal versichern, ob Ihr Eurem Drucker auch wirklich uneingeschränkt vertrauen könnt. Ich weiß, dass Ulrich Morhart nun schon seit drei Jahrzehnten für die Universität druckt und sich als Universitätsverwandter bislang nichts zuschulden kommen lassen hat. Dennoch frage ich, ist dem tatsächlich so?«

Erneut sah Franz, wie Professor Fuchs die buschigen Brauen hochzog. Bislang hatte sich wohl noch kein Regierungsbeamter sonderlich für den Buchdrucker in Tübingen interessiert und die Publikationen einfach der Universität überbracht, damit diese sie ihrerseits an die Druckerei weitergab. Allerdings waren die bisherigen Publikationen auch nicht von so großer Bedeutung gewesen wie das Landrecht.

»Ich kann Euch versichern, dass der Drucker mein vollstes Vertrauen genießt. Er ist zwar nur ein gewöhnlicher Handwerker, doch er druckt tadellos und zügig. Und bis jetzt hat er auch noch nie eine wichtige Ordnung vor deren Bekanntmachung verkauft oder irgendwelche Leute vorab über deren Inhalt informiert.« Die leichte Änderung seines Tonfalls entging Franz nicht. Der Rektor war bekannt dafür, dass er ein reizbares Gemüt hatte und schnell in die Defensive ging. Doch sagte er auch wirklich die Wahrheit?

Franz musterte ihn lange. »Natürlich werfe ich Euch nichts vor. Ich möchte nur sichergehen können. Man sagte mir nämlich, dass Ulrich Morhart eine Breuning zur Frau genommen habe. Und diese Familie – nun, wie soll ich es am besten ausdrücken – war dem alten Herzog nicht gerade zugetan.« Beide wussten, dass diese Formulierung eine große Untertreibung war. Seitdem der alte Herzog zwei ehrenwerte Mitglieder dieser adeligen Familie wegen Taten, die er ihnen jedoch nicht nachweisen konnte, grausam hatte foltern und hinrichten lassen, hatte die Familie die Vertreibung Herzog Ulrichs ins Exil begrüßt und mit den Habsburger Statthaltern eng zusammengearbeitet. Als der Herzog nach einigen Jahren sein Territorium jedoch wiedererlangt hatte, waren viele Familienmitglieder geflohen, und man munkelte, dass diese nun mit den Österreichern zusammenarbeiteten, um den neuen Herzog zu stürzen. Das wichtige Manuskript könnte ihnen dabei äußerst behilflich sein.

»Ja«, entgegnete Professor Fuchs und nickte mehrmals bestätigend. »Ja, er hat eine Breuning geheiratet. Doch diese hat sich ebenso wenig zuschulden kommen lassen wie ihr Ehemann.« Er warf seinem Gegenüber einen scharfen Blick zu. »Und es gibt noch weitere Breunings in Tübingen, denen die Landesregierung durchaus mehr Vertrauen schenken sollte.« Dies war einer der vielen Punkte, in denen der Professor nicht mit der Landesregierung übereinstimmte. Die kursierenden Gerüchte bezüglich eines geplanten Verrats der Familie Breuning hielt er schlichtweg für unwahr, und es war ihm seit Langem ein Dorn im Auge, dass die durchaus fähigen Breunings in Tübingen seitens der Regierung von höheren Ämtern ferngehalten wurden, wie zum Beispiel im Stadtrat. Statt ihrer befanden sich dieses Jahr dafür besonders engstirnige und unerfahrene Männer im Amt, mit denen der Professor schon einige Auseinandersetzungen geführt hatte.

Doch Franz ging nicht auf seine spitze Bemerkung ein, sondern entgegnete stattdessen unbeeindruckt: »Ich bin hierhergekommen, um Euer Urteil über die hiesige Druckerei zu erfahren. Sonst muss ich mich nach einer anderen umsehen. Was könnt Ihr mir nun über sie sagen?«

Der Mediziner zögerte. Er wollte eigentlich die Gelegenheit nutzen, dem Hofbeamten einige Zugeständnisse abzuringen, die die Zusammenarbeit zwischen Universität und Stadtrat vereinfachen würden. Andererseits durfte er es aber auch nicht übertreiben und lenkte daher schließlich ein.

»Was die Druckerei betrifft, so gab es ab und an einmal Beschwerden von Gesellen über die Bezahlung, aber in welchem Ort gibt es die nicht? Ich habe bereits öfters von Gesellen gehört, die versuchen, weit mehr abzugreifen, als ihnen zusteht, und die sich dabei noch nicht einmal gescheit anstellen.« Der Blick des Rektors verfinsterte sich und wanderte langsam zum Feuer zurück, das prasselnd in der Feuerstelle brannte. Franz, der noch heute Abend zurückreiten musste, wollte sich zuvor jedoch noch vergewissern, dass das geheime Schriftstück auch wirklich sicher war in Tübingen.

»Ihr vertraut also sowohl dem Drucker als auch seinem Eheweib.« Professor Fuchs wandte sich Franz wieder zu und nickte bestätigend. »Trotzdem möchte ich, dass Ihr den Drucker schwören lasst, dass er dieses Schriftstück höchst vertraulich behandelt. Und wenn sich irgendetwas in der Druckerei ereignet, möchte ich davon unverzüglich in Kenntnis gesetzt werden. Wir dürfen uns jetzt keine Fehler oder Verzögerungen mehr erlauben. Das

Landrecht muss so schnell wie möglich den Räten zur letzten Überprüfung vorgelegt und danach unverzüglich publiziert werden.«

Wieder nickte sein Gastgeber. »Wie ich Euch bereits sagte, bis jetzt hat der Drucker immer zu unserer vollsten Zufriedenheit gearbeitet, und ich wüsste nicht, warum sich das in nächster Zeit ändern sollte.«

Das können wir nur hoffen, dachte Franz und übergab Fuchs endlich das Schriftstück. *Denn wenn diese Reform des Herzogs aus irgendwelchen Gründen verzögert wird, kann das unser aller Untergang bedeuten.*

Teil 1

Die Buchdruckerin

Februar 1554

Kapitel 1

Magdalena Morhart war mit ihrer Jüngsten gleich nach dem Frühstück aufgebrochen, um einige Besorgungen auf dem Tübinger Wochenmarkt zu machen. Es war ein klarer Vormittag, und in der Druckerei wurde sie gerade nicht gebraucht. Schon steuerte sie mit der siebenjährigen Magda auf das große Rathaus zu, das inmitten der Häuser reicherer Bürger hervorstach. Die Vorderfront des vierstöckigen vorkragenden Gebäudes wurde von starken Holzsäulen getragen, zwischen denen an Markttagen die Bäcker, Metzger und Salzer ihre Waren anboten, um bei schlechtem Wetter besser geschützt zu sein. Heute wehte ein scharfer Wind. Die Stockwerke oberhalb der Säulen beherbergten nicht nur die Räume der Ratsherren und die Amtsstube, sondern auch das württembergische Hofgericht, das höchste Gericht des Herzogtums. Die Sonne beschien die mit Pflanzengirlanden bemalte Fassade des Rathauses und brachte die Farben der Motive zum Leuchten. Besonders die der kunstvoll verzierten Uhr, die in Höhe des ersten Geschosses angebracht war.

Als sie den Rathausvorplatz erreichten, erhob sich auf dem hinteren Teil des Marktes plötzlich empörtes Geschrei, und Magdalena bemerkte, dass die Menge dort einen Halbkreis um zwei etwa zwanzigjährige, ungewaschen und heruntergekommen aussehende Burschen gebildet hatte. Deren Gesichter waren verdreckt, die Haare standen in alle Richtungen ab, und am Körper trugen sie nur Lumpen. Wahrscheinlich waren es Bettler vom Lande, und den Ausrufen der Leute nach zu urteilen, hatten sie wohl versucht, den ein oder anderen Marktbesucher zu bestehlen.

Obwohl die aufgebrachte Menge die beiden Diebe beschimpfte und bespuckte, blickte der eine von ihnen, ein Dunkelhaariger, noch immer herausfordernd um sich. Sein Begleiter, dessen aufgeplatzte Lippe davon zeugte, dass man ihm schon einen Hieb verpasst hatte, wirkte entsprechend eingeschüchtert.

»Diebespack!«

»Abschaum!«

»Widerwärtige Kreaturen, aufgehängt gehört ihr«, tönte es nun von allen Seiten. Der Blick des Dunkelhaarigen glitt abschätzend über die immer näher rückenden Menschen. Plötzlich packte er ein junges Mädchen, das unglücklicherweise in einer der vorderen Reihen stand, und hielt ihm drohend ein Messer an die Kehle. »Rührt mich nicht an«, schrie er verzweifelt und verstärkte den Druck auf das Messer. Selbst aus der Ferne sah Magdalena die angstvoll aufgerissenen Augen der Kleinen. Sie war nicht viel älter als Magda, nach deren Hand Magdalena nun instinktiv griff. Zum Glück konnte ihre Tochter das Geschehen wegen ihrer geringen Körpergröße nur teilweise verfolgen. Magdalena hingegen sah bereits die ersten Blutstropfen am Hals des Mädchens hinabrinnen. »Ich mache Ernst. Wir sind doch ohnehin schon verdammt – die Ungläubigen werden uns bald alle abschlachten«, fügte der Dieb noch hinzu. Erschrocken wichen die Leute vor ihm zurück.

Doch bevor einer von ihnen die Fassung wiedergewinnen und etwas unternehmen konnte, ertönte plötzlich eine dröhnende Stimme: »Lasst sofort das Messer fallen!« Wie aus dem Nichts war der Vogt mit vier Männern der Stadtwache aufgetaucht. Nun bahnten sie sich den Weg durch das verängstigt zurückweichende Volk und zogen einen engen Kreis um die beiden Diebe. Die Männer der Stadtwache trugen robuste Rüstungen, starke Schilde und scharfe Schwerter, die allesamt auf den Dieb und das Mädchen gerichtet waren. Der zog das Mädchen daraufhin noch dichter an sich heran und blickte wie ein wildes Tier von einem Wächter zum anderen. Schon fürchtete Magdalena, dass er in einem Akt der Verzweiflung zum Angriff übergehen würde. Vor Anspannung hielt sie die Luft an und flüsterte dann: »Herr, steh uns bei!« Doch offenbar lag dem Dieb noch etwas an seinem Leben, denn er kapitulierte vor der Übermacht. Das Mädchen rannte weinend davon, und der Vogt ließ beide Diebe in Ketten legen.

Kaum waren er und seine Männer mit den beiden Gefangenen verschwunden, als die Unterhaltungen auf dem Markt erneut einsetzten und auch Magdalena sich aus ihrer Erstarrung löste. Ihre Tochter hatte zwar nicht alles mitbekommen, wohl aber das Entsetzen der Umstehenden gespürt. »Was ist denn passiert, Mutter?«

»Da waren zwei üble Burschen, die sich nicht direkt ergeben haben. Doch der Vogt hat sie überwältigen können.« Sie drückte Magda erleichtert an sich. Was für ein Morgen!

In der Zwischenzeit hatte um sie herum ein lebhaftes Gespräch über die neuesten Gerüchte aus dem Reich, auf die der Dieb angespielt hatte, begonnen. Magdalena wandte sich den Händlern zu, deren Stände sich vor dem Rathaus dicht an dicht drängten.

»Frische Eier!«

»Fette Hühner!«

»Köstlicher Käse!« Es gab viele verlockende Angebote, doch Magdalena interessierte sich nicht für sie. Die Frau des Buchdruckers hatte ihren Blick auf einen kleinen Stand ganz am Rande des Marktplatzes gerichtet. Sie zog ihren Umhang etwas fester um sich und die Haube tiefer ins Gesicht, um sich vor dem Wind zu schützen. Zielstrebig bewegte sie sich zwischen den großen Verkaufstischen auf den Stand zu, vorbei am Metzger, der mit seiner blutbespritzten Schürze und einem großen Schlachtermesser gerade ein Stück Fleisch zurechtschnitt.

Magdalena war weder besonders groß noch besonders hübsch, aber ihre Art zu gehen zeugte von Entschlossenheit. Ihr auf den Fersen folgte Magda, die nur zwei Köpfe kleiner war als ihre Mutter und diese nicht aus den Augen ließ, denn sie wollte sie in der Menschenmenge nicht verlieren. Nur ab und zu drehte sie ihren Kopf in die Richtung der verführerischen Düfte, die ihr in die Nase stiegen. Als sie am Stand des Bäckers zwischen den Holzsäulen des Rathauses vorbeigingen, blieb Magda eine Weile stehen und starrte die süßen Wecken mit großen Augen an, die genauso braun waren wie die ihres Vaters. Doch als sie merkte, dass Magdalena bereits einige Schritte weitergegangen war, holte sie schnell wieder auf und hielt sich sicherheitshalber wie schon zuvor an der Schürze ihrer Mutter fest.

Endlich hatten sich die beiden zu ihrem Ziel, dem Stand des Bauern Breitkreuz, durchgearbeitet. Er hatte auch dieses Mal seinen groben Holztisch aufgestellt, der sich unter dem Gewicht seiner Waren zu biegen schien. »Guten Morgen, Josef«, begrüßte ihn Magdalena und reichte ihm wie immer ihren Korb. »Wisst Ihr, was die beiden Burschen eben verbrochen haben?«

»Genau gesehen habe ich es nicht«, brummte der Bauer und schaute noch einmal zu der Stelle, an der die beiden Diebe eben in Gewahrsam genommen worden waren.

»Offenbar haben die beiden Halunken gestohlen und wurden auf frischer Tat ertappt, als sie gerade einen weiteren harmlosen Marktbesucher berauben wollten. Man hat sofort den Vogt gerufen, aber einige Männer sind davor schon handgreiflich geworden und haben ihre Wut an den Dieben ausgelassen. Da muss man sich zur Not schon selbst verteidigen, vor allem wenn Württemberg auch noch bald angegriffen werden soll.«

Magdalena hörte diese Gerüchte schon seit Wochen, wusste aber nicht, ob sie der Wahrheit entsprachen. Wahrscheinlich sollte mit ihnen nur wieder Panik geschürt werden, um den Leuten mehr Geld aus der Tasche zu ziehen. So waren in den letzten Wochen fast täglich Straßensänger in die Universitätsstadt gekommen, die für einige Heller über die Gräueltaten der Türken sangen, welche sich angeblich auf dem Weg nach Württemberg befanden. Daraufhin waren von den Einwohnern der Stadt vermehrt Vorratslager angelegt worden, was die Händler aus dem Umland natürlich freute. Auch wurde in den bürgerlichen Haushalten zunehmend nach kampferfahrenen Knechten gesucht, die ihre Herren im Ernstfall schützen sollten. Auch sie glaubten, dass große Heere auf dem Weg nach Württemberg waren und Tübingen bald einnehmen würden. Doch würde dies stimmen, hätte die Obrigkeit sicher schon längst ausreichende Vorsichtsmaßnahmen getroffen.

Magdalena entschied sich daher, die Gerüchte nicht weiter anzuheizen, und ließ stattdessen ihren Blick über die köstlichen Früchte und die vielen unterschiedlichen Gemüsesorten schweifen. Karotten, Kohlköpfe, Rote Bete, Wirsing und Sellerie lagen fein säuberlich in kleinen Holzkisten nebeneinander. Ganz hinten war ein großer geflochtener Korb, prall gefüllt mit glänzenden roten Äpfeln. *Die Frau des Bauern muss sie heute in den frühen Morgenstunden auf Hochglanz poliert haben,* dachte Magdalena. »Eure Äpfel sehen ja wieder einmal zum Anbeißen aus.« Auf das wettergegerbte Gesicht des Bauern stahl sich ein Lächeln. »Wir hatten letztes Jahr wirklich Glück mit dem Wetter, und wir wissen jetzt, wie wir die Ernte im Winter lagern müssen, damit die Früchte und das Gemüse lange gut aussehen und auch schmecken«, erwiderte er ungewöhnlich heiter. »Wie viele Äpfel darf ich Euch denn geben?« Er griff rasch nach dem Weidenkorb, den sie ihm eben gegeben hatte, um die gewünschten Früchte hineinzulegen, denn er wusste, dass seine treue Kundin gerne schnell bedient werden wollte.

»Da sie so gut aussehen, werde ich ein Dutzend nehmen«, meinte sie und fügte dann noch hinzu: »Bei dem guten Wetter werden die Männer heute wieder viel drucken können, und da haben sie sich eine Belohnung verdient.« Diese Worte ließen die Ohren des Bauern leicht erröten, der sich über das erneute Lob seiner Äpfel freute.

»Dann laufen die Geschäfte ja inzwischen wieder gut. Ihr scheint die schlechten Zeiten nun endlich überstanden zu haben, und ich wünsche Euch, dass dieses Jahr noch viele Aufträge für Euch bereithält«, revanchierte sich Josef nun seinerseits mit Nettigkeiten, während er die gewünschte Menge abzählte. Dabei achtete er darauf, nur die Unversehrten zu nehmen. Darüber freute sich wiederum Magdalena, die dies natürlich bemerkte. Die nette Art, mit der er ihr stets nur die besten Früchte gab, war neben der Güte seiner Ware mit ein Grund, warum Magdalena nur zu ihm und zu keinem der anderen Bauern ging. *Sie mögen größere Stände haben, aber so gut wie Josef behandelt mich keiner,* sagte sie sich.

»Danke für Eure guten Wünsche, Josef. Ja, wir haben uns von den mageren Jahren wieder erholen können, weil der Herzog uns mit immer mehr Aufträgen betraut. Zudem hat Ulrich vier tüchtige Gehilfen an seiner Seite. Sie machen deutlich weniger Fehler als die Männer, die wir davor hatten.«

Josef lachte laut auf. »Ja, das glaube ich gern. Besonders der Seppel hat damals ja sehr dem Wein zugesprochen. Ein lustiger Schalk, aber wahrscheinlich hat er immer alles doppelt gesehen.«

»… oder er hat gar nichts mehr gesehen«, murmelte sie, während sie nach ihrem Geldsäckchen tastete, das sie in ihrer Rocktasche verstaut hatte. Aus dem Augenwinkel heraus sah sie, wie der Bauer Magda zwinkernd ein kleines Apfelstück hinhielt. Diese griff gierig danach, um dann sofort wieder hinter ihre Mutter zu treten. Mit Händen, die von harter Arbeit zeugten, zog Magdalena den braunen Lederbeutel hervor und zählte die Münzen ab. Dankend nahm der alte Breitkreuz das Geld entgegen. Gerade wollte sie sich erkundigen, ob Josef wusste, was aus dem ehemaligen Druckergehilfen Seppel geworden war, als sie trotz des Stimmengewirrs um sich herum auf einmal die hohe Stimme ihres Sohnes Moritz hörte, der verzweifelt über den Platz rief.

»Mutter! Magda! Wo seid Ihr?«

Blitzschnell drehte sie sich um und sah in die Richtung, aus der die Rufe gekommen waren. Ihre Augen suchten die Menge ab. Endlich entdeckte sie den blonden Haarschopf ihres Zweitjüngsten, der sich durch die Leute am Fischstand drängte. Mit glühenden Wangen kam er auf sie zugerannt.

Irgendetwas musste passiert sein.

Magdalena lief es kalt den Rücken herunter. Auch Magda schien zu spüren, dass etwas nicht stimmte, denn sie blickte ihrem Bruder erschrocken entgegen.

»Was ist denn los?«, rief Magdalena ihrem Sohn zu, während sie Magda gleichzeitig beruhigend ihren Arm um die Schulter legte.

Als Moritz die beiden erblickte, schöpfte er noch einmal neue Kraft und lief los. Dabei wich er gerade noch rechtzeitig den langen Armen des heftig gestikulierenden Universitätspedells aus, der zwei Studenten zurechtwies, die gerade Kunststücke auf dem Marktplatz aufgeführt hatten. Offenbar hatten sie damit gegen eine Abmachung mit ihm verstoßen, wofür sie nun von dem Hünen gerügt wurden. Als Hüter von Recht und Ordnung in allen Universitätsangelegenheiten nahm Eberhard seine Aufgaben sehr genau, duldete keine Regelübertretung und machte auch daher keinen Platz für den aufgeregten Jungen.

Als Moritz endlich vor seiner Mutter stand, rang er erst einmal nach Luft. »Vater …«, keuchte er dann und hielt sich die Seite. Seine Brust hob und senkte sich rasch unter seinem braunen Wams. Magdalena sah ihn beunruhigt an und beugte sich zu ihm hinunter. Moritz schloss kurz die Augen, holte noch einmal tief Luft und stieß dann hervor: »Ihr müsst sofort zur Druckerei kommen … Vater … er hatte einen schlimmen Unfall. Er rührt sich nicht mehr.«

»Heilige Jungfrau Maria. Was sagst du da? Was ist passiert?«, entfuhr es Josef, der alles mit angehört hatte. Mit weit aufgerissenen Augen schaute der Bauer den Jungen an.

Doch Magdalena wartete die Antwort ihres Sohnes nicht mehr ab. Ohne zu zögern, richtete sie sich auf, drehte sich zu der verdutzten Magda um, die wie angewurzelt neben ihr stand, und sagte: »Nimm den Korb und komm mit deinem Bruder so schnell wie möglich zurück zur Werkstatt.« Dann raffte sie ihren grauen Wollrock und rannte in Richtung Burgsteige davon.

Josef sah ihr voller Sorge nach. Die Druckerei war in der ganzen Stadt bekannt. Ulrich Morhart war nicht nur einer der wenigen, die neben den betuchten Händlern und der Obrigkeit in der Oberstadt leben und arbeiten durften, sondern wohnte noch dazu in einem Haus in unmittelbarer Nähe von Schloss Hohentübingen – eine der begehrtesten Lagen der Stadt. Er war zudem der erste Drucker, der es geschafft hatte, dauerhaft im Herzogtum Württemberg zu bleiben, und zählte darüber hinaus zu den Universitätsverwandten, deren eigener, unabhängiger Gerichtsbarkeit er damit unterstand. Das bedeutete allerdings auch, dass seine Werkstatt vom kleinlichen Pedell Eberhard überwacht wurde. Aber selbst für ihn gab es kaum etwas an der Druckerei zu beanstanden. Ulrich Morhart verstand es, sich mit den unterschiedlichsten Leuten in der Stadt gut zu stellen. *Aber wenn er nun stirbt?*, dachte Josef. *Was wird dann aus der Werkstatt? Wer soll sie an seiner statt fortführen? Sein Sohn, der junge Ulrich etwa? Und was wird dann aus Magdalena werden, die schließlich nicht seine leibliche Mutter, sondern nur seine Stiefmutter ist?*

Josefs Blick fiel auf die beiden Kinder, die immer noch vor seinem Markttisch standen. Moritz hatte sich auf seine Schwester gestützt, um besser Luft zu bekommen. Die Kleine wusste nicht, wie ihr geschah, und schaute den Bauern Hilfe suchend an. »Hier ist euer Korb.« Schnell kam Josef um seinen Stand herum und stellte sich neben die beiden. »Wenn ihr nicht durch das Gedränge zurückwollt, geht doch durch die Kronenstraße. Ihr wisst schon, am Calwer Haus vorbei. Das ist zwar länger, aber dafür etwas einfacher.« Die beiden nickten langsam und machten sich dann umgehend auf den Heimweg. Nachdenklich sah der Bauer ihnen nach. *Das, was jetzt auf sie zukommt, wird nicht einfach für sie werden,* dachte er noch, bevor er sich wieder hinter seinen Stand begab.

Kapitel 2

Als Magdalena wenig später durch die eichene Haustür trat, hinter der sich direkt der Verkaufsraum auftat, war der Bader bereits vor Ort. Er war ein älterer, beleibter Mann mit einer spitzen Nase, auf der ein paar Augengläser saßen. Sein grauer Bart reichte ihm bis auf die Brust. Sorgenvoll stand er über Ulrich Morhart gebeugt, der auf dem großen Verkaufstisch in der Mitte des Raumes lag. Man hatte die Ansichtsexemplare auf der großen Platte notdürftig zur Seite geschoben, wobei wohl einige heruntergefallen waren. Normalerweise hätte Magdalena diese sofort aufgehoben und beiseitegelegt, damit sie nicht beschmutzt wurden. Doch jetzt schenkte sie den Büchern und Blättern am Boden keine weitere Beachtung, sondern ging sofort zu ihrem Mann. Ulrichs braunes Hemd war an einigen Stellen zerrissen und nach oben geschoben, sein Körper wies eine Reihe blutiger Schürfwunden auf. Seine vier Gehilfen hatten sich um den Druckherrn versammelt und blickten auf ihn herab. Magdalenas Söhne Oswald und Georg befanden sich jedoch nicht im Haus. Sie lieferten gerade Bücher an die Universität und waren noch nicht zurück.

Magdalena schob sich sofort neben den Bader in seinem dunklen Gewand. »Was ist passiert? Wie geht es ihm?« Sie sah in das schmerzverzerrte Gesicht ihres Mannes und ergriff seine rechte Hand, die schlaff vom Tisch herunterhing. Zwar hatte Ulrich seine Augen geschlossen, doch schien er ihre Berührung zu spüren.

Die Gehilfen antworteten zuerst. »Er ist einfach gefallen …«, stammelte Paul, während er mit seinen breiten Fingern verlegen an seiner Mütze herumzupfte, die er in der Hand hielt.

»Ja, von der obersten Stufe ...«, ergänzte Matthias mit seiner tiefen Stimme.

»Die gesamte Stiege runter bis ins Lager«, mischte sich nun der sonst so übellaunige Kaspar mit besorgter Miene ein.

»Und dabei gab es ein ganz schreckliches Geräusch«, kam es von Andreas, dem Vierten in der Runde. Dabei nickte er so heftig, dass seine widerspenstigen roten Locken wippten.

»Es war richtig laut.«

»Sogar noch lauter als die Presse.«

Magdalena schaute sich die vier genau an. Der füllige Paul und der hagere Kaspar in ihren schwarzen Lederschürzen sahen etwas hilflos aus. Offensichtlich waren die beiden heute Morgen zum Bedienen der Presse abgestellt worden. Auf der anderen Seite des Tisches drängten sich Matthias und Andreas, der eine bärtig, der andere mit seinem auffällig roten Lockenschopf. Erschrocken richteten sie ihre Blicke abwechselnd auf den ohnmächtigen Druckherrn und seine Frau.

»Ruuuuhe, ich kann so nicht arbeiten!«, donnerte da auf einmal der Bader, dem bisher noch von keiner Seite Aufmerksamkeit geschenkt worden war. »Lasst mich allein, wenn Ihr wollt, dass der Drucker wieder zu sich kommt.« Seine Stimme war von den jahrelangen Anpreisungen seiner Heilkünste auf dem Markt so gut trainiert, dass er sich in diesem Durcheinander mühelos Gehör verschaffen konnte. Seine Worte verfehlten ihre Wirkung nicht. Mit einem letzten Blick auf den Verletzten verließen die Gehilfen daraufhin mit hängenden Schultern den Verkaufsraum und begaben sich in den Hinterhof. Magdalena hörte, wie dort der Eimer in den Schacht heruntergelassen wurde. Ulrich hatte das Haus damals nicht zuletzt wegen des Brunnens gekauft, weil er aufgrund des Wassers die Druckmaterialien gleich vor Ort säubern konnte.

Als sie hörte, wie die Männer draußen arbeiteten, wandte sie sich wieder dem Bader zu. »Ist es sehr schlimm?«, fragte sie, die Augen immer noch auf Ulrich gerichtet. »Warum ist er denn von der Stiege gestürzt? Er ist doch sonst nie gefallen«, sagte sie leise, mehr zu sich selbst als an den Bader gerichtet.

Der beachtete sie kaum. Er tastete den Körper des Druckers langsam von oben nach unten ab. Als er bei den unteren Rippen ankam, zuckte Ulrich leicht zusammen. Vorsichtig, aber kontinuierlich tastete der Bader weiter. Seine langen, dünnen Finger bewegten sich zielstrebig über Ulrichs Leib. Als er mit seiner Untersuchung fertig war, überlegte er kurz und zog dann ein kleines, an beiden Seiten offenes Glasröhrchen aus einer seiner vielen Manteltaschen. Dann holte er eine winzige Flasche aus der Ledertasche, die er zu Füßen des Kranken platziert hatte. Das Röhrchen, dessen obere Öffnung er mit dem Daumen verschloss, steckte er in die stark riechende Flüssigkeit im Fläschchen und entnahm ihm auf diese Weise einige Tropfen, die er behutsam auf die Zunge des Verletzten träufelte. Der schluckte die Tropfen hinunter, regte sich ansonsten aber nicht.

Als sich der Bader vergewissert hatte, dass Ulrich die Arznei genommen hatte, nickte er zufrieden und wandte sich endlich Magdalena zu, deren Frage er noch immer nicht beantwortet hatte. Seine müden Augen verrieten ihr, dass er wohl eine lange durchwachte Nacht hinter sich hatte. Wahrscheinlich gönnte ihm das heftige Fieber, das momentan in Tübingen wütete, zurzeit nur wenige Stunden Schlaf. Erst gestern war eine der großen Färberfamilien daran erkrankt, die in der Unterstadt am Ammerkanal wohnte, und deren Nachbarn nun große Angst hatten, sich ebenfalls anzustecken.

»Er wird gleich wieder ansprechbar sein«, sagte der Bader tröstend. »Wie es aussieht, ist er die Stiege heruntergefallen, warum, kann ich Euch allerdings nicht sagen, und hat sich dabei ein paar

Rippen gebrochen. Allerdings scheint er großes Glück gehabt zu haben. Das hätte auch ins Auge gehen können. Schließlich ist er nicht mehr der Jüngste mit seinen fast sechzig Jahren.«

»Aber immer noch genauso zäh wie früher«, protestierte Ulrich da kaum hörbar. Magdalena und der Bader drehten sich überrascht zu ihm um. Eben waren seine Augen noch geschlossen gewesen, nun waren seine Lider halb geöffnet, und seine kastanienbraunen Augen lugten unter ihnen hervor. »Wo bin ich?«

Der Bader setzte eine zufriedene Miene auf. »Ah, da weilt der Herr Drucker also wieder unter uns. Ihr seid natürlich in Eurem Laden.« Doch Magdalena hörte ihm kaum zu. Voller Freude sah sie ihren Mann an und ergriff seine Hände, die von der Druckfarbe fast vollkommen schwarz waren. Aber auch das bemerkte sie nicht. Seit ihrer ersten Begegnung vor über zehn Jahren hatte sie ihn so gut wie kein einziges Mal ohne Farbe an den Händen gesehen.

»Was machst du denn für Sachen? Hast du es denn so eilig, in den Himmel zu kommen?«, schalt sie ihn liebevoll. »Du weißt doch, dass die Werkstatt ohne dich nicht läuft.« Sie hob seine rechte Hand und legte sie an ihre Wange, die noch immer ganz heiß von ihrem hastigen Lauf zurück zur Werkstatt war. Er versuchte zu lächeln, aber dann kehrte der Schmerz zurück, und er schloss erneut die Lider. Nach wenigen Augenblicken entspannten sich seine Gesichtszüge wieder, und er sah zu ihr und dem Bader hoch.

»Ich spürte plötzlich stechende Schmerzen in meiner linken Brust«, erklärte er mit schwacher Stimme. »Ich konnte gar nichts mehr machen, und mir wurde schwarz vor Augen.« Als der Bader und seine Frau nichts darauf erwiderten, fuhr er fort: »Das Einzige, an das ich mich noch erinnern kann, ist, dass ich hierhin auf den Verkaufstisch gelegt wurde.«

Nachdenklich nickte der Bader. »Nun, das würde ich einmal als ernsthafte Warnung betrachten. Euer Körper möchte, dass Ihr endlich kürzertretet – sonst wird es leider Gottes bald mit Euch vorbei sein.« Dann wurde seine Stimme sanfter. »Heute müsst Ihr Euch auf jeden Fall gut ausruhen, und in den nächsten Tagen solltet Ihr Euch so wenig wie möglich bewegen. Verlasst Euer Lager erst einmal nicht. Mit Euren blauen Flecken werdet Ihr wohl sowieso nicht das Verlangen haben, sofort wieder herumzulaufen.«

Dann nahm er Magdalena zur Seite und ging mit ihr ein paar Schritte auf das große Bücherregal zu, damit ihr Ehemann nicht hören konnte, was er ihr zu sagen hatte. Mit gedämpfter Stimme sagte er: »Ich mache mir Sorgen um ihn. Stiche in der linken Brust sind nicht zu unterschätzen. Ihr solltet gut auf ihn achtgeben und ihn daran erinnern, sich zu schonen. Ich weiß, dass Ihr wahrscheinlich viel in der Druckerei zu tun habt. Aber es ist von großer Bedeutung, dass er diese Sache nicht auf die leichte Schulter nimmt.« Der groß gewachsene Mann sah sie dabei so eindringlich an, wie seine müden Augen es ihm erlaubten. Erst als sie nickte, drehte er sich um und wandte sich wieder an den Kranken. »Ich lege Euch jetzt einen Verband an und werde in den nächsten Tagen noch einmal nach Euch schauen. Bis dahin bin ich sicher, dass Ihr hier in guten Händen seid«, sagte er mit einem Seitenblick auf Magdalena. Dann machte er sich ans Werk, wobei er nur mit Mühe ein Gähnen unterdrückte, und verließ kurz darauf die Druckerwerkstatt.

Als sie alleine waren, seufzte Magdalena laut auf. Unzählige Gedanken schossen ihr durch den Kopf. *Wie soll das nur gehen? Wir haben doch gerade unter strengster Geheimhaltung diesen neuen umfangreichen Regierungsauftrag erhalten. Und das, obwohl wir gleichzeitig noch so viel anderes zu tun haben. Und ausgerechnet jetzt, da der junge Ulrich auch noch auf Reisen ist. Wie sollen wir das alles bloß schaffen? Wir brauchen dringend jemanden, der das Heft in die Hand nimmt. Die Gehilfen sind zwar tüchtig, aber einer muss ihnen bei der Arbeit auf die Finger schauen. Sonst kommen wir noch in Verzug.* Bekümmert zog sie den Schemel heran, der vor dem Regal stand und den sie anstelle einer teuren Leiter benutzten, um an die oberen Fächer heranzukommen. Mit hängendem Kopf setzte sie sich und fasste wieder nach der Hand ihres Mannes. Sie überlegte, wer von den vier Gehilfen wohl der Geeignetste wäre, um für Ulrich einzuspringen. Wahrscheinlich Kaspar, der als Einziger seine Lehre schon beendet hatte und als Geselle arbeitete. Aber auch er war noch nicht mit allen Abläufen in der Druckerei vertraut.

Ulrich drückte schwach ihre Hand. »Das schaffen wir schon.« Seine Stimme war sehr leise und verriet, dass es ihm Mühe bereitete zu sprechen. »DU musst mich vertreten. Sonst kann das keiner hier.« Magdalena sah ihn entsetzt an. Das war nun wirklich das Letzte, mit dem sie gerechnet hatte. »Ich?«, fragte sie ungläubig und merkte, dass sie die Stirn runzelte. Doch Ulrich fuhr unbeirrt, wenn auch langsam, fort: »Du kennst die genauen Abläufe des Druckens ... und du weißt, wo alle Materialien lagern.« Wieder musste er eine kurze Pause machen, so sehr strengte ihn das Sprechen an. Dann redete er weiter: »Du weißt, wie man prüft, ob die Papierbogen feucht genug für das Drucken sind.«

»Aber ich weiß doch nur, dass Materialien im Lager sind, aber ich weiß nicht, was wir genau haben. Und ich habe dich noch nie bisher vertreten. Das hat doch immer dein Sohn getan ...«, protestierte sie, doch ihr Mann unterbrach sie. Er rang nach Luft. »Heute ist seit Langem wieder ein Tag, an dem es nicht friert, und es sieht auch nicht nach Regen aus. ... Wir müssen das gute Wetter ausnutzen ... Ihr könnt heute viel schaffen, auch wenn nur mit einer Presse gedruckt werden kann. Am Abend haben wir hoffentlich schon den neuen Rahmen, und dann kann ab morgen wieder mit zwei Pressen gearbeitet werden.«

Mit einer kurzen Handbewegung bedeutete er ihr, die Gehilfen von draußen hereinzurufen, während er sich mühsam aufrichtete. Als sie alle vor seinem Notlager beisammenstanden, erklärte er unter großer Anstrengung: »Da mein Sohn Ulrich noch auf Reisen ist, wird Magdalena von nun an meine Stellvertreterin sein.« Alle Augen richteten sich auf die kleine Frau, die sich sichtbar unwohl in ihrer Haut fühlte.

Aber sie nickte tapfer und blickte in die Runde. »Ja, Männer«, begann sie und gab sich dann innerlich einen Ruck. Denn sollte Ulrichs Gesundheit nicht bald wiederhergestellt sein, könnte sein Unfall schnell das Ende der Druckerei bedeuten. »Ihr wisst, dass wir viel zu tun haben, also werden wir ohne Umschweife mit der Arbeit beginnen.« Sie war selbst überrascht, wie fest ihre Stimme klang. »Matthias, Andreas, könnt ihr dem Meister die Stiege hochhelfen und ihn auf sein Lager legen? Paul und Kaspar, ihr zwei geht zurück an die Presse. Wir müssen die verlorene Zeit aufholen.«

Die Männer machten sich sofort ans Werk, wofür ihnen Magdalena äußerst dankbar war. Fürs Erste würde alles so weiterlaufen wie gehabt. Die drei Lehrlinge und Kaspar, der Geselle, hatten ihre Arbeitsaufträge für den heutigen Tag, und wer wusste schon, ob Ulrich nicht schon bald wieder auf den Beinen wäre und die Druckerei leiten könnte.

Und was, wenn nicht?, fragte eine bange Stimme in ihr. *Das wird sich zeigen, wenn es so weit ist!* Magdalena war selbst erstaunt, wie entschlossen und selbstsicher sie in dieser misslichen Lage handelte.

Als die Presse wieder im monotonen Rhythmus quietschte, ging Magdalena in den geräumigen Lagerraum im rückwärtigen

Teil des Hauses und stieg die Treppe in den ersten Stock hinauf, um dort nach ihrem Mann zu schauen. Der Verkaufs-, der hinter der Verkaufstheke liegende Lager- und der Druckraum waren jeweils mit schweren Vorhängen voneinander abgetrennt worden. Die Idee, Vorhänge zu benutzen, war Ulrich auf einer seiner Reisen gekommen, und obwohl der Stoff recht teuer gewesen war, hatte sich die Anschaffung doch gelohnt, denn die Vorhänge dämpften den Lärm der Pressen und hielten den gröbsten Schmutz vom Verkaufs- und Lagerraum fern.

Vorsichtig kletterte sie die Stiege im Lagerraum empor. Der schmale Gang, der nun im ersten Stock vor ihr lag, führte auf der einen Seite zum großen Trockenraum und auf der anderen Seite zu den beiden Schlafkammern des Hausherrn und der Kinder. Da das Haus groß genug war, schliefen die drei Lehrlinge nicht im Druckraum, sondern im Dachgeschoss, zu dem eine weitere enge Stiege hinaufführte. Sie hatten dort etwas mehr Platz, weil Kaspar bereits in seinem eigenen Haus wohnte, in das er jeden Tag nach der Arbeit zurückkehrte.

Vorsichtig trat sie in ihre und Ulrichs Schlafkammer. Paul und Andreas hatten ihren Mann vorhin auf sein Strohlager in der linken hinteren Ecke der Schlafkammer gelegt. Das Mittel, das der Bader ihm verabreicht hatte, schien zu wirken, denn er lag schlafend da. Mit einem solchen Unfall hatte niemand gerechnet, am wenigsten er selbst. Hatte sie auf dem Markt vorhin nicht noch zu Josef gesagt, dass die mageren Jahre jetzt überstanden wären? Schon lange bevor er eine Werkstatt in der Universitätsstadt eröffnete, hatte Ulrich einen erlebnisreichen Werdegang hinter sich gebracht. Einmal musste er sogar fast seine gesamte Werkstatt verkaufen, um über die Runden zu kommen und nicht verhungern zu müssen. So gefährlich war das Druckgeschäft – und Ulrich kein Einzelfall.

Magdalena lächelte und strich ihm zärtlich über den Arm. Das war es auch, was sie so sehr an ihm schätzte und liebte: seine Lebenserfahrung und seinen unermüdlichen Frohsinn. Man hatte ihn mit der Aussicht nach Tübingen gelockt, dass die dortige Universität genaue Angaben bezüglich der zu druckenden Stückzahl machen und ihm nach Fertigstellung alle Exemplare auf einmal abkaufen würde. Welcher Drucker hätte da widerstehen können? Zudem war Ulrich der Einzige in der Stadt. Und das bedeutete Sicherheit. Weitere Sicherheit ergab sich auch durch die Schließung der Druckerei in Stuttgart, kurz nachdem Ulrich nach Tübingen gekommen war, weil die Stuttgarter Regierungsdrucke nun ebenfalls an Ulrich gingen. Zwar hatte es danach trotzdem noch schwierige Zeiten gegeben, die letzte lag noch gar nicht so lange zurück. Doch sie hatten niemals ernsthaft über den Verkauf der Werkstatt nachdenken müssen.

Magdalena sah Ulrich voll Stolz an, der in der Vergangenheit auch viel diplomatisches Geschick bewiesen hatte, vor allem während der vergangenen Regierungswechsel in Württemberg. Obwohl er schon seit Anbeginn ein Anhänger der neuen Religion war, musste er seine persönliche Überzeugung lange geheim halten, um nicht so zu enden wie der Stuttgarter Drucker Hans Wehrlich. Der hatte nämlich – obwohl er damals eigenhändig das Verbot der Habsburger, ketzerische Bücher zu drucken, gesetzt und vervielfältigt hatte – gegen eben dieses Verbot verstoßen. Daraufhin war seine Druckerei umgehend geschlossen und er der Stadt verwiesen worden.

Allerdings waren diese Zeiten nun vorüber, denn der neue Glaube war von Herzog Christoph nunmehr offiziell im ganzen Land eingeführt worden; ein weiterer Glücksfall für Ulrich, denn die umwälzende Erneuerung des Glaubens erforderte eine Vielzahl von Drucken. Fast jeden Monat wurden neue Ordnungen auf dem

Marktplatz verlesen, wie zum Beispiel, dass an Sonn- und Feiertagen die Predigt zu besuchen sei. Ulrich druckte diese Ordnungen meist in mehreren Hundert Exemplaren, damit sie nach dem Verlesen auch an den Kirchtüren oder Rathäusern des gesamten Herzogtums angeschlagen werden konnten.

Ulrich hatte daher sichere Einnahmen, auch wenn die Aufträge zeitlich gesehen nicht immer regelmäßig kamen. Es gab noch immer Durststrecken, wie die im letzten Jahr. Auch hatte ihn in den vergangenen Tagen das Pech verfolgt, und es waren ein hölzerner Druckrahmen und sogar der Ersatzrahmen kaputtgegangen. Doch im Großen und Ganzen konnte Ulrich nun mehr Geld für neues Material ausgeben als früher und sich mehr Holzschnitte für seine Drucke leisten, aber auch griechische und sogar hebräische Lettern anfertigen lassen, um mit diesen auch theologische Werke herzustellen. Dadurch gab es kaum noch ein Werk, das er nicht zu drucken vermochte. Magdalena schüttelte langsam den Kopf. Ulrich hatte endlich erreicht, wovon er immer geträumt hatte. Doch nun war dies alles in Gefahr.

Kapitel 3

Magdalena seufzte, als sie sich am Nachmittag einen ersten Überblick über die speziellen Drucksegmente verschaffte. Sie war zwar mit Ulrich schon mehr als acht Jahre verheiratet, kannte sein komplettes Inventar aber immer noch nicht. So stand sie nun im hinteren Teil des Lagerraums und sah sich die einzelnen Holzschnitte und Lettern genau an. Als vorübergehende Herrin der Druckerei musste sie schließlich wissen, wo was zu finden war.

Plötzlich fiel ihr Blick auf ein kleines eckiges Stück Holz, das auf einem der unteren Regalbretter lag. Magdalena bückte sich, um es in die Hand zu nehmen. Es war besonders dunkel, weil man es schon häufig zum Drucken benutzt hatte und dabei jedes Mal etwas Druckerschwärze an ihm haften geblieben war. Da sie die Titelseite des momentan zu bearbeitenden Werkes bereits gedruckt hatten, benötigten sie das Holz vorerst nicht mehr. Sie wusste, noch bevor sie mit dem Daumen über die Konturen der Vorderfläche fuhr, was es abbildete. Es war der Holzschnitt, den sie damals für Ulrich hatte anfertigen lassen – mit seiner Druckermarke. Ulrich war ganz erstaunt gewesen, als sie ihm dieses Geschenk gemacht hatte. Er hatte bis dahin seine Bücher nur mit einem kurzen Vermerk versehen, der aus seinem Namen und dem Ort bestand, wo man seine Druckerei finden konnte. Doch ein eigenes Zeichen, so wie die berühmten Drucker in Venedig oder Antwerpen, hatte er nicht besessen. Daher hatte Magdalena sich heimlich ein Motiv für ihn ausgesucht und es bei einem bekannten Künstler anfertigen lassen. Das Ergebnis war noch schöner ausgefallen, als sie gehofft hatte. Der Holzschnitt zeigte das erhabene Lamm Gottes, das mit wehender Siegesfahne einen grausamen Drachen bezwang. Um die beiden Tiere befand sich ein Schriftzug, der in Großbuchstaben ein Wort formte: *VICTORIA*, der Sieg. Der Gedanke war ihr gekommen, als sie wieder einmal das Fenster in der Tübinger Stiftskirche bewundert hatte, das den Sieg des heiligen Georg über den Drachen darstellte. Magdalena fuhr mit ihren Fingern über die Konturen des Druckerzeichens. Nach dem heutigen Unfall ihres Mannes empfand sie das Wort *victoria* als Ermutigung und spürte, wie ihre Selbstsicherheit wuchs. Sie würde Ulrich nach besten Kräften vertreten, es ging schließlich um ihrer aller Leben!

Sie hätte nicht gedacht, dass sie jemals eine Druckerei leiten würde – wenn auch nur für kurze Zeit –, obwohl sie einen Drucker geheiratet hatte. Magdalenas erster Mann Jakob, der Stadtschreiber von Dornstetten, hatte sich jedes Mal lobend über Ulrich Morhart geäußert, wenn er von ihm Bücher gekauft hatte. Dann hatte das Schicksal sowohl Magdalena als auch Ulrich im selben Jahr zu Witwe und Witwer gemacht, und aus einer anfänglichen Zweckgemeinschaft war nach und nach so etwas wie Liebe geworden. Ihre vier Söhne aus erster Ehe, Oswald, Jakob, Georg und Moritz, hatte Ulrich gerne in seinem Haus aufgenommen und ihnen die Gelegenheit gegeben, in der Druckerei mitzuhelfen.

Inzwischen war Oswald ein schneller Drucker geworden, und auch Georg konnte sowohl drucken als auch setzen. Wann immer es die Arbeit in der Druckerei zuließ, lieferten die beiden zudem Bücherbestellungen aus und erledigten kleinere Materialbesorgungen. Auch heute brachte Oswald Bücher zu mehreren Professoren, und Georg holte die bestellten neuen Druckrahmen ab. Sie würden wohl nicht vor dem Abend wiederkommen, was Magdalena unter den gegebenen Umständen mehr als bedauerte. Auch

Jakob würde erst zum Sonnenuntergang wieder in die Burgsteige zurückkehren, da er eine Buchbinderlehre machte. Es war also niemand von der Familie da, der ihr hätte beistehen können, außer den beiden Jüngsten, Moritz und Magda. Nicht einmal ihr Stiefsohn, Ulrich der Jüngere genannt, weilte zurzeit in Tübingen. Selbst ihn wünschte sich Magdalena nun herbei, obwohl er sie nach all den Jahren immer noch nicht als die neue, wenn auch bereits vierte Ehefrau seines Vaters akzeptiert hatte. Ulrich hatte ihr oft versichert, dass dies bei seiner dritten Frau, der vorherigen Stiefmutter Ulrichs des Jüngeren, genauso gewesen wäre und auch nicht weiter verwunderlich sei, da dessen leibliche Mutter früh gestorben war. Tatsächlich war ihr beiderseitiges Verhältnis erst besser geworden, seitdem der junge Mann geheiratet und sein eigenes Heim in der Unterstadt bezogen hatte. Trotzdem war sich Magdalena sicher, dass sie und ihr Stiefsohn niemals miteinander vertraut werden würden.

Magdalena holte ob dieser Erinnerungen tief Luft und legte das Signet beiseite. Was musste sie als vorübergehende Vertreterin ihres Mannes nun als Erstes tun? Es gab momentan viel Arbeit, aber ein Auftrag war wahrscheinlich am wichtigsten: Die fünfzig Exemplare des Landrechtsentwurfs, die Herzog Christoph geordert hatte. Mit ihrem Druck war noch nicht einmal begonnen worden, weil man noch auf die Korrekturen nach dem ersten Satz wartete. Dabei mussten die fertigen Exemplare so bald wie möglich an den Hof geliefert werden, und das unter größter Geheimhaltung. Ja, in der Tat, der Druck des Landrechts hatte oberste Priorität. Denn Herzog Christoph, er war erst vor gut vier Jahren zum Herzog ernannt worden, war zwar ein gütiger Herrscher, aber kein sehr geduldiger.

Sie ging zurück in den Arbeitsraum, wo sie die vier Gehilfen und Moritz antraf. Der Geruch von Druckerschwärze und säuerlichem Wein lag in der Luft. An einer der beiden Pressen, die an der Wand zum Verkaufsraum standen, arbeiteten Paul und Kaspar. Moritz fegte derweil den Boden.

In der Ecke, neben der Tür zum Hinterhof, stand Matthias vor einem der beiden großen Setzkästen. Er hatte einen Winkelhaken in der Hand und schaute von Zeit zu Zeit auf das am Kasten befestigte Blatt mit dem zu setzenden Text. Dann griff er wiederholt nach den metallenen Lettern und setzte sie Zeile für Zeile spiegelverkehrt in den Winkelhaken ein. Andreas legte gerade mehr Holz auf die Feuerstelle, die sich zwischen den Setzkästen und dem Küchenbereich befand. Trotzdem war es recht kalt im gesamten Raum, weil sie die Hintertür offen stehen lassen mussten, damit Matthias zum Setzen genug Tageslicht hatte.

»Wann können wir mit dem Druck des Landrechts beginnen?«, fragte Magdalena Matthias, als sie sich neben ihn stellte. Mit seinen zwanzig Jahren war er einer der ältesten Lehrlinge, die bisher in der Werkstatt gearbeitet hatten. Dabei beobachtete sie Kaspar, wie er gerade den Rahmen über das im Pressdeckel befestigte Papier klappte und dann unter den Tiegel, die Druckplatte, schob. Als er fertig war, betätigte er den Pressbengel, der sich knarrend in Bewegung setzte.

Matthias antwortete, ohne aufzublicken. Immer wieder griff er nach den Lettern und setzte sie in den Winkelhaken. »Erst wenn wir die *Rhetorica* fertiggestellt haben. Wir sind nun fast zur Hälfte mit ihr durch.«

Kaspar zog währenddessen den Karren wieder heraus, entnahm das Blatt und hing es zum Antrocknen auf das Seil über seinem Kopf. Dann spannte er ein neues Blatt ein.

Matthias fuhr fort: »Der Druckherr war gerade im Begriff, die bereits schon beidseitig bedruckten Bogen im Trockenraum zusammenzulegen, als er die Stiege runterfiel.« Bei diesen Worten glitt Kaspar der Rahmen aus der Hand und fiel krachend auf die Unterlage. Magdalena sah ihn vorwurfsvoll an. »Vorsicht. Wenn dieser Rahmen nun auch noch kaputtgeht, bringt uns das noch weiter in Verzug.«

Kaspar nickte unwillig und machte sich dann vorsichtiger wieder an die Arbeit. Währenddessen hatte Paul die Druckform mit Druckerschwärze eingefärbt. Die leichtere Arbeit mit den Druckballen lag ihm mehr als das kräftezehrende Ziehen des Pressbengels. »Gut, ich werde nachsehen, wie viele Bogen wir noch dazu benötigen«, sagte Magdalena wieder an Matthias gewandt und durchquerte dann die große Druckwerkstatt mit energischen Schritten.

Leise stieg sie die Stiege in den ersten Stock nach oben und ging in ihre Schlafkammer. Dort trat sie neben das Lager ihres Mannes und kniete sich nieder. Er schlief mit ruhigen Atemzügen, und sie nahm ihm vorsichtig das feuchte Tuch von der Stirn, das inzwischen ganz warm geworden war. Sie ging damit zur Waschschüssel, tränkte es und legte es ihm erneut auf den Kopf. Das kühle Nass ließ ihn die Augen aufschlagen, und nachdem seine Blicke einige Herzschläge durch den Raum geirrt waren, fanden sie ihr Gesicht. »Was ist mit dem Druck der *Rhetorica*? Wir müssen sie dringend fertig bekommen, um endlich mit dem Landrecht anzufangen«, stöhnte er.

»Die Presse läuft. Alle arbeiten fleißig, und ich bin gerade nach oben gekommen, um die Bogen zusammenzulegen.« Sie lächelte ihn an. Ulrichs Gesichtszüge entspannten sich daraufhin ein wenig. Er nickte und meinte dann: »Denk daran, auch rechtzeitig weitere Druckfarbe herzustellen.« Erneut lächelte Magdalena ihren Mann an. Selbst wenn es ihm nicht gut ging, konnte er an nichts anderes als die Druckerei denken. Er war so stolz auf das, was er sich aufgebaut hatte, dass er es einfach nicht zulassen konnte, wenn seine Werkstatt nicht ordnungsgemäß arbeitete. »Keine Sorge, Ulrich. Wir werden die Bücher schon fertig bekommen.«

Mit diesen Worten legte sie ihm sanft ihre Hand auf die Schulter. Durch sein dünnes Hemd hindurch fühlte sie seinen warmen Körper. »Versuche, ein bisschen zu schlafen, so wie es der Bader empfohlen hat. Wenn du jetzt ruhst, wirst du sicher bald wieder die Aufsicht in der Druckerei übernehmen können.« Gehorsam schloss Ulrich die Augen. »Ja, da hast du wohl recht. Der Bader ist zwar verliebt in sein Würfelspiel, aber mit seinen Ratschlägen hat er bisher bei mir noch nie falschgelegen. Nach meinem schlimmen Fieber im letzten Jahr hat er es auch fertiggebracht, mich wieder zu heilen.« Er seufzte und öffnete noch einmal seine Augen. »Aber sobald es Schwierigkeiten gibt, wecke mich. Ich bin zwar gefallen, aber ich kann dir immer noch den ein oder anderen Rat geben«, krächzte er.

»Ja, ich verspreche dir hoch und heilig, dich zu fragen, wenn ich nicht mehr weiterweiß.« Den leichten Spott in ihrer Stimme nahm er nicht wahr. »Aber nun versprich mir, dass du endlich ruhst.« Sie richtete sich auf und wandte sich zum Gehen. Als sie die Tür erreichte, drehte sie sich noch einmal um und sah, dass Ulrich wieder eingeschlafen war.

Kapitel 4

Der Trockenraum war äußerst geräumig. Zwischen den Wänden waren mehrere Leinen gespannt, die zusammen ein dichtes Netz ergaben, welches sich über mehrere Ebenen erstreckte. Die untersten Schnüre endeten knapp über dem Boden, während die obersten fast bis zur Decke reichten. Auf ihnen hingen die frisch gedruckten Bogen der *Rhetorica*, jeweils mittig, sodass ihre Enden herunterhingen. Dicht an dicht bewegten sie sich leicht im Wind, der durch die Fenster hereinwehte. Diese waren wieder geöffnet worden, nachdem sich der scharfe vormittägliche Wind gelegt hatte. Ursprünglich war nur ein Fenster in die Außenmauer des Raums eingelassen worden, aber als Ulrich den Raum zur Trockenstube umbaute, hatte er den guten Einfall gehabt, ein zweites Fenster einfügen zu lassen. Der dadurch entstandene Luftzug ließ die Drucke schneller trocknen, doch musste man immer ein Auge auf das Wetter haben. Ein starker Wind konnte die Bogen durchaus von den Leinen reißen und sie nicht nur über den ganzen Boden verteilen, sondern sogar nach draußen tragen.

Als sie sich an der Wand entlangschob, um sich einen Überblick zu verschaffen, stieg ihr der starke Geruch der Druckerschwärze in die Nase. Seit Beginn dieses Monats hatten sie eine neue Rezeptur ausprobiert. Die Tinte, die ihr erster Ehemann, der Stadtschreiber von Dornstetten, immer für seine zahlreichen Handschriften verwendet hatte, war für einen Drucker ungeeignet. Zumindest hatte Ulrich das gesagt, als sie sich kennenlernten und sie ihn mit ihrem Wissen über das Handwerk beeindrucken wollte. Magdalena erinnerte sich gerne an diese Zeit zurück. Damals war sie ganz verdutzt gewesen, denn sie dachte, die Tinte, die für handgeschriebene Bücher verwendet wurde, wäre auch für gedruckte Bücher geeignet. Aber da hatte sie sich geirrt. Ulrich hatte ihr daraufhin seine Druckerfarbe gezeigt und ihr genau erklärt, wie sie hergestellt wurde. Allerdings war sie noch nicht so, wie er sie haben wollte. Deshalb hatten die frisch Verheirateten so manchen Abend vor dem Feuer verbracht und zusammen versucht, eine bessere Farbe herzustellen, die sowohl auf den Metalllettern haften blieb als auch schnell trocknete. Dafür hatten sie immer wieder das Mischverhältnis der Zutaten verändert. Schließlich hatten sie eine Mixtur erstellt, die hauptsächlich aus Leinöl, Harz und etwas Kohle bestand. Die schwarze Farbe war zwar nicht besonders intensiv gewesen, aber wenigstens nicht mehr so schnell verlaufen, wenn die Bogen aus der Presse kamen.

Dann, nur einige Wochen später, hatte Ulrich von einem redseligen Kunden gehört, dass eine Druckerei in Nürnberg ihre Druckerfarbe mit Ruß vermengte, was wohl eine intensivere Schwarzfärbung ergäbe. Nach dem Abendmahl war Ulrich diesem Hinweis sofort nachgegangen und mit dem Ergebnis sehr zufrieden gewesen. Als er das erste Blatt aus der Presse nahm, glänzten die Buchstaben tiefschwarz auf dem hellen Papier. Der einzige Haken an der Sache war allerdings, dass der Trockenraum seitdem so roch, als hätte man ein großes Feuer darin entzündet.

Magdalena verspürte auch jetzt wieder den dringenden Wunsch nach frischer Luft und ging zu einem der beiden Fenster. Als sie sich hinauslehnte, bot sich ihr ein nicht alltäglicher Anblick: Ein Trupp johlender, wild gestikulierender Menschen folgte zwei jungen Männern. Magdalena erkannte in ihnen die beiden Diebe, die am Morgen auf dem Markt in Ketten gelegt worden waren. Nun steckten der Kopf und die Hände eines jeden von ihnen in einem engen Halseisen. Ihnen voran schritt der Vogt, der von den Männern der Stadtwache begleitet wurde.

»Diebesgesindel!«

»Lumpenpack!«

»Abschaum!«, schrie die Menge den beiden Dieben hinterher und bewarf sie mit Steinen, welkem Gemüse und auch Fäkalien. Die beiden Diebe mussten alles über sich ergehen lassen. Ab und an wurden die Männer der Stadtwache ebenfalls von einem verunglückten Wurf getroffen. Dann drehten sie sich wütend zu den Menschen um und schlugen willkürlich nach dem Nächstbesten, bevor sie weitergingen. Interessiert sah Magdalena näher hin. Die Menge schien das Schauspiel sichtlich zu genießen. Auch die alte Therese, ein stadtbekanntes Schandmaul, befand sich unter den Zuschauern. Sie drängte sich immer wieder nach vorne, um die Diebe zu treten, zu schlagen und zu bespucken. Magdalena hätte der Alten so viel Eifer gar nicht zugetraut.

Sie selbst wusste nicht so recht, was sie von dem Geschehen halten sollte. Die Demütigung und Bestrafung von Übeltätern war natürlich gang und gäbe, hatte aber seit der Einführung des neuen Glaubens stark zugenommen. Der Vogt und die Stadtherren griffen schon bei den kleinsten Vergehen hart durch. Die Tübinger beschwerten sich bereits hinter vorgehaltener Hand über die drakonischen Strafen, doch keiner wagte es, sich gegen sie zu empören oder gar zu wehren. Die Strafen waren zwar grausam und brutal, aber andererseits auch eine wirkungsvolle Abschreckung.

Der Zug war kaum aus Magdalenas Blickfeld verschwunden, als Kaspar durch die Tür in den Trockenraum trat. Er hatte die Angewohnheit, seine Arbeit an der Presse häufiger als alle anderen zu unterbrechen. Doch wenigstens erledigte er dann kleinere Aufgaben, die ebenfalls anfielen, weshalb ihn Ulrich auch noch nicht gerügt hatte. Nun nickte er ihr kurz zu und hängte einen Armvoll Bogen auf eine der unteren Leinen. Dann trat er einen Schritt zurück und brummte: »Die *Rhetorica* ist ja fast so schlimm wie dieses andere Buch, das wir letztens hergestellt haben. Wie viele Exemplare müssen wir denn noch drucken?« Offenbar hatte er den Schrecken über Ulrichs Unfall schon wieder überwunden und war gewohnt griesgrämig. Er kratzte sich den Schädel und spuckte auf den Boden. Magdalena warf ihm einen strafenden Blick zu, doch der Geselle bemerkte es gar nicht. »Wir müssen so schnell wie möglich mit dem Buch fertig werden«, sagte sie daher scharf. *Doch wie wir das hinbekommen, ist eine andere Frage,* dachte sie. Kaspar wollte gerade wieder durch die Tür verschwinden, als sie ihm nachrief: »Schick mir Andreas hoch, er soll mir beim Falten der Bogen helfen!«

Wenn sie schon Ulrichs Aufgaben übernehmen musste, wollte sie dabei wenigstens ein wenig Hilfe haben. Kurz darauf hörte sie, wie der Rotschopf die Stiege erklomm. Keine zwei Lidschläge später stand er neben ihr, lächelte sie keck an und reichte ihr einen der zwei Weinbecher, die er in der Hand hielt. »Ich glaube, mit einer Erfrischung lässt es sich besser arbeiten«, sagte er und nahm einen kräftigen Schluck. Im Gegensatz zu anderen Werkstätten gab es in der Druckerei Wein statt Bier, da Ulrich sich gut mit einem Winzer verstand und dessen Wein daher äußerst günstig beziehen konnte. Magdalena konnte sich ein Lächeln nicht verkneifen. Sie hatte Andreas auf Anhieb gemocht, als er damals bei ihnen angefangen hatte. Er war stets hilfsbereit und in der Druckerei bei allen beliebt. Selbst dem knurrigen Kaspar entfuhr manchmal ein Laut, den man als Lachen deuten konnte, wenn er mit ihm sprach.

Sie nahm den Becher, den er ihr gebracht hatte, und genehmigte sich ebenfalls einen Schluck, wenn auch einen deutlich kleineren. Der Wein war wesentlich stärker als der, den Magdalena normalerweise trank. »Das glaube ich gern. Aber wir sollten uns den Rest trotzdem erst nach getaner Arbeit gönnen.« Damit nahm sie ihm den Becher aus der Hand und stellte ihn zusammen mit dem ihren auf den Boden. Bei der Sortierung der Drucke brauchten sie einen klaren Kopf. Ulrich genehmigte sich daher meist erst am späten Nachmittag den ersten Becher stärkeren Weins. Doch die Lehrlinge und Gesellen mussten normalerweise nicht so viele Überlegungen anstellen wie ihr Druckherr, der bei allen Arbeitsschritten die Zügel in der Hand hielt, und genossen meist schon zum Frühstück den ersten Becher.

»Dann wollen wir mal. Wir fangen mit der obersten Leine an. Die Bogen sind bestimmt schon trocken und können zusammengelegt werden.« Sie nahm den kleinen Schemel und stellte ihn vor Andreas hin. Der junge Mann konnte ruhig ein bisschen ins Schwitzen geraten, schließlich war er noch nicht einmal halb so alt wie sie. Der hatte den Wink verstanden. Mit einem kurzen sehnsüchtigen Blick auf seinen Wein stieg er auf den Schemel, sodass nur noch seine braunen Hosenbeine von ihm sichtbar waren. Der Rest seines Körpers verschwand im Blätterwald.

Sie hörte, wie er flink die Drucke auf der obersten Leine zusammenschob und sie dann herunternahm. Mit dem Packen Papier unter dem rechten Arm kletterte er wieder vom Schemel herunter und legte die Bogen auf den großen Tisch, der in der Ecke stand. Magdalena benetzte die Finger mit Speichel und begann, leise zu zählen. Es waren insgesamt sechzehn Bogen, von denen sie die Hälfte ihrem Helfer hinlegte. »Üblicherweise würden wir mit dem Falten warten, bis die gesamte *Rhetorica* gedruckt ist. Aber wir fangen wegen des Zeitdrucks schon heute damit an. Das Buch wird ein kleiner Oktavband. Also müssen wir jeden Bogen dreimal falten. Hier, ich zeig es dir.« Magdalena knickte ihren obersten Bogen langsam, sodass Andreas ihr genau zusehen konnte. »Jetzt du«, forderte sie ihn auf, es ihr nachzumachen. Seine großen Hände falteten den Bogen in der Mitte. »Pass auf, dass die Kanten genau aufeinanderliegen. Sonst bringst du eine schiefe

Seite zustande. Ja, genau so ist es richtig.« Sie freute sich, dass er sich so geschickt anstellte. Wie oft hatte sie ihren Mann schon über einen seiner Gehilfen fluchen hören, der in der Vergangenheit für sie gearbeitet hatte. Ins eine Ohr geht es rein, und aus dem anderen kommt es wieder raus, pflegte er stets zu sagen.

Als Andreas fertig war, hielt er die kleine Lage triumphierend in die Höhe. Anerkennend nickte ihm seine Herrin zu und bedeutete ihm, sich dem restlichen Papier zuzuwenden. Doch dann sah sie, dass der oberste Bogen im hellen Licht, das durch das offene Fenster hereinfiel, schimmerte. »Halt. Die Druckerschwärze ist noch nicht trocken. Der Bogen muss wieder nach oben auf die Leine.« Der Lockenkopf verschwand daraufhin abermals im Blätterwald und hängte ihn auf. Währenddessen prüfte sie die anderen Bogen, welche zum Glück alle den Test bestanden. Anscheinend hatte Kaspar die Bogen kreuz und quer aufgehängt, so wie es ihm gerade in den Sinn gekommen war, und nicht – wie eigentlich vorgesehen – alle nebeneinander auf dieselbe Leine. Sie seufzte. Nun würde sie jeden Bogen erst darauf prüfen müssen, ob er bereits trocken war. Das würde ihre Arbeit hier oben nun verzögern, dabei hatte sie doch noch den Laden aufräumen wollen, bevor ein Käufer dort das ganze Durcheinander sah.

Das Brummen von Kaspar unterbrach sie in ihren Gedanken. Sie hatte gar nicht gehört, dass er wieder zurückgekommen war. »Da unten verlangt einer nach Euch.« Als sie zur Tür schaute, in der er gerade noch gestanden hatte, war er bereits verschwunden. Sie nahm sich vor, den Gesellen etwas genauer im Auge zu behalten und ihm das richtige Aufhängen der Bogen noch einmal zu erklären. Doch nun musste sie sich erst einmal um den Besucher kümmern.

Schnell folgte sie Kaspar nach unten in die Druckwerkstatt und fragte sich, wer denn wohl nach ihr verlangen könnte? War der Bader vielleicht zurückgekommen? Auf ihrem Weg sah sie, wie die Männer gerade eine Pause einlegten und sich von der mühsamen Arbeit erholten. Paul reckte sich, und Matthias hielt sich den Rücken, während Moritz, der nun mit dem Fegen fertig war, vorsichtig begann, den Drucksatz, so gut es ging, vom Schmutz zu befreien. Hier schien es gerade keine weiteren Probleme zu geben, und zum Glück war Magda inzwischen auch von Magdalenas Freundin Cordula abgeholt worden, sodass sich Magdalena verstärkt um die Druckerei kümmern konnte.

Als sie in den Verkaufsraum trat, sah sie allerdings nicht den Bader vor sich, sondern einen kleinen rundlichen Mann, der einen Mantel aus feinem schwarzen Stoff trug. Auf seinem Kopf thronte ein großer Hut mit einer Feder in der gleichen Farbe, und seinen glänzenden, ebenfalls schwarzen Stiefeln nach zu urteilen, waren diese erst heute Morgen blank geputzt worden. Gerade musterte er die Bücheranzeige, die neben dem Eingang angeschlagen war und alle Titel auflistete, die sie im Sortiment hatten. Dabei kehrte er ihr den Rücken zu.

Magdalena nutzte die Gelegenheit, um ein paar der heruntergefallenen Blätter einzusammeln und den Platz um den Verkaufstisch herum nicht allzu unordentlich aussehen zu lassen. Dann ging sie auf den Mann zu und räusperte sich: »Guten Tag, mein Herr. Wie kann ich Euch helfen?«

Als er sich umdrehte, sah sie seinen abschätzigen Gesichtsausdruck. Er musterte sie eine Zeit lang vom Scheitel bis zur Sohle. Seine wässrigen blauen Augen tasteten langsam ihren Körper ab und verweilten eine Weile auf ihrem Busen, der sich unter ihrem grauen Wollkleid abzeichnete. Er schmatzte. »Gute Frau, ich habe nach dem Buchdrucker gefragt. Seid so gut und schickt ihn mir. Ich will ihn nach einem Buch fragen.« Er warf noch einmal einen kurzen Blick auf ihre Brust, dann drehte er sich wieder zur Anzeige um. »Nun«, erwiderte Magdalena zögerlich, »mein Mann, der

Buchdrucker, ist heute ...« Sie stockte. Denn was genau sollte sie sagen? Sie wollte nicht, dass der Unfall ihres Mannes gleich einem Lauffeuer in der ganzen Stadt verbreitet wurde. Auf dem Markt heute Morgen hatten es bereits ein paar Leute gehört. Sicherlich würden schon bald die Ersten vorbeikommen und ihr ungeheuerliche Angebote machen. Ulrich solle doch den Laden verkaufen, man würde ihm auch einen günstigen Preis machen, dann könne er sich für den Rest seines Lebens ausruhen. Nur würden die Summen, die man ihnen anbot, in keinerlei Verhältnis zu dem stehen, was die Werkstatt tatsächlich wert war. Sie hatte das schon einmal bei ihrem Onkel erlebt, der ebenfalls in höherem Alter einen Unfall erlitten hatte. Wie Aasgeier hatten die Leute damals vor dem Haus gesessen, bis es ihm wieder besser ging. Erst dann war ihnen bewusst geworden, dass er seine Bleibe nicht so schnell verkaufen würde. In eine ähnliche Lage wollte Magdalena Ulrich unter keinen Umständen bringen.

Obwohl sie sich im Laden nicht so gut auskannte wie Ulrich, sagte sie nun mit fester Stimme: »Mein Mann hat heute andere Dinge zu erledigen. Ich werde Euch gerne behilflich sein, so gut ich kann.« Natürlich hatte sie ab und an beim Verkauf mitgeholfen, aber meist hatte Ulrich die Bücher herausgesucht und mit den Käufern über den Preis verhandelt. »Welches Buch interessiert Euch denn?«, fügte sie entschlossen hinzu, als der unangenehme Mann vor ihr nicht auf ihre Worte reagierte, sondern ihr weiterhin seinen breiten Rücken zuwandte. Sein Umhang war nicht fleckig wie der eines Fußgängers, also musste der Mann mit einem Pferd nach Tübingen gekommen sein und wohl einem höheren Stand angehören, mutmaßte Magdalena. Endlich drehte er sich zu ihr um. In seinem fleischigen Gesicht hatte sich ein Lächeln breitgemacht. Doch seine hellen Augen blickten nicht freundlich – sie durchbohrten Magdalena geradezu. »So. Er ist also nicht da.« Seine Stimme klang honigsüß. Er trat einen Schritt auf Magdalena zu, die unweigerlich nach hinten auswich. Er genoss es sichtlich, sie in Verlegenheit zu bringen, und rieb sich die Hände. »Nun gut. Dann zeigt mir doch einmal ein Exemplar der *Confessio* des Herzogs.«

Magdalena überlegte schnell. Sie konnte sich deshalb noch so gut an die *Confessio* erinnern, weil Ulrich sie vor einigen Jahren gedruckt hatte und der hohe Reformator Johannes Brenz höchstpersönlich in die Druckerei gekommen war, um den Fortschritt des Druckes zu kontrollieren. Dabei hatte er erklärt, dass es sich um eine für den Herzog äußerst wichtige Publikation handele, die die Gemeinsamkeiten zwischen den Katholischen und den Evangelischen betone und deshalb dem Kirchenkonzil zügig vorgelegt werden müsse. Ulrich hatte daher sogar eine Sondergenehmigung erhalten, um auch an Sonntagen arbeiten zu dürfen, damit er das Werk rechtzeitig fertigstellen konnte. Und nachdem er die bestellte Stückzahl dann an den Hof geliefert hatte, erbat er für sich gleich noch die schriftliche Erlaubnis, einige Dutzend Exemplare auf Deutsch nachdrucken zu dürfen. Denn die Pfarrer aus den umliegenden Ländern würden ebenfalls an dem Werk interessiert sein. Und die haben genug Geld und können für ein Exemplar gut bezahlen, hatte er damals zufrieden zu Magdalena gesagt, als er die Erlaubnis wenige Tage später erhielt. Offensichtlich handelte es sich bei dem Käufer, der nun vor Magdalena stand, um einen ebensolchen Geistlichen aus der Umgebung. Sein leichter Akzent verriet ihr, dass er aus dem Süden des Reiches kam. Vielleicht war er aus Freiburg oder dem Umland. »Gerne. Da muss ich allerdings eben nachsehen. Habt einen Moment Geduld.«

Selbstverständlich sollte man Käufer immer äußerst freundlich behandeln. Aber der Mann in Schwarz flößte ihr Unbehagen ein. Magdalena war froh, sich mit einem guten Grund hinter den großen Verkaufstisch zurückziehen zu können, um sich dort das Buchverzeichnis anzusehen. Er trat derweil an den Tisch heran und zog sich langsam seine feinen Lederhandschuhe aus, die so aussahen, als wären sie erst diesen Winter gefertigt worden. An Geld mangelte es dem Mann offenbar nicht.

Magdalena zog den schweren Lederband hervor, in dem alle gedruckten Werke verzeichnet waren. Sie erinnerte sich, dass die deutsche *Confessio* etwa im Herbst 1552 fertiggestellt worden war, da Ulrich ihr damals auf seinem Rückweg vom Hof des Herzogs einen leckeren Rotwein mitgebracht hatte. Zu dieser Jahreszeit konnte man sehr guten Wein erstehen, da die Winzer ihre Waren besonders eifrig anpriesen und auch gerne einmal die Hälfte vom Preis nachließen.

Ihr Zeigefinger bewegte sich schnell über die Seiten. Dort. Da war der Eintrag. *Confessio des durchleüchtigen hochgebornnen Fürsten und Herrn, Herrn Christoffs Hertzogen zu Wirtemberg* stand dort in dunkler Tinte geschrieben. Daneben war fein säuberlich die Anzahl der Exemplare verzeichnet und eine Strichliste, die anzeigte, wie viele davon bereits verkauft worden waren. Es schien, als hätten schon einige Pfarrer, für den sie auch den Mann vor sich hielt, für die *Confessio* den Weg nach Tübingen auf sich genommen. Die restlichen Exemplare des schmalen Oktavbands befanden sich laut Buchverzeichnis in der Truhe unter dem hinteren Fenster. »Möchtet Ihr Euch ein Exemplar ansehen?«, fragte Magdalena über den Tisch hinweg. Ihr Käufer betrachtete gerade gelangweilt seine Finger. »Ja, genau deswegen bin ich hierhergekommen«, sagte er unwirsch, ohne sie eines Blickes zu würdigen. Er studierte lieber weiterhin aufmerksam seine Fingernägel und zog dann einen kleinen Dolch hervor, um sie zu säubern. Sie ging zur Truhe und öffnete den eisenbeschlagenen Deckel. In ihrem Inneren lagen viele in ein festes Papier eingeschlagene, noch nicht gebundene Bücher durcheinander. Es war wohl schon etwas länger her, dass hier jemand aufgeräumt hatte. Sie musste einige Zeit suchen, bevor sie ein Bündel fand, auf dem *Confessio* wie auch der dafür zu entrichtende Preis geschrieben war. Der Deckel fiel mit einem lauten Knarren zu, als sie auf den Mann zuging. Dieser war noch immer mit seinem Dolch beschäftigt.

»Hier, mein Herr.« Sie legte das Bündel zwischen sich und ihn auf den Holztisch und schlug das Packpapier auseinander. Darin befanden sich die bereits gefalteten Lagen für mehrere Exemplare der *Confessio*. Sie waren alle, wie üblich, noch ungebunden, sodass der Käufer sein Exemplar nach seinem Belieben beim Buchbinder einbinden lassen konnte. Die Lagen des obersten Buches hatten ein paar Stöße abbekommen und sahen etwas mitgenommen aus. Sie nahm es daher schnell herunter und legte es in die Ablage unter der Tischplatte. Dann schob sie ihm die restlichen Papiere zu. »Das sind vier Exemplare des Buches. Ihr könnt Euch selbstverständlich das schönste heraussuchen.« Die Drucke waren zwar eigentlich alle gleich, aber auf so manches Blatt hatte sich doch der ein oder andere Farbfleck geschlichen. Manchmal kam es sogar vor, dass Fräulein Pfote die frisch gedruckten Bogen mit ihren Tatzen verschönerte, wenn sie wieder einmal auf Mäusejagd ging.

Die rechte Hand des Mannes ließ langsam den Dolch sinken und verstaute ihn in seiner großen Manteltasche. Dann griff er nach dem Bündel und schaute sich die losen Bogen genau an. Er blätterte hin und zurück, verglich mehrere Bogen miteinander und nuschelte ab und zu einige Worte in seinen dunklen Bart. Magdalena stand geduldig hinter der Theke und wartete das Ergebnis seiner Prüfung ab. Er nahm sich deutlich mehr Zeit dafür, als erforderlich war.

Endlich ließ er die Bogen sinken und schaute sie an. Seine aufgedunsenen Wangen röteten sich: »Die Ausgabe ist voller Fehler. Überall fehlen Buchstaben, und die meisten Wörter kann man nur erahnen. Wie soll das denn einer lesen können? Es gibt kein einziges fehlerloses Exemplar.« Er schob den inzwischen ungeordneten Berg Papiere verächtlich über den Tisch. Magdalena konnte gerade noch einige Bogen festhalten, die sonst auf den Boden gefallen wären. *Was für ein ungehobelter Mensch,* dachte sie. *Sollten nicht gerade Kirchenmänner mehr Respekt und Höflichkeit im Umgang mit ihren Mitmenschen zeigen?*

»Ihr irrt Euch! Meinem Mann unterlaufen kaum Fehler.« Sie war von seiner Anschuldigung so überrascht, dass ihr auf die Schnelle kein schlagenderes Gegenargument einfiel. Er zeigte sich daher von ihrer Antwort entsprechend unbeeindruckt. »Was wollt Ihr denn für diesen Schund haben? Mehr als einen Batzen ist das jedenfalls nicht wert«, polterte der Pfarrer. Doch da irrte er sich gewaltig. Das Buch war deutlich mehr wert. Auf dem Umschlag des Papierbündels stand der Preis, und der war dreimal so hoch. Zorn stieg in Magdalena auf. *Er denkt wohl, er kann mich über den Tisch ziehen. Aber da hat er sich getäuscht. Ich werde ihn zurechtweisen. Was bildet sich dieser Fettwanst eigentlich ein?* Doch sie zwang sich, ihren Ärger hinunterzuschlucken. Verärgere den Käufer nicht, sagte Ulrich immer, auch wenn er sich nicht gut benimmt. Ein unzufriedener Käufer kann durch sein Gerede unserem Geschäft schweren Schaden zufügen.

Also atmete sie erst einmal tief durch und zwang sich dann dazu, ihm direkt ins Gesicht zu sehen. Mit seinen Schweinsäuglein und seinen roten Backen war er ihr zutiefst zuwider. »Da irrt Ihr Euch leider, mein Herr«, antwortete sie mit betont ruhiger Stimme, obwohl ihre Hände leicht zitterten. Schnell versteckte sie sie hinter ihrem Rücken und zwang sich zu einem Lächeln. »Ich kann Euch das Buch nur für vier Batzen verkaufen.« Da er sicherlich feilschen würde, musste sie den Preis etwas höher ansetzen.

»Was? Seid Ihr von allen guten Geistern verlassen, Weibsbild? Und dafür bin ich den weiten Weg hierhergereist? Man sagte mir,

Ulrich Morhart sei ein aufrichtiger Mann, der angemessene Preise verlangt. Ich möchte sofort mit dem Herrn des Hauses sprechen!«, schrie er, und Speichel landete auf den Bogen vor ihm. Magdalena zog die Ware langsam aus seiner Reichweite, damit er sie nicht noch mehr bespuckte. Er bemerkte es nicht, sondern funkelte sie weiterhin böse an. Erneut zwang sie sich zu einem Lächeln. »Ich bedaure sehr, mein Herr. Aber wie ich Euch bereits sagte, ist mein Mann heute nicht zu sprechen. Aber da Ihr so weit gereist seid, werde ich Euch gerne mit dem Preis entgegenkommen. Würdet Ihr die *Confessio* für drei Batzen nehmen?« *Verflixt! Ich hätte den ihm genannten Preis noch höher ansetzen sollen. Denn nun wird er mir wahrscheinlich zwei Batzen anbieten, und wir werden uns in der Mitte treffen müssen. Was einen Verlust für uns bedeutet, aber immer noch besser ist, als gar kein Buch zu verkaufen.*

Doch der feiste Mann ging nicht auf ihr Angebot ein. »Ha, mehr als einen Batzen ist der Schund hier nicht wert. Ihr bekommt keinen Kreuzer mehr von mir!« Er griff mit der Hand in seinen Mantel und zog einen roten Samtbeutel hervor, der prall gefüllt war. Abfällig entnahm er ihm eine Münze, warf sie vor ihr auf den Tisch und streckte die Hände nach den Papierbogen aus. Doch Magdalena war schneller als er. Sie zog den Haufen Bogen zu sich heran und legte ihn auf eine Ablage hinter sich.

»Ich fürchte, ich kann Euch das Buch für diesen geringen Preis nicht überlassen. Entweder Ihr bezahlt die drei Batzen, oder Ihr werdet ohne die *Confessio* nach Hause reisen müssen«, erwiderte sie immer noch mit ruhiger Stimme, verschränkte dabei aber die Arme vor der Brust, um ihren Worten mehr Gewicht zu verleihen.

Ihr Gegenüber stierte sie an, sein Gesicht war nun krebsrot. »Was fällt Euch ein?«, tobte er. »Hat Euer Mann Euch nicht beigebracht, dass man Käufer mit Respekt behandelt? Nun gebt mir das vermaledeite Buch.« Er ging um den Tisch herum und baute sich in seiner ganzen Größe vor ihr auf. Doch Magdalena stellte sich schützend vor den Blätterhaufen. »Wenn Ihr mir dafür nicht den angemessenen Preis zahlt, werde ich Euch das Buch nicht verkaufen«, wiederholte sie bestimmt.

Sein Blick wanderte zwischen ihr und den Bogen hin und her. Er dachte nach. Dann verzog sich sein zorniges Gesicht zu einem schiefen Grinsen, das seine gelben Zähne entblößte. »Wie Ihr wollt. Ich lege noch einen halben Batzen drauf. Aber das ist mein letztes Angebot.« Seine Augen waren dabei fest auf ihre Rundungen über den verschränkten Armen gerichtet. Doch als er das Kopfschütteln der Frau wahrnahm, wanderten sie hoch. Ungläubig starrte er ihr ins Gesicht. »Drei Batzen, nicht weniger. Sonst müsst Ihr in eine andere Druckerei gehen«, sagte sie lauter, als sie beabsichtigt hatte. Da sie allerdings die einzige Druckerei im ganzen Herzogtum waren und obendrein auch die einzige, die die wahre *Confessio* verkaufte, würde dies den Mann vielleicht zum Einlenken bewegen. Zwar gab es sicher anderswo noch einen Nachdruck, der als solcher allerdings nicht vom Herzog bewilligt worden war und daher wohl etliche Fehler aufwies.

Ihre Hartnäckigkeit brachte den Pfarrer zur Explosion. Er war es offenkundig nicht gewohnt, dass ihm jemand die Stirn bot. Und schon gar keine Frau! »Das ist eine Ungeheuerlichkeit. Was für ein Wucher! Ihr nehmt es von den Lebenden«, polterte er und kam drohend einen weiteren Schritt auf sie zu.

Das Klingeln der kleinen Glocke neben der Eingangstür unterbrach seinen Redeschwall. Der Klingelzug zum Läuten wurde von einer kräftigen Hand gehalten, zu der ein noch kräftigerer Mann gehörte. Er war ebenfalls ganz in Schwarz gekleidet, allerdings deutlich schlanker als der Pfaffe. Die wachen, blauen Augen des Neuankömmlings sahen zuerst die Frau an, die unwillkürlich vor ihrem Käufer zurückgewichen war, dann den fettleibigen Mann, der ihr gegenüberstand. Auf ihm verweilte sein Blick etwas länger. »Ich hoffe, ich unterbreche Euch nicht«, sagte er schließlich, wobei er den Pfarrer immer noch fest im Visier hatte. Dieser drehte seinen massigen Körper in die Richtung, aus der die Stimme kam.

»Dieses Weibsbild will mich für dumm verkaufen. Mich! Das ist wirklich unglaublich. Weiß sie denn nicht, dass es eine Sünde ist, einen Vertreter Gottes so schändlich zu hintergehen?« Er strich sich wichtigtuerisch über seinen Mantel und zog dann ein an einer Kette hängendes Kreuz unter diesem hervor. »Vielleicht könnt Ihr dieser ungehobelten Frau etwas Benimm beibringen.« Er schnalzte mit der Zunge und verzog seine Mundwinkel wieder zu dem ihm eigenen widerlichen Grinsen.

Mit wenigen Schritten trat der Ankömmling an den Verkaufstisch, legte das Papierbündel, das er in den Händen hielt, darauf ab und stellte sich danach breitbeinig davor, als wolle er es mit seinem Körper beschützen. Dann wandte er sich dem Mann zu, erwiderte dessen Grinsen allerdings nicht. »Wobei will Euch die Frau des Buchdruckers denn für dumm verkaufen?«, fragte er mit ernster Miene. Der kleinere Mann wirkte nun verunsichert und zögerte. Dann trat er einen Schritt zur Seite und deutete mit dem Zeigefinger auf den Blätterwust, der hinter Magdalenas Rücken nun wieder für ihn sichtbar war. »Sie will mir die *Confessio* für drei Batzen verkaufen. Dabei ist das Buch mit Fehlern übersät.«

Sein Gesprächspartner lächelte plötzlich. »Ich kenne das Buch, von dem Ihr sprecht, sehr gut.« Der dicke Mann schnaubte anerkennend und nickte mit dem Kopf. Dabei wippte die Feder auf seinem Hut auf und ab. Er warf Magdalena einen triumphierenden Blick zu, den diese mit eisiger Miene quittierte. Er schien Hoffnung zu schöpfen, dass der Neue sich auf seine Seite schlagen würde.

»Doch mit Fehlern übersät ist es nicht«, fügte der im gleichen

Augenblick hinzu. Sofort hörte der Pfarrer auf zu nicken. Der Unterkiefer klappte ihm herunter. Er glotzte den Fremden fassungslos an. »Was …?«, brachte er nur hervor. Etwas anderes fiel ihm auf die Schnelle wohl nicht ein. Überhaupt wirkte er nicht wie ein Mann, der schnell gute Gegenargumente fand.

»Ja«, bestätigte ihm der Neuankömmling. »Ich selbst besitze ein Exemplar der *Confessio* und kann Euch deshalb sagen, dass es wirklich einwandfrei hergestellt wurde. Natürlich gibt es hie und da einige kleine Fehler, aber deutlich weniger als bei anderen Buchdruckern.« Ungläubig starrte der Fette den hochgewachsenen Mann an. Die beiden standen nun recht nah beieinander, was die sichtbaren Unterschiede zwischen ihnen noch verstärkte. Der eine klein und rund, der andere groß und stattlich. Dann veränderte sich die Miene des Pfarrers. Er sah so aus, als hätte ihm gerade jemand in die Suppe gespuckt. Seine feisten Hände ballten sich zu Fäusten. Schon setzte er zu einer Erwiderung an, besann sich dann aber eines Besseren und stapfte stattdessen zur Tür. Ohne ein weiteres Wort verließ er den Laden.

»Nikodemus«, entfuhr es der erleichterten Magdalena, »Ihr seid genau im rechten Augenblick gekommen. Fast hätte ich diesem eingebildeten Menschen ein paar passende Worte gesagt. Wer glaubt er eigentlich, der er ist? Mich in meinem eigenen Haus so anzufahren? Aber ich kann einen Käufer ja nicht einfach anschreien. Obwohl es dieser wirklich mehr als verdient hätte.« Sie warf einen verächtlichen Blick in die Richtung, in die der Kirchenmann entschwunden war.

»Ha. Das hätte ich nur allzu gerne miterlebt«, sagte Nikodemus süffisant. »Ich kenne solche Stiesel zuhauf. Sie regen sich künstlich auf, nur um einen billigeren Preis herauszuschlagen.« Er zwinkerte ihr zu. »Wenn so ein Kerl dann einmal zurechtgewiesen wird – und noch dazu von einer Frau –, ist das ein schönes Spektakel.« Er musste lachen. Um seine Augen bildeten sich kleine Lachfältchen, doch schon wurde er wieder ernst. »Aber Ihr habt natürlich recht. Ihr solltet einen Käufer nicht einfach anschreien, auch wenn er es verdient hat. So eine Geschichte macht leider schnell die Runde in Tübingen, und bevor Ihr Euchs verseht, seid Ihr dann als Biest verschrien, welches man am besten meiden sollte. Und Bücher sollte man bei einem Biest natürlich auch nicht kaufen.«

Bei seinen letzten Worten verdrehte er seine blauen Augen vielsagend gen Himmel. Vom allgemeinen Gerede hielt er nicht viel. Gerade erst hatte ihm ein Gastwirt weismachen wollen, dass ein Bauer im Umland seine Feldfrüchte vergiftet hätte, um auf diese Weise seine ganze Familie zu töten. Und von einer Wäscherin hatte er letztens erfahren, dass der neue Bäckerlehrling von nebenan seine süßen Semmeln mit einem Liebestrank versetzte, um sich Frauen gefügig zu machen. Das waren wirklich haarsträubende Geschichten, die allesamt erstunken und erlogen waren. Dennoch durfte man das Gerede der Leute nicht unterschätzen. Nur einmal ein falsches Wort, eine falsche Geschichte, und der eigene Ruf war beschädigt. Und wenn der Ruf erst einmal beschädigt war, konnte sich das äußerst übel auf das Geschäft auswirken. So manch einer hatte deshalb schon die Stadt mit Kind und Kegel verlassen müssen, um sein Glück anderswo zu suchen.

»Am besten lasst Ihr einem so aufgeblasenen Käufer wie diesem erst einmal die Luft raus. Sagt ihm, dass die Bücher fast alle von mir, einem der besten Professoren an der hiesigen Universität, korrigiert werden. Und mir entgeht so schnell kein Fehler.« Magdalena grinste still in sich hinein. Nikodemus war ein treuer und zuverlässiger Käufer, aber er hatte auch einen gewissen Hang zur Arroganz, wie er Gelehrten nun einmal nachgesagt wurde. Seitdem er nach Tübingen gekommen war, arbeiteten er und Ulrich zusammen, und für beide hatte sich diese Zusammenarbeit gelohnt. Der Buchdrucker konnte sich darauf verlassen, ein fehlerfreies Manuskript zu bekommen, das er dann nur noch setzen lassen musste, und der Mediziner bekam seine Bücher dafür immer zu einem vergünstigten Preis. Besonders wichtig war es für Nikodemus jedoch, dass er von Ulrich Morhart immer über die neuesten Publikationen in anderen Universitätsstädten informiert wurde und diesem direkt auftragen konnte, einige Exemplare davon zu besorgen. Diesen Vorteil nutzten jedoch nur die wenigsten Professoren, denn vielen war es schlichtweg zu laut und zu schmutzig in der Druckerei. Trotzdem benötigten sie oftmals neue Publikationen, welche sie dann bei Nikodemus erwerben konnten. Der verkaufte sie ihnen in seiner Studierkammer für einen geringen Aufpreis, den er laut seiner Absprache mit Ulrich behalten durfte. Ein kleiner Nebenverdienst war selbst einem Professor immer willkommen.

Mit dieser Übereinkunft waren sowohl der Professor als auch der Buchdrucker sehr zufrieden. Was allerdings noch wichtiger war, war der Umstand, dass Nikodemus dank seiner persönlichen Verbindungen stets frühzeitig erfuhr, welche Bücher demnächst benötigt werden würden. Ulrichs Vater war einst jämmerlich als Drucker gescheitert, weil er auf vielen seiner Bücher sitzen geblieben war. So hatte er zum Beispiel gehofft, dass sich ein Buch über Kräuter gut verkaufen ließe, und deshalb fünfhundert Exemplare davon hergestellt. Alleine die vielen Holzschnitte für die Illustrationen hatten ihn fast sein ganzes Vermögen gekostet. Doch als die Bücher dann nach mehreren Monaten Arbeit gedruckt gewesen waren, konnte er nur ein paar Dutzend davon an den Mann bringen. Der Rest war schließlich nur noch zum Heizen des Ofens zu gebrauchen. Für eine lange Zeit hatte es keine anständige Mahlzeit mehr gegeben und die Familie Morhart schrecklichen Hunger gelitten. Die Misere hatte damals sogar ihren jüngsten Sohn das Leben gekostet. Für Ulrich aber war dies eine wichtige, wenn auch harte Lehre gewesen: Produziere niemals etwas, was du nicht sicher verkaufen kannst.

Erst jetzt bemerkte Magdalena das Bündel Papiere auf dem Verkaufstisch, auf das der Professor gerade seine Hand gelegt hatte. Sie zog es zu sich heran und öffnete es. »Ah, die Korrekturen.« *Wenigstens eine gute Nachricht am heutigen Tag,* dachte sie bei sich. Im Flüsterton fuhr sie fort, obwohl außer Nikodemus niemand in ihrer Nähe war. »Dann können wir jetzt endlich die ersten Bogen des Landrechts setzen. Ich danke Euch.« Sie schnürte das Bündel wieder zu und legte es beiseite. Ihre Freude war jedoch nur gespielt, denn es war ihr gar nicht recht, dass sie nun für diesen äußerst wichtigen und geheimen Auftrag verantwortlich war. Da riss sie Nikodemus aus ihren Gedanken.

»Ist Ulrich denn verreist? Ich dachte, der junge Ulrich sei nun hauptsächlich für die Geschäfte außerhalb zuständig?«, fragte der Professor, während er wie selbstverständlich den Haufen der ungeordneten *Confessiones* in seine feingliedrigen Hände nahm und alle vier wieder in die richtige Seitenabfolge brachte. Verblüfft sah ihn Magdalena an. Als wäre er sich gerade erst bewusst geworden, was er da tat, hielt er kurz inne und grinste verschmitzt. »Entschuldigung. Das ist die Macht der Gewohnheit. In meinem Haus kann ich keinerlei Ordnung halten. Nur ungebundene Bücher sortiere ich immer sofort. Denn es ist einfach zu ärgerlich, wenn ich plötzlich am Ende einer Seite angelangt bin, dann aber erst endlos nach der nächsten Seite suchen muss, bevor ich weiter korrigieren kann.« Mit einem fragenden Blick zog er seine Augenbrauen hoch. »Ihr habt doch sicher nichts dagegen, oder?« Schnell schichtete er die geordneten Seiten wieder zu einem einzigen, fein säuberlichen Stapel. Als er fertig war, zog Magdalena das beschädigte Exemplar unter dem Tisch hervor und legte es obenauf.

»Wo ist er denn nun, der Herr des Hauses?«, fragte Nikodemus ein zweites Mal, während er auf den Stapel klopfte. Aber der Schatten, der daraufhin über ihr Gesicht huschte, entging ihm nicht. »Es ist doch nichts passiert?«

Traurig sah sie ihn an. »Ulrich hatte plötzlich Schmerzen und ist die Stiege hinuntergefallen. Der Bader macht sich große Sorgen um ihn und sagt, er müsse sich unbedingt schonen. Es war wohl etwas zu viel für ihn in letzter Zeit.« Sie wusste, dass sie Nikodemus die Wahrheit erzählen konnte, da Ulrich ihn für einen verschwiegenen Menschen hielt und ihm deshalb auch als einzigem der Professoren die Korrektur des Probedrucks vom Entwurf des Landrechts anvertraut hatte.

»Oh, das hört sich aber gar nicht gut an! Hoffentlich kommt er bald wieder auf die Beine. Aber bei Eurer Fürsorge fehlt es ihm sicherlich an nichts. Ah, und dann seid Ihr, weil der junge Ulrich gerade unterwegs ist, nun die Herrin hier im Laden und in der Werkstatt.«

»Ja, da habt Ihr recht. Allerdings weiß ich nicht, wie ich das alles schaffen soll! Was ist, wenn mich alle Käufer so über den Tisch zu ziehen versuchen wie der letzte?«

»Aber, aber. Bis jetzt scheint Ihr Euch doch ganz wacker geschlagen zu haben. Wie ich höre, läuft die Presse stetig, und der Laden ist auch noch nicht abgebrannt.«

Trotz all seiner sonstigen Vorzüge hat der Mann einen sonderbaren Humor, dachte Magdalena. Dann sagte sie: »Ja, bis jetzt habe ich aber auch erst einen Nachmittag hinter mich gebracht.«

»Ach, Magdalena. Ihr habt Euch doch gut behauptet. Ihr seid bei diesem Pfarrer standhaft geblieben und habt nicht nachgegeben. Es sind nicht alle Käufer so wie dieser Brüllochse. Mit der Zeit werdet Ihr sicherlich ein gutes Gespür für die verschiedenen Wesensarten Eurer Besucher entwickeln. Und dann werdet Ihr sehen, dass Euch das Verkaufen auch liegt. Und Ihr müsst ja zudem nur so lange durchhalten, bis Ulrich wieder gesund ist.«

Magdalena spürte bei diesen aufmunternden Worten, wie ihre Zuversicht wieder zurückkehrte. Doch Nikodemus war mit seiner Rede noch nicht am Ende.

»Habt Ihr außerdem nicht schon des Öfteren bei Eurer Schwester und ihrem Mann beim Verkauf im Gewürzladen tatkräftig mitgeholfen? Da habt Ihr doch sicher gelernt, wie man mit den Leuten richtig umgeht. Freundlich, aber bestimmt. Damit kommt Ihr auch in der Druckerei gut durch.« *Damit mag er wohl recht haben,* dachte Magdalena und senkte ihren Blick auf das Bündel mit den Korrekturen des Landrechtes. *Aber das hier ist etwas völlig anderes.*

»So. Meine Studenten warten wegen meiner bevorstehenden Abreise leider schon sehnsüchtig auf mich. Daher muss ich Euch jetzt verlassen. Wir sehen uns, sobald ich wieder aus Paris zurück bin. Bis dahin denkt immer daran – Ihr schafft das schon!« Er nickte daraufhin noch einmal bekräftigend und verließ dann den Laden.

Kapitel 5

Der neunjährige Moritz war noch immer mitgenommen von dem, was er an diesem Morgen mit hatte ansehen müssen. Zwar hatte er die ihm aufgetragenen Aufgaben inzwischen ordentlich erledigt, doch zeigten seine fahrigen Bewegungen, dass er das Geschehene noch nicht vollständig verkraftet hatte. Sein Stiefvater hatte ihm am Morgen etwas im Trockenraum zeigen wollen, als sich seine Glieder auf einmal versteift hatten und er nach einem gequälten Schrei, der sogar den Lärm der Presse übertönte, einfach von der Stiege gefallen und regungslos auf dem Boden liegen geblieben war. Für den in sich gekehrten Jungen war es der erste schwere Unfall, den er hatte mit ansehen müssen, worüber er noch immer nicht hinweg war. Ausgerechnet heute hatte er der Schule fernbleiben müssen, um bei der Fertigstellung der *Rhetorica* zu helfen, sonst wäre ihm dieses schreckliche Erlebnis erspart geblieben. Nun machte er gerade eine kurze Pause im Essbereich und starrte vor sich auf den Tisch.

Er kommt ganz nach seinem Großvater, dachte Magdalena, als sie ihn so sitzen sah und dabei genauer betrachtete. Die gleichen grauen Augen, die in ihrer Familie eher selten waren, der etwas kräftigere Körperbau und das eher vorsichtige Herangehen an Dinge, mit denen er nicht vertraut war. Seine Schüchternheit war es auch, die seine Altersgenossen dazu verleiteten, ihn nicht ernst zu nehmen. Sie spielten ihm gerne Streiche, gegen die er sich nicht recht zu wehren wusste. Vielleicht kam das ja auch daher, erklärte sich Magdalena das Verhalten ihres Jüngsten, dass er drei wesentlich ältere Brüder hatte, die ihre Rangfolge bereits untereinander ausgefochten hatten. Jedenfalls hatte sie Moritz deshalb besonders in ihr Herz geschlossen und achtete darauf, dass ihm niemand etwas zuleide tat.

Jakob ist da schon ganz anders geraten, dachte sie mit einem Seufzer. Ihr Zweitältester sah ihrer Mutter ähnlich, hatte deren grüne Augen und auch deren widerspenstiges Haar, das er nicht einmal zum Sonntagskirchgang bändigen konnte. Was hatte sie nicht schon alles ausprobiert, um seine Haare zu glätten – von Tierfetten bis zum Stoppelschnitt –, aber seine dunklen Locken waren sein unverkennbares Markenzeichen geblieben. Mit seiner schmalen Statur und seinen feinen Gesichtszügen wirkte er längst nicht so aufsässig und wehrhaft, wie er in Wirklichkeit war. Magdalena und auch Ulrich hatten bereits einige Auseinandersetzungen mit ihm gehabt, weil er sich so gar nicht an die häuslichen Regeln halten wollte und oftmals freche Widerworte gab. Deshalb war sie fast schon erleichtert, dass er nun seit letztem Jahr bei einem Buchbinder in die Lehre ging und sie ihn nur abends und sonntags sah. Da war er dann meist recht müde und dementsprechend friedlich.

Georg und Oswald waren ihr und Ulrich dagegen schon richtige Stützen im Haus und in der Werkstatt. Sie war erleichtert, dass sie jetzt, nach Ulrichs Unfall, zwei so starke junge Männer an ihrer Seite wusste. Die beiden Brüder waren wesensverwandt, wenn auch Oswald als der Älteste der vier Brüder eine Art Führungsrolle übernommen hatte. Er sah Magdalena von all ihren Kindern am ähnlichsten, hatte ihre grünen Augen, die gleichen über der Nasenwurzel zusammengewachsenen Brauen und ihr dunkles, glattes Haar, das er kinnlang trug. Er war ein schlanker und mit seinem kurzen, gelockten Backenbart sehr gut aussehender junger Mann. Obwohl ihm schon einige junge Damen schöne Augen gemacht hatten, schien er bis jetzt nicht die Richtige gefunden zu haben. Was Magdalena am meisten an ihm schätzte, war sein Wunsch, ständig mehr Verantwortung zu übernehmen. Auch wenn sie ihn schon mehrmals davon hatte abhalten müssen, sich zu viele Aufgaben aufzuhalsen oder Aufgaben anzunehmen, denen er noch nicht gewachsen war. Er stand häufig noch vor den Lehrlingen auf und arbeitete auch öfters während der Pausen durch. Georg als Drittältester eiferte ihm in jeder Beziehung nach, kam jedoch, solange Oswald die meiste Verantwortung trug, nicht richtig zum Zug. Dafür kümmerte er sich von all ihren Söhnen am meisten um die kleine Magda. An einigen Abenden las er gemeinsam mit ihr den Katechismus und half ihr dabei, die Buchstaben auf den Seiten mit den Fingern nachzuzeichnen. Deshalb konnte Magda, obwohl sie leider wegen der zu hohen Kosten nicht zur Schule gehen konnte, auch schon einige einfache Sätze lesen. Magdalena sah diese abendlichen Lehrstunden immer gerne, denn auch sie hatte damals auf die gleiche Weise mit ihrem Vater Lesen gelernt.

Als Magdalena abends die kleine Glocke läutete und damit den Feierabend ankündigte, richtete Matthias als der Älteste der Lehrlinge, der oft für alle drei sprach, das Wort an sie. »Meisterin Morhart«, begann er förmlich und sah ihr dabei fest in die Augen. »Andreas, Paul und ich werden heute Abend zu Kaspar gehen, um dort mit ihm und seiner Frau zu essen.« Dankbar nickte sie ihm zu, denn die Gehilfen gaben ihr damit die Gelegenheit, mit ihren Kindern zu besprechen, welche Aufgaben diese nach Ulrichs Unfall nun mit übernehmen müssten. Matthias gab, nachdem sie zu dritt die Presse gereinigt hatten und der Satz aufgebrochen war, das Zeichen zum Aufbruch, und die Lehrlinge verließen gemeinsam mit dem Gesellen das Haus. Erleichtert sah Magdalena ihnen hinterher und machte sich ihrerseits daran, das Abendmahl für Ulrich und ihre Kinder zuzubereiten.

Kapitel 6

Einige Tage später sah Magdalena, sie hatte gerade Ulrichs Laken ausgewaschen und war wieder in den Produktionsraum gegangen, dass die Männer samt ihren Söhnen emsig damit beschäftigt waren, die letzten Bogen der *Rhetorica* zu drucken. Kaspar und Oswald bedienten die nun wieder funktionstüchtige zweite Presse. Paul ging gerade um die beiden herum und machte sich an den Seilen zu schaffen, die unter der Decke hingen. Auf ihnen befanden sich etliche bedruckte Bogen, deren Farbe im Sonnenlicht glänzte. Nachdem er den letzten soeben fertiggestellten Bogen aufgehängt hatte, ging er zurück zu Andreas und spannte mit ihm einen neuen in die Presse ein. Matthias und Georg bereiteten derweil den Drucksatz vor. *Dafür, dass Ulrich ausgefallen ist, läuft es eigentlich ganz gut,* dachte Magdalena erstaunt. Ihr Stiefsohn beschaffte heute neues Öl für die Pressen. Die Gehilfen und ihre Söhne waren eine eingespielte Truppe in der Druckerei, und wenn es Fragen oder Probleme gab, lief schnell jemand hoch in Ulrichs Kammer und fragte ihn. Es ging ihm schon wieder deutlich besser, und alle rechneten damit, ihn bald wieder in der Druckerei zu sehen, wenn auch vielleicht nur sitzend.

Dies änderte sich jedoch schlagartig in der folgenden Woche, als Ulrich eines Morgens keuchend und schweißnass auf seinem Lager erwachte. Moritz wollte ihm gerade vor der Schule noch die Morgensuppe reichen, als sein Stiefvater ihn plötzlich fest umklammerte. Seine Hände glühten, und seine Fingernägel bohrten sich in den Unterarm des Jungen, der daraufhin einen erschrockenen Schrei ausstieß und die Suppenschüssel zu Boden fallen ließ, wo sie in viele Stücke zerbarst. Der Kranke starrte den Jungen unentwegt mit glasigen Augen an. »Hol ... Magdalena ... und Ulrich ... Und den Pfarrer!«, stieß er mühsam um Atem ringend hervor, obwohl sich seine Brust rasend schnell hob und senkte. Voller Furcht wollte sich Moritz aus seinem eisernen Griff befreien, schaffte es aber nicht. Erst als sein Stiefvater erschöpft auf sein Lager zurücksank und sich sein Körper, aus dem das Leben langsam wich, entspannte, rannte Moritz aus der Schlafkammer und zur Stiege und rief, so laut er konnte, nach unten. Magdalena ließ sofort alles stehen und liegen, schickte umgehend einen Lehrling nach dem Geistlichen und eilte nach oben. Sie tupfte ihrem Mann den Schweiß von der Stirn, strich ihm sanft über die Wange und küsste ihn, während sie immer und immer wieder ein Stoßgebet gen Himmel sandte. Kaum waren Ulrich der Jüngere und der Pfarrer eingetroffen, begann der Kranke, langsam und unterbrochen von vielen Pausen, zu sprechen. »Ich spüre ...«, ein kurzes Husten schüttelte ihn, »... dass es mit mir ...«, Ulrichs Körper krampfte sich zusammen, und er hatte größte Mühe weiterzusprechen, »... zu Ende geht.« Entsetzt wollte ihm Magdalena widersprechen, doch ihr Mann gebot ihr mit einer Handbewegung zu schweigen. »Wenn ich nicht mehr bin ...«, sein Atem rasselte, »... sollt ihr beide zusammen die Druckerei fortführen ... Magdalena übersieht die ... Produktion ... du, Ulrich, gehst zu den Messen ... und kümmerst dich um die Lieferungen ...« Weiter kam Ulrich nicht mehr. Sein Kopf fiel nach hinten, und der Pfarrer konnte ihn gerade noch segnen, bevor Ulrichs Blick starr wurde. Ulrich der Jüngere kniete benommen neben dem Leichnam seines Vaters nieder und nahm dessen Hand. Tränen liefen ihm über die Wangen, während er letzte Worte des Abschieds murmelte. »Nein, nein, du darfst nicht sterben«, stammelte Magdalena, die den Tod ihres Mannes nicht fassen konnte, und barg den Kopf in ihren Händen. Er war doch auf dem Weg der Besserung gewesen. Warum nur? Warum? Doch es gab keine Antwort auf diese Frage und keinen Trost. Sie war zum zweiten Mal Witwe geworden.

Kapitel 7

In den darauffolgenden Tagen war es im Haus der Morharts recht still. Kaum einer sprach mehr, als er musste. Viele Nachbarn und Käufer waren vorbeigekommen und hatten ihr Beileid bekundet, doch auch das hörte bald auf. Nur Magdalenas Freundin Cordula war zu dieser Zeit ein häufiger und gern gesehener Gast. Ihr heiteres Wesen und ihre umsichtige, einfühlsame Art taten Magdalena wie immer gut. Schon oft hatten sie Cordulas trockene Kommentare bei anderen Gelegenheiten erheitert. Da deren Eltern nicht unvermögend waren, hatte ihre Freundin dank eines persönlichen Lehrers das Lesen und Schreiben gelernt und schließlich den obersten Universitätsschreiber Konrad geheiratet. An und für sich eine gute Partie, wäre Konrad manchmal nicht so engstirnig gewesen. Vielleicht war das auch mit der Grund, warum Cordula so gerne unter Menschen ging und Magdalena immer die neuesten Neuigkeiten und Gerüchte brühwarm berichtete. Gemeinsam kommentierten sie diese dann und machten sich darüber lustig. Nach Ulrichs Tod kam Cordula noch häufiger als vorher in die Druckerei, um Magdalena in dieser schweren Zeit zur Seite zu stehen. Die wusste ihr »Ohr« zur Außenwelt, wie sie Cordula oft scherzhaft zu nennen pflegte, nun noch einmal mehr zu schätzen.

Auch Tage später konnte sich Ulrich der Jüngere noch immer nicht mit den letzten, auf dem Sterbebett geäußerten Worten seines Vaters abfinden und nahm einen weiteren Schluck starken Weins aus dem Krug zu sich. Eigentlich trank er in der Fastenzeit nur verdünnten Wein, bedurfte in dieser Lage aber des Trostes, etwas, das ihm seine Frau Katharina nicht geben konnte. Unbewusst strich er sich den Rebensaft aus seinem Oberlippenbart. Er konnte es nicht fassen: Seine Stiefmutter Magdalena sollte die Druckerei gemeinsam mit ihm leiten. Gemeinsam! Und er, der einzige leibliche Sohn seines Vaters Ulrich, würde die Werkstatt mit ihr und ihren Kindern teilen müssen! Und das nach all den Jahren, in denen er seinem Vater so treu gedient hatte. Er hatte eigentlich darauf gehofft, dass er sie mit einem geringen Betrag nach dem Tod seines Vaters abspeisen und dann die Werkstatt alleine führen könnte. Er hatte seinen Vater immer wieder zu einem dementsprechenden Testament gedrängt, aber der hatte wiederholt abgelehnt und gemeint, dass er noch sehr lange leben würde.

Er griff wieder zum Krug. Seit dem frühen Tod seiner Mutter waren er und sein Vater ein gutes Gespann gewesen, und Ulrich hatte ihm nicht nur viel Wissen, sondern auch eine Menge Kniffe beigebracht, Kniffe, die ein guter Drucker beherrschen sollte. Doch dann hatte sein Vater ein zweites Mal geheiratet. Eine Frau, die zwar gut betucht war, sonst aber keinerlei Vorzüge besaß, wie Ulrich fand. Als diese nur wenige Jahre nach der Hochzeit verstarb, weinte er ihr keine Träne nach. Doch damit nicht genug. Danach hatte sein Vater auch noch diese Magdalena zur Frau genommen. Dabei war doch allgemein bekannt, dass die Mitglieder ihrer Familie alles daransetzten, sich am Herzog dafür zu rächen, dass sie ihren hohen Status verloren hatten. Noch dazu war sie eine Witwe mit vier Söhnen. Er schnaubte verächtlich. Was hatte seinen Vater wohl an ihr gereizt? Magdalena war in seinen Augen eine verkniffene und sehr berechnende Frau, die lediglich auf der Suche nach einem Vater für ihre Söhne gewesen war, der diesen sowohl die Schule als auch die Ausbildung bezahlte, und die deshalb nur eins im Sinn hatte: ihn möglichst fest an sich zu binden. Er selbst war nie zur Schule gegangen, aber nun wurde diesem Moritz der Unterricht bezahlt. War seinem Vater denn nie der Gedanke gekommen, dass Magdalena ihn nur ausnutzen wollte?

Ulrich merkte, wie sich sein Unterkiefer vor Verachtung nach vorne schob. Natürlich hatte sie alles getan, um seinen Vater nicht merken zu lassen, dass sie ihre Söhne ihm, dem Stiefsohn, vorzog. Abends im Wirtshaus hatte er sich des Öfteren seinen Ärger von der Seele geredet; manchmal mit etwas zu viel Wein. Aber er hatte immer fest damit gerechnet, dass er einmal die Werkstatt seines Vaters übernehmen würde und die übrigen Erben mit einer nicht allzu großen Summe abfinden konnte. Sein Vater hatte ihn auch immer in diesem Glauben gelassen und ihm stets die Leitung der Druckerei übertragen, wenn er verreisen musste. Mit dieser Zuversicht und Zukunft vor Augen hatte er geheiratet und würde nun hoffentlich bald selbst der Vater eines Sohnes sein, dem er wiederum eines Tages die Druckerei vererben wollte. Doch schon nach der Heirat mit Magdalena hatten sie und ihre Söhne Interesse an der Werkstatt gezeigt, und zwei davon wollten nun sogar selbst Drucker werden, obwohl sie ihm in seinen Augen niemals das Wasser reichen konnten. Was ihn besonders geärgert hatte, war außerdem der Umstand, dass sein Vater den Wettstreit zwischen ihm und den Stiefsöhnen innerhalb der Druckerei auch noch gefördert hatte. Trotzdem hatte er nie ernsthaft daran gedacht, dass seine Nachfolge in Gefahr sein könnte, vor allem weil ihm sein Vater immer wieder versichert hatte, dass die Reisen, die er ihm mehr und mehr übertrug, äußerst wichtig für die Druckerei seien und er damit nur ihn betrauen wolle.

Und nun dieser Schlag. Er nahm einen tiefen Schluck aus dem Krug. Sein Vater hatte nicht nur ihn, sondern auch Magdalena zu seinen Nachfolgern erklärt! Ihn selbst aber zuvor über diese Entscheidung im Unklaren gelassen! Er hatte zu seinen Lebzeiten wohl keinen Streit haben wollen! Ulrich hatte am Sterbeabend seines Vaters geflucht, getobt und geschrien. Doch es nützte alles nichts. Auch der starke Wein konnte die Tränen nicht länger aufhalten, die ihm nun aus den Augen rannen. Er legte den Kopf auf seine Arme und schluchzte erbittert auf. Alles aus und vorbei. Den Anblick Magdalenas und ihr wahrscheinlich zufriedenes Lächeln ob ihres Triumphes über ihn konnte und wollte er jedoch nicht länger ertragen. Auch schmerzte es ihn, sich ausmalen zu müssen, was passieren würde, sollte Magdalena noch ein drittes Mal heiraten. Dann könnte der neue Ehemann die Druckerei leiten, und Ulrich würde selbst mit einer kleinen Summe abgespeist werden. Es war zum Verzweifeln.

Am nächsten Tag war sein Entschluss gereift. Er würde es Magdalena zeigen! Er wollte ihr die nächsten Monate so schwer wie möglich machen, damit sie – noch bevor sie sich neu verheiraten konnte – das Geschäft an ihn abgeben würde. Dann würde die einzige Druckerei im Herzogtum Württemberg endlich wieder von einem gelernten Meister geführt werden, der hier seit Jahrzehnten wohnte. Und nicht von einer Frau, die zufällig einen Drucker geheiratet hatte, oder von deren neuem Ehemann, einem Fremden, der Württemberg nicht kannte! Es wäre doch gelacht, sollte ihm das nicht gelingen. Siegessicher schlug er mit der Faust auf den Tisch. *Wart's nur ab, Magdalena! Wart's nur ab!* Zuerst musste er aber wieder einen klaren Kopf bekommen und einen Plan schmieden. Dafür würde er einige Tage aus Tübingen verschwinden. Das war nicht weiter schwer, wusste Magdalena doch über seine auswärtigen Verpflichtungen Bescheid, weshalb er ihr leicht weismachen könnte, dass er verreisen musste.

Kapitel 8

Anfang April war es bereits einen Monat her, dass Ulrich zu Grabe getragen worden war, doch für Magdalena fühlte es sich immer noch an, als sei es erst gestern gewesen. Ihre Trauer kannte keine Grenzen, aber sie musste nun stark sein und die Druckerei, so gut es ging, weiterführen, damit sie und ihre Kinder nicht auch noch ihr Zuhause verloren. Trotz ihrer fleißigen Gehilfen merkte sie nun, wie sehr der Druckherr an allen Ecken und Enden fehlte. Ihr Mann hatte ihr zwar über die Jahre hinweg alle wichtigen Arbeitsschritte gezeigt, doch kam es nun zu Verzögerungen, Fehldrucken und Ausfällen, die ihr Mann wahrscheinlich hätte vermeiden können. Des Öfteren standen die Pressen still, weil der zu druckende Satz noch nicht vollendet war. Auch waren ihr die genauen Kalkulationen, die das Buchdrucken erforderte, noch nicht geläufig. Daher stürzte sich Magdalena in die Arbeit, wälzte das Rechnungsbuch, versuchte, sich einen Überblick über die noch anstehenden Publikationen zu verschaffen, und entwarf Pläne, um die Arbeitsabläufe besser aufeinander abzustimmen. Dabei hatte sie auch so schon alle Hände voll zu tun, nachdem sich ihr Stiefsohn Ulrich seit dem Tod seines Vaters immer wieder außer Landes begab, um dort noch einige Geschäfte abzuwickeln, die auf der letzten Frankfurter Herbstmesse abgeschlossen worden waren. Abends war sie nun immer so müde, dass sie sofort auf ihrem Lager einschlief. Doch wenigstens fiel sie dadurch nicht der Traurigkeit anheim, die sie stets überkam, sobald sie nichts zu tun hatte.

Dank Cordula wurde sie, was das Gerede über sie und ihre Familie betraf, immer auf dem neuesten Stand gehalten. So erfuhr sie von ihrer Freundin auch, dass es einen seltsamen Neuankömmling nach Tübingen verschlagen hatte. Eines Morgens – Magdalena reinigte gerade den Vorhang, der den Laden- vom Produktionsraum trennte – war die Freundin aufgeregt in die Druckerei gestürmt. Noch bevor ihr Magdalena etwas anbieten konnte, platzte es aus Cordula heraus: »Ein Drucker aus Ulm ist in die Stadt gekommen und will sich hier wohl ansiedeln.« Magdalena ließ den Vorhang sinken und runzelte die Stirn. »So ein Unsinn. Wir sind die einzige Druckerei hier und arbeiten zur Zufriedenheit der Universität und Regierung. Warum sollten die ihre Aufträge auf einmal woandershin geben?« *Ich will nicht hoffen, dass die kleinen Verzögerungen in der letzten Zeit bereits Unmut erzeugt haben,* dachte Magdalena. *Aber bis jetzt hat sich noch keiner bei mir darüber beschwert.*

»Wer weiß? Vielleicht denkt er, er könnte es besser als du? Ich denke außerdem, dass es bestimmt nicht lange dauern wird, bis er persönlich hier vorbeikommt. Dann erzählst du mir doch alles, nicht wahr? Ich muss leider wieder los, mein Ehemann hat mich heute zu seinem Boten degradiert.« Sie wedelte mit einem zusammengefalteten Schriftstück in der Luft herum, auf dem Magdalena die klare Handschrift Konrads erkannte. Wahrscheinlich handelte es sich um eine private Nachricht, denn ein Schreiben im Namen der Universität hätte er sicherlich nur einem offiziellen Boten anvertraut. Cordula drückte ihre Freundin zum Abschied noch einmal kurz und eilte dann fröhlich pfeifend von dannen.

Verwirrt blieb Magdalena zurück und dachte über Cordulas Worte nach. Sie wusste nicht so recht, ob sie sich Sorgen machen sollte. Denn sie hatte sich nichts zuschulden kommen lassen und trotz Ulrichs Unfall fast alle Aufträge rechtzeitig ausführen können. Wegen Ulrichs Tod hatten sie für den Druck des Landrechts sogar ausnahmsweise einen Aufschub von der Regierung bekommen. Gut, hie und da war es zu einigen Fehldrucken gekommen, aber das kam nun einmal vor. Was also wollte dieser Drucker hier? Dann dämmerte es ihr. Er war einer der Aasgeier, die sie schon kurz nach dem Sturz ihres Mannes erwartet hatte, und er malte sich wohl aus, dass sie ihm als Witwe die Druckerei nun zu einem günstigen Preis verkaufen würde. Weil sie ja von den Geschäften keine Ahnung hätte und die Werkstatt bestimmt so schnell wie möglich loswerden wollte. Magdalena beschloss, sich dagegen zu wappnen. *Wer vorbereitet ist, kann nicht so leicht überrumpelt werden,* dachte sie und ging im Kopf durch, was in naher Zukunft auf sie zukommen könnte. Er war sicher nicht der Einzige, der die Druckerei von ihr kaufen wollte.

Sie zog den gesäuberten Vorhang wieder gerade und begann, den Eingang zu fegen. Jetzt um den Frühlingsvollmond herum erwachte die Natur wieder zu neuem Leben. Viele Narzissen blühten schon. Der Wind schüttelte die Weidenkätzchen, sodass wahre Wolken von gelbem Blütenstaub aus ihnen herausstoben, und die ersten Vögel zwitscherten in den Bäumen. Von diesem Neubeginn bestärkt, fühlte Magdalena, dass auch sie selbst im Begriff war, einen neuen Lebensabschnitt zu beginnen. Wenn sie die Druckerei behielte, gäbe es zwei Wege für sie. Zum einen könnte sie sich wieder verheiraten, damit sie versorgt wäre. Vielleicht war dieser Drucker auch aus diesem Grund nach Tübingen gekommen. Allerdings könnte ein neuer Ehemann eigene Kinder mitbringen und diese bevorzugen, sodass ihre Kinder das Nachsehen hätten. Doch war es ihr wichtig, dass alle ihre Kinder durch den Familienbetrieb abgesichert waren. Daher würde sie auch nur einen Mann heiraten können, der von Beruf Drucker war. Der andere Weg war der deutlich schwierigere. Sie würde sich nicht wieder verheiraten und die Druckerei aus eigener Kraft heraus weiterführen. Ihr war sehr wohl bewusst, dass sie ohne Ehemann einen deutlich schwereren Stand in der Gesellschaft hatte. Es gab nur sehr wenige Witwen, die sich nicht wieder verheirateten, weil sie allein für sich sorgen konnten. Aber da sie so lange mit Ulrich verheiratet gewesen war und auch ihre Söhne sich mit der Druckerei auskannten, könnte sie es versuchen.

Ihre neu erwachte Zuversicht wurde jedoch schon bald auf die Probe gestellt, als nämlich der von Cordula angekündigte Drucker tatsächlich seinen Weg in die Burgsteige fand. Magdalena beschloss, ihn äußerst zuvorkommend zu behandeln, da sie von ihrem verstorbenen Ehemann wusste, wie wichtig es war, gute Kontakte zu anderen Druckern zu pflegen. Sie waren zwar üblicherweise Konkurrenten, dennoch konnte man bei Bedarf auch zusammenarbeiten, sich untereinander Materialien wie Holzschnitte leihen und versuchen, in seinem Laden jeweils die Bücher des anderen zu verkaufen.

Als der Mann durch die Eichentür trat, mochte sie ihn schon auf den ersten Blick nicht. Nicht, weil er ein richtiger Schönling war: Sein Hemd hatte er nur leicht zugeschnürt, sodass sein dunkles Brusthaar zu sehen war. Die Ärmel spannten sich über den starken Armen, auf die seine langen Locken herabhingen. Den Bart hatte er zu einem kleinen Zopf geflochten und dessen Ende mit einem roten Band verziert. Nein, sie mochte ihn nicht, weil er plötzlich in übertriebener Geste vor ihr niederkniete und ihr die Hand küsste, die sie ihm zur Begrüßung gereicht hatte, nachdem er ohne Umschweife um die beiden Schemel herumgegangen war, die für ein Verkaufsgespräch bereitstanden und auf denen Platz zu nehmen sie ihn gebeten hatte.

»Seid gegrüßt, meine Liebe. Ihr seid noch viel schöner, als man mir sagte«, begann er und verzog seine Lippen zu einem breiten Lächeln. Magdalena fand diese Schmeichelei reichlich unpassend. Seine Worte sollten wohl verführerisch wirken, doch Magdalena verspürte nur den Drang, ihre Hand möglichst schnell aus der seinen zu ziehen. Was für ein schmieriger Kerl! Doch sie war der

Worte von Nikodemus eingedenk: Immer freundlich bleiben! Deshalb wollte sie gerade ein paar nette Sätze entgegnen, als er unerwarteterweise einfach weiterplapperte, während er wieder auf die Beine kam. »Mein Name ist Leopold Gotthard, und ich bin ebenfalls Drucker.«

Zum Beweis zog er mit seiner Linken ein Blatt aus seinem Wams und hielt es ihr unmittelbar vors Gesicht. Da er mit seiner Rechten immer noch die ihre umklammerte, nahm sie das Papier etwas umständlich zur Hand und begutachtete es. Den Spuren auf dem Blatt nach zu urteilen, war es schon durch viele Hände gegangen und sollte wohl beweisen, wie gut Gotthard sein Handwerk verstand. Doch für ein geübtes Auge tat es genau das Gegenteil. Es war ein recht primitiver Druck – der Satz war schief und wies keine einzige klare Linie auf, die Farbe war nicht gleichmäßig aufgetragen worden, weswegen einige Buchstaben gar nicht zu lesen waren, und die winzige Holzinitiale am Anfang des Textes war so unglücklich platziert worden, dass man nicht erkennen konnte, welchen Buchstaben sie eigentlich darstellen sollte. Selbst ihr jüngster Sohn Moritz, der lediglich neben der Schule als Hilfsjunge in der Druckerei arbeitete, hätte ein besseres Schriftbild zustande gebracht. Würden ihre Gehilfen so einen Druck herstellen, könnten sie den guten Ruf der Druckerei nicht aufrechterhalten. Während sie das Blatt musterte, wanderte Leopold Gotthards Blick aufmerksam durch den Verkaufsraum und nahm die Bücherreihen in den Regalen, die Theke mit den Ansichtsexemplaren und die große Truhe unter dem Fenster sorgfältig in Augenschein. Dann sah er wieder Magdalena an, und seine schwielige Hand drückte die ihre erneut.

»Ich habe gehört, dass Euer Mann vor einiger Zeit verstorben ist. Das tut mir aufrichtig leid.« Dabei legte er seine linke freie Hand auf die Brust und senkte den Kopf, als wäre ein eigenes, enges Familienmitglied von ihm gegangen. Seine erneut übertriebene Geste wirkte diesmal fast schon lächerlich. »Eure Anteilnahme ehrt Euch«, sagte Magdalena und befreite ihre Hand endlich aus seinem Griff. »Darf ich Euch etwas …«, fuhr sie fort, aber Leopold schnitt ihr das Wort ab. Seine Augen waren auf den Spalt im Vorhang hinter ihr gerichtet.

»Meint Ihr, ich könnte mich einmal umschauen?«, fragte er und trat dann, ohne ihre Antwort abzuwarten, an ihr vorbei und geradewegs in den Produktionsraum. Fassungslos schaute ihm Magdalena nach, während er bereits auf die Pressen zusteuerte und sie aufmerksam begutachtete. Die Gehilfen und ihre Söhne waren für eine kurze Pause in den Hinterhof gegangen, und so schaute er sich alles genau an. Als Magdalena neben Leopold trat, neigte er sich ihr vertraut zu.

»Eine sehr schöne Druckerei habt Ihr hier, meine Verehrteste.« Er warf einen Blick durch die offene Hintertür, sah dort allerdings die Männer und entschied sich deshalb, lieber nicht hinauszugehen. Stattdessen bemerkte er nur: »Und sogar einen Brunnen im Hinterhof, das sieht man selten.« Er trat nun vor die Feuerstelle und blieb wieder stehen. »Ah, und hier wird also das gemeinsame Mahl eingenommen.« Er ließ seine Hand über den großen Tisch aus Birnbaumholz gleiten, an dem sie üblicherweise ihre Mahlzeiten einnahmen. »Sehr schön. Wirklich sehr schön.« Doch als er sich wenig später anschickte, die Stiege hochzuklettern, verstellte Magdalena ihm den Weg.

»Dort oben befinden sich nur die Schlafkammern. Nichts, was Euch interessieren könnte«, sagte sie höflich, aber bestimmt, damit er nicht auch noch den Trockenraum ansehen wollte. Leopold musterte sie einen Moment, wohl um abzuschätzen, ob er nicht trotzdem einfach hochklettern sollte. Doch als er Magdalenas entschlossenen Blick wahrnahm, entschied er sich dagegen und ließ sich auf eine der beiden Bänke am Tisch in der Essecke nieder. »Ihr erlaubt doch. Ich muss mich nach der langen Reise erst einmal etwas ausruhen. Nach meiner Ankunft in Tübingen bin ich stehenden Fußes zu Euch geeilt. Ihr habt nicht ein wenig Wein im Haus? Der Weg hat mich schrecklich durstig gemacht.« Magdalena sah, wie Oswald neugierig durch die Hintertür zu ihr hereinblickte. Doch sie gebot ihm, gleichfalls mit einem Blick, sich nicht einzumischen. Diese harte Geduldsprobe würde sie alleine meistern.

Kaum stand der gefüllte Becher vor dem lästigen Gast, trank dieser ihn in einem Zug aus und hielt ihn ihr erneut hin. »Meine liebe Magdalena«, sagte er wiederum mit unangebrachter Vertrautheit und deutete mit einem Kopfnicken an, dass er mehr Wein erwartete. »Habt Ihr schon einmal daran gedacht, diese Druckerei zu verkaufen? Sie ist gut in Schuss, wovon ich mich gerade selbst überzeugen konnte. Und einen guten Ruf hat sie auch, wie mir meine einflussreichen Freunde sagten.« Er sah sie wohlgefällig an und zwinkerte ihr dabei zu.

»Daher würde ich sie gerne kaufen und Euch einen exzellenten Preis dafür bieten. Sagen wir, dreißig Gulden?« Er schlürfte etwas von dem Wein, den ihm Magdalena erneut hingestellt hatte.

Das darf doch nicht wahr sein, dachte sie und spürte Wut in sich aufsteigen. Damit er ihr nicht ansah, was sie fühlte und dachte, und um etwas Zeit für eine geeignete Antwort zu gewinnen, drehte sie sich kurz zum Feuer um, bückte sich und legte ein Holzscheit aus dem Korb aufs Feuer. Am liebsten hätte sie ihn zurechtgewiesen und aus dem Haus geworfen, doch dann würden die Leute sicher schlecht über ihre Druckerei reden und die Gerüchte über sie und ihre Familie noch mehr anfeuern.

»Mein verehrter Herr Gotthard«, sagte sie daher endlich und zwang sich dazu, möglichst ruhig zu bleiben und nicht allzu abweisend zu klingen. »Verkaufen kommt für mich nicht infrage. Mein verstorbener Mann hat dieses Geschäft aufgebaut. Und ich gedenke nicht, die Druckerei in nächster Zeit zu verkaufen.« *Vor allem nicht zu solch einem lächerlich geringen Preis*, fügte sie in Gedanken hinzu. Demonstrativ setzte sie sich auf den Stuhl am Kopfende des Tisches, wo gewöhnlich der Herr des Hauses saß.

Verwundert sah ihr Gast sie an. Er hatte wahrscheinlich nicht mit einer Zurückweisung gerechnet. Einen Moment schien es sogar, als hätte sie ihn tatsächlich in seine Schranken gewiesen. Doch er benötigte nur einen kurzen Moment, um sich zu sammeln und einen weiteren Vorstoß zu wagen.

»Ihr braucht auch nicht zu verkaufen, meine liebe Magdalena«, säuselte er nun und rückte auf der Bank zu ihr auf, bis er dicht neben ihr saß. Er machte Anstalten, ihre Hand zu ergreifen, doch Magdalena war zum Glück schnell genug, um sie vorher wegzuziehen. »Ich wäre durchaus auch bereit, den Bund der Ehe bereits schon nächsten Monat mit Euch einzugehen. Somit könntet Ihr nicht nur weiterhin hier wohnen, sondern Ihr bekämt sogar noch einen Ehemann dazu. Und meine Kinder – habe ich bereits erwähnt, dass ich fünf Söhne habe? – könnten dann die Druckerei nach mir führen, wenn ich einmal nicht mehr bin.« Er setzte erneut sein breites Lächeln auf und hielt ihr seine rechte Hand hin. »Schlagt ein, meine Liebe.«

Magdalena hätte ihm am liebsten eine Ohrfeige verpasst.

Was erlaubte sich dieser Mann eigentlich? Überging einfach so das Trauerjahr, welches Witwen eingeräumt wurde, obwohl sie für jedermann sichtbar ein schwarzes Kleid trug und damit deutlich machte, dass sie ihren Ehemann verloren hatte. Sie konnte vor Ablauf des Jahres gar kein neues Bündnis eingehen, selbst wenn sie gewollt hätte. Dann aber wurde ihr schlagartig bewusst, dass er derjenige war, der versorgt werden wollte. Darum schlug er ihr auch vor, sie schon im nächsten Monat zu heiraten, und erwähnte seine fünf Söhne. Das hieße, dass Magdalena und ihre Kinder den Kürzeren ziehen würden. Für Oswald und Georg gäbe es in der Druckerei dann keinen Platz mehr. Für Moritz kein

Schulgeld, für Jakob kein Lehrgeld und für Magda keine Mitgift. Ganz zu schweigen davon, was Magdalena sonst noch verlieren könnte. Was er vorschlug, war unerhört! Aber sie zwang sich weiterhin, ruhig zu bleiben und ihm verbindlich und freundlich zu antworten.

»Guter Herr Gotthard. Das kommt alles etwas plötzlich für mich. Erst vor einem Monat ist mein Ehemann sanft und selig entschlafen, und ich trauere immer noch jeden Tag um ihn. Ich kann mir daher nicht vorstellen, mich wieder zu verheiraten. Noch dazu so schnell.«

Sie hoffte, dass er sich mit dieser Antwort zufriedengeben würde. Doch er ließ einfach nicht locker.

»Das müsst Ihr ja auch nicht. Ich werde Euch gerne Bedenkzeit geben und Euch demnächst wieder besuchen.« Erneut folgte sein breites Lächeln.

Ein äußerst hartnäckiger Bursche, dachte Magdalena und beschloss, die Ablehnung seines Antrags noch deutlicher zu formulieren. Abrupt stand sie auf. »Ich benötige keine Bedenkzeit«, beschied sie ihm energisch und sah, wie sein Lächeln gefror. Daher fuhr sie schnell in versöhnlichem Tonfall fort: »Ich danke Euch trotzdem für Euren Besuch und wünsche Euch viel Glück bei Euren zukünftigen Geschäften.« Sie verließ den Essbereich und ging mit schnellen Schritten auf den Verkaufsraum zu. Zum Glück folgte er ihr widerstandslos – wahrscheinlich, weil er über ihre Absage immer noch verblüfft war –, verabschiedete sich von ihr und verließ endlich die Druckerei. Draußen sah sie ein paar ihrer Nachbarinnen zusammenstehen, die sich unterhielten. Als Gotthard an ihnen vorbeiging, lächelten sie ihm zu, und eine von ihnen kicherte verlegen. Er verbeugte sich tief vor ihnen und winkte ihnen galant zu, bevor er die Burgsteige hinunterging.

Für das, was nun folgte, schloss Magdalena die Eingangstür hinter ihm. Im Produktionsraum hörte sie, wie die Männer die

Pressen wieder in Gang setzten, die sie etwas länger hatten ruhen lassen, damit sie sich ungestört mit ihrem Gast hatte unterhalten können. Magdalena stand im Verkaufsraum und schlug – nachdem sie auch den Vorhang zum Produktionsraum wieder vollends zugezogen hatte – mit beiden Fäusten auf den großen Verkaufstisch. *Was für eine Ungeheuerlichkeit! Nur weil ich eine Witwe bin, gebe ich doch die gut laufende Werkstatt nicht ab. Und noch dazu an einen solchen Nichtskönner. Das wäre der Untergang der Druckerei*, dachte sie unablässig. Als sie sich beruhigt hatte, ging sie wieder zur Eingangstür und öffnete sie. Die Nachbarinnen sahen sie gespannt an und hofften wohl, dass Magdalena ihnen nun erzählen würde, was geschehen sei, doch die winkte ihnen nur freundlich zu und ging wieder in den Laden.

Kapitel 9

Seit Ulrichs Unfall war es allmählich zur Gewohnheit geworden, dass Andreas, Matthias und Paul abends ab und an zu Kaspar nach Hause gingen. So konnten sie ganz unter sich sein und sich ungestört über die Druckerei unterhalten. In ihre Gespräche flossen mit der Zeit auch zunehmend kritische Äußerungen ein, was durch den reichlich fließenden Wein noch unterstützt wurde.

»Und was haltet ihr nun so von unserer neuen Meisterin?«, provozierte Kaspar eines Abends seine Gäste. Die drei sahen ihn verwundert an. »Obwohl – eine Meisterin ist sie genau genommen ja gar nicht«, fuhr er fort. »Wo sollte sie denn ihren Meister auch gemacht haben als Weibsbild?«

»Nun sei doch nicht so harsch, Kaspar«, meldete sich Matthias zu Wort und fuhr sich durch die Haare. »Sie hat zwar keinen Meisterbrief, aber sie gibt sich doch alle Mühe mit uns.«

»Und als letzte Woche die Schrauben der einen Presse kaputtgingen, hat sie doch schnell Ersatz beschafft«, ergänzte Paul eilig. Ihm war bei der Richtung, die das Gespräch nahm, nicht wohl.

»Schnell?«, schoss Kaspar zurück. »Es hat Tage gedauert, bis wir wieder richtig mit der Presse drucken konnten. Und der Ersatz, den wir bis dahin hatten, war zu nichts zu gebrauchen. Stimmt's, Andreas? Deswegen bist du auch nicht auf die erforderliche Anzahl von Bogen gekommen und hast keinen extra Batzen erhalten.«

Der zweitälteste Lehrling wägte seine Antwort lange ab, bevor er das Wort ergriff. »Ach komm, Kaspar. Für sie ist doch alles neu. Da kann so etwas schon einmal passieren. Du wirst sehen, sie wird mit der Zeit besser werden.«

»Mit der Zeit. Mit der Zeit! Was soll das denn heißen? Unserem Meister wäre so etwas nicht passiert. Und dass sie den Druck der neuesten Nachrichten aus Böhmen abgelehnt hat, war ja wohl auch ein Fehler.« Kaspar stellte seinen Becher so energisch auf dem Tisch ab, dass der Wein überschwappte. Seine Frau eilte sofort mit einem Stofffetzen herbei und wischte die Platte sauber. Unwirsch bedeutete er ihr, sich wieder zurückzuziehen.

»Aber sie hat diesen Druck doch nur abgelehnt, weil die Geschichte unglaubwürdig war. Du glaubst doch nicht wirklich, dass es in Prag Gold geregnet hat. Niemand in Tübingen würde für solch eine Geschichte Geld ausgeben. Selbst die nicht, die sonst alle Unwahrheiten glauben, die gerade in Umlauf sind.« Matthias schüttelte den Kopf. Gerade erst letzte Woche hatte er einen Jungen auf dem Markt gesehen, der mit ausschweifenden Gesten und mit Furcht einflößender Stimme wieder einmal von einem großen katholischen Heer erzählte, das auf dem Weg nach Württemberg sei. Wenn die Soldaten Tübingen erreichten, hatte er gesagt, würden sie alle Bewohner bei lebendigem Leib verbrennen oder auf langen Pfählen aufspießen. Viele Leute waren daraufhin in Tränen ausgebrochen und hatten den Herrgott angefleht, sie vor diesem Unheil zu bewahren. Einige waren sogar in die Stiftskirche gegangen, um dort zu beten. Matthias hatte jedoch schon viele solcher haarsträubenden Geschichten gehört, und sie hatten sich jedes Mal als unwahr herausgestellt. Doch die meisten Leute wollten sich einfach nicht von der Wahrheit beirren lassen. Kaspar war wohl einer von ihnen.

»So ein Unsinn!«, raunte der nun auch und setzte erneut an. »Man hätte mit diesem Druck trotzdem einige Batzen verdienen können. Die Leute hätten uns die Blätter aus der Hand gerissen, sie lieben Nachrichten aus fernen Landen! Ich sage euch, diese Frau hat keinen Sinn fürs Geschäft. Hätte sie ihn, hätte sie auch größere Einnahmen und könnte uns mehr bezahlen.«

»Aber wir erhalten doch fast den gleichen Lohn wie vorher. Damit kommen wir doch über die Runden«, murmelte Paul kaum hörbar. Er stellte sich ungern gegen einen seiner Kameraden, hielt er sie doch seit dem Beginn seiner Lehre für seine Freunde. Kaspar aber nahm seinen Einwand gar nicht zur Kenntnis. »Wir könnten alle wesentlich mehr verdienen. Und wir sollten es auch, denn seit der Meister von uns gegangen ist, arbeiten wir viel mehr als zuvor. Wir teilen die meisten Arbeiten, die Ulrich früher verrichtet hat, unter uns auf, sodass sie nur noch die Übersicht über alles behalten muss.«

Er wusste, dass er damit einen Nerv getroffen hatte. Früher waren sie öfters in der Lage gewesen, sich durch schnelle Arbeit ein paar Batzen dazuzuverdienen. Doch wegen der vielen zusätzlichen Aufgaben, die sie nun verrichten mussten, war diese Einnahmequelle versiegt. Bedächtig nickten die drei Lehrlinge und leisteten keinen Widerstand mehr. Zufrieden schenkte ihnen Kaspar Wein nach und genoss seinen Triumph.

»Und daher sollten wir auch zur Meisterin gehen und mehr Lohn verlangen.« Er hob seinen Becher in die Höhe mit der Gewissheit, dass er die Unterstützung der anderen gewonnen hatte. »Und ich weiß auch schon, wie ich es erwirken kann, dass wir mehr bekommen«, schloss er selbstzufrieden, und die anderen hoben zustimmend die Becher.

Als Kaspar am nächsten Morgen die Druckerei betrat, saßen die Lehrlinge und die gesamte Familie noch beim Frühstück. Als er sich ungefragt zu ihnen an den Tisch setzte, warf Jakob ihm einen missbilligenden Blick zu. *Er stört sich wohl daran, dass ich jede Woche eigens Kostgeld bekomme, um mich zu Hause zu versorgen, aber trotzdem hier esse,* dachte Kaspar. Doch seit Ulrichs Tod hatte er des Öfteren in der Druckerei gefrühstückt und manchmal sogar zu Abend gegessen. Bislang hatte Morharts Witwe ihn deswegen auch noch nicht zurechtgewiesen und ihm weiterhin sein Geld bezahlt. Nur dieser widerspenstige Sohn schien damit nicht einverstanden zu sein. Wahrscheinlich hatte er sich auch schon bei seiner Mutter darüber beschwert, doch die traute sich wohl nicht, etwas zu sagen. *Dumm genug,* dachte Kaspar.

Als Jakob vom Tisch aufstand und sich verabschiedete, um zum Buchbinder zu gehen, hielt Kaspar daher auch die passende Gelegenheit für seine kleine Ansprache gekommen. Bevor die Teller abgeräumt wurden, stand er auf und räusperte sich – die Aufmerksamkeit aller war ihm gewiss. »Herrin, wir haben Euch etwas zu sagen«, begann er wichtigtuerisch, und mit Genugtuung sah er, wie sie verdutzt wieder Platz nahm. Ihren Söhnen schwante ebenfalls nichts Gutes. Georg blickte abwechselnd zu seiner Mutter und seinem ältesten Bruder und rutschte unruhig auf der Bank hin und her. Oswalds Miene verhärtete sich, und Moritz schaute unsicher zu Boden. Nur die kleine Magda spürte offenbar nichts von der Spannung, die sich von einem Moment zum anderen aufgebaut hatte. Sie saß mit ihrem Frühstücksbrei neben dem Tisch und fütterte ihre schwarze Katze, Fräulein Pfote.

»Die drei Lehrlinge und ich sind gestern Abend übereingekommen, dass wir nach dem Tod des Meisters wesentlich mehr arbeiten müssen und uns daher auch deutlich mehr Lohn zusteht.« Mit tiefer Zufriedenheit bemerkte er, dass er Magdalena mit seiner Forderung völlig überrumpelt hatte. Er freute sich jetzt schon auf den zusätzlichen Lohn, den er hauptsächlich in Wein umsetzen wollte.

Magdalena erhob sich langsam von ihrem Stuhl am Kopfende und strich ihr schwarzes Kleid glatt, so wie sie es immer tat, wenn sie ihre Gedanken sortierte. Dann faltete sie die Hände vor ihrem Bauch und warf Kaspar und den Lehrlingen einen vielsagenden Blick zu. »Soso. Ihr seid gestern also übereingekommen.« Sie sprach gedehnt, um sich auf diese Weise mehr Zeit zum Überlegen zu verschaffen, und sah dann flüchtig zu ihren Söhnen hinüber. Doch selbst Oswald, der gerne einmal das Wort an die Gehilfen richtete, blickte etwas ratlos drein und zuckte nur unbeholfen mit den Schultern. Eine solche Forderung war, seitdem sie alle zu Ulrich in die Druckerei gezogen waren, noch nie gestellt worden. Oswalds Unsicherheit freute Kaspar nur noch mehr, denn er störte sich schon, seitdem er nach Tübingen gekommen war, daran, dass sein Meister den ältesten Stiefsohn immer wieder bevorzugt hatte. Obwohl er doch seinen eigenen, leiblichen Sohn Ulrich den anderen hätte vorziehen müssen.

Magdalena, die sich inzwischen wieder etwas gefasst hatte, sagte nur: »Ich werde mir die Sache in Ruhe überlegen und euch Bescheid geben.« Mit diesen Worten setzte sie sich wieder hin.

Nun war es an Kaspar, überrascht zu sein. Er hatte nicht damit gerechnet, dass dieses Weibsbild seine Forderungen zurückweisen würde. Bis jetzt hatte sie doch auch keinen Widerstand geleistet. *Nun gut, wenn du es nicht anders haben willst, dann nur zu,* dachte er mit zusammengebissenen Zähnen.

»Wir werden uns nicht auf später vertrösten lassen. Entweder es gibt ab dieser Woche mehr Geld, oder wir tun ab heute keinen Handschlag mehr.« Das saß. Magdalena war sichtbar zusammengezuckt. Die drei Lehrlinge waren über diese neue, mit ihnen nicht abgesprochene Vorgehensweise nicht allzu glücklich, sagten aber nichts. Magdalena kreuzte die Arme vor der Brust und presste die Lippen zusammen. So schauten sich der Geselle und die Meisterin eine ganze Weile über den Tisch hinweg schweigend an. Dann erhob sich zuerst Andreas und stellte sich, Zustimmung murmelnd, hinter Kaspar, und einige Atemzüge später folgten auch Matthias und Paul. Nun wusste Magdalena, dass es keinen Ausweg mehr gab.

»Nun gut. Ihr bekommt alle zwei Batzen mehr Lohn pro Woche«, gab Magdalena schließlich nach. Dann fügte sie noch hinzu:

»Vorausgesetzt, ihr erfüllt wie bisher euer tägliches Soll an gesetzten Formen und gedruckten Bogen. Dafür gibt es aber keinen Zusatzlohn mehr.«

Erleichtert setzten sich Andreas, Matthias und Paul wieder hin, froh, die angespannte Lage heil überstanden zu haben. Nur Kaspar murmelte: »Da ist das letzte Wort noch nicht gesprochen«, und griff nach einem Apfel, der auf dem Tisch lag.

Kapitel 10

Schon zum dritten Mal an diesem Morgen versuchte Magdalena, die Bogen zu zählen, aber es gelang ihr nicht. Die Forderungen der Gehilfen, speziell das Auftreten Kaspars, hatten sie verunsichert. Ihr war klar geworden, dass sie seit dem Tod ihres Mannes eine schwächere Position innehatte und sich Forderungen wie die heutige jederzeit wiederholen konnten. Gerade jetzt, da ihr Stiefsohn Ulrich wieder einmal auf Reisen war. Doch was konnte sie tun, um dem einen Riegel vorzuschieben? Sie musste jemanden fragen, der in diesen Dingen Erfahrung hatte. Nur wen? Sie kannte keine einzige Witwe in Tübingen, die einem Handwerk vorstand, da diese sich alle schnellstmöglich wieder verheirateten, um erneut in eine gesellschaftlich gesicherte Position zu gelangen, auch wenn sie sich damit um die Möglichkeit brachten, ihre eigenen Entscheidungen frei treffen zu können. Doch selbst nach langem Nachdenken fiel ihr immer wieder nur ein Mensch ein, der ihr jetzt einen Rat geben könnte: ihre Schwester Käthe.

Beim Gedanken an ihre Schwester zog Magdalena unwillkürlich die Mundwinkel nach unten. Denn seitdem Käthe auf die Welt gekommen war, hatte sich in ihrer Familie alles nur noch um den wundervollen Engel gedreht, den ihre Mutter geboren hatte. Das Kind musste nicht mit dem widerspenstigen Haar seiner Schwestern kämpfen, sondern hatte feines Haar, das auch noch wunderschön gelockt war, ohne dass man dafür mit irgendwelchen Hilfsmitteln nachhelfen musste. Von Anfang an flogen ihr die Herzen aller Familienmitglieder und Nachbarn zu. Manch einer hielt sogar auf der Straße an, um das süße Kind zu bestaunen.

Natürlich begriff Käthe schnell, wie sie sich ihr Aussehen zunutze machen konnte, und so hatte sie schon in jungen Jahren eine Vielzahl von Verehrern. Obwohl Magdalena nicht zur Eifersucht neigte, konnte sie sich dennoch manchmal nicht gegen dieses Gefühl wehren und schimpfte gemeinsam mit ihrer Schwester Martha auf Käthe, die sich dann von ihnen hintergangen fühlte und sich mit der Zeit immer mehr von ihnen absonderte.

Das Verhältnis zwischen Magdalena und Käthe hatte sich erst wieder gebessert, als das Schicksal ihrer Familie übel mitspielte. Die Breuning-Familie hatte schon jahrzehntelang einen besonders hohen Stand im Herzogtum innegehabt. Magdalenas Großvater war sogar ein Berater des alten Herzogs gewesen. Doch als dann Herzog Ulrich in jungen Jahren die Regierung übernahm, ging er willkürlich und grausam gegen die einflussreiche Familie vor. Er folterte Magdalenas alten und gebrechlichen Großvater und dessen Bruder und ließ beide wegen angeblichen Hochverrats hinrichten. Der grausame Herzog war dann zwar zwischenzeitlich von den Habsburgern vertrieben worden, welche die Breuning-Familie mit guten Stellungen und Häusern auch wieder nach Tübingen zurücklockten. Magdalenas und Käthes Vater arbeitete sogar als Notar in Tübingen. Doch ihre Familie besaß noch immer viele Feinde im Land. Als es dem vertriebenen Herzog Ulrich dann auch noch entgegen allen Erwartungen gelang, seinerseits die Habsburger Statthalter davonzujagen, blieben zwar einige Familienmitglieder in Tübingen. Aber Magdalenas verwitwete Mutter, genauso wie viele andere Breunings, bevorzugten es, das Herzogtum zu verlassen. Bevor sie die Stadt verließ, hatte Magdalenas Mutter ihre Töchter jedoch noch mit einflussreichen Männern verheiraten können: Magdalena mit dem Stadtschreiber in Dornstetten, Martha mit dem Stadtarzt in Rothenburg ob der Tauber und Käthe mit einem Gewürzhändler in Tübingen. Ab und zu besuchten sich die Schwestern, doch der Graben zwischen ihnen erwies sich als zu tief, um ihn endgültig überwinden zu können. Selbst nachdem Magdalena aufgrund ihrer Heirat mit Ulrich wieder nach Tübingen gezogen war und dort manchmal im Gewürzladen von Käthes Mann mithalf, wenn dieser auf Reisen war, hatten sich die beiden Schwestern einander nicht mehr vorbehaltlos angenähert.

Aber in der Not frisst der Teufel Fliegen, dachte Magdalena, legte die ungezählten Bogen endgültig aus der Hand und begab sich wenig später in die Kirchgasse. Als sie den Laden betrat, empfing sie der wohlige Geruch von Salbei, Lavendel und Rosmarin, deren Zweige büschelweise an der Decke des Ladens befestigt waren. Ihre Schwester befand sich hinter der großen Theke und bediente gerade einen Universitätsprofessor. Wie üblich zeigte Käthe ihr unwiderstehliches Lächeln und amüsierte sich über jeden noch so ungeschickten Witz, den der Käufer machte. Der bedankte sich dafür mit einem Einkauf, der größer ausgefallen war, als er es ursprünglich vorgehabt hatte, und freute sich sichtlich darüber, von einer so hübschen Frau umschmeichelt zu werden. Magdalena wusste jedoch, dass hinter Käthes umgänglicher Art eine berechnende Geschäftsfrau steckte, die genau wusste, wie sie ihre Reize einzusetzen hatte.

Gerade gab sie vorsichtig ein paar Pfefferkörner in ein Tuch, wobei ihr eine Strähne ihrer blonden Lockenpracht ins Gesicht fiel. Mit einer grazilen Handbewegung strich sie sich das Haar wieder hinters Ohr und strahlte den Professor mit ihren blauen Augen an. »Darf es sonst noch etwas sein?«, hauchte sie über die Theke hinweg. Ihr Käufer schüttelte nur verzückt den Kopf. »Nein danke, meine Teure, für heute soll es das gewesen sein. Mein Eheweib wird mich ohnehin schon für diese Mengen schelten.«

»Aber für Eure Arznei braucht sie nun einmal den schwarzen Pfeffer, sonst geht es Euch nicht besser. Ihr habt Euch also nichts zuschulden kommen lassen«, flötete Käthe und legte die kleinen

Säckchen in ein großes Stofftuch, dessen vier Enden sie oben zusammenband. Während sie mit ihren feinen Fingern geschickt den Knoten fester zuzog, sagte sie wie beiläufig: »Das macht dann insgesamt drei Gulden und zwei Batzen.« Ohne zu zögern, griff er in seinen Samtbeutel, zählte die geforderten Münzen ab und legte sie auf das dunkle Holz der Verkaufstheke. Dann nahm er dankend das Bündel entgegen, verabschiedete sich herzlich und verließ den Laden. Magdalena konnte nur staunen, wie schnell hier sehr viel Geld verdient wurde. Drei Gulden! Das war der Sold eines Druckgesellen für drei Wochen. Und Magdalena hatte mit dem unangenehmen Pfarrer um einen Batzen für die *Confessio* feilschen müssen. Bei dem Gedanken an die Druckerei fiel ihr auch wieder Kaspars unangenehmes Auftreten an diesem Morgen ein, das der Grund ihres Besuches war.

Als hätte sie sie erst jetzt gesehen, kam Käthe gespielt freundlich um die Theke herum und drückte ihre Schwester zur Begrüßung kurz an sich. Dann hauchte sie ihr einen Kuss auf jede Wange und sagte: »Magdalena, was führt dich zu mir? Leider habe ich gerade gar keine Zeit, denn ich muss noch dringend zum Kornhaus. Du verstehst.« Ihr entschuldigendes Lächeln war aufgesetzt. Magdalena unterdrückte den in ihr aufsteigenden Wunsch, mit den Augen zu rollen, und zwang sich dazu, eine freundliche Miene aufzusetzen. »Keine Sorge. Es wird nicht lange dauern. Ich komme einfach mit.« Kurz entschlossen öffnete sie die Ladentür, sodass ihre Schwester keine Ausflüchte mehr machen konnte. Magdalena hatte im Laufe der Jahre gelernt, wie sie mit ihrer Schwester umgehen musste, um sich durchzusetzen.

Kurze Zeit später bogen die beiden in die Hirschgasse ein. Schon von Weitem konnten sie die übliche Geschäftigkeit vor dem Gasthaus ausmachen, das in der Stadt nicht nur für seinen guten Wein bekannt war, sondern auch dafür, dass es eines der wichtigsten Zentren für den Austausch von Neuigkeiten war.

Hier erzählten die Händler von gesuchten Dieben und Räubern, von neuen Gesetzen in auswärtigen Städten oder auch davon, wie andere Herzogtümer und Grafschaften sich dem neuen Glauben zuwandten. Das Gasthaus war weit über die Stadtgrenzen hinaus bekannt und zog sowohl Alteingesessene als auch Neuankömmlinge an. Und damit das Haus auch für diejenigen gut erkennbar war, die nicht lesen konnten, hatte der Wirt einen stolzen, lebensgroßen Hirsch auf die Außenwand malen lassen, dessen Geweih so prächtig war, dass es immer wieder staunend bewundert wurde.

Als die beiden Schwestern an dem Haus vorbeigingen, berichtete Magdalena Käthe gerade von der Forderung der Gehilfen. »Was würdest du an meiner statt tun?«, wollte sie wissen und musterte Käthe von der Seite. Diese verlangsamte daraufhin tatsächlich ihren Schritt und schien über das Problem nachzudenken.

»Nun. Bei uns regelt mein Mann die Bezahlung. Und wenn es dabei Probleme mit einem Gehilfen gibt, muss der so lange warten, bis Jakob wieder da ist.« Sehr hilfreich war diese Antwort nicht. Magdalena vermutete, dass ihre Schwester sie auf diese Weise nur auf Abstand halten wollte. Deshalb hakte sie noch einmal nach.

»Ja, aber was machst du denn, wenn jemand dir gegenüber so respektlos ist wie Kaspar mir gegenüber heute Morgen?« Es schien, als hätte sie damit einen wunden Punkt getroffen. *Wahrscheinlich,* dachte Magdalena, *kann Käthe ihren Charme nur bei älteren Männern einsetzen und ist bei jüngeren genauso hilflos wie ich.* Unsicher nestelte Käthe an der großen Schnalle ihres Gürtels. Dann blickte sie Magdalena unverwandt an.

»Offen gestanden kann ich da nicht viel tun. Ich kann nur auf Jakob warten, damit er ihn zurechtweist. Ich habe es einmal selbst versucht, aber der Junge hat mich gar nicht ernst genommen und mir stattdessen einen Sack Pfeffer umgestoßen. Glaub mir, Magdalena«, sie ergriff vertrauenerweckend deren Hand: »Nur ein Mann kann sich bei Vorfällen dieser Art richtig durchsetzen.« Abrupt drehte sie sich um und ging nun mit schnellen Schritten auf das Kornhaus zu, als wollte sie der Erinnerung an ihre damalige Auseinandersetzung mit dem Jungen entfliehen. Magdalena musste fast schon laufen, um wieder zu ihr aufzuschließen.

»Und was rätst du mir, jetzt zu tun?«, fragte sie außer Atem, als sie wieder auf gleicher Höhe mit Käthe war.

»Was ich dir schon einmal gesagt habe, Magdalena. Heirate wieder. Ein Angebot gibt es ja bereits.« Im Handumdrehen lenkte Käthe das Gespräch damit wieder in für sie sichere Gefilde. *Also hat sie schon von Leopolds Antrag gehört, wie kann es auch anders sein. Wahrscheinlich hat ihr wieder eines dieser Lästermäuler erzählt, was in der Burgsteige vor sich geht,* dachte Magdalena. »Das stimmt. Nur leider versteht der Herr rein gar nichts vom Druckhandwerk«, gab sie zurück und sah dabei wieder Leopolds Gesicht vor sich. Unwillkürlich drehte sie den Kopf angewidert zur Seite. Sie wollte sich gar nicht erst vorstellen, wie er die Druckerei herunterwirtschaften würde.

Noch immer in Gedanken, ließ Magdalena ihren Blick durch das Kornhaus wandern, das wie immer gut besucht war. Die verschiedensten Getreidesorten konnten hier von den Käufern in fein säuberlichen, großen Holzbottichen begutachtet werden, und die Verkäufer priesen sie mit lauter Stimme an. Plötzlich blieb Magdalenas Blick an einem feisten Mann hängen, der vor einem der Bottiche stand. Den kannte sie doch von irgendwoher! Es dauerte einen Moment, bis sie sich erinnerte – es war der unangenehme Käufer, der Pfarrer, der am Tag, an dem Ulrich gestürzt war, von ihr verlangt hatte, ihm die *Confessio* unter Preis zu verkaufen. Nun stand er selbstgefällig neben dem Kanzler der Universität, Ambrosius Widmann, beäugte die verschiedenen Angebote und griff schließlich beherzt beim Dinkel zu. Hoffentlich würde der Pfarrer ihr keinen weiteren Besuch mehr in der Druckerei abstatten, da er ja offensichtlich noch immer oder schon wieder in Tübingen weilte. Eine Auseinandersetzung am Tag reichte ihr. Dennoch starrte sie ihn weiterhin an und überhörte ganz, was Käthe derweil zu ihr sagte. Erst als diese sie am Arm fasste, wandte Magdalena sich um und sah kurz ihre Schwester an, bevor sich ihr Blick wieder fest auf den kleinen, dicken Mann richtete.

»Ach, du kennst ihn also schon?« Käthe war dem Blick ihrer Schwester gefolgt. »Man munkelt, dass er unser neuer Pfarrer werden wird. Er soll angeblich besonders streng sein und wurde vom Herzog höchstpersönlich nach Tübingen berufen.« Magdalena verdrehte die Augen. *Das wird ja immer besser. Erst vier aufmüpfige Gehilfen, dann Käthes guter Rat, diesen Nichtsnutz von Drucker zu heiraten, und nun auch noch die Aussicht, diesen Widerling schon bald jeden Sonntag in der Kirche sehen zu müssen.* Sie seufzte. *Das sind alles andere als gute Aussichten!*

Kapitel 11

Spät in der Nacht, alle anderen schliefen bereits, schlich sich ein Schatten in den Lagerraum, öffnete das von ihm ausgesuchte Versteck und entnahm ihm das ungebundene Buch, welches er heute darin abgelegt hatte. Er wickelte es in ein weiches Tuch und steckte dieses unter sein Wams. Dann lauschte er. Im Haus war es weiterhin ruhig, und so schlich er zur Tür und zog ganz sachte den Riegel zurück. Er lehnte sich mit seinem ganzen Gewicht gegen das Holz, damit das Eisen nicht quietschte, wenn er es nach hinten schob. Endlich hatte er es geschafft und begab sich hinaus auf die Straße. Angenehm kühle Luft empfing ihn, die er begierig einatmete, um sich etwas zu beruhigen.

Es war eine sternenklare Nacht, und so hielt er sich eng im Schatten der Gebäude, die ihm Schutz boten. Langsam schlich er die Burgsteige hinunter, bis er zur Wegkreuzung gelangte. Dort verweilte er einen Augenblick und lauschte. Auf der Münzgasse hörte er ein paar junge Männer, die wahrscheinlich gerade auf dem Weg ins Wirtshaus oder nach Hause waren, sonst war alles still. Sicherheitshalber wartete er dennoch einen Moment, bevor er zum Klosterberg huschte, wo bereits nach kurzer Zeit die Burse vor ihm auftauchte. Das große Gebäude büßte selbst bei Nacht nichts von seiner erhabenen Erscheinung ein. Zwei große Steintreppen führten zu den beiden Eingängen des Gebäudes empor, und an der straßenabgewandten, westlichen Giebelwand wartete eine Gestalt auf ihn.

Als er sich ihr näherte, ertönte auch schon die barsche Stimme des Wartenden: »Na, das wird aber auch langsam Zeit.« Er zuckte zusammen und sah sich panisch um. Doch außer ihm war weit und breit niemand zu sehen, der die Stimme gehört haben könnte.

»Fast wäre ich wieder gegangen, dann hättest du deine Schulden in Gulden bezahlen müssen. Hast du das Buch dabei?«

»Ja, habe ich«, kam es kleinlaut zurück. Dabei zog der Dieb das Tuch mit dem Papierbündel unter seinem Wams hervor und drückte es seinem Gegenüber in die Hand. Erneut schaute er über seine Schulter, als ob er erwartete, dass der Nachtwächter Tübingens jeden Moment um die Ecke bog.

»Damit sind wir jetzt wohl quitt, und meine Spielschulden sind beglichen, so wie Ihr es mir versprochen habt.« Er wollte sich gerade zum Gehen wenden, als ihm der andere seine schwere Hand auf die Schulter legte.

»Hiergeblieben, Freundchen. Was hast du es denn so eilig? Ich muss doch erst einmal prüfen, ob auch alles da ist. Am Ende bescheißt du mich ja noch.«

»Ich habe alles mitgebracht, was Ihr wolltet. Das müsst Ihr mir glauben.« Die Stimme des Diebes überschlug sich fast. Vergeblich versuchte er, sich aus dem eisernen Griff seines Gegenübers zu befreien, aber dessen Hand hielt ihn weiterhin wie in einem Schraubstock gefangen.

»Einem Dieb glaube ich gar nichts. Dieben kann man nicht vertrauen. Hat dir deine Mutter das nicht beigebracht?« Er warf seinen Kopf zurück und ließ ein hässliches Lachen hören.

»Pssst.« Panisch drehte sich der kleinere Mann nach allen Seiten um. Doch sie waren zum Glück immer noch alleine. Heute Abend hatte einer der Professoren zu einem Fest geladen, und viele der Bursen-Bewohner schienen noch dort zu verweilen. Trotzdem ermahnte er den Größeren: »Seid um Gottes willen leise. Man könnte uns hören.«

»Na und? Dann werde ich sagen, dass ich soeben einen Dieb auf frischer Tat ertappt habe«, kam es lachend zurück.

»Ich bin kein Dieb!«, protestierte der andere und befreite sich mit einem heftigen Ruck und unter Zuhilfenahme seines anderen Armes aus dem Griff seines Gegenübers.

»Ach, als was würdest du dich denn bezeichnen? Etwa als einen aufrichtigen Gehilfen?« Das Lachen des Mannes war diesmal noch lauter als vorher. »Meinst du denn, du hast beim nächsten Würfelspiel mehr Glück?«

»Ich werde nicht mehr spielen. Ich werde auch nicht mehr ins Wirtshaus gehen. Dann muss ich die Morharts auch nicht mehr hintergehen. Sie waren immer gut zu mir. Der Meister hat mir viel beigebracht, und sie hat mir des Öfteren einen Vorschuss gegeben.«

»Was, meinst du, wird die Familie wohl sagen, wenn sie hört, dass du sie bestohlen hast? Sie wird dich wahrscheinlich hochkantig rausschmeißen, und dann kannst du sehen, wo du bleibst. Wir werden es ja sehen, wenn ich es ihnen morgen sage.«

»Was? Morgen?« Der Gehilfe sah den anderen entsetzt an. »Ihr ... Ihr habt doch gesagt, zwischen uns wäre jetzt alles erledigt«, stammelte er. Sein Gesprächspartner weidete sich an seiner Panik. Er genoss es, Macht über seine Mitmenschen zu haben.

»Vielleicht muss ich es ihnen ja gar nicht sagen«, sagte er gedehnt. »Ich könnte nämlich noch etwas anderes gebrauchen.« Der Mann ging einen Schritt auf den Gehilfen zu, der ängstlich vor ihm zurückwich. »Soweit ich gehört habe, druckt ihr gerade ein wichtiges Buch für die Regierung.« Das Zusammenzucken seines Gegenübers verriet ihm, dass er ins Schwarze getroffen hatte. »Nein, das stimmt nicht«, widersprach der Gehilfe zwar, merkte allerdings, dass er sich schon verraten hatte. »Doch, es stimmt«, stellte der Ältere zufrieden fest und sagte dann mehr zu sich selbst als zu dem Dieb: »Herzog Christoph will also tatsächlich das gesamte Recht in Württemberg vereinheitlichen. Wie kühn von ihm. Das wird meinen Herrn Vater aber gar nicht freuen.« Während er nachdachte, rieb er sich das markante Kinn. Dann wandte er sich wieder dem Jüngeren zu. »Du wirst mir ein Exemplar davon besorgen.«

Der Gehilfe stand da wie vom Donner gerührt. Eine Weile gab er keinen Laut von sich. »Nein, mein Herr, das geht nicht«, sagte er schließlich kaum hörbar.

»Was sagst du da? Wieso nicht?«

»Wir drucken genau fünfzig Exemplare, die danach alle an den Hof gebracht werden sollen. Meine Herrin bewahrt alle gedruckten Bogen gesondert auf, weil wir schwören mussten, dass das Landrecht nicht in fremde Hände gelangt. Sie wird sofort merken, wenn eines fehlt.« Sein Gegenüber verschränkte die Arme vor der Brust. Überzeugt sah er nicht aus.

»Ich werde das Buch nicht aus der Druckerei herausschmuggeln können«, schob der Gehilfe nach. »Wollt Ihr nicht stattdessen noch eine weitere Grammatik? Oder zwei?«

»Nein«, lautete die unbarmherzige Antwort. »Dann wird deine Herrin morgen früh wohl eine sehr unangenehme Nachricht über einen ihrer Gehilfen erhalten.« Der Mann schickte sich zum Gehen an.

»Halt! Wartet!« Verzweifelt packte ihn der Jüngere am Arm. »Es gibt vielleicht eine andere Möglichkeit, wie ich Euch das Landrecht zukommen lassen kann.« Der Mann blieb tatsächlich stehen. »Ich könnte Euch das Manuskript geben, das wir zum Setzen benutzen. Es wird zwar einige Markierungen und Tintenflecke haben, aber das Geschriebene werdet Ihr trotzdem gut lesen können. Ich versichere es Euch.« Als der Mann zögerte, fuhr der Gehilfe fort: »Nur werde ich Euch das ganze Manuskript nicht komplett, sondern nur in Teilen liefern können. Sonst fällt es auf. Am besten wäre, ich bringe es Euch ein paar Wochen nach Beendigung des Drucks. Wir hoffen, Ende der Woche damit durch zu sein. Damit kann ich es Euch frühestens Ende des Monats geben.«

»Nein. Ich brauche das Landrecht noch diese Woche. Und zwar ganz.«

Der Gehilfe erschrak. »Das kann ich nicht tun. Meine Herrin wird es bestimmt merken, wenn ich noch mehr entwende. Und dann bin ich geliefert. Bitte zwingt mich nicht dazu.«

Doch sein Flehen wurde nicht erhört. Der Mann schnaubte nur verächtlich: »Dir wird schon etwas einfallen. Du bist sonst ja auch nicht auf den Kopf gefallen. Und jetzt verschwinde. Ich gehe derweil in den Hirschen. Ich glaube, heute habe ich Glück beim Spiel.« Mit diesen Worten und einem lauten Lachen ließ er den Gehilfen einfach stehen und ging in Richtung Gasthaus davon.

Kapitel 12

Als Magdalena drei Tage später die Ablagen im Produktionsraum aufräumte, wollte sie wie selbstverständlich die vorletzte Lage des Landrecht-Manuskripts zu den anderen Teilen legen, die bereits als Vorlage für den Druck benutzt worden waren. Gedankenverloren ging sie zu dem Holzregal neben den Pressen, wo sie üblicherweise die Druckvorlagen aufbewahrten. Doch dort, wo sie das Manuskript vermutete, fand sie nichts. Verwirrt zog sie die Augenbrauen zusammen und suchte auch in dem danebenstehenden Regal alles ab. Sie nahm zahlreiche Bücher in die Hand, doch die Manuskriptteile, nach denen sie suchte, waren nicht darunter. Natürlich geschah es schon einmal, dass ein paar Seiten verlegt wurden – aber bei diesem Druck durfte das nicht passieren! Er durfte unter keinen Umständen schon jetzt bekannt werden. Als der herzogliche Kammersekretär das Manuskript damals an Ulrich übergeben hatte, musste dieser ihm im Namen der gesamten Druckerei schwören, dass er bei dem Entwurf größte Vorsicht walten lassen würde. Sie durften kein Exemplar zu viel herstellen und mussten nach Abgabe der vorgeschriebenen Druckexemplare sowohl das Manuskript als auch die Korrekturbogen, die sie angefertigt hatten, zerstören.

Nun begannen ihre Hände zu zittern. Wo waren nur die fehlenden Lagen dieses vermaledeiten Manuskripts? Sie öffnete die große Eichenkiste im Laden, durchsuchte sie und sah sogar in der Ablage unter und hinter dem Verkaufstisch nach, doch dort lag nur das große Rechnungsbuch. Die Seiten des Landrechts waren unauffindbar. Mit klopfendem Herzen ließ sie sich schließlich am Verkaufstisch nieder. *Das darf doch nicht wahr sein! Jetzt verschwindet auch noch ein wichtiges Manuskript.* Magdalena kam nicht umhin, zu denken, dass so etwas unter der Geschäftsführung ihres Mannes nicht vorgekommen wäre.

Als sie sich wieder etwas beruhigt hatte, suchte sie nach einer Lösung für ihr Problem. Die Manuskriptteile waren sicherlich nur versehentlich auf einen der vielen Papierstapel gelegt worden. Sie musste die Gehilfen nach dem Verbleib der Seiten fragen, auch wenn sie damit zugab, als Druckherrin nicht achtsam genug gewesen zu sein. Kaspars schadenfrohes Gesicht konnte sie sich schon jetzt vorstellen. Für ihn wäre es nur ein weiterer Beweis ihrer Unfähigkeit, und er würde es kaum erwarten können, ihrem Stiefsohn Ulrich davon zu erzählen, wenn dieser von seiner derzeitigen Reise nach Nürnberg zurückkehrte. Zum Glück waren die Lehrlinge heute Abend wieder einmal bei Kaspar und würden erst spät zurückkommen. Also hatte sie noch genug Zeit, um sich zu überlegen, wie sie diese unangenehme Sache am besten zur Sprache bringen könnte.

Zuerst wollte sie jedoch noch ihre abendlichen Arbeiten zu Ende bringen und das Lager auskehren. Während sie zum Besen griff, hörte sie, wie hinter einem großen Papierstapel Fräulein Pfote etwas mit ihren Krallen bearbeitete. *Bitte das nicht auch noch,* schoss es Magdalena durch den Kopf. Seitdem ihnen die Katze zugelaufen war, hatte sich die kleine Magda um sie gekümmert und dem Tier auch seinen hübschen, wenn auch ausgefallenen Namen gegeben. Fräulein Pfote war nicht nur ein Haustier für das Mädchen, sondern erfüllte im Haus auch die wichtige Aufgabe einer Mäusefängerin. Ulrich hatte sie zu Beginn noch verscheuchen wollen, da die Katze ihre Krallen auch ab und zu an den ungebundenen Büchern schärfte, aber Magdalena konnte ihn davon abhalten, indem sie ihm versicherte, dass sie immer ein wachsames Auge auf das Tier haben würde.

Schnell lief sie hinter den Papierstapel, um zu sehen, was die Katze dort wohl gerade zerfetzte. Glücklicherweise war es jedoch kein Buch. Magdalena stieß einen Seufzer der Erleichterung aus. Doch was war es dann? Erst beim näheren Hinsehen bemerkte sie, dass Fräulein Pfote eine Unebenheit im Boden bearbeitet hatte. Besorgt, dass jemand darüber stolpern könnte, ging sie in die Hocke, um das Holz wieder fest auf den Boden drücken zu können. Doch zu ihrer Überraschung war das komplette Brett lose. Magdalena fasste es an der nach oben stehenden Ecke und hob es vorsichtig an. Darunter öffnete sich ein großer Hohlraum. Er war zwar nur in etwa eine Handbreit, aber dafür reichte er tief ins dunkle Erdreich hinab. In ihm lagen mehrere zusammengelegte Papierbogen, die sorgfältig mit einem kleinen Faden verschnürt waren. Magdalena nahm sie vorsichtig heraus, zog den Faden ab und traute ihren Augen kaum – es waren die gesuchten Seiten des Landrechts.

Unter ihren Gehilfen gab es einen Dieb!

Sie konnte es nicht fassen. Wie lange mochten die Seiten schon dort liegen? Und wer hatte ein Interesse, sie beiseitezuschaffen? Vielleicht sogar, sie zu verkaufen? Sie war so aufgewühlt von ihrer Entdeckung, dass sie sich erst einmal setzen musste. Elegant sprang Fräulein Pfote hinter einem Stapel hervor und schmiegte sich an die Beine ihrer Herrin. Diese fuhr ihr geistesabwesend durch das weiche Fell. Wie sollte sie nun am besten vorgehen? Sollte sie Matthias, Paul und Andreas mit ihrem Fund konfrontieren, sobald sie nach Hause kamen? Aber die würden natürlich alles abstreiten, und da sie dann alle gleichermaßen verdächtigen musste, wäre das Vertrauensverhältnis in der Druckerei, welches nach Kaspars erfüllter Forderung inzwischen wiederhergestellt war, erheblich gestört. Also musste sie, so schwer es ihr auch fiel, einen kühlen Kopf behalten und so tun, als hätte sie nichts bemerkt. Den Hohlraum unter dem Boden würde sie jedoch im

Auge behalten, um festzustellen, ob die Seiten wieder verschwanden. Außerdem wollte sie beobachten, wer sich wann und vor allem zu ungewohnten Zeiten im Lager aufhielt.

Bereits weit vor Morgengrauen wälzte sich Magdalena auf ihrem Strohlager unruhig hin und her. Immer wieder kreisten ihre Gedanken um die Frage, wer die Manuskriptbogen unter der Planke versteckt hatte und warum. Und immer wieder kam sie zum gleichen Ergebnis: Einer der Männer bestahl sie. Anders ließ sich die Sache nicht erklären. Aber wer hatte die Dreistigkeit, sie einfach so zu bestehlen, vor allem in Kenntnis der hohen Strafe, die darauf stand. Jeder Gehilfe hatte schwören müssen, dass er seinem Herrn nichts entwenden würde. Und ihr Mann hatte von Anfang an keinen Zweifel daran gelassen, dass er ein solches Vergehen auch sofort anzeigen würde. Damit verlöre der Übeltäter nicht nur seinen Arbeitsplatz und seine Unterkunft, sondern würde tage-, vielleicht sogar wochenlang in den Karzer kommen, der für alle Universitätsverwandten, zu denen aufgrund Ulrichs Status auch seine Gehilfen zählten, bestimmt war. Wer von ihren vier Gehilfen würde das riskieren? Nach seinem unangenehmen Auftritt fiel ihr selbstverständlich als Erstes Kaspar ein. Seine Lohnauszahlung hatte sich in den letzten Wochen leider einige Male verzögert, was er manchmal mit spitzen Kommentaren zur Sprache brachte. Wollte er sich mit dem Diebstahl schnell noch ein paar zusätzliche Batzen sichern?

Erst kurz vor Arbeitsbeginn fasste Magdalena einen Entschluss. Sie musste den Dieb auf frischer Tat ertappen. Allein. Ohne ihre Söhne. Denn je weniger Leute wussten, was sie vorhatte, desto größer wäre die Aussicht auf Erfolg. Daher würde sie heute vor Arbeitsbeginn als Allererstes einen kleinen Stein mitten auf die lose Planke legen. Am heutigen Tag wollte sie außerdem die meiste Zeit über im Verkaufsraum arbeiten und den Vorhang zum Lagerraum nicht ganz zuziehen. Wäre dann jemand im Lager, würde sie einen kurzen Blick riskieren, um herauszufinden, wer es war, und nachdem er den Raum verlassen hatte, nachsehen, ob der Stein noch dalag. Da das Lager momentan verhältnismäßig leer war, wurde es nur selten aufgesucht. Die Gehilfen hatten also keinen Grund, sich längere Zeit darin aufzuhalten. Auf diese Weise könnte sie den Dieb schnell ertappen.

Kapitel 13

Leise, um weder ihre Kinder noch die Lehrlinge im oberen Stockwerk zu wecken, schlich sie vorsichtig die steile Holzstiege hinunter. Unwillkürlich dachte sie an ihren verstorbenen Mann, der auf ihr verunglückt war. Sein Tod war noch immer ein schrecklicher Verlust, der sie unentwegt schmerzte.

Vor der Haustür atmete sie erst einmal tief die frische Morgenluft ein und ließ dann ihren Blick schweifen. Die halbe Stadt schlief noch. Nur in der Ferne hörte sie das Rumpeln eines Wagens, der langsam von einem Pferd gezogen wurde. Magdalena bückte sich, hob einen etwa erbsengroßen Stein auf und ging schnell wieder ins Haus zurück. Im Lager legte sie den Stein auf das lose Brett, und zwar so, dass er unbemerkt blieb, aber sofort herunterfallen würde, sobald es jemand anhob. Jetzt hieß es also warten.

Kaum war sie im Essbereich, um den Frühstücksbrei zuzubereiten, als auch schon Andreas mit zerzausten Locken schlaftrunken die Stiege herunterkam. Er rieb sich die Augen und gähnte, während er auf eine der beiden Bänke zusteuerte. Als er Magdalena sah, die gerade das Feuer anfachte, murmelte er: »Oh, habe ich etwa verschlafen?« Doch bevor sie antworten konnte, hörten sie schon die Geräusche der anderen, was eine Antwort überflüssig machte. Das Haus erwachte zum Leben, und kurze Zeit später waren alle um den großen Tisch im Essbereich versammelt.

»Na, Andreas. Hast du gestern deine zukünftige Braut kennengelernt?«, fragte Paul wenig später, als der Hirsebrei vor ihnen stand. Die Lehrlinge waren wohl gestern nach dem Abendmahl noch um die Häuser gezogen. »Du konntest ja die Augen nicht von ihr lassen.« Er kicherte etwas unbeholfen.

»Ach, war das etwa die mit dem üppigen Busen? Ich habe gehört, ihr Vater wäre ein Kaufmann aus Augsburg. Die ist bestimmt keine schlechte Partie. Aber ob sie sich mit dir zufriedengibt?«, sagte Matthias mit seiner tiefen Stimme und schlug Andreas freundschaftlich auf die Schulter.

»Wieso denn nicht? Ich bin doch ein feiner Herr. Frauen haben an mir nichts auszusetzen. Ich bin äußerst liebenswert und dazu noch gesund. Immerhin fehlt mir kein einziger Zahn! Und außerdem habe ich auch noch ausgezeichnete Manieren. In feiner Gesellschaft fiele ich nicht unangenehm auf.« Er nahm seinen Löffel mit abgespreiztem kleinen Finger zur Hand und führte ihn zum Mund. Doch er konnte die Geste nicht lange durchhalten, ohne in schallendes Gelächter auszubrechen, in das alle, die am Tisch saßen, mit einstimmten. Auch Magdalena konnte sich eines Lächelns nicht erwehren. Das gemeinsame Frühstück mit ihren Lehrlingen hatte sie in den vergangenen Wochen ihre Sorgen und Nöte stets für kurze Zeit vergessen lassen. Doch an diesem Morgen stellte sich erstmals ein bitterer Beigeschmack ein. Denn einer von ihnen, oder gar ihr Geselle Kaspar, wollte sie bestehlen.

Nach Beendigung des Frühstücks teilte Magdalena wie gewohnt Andreas und Paul für die eine Presse ein und Oswald und Kaspar für die andere. Matthias und Georg würden währenddessen setzen. Damit waren die Aufgaben verteilt, und ihre Söhne samt den vier Gehilfen machten sich im Produktionsraum an die Arbeit. Hin und wieder verschwand Kaspar im Lager und kam dann nach kurzer Zeit mit einem Korb leerer Bogen zurück. Und obwohl Magdalena sich denken konnte, dass diese knappe Zeitspanne nicht ausreiche, um einen Bogen unter dem losen Brett zu verstecken, vergewisserte sie sich dessen am späten Vormittag trotzdem noch einmal im Lager. Tatsächlich lag der Stein nach wie vor da, wo sie ihn am Morgen platziert hatte.

Einige Zeit später, Magdalena stellte gerade das letzte Woche fertiggestellte Buch in ihre Auslage, ertönte die Ladenglocke. Als sie sah, wer hereinkam, stöhnte sie innerlich auf: der alte Bartholomäus. Der Buchbinder war zwar ein wichtiger Käufer und hatte ihren Sohn Jakob in die Lehre genommen, aber er war auch ein furchtbarer Schwätzer. Sie stählte sich innerlich gegen seinen nunmehr auf sie zukommenden Redefluss und beschloss, dabei an etwas Schönes zu denken, um ihn besser ertragen zu können. Gleich nach dem Eintreten hatte der Mann zielstrebig einen der Schemel neben dem Verkaufstisch angesteuert, auf dem er sich nun mit einem Seufzer niederließ. Er hatte heute wohl einen größeren Redebedarf als sonst. Magdalena ließ sich höflich auf den anderen Schemel nieder und erkundigte sich nach seinem Wohlbefinden. Lang und breit begann er daraufhin, über die Zustände in seiner Nachbarschaft zu klagen, und war gar nicht mehr aufzuhalten. Hin und wieder sah er Magdalena etwas herausfordernd an, aber sie hatte inzwischen gelernt, wie sie darauf zu reagieren hatte. Und so machte sie jeweils passend zu seinem Tonfall einfach eine erstaunte, empörte oder zustimmende Miene. Bartholomäus schien wie immer nicht aufzufallen, dass ihr Interesse nur vorgetäuscht war.

»Und stellt Euch vor«, setzte er gerade wieder an, »sein Sohn will jetzt gegen die Stiefmutter vorgehen. Ekelhaft, so etwas. Das gibt nur böses Blut und kostet eine Menge Geld. Die Welt ist schlecht, sage ich Euch.« Magdalena hielt es für angebracht, ihm einen Becher von dem neuen Wein anzubieten, um auf diese Weise den Raum kurz verlassen zu können und ihren Ohren eine wohlverdiente Pause zu gönnen. Vielleicht konnte sie danach ja mit etwas Glück auf den eigentlichen Grund seines Besuches zu sprechen kommen. Aber weit gefehlt. Der Wein hatte Bartholomäus eher erfrischt, und so hob er von Neuem an: über die Schlechtigkeit der Menschen im Allgemeinen und der seiner Nachbarn im Besonderen und über den nahen Weltuntergang, der von den Anhängern des Papstes heraufbeschworen wurde. Endlich kam der Mann doch noch auf den eigentlichen Grund seines Kommens zu sprechen. Er war von der Kanzlei beauftragt worden, zwei Dutzend Exemplare der Kirchenordnung in festes Leder einzubinden, und wollte diese daher von ihr kaufen. Erleichtert, endlich etwas anderes tun zu dürfen, als dem Alten zuzuhören, suchte Magdalena die Bogen der Kirchenordnung für vierundzwanzig Exemplare heraus und übergab sie ihm.

Nachdem der Buchbinder gegangen war, stellte sie mit Entsetzen fest, dass es höchste Zeit für die Zubereitung des Mittagsmahls war, und eilte in die Essecke. Während sie die Rüben für die Suppe putzte, den großen Kessel aufsetzte und das Feuer schürte, dachte sie mit Genugtuung an das Geld, das ihr der Alte gerade gegeben hatte. Gleich nach dem Mahl würde sie im Lager die restlichen gedruckten Exemplare holen, um sie im Verkaufsraum aufzu…

O Gott. Das Lager! Jetzt fiel es ihr wieder siedend heiß ein. Der Dieb! Hatte er die Seiten des Manuskripts etwa schon aus dem Versteck geholt? Messer und Rübe fielen ihr aus den Händen. Schnell trocknete sie diese an der Schürze ab und lief ins Lager. Von den Gehilfen war keiner zu sehen. Aber schon als sie den Vorhang zwischen Verkaufs- und Lagerraum zurückzog, konnte sie sehen, dass der Stein nicht mehr dalag, wo sie ihn am Morgen hingelegt hatte. Sie verfluchte Bartholomäus, weil er sie so lange aufgehalten hatte. Ihre ganze Freude über den Verkauf von vierundzwanzig Kirchenordnungen war damit auf einen Schlag verflogen. Enttäuscht ließ sie die Schultern hängen. Jetzt würde sie den Dieb nicht mehr fassen können. Sie wollte sich schon auf den Weg zurück zur Feuerstelle machen, als ihr der Gedanke kam, sich noch einmal zu vergewissern, ob die Seiten tatsächlich verschwunden waren. Vielleicht war der Stein ja zufällig vom Brett heruntergerollt. Sie glaubte es zwar nicht, wollte aber dennoch sichergehen.

Schnell blickte sie sich um. Sie war noch immer alleine! Dann bückte sie sich und hob die lose Planke hoch. Fast wäre sie ihr aus der Hand gefallen. Die Seiten waren noch da! Und nicht nur das! Auf ihnen lag der Bogen, den sie erst heute fertig gedruckt hatten. Magdalena traute ihren Augen kaum. Was für eine Frechheit! Was für ein dreister Dieb. Wut stieg in ihr auf. Aber neben der Wut auch die Genugtuung, den Dieb doch noch fangen zu können und das Manuskript nicht zu verlieren. Schnell legte sie Planke und Stein wieder zurück und verließ das Lager. Sie wollte den Dieb nicht vorwarnen.

Als Magdalena wieder zur Feuerstelle hinüberging, duftete es bereits nach Petersilie und Schnittlauch. Oswald war dabei, die Kräuter zu hacken, während die übrigen sechs Männer schon mit einem Becher Wein um den Tisch herumsaßen. »Ach, die älteren Herrschaften mussten sich schon setzen«, scherzte Magdalena, damit ihr keiner ihre Wut anmerken konnte. Dann trat sie zum Kessel und rührte den Eintopf noch einmal um. »Ja, der Vormittag hat uns vollkommen geschafft!«, rief Andreas. »Ich habe den Bengel Hunderte Male gezogen, meine Arme sind schon ganz schlaff!« Wie zum Beweis ließ er seine Arme schwer am Körper hinabhängen und setzte einen gequälten Gesichtsausdruck auf. »Und Paul mussten wir sogar in die Küche tragen. Fürwahr keine leichte Aufgabe.« Er sah zu dem dicklichen jungen Mann hinüber. Paul errötete bis über beide Ohren. »Stimmt gar nicht«, protestierte er. »Herrin, glaubt ihm nicht. Glaubt ihm kein Wort. Er ist ein Lügner.«

»Natürlich ist er ein Lügner. Als ob er so stark wäre, an einem einzigen Morgen Hunderte Drucke herzustellen. Der hat allerhöchstens fünfzig geschafft«, schnaubte Kaspar verächtlich. Er rühmte sich öfter damit, der schnellste Drucker im ganzen Reich zu sein, und wollte sich diesen Ruf von Andreas nicht streitig machen lassen. »Zähl doch nach, wenn du kannst. Ach ja, du kannst ja nur bis zwanzig zählen«, schob er bissig nach.

Augenblicklich wich die Heiterkeit aus Andreas' Gesicht, und er funkelte Kaspar über den Küchentisch hinweg an. Bevor er allerdings antworten und der Streit eskalieren konnte, schaltete sich Magdalena ein: »Wie wäre es, wenn Andreas jetzt einmal seine Schnelligkeit unter Beweis stellt, indem er acht Löffel und acht Schüsseln auf den Tisch stellt. Kaspar kann derweil das neue Fass holen und anschlagen, damit wir auch etwas zu trinken haben.«

Paul und Matthias hatten das Wortgeplänkel feixend verfolgt und freuten sich jetzt, nicht mit anpacken zu müssen. Als der Tisch gedeckt war, setzte sich Magdalena ans Kopfende, obwohl es für sie selbst nach all den Wochen immer noch ungewohnt war, Ulrichs Platz einzunehmen. Dennoch hatte die Druckerei zum Glück noch keine größeren Einbußen erlitten, auch wenn ihr Mann an allen Ecken und Enden fehlte. Bisher lief noch alles recht gut. Bis auf den Diebstahl.

Nachdem sie das Tischgebet gesprochen hatten, langten die Männer kräftig zu. Dabei unterhielten sie sich angeregt über die bevorstehenden Ostertage, für die sie schon große Pläne hatten. Immerhin waren die Festtage, an denen die Auferstehung Jesu Christi gefeiert wurden, einige der wenigen, die den Württembergern nach der Einführung des neuen Glaubens noch geblieben waren. Die Heiligenverehrung, die an den vielen anderen früheren Feiertagen betrieben worden wäre, so hatte man der Bevölkerung seitdem immer wieder von der Kanzel herab erklärt, sei nichts anderes als ein Ausdruck päpstlicher Knechtschaft, ein Irrglaube, von deren Fesseln die neue Religion die Gläubigen befreie. So ganz wollte diese Erklärung der angeblich ach so geknechteten

Bevölkerung jedoch nicht einleuchten, hatten diese Feiertage dem Jahreslauf doch eine zeitliche Struktur gegeben.

Während sie alle aßen, sah sich Magdalena die Männer der Reihe nach aufmerksam an. Die Gehilfen waren, abgesehen von ein paar Hahnenkämpfen wie eben, eigentlich ein nettes Trüppchen. Aber einer von ihnen hinterging sie und hatte das Manuskript beiseitegeschafft, um es später zu verkaufen. *Wer braucht Geld?*, schoss es ihr durch den Kopf. Ihr Blick fiel zuerst auf Paul, den Sohn des Metzgers, dessen älterer Bruder die Metzgerei übernommen hatte und der deshalb einen anderen Beruf hatte wählen müssen. Er war schon seit zwei Jahren in der Druckerei, ein dicklicher Junge, schüchtern und unbeholfen, aber nett und hilfsbereit. Er verließ selten das Haus und sparte sein Geld lieber auf. Einen Diebstahl traute sie ihm nicht zu.

Ebenso wenig wie Kaspar. Er war zwar das genaue Gegenteil von Paul, nicht auf den Mund gefallen und sogar häufig aufsässig – wie bei seiner frechen Gehaltsforderung –, aber für einen Diebstahl war er ihrer Meinung nach nicht gewitzt genug. Blieben nur noch Andreas und Matthias. Matthias füllte gerade seine Schüssel zum zweiten Mal und erklärte derweil Georg die beste Technik zum Fischefangen. Georg schien sichtlich beeindruckt zu sein und vergaß darüber sogar das Weiteressen. *Ist Matthias der Dieb?*, fragte sie sich. Er stand kurz vor dem Abschluss seiner Lehre und sparte sich nun Geld zusammen, um danach auf Wanderschaft zu gehen. Wenn er das gestohlene Manuskript an einen der Adeligen im Herzogtum verkaufen konnte, würden seine Ersparnisse sofort beträchtlich anwachsen. Magdalena nickte unbewusst. *Er könnte es sein; er hat von allen am meisten Grund. Obwohl ... es könnte genauso gut Andreas sein.* Mit seinen roten Locken und seinen ebenmäßigen Gesichtszügen war er der Traum vieler Mädchen. Er war in den Wirtshäusern immer willkommen und machte seinen Verehrerinnen gerne einmal kleine Geschenke. Als Magdalena ihm einen verstohlenen Blick zuwarf, schlurfte er gerade zum Weinfass und füllte seinen Becher nach. Auch Andreas könnte das Manuskript entwendet haben. Sie sah noch einmal zum Tischende, wo er sich mit seinem frisch gefüllten Becher nunmehr mit Oswald unterhielt.

Oswald! Könnte er vielleicht …? Schließlich wollte er bald seine eigene Druckerei eröffnen und legte dafür große Teile seines Lohns zurück. Nein, verwarf sie den Gedanken gleich wieder. Weder Oswald noch Georg! Wenn einer von ihren Söhnen Geld benötigte, würde er sie fragen und sie nicht einfach hintergehen. Es musste einer von den Gehilfen sein.

Wie sollte sie jetzt weiter vorgehen? Die Idee mit dem Stein auf der Planke war schon einmal ein guter Anfang gewesen. Und zusätzlich gedachte sie noch, Andreas und Matthias nachmittags eine Aufgabe zuzuteilen, bei der sie sich oben im Haus aufhalten mussten und keinen Grund hatten, ins Lager zu gehen. Außer sie wollten das Manuskript aus dem Versteck holen. Es schien ihr daher eine gute Idee zu sein, sich dem Fehler zu widmen, auf den Matthias sie heute aufmerksam gemacht hatte. Einige Lettern waren verrutscht und hatten daher keinen ebenmäßigen Satz gedruckt. Fast vier Dutzend Bogen waren davon betroffen gewesen, bevor die Lettern erneut festgeklopft worden waren. Das musste nun von Hand korrigiert werden und würde die beiden sicher den ganzen Nachmittag beschäftigen.

Kapitel 14

Hätte jemand Magdalena an diesem Nachmittag gesehen, hätte er die Anspannung, unter der sie stand, wahrscheinlich nicht bemerkt. Aber sie hatte ihre Gefühle immer schon gut verbergen können, selbst wenn sie innerlich noch so aufgewühlt gewesen war. Enttäuschung und Ärger rangen in ihr. Sie hatte es immer gut mit ihren Gehilfen gemeint, war schon fast so etwas wie eine zweite Mutter für sie gewesen ... und nun wurde es ihr so vergolten. Inzwischen war sie nur noch von einem Gedanken beseelt: den Schuldigen zu erwischen und ihn zu bestrafen! Arbeitsmäßig unterschied sich dieser Tag nicht von den vorangegangenen. Sie druckten heute mit einigen Pausen, kamen aber gut voran. Zum Abend hatten sie endlich den Entwurf des Landrechts vollendet. Als Magdalena danach unbemerkt das Versteck kontrollierte, lagen die Manuskriptseiten immer noch darin. Sie müsste sich also nachts im Verkaufsraum auf die Lauer legen. Deshalb betonte sie beim Abendmahl auch mehrmals, wie müde sie doch sei, und zog sich relativ zeitig zurück. Kurz danach gingen auch alle anderen schlafen, und im Haus wurde es ruhig.

Vorsichtig schlich sich Magdalena die Stiege hinunter und steuerte auf die große Verkaufstheke im Laden zu. Bevor sie sich setzte, entzündete sie an der Feuerstelle, in der noch Glut schwelte, eine kleine Unschlittkerze. So konnte sie sich wenigstens das Rechnungsbuch genau ansehen, während sie auf den Dieb wartete. Mittlerweile war es totenstill im Haus, und in Magdalena stiegen Zweifel auf, ob der Dieb in dieser Nacht tatsächlich noch käme, um das Manuskript fortzuschaffen. Es war schon fast zu still ...

Ulrichs Schnarchen hat mich zwar oft gestört, hatte andererseits aber auch etwas Beruhigendes an sich, dachte sie nun. Es war bereits Mitternacht, und Magdalena hatte Schwierigkeiten, die Augen aufzuhalten. Da! Ein Knacken! Jemand kam vorsichtig die Stiege herunter. Magdalena pustete sofort die Kerze aus, damit sie der Lichtschein nicht verriet. Ihr stockte der Atem, während sie sich hinter die beiden Schemel kauerte, auf denen sie heute Vormittag noch mit Bartholomäus gesessen hatte. Jetzt hieß es tunlichst, sich nicht zu bewegen und nur ja kein Geräusch zu machen! Wieder ein leichtes Knacken, diesmal im Lagerraum. Wahrscheinlich würde der Dieb gleich durch die Vordertür, nur wenige Schritte von ihr entfernt, entschwinden wollen. Langsam und ohne einen einzigen Laut zu verursachen, bereitete sie sich auf die Konfrontation mit dem Dieb vor.

Dann sah sie einen schwachen Lichtschein durch den Spalt des Vorhangs hindurchschimmern. Der Dieb musste ebenfalls eine kleine Kerze dabeihaben. Jetzt zog er den Vorhang zum Laden zurück, und Magdalena duckte sich noch tiefer hinter die beiden Schemel, damit er sie nicht sehen konnte. Sie war gespannt, wen sie nun sehen würde. Aber der Dieb hatte sich die Kapuze seines Umhangs so tief ins Gesicht gezogen, dass sie ihn nicht erkennen konnte, als er an ihr vorbeiging. Schon war er auf dem Weg zur Vordertür, gleich wäre er verschwunden. Sie musste sofort handeln, wenn sie ihn aufhalten wollte. Jetzt oder nie.

Blitzschnell warf sie sich mit ihrer ganzen Kraft auf die Gestalt im dunklen Umhang, die die Eingangstür bereits einen Spalt weit geöffnet hatte. Ein Schrei ertönte. Durch die Wucht des Aufpralls waren sie beide zu Boden gegangen, und die Kerze, die der Dieb eben noch gehalten hatte, war erloschen. Jetzt schrie auch Magdalena. Die Müdigkeit von vorhin war wie weggeblasen, stattdessen machten sich nun die Anspannung und Wut der letzten Stunden Luft. Sie riss der Gestalt die Kapuze herunter und starrte ungläubig im Schein des Vollmondes auf die ihr bekannten Locken.

Andreas!

Einen Moment war sie trotz ihrer Vorahnung verblüfft. Dann gewann erneut die Wut die Oberhand in ihr. Sie bearbeitete den unter ihr liegenden Lehrling wild mit ihren Fäusten. »Du Dieb, Verbrecher, undankbare Kreatur! Bin ich nicht immer gut zu dir gewesen? Hattest du je Grund, dich über mich zu beklagen? Du hast bei mir gespeist und getrunken und gar nicht schlecht verdient! Du un-dank-ba-rer Kerl.«

Jede Silbe wurde von einem Hieb begleitet. Andreas leistete keinen Widerstand. Erschöpft richtete sie sich schließlich auf. Dann zog sie den wehrlosen Andreas zu sich nach oben, nahm ihm den Beutel mit den Papierbogen ab und fasste ihn unters Kinn. »Schau mich an! Was in Teufels Namen ist nur in dich gefahren? Du weißt doch, dass wir das Landrecht nicht weitergeben dürfen. Wenn das herauskommt, wird der Herzog die Druckerei sofort schließen. Und wo wolltest du mit dem Manuskript überhaupt hin?«

Der sonst so wortgewandte Lehrling hatte ihren Wutausbruch samt den Schlägen schweigend hingenommen. Er wusste, dass er noch weitaus mehr als das verdiente.

»Ich, ich ... er hatte ...«, stammelte er leise und wich ihrem Blick aus. Fast tat er ihr schon wieder leid. Aber trotz all ihrer Zuneigung für den Lehrling musste Magdalena diesmal Strenge zeigen, wenn sie sich als neue Herrin beweisen wollte.

Durch den Tumult aufgeschreckt, waren nach und nach auch die übrigen Hausbewohner wach geworden und auf dem Weg in den Verkaufsraum. Sie hörte, wie Georg seine jüngeren Geschwister beruhigte und ihnen sagte, dass sie oben bleiben sollten, bis er wüsste, was unten vor sich ginge. Oswald kam als Erster die Stiege heruntergesprungen. Er ergriff sofort den Prügel, der für mögliche Überfälle am Ende der Stiege bereithing. Mit erhobener Waffe stellte er sich neben seine Mutter und fragte barsch: »Was ist hier los?« Dabei heftete er seinen Blick auf Andreas. Als er von diesem keine Antwort erhielt, wandte er sich an seine Mutter – den Prügel noch immer drohend erhoben.

»Andreas hat uns bestohlen! Er hat gerade die letzten Teile des Landrecht-Manuskripts geholt und wollte sie verscherbeln.«

»Das kann doch nicht wahr sein«, sagte Matthias, der nun zu den dreien trat. »Das Landrecht? Bist du denn von allen guten Geistern verlassen?« Aufgebracht schaute er seinen Mitlehrling an.

»Eine Tracht Prügel hat er verdient.« Jakob trat mit erhobenen Fäusten auf Andreas zu. Wie immer reagierte er aufbrausend, doch Magdalena hielt ihn zurück. »Die hat er schon bekommen«, sagte sie kurz angebunden. In den Augen ihres Zweitältesten konnte sie wieder die Wut sehen, die seit dem Ableben seines Stiefvaters noch öfter als früher in ihm aufkeimte. Um zu verhindern, dass er tätlich wurde, stellte sie sich sicherheitshalber zwischen ihren Sohn und den Lehrling.

Dann hieß sie die anderen, kurz zu warten, ging mit Andreas' und ihrer Kerze erneut zur Feuerstelle und entzündete beide. Wieder zurück, bedeutete sie Jakob, die Eingangstür zu schließen, während sie die beiden Kerzen auf die Verkaufstheke stellte.

Andreas stand da wie ein Häuflein Elend. Von seiner sonst so selbstsicheren Haltung war nichts mehr übrig geblieben. Er zitterte sogar ein wenig und wagte es nicht, einem von ihnen in die Augen zu blicken, sondern murmelte nur halblaut: »Ich wollte doch nicht ... aber er hat mich gezwungen ... es gab keinen anderen Ausweg ... er wollte Euch doch alles sagen.«

»Wer ist er? Und was wollte er uns denn sagen? Hast du etwa noch mehr gestohlen?«, fragte Magdalena scharf, die Hände in die Hüfte gestemmt.

»Nur eine Grammatik. Aber die war ein Fehldruck. Und jetzt einige Teile des Manuskripts. Das müssen wir doch sowieso nachher vernichten. Dafür würde er mir meine Schulden erlassen.«

Jakob ging erneut drohend auf Andreas zu. »Und das sollen wir dir glauben? Du machst doch im Handumdrehen wieder neue Schulden. Wie willst du da jemals etwas zurückzahlen?« Magdalena unterbrach ihn, bevor er noch weitere Beleidigungen hervorbringen konnte. Das brachte sie im Augenblick auch nicht weiter.

»Für Vorhaltungen haben wir später immer noch Zeit. Nun sag uns erst einmal, wer dich zu dem Diebstahl angestiftet hat.« Sie hoffte inständig, dass es niemand war, der ihr schaden wollte. Wenn die alte Therese, das schlimmste Schandmaul in ganz Tübingen, von der Geschichte erführe, würde sie diese umgehend verbreiten, und dann wäre es nur noch eine Frage der Zeit, bis der Pedell zu ihnen käme.

»Ich kenne den Mann nicht. Aber ich weiß, dass er hier studiert. Und seiner Kleidung nach stammt er aus einem reichen Haus. Er trägt eine von diesen neuen Pluderhosen, die geschlitzt sind. Ich wollte ihn jetzt gleich hinter der Burse treffen.«

Magdalena verzog das Gesicht. Das hörte sich ganz danach an, als ob der gesuchte Mann einer der jungen Adeligen wäre, die sich nicht um die Gesetze der Stadt und der Universität scherten. Schon wiederholt hatte die Hohe Schule die Studenten dazu angehalten, nicht die neue französische Mode zu tragen, sondern die übliche Gelehrtentracht. Doch einige missachteten dieses Verbot und zahlten lachend die darauf stehende Strafe, die, gemessen an ihrem Reichtum, geradezu lächerlich gering war.

»Wir müssen nun schnell handeln«, sagte Magdalena endlich. »Der Mann wartet auf Andreas und wird dies vielleicht nicht besonders lange tun. Wenn wir jetzt erst noch den Pedell holen, ist er wahrscheinlich schon weg. Aber wir müssen unbedingt das ganze Manuskript zurückbekommen. Wenn es in die falschen Hände gerät, können wir die Druckerei gleich schließen.«

»Dann schnappen WIR ihn uns jetzt«, sagte Oswald und sah seine Mutter angriffslustig an. Mit zwei großen Schritten war er bei der Tür und stieß Andreas verächtlich aus dem Weg.

»Halt! Warte! Ich komme mit.« Matthias war mit einem Satz neben Oswald. Der älteste Lehrling hatte wohl das Gefühl, das Vertrauen der Druckerfamilie in die Lehrlinge wiederherstellen zu müssen. Und so krempelte er sich die Ärmel hoch. »Ich auch«, sagte Jakob und machte Anstalten, sich zu den beiden zu gesellen. Doch Magdalena hielt ihn zurück. »Wenn ihr zu viele seid, wird er Verdacht schöpfen.« Dann nickte sie Oswald zu, der daraufhin zusammen mit Matthias die Druckerei verließ.

»Was machen wir jetzt mit dem da?«, schnaubte Georg, der mit Paul schon vor längerer Zeit ebenfalls nach unten gekommen war und nun auf Andreas zeigte. Magdalena brauchte nicht lange zu überlegen – sie tat genau das, was Ulrich an ihrer Stelle getan hätte. »Wir bringen ihn jetzt sofort zum Pedell, damit er Andreas in Gewahrsam nehmen kann.« Aus dem Augenwinkel heraus sah sie, wie Andreas entsetzt zusammenfuhr. Alle Gehilfen hatten gehörigen Respekt vor dem Ehrfurcht gebietenden Eberhard, was Magdalena sich nun zunutze machte. *Wenn Bestrafung das einzige geeignete Mittel für mich ist, mich als Herrin durchzusetzen, dann muss es eben so sein*, dachte sie und fuhr dann laut fort: »Das ist besser, als den Pedell zu uns zu holen. Das würde trotz der späten Stunde Aufsehen erregen. Ihr wisst doch, wie er solche Auftritte genießt, und dann wissen gleich alle unsere Nachbarn Bescheid. Wenn wir dagegen zu ihm gehen, bleibt die Sache hoffentlich etwas länger unter uns.«

Sie sah noch einmal zu Andreas. »Er soll seine gerechte Strafe bekommen und in den Karzer gesperrt werden. Arbeiten wird er hier auf jeden Fall nicht mehr! Und auch nirgendwo sonst. Wer will schon einen Dieb beschäftigen?«, sagte sie unbarmherzig und hoffte, mit ihren Worten auch Paul entsprechend eingeschüchtert zu haben. Er sollte nach Kaspar und Andreas nicht auch noch auf die Idee kommen, aus der Reihe zu tanzen und sich irgendwelche Frechheiten herausnehmen zu können, die ihren Anweisungen zuwiderliefen. Magdalenas Worte verfehlten ihre Wirkung nicht. Nach Pauls Gesichtsausdruck zu urteilen, schien er sie nun mit ganz anderen Augen zu sehen.

»Haltet Andreas fest und nehmt ihn in eure Mitte. Wir gehen«, befahl Magdalena mit fester Stimme. Georg und Paul sprangen sofort an seine Seite und hielten den Lehrling an beiden Armen gepackt. Diesem dämmerte nun, dass sein Handeln äußerst unangenehme Folgen für ihn haben würde. Er riss sich zusammen und versuchte, auf seine Herrin einzureden. »Aber, wir können doch über alles reden. Bitte. Bitte nicht! Das könnt Ihr doch nicht machen.«

Doch Magdalena wandte sich von ihm ab, holte kurz eine Laterne, die sie im hinteren Teil des Produktionsraums aufbewahrten, stellte die Kerze in sie hinein und schritt dann zur Eingangstür. Eigentlich hätte sie Andreas gerne verziehen, aber sie durfte jetzt keine Schwäche zeigen. Diebstahl musste bestraft werden, sonst würden ihre übrigen Gehilfen womöglich auch noch auf den Gedanken kommen, etwas beiseitezuschaffen. Als sie gingen, schloss Jakob die Tür hinter ihnen, und Magdalena hörte, wie er sie fest verriegelte.

Es stellte sich schnell heraus, dass sie die Laterne nicht benötigten, denn draußen umfing sie das Licht des Vollmonds, der den Weg vor ihnen ausreichend erhellte. Trotzdem hielt Magdalena die Laterne mit ausgestrecktem Arm vor sich und führte die

Gruppe mit energischen Schritten an. Sie wollte nicht riskieren, an diesem ereignisreichen Abend auch noch eine Strafe für nächtliches Herumschleichen ohne Licht zu erhalten. Denn der Nachtwächter war diesbezüglich in letzter Zeit sehr streng geworden. Auf der Straße konnte sie niemanden sehen, doch in der Ferne hörte sie ein paar junge Männer grölen. Wahrscheinlich zogen immer noch ein paar Studenten um die Häuser, auf der Suche nach willigen Frauen.

Während sie sich dem Marktplatz näherten, legte sich Magdalena in ihrem Kopf bereits eine Strategie zurecht, wie sie einen Diebstahl melden konnte, ohne dabei preiszugeben, dass es sich dabei um ein geheimes Manuskript handelte. Sie musste auf jeden Fall verhindern, dass die Regierung erfuhr, was für ein Missgeschick ihr unterlaufen war. Sie hatte schließlich selbst geschworen, das Buch nicht aus den Augen zu lassen, keine weiteren Exemplare von ihm zu drucken als die vom Hof erwünschte Anzahl, und das Manuskript, das als Vorlage für den Druck diente, nicht aus der Hand zu geben und es anschließend zu zerstören.

Die kleine Gruppe war bereits in der Korngasse, als Magdalena ein Keuchen hinter sich hörte. Dann einen dumpfen Schlag, gefolgt von einem lauten Aufprall. Erschrocken wollte sie sich umdrehen, als sie urplötzlich zu Boden gestoßen wurde. Ihr Knie durchfuhr ein stechender Schmerz, als sie auf dem Boden aufschlug. Sie konnte sich gerade noch mit ihren Händen abstützen, sonst wäre sie auch mit dem Kopf auf dem Boden aufgeschlagen. Für einen Moment drehte sich alles um sie. Dann vernahm sie Rufe.

»Georg! Der Marktplatz!« Schwer atmend rappelte Paul sich auf und rieb sich kurz seinen linken Oberschenkel. Ihr Sohn hatte bereits die Verfolgung aufgenommen und lief, so schnell er konnte, dem flüchtenden Andreas hinterher.

»Ist alles in Ordnung mit Euch, Herrin?«, fragte Paul, während er Magdalena aufhalf und sich mit der Rechten das immer noch schmerzende Bein massierte. Sie brauchte einige Momente, um zu begreifen, was passiert war. Doch dann war es ihr klar, und sie ärgerte sich über sich selbst, weil sie so ahnungslos gewesen war. Nachdem Oswald und Matthias losgegangen waren, um den Hehler zu stellen, hatte Andreas offenbar eine Gelegenheit gewittert, fortlaufen zu können. Dank seines athletischen Körperbaus war er wesentlich schneller als der jüngere Georg und der füllige Paul und hatte schon jetzt einen beträchtlichen Vorsprung.

Sie nickte geistesabwesend, und als Paul sicher war, dass er nichts weiter für sie tun konnte, humpelte er Georg hinterher. Magdalena wollte den beiden ebenfalls nachgehen, aber der Schmerz in ihren Knien hielt sie davon ab. Durch den Stoff ihres Kleides hindurch fühlte sie bereits, wie ihr Bein anschwoll und zu pochen begann. *Was für eine Nacht!*, dachte sie. Erst hatte sie den Dieb gestellt, doch nun war er ihnen entwischt. Sie machte sich wenig Hoffnung, dass die beiden Andreas noch einfangen könnten. Mühsam hielt sie sich auf den Beinen und sah Paul hinterher. Auch er war bereits fast außer Sichtweite. Es gab nichts, was sie hier auf der Straße noch tun konnte, und so machte sie sich hinkend auf den Heimweg. Hoffentlich hatten Oswald und Matthias mehr Glück gehabt als sie drei.

In der Druckerei hatte Jakob Magdalena gerade etwas zu trinken eingegossen, als die beiden jungen Männer mit hängenden Schultern durch die Eichentür traten. »Sagt bloß nicht, dass der Hehler euch durch die Lappen gegangen ist«, stöhnte sie. »Heute Abend geht aber auch alles schief!«

»Wieso? Was denn noch? Warum seid Ihr denn überhaupt schon wieder zurück?« Oswald setzte eine besorgte Miene auf. »War der Pedell etwa nicht da?«, fragte er ungläubig.

»So weit sind wir gar nicht gekommen. Bei erstbester Gelegenheit ist Andreas uns entwischt«, erwiderte Magdalena bitter und ärgerte sich erneut über sich selbst.

»Was? Sag bloß! Und was machen wir jetzt?«

»Erzählt ihr erst einmal, wie es mit dem Hehler gelaufen ist.« Dabei stand sie auf, ging zum Schrank und holte mehrere kleine Gläser heraus. Zuletzt nahm sie eine größere Flasche in die Hand, die selbst gemachten Branntwein enthielt. »Ich glaube, wir haben alle eine kleine Stärkung nötig«, sagte sie und verteilte das Getränk. Die Männer zogen dankbar ein volles Glas zu sich heran und nahmen jeweils einen kräftigen Zug.

Nach einem zweiten Schluck kam Magdalena auf das Geschehen zurück. »Also, was war los?«

Matthias sprach als Erster. »Wir kamen zu dem verabredeten Treffpunkt an der Burse und sahen dort auch eine Gestalt, die wartete. Wie hielten uns im Schatten der Häuser, um nicht aufzufallen, aber er hat uns doch irgendwie bemerkt. Daraufhin hat er die Beine in die Hand genommen und war, ehe wirs uns versahen, verschwunden.«

So ein Diebstahl scheint die Männer wohl äußerst schnell zu machen, dachte Magdalena grimmig.

»Das Einzige, was wir erkennen konnten, war, dass er recht groß war, einen runden Hut mit einer Feder trug und eine von diesen Pluderhosen, genau wie es Andreas gesagt hat.«

»Mehr gibt es nicht zu berichten?« Magdalena spürte, wie sich Enttäuschung in ihr breitmachte. Sie hatte gehofft, dass die beiden – wenn sie den Hehler schon nicht schnappen konnten – ihn doch wenigstens wiedererkennen würden. Schließlich waren ihnen über die Jahre hinweg bereits viele junge Studenten in der Stadt über den Weg gelaufen.

»Nein, leider nicht. Dafür haben wir ihn einfach zu kurz gesehen.« Magdalena ließ den Kopf hängen. Lange Zeit sagte sie nichts, und auch ihre Söhne schwiegen. Matthias wollte gerade nachfragen, ob noch jemand Branntwein wollte, als die Vordertür erneut aufging und wieder ins Schloss fiel.

»Nichts! Verdammt noch einmal«, fluchte Georg, als er zusammen mit Paul in die Küche trat. Sein Kopf war hochrot, aber dieses Mal nicht wegen seiner Schüchternheit, sondern weil er erbost war. »Wir haben ihn bis zum Kanal gejagt, aber dieser Teufel hat uns irgendwie abgehängt. Verdammt noch mal.« Normalerweise hätte Magdalena ihn nun schelten müssen, da der Herzog das Fluchen strengstens untersagte. Aber in diesem Augenblick hätte sie selbst gern einige grobe Kraftausdrücke gebraucht und sah es ihrem Sohn daher nach.

Die beiden Neuankömmlinge traten an den Tisch und ließen sich schwer atmend auf die Bank fallen. Besonders Paul wirkte, als ob er am Ende seiner Kräfte wäre. »Tut uns leid, Herrin«, sagte er zerknirscht. »Er war einfach zu schnell.«

Sie goss den beiden ebenfalls ein Glas Branntwein ein und setzte sich dann etwas abseits, um ihr wundes Knie zu versorgen. Es war inzwischen ganz dick und heiß, blutete zum Glück jedoch nicht. Vom Tisch her hörte sie, wie sich die Männer über das Geschehen ausließen.

»Wie konnte er nur …?«, hörte sie Paul keuchen. »Er hat doch jede Nacht auf seinem Strohbett neben uns gelegen, und wir haben nicht einmal gemerkt, dass er sich in letzter Zeit öfters davongeschlichen hat.«

»Ich habe auch nie gesehen, dass er so wie wir einen Teil seines Lohns gesondert weggelegt hat. Er muss wohl alles verspielt haben … Dieser dumme Junge!« Matthias klang ungewöhnlich ärgerlich. Als der Älteste der Lehrlinge hatte er in den letzten Monaten seit Ulrichs Tod bei den beiden anderen öfters die Rolle des Lehrmeisters übernommen und ihnen einiges beigebracht, wenn

Magdalena gerade nicht zur Stelle war. Magdalena schätzte Matthias daher besonders. Als Andreas letztes Jahr zu ihnen gekommen war, hatten sich die beiden auf Anhieb gut verstanden, und Magdalena hatte das Gefühl, dass Matthias ihn schon fast wie einen jüngeren Bruder behandelte. Sie warf einen kurzen Seitenblick auf ihn – wie er nun in sich zusammengesunken am Ende der Bank saß, mit seinem Finger über das Holz des Tisches fuhr und ein Astloch nachzeichnete. »Aber fast immer, wenn wir zum Hirschen gegangen sind, verschwand er für gewisse Zeit im Hinterzimmer. Dort wird sicherlich gewürfelt, auch wenn es bei hoher Strafe verboten ist«, sagte er mehr zu sich selbst als zu den anderen.

»Ja, ich habe auch gesehen, dass er ins Hinterzimmer gegangen ist, aber ich dachte, das sei wegen einer seiner Frauen, mit denen er sich dann vergnügt hat. Du meinst wirklich, sie spielen da?«, fragte Georg ungläubig.

»Das ist doch ein offenes Geheimnis, dass im hinteren Raum Unerlaubtes gemacht wird – sei es mit Frauen oder mit Würfeln«, brummte Oswald. »Aber ich hätte nie gedacht, dass Andreas so dumm ist, sein ganzes Geld dort auszugeben.«

»Wartet mal!«, rief er da auf einmal und richtete sich kerzengerade auf. Er war schlagartig hellwach und schaute die anderen am Tisch reihum an. »Würfelspiel? Dann war der Hehler doch wahrscheinlich auch im Hirschen und kennt Andreas von dort? Woher sonst könnte er gewusst haben, dass Andreas Spielschulden hat. Und dann kennen wir ihn vielleicht ebenfalls.«

Doch seine aufkeimende Hoffnung wurde von den anderen nicht geteilt. »Also ich habe um die Leute, die öfters nach hinten gegangen sind, einen Bogen herum gemacht. Auf sie und ihre Teufelswürfel werde ich mich bestimmt nicht einlassen. Daher kenne ich auch keinen näher, der dort mitgespielt hat«, gab Matthias zurück. Auch Georg, Paul und Jakob zuckten nur mit den

Schultern und schüttelten den Kopf. Oswalds gute Laune verflog so schnell, wie sie gekommen war. Enttäuscht sackte er wieder in sich zusammen.

In der Zwischenzeit hatte Magdalena ihre Verletzungen grob gereinigt und war aufgestanden. »Kommt, Männer. Das bringt uns nicht weiter.« Sie seufzte und blickte Matthias mitleidig an. Dann fügte sie etwas sanfter hinzu: »Vielleicht wird uns eine gute Portion Schlaf morgen schon klarer sehen lassen. Für heute danke ich euch auf jeden Fall von ganzem Herzen für eure tatkräftige Unterstützung!«

Kapitel 15

Am nächsten Morgen wurde Magdalena von einem lauten Hämmern gegen die Vordertür geweckt. Sie brauchte einen Moment, um zu wissen, wo sie überhaupt war. Dann fielen ihr schlagartig die Ereignisse der vergangenen Nacht wieder ein. Offensichtlich hatten sie bis weit in den Morgen hinein geschlafen, denn sie sah nicht nur das helle Tageslicht durch das Fenster hereinfallen, sondern nach einem Blick in die anderen Schlafkammern auch, dass Jakob sich schon auf den Weg in die Buchbinderei und Moritz auf den Weg in die Schule gemacht hatte. Sie warf sich schnell einen Umhang über und ging vorsichtig die Stiege hinunter. Auf dem Weg zur Tür hoffte sie inständig, dass es kein Käufer war. Nach der langen Nacht fühlte sie sich schlichtweg nicht in der Verfassung, ein Verkaufsgespräch zu führen. Als sie den Riegel zurückzog und die schwere Eichentür öffnen wollte, wurde diese bereits ungeduldig von außen aufgedrückt.

»Wo seid ihr denn alle? Warum ist die Druckerei nicht geöffnet?«, fragte Ulrich, als er eintrat und die Tür hinter sich schloss.

»Ach, Ulrich! Was bin ich froh, dich zu sehen«, seufzte sie erleichtert und hätte ihn am liebsten kurz an sich gedrückt. »Du kannst dir nicht vorstellen, was hier letzte Nacht los war. Komm mit. Ich erzähle es dir in der Küche. Ich muss erst einmal das Frühstück für uns alle zubereiten.«

Ulrichs Miene zeigte, dass er über diese Verzögerung nicht sehr erfreut war. Doch er setzte sich schweigend an den großen Tisch, damit Magdalena ihm in Ruhe erzählen konnte, was sie auf dem Herzen hatte. Als er jedoch sah, mit welch unsicheren Bewegungen sie die Schüsseln aus dem Regal nahm, sprang er hilfsbereit auf.

»Setzt Euch, Mutter. Ich mache das schon. Ihr seht ziemlich mitgenommen aus. Was ist denn passiert?«

Ein kurzes Lächeln huschte über ihr Gesicht. Es freute sie, dass er sie mit »Mutter« ansprach, nachdem er sich zu Lebzeiten seines Vaters immer gegen diese Anrede gesträubt hatte. Offensichtlich hatte er nun, nach dessen Ableben, seine Meinung über Magdalena endlich geändert. Vielleicht betrachtete er sie sogar als den einzigen Rest Familie, der ihm noch geblieben war.

Dankbar setzte sie sich ans Kopfende des Tisches und sah ihn an. Dann schilderte sie ihm in knappen Sätzen die Ereignisse der letzten Nacht. »Wahrscheinlich hätte ich schon früher etwas sagen sollen, aber ich wollte unbedingt sichergehen und den Dieb dann auf frischer Tat ertappen. Dass uns das Manuskript allerdings dabei fast ganz gestohlen wurde, kann uns nun Kopf und Kragen kosten«, schloss sie ihre Ausführungen. »Wir müssen es unter allen Umständen wiederbekommen! Nur wie? Wenn wir Nachforschungen anstellen, verraten wir uns dadurch nur selbst.« Mutlos stützte sie ihren Kopf in die Hand und starrte mit leerem Blick auf die Schüssel vor sich. Es folgte eine lange Pause, die nur vom Brodeln des Breis im Topf unterbrochen wurde.

»Mmmmm, das ist wirklich eine verzwickte Lage«, pflichtete ihr Ulrich schließlich bei und verteilte die Löffel für den Frühstücksbrei. Fast erwartete Magdalena, dass er ihr nun schwere Vorwürfe machen würde. Schließlich hatte sein Vater des Öfteren heikle Schriftstücke gedruckt, aber nie hatte ein Gehilfe es gewagt, ihn zu hintergehen. Angst und Respekt vor dem Meister hielten sich dabei die Waage. Diesen Respekt musste sich Magdalena erst noch erarbeiten. Unwillkürlich dachte sie an Kaspars Gehaltsforderung und stöhnte innerlich auf. Das musste sie ihrem Stiefsohn auch noch beibringen. Sie entschloss sich, damit nicht länger zu warten, und so erzählte sie ihm auch davon.

Instinktiv richtete sie sich danach auf, um sich gegen die Vorwürfe besser verteidigen zu können, die er ihr nun machen würde. Doch überraschenderweise blieben sie aus. Stattdessen verfiel Ulrich erneut in ein langes Schweigen. Er hatte ihr den Rücken zugekehrt und rührte nun in dem großen Kessel. Als er kurz Milch holte, um etwas davon in den Brei zu gießen, konnte Magdalena einen Blick in sein Gesicht werfen. Allerdings wurde sie aus seiner Miene nicht schlau. War es Mitleid? Oder doch Wut?

Die Zeit verstrich, und Magdalena wartete immer ungeduldiger auf eine Reaktion von ihm. Aber erst nachdem er den Topf vom Feuer genommen und ihn vorsichtig auf den Boden gestellt hatte, wandte er sich wieder an sie.

»Wisst Ihr denn, an wen Andreas die Seiten weitergegeben hat?« Sie schüttelte den Kopf. »Nein, seinen Namen kennen wir nicht. Wir wissen nur, dass er ein Student ist und aus gutem Hause kommt, denn er trägt französische Kleidung.«

Erneut versuchte sie, in seinem Gesicht zu lesen, doch ohne Erfolg. Seine Miene war undurchdringlich. Er strich sich allerdings mit zwei Fingern nachdenklich durch den Bart. »Hmm. Das macht es nicht gerade leicht. Aber ich werde heute Nachmittag einmal mit meinen Kontakten an der Universität sprechen. Vielleicht kennt dort ja jemand den Mann, auf den Eure Beschreibung passt.«

Dankbar nickte Magdalena. Sie war erleichtert, dass er ihr keine schweren Vorwürfe machte, weil sie in seiner Abwesenheit so unachtsam gewesen war. Und dann wollte er ihr auch noch helfen, den von ihr begangenen Fehler zu korrigieren. Vielleicht hatte sie sich ja all die Jahre in ihm getäuscht, und er hatte sein Herz doch am rechten Fleck. »Sei nur vorsichtig. Du weißt, wie viel auf dem Spiel steht.«

»Macht Euch keine Sorgen. Ich weiß, was ich tue, Mutter.« Dabei umspielte ein rätselhaftes Lächeln seine Lippen. Doch bevor Magdalena nachfragen konnte, was er denn vorhatte, kamen Oswald und Georg in die Küche, dicht gefolgt von den verbliebenen zwei Lehrlingen. Matthias ging unverzüglich auf Ulrich zu und schlug ihm freundschaftlich auf die Schulter. Auch die anderen begrüßten Ulrich herzlich und setzten sich dann an den Tisch.

Als alle saßen, schaute Ulrich in die Runde. »Guten Morgen, Männer. Was schaut ihr denn so verdrießlich? Gut, der Dieb ist uns entkommen, aber dank Oswald und Matthias haben wir ja eine ungefähre Vorstellung, wie der Hehler aussieht. Ich werde nach Feierabend gleich Nachforschungen anstellen und bis dahin Andreas erst mal an der Presse vertreten.«

Die Gesichter der Männer hellten sich nun etwas auf. Sie hofften genau wie Magdalena, dass das Aus für die Druckerei damit vielleicht doch noch abwendbar war. Ulrich setzte erneut an: »Ihr habt gestern wirklich alle hervorragende Arbeit geleistet. Ohne euch würden wir jetzt dumm dastehen. Wir können froh sein, dass ihr hier so gut mithelft. Daher lade ich euch nach dem Abendmahl alle ins Wirtshaus ein. Das habt ihr euch redlich verdient.«

Die wenigen Worte genügten tatsächlich, um die Laune aller Anwesenden aufzubessern. Magdalena nahm es erfreut, aber auch ein wenig eifersüchtig zur Kenntnis. Sie hatte das Gefühl, dass die Männer, ihre Söhne mit eingeschlossen, mehr auf Ulrich hörten, wenn er da war, als auf sie. Dabei war sie diejenige, die in letzter Zeit den Betrieb fast alleine geführt hatte, während Ulrich häufig auf Reisen gewesen war.

Als hätte er ihre Gedanken gelesen, wandte sich Ulrich genau in diesem Augenblick an Magdalena. Seine Miene wirkte freundlich, aber in seinen Augen lag eine gewisse Kälte. »Und Ihr, Mutter«, sie sah von ihrer Schüssel auf, »da Ihr kaum ein Auge zugetan habt letzte Nacht, dürft Euch noch einmal hinlegen. Ich kann Euch hier in der Druckerei gut vertreten, und wir räumen hier auch gleich alles vom Tisch.« Verdutzt sah sie ihn an. Hatte er ihr tatsächlich gerade einfach die Leitung der Druckerei für diesen Tag abgenommen? Oder irrte sie sich da? Vielleicht war sie durch den Vertrauensbruch von Andreas ja besonders empfindlich und nun besonders auf der Hut. Wahrscheinlich meinte er es nur gut mit ihr. Und im Grunde hatte Ulrich ja auch recht – sie hatte in dieser Nacht so gut wie gar nicht geschlafen, und ihre Müdigkeit stand ihr wahrscheinlich deutlich ins Gesicht geschrieben.

Sie erhob sich vom Tisch und steuerte die Stiege an. Kurz bevor sie hinaufging, drehte sie sich noch einmal um und wollte etwas sagen, doch sie sah, dass Ulrich damit begonnen hatte, die Aufgaben für den heutigen Tag zu verteilen, und die Männer sie nicht länger beachteten.

Kapitel 16

Ein paar Stunden später erwachte Magdalena aus einem unruhigen Schlaf. Im Traum war ihr Herzog Christoph erschienen, der erfahren hatte, dass ihr das wichtige Manuskript abhandengekommen war. Wie üblich hatte die Regierung auch beim Landrecht die Universität damit beauftragt, den Drucker während der Vervielfältigung des Schriftstücks zu überwachen. Nachdem die grobe Fahrlässigkeit bekannt geworden war, hatte der Pedell Eberhard Magdalena aufgesucht und ihr erklärt, dass die Druckerei ab sofort keine Aufträge mehr vom Hof erhalten würde. »Eine Druckerei, der man nicht vertrauen kann, ist für uns wertlos!«, hatte er laut gerufen, sodass die Schaulustigen, die draußen vor der offen stehenden Tür auf der Straße standen, es hören konnten.

In ihrem Traum hatte Magdalena dagegen sofort heftig protestiert. »Das könnt Ihr nicht machen. Mein Mann hat Euch seit Jahrzehnten treu gedient und nie Anlass zur Klage gegeben. Könnt Ihr uns nicht noch eine Gelegenheit geben, uns zu beweisen?« Doch der Pedell blieb unversöhnlich. Er sonnte sich in der Aufmerksamkeit der Menge und hielt ihr einen langen Vortrag. »Gerade deshalb, weil Eure Druckerei uns schon so lange gedient hat, müsstet Ihr wissen, wie wichtig Geheimhaltung in diesen unsicheren Zeiten ist. Es ist Euch sicherlich nicht verborgen geblieben, wie viele Feinde wir außerhalb Württembergs haben. Die Katholischen wollen sich unser Land aneignen, und die Regierung versucht alles, um dies zu verhindern. Deswegen sind die neuen Gesetze von äußerster Wichtigkeit. Und in diesem Zusammenhang auch die Publikationen, die Ihr herstellt.

Ihr Inhalt darf keinesfalls zu früh bekannt werden, sondern muss zuvor noch von allen Regierungsmitgliedern abgesegnet werden. Gerade das ist wegen Euch nun aber nicht mehr möglich.«

»Und deshalb ...«, er machte eine bedeutungsvolle Geste und drehte sich nun sogar zu den Zuhörern im Freien um, »... werdet Ihr von uns auch keinen Auftrag mehr erhalten.« Sofort folgte aufgeregtes Tuscheln und Gerede. Einige der Schaulustigen zeigten sogar mit dem Finger auf Magdalena und lachten. In der Menge konnte sie nicht nur ihre Nachbarn erkennen, sondern auch einige ihrer Buchkäufer wie den alten Bartholomäus. Auch er verfolgte das Gespräch mit dem größten Interesse, unternahm aber keinen Versuch, ihr beizustehen.

Magdalena versuchte erneut, den Pedell mit ihren Bitten zu erweichen. »Aber das wäre unser Untergang. Wir brauchen die Aufträge. Wenn wir schließen, dann wird Tübingen keine Druckerei mehr haben!«, schrie sie nun, so laut sie konnte. Doch der Pedell drehte ihr einfach nur seinen massigen Rücken zu und verließ das Haus. Magdalena sah ihn auf die alte Therese zugehen, die das Geschehen begierig verfolgte. Gewiss würde sie dafür sorgen, dass binnen weniger Stunden halb Tübingen von ihrem Unglück erfuhr.

Plötzlich verschwanden alle Schaulustigen vor ihren Augen, und sie sah ihren Mann Ulrich vor sich, der ihr wie vor mehreren Jahren schon einmal erklärte: »Ich habe es als Einziger geschafft, in diesem Herzogtum eine Druckerei aufrechtzuerhalten. Nur weil ich der Regierung so treu gedient habe, habe ich über die Universität laufend Aufträge von ihr erhalten. Beide sind meine wichtigsten Auftraggeber. Du darfst sie unter keinen Umständen verärgern. Mein Vorgänger hat nur eine einzige Schrift gedruckt, die nicht abgesegnet war, und wurde dafür hart bestraft. Ich habe ihn daraufhin als Setzer bei mir eingestellt, damit er sich wenigstens noch ein bisschen Geld verdienen konnte. Doch seine Kinder mussten auf der Straße betteln gehen.«

Von diesen Worten war sie aufgewacht. Sie lag schweißgebadet auf ihrem Strohlager, während ihr das Herz wild in der Brust pochte. Ihre Kinder durften keinesfalls so enden. Sie sollten ebenfalls Buchdrucker werden oder zumindest im Gewerbe bleiben können. Ein Lehrgeld für alle ihre Söhne würde sie aber nicht bezahlen können. Und dann war da auch noch die Mitgift für Magda ...

Alles hing nun davon ab, ob Ulrich die fehlenden Manuskriptteile wiederbeschaffen konnte. Zum Glück kannte er viele Studenten an der Universität. Selbst mit einigen der Professoren speiste er ab und an. Einer von ihnen würde doch bestimmt den Studenten kennen, den Oswald und Matthias des Nachts gesehen hatten. Dennoch vermochte sie dieser Gedanke nicht wirklich zu beruhigen.

Am Nachmittag kam die Produktion in der Druckerei nur schleppend voran. Offenbar saß allen die vergangene kurze Nacht noch in den Knochen. Der sonst so sorgfältig arbeitende Matthias zerbrach gleich mehrere Lettern und machte seinem Ärger darüber lauthals Luft. Paul ließ einen großen Stapel Papier fallen und musste die Bogen mühsam wieder zusammensuchen, und Oswald riss sich an der Presse seinen Hemdsärmel auf. Alle waren heilfroh, als Magdalena zum Feierabend läutete. Ulrich verabschiedete sich, um seine Nachforschungen anzustellen. Als das Essen bereitet war, löffelten Magdalenas Söhne und die Lehrlinge schweigend den Linseneintopf in sich hinein. Zwar erwähnte keiner von ihnen Andreas, doch schaute der ein oder andere manchmal verstohlen auf den Platz, auf dem er stets gesessen hatte. Auch Magdalena ertappte sich dabei und bekämpfte den in ihr aufsteigenden Ärger über seinen Verrat.

Als die letzten Schüsseln geleert waren, hörten sie, wie sich die schwere Vordertür öffnete und Ulrich ins Haus trat. Mit raschen Schritten ging er durch den Laden und trat kurz darauf zu ihnen an den Tisch. Seine gute Laune war ihm förmlich ins Gesicht geschrieben.

»Guten Abend, zusammen. Na? Fertig gegessen? Ich habe schneller als gedacht erfahren, was ich wissen musste. Es kann nun losgehen. Im Hirschen wartet ein Becher Wein auf jeden von euch. Auch auf dich, Jakob.« Der schaute ganz verwundert drein, weil er sonst eigentlich nie etwas gemeinsam mit den Gehilfen der Druckerei unternahm. Als Ulrich den erwartungsvollen Blick von Moritz sah, meinte er gutmütig: »Du kannst auch mitkommen, Moritz.« Magdalena war ebenfalls überrascht, ihren Stiefsohn so gut gelaunt zu sehen. Er hatte offenbar Erfolg mit seinen Nachforschungen gehabt, was sie einigermaßen beruhigte. »Hast du etwas über den Studenten erfahren können?«, fragte Magdalena, und alle sahen ihn interessiert an. »Ich glaube, ich weiß nun, wer er ist und wie ich ihn finden kann«, gab er lachend zurück. »Heute Abend nach dem Besuch im Hirschen werde ich ihn in seiner Unterkunft aufsuchen, und wenn sich mein Verdacht bestätigt, werde ich Euch alles morgen früh erzählen. Dann könnt Ihr wieder beruhigt schlafen ...«

»Wer ist es denn, und was hast du genau vor?«, fragte Oswald überrascht, und auch die anderen warteten auf eine Antwort.

»Ich habe einen Plan«, grinste Ulrich, »doch möchte ich euch davon ungern schon jetzt erzählen, sollte doch noch etwas schiefgehen. Morgen bekommt ihr alle Antworten. Ich verspreche es euch. Doch lasst uns zuerst etwas trinken gehen.«

Auch Georg und Matthias stellten nun Fragen und versuchten, Ulrich weitere Einzelheiten zu entlocken. Doch dieser blieb verschwiegen und betonte noch einmal, dass er ihnen morgen alles sagen würde. Dann fügte er hinzu: »Kaspar wartet bereits auf uns im Hirschen. Los, Paul, dein Wein wartet auch.« Nach kurzem

Zögern standen die Männer auf, denn sie merkten, dass sie nicht mehr aus ihm herausholen konnten. Nur Magdalena wollte sich mit den knappen Worten Ulrichs nach wie vor nicht zufriedengeben. »Ich würde deinen Plan aber gerne schon heute erfahren«, beharrte sie. Ulrich beschwichtigte sie: »Nun gut, dann suche ich Euch später noch einmal auf und berichte. Aber jetzt gibt es erst die versprochene Belohnung für die Männer. Die gönnt Ihr ihnen doch sicherlich, oder?«

Bevor Magdalena etwas einwenden konnte, drehte er sich allerdings um, setzte sich an die Spitze des Trupps Richtung Wirtshaus und war verschwunden.

Als das Haus wieder leer war, machte sich Magdalena zusammen mit ihrer Tochter an die Hausarbeit. Sie spülten Schüsseln, Becher und Löffel, schrubbten den Kessel, wischten Tisch und Bänke ab, fegten den Boden, sammelten Abfälle, verschafften sich einen Überblick über die Vorräte und nähten zu guter Letzt auch noch den eingerissenen Ärmel von Oswalds Hemd. Doch immer wieder kehrte Magdalena mit ihren Gedanken dabei zu Andreas zurück. Wie hatte sie sich nur so in ihm täuschen können? Nach all den Jahren, die sie zusammen mit ihrem Mann in der Druckerei gearbeitet hatte, glaubte sie, Menschen recht gut beurteilen und auch relativ rasch einschätzen zu können, ob sie es mit ehrlichen oder mit unehrlichen Menschen zu tun hatte. Dieser verdammte Andreas! Wie schlecht hatte er ihr ihre Güte nur vergolten! Wie oft hatte sie ihm, wenn er wieder einmal in Geldnot war, seinen Lohn vorab ausbezahlt. Warum hatte er sie nicht auch diesmal darum gebeten, ihm etwas vorzuschießen? Wusste er denn wirklich nicht, was er ihr und den anderen mit dem Diebstahl des Manuskripts angetan hatte? Dass dies den Ruin der Druckerei bedeuten konnte? Dieser dumme Junge.

Nachdem sie Magda ins Bett geschickt hatte, ging sie noch einmal in das Lager und stand nun wieder vor der losen Planke. Hätte die Ecke des Holzes nicht ein wenig nach oben gestanden ... sie wäre nie auf den Diebstahl aufmerksam geworden. Sie hob das Brett noch einmal hoch und bemerkte erst in diesem Moment, dass Ulrich zurückgekommen war und nun neben ihr stand. »Hier hatte er es also versteckt!«, sagte er anerkennend. »Gar nicht dumm.«

Magdalena ließ das Holz sinken und starrte ihren Stiefsohn ungläubig an. Bewunderte er den Dieb etwa? Als Ulrich ihren Blick bemerkte, stieß er sie scherzhaft an: »War nicht so gemeint. Es war schon ein dreister Diebstahl, und wir können von Glück sprechen, dass er Euch aufgefallen ist. Wie seid Ihr überhaupt ...?« Weiter kam er nicht, denn Magdalena unterbrach ihn ungeduldig. Zu lange wartete sie nun schon auf seinen Bericht.

»Hast du heute Abend mit dem Hehler gesprochen? Hast du das Manuskript? Nun sprich schon. Lass dir doch nicht jedes Wort einzeln aus der Nase ziehen!«

Doch Ulrich zog nur die Augenbrauen hoch und grinste. Er genoss es offenkundig, etwas zu wissen, was sie dringend von ihm erfahren wollte.

»Gemach, gemach. Alles zu seiner Zeit. Lasst uns erst hinüber zum Esstisch gehen. Ich bin durstig. Die Becher im Hirschen sind nicht gerade groß, und ich hatte ja auch noch einen wichtigen Auftrag zu erfüllen und musste das Wirtshaus eher verlassen.«

Langsamen Schrittes ging er aus dem Lager und steuerte auf die Feuerstelle zu. Magdalena zögerte. Dann folgte sie ihm wortlos, hielt es aber für besser, ihren Unmut nicht zu äußern. Stattdessen dachte sie: *In Ordnung, heute spielen wir dein Spiel, demnächst spielen wir meins.* In der Küche ergriff Ulrich den großen Weinkrug seines Vaters und füllte ihn bis zum Rand. Er nahm einen kräftigen Schluck und ließ sich schließlich gemächlich am

Kopfende des Tisches nieder. Magdalena bemerkte, dass er nun wie selbstverständlich ihren Platz am Tisch einnahm. »Nun, da Ihr getrunken habt, mein Herr, wollt Ihr Euch vielleicht bequemen, mir meine Fragen zu beantworten?«

Ihr Stiefsohn überging die spitze Frage und wischte sich mit seinem Ärmel den Wein vom Oberlippenbart. »Also, nach dem Abendmahl sind wir alle in den Hirschen gegangen, wie Ihr wisst, wo ich den Männern Wein spendiert habe. Das haben sie alle sehr begrüßt.« Sichtlich zufrieden mit sich selbst, nahm er einen weiteren tiefen Schluck.

Als er keine Anstalten machte, weiterzureden, fragte sie: »Und dann bist du zu besagtem Studenten gegangen?« Mit einer Handbewegung forderte sie ihn dazu auf weiterzusprechen.

»Ja, dann habe ich ihn aufgesucht.«

Na, endlich kommen wir zur Sache, dachte Magdalena, ließ sich ihre Ungeduld allerdings nicht anmerken.

»Ich habe ihm weisgemacht, dass ich vom Rektor geschickt worden wäre und ihn etwas fragen müsste, was nicht für fremde Ohren bestimmt sei. Er hat mir das doch tatsächlich geglaubt, dieser Simpel.« Magdalena wusste nicht, was sie von diesem Vorgehen Ulrichs halten sollte. Natürlich musste er eine List anwenden, um den Hehler zu überführen, aber dafür hätte er sich doch sicher etwas Klügeres ausdenken können. Wenn herauskäme, dass er sich fälschlicherweise als Bote des Rektors ausgegeben hatte … Die Strafe dafür würde sicherlich hart ausfallen. Doch sie wollte ihn nicht unterbrechen, jetzt, da er endlich erzählte, was sich zugetragen hatte.

»Und dann hat er mir das Manuskript gezeigt.«

»Einfach so? Er hat es dir einfach so gezeigt?«

Ulrich lächelte vielsagend: »Ich habe ihn natürlich freundlich darum gebeten.« Diesmal fragte Magdalena nicht genauer nach. Sie konnte sich auch so vorstellen, wie die freundliche Bitte von

Ulrich ausgesehen hatte. Wahrscheinlich hatte er dabei die Fäuste zu Hilfe genommen.

»Und ... dann? Was geschah dann?«

Er winkte nur kurz ab. »Ach, kümmert Euch doch nicht um Einzelheiten. Je weniger Ihr wisst, desto besser! Ich kann Euch jedenfalls versichern, dass die gestohlenen Manuskriptteile nicht mehr existieren. Ich habe sie unmittelbar, nachdem ich sie in den Händen hielt, vernichtet. Die Sache ist erledigt, es kann uns kein Schaden mehr daraus erwachsen.«

Magdalena traute ihren Ohren kaum. Sie hatte fest damit gerechnet, dass ihr Stiefsohn das fragliche Schriftstück selbstverständlich wieder mitbringen würde. Stattdessen hatte er es einfach, noch dazu, ohne dies vorher mit ihr abzusprechen, zerstört. Nach dem Übereinkommen, das er und sie nach Ulrichs Tod geschlossen hatten, war Magdalena für alle Dinge, die die Druckerei betrafen, allein verantwortlich. Ulrich hingegen nur für die Lieferungen und Bestellungen. Da der Diebstahl in Magdalenas Verantwortungsbereich fiel, hätte er niemals so eigenmächtig vorgehen dürfen.

Das konnte sie ihm nicht durchgehen lassen. Sie musste ihn zur Rede stellen! Und zwar gleich. Doch bevor sie auch nur eine weitere Frage stellen konnte, hörte sie von draußen aufgeregte Schreie. Fräulein Pfote, die eben noch genüsslich vor dem Feuer gelegen hatte, sprang augenblicklich auf und jagte wie ein schwarzer Blitz die Stiege hinauf.

Überrascht sah Magdalena in Richtung Tür. Was ging da draußen vor sich? Es wird doch nicht ...? Sie wagte den Gedanken nicht zu Ende zu denken. Das hätte ihnen gerade noch gefehlt! Erschrocken stand sie auf, verließ schnellen Schritts den Produktionsraum und zog den Vorhang zum Laden zur Seite. Als sie an der Eingangstür angelangt war, wollte sie gerade ihre Hand auf den Riegel legen, als sie draußen hektisches Gebimmel hörte, das ihr den Atem stocken ließ. Über die aufgeregten Stimmen der Menschen hinweg tönte das durchdringende Läuten der Feuerglocke. Magdalena hatte dieses Geräusch vom letzten Probealarm noch gut im Gedächtnis. Doch jetzt war es keine Probe mehr, jetzt war der Albtraum eines jeden Tübingers Realität geworden.

Kapitel 17

Als sie die schwere Tür aufzog, herrschte bereits ein heilloses Durcheinander in der Burgsteige. Trotz der späten Stunde schien jedermann auf den Beinen zu sein. Die Leute drängten sich dicht in der Mitte der Straße, Mütter riefen verzweifelt nach ihren Kindern, Frauen nach ihren Ehemännern. In der Ferne wieherten Pferde in Panik, und immer wieder waren Rufe zu hören wie: »Was ist denn los? Was ist passiert?«

Das Schloss Hohentübingen hinter ihnen war hell erleuchtet, und seine massiven Tore am Eingang, die sonst zu dieser Zeit noch geöffnet waren, wurden bereits von den Wächtern unter lautem Rufen geschlossen. Vor ihr rannten die Leute, so schnell sie konnten, die Straße hinunter. Magdalenas Blick folgte ihnen. Sie trat einige Schritte aus der Tür heraus, um sich einen besseren Überblick verschaffen zu können, und dann sah sie das Entsetzliche: Ein paar Häuser weiter war der Himmel hell erleuchtet. Flammen loderten. Funken stoben. Ein Haus brannte bereits lichterloh. Schon stieg ihr der Geruch von Verbranntem und von Ruß in die Nase. Wie betäubt starrte sie in die Nacht und konnte nur noch an eines denken: Feuer! Das schlimmste Unglück, das einer Stadt widerfahren konnte!

Sie hatte immer inständig gehofft, dass sie niemals eine Feuersbrunst erleben müsste. Die schrecklichen Geschichten ihrer Schwester über den großen Brand vor etwa zehn Jahren kamen ihr plötzlich wieder in Erinnerung. Damals waren über fünfzig Häuser zwischen dem Marktplatz, dem Kornhaus und der Barfüßergasse abgebrannt. Ganz Tübingen hatte bei den Löscharbeiten mit angefasst, doch ein heftiger Wind hatte die Flammen so stark entfacht, dass sie sich schnell Richtung Stiftskirche ausbreiteten und es kein Mittel gab, sie aufzuhalten. Zusammen mit ihrem Mann hatte Käthe damals immer wieder Eimer mit Wasser gefüllt und diese an die vor ihr Stehenden in der Menschenkette, die sich gebildet hatte, weitergegeben, bis beide vor Erschöpfung fast zusammengebrochen waren. Das Allerschlimmste war jedoch, dass Käthe ihren jüngsten Sohn im Feuer verloren hatte. Sie hatte versucht, auf ihn aufzupassen, während sie bei den Löscharbeiten half. Doch sie hatte den Jungen – er war gerade einmal vier Jahre alt gewesen – für einen kurzen Moment aus den Augen verloren. Es war nur ein Augenblick gewesen. Als er gefunden wurde, war sein Körper von Brandblasen übersät gewesen, seine Beine bestanden nur noch aus Knochen und rohem Fleisch. Der Kleine war wohl zu nah an eines der brennenden Häuser geraten. Seine Kleidung musste im Nu Feuer gefangen haben. Er lebte danach zwar noch, erlag aber einige Tage später seinen Verletzungen. Käthe hatte lange um ihren Sohn getrauert, aber niemandem ihren Schmerz anvertraut. Es hatte ein paar Jahre gedauert, bis sie annähernd wieder ganz die Alte gewesen war. Aber Magdalena, die Käthe trotz ihres kühlen Verhältnisses zueinander besser als die meisten kannte, wurde das Gefühl nicht los, dass sie ihre wahren Gefühle hinter einer Maske verbarg und den Tod des Jungen nie überwunden hatte.

Und Käthes Familie war nicht die einzige gewesen, der das Feuer furchtbares Leid zugefügt hatte. Insgesamt hatten etwa zwei Dutzend Menschen schwere Verletzungen erlitten, und viele standen danach vor dem Nichts, weil das Feuer ihnen alles geraubt hatte. Letztendlich war man der Flammen nur Herr geworden, weil die Reutlinger den Tübingern zu Hilfe gekommen waren und durch unermüdliche Löscharbeit dem Grauen endlich ein Ende gesetzt hatten.

Und nun stand die Stadt wieder in Flammen. Magdalena konnte es nicht fassen. Ohne lange nachzudenken, lief sie ins Haus zurück, wo die kleine Magda bereits die Stiege herunterkam. Das Mädchen war totenbleich und zitterte am ganzen Leib. »Bleib hier im Haus. Direkt an der Tür. Geh nicht weg. Ich bin gleich wieder da!« Die Mutter umarmte sie kurz und drückte sie fest an sich. Am liebsten wäre sie bei ihr geblieben, aber jetzt war jede kräftige Hand gefragt. Wenn das Feuer die Oberstadt erreichen würde ... Mit den Unmengen von Papier, die im ganzen Haus verteilt waren, würde die Druckerei sofort bis auf die Grundmauern niederbrennen. *Daran darfst du jetzt nicht denken,* ermahnte sie sich und kehrte dann zusammen mit Ulrich auf die Straße zurück.

Draußen herrschte mittlerweile Chaos. Die Menschen schrien panisch durcheinander. Einige riefen immer und immer wieder: »O Gott! Lass das Feuer nicht übergreifen!« Allerdings gab es auch einige Männer, die sofort am unteren Ende der Burgsteige eine Menschenkette bildeten. Gefolgt von Ulrich, rannte Magdalena ebenfalls dorthin. Die Aufgabe eines jeden Kettengliedes war es, die frisch gefüllten Bütten und Eimer nach vorne zu reichen. Sie arbeiteten augenscheinlich im Einklang. Ulrich krempelte sofort seine Ärmel hoch und reihte sich ein, und schnell bildete sich eine kleine Lücke, sodass auch Magdalena mithelfen konnte. Sie musste die vielen Behältnisse, die ihr gereicht wurden, so schnell wie möglich weitergeben. Immer und immer wieder griff sie nach dem jeweiligen Gefäß, das von ihrem rechten Nachbarn kam, und gab es nach links weiter. Kaltes Wasser schwappte auf ihre Kleidung, die bald wie ein nasser Lappen an ihr herunterhing, doch sie merkte es nicht. Sie ergriff jede noch so schwere Bütt und reichte sie weiter. Immer und immer wieder. Rauch kratzte ihr in den Augen und brannte in ihrer Lunge. Doch zu ihrem Entsetzen bemerkte sie, dass sich das Feuer immer weiter ausbreitete, Funkenflug die Strohdächer entflammte und die Hitze das Atmen immer schwerer machte.

Magdalena wusste nicht, wie lange sie schon versuchten, das Feuer zu löschen. Ins allgemeine Geschrei mischten sich nun zunehmend Gebete zum heiligen Florian. Seit der Einführung des neuen Glaubens war es zwar verboten, zu den Heiligen zu beten, doch die Not setzte dieses Gesetz des Herzogs offenkundig außer Kraft. Magdalena sah sogar einen Stadtwächter, der etwas unterhalb von ihr in der Kette stand, unablässig zum Schutzheiligen beten. Man raunte sich zu, dass beim Ausbruch des Feuers der Teufel seine Hand im Spiel gehabt hätte, denn das Haus, in dem das Feuer ausgebrochen war, war solide gebaut, und in diesem Viertel der Stadt wohnten keine Handwerker, die einen Brand hätten auslösen können. Einige andere Nachbarn von Magdalena glaubten fest daran, dass das Heer der Ungläubigen den Brand ausgelöst hätte. Dies wäre erst der Anfang, und bald würde die ganze Stadt zugrunde gehen.

Magdalena hörte kaum zu, was die Leute sich über die Ursachen des Brandes zuriefen. Das Einzige, an was sie dachte, waren die Eimer, die sie weiterreichen musste. Ihre Arme schmerzten bereits, und ihr Rücken fühlte sich steif an. Doch sie gab nicht auf. Immer und immer wieder nahm sie das Behältnis, das ihr gegeben wurde, und reichte es weiter. Bis endlich der erlösende Ruf ertönte.

»Das Feuer ist gebändigt!« Magdalena schloss vor Erleichterung die Augen. Was für ein Glück, dass das Feuer noch rechtzeitig hatte gelöscht werden können. Sie waren um Haaresbreite dem Untergang entkommen. Neben ihr ließen die Menschen die Eimer fallen. Manche sanken vor Erschöpfung auf den Boden, andere fielen sich vor Erleichterung in die Arme. Einige sandten sofort ein Stoßgebet gen Himmel und dankten Gott für seinen

Beistand. Und wieder andere standen nur da und konnten ihr Glück noch gar nicht fassen. Sie hatten sich wohl schon – genau wie Magdalena – das Allerschlimmste ausgemalt.

Erschöpft ging sie mit Ulrich zurück zur Druckerei und sank dort auf der Bank neben dem Eingang nieder. Magda, die sie zurückkommen sah, setzte sich sogleich neben sie und umklammerte ihren Arm. Beruhigend sprach sie auf das Mädchen ein, während sie sich die schmerzenden Glieder rieb. Ihr Rücken, ihre Arme und Beine schienen nur noch aus Schmerz zu bestehen. Auch ihr Stiefsohn war am Ende seiner Kräfte. Sein Kopf war hochrot, und seine Hände zitterten. Schwerfällig setzte er sich neben die zwei und atmete mehrmals tief ein. Als er wieder genug Luft bekam, sagte er: »Wir haben lange kein Feuer mehr in Tübingen gehabt. Wie mag es wohl entstanden sein?«

Magdalena fehlte die Kraft, um ihm zu antworten. Ihr ganzer Körper brannte, und selbst das Luftholen tat ihr weh. Das Einzige, wozu sie in der Lage war, war, die Burgsteige hinunterzublicken. Wo waren ihre Söhne? War ihnen etwas zugestoßen? Und wo waren die Lehrlinge?

Eine lange Zeit saßen Ulrich und Magdalena schweigend nebeneinander. Als sie sich einigermaßen erholt hatten, stand er auf. »Ich muss jetzt erst einmal in meinem Zuhause nach dem Rechten sehen. Wir wohnen zwar ein gutes Stück vom Brandherd entfernt, aber Katharina wird das Unglück trotzdem mitbekommen haben. In ihrem jetzigen Zustand möchte ich sie nicht noch länger allein lassen.« Magdalena wusste, dass seine Frau wieder schwanger war und Ulrich darauf hoffte, dieses Mal einen Sohn zu bekommen. Daher nickte sie ihm zu, worauf er sich mit einem kurzen Gruß verabschiedete und in der Nacht verschwand.

Die Zeit, bis Matthias, Paul, Oswald, Georg, Jakob und Moritz schließlich nach Hause kamen, erschien ihr unendlich lang. Schon von Weitem sah sie ihnen an, wie müde und erschöpft sie waren. Sie kamen ächzend die Burgsteige herauf, wobei sie immer wieder eine kleine Pause einlegen mussten. Besonders Paul keuchte heftig und vermochte kaum mit den anderen Schritt zu halten. Oswald hingegen ging etwas schneller und erreichte seine Mutter und seine Schwester zuerst. Als er vor ihnen stand, erkannte Magdalena, dass seine Kleider an manchen Stellen Brandlöcher aufwiesen. Er musste den Flammen und Funken sehr nah gekommen sein.

Erleichtert, dass sie alle wieder heil nach Hause gekommen waren, umarmte sie ihre Söhne stürmisch und klopfte den Lehrlingen anerkennend auf die Schulter. Kaum dass sich Oswald neben die kleine Magda gesetzt hatte, erzählte er ihnen auch schon, was vorgefallen war. Auch sie hatten bei den Löscharbeiten kräftig mit anpacken müssen. Während sie völlig ahnungslos im Hirschen ihren Wein getrunken hatten, war ein Mitglied des Stadtrates ins Wirtshaus gestürzt und hatte alle starken Männer aufgefordert, ihm zu folgen. Moritz war daher im Wirtshaus zurückgeblieben. Als die anderen dann vor dem brennenden Haus angekommen waren, hatte man ihnen Feuerpatschen aus Reisig in die Hand gedrückt, mit denen sie die Flammen ersticken sollten. Es war die reinste Knochenarbeit gewesen. Der beißende Qualm stieg ihnen in die Nase und brachte ihre Augen zum Tränen. Schon nach kurzer Zeit taten ihnen Kopf und Rücken weh, doch sie mussten weiter auf die Flammen einschlagen. Immer und immer wieder. Ohne Ende in Sicht. Erst nach langer Zeit, als das Feuer schon fast gelöscht war, durften die Männer wieder gehen, die dann auf dem Rückweg Moritz abgeholt hatten. Der kauerte nun ganz mitgenommen auf dem Boden vor der Bank, auf der Magdalena, Magda und Oswald saßen.

»Zum Glück ist morgen Sonntag«, sagte Matthias matt, der sich neben Moritz auf den Boden gesetzt hatte. Auch ihm sah man an, dass er am Ende seiner Kräfte war. »Heute Nacht wird mich noch nicht einmal dein Schnarchen wecken, Paul.« Der warf ihm nur einen kurzen Blick zu, war aber zu erschöpft, um sich eine passende Antwort zu überlegen.

»Hoffentlich wird die nächste Woche nicht so turbulent. Erst der Diebstahl, dann läuft Andreas weg und jetzt noch dieser Brand«, seufzte Georg. Er lehnte sich gegen die kühle Hauswand, bevor er hinzufügte: »Und wer weiß, ob wir überhaupt am Ende des Monats noch eine Druckerei haben. Wenn die Regierung davon Wind bekommt, dass uns Teile des Manuskripts ...«

Weiter kam er nicht, denn Magdalena unterbrach ihn. Schlagartig fühlte sie, wie ihre Lebensgeister zurückkehrten.

»Wenigstens diesbezüglich gibt es eine gute Neuigkeit.« Ihre Stimme krächzte wegen des eingeatmeten Rauchs fast wie die eines Raben. »Die gestohlenen Manuskriptteile sind vernichtet! Wir brauchen uns nicht weiter zu sorgen.« Alle blickten sie sofort ungläubig an. In allen Gesichtern las sie die gleiche Frage, doch bevor sie einer stellen konnte, beantwortete Magdalena sie bereits. »Ulrich hat sie zerstört. Wir können also wieder aufatmen.« *Auch wenn ich Ulrich noch dafür zurechtweisen werde, dass er dies, ohne mich vorher zu fragen, gemacht hat,* dachte sie bei sich.

Ein erleichtertes Seufzen entfuhr ihnen wie aus einem Munde.

»Wenn wir nun kein Sterbenswörtchen mehr über den Vorfall verlieren, wird es nie herauskommen!«, ergänzte Magdalena und sah, wie alle zustimmend nickten.

»Und jetzt macht, dass ihr ins Haus kommt. Den Schlaf habt ihr euch mehr als verdient.«

Kapitel 18

Nachdem die Männer am Montag nach dem Frühstück die Arbeit wiederaufgenommen hatten, die Lettern auf dem Winkelhaken klackerten und die Pressen quietschten, wartete Magdalena noch die erste Pause ab, bevor sie in den Produktionsraum geradewegs auf Ulrich zuging. Der sah sie kommen und tat überrascht. Mit zwei kurzen Handbewegungen bedeutete Magdalena ihm, zu ihr zu kommen. »Ulrich, wir müssen reden«, sagte sie dann und ging ihm in den Verkaufsraum voraus. Dort machte sie eine einladende Geste auf die beiden Schemel und setzte sich. »Was gibt es denn?«, sagte er mit gespielter Ahnungslosigkeit und nahm ebenfalls Platz. »Das weißt du genau, mein Sohn«, sagte sie etwas schärfer, als sie es beabsichtigt hatte. Mit Auseinandersetzungen hatte sie wenig Erfahrung. Sie hatte die Anrede »Sohn« gewählt, um ihm bereits damit deutlich zu machen, wer hier wem etwas zu sagen hatte. Aber statt eingeschüchtert zu sein, blickte Ulrich sie nur erstaunt an und schüttelte leicht den Kopf. »Ich weiß wirklich nicht, worauf Ihr hinauswollt. Worüber müssen wir denn so dringend reden, dass Ihr mich extra aus der Pause holt?« Magdalena empfand sein Verhalten als provokant, aber sie bemühte sich, sachlich zu bleiben. »Wir, du und ich, haben seit dem Tod deines Vaters eine genaue Arbeitsteilung. Du kümmerst dich um die Einkäufe und Auslieferungen, ich mich um die Abläufe in der Druckerei. Deine Reisen scheinen mir zwar manchmal etwas länger zu dauern als nötig. Aber dazu will ich jetzt nichts sagen. Nur dass du dich so eigenmächtig meiner Angelegenheiten annimmst, kann ich nicht länger dulden.« So langsam hatte sie sich in Rage geredet und war dabei auch laut geworden. Ulrich sprang auf.

»Ich mische mich nicht in Eure Angelegenheiten. Wann soll das denn gewesen sein?«

»Ach. Du erinnerst dich an nichts? Ich spreche vom Manuskript des Landrechts, das du ohne jede Rücksprache«, sie betonte jedes einzelne Wort, »mit mir vernichtet hast.« Sie funkelte Ulrich wütend an.

»Ach ja?«, kam es schneidend zurück. »Dann sagt mir doch jetzt einmal, was Ihr in meiner Situation gemacht hättet? Es war dumm genug von Euch, dass Ihr Euch einige Bogen des geheimen Schriftstücks vor Euren Augen habt stehlen lassen! Und es war ebenfalls dumm, den Dieb entkommen zu lassen, noch dazu bevor er Euch zu dem Hehler führen konnte! Kein Dieb, kein Hehler, keine vermissten Bogen! Also, was hättet Ihr gemacht?« Magdalena war verdattert. Im Grunde hatte er recht. »Nur ich«, fuhr Ulrich fort, »besitze eine gute Verbindung zur Universität und kenne eine ganze Reihe von Gelehrten und Studenten und werde auch von ihnen anerkannt. Ohne mich hättet Ihr gar nichts mehr machen können.« Nun war auch er laut geworden und zeigte mit dem Finger immer wieder auf Magdalena. Die war ebenfalls aufgestanden, damit er nicht länger auf sie heruntersehen konnte. »Das mag ja alles sein. Aber du hättest dein Vorgehen dennoch mit mir abstimmen müssen. Sobald du herausgefunden hattest, wer der Hehler war, hättest du es mir sagen müssen, und wir hätten den Pedell geholt. Du hast eindeutig deine Befugnisse überschritten, und das kann ich nicht hinnehmen.«

Magdalena war wütend und dementsprechend laut geworden und erwartete nun eine ebenso wütende Entgegnung, die jedoch nicht kam.

Im Produktionsraum waren die Männer nach der Pause nicht wieder an die Arbeit gegangen. Offenbar lauschten alle der lautstarken Auseinandersetzung, wie Magdalena und Ulrich erst jetzt bemerkten. Ulrich zog es daher vor, den Streit nicht weiter eskalieren zu lassen. Er sah sie reumütig an.

»Entschuldigt. Es war falsch, ich sehe es ein.« Magdalena war überrascht, aber auch froh über diesen unerwarteten Sinneswandel. Was mochte Ulrich dazu bewegt haben? Schnell fuhr sie fort: »Wenn wir die Druckerei erhalten wollen, müssen wir alle an einem Strang ziehen.« Sie setzte sich wieder auf den Schemel. »Jeder von uns ist für einen Bereich zuständig, und wenn nicht klar ist, wer das ist, müssen wir uns absprechen.«

»Ich sehe das genauso«, stimmte ihr Ulrich zu und setzte sich ebenfalls. »Ich bin wohl etwas übers Ziel hinausgeschossen in meinem Drang, den Hehler zu fassen und die Manuskriptteile zurückzuholen. Verzeiht.«

»Ach ja, das wollte ich dich sowieso noch fragen. Warum hast du sie eigentlich vernichtet und nicht einfach zurückgebracht, Ulrich?«

Vielleicht etwas zu schnell entgegnete er: »Ich hatte sie bereits in der Hand. Aber er wollte sie mir wieder entreißen. Da hielt ich es für besser, sie endgültig zu vernichten, und warf sie auf die Feuerstelle. Das hätten wir in der Druckerei ja ohnehin getan. Aber – ich kann mich nur wiederholen – es tut mir leid und soll nicht wieder vorkommen.« Magdalena war zufrieden. Diesen Sieg konnte sie für sich verbuchen.

Kapitel 19

In der nächsten Woche ging die Arbeit in der Druckerei etwas besser voran. Zwar fehlte Andreas an allen Ecken und Enden, aber Ulrich und Magdalena taten ihr Bestes, um ihn zu ersetzen. Glücklicherweise brauchte Ulrich in der nächsten Zeit nicht mehr auf Reisen zu gehen, um Bücher zu verkaufen oder an den Hof zu liefern, und er scheute sich auch nicht davor, in der Werkstatt den Lehrling zu ersetzen. Der Eifer, mit dem er zu Werke ging, beeindruckte die Gehilfen und Magdalenas Söhne gleichermaßen, und Ulrich wiederum schien die Wertschätzung und Achtung der Männer zu genießen. Auch war er nach dem Gespräch mit Magdalena sehr auf die Zusammenarbeit mit ihr bedacht und vermied es, sich über sie zu erheben. Hie und da fragte er sie nach ihrer Meinung zu bestimmten Abläufen, besprach mit ihr die Arbeitseinteilung und machte Vorschläge. Magdalena nahm es erfreut zur Kenntnis – er hatte sich ihre Ermahnung tatsächlich zu Herzen genommen. Vielleicht war ihm aber auch erst durch das Feuer bewusst geworden, was er zu verlieren hatte.

Sein gutes Verhältnis zu den Gehilfen beobachtete sie zwar noch immer mit einem gewissen Argwohn, war insgesamt aber doch sehr froh, dass er die Sache mit den gestohlenen Bogen so schnell und erfolgreich gelöst hatte. Ihr Stiefsohn war ihr auch menschlich nähergekommen und hatte ihr mehr von seiner Frau Katharina erzählt, die nach der Geburt ihrer Tochter ein weiteres Kind geboren, dann aber im Kindbett verloren hatte, was beiden sehr nahgegangen war und Ulrich immer noch schmerzte, wenn er darüber sprach. Über Ulrichs Vater sprachen sie eigenartigerweise so gut wie nie, worüber Magdalena letztendlich erleichtert war, denn sie hatte den tiefen Schmerz über seinen Tod immer noch nicht verwunden. Dann und wann erzählte ihr Stiefsohn ihr auch von seinen Reisen. Magdalena, die das Herzogtum nur selten verlassen hatte, hörte seinen Reisebeschreibungen dann gespannt zu und zeigte auch reges Interesse an den Titeln und Stückzahlen der Bücher, die andere Händler verkauften. Nach dem Tod ihres Mannes war ihr sehr daran gelegen, die Alleinstellung seiner Druckerei in Tübingen zu verteidigen. Das Landrecht war nun fertig gedruckt, die restlichen Manuskriptteile hatten sie, getreu der Anweisung der Regierung, in der Feuerstelle verbrannt.

Deshalb war sie auch gleich Feuer und Flamme, als Ulrich mit einer vielversprechenden Idee zu ihr kam. Er wollte die Württembergische Kirchenordnung übersetzen lassen. Herzog Christoph hatte deren ursprüngliche Fassung weitgehend überarbeiten lassen, sodass diese nun eine Vielzahl von Regelungen enthielt, die den neuen Glauben betrafen. Wenn die neue Fassung nun auf Französisch erschiene, so Ulrichs Gedanke, würde sie sich gut in Mömpelgard verkaufen lassen – einer Grafschaft in Burgund, die zum Herrschaftsgebiet des Hauses Württemberg gehörte. Der Herzog hatte bereits eine frühere Version der Kirchenordnung für die Geistlichen in Mömpelgard ins Lateinische übersetzen lassen. Aber von der neuen, erweiterten Kirchenordnung gab es bis jetzt noch keine Übersetzung – weder ins Lateinische noch ins Französische. Aber es würde den Pfarrern natürlich entgegenkommen, wenn diese auch in der dortigen Landessprache gelesen werden könnte. Schließlich konnten nicht alle von ihnen ausreichend Latein. Ulrich hatte auch schon einen Magister an der Hand, der ihm angeboten hatte, die Kirchenordnung zu übersetzen. Das würde allerdings bedeuten, dass sie dafür ihre Papiervorräte fast aufbrauchen und vor allem französische Lettern beschaffen müssten. Doch was für ein zusätzlicher Markt würde sich ihnen dann erschließen! Nicht nur Pfarrer, sondern auch Theologiestudenten würden das Werk kaufen.

Allerdings gab es eine Schwierigkeit: Da sie bisher noch kein französisches Werk in der Druckerei hergestellt hatten, würde einer von ihnen nach Straßburg fahren müssen, um dort die benötigten Formen für die Lettern mit den verschiedenen französischen Akzentzeichen zu erstehen. Ulrich schlug vor, dass Magdalena auch einmal diesen Aspekt des Geschäftes kennenlernen sollte. Magdalena stand diesem Vorschlag etwas zwiespältig gegenüber: Einerseits wollte sie ihre Kinder nicht so lange alleine lassen, andererseits wollte sie auch endlich einmal andere Städte und Druckereien sehen.

Nachdem sich ihre erste Begeisterung gelegt hatte, kamen ihr außerdem Bedenken. Durfte man die Kirchenordnung denn so einfach übersetzen? Nach all der Aufregung, die es wegen des Landrecht-Manuskriptes gegeben hatte, brauchte sie keinen neuen Ärger, sondern wollte eigentlich nur in Ruhe ihrem Handwerk nachgehen. Ulrich konnte ihr Zögern verstehen, hielt ihre Bedenken allerdings für grundlos. Denn sein Vater hatte schon öfter bereits erlassene Ordnungen nachgedruckt und diese erfolgreich verkaufen können. Schließlich waren die Exemplare, die der Hof in Auftrag gab, nur für die Amtsleute und einige Geistliche bestimmt. Jeder Jurist und jeder Adelige musste sich daher die Ordnung, wollte er sie lesen, selbst besorgen, und das tat er am besten bei dem Drucker, der das Werk für die Regierung hergestellt hatte. Dabei hatte es noch nie Ärger gegeben, da Ulrich der Ältere jeweils die entsprechende Erlaubnis der Regierung dafür besaß. So zum Beispiel auch für die *Confessio*. Konnte es sein, dass sie als Frau für solche Vorhaben einfach zu zaghaft und ängstlich war?

»Wer nicht wagt, der nicht gewinnt«, sagte Ulrich an einem

Nachmittag mit lauter Stimme, um jeden weiteren Widerspruch ihrerseits im Keim zu ersticken. »Und ich sage: Wir wagen es!« Aufgrund seiner Lautstärke waren nun auch die Gehilfen auf ihre Unterhaltung aufmerksam geworden und bestärkten Ulrich mit Zurufen. »Ja, wir wagen es. Wir schaffen das. Wir verdienen viele Gulden. Tue es, Ulrich.« Ausgerechnet Kaspar, der sonst eigentlich recht übellaunige Geselle, zeigte sich begeistert über das Vorhaben, warf sogar seinen Hut in die Höhe und klatschte in die Hände. Schließlich dachte auch Magdalena, dass die Männer wahrscheinlich recht hatten. Später, als die Männer wieder arbeiteten und sie mit ihrem Stiefsohn noch einmal das Vorhaben besprach, erklärte er ihr, dass er sich um die Druckererlaubnis für die französische Übersetzung kümmern würde. Damit begrub sie ihre letzten Zweifel und beschloss, nach Straßburg zu fahren.

Kapitel 20

Gleich zu Beginn der ersten Maiwoche machte sich Magdalena auf den Weg nach Straßburg. Am Tag ihrer Abreise stand sie noch vor dem Morgengrauen auf, ging in die Schlafkammer ihrer Kinder und bewegte sich leise zwischen ihnen hindurch, um sie nicht aufzuwecken, während sie sie betrachtete. Sie hatten in letzter Zeit weiß Gott genug erleiden müssen und sollten die Nächte endlich wieder durchschlafen können. Deshalb hatte sie sich auch schon am Abend zuvor herzlich von ihnen verabschiedet. Der kleinen Magda ging der Abschied besonders nahe, denn es war das erste Mal, dass ihre Mutter sie für unbestimmte Zeit alleine ließ. Magdalena hoffte inständig, dass ihre Reise gut verlaufen würde, aber wer wusste schon, ob unterwegs nicht etwas passierte, das die Wiederkehr um Wochen verzögerte.

Vorsichtig ging sie im Dunkeln die Stiege hinunter, mit den Füßen jeweils die nächste Stufe ertastend und das Geländer an der Wand mit beiden Händen umklammernd. Vor der Feuerstelle angekommen, entzündete sie eine Kerze und überprüfte ihr Gepäck. Neben ihrem Proviant hatte sie auch Nadel, Faden und ein großes Wolltuch eingepackt, für den Fall, dass sie einmal unter freiem Himmel nächtigen musste. In einer braunen Ledertasche befanden sich zudem verschiedene Briefe von Tübinger Geschäftsleuten, die sie gegen ein kleines Entgelt mit nach Straßburg nahm und dort dem jeweiligen Empfänger überbrachte. Ihre Schwester Käthe hatte ihr sogar gleich zwei Schreiben mitgegeben, die ihr Mann an die dortigen Gewürzhändler verfasst hatte. Den äußerst nett vorgetragenen Bitten ihrer Schwester nach zu urteilen, schien es sich um wichtige Nachrichten zu handeln.

Sie hatte gerade die letzten Briefe verstaut, als sie auch schon herannahendes Pferdegetrappel, gefolgt von einem leisen »Brrr«, hörte. Als sie gerade die Vordertür öffnen wollte, hörte sie Oswald hinter sich. »Lasst mich Euch mit dem Gepäck helfen, Mutter«, sagte er leise und nahm ihr den kleinen Reisesack ab. »Seid Ihr wirklich sicher, dass ich nicht mitkommen soll?« Seine Besorgnis rührte sie.

»Danke, Oswald. Vielleicht nächstes Mal. Aber du wirst hier in der Druckerei mehr gebraucht! Du weißt, dass wir keinen weiteren Mann entbehren können.«

»Ich sehe Euch trotzdem ungern alleine reisen, Mutter. Seit dem Ende des Interims treibt sich allerhand Gesindel im Land herum.« Seine Stimme klang besorgt. Auch Magdalena war dies in letzter Zeit vermehrt zu Ohren gekommen. Obwohl der Kaiser nach Beendigung des Interims vor etwas mehr als zwei Sommern seine Landsknechte aus Württemberg abgezogen hatte, hatten seinem Befehl nicht alle Soldaten Folge geleistet. Einige waren geblieben und trieben sich seitdem in den Wäldern des Herzogtums herum. Da sie vom Kaiser schon lange vorher keine Bezahlung mehr erhalten hatten, überfielen sie nun mit Vorliebe reisende Kaufleute und erschlugen sie bei Gegenwehr, ohne mit der Wimper zu zucken. Gerade erst letzte Woche hatten sie den Tuchhändler Egbert ermordet. Zwar hatten die Männer des Herzogs schließlich die zwei Missetäter erwischt, aber es gab immer noch Dutzende von ihnen, die irgendwo auf der Lauer lagen und sich mit Überfällen ihr Auskommen sicherten.

»Ja. Das weiß ich alles, aber ich reise ja nicht alleine. Sobald wir die anderen alle abgeholt haben, werden wir zu siebt auf zwei Wagen sein. Und Hannes bringt extra seine Büchse mit. Es wird schon gut gehen«, sagte sie weit mutiger, als sie sich in Wahrheit fühlte.

Aber sie musste nach Straßburg reisen – ohne französische Lettern könnten sie die Übersetzung der Kirchenordnung nicht drucken. Und sie wollte auch jetzt vor Ulrich keine Schwäche zeigen, indem sie ihre Reise doch noch absagte. Und da sie nun ohne Andreas auskommen mussten, war es allemal besser, wenn Ulrich als kräftiger Mann in der Druckerei blieb. Früher oder später würden sie natürlich einen Ersatz für Andreas einstellen müssen.

Deshalb hatte sie auch, als sie hörte, dass ein alter Bekannter von ihr mit seinem Leiterwagen bald nach Straßburg fahren würde, nicht lange überlegt und ihn darum gebeten, sie mitzunehmen. Da sie nun mit einem Fuhrwerk reiste, fühlte sie sich außerdem weitaus sicherer, als wenn sie wie Egbert den ganzen Weg zu Fuß hätte gehen müssen. Sie öffnete die Tür und trat hinaus.

»Ja, grüß Gott, Frau Buchdruckerin! Und der Älteste ist auch schon auf! Wie geht es Euch, Oswald? Was machen die Weiber? Schon wieder Herzen gebrochen?«, fragte der Fuhrmann Hannes heiter. Er war ein geselliger Kerl, der immer gerne einen Scherz auf den Lippen hatte. »Ha«, schaltete sich Magdalena ein, »so ein schlimmer Finger wie Ihr ist er zum Glück noch lange nicht. Ihr habt in seinem Alter ja nichts anbrennen lassen«, lachte sie, während ihr Sohn das Gepäck auf dem Leiterwagen verstaute. Sie kannte Hannes schon seit ihrer Jugend. Schon damals war sie keine Schönheit gewesen mit ihren leicht schief stehenden Zähnen. Die Nachbarskinder hatten sie deshalb öfters als Pferd beschimpft und gewiehert, wenn sie an ihnen vorbeigegangen war. Doch Hannes hatte Magdalena immer verteidigt und besonders frechen Lästermäulern auch schon einmal eine Ohrfeige gegeben.

»Ihr wisst aber schon, dass es für mich immer nur eine gab! Die holde Magdalena«, flachste er zurück. »Aber Ihr musstet ja mein Herz brechen, indem Ihr damals diesen Stadtschreiber aus Dornstetten geheiratet habt und nach ihm den Buchdrucker.« Er legte seine Hand spielerisch auf die rechte Brust und ließ den Kopf sinken.

»So ein Unsinn.« Magdalena gab ihm einen Schubs, kaum dass sie sich neben ihm auf dem Bock niedergelassen hatte. Hannes liebte es, sie aufzuziehen. Trotzdem mochte sie ihn gerne, weil der Fuhrmann aufrichtig und vertrauensvoll war.

»Ich weiß wirklich nicht, ob ich Euch mit diesem Mann alleine reisen lassen kann, Mutter«, fiel Oswald in das Geplänkel mit ein und mimte Besorgnis.

»Ha, ich bin der ehrenwerteste Mann in ganz Tübingen«, kam es umgehend zurück, »das dürftet Ihr doch inzwischen wissen. Ich bringe Eure Mutter wohlbehalten in die große Stadt am Rhein und wieder zurück.« Er hob den Daumen sowie den Zeige- und Mittelfinger, als würde er einen Schwur leisten.

Oswald setzte ein zufriedenes Grinsen auf. »Nun gut! Ich werde Euch glauben.« Er ging einen Schritt zurück, damit sie losfahren konnten. »Eine gute Reise!«, rief er den beiden noch hinterher und winkte ihnen zum Abschied zu, als das Pferd munter die Burgsteige hinuntertrabte.

An der inneren Stadtmauer angekommen, sahen sie, wie die Wachen gerade das Neckartor öffneten. Obwohl sich acht Männer mühten, die Torflügel nach innen zu ziehen, bewegten sie sich nur langsam unter lautem Knacken und Knarren. Schließlich war der Weg frei, und Hannes lenkte das Pferd auf den Wachturm zu, der genau zwischen den beiden Mauerringen stand. »Offenbar sind wir heute die Ersten«, bemerkte Magdalena und schaute über ihre Schulter zurück auf die gerade erwachende Stadt. Sogar in den mehrstöckigen, teilweise direkt an die innere Stadtmauer gebauten Häusern schienen die Leute noch zu schlafen.

»Ja, bei weiten Reisen zahlt es sich aus, noch vor allen anderen auf den Beinen zu sein«, erklärte Hannes, der das Wegegeld abzählte, während er gleichzeitig das Pferd antrieb. Dann fuhr er nah an den einen Wachmann heran, der bereits mit einem Ledersäckchen auf den Wagen zugegangen war. Hinter ihm standen mehrere Wächter mit gekreuzten Hellebarden, die ihnen den Weg versperrten. Nachdem der Wachmann die Summe überprüft hatte, nickte er seinen Leuten zu, und diese ließen Hannes und Magdalena passieren. Während sie durch das imposante Tor fuhren, erläuterte Hannes: »Bis wir den restlichen Trupp Mitreisender zusammenhaben, vergeht sicherlich der erste Tag im Handumdrehen.« Er kannte seine Reisegenossen gut. Wenn er sich in die großen Reichsstädte aufmachte, suchte er sich meist Mitreisende, um sich auf diese Weise die anfallenden Kosten mit ihnen teilen zu können. Über die Jahre hinweg hatte er auf diese Weise viele Menschen aus dem Umland kennengelernt.

»Das Wetter scheint es auf jeden Fall gut mit uns zu meinen. Hoffentlich sind wir in drei Tagen in Straßburg.« Er gab seinem Tier die Peitsche, und es verfiel in einen stetigen Trab. Der Wagen rollte zügig über die Straße, die aus Tübingen herausführte. In der Ferne sah Magdalena bereits den großen Wald vor sich auftauchen. Wann immer sie in der Vergangenheit auf die Bäume zugegangen war, hatte sie sich schon von Weitem auf die Erholung im Wald gefreut. Die Düfte, die den verschiedenen Bäumen und Sträuchern entströmten, waren eine richtige Wohltat im Gegensatz zum täglichen Gestank der Stadt. Doch dieses Mal verspürte sie auch ein gewisses Unbehagen, während sie auf den Wald zusteuerten. Hoffentlich versteckte sich dort niemand.

»Vorausgesetzt, dass wir unterwegs nicht ... aufgehalten werden«, sagte sie deshalb an Hannes gewandt und zog sich ihr Tuch enger um die Schultern. Sie sprach die Geschichten über die Wegelagerer bewusst nicht an. Schließlich wollte sie das Unglück nicht heraufbeschwören. Doch sie musste ihre Bemerkung auch nicht näher ausführen. Hannes wusste auch so, worauf sie hinauswollte, und starrte stur geradeaus.

Am späten Nachmittag hatte sie der zweite Fuhrmann mit seinem Wagen eingeholt und fuhr nun dicht hinter Hannes her. Mittlerweile hatten sie den ersten Wald hinter sich gelassen und fuhren nun wieder an Weinbergen vorbei. Die Sonne tauchte die Landschaft vor ihnen in ein goldenes Licht. Es schien auf die Rebstöcke, die sich unter der Last der prallen Trauben bogen. »Das wird eine reiche Ernte werden«, verkündete Magdalena erfreut, »da werden die Winzer aber gutes Geld machen.« Sie konnte ihre Augen nicht von den langen Reihen der Rebstöcke abwenden. »Der Schein trügt«, wandte da Hannes neben ihr ein. »Seit dem Regierungsantritt von Herzog Christoph unterliegen die Winzer immer stärkeren Kontrollen. Sie dürfen nun nicht mehr wie früher Äcker, Wiesen und Weiden mit Wein bepflanzen, sondern müssen vorher jetzt jedes Mal den Vogt um Erlaubnis fragen, ob sie dieses oder jenes Stück Land auch zum Weinanbau nutzen dürfen. Und der lässt sich natürlich seine gute Zeit damit, was den gesamten Ablauf ins Stocken geraten lässt. Letztes Jahr wollte Philipp neue Felder zum Weinanbau nutzen, weil sein bisheriges Feld in den letzten Jahren öfters Frost abbekommen hat. Also hielt er sich an die neuen Vorschriften und reichte eine Supplikation ein. Dafür musste er extra einen Schreiber bezahlen!«, erklärte Hannes empört.

»Aber der Vogt reagierte gar nicht auf das Schreiben. Monate gingen ins Land. Als Philipp endlich eine Antwort bekam, war es für den Anbau zu spät. Der Winzer und seine Familie sind deshalb nur mit Mühe und Not über den Winter gekommen.«

Magdalena runzelte die Stirn. »Das darf doch nicht wahr sein. Was war denn der Grund für die Verzögerung? Werden solche Gesuche normalerweise nicht recht schnell behandelt?« Unwillkürlich dachte sie an das Gesuch, das einst ein Setzer bei der Universität eingereicht hatte, weil ihr Mann ihn nicht sofort bezahlen konnte. Es waren nur wenige Tage vergangen, bis der Pedell daraufhin bei ihnen in der Druckerei erschienen war und sich der Sache angenommen hatte. Ulrich musste dem Setzer unmittelbar danach nicht nur den Lohn bezahlen, sondern auch ein Entgelt an die Universität entrichten für den Aufwand, der durch das Gesuch entstanden war. Damals wäre ihr Mann glücklich gewesen, wenn die Bearbeitung nicht sofort erfolgt wäre.

»Ja, eigentlich müssten die Gesuche schneller bearbeitet werden. Aber auf dem Lande arbeitet die Obrigkeit nicht so schnell wie in der Stadt. Es ist ein Unding, vor allem, wenn davon Leben abhängen.« Er spuckte aus. Die ganze Geschichte schien ihm bitter aufzustoßen. »Sicherlich werdet Ihr jetzt gleich noch Genaueres über das neue Gesetz und die vielen Gesuche hören, sobald die anderen Reisenden zugestiegen sind. Die Weinbauern sprechen über nichts anderes mehr.«

Hannes sollte recht behalten. Die zwei Winzer, die wenig später auf ihrem Wagen mitreisten, kamen ohne Umschweife auf das Gesetz für den Weinanbau zu sprechen.

»Habt Ihr inzwischen eine Antwort vom Vogt erhalten? Ihr habt doch Eure Supplikation eine Woche vor mir eingereicht«, fragte der eine, der Johannes hieß. Beide Männer waren recht hager, man sah ihnen an, dass sie viel Zeit im Freien zubrachten. Die Sonne hatte ihre Haut gebräunt und ihre Haare an manchen Stellen ausgebleicht.

Martin, der Jüngere der beiden, antwortete mit einem verächtlichen Schnauben. »Nein. Wir haben nichts von ihm gehört. Es ist wirklich eine Frechheit. Dabei bin ich extra zu ihm gereist, um in der Amtsstube persönlich mit ihm zu sprechen. Hatte gehofft, dass dies die Sache vielleicht beschleunigen würde. Aber der Vogt wies mich zurück. Sagte, er habe über hundert Supplikationen zu bearbeiten, und mache schon Tag und Nacht nichts anderes mehr.«

Sein Gegenüber tippte sich an den Kopf. »Das ist doch nur eine Ausrede. Der Kerl ist einfach zu träge.«

Doch Martin widersprach ihm. »Das glaube ich nicht. Ich habe gehört, er hätte sogar noch einen zusätzlichen Schreiber eingestellt, und das nur, um die ganzen Gesuche erst einmal ordnen zu können. Das neue Gesetz macht denen genauso zu schaffen wie uns.« Niedergeschlagen kramte er ein Stück Brot aus seinem Gepäck und riss sich geistesabwesend ein großes Stück davon ab. Nachdem er ein paar Bissen genommen hatte, fügte er nachdenklich hinzu: »Ich hoffe, in Straßburg kann ich wenigstens meinen neuen Wein an den Mann bringen. Sonst müssen wir uns von unseren Knechten trennen.« Dann widmete er sich wieder seinem Laib Brot und verstummte. Auch sein Gegenüber sagte nichts mehr.

Magdalena nutzte die Gesprächspause und drehte sich zu den beiden Winzern um. »Ich frage mich schon die ganze Zeit, was denn eigentlich der Sinn dieser Verordnung ist, wenn sie so viel Unmut verursacht?«

Martin stopfte sich gerade ein weiteres Stück Brot in den Mund und erwiderte deshalb mit vollem Mund: »Der Herzog will, dass wir nicht alle Felder für den Weinbau nutzen, sondern dass auch noch genügend Weiden und Ackerflächen für anderen Anbau übrig bleiben. In den letzten Jahren sind die Preise für Fleisch, Milch und Getreide stark gestiegen.«

Jetzt meldete sich auch Johannes wieder zu Wort. »Ich weiß gar nicht, was das mit unserem Weinanbau zu tun haben soll. Ich habe noch genügend Schafe und Ziegen für mich und meine Familie.«

Aber bevor Magdalena antworten konnte, brachte Hannes abrupt das Pferd zum Stehen. Er deutete auf die Straße und rief dann so laut, dass es auch der Fahrer und die beiden Reisenden auf dem zweiten Wagen hören konnten: »Da vorne ist ein Baum umgefallen.« Dann wandte er sich an Magdalena und fügte hinzu: »Den müssen wir jetzt von der Straße räumen. Ich hoffe, die im anderen Wagen haben ebenso wie ich eine Axt dabei. Dann geht es schneller.« Geschickt sprang er vom Bock und zog eine große Axt unter seinem Sitz hervor. »Da bekommt Ihr auf Eurer ersten Straßburg-Reise ja richtig was geboten, Magdalena«, raunte er ihr noch zu und lief dann zum anderen Wagen, der dicht hinter ihnen zum Stehen gekommen war. Der zweite Fahrer namens Peter war ein kleiner, stämmiger Mann, der zum Glück für einen solchen Zwischenfall ebenfalls gut ausgerüstet war. Er hatte seine Axt sogar erst vor Kurzem schärfen lassen.

»Jetzt brauchen wir nur noch jemanden, der die abgehackten Äste beiseiteschafft«, sagte er, während er sich die Axt auf die Schulter legte. »Wer erweist uns denn die Ehre?« Er blickte auffordernd auf die beiden Mitreisenden in seinem Wagen. Sie waren ebenfalls Winzer, allerdings deutlich beleibter als die beiden in Hannes' Wagen. Der Größere der beiden, sein Name war Wolfgang, sah den Fragenden verächtlich an. »Ich mache mir doch auf dieser Fahrt meine Hände nicht schmutzig. Dafür bezahle ich Euch zu viel. Ihr habt gesagt, Ihr bringt mich nach Straßburg. Dann tut das auch.« Und damit lehnte er sich auf seinem Sitz zurück, legte seine Füße auf die ihm gegenüberliegende Bank und schloss die Augen. Sein Nebenmann, Reinhard, zögerte. Nun schaute Peter zu den beiden Winzern im ersten Wagen. Die schienen aber ebenso wenig Interesse zu haben und wichen seinem Blick aus.

Magdalena war es, die schließlich das Schweigen brach. »Keiner? Wirklich keiner?« Sie blickte noch einmal von einem Mann zum anderen. »Nun gut. Wenn sich keiner von den Herren bereit erklärt, dann mache ich es halt. Wir wollen doch vor Einbruch der Dunkelheit noch einmal in einem Dorf ankommen und heute Nacht auch ein Dach über dem Kopf haben.« *Und nicht länger als nötig hier stehen bleiben müssen,* fügte sie in Gedanken hinzu. Dabei kam sie nicht umhin, wieder an den Überfall auf Egbert zu denken. Magdalena versuchte, ihre aufkommende Angst zu unterdrücken, kletterte kurz entschlossen vom Wagen und ging zielstrebig auf den Baum zu.

Die sechs Männer starrten ihr ungläubig hinterher. Dann brachen die beiden Fahrer in schallendes Gelächter aus. »Die Frau hat mehr Mumm in den Knochen als Ihr alle zusammen. Ihr solltet Euch schämen«, gluckste Hannes. Immer noch lachend, ging er Magdalena hinterher, gefolgt von den Blicken der peinlich berührten Winzer.

Als die drei sich dem umgestürzten Baum näherten, sahen sie, dass er deutlich größer war, als sie gedacht hatten. Sein Stamm reichte oberhalb des Erdbodens noch ein paar Ellen hoch in die Luft, war dann plötzlich scharfkantig abgeknickt und begrub nun fast den ganzen Weg unter sich. Die obersten Zweige berührten bereits den Meilenstein auf der anderen Seite der Straße. Es war ein Baum mit weit ausladender Krone, dessen zahlreiche Äste den Weg zum Stamm schwer zugänglich machten. »Sapperlot!«, entfuhr es Hannes. »Dafür werden wir Stunden brauchen. Magdalena, traut Ihr Euch das wirklich zu? Das wird nicht einfach!«

»Das werden wir sehen«, konterte Magdalena und zuckte mit den Schultern. Hannes warf ihr einen letzten Blick zu und trat dann so nah an den Baumstamm heran, wie er konnte. Bevor er ganz im Grün verschwand, wandte er sich noch einmal um. »Sagt später nicht, ich hätte Euch nicht gewarnt.«

Damit holte er aus und hieb die ersten Äste ab. Magdalena und Peter zogen abwechselnd die einzelnen Äste an den Wegesrand, bis auch er sich mit seiner Axt einen Weg zum Stamm bahnen konnte. Hannes sollte recht behalten. Immer wieder verhakten sich die Zweige ineinander. Dann musste der betreffende Ast noch einmal angehoben und mit weiteren Axthieben durchtrennt werden, damit er sich aus dem Weg räumen ließ. Einfach war die Arbeit wahrhaftig nicht, und schon bald waren alle drei nass geschwitzt.

Doch Magdalena stand den Männern in nichts nach. Sie hatte die Ärmel ihres Kleides hochgekrempelt und sich den Saum ihres Rockes in den Gürtel gesteckt, damit sie sich besser bewegen konnte. Als die drei gerade eine kleine Verschnaufpause machten, rief Magdalena mit hochrotem Gesicht den Winzern zu: »Was ist denn das? Gibt es noch nicht mal was zu trinken für uns? Wir haben ziemlichen Durst.« Martin kam schließlich mit einem Weinschlauch und einem sichtlich schlechten Gewissen auf sie zu. Er öffnete den Verschluss und bot Magdalena die Erfrischung an. Dankend ergriff sie den Lederschlauch und löschte ihren Durst. »Gute Frau, Ihr arbeitet ja wie ein Tier, so wie Ihr die Äste schleppt. Ihr seid weitaus robuster, als Ihr aussseht!« Anerkennend nickte er ihr zu. Magdalena wischte sich mit dem Handrücken über die Lippen und reichte den Schlauch an Hannes weiter, der sich inzwischen mit Peter zu ihnen gesellt hatte.

»Trotz alledem könnten wir gut noch eine weitere Hand gebrauchen.« Sie musterte den Winzer aufmerksam. »Wie sieht es aus? Helft Ihr mit?«

»Ihr gebt Euch wohl nicht so schnell geschlagen«, seufzte der. »Na gut. Dann will ich einmal meine Pflicht tun.« Noch etwas widerwillig, krempelte er seine Ärmel hoch, ergriff kurz darauf dann aber energisch den Ast, den sie ihm reichte, nachdem sie die Pause beendet hatten. Unwillig verzog er das Gesicht, als er dabei von Dutzenden von Nadeln gestochen wurde. Fluchend ließ er den Ast los, der aber nicht zu Boden fiel, weil er sich verhakt hatte.

»Seht her.« Magdalena nahm den Ast wieder in die Hand. »Wenn Ihr ihn mittig und nicht an einem der Nebenzweige greift«, sie machte es ihm vor, »dann tut es weniger weh. Musste ich auch erst lernen.«

Dankbar für diesen Hinweis, nahm Martin sich den nächsten Ast vor und kam schon besser zurecht. Zu viert ging die Arbeit auch deutlich zügiger voran, und schon bald konnten die beiden Wagenlenker mit dem Zerhacken des Stammes beginnen. Magdalena und der hilfsbereite Winzer ließen sich derweil am Straßenrand nieder, bereit, jederzeit wieder mit anzupacken, falls sie gebraucht wurden.

»Wo habt Ihr denn gelernt, so kräftig zuzupacken?«, fragte er, während er sich die Arme rieb. Geschmeichelt blickte sie ihn an. »Ich besitze eine Druckerei in Tübingen«, sagte sie, ohne nachzudenken. Erst dann wurde ihr bewusst, dass sie sich jemand anders gegenüber zum ersten Mal als die Herrin der Werkstatt bezeichnet hatte. Sie war nicht länger die Frau des Buchdruckers. Sie war nun die Buchdruckerin. Die Worte klangen noch ungewohnt für ihre Ohren. Aber sie musste zugeben, dass sie sie auch ein bisschen mit Stolz erfüllten. In Zukunft würde sie diesen Satz wohl noch öfters sagen.

»Ach, Ulrich Morhart ist tot?«, sagte der Winzer und schaute sie an. »Mein herzliches Beileid!« Magdalena dankte ihm höflich für seine Anteilnahme, war aber auch überrascht, dass er ihren verstorbenen Ehemann kannte. Auf ihre Frage hin, woher, antwortete er: »Ich war öfters bei ihm, wenn ich in Tübingen war. Auch mein Vater hat schon bei ihm gekauft.« Bevor sie erfahren konnte, welche Bücher die beiden Männer denn gekauft hatten, fragte Martin geradeheraus: »Aber konntet Ihr die Druckerei denn so einfach übernehmen? Als Witwe? Er hatte doch einen Sohn, oder nicht?«

»Da gab es bislang noch keine Schwierigkeiten.« Sie blickte zu Hannes und Peter hinüber, die bereits bis zur Mitte des Stammes vorgedrungen waren. Überall um sie herum lagen kleine Holzstücke. »Mein Stiefsohn hilft mir, indem er die Bücher zum Hof und an andere Kunden liefert, auf Messen geht und auch sonst vieles andere tut. In meiner Abwesenheit leitet er die Werkstatt. Meine Söhne und drei Gehilfen unterstützen uns in der Druckerei.«

»Aber auf lange Sicht werdet Ihr wohl wieder heiraten müssen, wenn Ihr die Druckerei behalten wollt«, gab er zu bedenken. Seine Bemerkung ließ sie unwillkürlich schnauben und an ihre Begegnung mit dem Drucker Gotthard denken. »Auf lange Sicht, Ihr sagt es.« Magdalena erhob sich vom Wegesrand. Sie wollte sich nicht weiter zu diesem Thema äußern. Daher drehte sie den Spieß um.

»Nun seid Ihr dran. Was führt Euch nach Straßburg?« Während sie Hannes und Peter nicht aus den Augen ließ, erzählte Martin ihr ausführlich, dass er in Straßburg neue Käufer zu finden hoffte und sein Wein dieses Jahr deutlich besser sei als im Vorjahr. Abschließend fragte er sie, ob sie nicht vielleicht auf dem Rückweg ein Fass von ihm kaufen wolle. *Er ist durch und durch ein Kaufmann,* dachte Magdalena und lehnte dankend ab. Sie hatte nicht vor, unnötig Geld auszugeben, das sie in der Druckerei momentan dringend benötigten.

Die Sonne stand schon tief am Himmel, als die Straße endlich wieder passierbar war. Der Baumstamm lag, in mehrere Einzelteile zerlegt, samt den Zweigen am Straßenrand. »Na, gut geruht, die Herren?«, fragte Hannes die drei auf den Bänken Sitzengebliebenen, als sie zurück zu den Wagen kamen. »Für die Ermöglichung der Weiterfahrt haben wir vier uns heute Abend im Wirtshaus ein Mahl auf Eure Kosten verdient.« Johannes, Reinhard und besonders Wolfgang begannen zu protestieren, aber Hannes hatte eine passende Antwort parat. »Sonst fahren wir vier einfach mit meinem Wagen voraus und lassen Euch hier zurück.« Es ging noch eine Weile zwischen den Männern hin und her. Da die drei aber merkten, dass es Hannes bitterernst war, stimmten sie schließlich zähneknirschend zu.

Im Wirtshaus angekommen, langte Magdalena kräftig zu. Die Gänsekeule schmeckte ihr aus mehreren Gründen ganz ausgezeichnet. Nicht nur, weil die drei Faulpelze eine Lektion erteilt bekommen hatten, sondern auch, weil das von ihnen bezahlte Essen ihre Reisekasse schonte. Sie saßen zu siebt an einem großen Holztisch im hinteren Teil der Wirtsstube und ließen es sich schmecken. Als die Wirtin kam, um ihre Becher aufzufüllen, nutzte Hannes die Gelegenheit, um sich bei ihr nach den Wegelagerern zu erkundigen: »Habt Ihr von neuen Überfällen gehört?«, wollte er wissen. Das Tischgespräch verstummte augenblicklich. »Treibt die Ziegenbande immer noch ihr Unwesen?«

»Die Ziegenbande?«, fragte Wolfgang überrascht. »Das hört sich aber nicht so an, als ob die besonders gefährlich wäre.«

»Da täuscht Ihr Euch aber«, antwortete ihm die Wirtsfrau. »Das sind schlimme Halunken und Halsabschneider, und vor allem sind sie gerissen. Damit sie im Gebüsch nicht so gut verfolgt werden können, reiten sie auf Ziegen. Aber zum Glück treiben sie nun woanders ihr Unwesen. Sie haben hier monatelang Reisende überfallen. Keiner war vor ihnen sicher.« Ihr Gesicht nahm einen abfälligen Ausdruck an, während sie ihnen weiterhin die Becher füllte.

»Dann sind die Straßen also wieder sicher?«, wollte Johannes wissen. »Ganz im Gegenteil. Jetzt haben wir unter den herrenlosen Landsknechten zu leiden, die vom Kaiser nicht bezahlt wurden. Arme Teufel eigentlich, diese Landsknechte. Sind von weit her nach Württemberg gekommen, um die kirchlichen Verhältnisse zwischen Katholiken und Evangelischen während des Interims zu regeln, und als es dann beendet wurde, bekamen sie den ihnen versprochenen Lohn nicht. Was aber natürlich keine Entschuldigung für ihre Überfälle sein soll.« Sie setzte den Krug in ihrer Hand mit einem lauten Knall auf dem Tisch ab, um ihren Worten Nachdruck zu verleihen. »Erst letzte Woche haben sie zwei Tuchhändler erschlagen, die ihnen ihre Gulden nicht freiwillig herausgeben wollten. Deren zwei Söhne konnten nur hilflos zusehen, wie ihnen zu guter Letzt auch noch der Wagen und die Kleidung abgenommen wurden. Die beiden kamen hier völlig erschöpft und nur noch im Hemd an.«

Sie ließ sich kurz auf der Bank nieder und schaute in die Runde. »Natürlich haben wir gleich den Vogt holen lassen, aber der konnte auch nichts mehr ausrichten. Aber da sich die Überfälle in letzter Zeit gehäuft haben, wird er demnächst nach Stuttgart reisen, um mit dem Herzog zu sprechen. An Eurer Stelle würde ich die Straße durch den dichten Wald erst mal meiden und lieber eine der beiden anderen wählen. Auf denen braucht Ihr länger, aber dafür sind sie sicherer. Sie führen zwar auch zwischen Bäumen hindurch, die aber längst nicht so eng nebeneinanderstehen. Man kann dort besser sehen.« Nachdem sie gegangen war, wandte sich Hannes gleich an Peter, und sie besprachen, welche Straße sie nun nehmen würden. Die drei Winzer, die sich so erfolgreich vor der Arbeit gedrückt hatten und nun das Mahl bezahlen durften, ereiferten sich sofort über das gerade Gehörte.

»Mein Geld bekommen sie nicht«, platzte Wolfgang heraus, »ich bin gut bewaffnet und weiß mich zu verteidigen.« Johannes nickte eifrig. *Dann bist du ja wenigstens für etwas gut,* dachte Magdalena, während sie ein Stück Brot abriss und damit die Tunke in ihrer Schüssel aufwischte. »Ha, mit so einer Bande von Halunken können wir es doch aufnehmen«, sagte sein direkter Tischnachbar Reinhard und griff übermütig nach seinem vollen Becher. Dabei schwappte das Bier heraus und lief über die Tischplatte auf Magdalena zu. Die nahm den Lappen, der neben ihr lag, und wischte damit die Bierpfütze auf. Dem Winzer war noch nicht einmal aufgefallen, dass er den Tisch besudelt hatte.

»Also, ich würde diese Gefahr nicht auf die leichte Schulter nehmen. Die Räuber scheinen um ihr Überleben zu kämpfen, was sie sehr gefährlich macht«, wandte Magdalena ein und sah dabei ihren Begleitern unverwandt in die Augen.

»Ach, Ihr braucht Euch nicht zu sorgen. Mit uns seid Ihr mehr als sicher«, sagte Wolfgang und schlug dem Winzer neben sich fest auf die Schulter: »Stimmt's, Reinhard?« Der Schlag war so unerwartet gekommen, dass Reinhard die Gänsekeule aus der Hand fiel und in seinem Schoß landete. Unbeirrt nahm er sie wieder in seine Rechte und fing an, wild mit ihr zu gestikulieren. »Lasst die mal kommen. Dann werde ich ihnen schon zeigen, wie gut ich mit meinem Dolch umgehen kann.« Er fuchtelte mit der Keule vor der Nase seines Gegenübers herum und verfehlte diese nur knapp. *Was für ein Haufen aufgeblasener Schwätzer,* dachte Magdalena. Sie drehte sich zu Martin um, der sein Mahl bisher schweigend zu sich genommen hatte und noch den meisten Verstand von den Winzern zu haben schien.

»Maulhelden!«, sagte er so leise, dass nur sie es hören konnte. »Ein Dolch kann gegen eine Büchse nicht viel ausrichten. Ich bin gespannt, was sie machen werden, wenn wir tatsächlich in einen Hinterhalt geraten, was – Gott steh uns bei – hoffentlich nicht passieren wird.« Er fühlte sich zu diesem Nachsatz gedrängt, als er bemerkte, dass Magdalena ihn mit weit aufgerissenen Augen ansah. »Nein, keine Sorge«, sagte er beruhigend und tätschelte ihr den Arm. »Die Fuhrmänner kennen den Weg. Sie wissen, wo die Wegelagerer uns auflauern könnten, und werden entsprechend vorsichtig sein.« Er nahm seinen Becher und prostete Magdalena zu. Doch gänzlich beruhigen konnte er sie nicht.

Kapitel 21

Am nächsten Morgen verließen sie ihre Unterkunft in aller Frühe, da sie auf ihrer heutigen Wegstrecke ein steiler Anstieg erwartete und die Pferde nur langsam vorankommen würden. Die morgendliche Ruhe wurde nur gestört durch gelegentliches Schnarchen, das vom zweiten Wagen kam. »Das ist ja wirklich ein faules Pack. So was habe ich selten gesehen«, brummte Hannes, während er das Pferd um einen Steinbrocken herumlenkte. Magdalena nickte zustimmend, während ihre Augen wachsam den Waldrand absuchten. Die Geschichten vom vorherigen Abend spukten immer noch in ihrem Kopf herum. Sie achtete auf jede kleine Bewegung vor sich. Raschelten die Blätter der Sträucher vom Wind, oder hatten sich Männer hinter dem Gebüsch versteckt? Lagen die Steine nur zufällig auf dem Weg, oder waren sie als Hindernis für den Wagen dorthin geräumt worden?

Hannes, der ihre Unruhe bemerkte, versuchte, sie auf andere Gedanken zu bringen. »Ach, Magdalena, sorgt Euch nicht. Ich kenne den Weg. Mir würde sofort auffallen, wenn etwas nicht geheuer ist. Und außerdem habe ich ja noch die da.« Er klopfte auf seine Feuerbüchse, die er zwischen sich und Magdalena gelegt hatte. Magdalena, die zu Beginn der Fahrt noch ein gewisses Unwohlsein beim Anblick der Waffe verspürt hatte, war nun recht froh, dass er sie mitgenommen hatte und sie nicht gänzlich schutzlos waren. Sie sah die Feuerwaffe prüfend an.

»Die sieht sehr schwer aus. Wie kann man denn damit schießen?«, fragte sie Hannes und war froh, sich gedanklich mit etwas anderem als den Wegelagerern beschäftigen zu können. »Ganz einfach«, lachte er. »Man lädt sie mit Pulver, zielt und drückt ab.

Das könntet selbst Ihr, Magdalena. Geladen ist sie bereits.« Ehrfürchtig ließ sie ihre Finger über den teilweise eisernen Lauf gleiten. Er fühlte sich kühl an und glänzte im Sonnenlicht. So gefährlich sah die Büchse gar nicht aus. Aber sie hatte schon öfters gehört, was für furchtbare Verletzungen eine solche Waffe verursachen konnte.

Hannes blickte kurz zu ihr hinüber. »Es ist eigentlich ganz einfach. Man muss nur auf den Rückstoß ...«

Doch weiter kam er nicht mehr. Wie aus dem Nichts waren auf dem kleinen Weg vor ihnen plötzlich drei Gestalten auf Pferden aufgetaucht. Sie mussten sich weiter hinten im Waldesinneren versteckt und auf sie gewartet haben. Der Ausdruck auf ihren Gesichtern verhieß nichts Gutes. Ihnen voran ritt ihr Anführer, ein großer Mann mit struppigem schwarzem Haar und dichtem Vollbart. Die bunte Hose, die ihn als Landsknecht auszeichnete, bestand nur noch aus Fetzen, und seine Stiefel waren abgewetzt und hatten Löcher. An seinem Gürtel hing ein langes Schwert, und mit beiden Händen richtete er eine Feuerwaffe auf den Wagen.

Hannes hielt so abrupt das Pferd an, dass Magdalena fast vom Wagen gefallen wäre. Doch sie konnte sich im letzten Moment noch festhalten. Ihre Kehle war vor Angst wie zugeschnürt, sie brachte nicht einmal mehr einen Schreckenslaut heraus. Was würden die Männer mit ihnen tun? Würden sie sich mit Geld zufriedengeben? Oder hatten sie gar Grausameres mit ihnen vor?

Die beiden Begleiter des Bärtigen folgten ihm dicht auf den Fersen. Ihre Pferde waren ebenso abgemagert wie sie selbst. Auch sie hielten Waffen in ihren Händen und richteten sie auf die Reisenden. Doch im Gegensatz zu ihrem Anführer wirkten sie auf Magdalena weit weniger angriffslustig. Sie schienen schon einige Kämpfe hinter sich zu haben. Davon zeugten die notdürftige Augenklappe des einen und die frische Narbe im Gesicht des anderen.

»Einen wunderschönen guten Tag«, schnarrte der Anführer. Langsam lenkte er sein Pferd auf Hannes zu. »Und er wird noch schöner durch das, was Ihr uns gleich geben werdet. Fuhrmann, du hast jetzt die ehrenvolle Aufgabe, das ganze Geld einzusammeln und es mir zu übergeben.«

Ohne den Blick von dem Mann abzuwenden, zog Magdalena langsam und möglichst unauffällig ihren Rock über das Gewehr, sodass es für den Räuberhauptmann nicht sichtbar war. Hannes tat, als hätte er nichts gemerkt, und hob seine Hände nach oben zum Zeichen dafür, dass er sich ergab. Er wollte gerade etwas entgegnen, als vom Wagen hinter ihnen eine wütende Stimme ertönte.

»Für wen haltet Ihr Euch eigentlich?« Wolfgang war offensichtlich durch das ruckartige Anhalten aufgewacht und meldete sich nun ungehalten zu Wort. »Wir sind sechs Männer, Ihr seid drei. Und wir wissen uns gut zu verteidigen.« Als Magdalena ihren Kopf leicht drehte, sah sie, dass der Winzer von der Wagenbank aufgestanden war und die Hände in die Hüften stemmte. *Ist der völlig irregeworden? Er bringt uns noch alle in Gefahr,* dachte sie.

Der Anführer der Landsknechte lächelte spöttisch. »Oh, wir haben einen Mutigen unter uns«, sagte er bedächtig, während er mit einer Kopfbewegung auf Wolfgang wies. Seine Männer lachten verschlagen. »Wie gut wisst Ihr Euch denn zu verteidigen?« Er lenkte sein Pferd nun am ersten Wagen vorbei und kam vor dem zweiten zum Stehen. Seine Waffe war auf den aufmüpfigen Winzer gerichtet. Magdalena wagte es nicht, sich mit dem ganzen Oberkörper umzudrehen, denn die beiden anderen Wegelagerer richteten ihre Büchsen nun auf Hannes und die beiden Winzer in ihrem Wagen, um ihrem Anführer den Rücken frei zu halten.

»Ihr denkt wohl, ich hätte Angst vor Euch«, sagte Wolfgang angriffslustig. »Ihr habt Eure besten Tage doch schon längst hinter Euch. Seht Euch doch mal an: Eure Kleidung ist zerschlissen, Eurem Sattel fehlt ein Steigbügel, und Euer Gewehr ist bestimmt verrostet.« Er redete sich richtig in Rage. Gerade wollte er erneut ausholen, als Reinhard dazwischenging. »Wolfgang, hast du den Verstand verloren? Er wird uns alle umbringen. Halt den Mund und gib ihm schon, was er will.« Seine Stimme verriet, dass er Todesangst hatte. Am vergangenen Abend hatte er sich noch ganz anders angehört. Er versuchte, Wolfgang wieder auf die Sitzbank zu ziehen, aber dieser ließ nicht locker. Er stieß seinen Freund zurück, worauf es zu einem Handgemenge zwischen den beiden Winzern kam.

»Sind die noch ganz bei Trost?«, presste Hannes zwischen den Zähnen hervor. Man sah ihm an, dass er sich nur mit Mühe zurückhalten konnte, vom Wagen zu springen und einzugreifen, aber er wollte den anderen beiden Räubern keinen Anlass geben, ihn über den Haufen zu schießen. Ein zittriger Finger am Abzug genügte. Inzwischen hatte sich auch Peter von seinem Bock aus in die Auseinandersetzung eingemischt und wollte die beiden Winzer auseinanderziehen. Es entstand ein heilloses Durcheinander. Der Räuberhauptmann schrie dazwischen, doch das Gerangel ging weiter. Magdalena hörte Keuchen und Schläge hinter sich, doch sie richtete ihren Blick weiterhin auf die beiden Räuber vor sich. Die tauschten unsichere Blicke untereinander aus und wussten scheinbar nicht, wie sie nun am besten reagieren sollten. Beide hielten aber weiterhin ihre Büchsen auf Hannes und Magdalena gerichtet.

Plötzlich krachte ein Schuss.

Alle erschraken. Die beiden Pferde vor den Wagen wieherten. Von hinten ertönte ein Schrei. Magdalena konnte nicht anders, als sich endlich zur Gänze umzudrehen. Sie erwartete, Wolfgang tot im Wagen liegen zu sehen, doch er kniete keuchend auf der Bank und starrte wortlos in den Graben. Unter ihm lag Reinhard, aber auch er schien unverletzt zu sein. Magdalenas Augen wanderten zu Peter, aber der war ebenfalls noch am Leben und versuchte verzweifelt, wie auch Hannes, sein Pferd unter Kontrolle zu bringen. Sie folgte Wolfgangs Blick in den Graben. Dort lag blutüberströmt der Räuberhauptmann. Sein Pferd war wohl ins Gebüsch gerannt, denn Magdalena konnte es nirgends sehen. *Woher kam der Schuss? Von seinen Männern hat bestimmt keiner auf ihn geschossen,* dachte sie.

Alle waren wie vom Donner gerührt. Was war passiert? Magdalena wusste es nicht, sie wusste nur, dass sie zwar alle noch lebten, aber weiterhin in Gefahr schwebten. Die zwei Räuber vor ihnen waren immer noch da und besser bewaffnet als die Reisenden. Allerdings waren sie – genau wie die beiden Fuhrmänner damit beschäftigt, ihre erschrockenen Pferde zu bändigen. Hannes hatte seines als erstes wieder im Griff.

Plötzlich ging alles ganz schnell. Ohne lange nachzudenken, ergriff sie das Gewehr, das unter ihrem Rock versteckt lag. Es wog deutlich mehr, als sie erwartet hatte, doch sie griff mit beiden Händen fest zu, stand auf und zielte auf einen der beiden Räuber.

Mit lauter Stimme rief sie: »Ich will Euch nicht erschießen. Aber Ihr lasst mir keine andere Wahl.« Obwohl sie große Angst hatte, sprach sie entschlossen. Sie sah aus dem Augenwinkel heraus, wie Hannes neben ihr erstarrte und die beiden Räuber vor ihr sie überrascht ansahen. Bevor sie etwas entgegnen konnten, fuhr Magdalena auch schon fort: »Außer Ihr dreht Euch jetzt um und verschwindet.« Sie betete inständig, dass sie nicht ahnten, dass sie noch nie in ihrem Leben mit einer Waffe geschossen hatte.

Der Wegelagerer mit der Narbe im Gesicht warf dem mit der Augenklappe einen kurzen Blick zu. Dann tat er genau das, was Magdalena gehofft hatte. Er drehte sein Pferd um und verschwand im Unterholz. Der andere Räuber zögerte noch. Wahrscheinlich weil er nach seinem Anführer sehen wollte. Doch da dieser sich nicht mehr regte, kam wahrscheinlich eh jegliche Hilfe zu spät.

Mit einem letzten Blick auf Magdalena wendete auch er schließlich sein Pferd und trieb es in wenigen Augenblicken von der Straße in den Wald hinein.

Magdalena fiel mit einem lauten Ächzen zurück auf ihren Sitz. Sie schloss die Augen und atmete tief durch. Ihre Hände begannen zu zittern und mit ihnen das Gewehr. Hannes nahm es ihr vorsichtig ab. »Was ist bloß in Euch gefahren, Magdalena? So habe ich Euch ja noch nie erlebt«, flüsterte er und legte die Büchse sachte neben sich ab. Sie antwortete zunächst nicht, dämmerte ihr doch soeben, was sie gerade getan hatte, und dass die Sache ganz anders für sie alle hätte ausgehen können. Schließlich fasste sie sich und meinte mit einer Stimme, die genauso mitgenommen klang, wie sie sich fühlte: »Ich wusste es irgendwie. Ihnen war ganz offensichtlich nicht wohl bei diesem Überfall, denn sie haben ja erst kürzlich einen Kampf überstanden, bei dem sie verletzt wurden. Und als dann auch noch ihr Anführer …« Ihr versagte die Stimme. Hannes sah sie mit einer Mischung aus Entgeisterung und Bewunderung an.

»Was ist denn überhaupt passiert?«, wollte Martin, der auf dem Wagen von Hannes mitfuhr, von den Winzern im zweiten Gefährt wissen. »Es ging alles so schnell!«

Reinhard antwortete zuerst: »Der Hauptmann wollte auf uns schießen und zog den Abzug. Doch dann explodierte das Gewehr in seinen Händen. Wahrscheinlich hatte er das Rohr nicht regelmäßig gesäubert und eingeölt. Diese Teufelsdinger sind überaus gefährlich.« Inzwischen war Peter von seinem Wagenbock gestiegen und sah sich den Landsknecht im Graben genauer an. »Der ist hin. Seine Waffe hat ihm die halbe Brust aufgerissen.« Mit einem Stock schubste er vorsichtig das Gewehr weg, das neben dem Räuber lag, sodass er es ohne Gefahr aufheben und an sich nehmen konnte. »Nur für alle Fälle«, sagte er noch, bevor er wieder auf den Bock seines Wagens kletterte.

»Ha, ich habe es Euch doch gesagt«, brüstete sich Wolfgang. »Kein Räuber kann es mit uns aufnehmen. Wir sind einfach ...« Doch er wurde brüsk unterbrochen.

»Du dummer Ochse!«, schimpfte Hannes. Magdalena zuckte zusammen. So wütend kannte sie den sonst so umgänglichen Fuhrmann gar nicht. »Du hast unser aller Leben gefährdet. Du kannst von Glück sprechen, dass die Feuerwaffe des Räubers explodiert ist. Sonst lägst du jetzt im Graben und wir wahrscheinlich mit dir.«

»Aber ich ...«, wollte sich Wolfgang verteidigen, doch er wurde erneut unterbrochen. Hannes stand ruckartig auf und zeigte ihm drohend die Faust. »Noch ein Wort, und ich verpasse dir eine Tracht Prügel.« Wolfgang wog seine Möglichkeiten ab und sah seine Mitreisenden einzeln an. Doch Reinhard wich seinem Blick aus, und die beiden in Hannes' Wagen starrten stur vor sich hin. Keiner machte Anstalten, sich auf seine Seite zu schlagen. Schließlich zuckte Wolfgang mit den Schultern, brabbelte etwas Unverständliches vor sich hin und ließ sich wieder auf die Bank sinken. Magdalena meinte zu hören, dass er dabei das Wort »undankbar« vor sich hinmurmelte, war sich aber nicht sicher.

»Wir müssen weiter«, drängte Peter und sah sich unruhig um. »Wer weiß schon, wie viele Halunken hier sonst noch unterwegs sind.« Noch immer funkelte Hannes Wolfgang böse an und schien zu überlegen, ob er den Winzer nicht einfach hier zurücklassen sollte. »Hannes, lass es gut sein«, beschwichtigte ihn Martin und legte ihm die Hand auf die Schulter. »Wir müssen weiterfahren, sonst kommen die am Ende noch mit Verstärkung wieder. Wir müssen zusehen, dass wir möglichst schnell wieder aus dem hügeligen Waldgebiet hinaus auf die weite Ebene kommen. Da sind wir sicherer.« Schließlich konnte er Hannes überzeugen, und schon bald waren die Gefährten wieder unterwegs.

Am späten Nachmittag erreichten sie Offenburg. Das Wirtshaus, in dem sie Quartier nahmen, war gut besucht. Noch bevor sie sich an einen der Tische setzen und stärken konnten, wurden sie von mehreren Gästen gefragt: »Was gibt es Neues? Wie seid Ihr durchgekommen? Seid Ihr Räubern begegnet?« Reinhard und Wolfgang ließen sich die Gelegenheit nicht entgehen, daraufhin ausführlich über die Begegnung mit den Landsknechten zu erzählen und ihre Geschichte auch hie und da ein wenig auszuschmücken. So waren es nun sechs Räuber, die die beiden mutig vertrieben hatten. Natürlich erwähnten sie Magdalena mit keinem Wort, die darüber allerdings ausgesprochen froh war. Sie musste das heute Erlebte erst einmal verdauen und wollte nicht im Mittelpunkt stehen. Um die beiden Geschichtenerzähler hatte sich bereits ein Kreis neugieriger Zuhörer versammelt, der ihnen großzügig Wein spendierte und gespannt lauschte. Der Rest der Reisegruppe hatte sich dagegen an das hintere Ende des Tisches zurückgezogen und wechselte nur wenige Worte miteinander. Magdalena bemerkte jedoch, dass die Winzer und die beiden Fuhrmänner ihr verstohlene Blicke zuwarfen.

Sie wusste nicht, ob aus Bewunderung oder Missbilligung. Ihr selbst waren inzwischen ernsthafte Zweifel gekommen, ob sie richtig gehandelt hatte. Nach einer Waffe zu greifen, ohne zu wissen, wie man überhaupt schießt, war gefährlich gewesen. Noch dazu, da die Räuber besser bewaffnet waren und sicherlich nicht gezögert hätten, eine Frau über den Haufen zu schießen. Tollheit. Nichts als Tollheit. Sie hatte unwahrscheinliches Glück gehabt!

»Das Wetter ist uns heute wieder wohlgesinnt«, sagte Hannes, als er am nächsten Morgen das Pferd einspannte. »Wir werden am frühen Nachmittag in Straßburg ankommen.«

»Gut«, sagte Magdalena, während alle Reisenden wieder ihre Plätze einnahmen. Die Männer vermieden es, noch einmal auf den gestrigen Tag zu sprechen zu kommen. *Wahrscheinlich den-*

ken die Herren, dass ich mich nicht angemessen verhalten habe. Doch auch, wenn sie damit recht haben, sollten sie froh sein, dass ich ihnen ihren Arsch gerettet habe, dachte Magdalena grimmig. *Undank ist der Welten Lohn!* Aber sie beschloss, sich nicht weiter darüber zu ärgern.

Schon von Weitem sah sie die eindrucksvolle Silhouette des Straßburger Münsters. Es überragte die übrigen Gebäude um ein Vielfaches, und seine Turmspitze stach stolz in das Himmelszelt. Es war ein überwältigender Anblick. Als sie dem Bauwerk näher kamen, erstreckte sich vor Magdalena auch die viel gepriesene Stadt. Man hatte ihr immer gesagt, dass Straßburg eine der größten Städte im Reich sei, doch erst jetzt wurde ihr bewusst, was dies bedeutete. Vor ihr lagen unendlich viele Häuser, die sich nicht nur auf der Insel im Fluss drängten, sondern auch auf den angrenzenden Ufern. Die Insel selbst war etwas höher gelegen, was den Anschein erweckte, als würde ihr der Fluss zu Füßen liegen. Und was für ein Fluss das war! Er erschien Magdalena um ein Vielfaches breiter und gefährlicher als der Neckar zu sein. Trotzdem drängten sich auf ihm große Schiffe mit mehreren Masten, lange Handelsboote und auch kleinere Flöße. Doch offenbar hatten die einheimischen Fischer und Händler keine Angst vor dem Fluss, denn einige von ihnen kletterten kühn auf die Masten oder arbeiteten ganz nah am Wasser.

Nachdem sie über die Brücke gefahren waren und das Wegegeld bezahlt hatten, löste sich die Reisegesellschaft auf, und ein jeder ging seiner Wege. Übrig blieben nur noch Magdalena und Hannes, die sich gemeinsam zum Gasthof »Zum wilden Eber« begaben, wo sie die letzten zwei Schlafplätze ergatterten. »Wir sehen uns dann heute Abend und besprechen alles Weitere«, sagte Hannes, während er sein Pferd ausspannte. Magdalena hatte den Eindruck, dass er sie seit dem Zusammentreffen mit den Wegelagerern anders behandelte als früher. Er schien sie nun ernster zu nehmen und unterließ auch die dummen Scherze, die er noch bei ihrer Abfahrt gemacht hatte. Sie nickte zustimmend und begab sich danach sofort in das Handwerkerviertel.

Als sie in die Straße einbog, die ihr auf ihre Fragen hin von einigen Leuten als die Straße der Buchdrucker genannt worden war, empfing sie sofort der vertraute Geruch von Druckerfarbe und Papier. Unwillkürlich dachte sie an ihr Zuhause und ihre Kinder. Hoffentlich lief dort ohne sie alles reibungslos. Die kleine Magda vermisste sie bestimmt schrecklich, aber Georg würde sich sicherlich um seine Schwester kümmern. Und Ulrich würde sie zweifellos würdig in der Werkstatt vertreten.

Sie steuerte die erste Druckerei an. An deren Hauswand hing an einer kleinen waagrechten Stange eine Metallplatte, die das Bild einer Druckerpresse zeigte. Die Platte schaukelte leicht im Wind hin und her und quietschte kaum hörbar. Noch bevor sie das Gebäude betrat, hörte sie in dessen Inneren das Rufen der Männer und das Knarren mehrerer Pressen. Sie trat ein und blieb staunend stehen. Überall herrschte geschäftiges Treiben. Gleich zwei Hilfsjungen waren damit beschäftigt, bedruckte Bogen mithilfe von langen Stangen auf Seile unterhalb der hohen Decke zu hängen. Im Gegensatz zur Druckerei in Tübingen war hier jedoch ein richtiges Netz gespannt, auf dem die Bogen antrocknen konnten. Ein Schriftengießer saß in der Ecke und füllte ein flüssiges Bleigemisch in zahlreiche Formen. Neben ihm saß ein Korrekturleser, der sorgfältig mit seinem Federkiel einen Text prüfte. Hinter ihnen diskutierten wiederum zwei Männer angeregt über das Druckbild einer Seite, während in einer anderen Ecke des riesigen Raumes ein Lehrling Papier anfeuchtete, damit es die Druckerfarbe besser aufnahm. Insgesamt liefen drei Pressen, an denen je ein Pressmeister und ein Ballenmeister unablässig Bogen ein- und auslegten, den Bengel zogen, die Farbe auftrugen und die fertigen

Bogen vorsichtig herausnahmen. Am erstaunlichsten war jedoch, dass die Männer alle drei Pressen im gleichen Rhythmus bedienten. Diese knarrten erst, dann quietschten sie und krachten zum Schluss – und das gleichzeitig.

Plötzlich ertönte ein lauter Ruf. Die Pressen verstummten, die sechs Männer reckten sich kurz und wechselten dann ihre Position. Die einen übergaben ihre Lederballen an die anderen Männer, krempelten sich dann die Ärmel hoch und legten ihre Hände auf den Bengel. Einer der Männer drehte noch schnell eine große Sanduhr, die an der Wand hing, und gesellte sich danach wieder zu den anderen.

Magdalena war verblüfft. So verblüfft, dass sie noch nicht einmal den gut gekleideten Mann auf sich zukommen sah. Erst als er vor ihr stand und sich verbeugte, nahm sie ihn wahr. Es war ein junger Bursche, der nicht viel älter als Matthias sein konnte. Wahrscheinlich war es der Sohn des Druckereibesitzers, denn für einen normalen Lehrling oder Gesellen war seine Kleidung zu fein.

»Einen guten Tag wünsche ich Euch. Ich bin Peter, der Sohn des Druckers. Wie kann ich Euch behilflich sein?« Magdalena konnte den Blick nur mit Mühe von den mit äußerster Genauigkeit ausgeführten Arbeitsschritten losreißen. »Was war denn das, was ich hier gerade beobachten konnte?«, fragte sie noch ganz geistesabwesend.

»Das?«, sagte der junge Mann nicht ohne Stolz. »Das war der Arbeitswechsel. Er macht das Drucken viel schneller. Auf diese Weise kann ich mit einer Presse die Vorderseite von über zweitausend Bogen am Tag bedrucken.« Magdalena sah ihn mit großen Augen an. »Zweitausend?«, fragte sie ungläubig. *Ulrich hat damals in Spitzenzeiten gerade einmal eintausend geschafft*, dachte sie bei sich.

»Gewiss. Die Arbeit mit dem Bengel ist sehr kräftezehrend. Selbst ein starker Mann kann diese Bewegung nicht länger als einen Morgen ausführen, ohne dass seine Arme anfangen zu schmerzen. Daher wechseln sich nach jeder Stunde der Pressmeister und der Ballenmeister ab. Und die Sanduhr, die Ihr dort an der Wand seht, zeigt uns an, wann die Stunde um ist. Somit sind wir die schnellste und beste Druckerei in ganz Straßburg.« Selbstbewusst lächelte er sie an. Sicher trug er den zuletzt geäußerten Satz jedem neuen Käufer umgehend vor.

»Aber nun zu Euch. Womit kann ich Euch dienen?«, fragte er dann freundlich, aber bestimmt.

»Also, wenn Ihr die beste Druckerei vor Ort seid, bin ich bei Euch genau richtig. Mir gehört eine Druckerei in Tübingen, und ich möchte ein Buch in französischer Sprache drucken.« Sie erwartete schon, dass er sie nun als Frau mit Geringschätzung behandeln würde. Hatte sie doch zuletzt das Gespräch mit dem Winzer Martin einmal mehr an ihre diesbezüglichen Schwierigkeiten mit ihren eigenen Gehilfen erinnert.

Doch nichts dergleichen geschah. Seine Miene blieb weiterhin freundlich. »Ah, Ihr seid die Witwe von Ulrich Morhart. Es tut mir leid zu hören, dass Ulrich gestorben ist. Er hat damals mit meinem Vater zusammen das Druckerhandwerk erlernt und auch danach noch so manchen Auftrag mit ihm zusammen ausgeführt.« *Das ist nun schon der zweite Mann auf meiner Reise, der vom Ableben meines Mannes gehört hat. Offensichtlich hat sich die Neuigkeit schnell außerhalb Tübingens verbreitet*, schoss es Magdalena durch den Kopf, während sie ihm zunickte.

»Ihr wollt also ein Buch auf Französisch drucken und braucht dazu die entsprechenden Lettern. Ich empfehle Euch, die Lettern mit den Akzenten nicht einzeln zu kaufen, sondern Euch gleich einen kompletten Satz anzuschaffen.« Dann fügte er spitzbübisch hinzu: »Was genau wollt Ihr denn drucken?« Obwohl sie ihn mochte, war Magdalena auf der Hut. Ihr Mann hatte ihr von der Gefahr berichtet, dass fremde Drucker immer herauszufinden versuchten, was sich gerade gut verkaufen ließ, um es dann selbst zu drucken. »Eine Schrift für die Universität«, antwortete sie daher ausweichend. »Ich bekomme das Manuskript erst, wenn ich wieder in Tübingen bin.« Sie wusste nicht, ob er ihr diese Schwindelei abnahm, aber er kam gleich wieder auf die Schrift zu sprechen.

»Ich kann Euch einen Satz Lettern innerhalb eines Tages besorgen. Der würde Euch auch nur drei Gulden kosten. Werden wir uns einig?« Magdalena schluckte, mit einer so hohen Summe hatte sie nicht gerechnet. Als sie schwieg, sagte er: »Ich kann Euch die Lettern auch leihen, wenn Ihr sie nur für ein Buch braucht.« Magdalena, die sicher war, dass er ihr auch noch weiter entgegenkommen würde, sagte daher nur: »Ich werde es mir bis morgen überlegen.« Dann tauschten sie noch ein paar Höflichkeiten aus und verabschiedeten sich. *Wieder etwas gelernt,* dachte sie bei sich. *Man sollte beim ersten Angebot niemals sofort zugreifen, außer man weiß, dass man kein besseres mehr erhalten wird.* Als sie die Druckerei erhobenen Hauptes verließ und die Straße entlangschlenderte, war sie äußerst zufrieden mit ihrem ersten Auftreten als Kauffrau in einer ihr fremden Stadt.

Zurück im »Wilden Eber«, wartete Hannes schon an einem kleinen Holztisch auf sie. »Ich habe zwei Neuigkeiten für Euch!«, rief er schon von Weitem, als sie noch nicht einmal durch die Tür war. Die Schenke war klein und bot allerhöchstens Platz für ein Dutzend Gäste. Doch momentan waren nur Hannes und ein verdrießlich aussehender Wirt anwesend. »Eine gute und eine schlechte Nachricht«, kündigte der Fuhrmann an, als Magdalena sich zu ihm an den Tisch setzte.

»Am Donnerstag wird eine Gruppe von Händlern mit einer

bewaffneten Eskorte aufbrechen, und sie kommt an Tübingen vorbei. Allerdings wird sie recht langsam reisen. Wir werden wahrscheinlich doppelt so lange brauchen. Aber dafür können wir uns ihr noch anschließen.«

»Das klingt hervorragend«, sagte Magdalena erfreut und machte dem Wirt ein Zeichen, dass sie etwas bestellen wollte. »Und was ist die andere Nachricht?«

Hannes' Blick verdüsterte sich. »Sie kostet mehr, als wir für die Rückreise eingeplant haben.« Er klang bedrückt. »Aber ich möchte auf gar keinen Fall noch einmal riskieren, den Wegelagerern in die Hände zu fallen. Was sollen wir also tun?«

Während sie beim Wirt ein Bier bestellte und dieser losging, um es zu zapfen, dachte Magdalena nach. »Es gäbe da eine Möglichkeit«, sagte sie langsam. »Ich könnte mir die Lettern leihen, statt sie zu kaufen. Das dabei gesparte Geld können wir dann für die Bezahlung der Eskorte verwenden. Wir beide werden uns über den jeweiligen Anteil schon einig.«

Hannes' Miene hellte sich etwas auf. »Aber meint Ihr, die Summe wird reichen?«

»Wir werden sowohl mit der Buchdruckerei als auch mit der Eskorte verhandeln müssen ... aber es könnte gelingen«, sagte Magdalena zuversichtlich, die aufgrund ihres ersten Erfolg versprechenden Gesprächs in der Druckerei froh gestimmt war. »Aber jetzt wollen wir erst mal etwas essen.« Sie gaben ihre Bestellung auf, als der Wirt zurückkam und Magdalena ihr Bier brachte. Während der Mahlzeit vermieden sie es tunlichst, über ihre Rückreise und Wegelagerer zu sprechen. Sie würden mit der Eskorte reisen und sicher wieder in Tübingen ankommen. Punktum.

Am darauffolgenden Tag trat Magdalena bei ihrem erneuten Besuch in der Straßburger Buchdruckerei schon erheblich selbstsicherer auf und wurde sich mit dem jungen Mann nach kurzer Zeit auch handelseinig. Der Mann lieh ihr einen Satz Lettern, und Magdalena versprach ihm, ihm diese spätestens in einem Jahr wieder zurückzugeben. Normalerweise hätte er ein Pfand dafür verlangt, aber da er ihren verstorbenen Mann kannte, vertraute er ihr auch ohne.

Ein paar Tage später traf sie im Innenhof des Gasthauses auf die berittene Eskorte, mit der sie zum Glück durch geschicktes Verhandeln ebenfalls einen guten Preis vereinbaren konnte. Mit Büchsen bewaffnete Männer in Uniform kontrollierten das Zaumzeug der Pferde und stellten die Reisegruppe zusammen. Jeweils vier der Bewaffneten würden am Anfang und weitere vier am Ende der Kolonne reiten. Nochmals weitere acht ritten – je nach der Breite der Straße – neben dem Zug her oder mittendrin. Bevor es losging, erteilten sie den Reisenden noch Anweisungen für den Fall, dass sich tatsächlich ein Überfall ereignen sollte. So aufreibend dies für Magdalena auch war, überwog trotz allem das Gefühl bei ihr, in Sicherheit reisen zu können.

Um Wegelagerer abzuschrecken, sollte ein berittener Soldat von Zeit zu Zeit in sein Horn stoßen. Das habe sich schon auf früheren Reisen bestens bewährt, erklärte man den Reisenden, die inzwischen alle in ihren Wagen Platz genommen hatten.

Mit ausreichend Reiseproviant ausgestattet, saßen Magdalena und zwei weitere Männer schließlich auf Hannes' Wagen. Zum Glück hatten sie die beiden noch im Wirtshaus angesprochen, sodass sie dank deren Fahrgeld nun tatsächlich mit ihrem Geld hinkamen. Sie hatte, wie schon auf der Hinfahrt, neben Hannes auf dem Bock Platz genommen. Ab und zu gab der Soldat ein Hornsignal. Sobald sie in ein unübersichtliches Gebiet kamen, wurden die zeitlichen Abstände zwischen diesen kürzer. Auch das Pferdegetrappel der zwölf Soldaten sandte die gewünschten Signale an versteckte Räuber. Da sie jedoch insgesamt fünfzehn Reisende auf vier Wagen waren, kamen immer nur einige wenige von ihnen in den Gaststätten unter, die auf ihrem Weg lagen. Und so mussten Magdalena und Hannes die kühlen Nächte unter freiem Himmel verbringen. Nun bewährte es sich, dass sie das große Wolltuch eingepackt hatte, in das sie sich einwickeln konnte. Doch sie sehnte sich schon in der ersten Nacht nach ihrem warmen Strohlager in der Druckerei.

Nach einer langen beschwerlichen Reise gelangten sie endlich sicher wieder nach Tübingen. Als Magdalena bereits von Weitem den sattelförmigen Bergrücken sah, auf dem das große Schloss lag, eingerahmt von Neckar und Ammer, fühlte sie, wie die Anspannung, die sie die ganze Reise über gespürt hatte, von ihr abfiel. Wie froh sie doch war, wieder zu Hause zu sein und nicht mehr so schnell auf Reisen gehen zu müssen, weil Ulrich dies in Zukunft erneut übernehmen würde. Nachdem sie die beiden Stadtmauerringe passiert hatten und schließlich vor der Druckerei anhielten, verabschiedete sich Hannes herzlich von Magdalena und fuhr dann zum Ammerkanal in Richtung der Gerbereien und Metzgereien davon. Endlich wieder zu Hause!

Kapitel 22

Sie war über zwei Wochen nicht in Tübingen gewesen, doch die Stadt roch noch genauso wie an dem Tag, an dem sie sie verlassen hatte – der beißende Geruch der Färbereien lag in der Luft und mischte sich mit dem der Hinterlassenschaften der vielen frei umherlaufenden Tiere.

Als sie die Tür zur Druckerei öffnete, freute sie sich, die vertrauten Gesichter ihrer Kinder und Gehilfen wiederzusehen. Zufrieden blickte sie auf den Setzkasten mit den Lettern, den sie mit Hannes' Hilfe vom Wagen abgeladen und auf die Bank neben den Eingang gestellt hatte. Trotz aller Anstrengung hatte sich die Reise gelohnt. Jetzt konnten sie mit dem Druck der französischen Kirchenordnung beginnen und damit hoffentlich wieder etwas mehr Gewinn machen. Denn durch Ulrichs Tod waren die Gelder, die sie auf die hohe Kante gelegt hatten, schon fast aufgebraucht.

Als sie durch die Tür der Druckerei trat, schallten ihr Gelächter und Gesang entgegen. Verwirrt blieb sie mitten im Laden stehen. Was war denn hier los? Als sie den Vorhang zum Produktionsraum zur Seite schob, verstummte der Gesang, und die Männer, Weinbecher in der Hand, sahen etwas betreten zu Boden. Inmitten der Gehilfen saß Ulrich und nahm gerade einen kräftigen Schluck aus dem großen Weinbecher seines Vaters. Seine Wangen waren gerötet, und sein Blick wirkte trüb und verschwommen.

Erst nachdem er den gesamten Becher geleert hatte, merkte er, dass er nicht länger mit den Männern alleine war. Er trat auf Magdalena zu. »Ah, Frau Mutter, schön, Euch wieder heil zurückzuhaben.« Und mit einer Handbewegung, die die Lage wohl erklären sollte, sagte er: »Kaspar feiert heute sein Wiegenfest. Wir haben gerade auf sein Wohl angestoßen.« Als er Magdalenas verständnislosen Blick sah, fügte er hinzu: »Natürlich werden wir sofort weiterarbeiten. Aber die Männer haben so viel geschafft in den letzten Tagen, dass ich ihnen auch einmal etwas gönnen wollte.«

Da Magdalena nicht sogleich wusste, was sie entgegnen sollte, sagte sie nur knapp: »Draußen auf der Bank steht der Setzkasten mit den neuen Lettern. Vielleicht kannst du ihn hereinholen?« Dann sammelte sie demonstrativ die Becher ein; ein deutliches Signal, das von allen sofort verstanden wurde. Das waren ja ganz neue Sitten, die hier während ihrer Abwesenheit eingezogen waren! Sie würde wohl einiges wieder zurechtrücken müssen. Bei der nächsten sich bietenden Gelegenheit erzählte ihr Oswald, dass Jakob mehrmals mit Kaspar aneinandergeraten war, und zwar so heftig, dass er jedes Mal hatte dazwischengehen müssen. Doch Oswald brauchte sie gar nicht gesondert darauf hinzuweisen, wie aufsässig Jakob seit Ulrichs Tod war. Von ihren vier Söhnen schien er das plötzliche Ableben seines Stiefvaters am wenigsten verkraftet zu haben. Wenn er abends nach Hause kam, sprach er nur mehr das Nötigste mit seiner Familie und verzog sich danach alsbald wieder, um noch um die Häuser zu ziehen, wie er es nannte. Nicht selten wiesen seine feinen Gesichtszüge am darauffolgenden Morgen dann Spuren eines Kampfes auf, doch er bewahrte stets eisern Stillschweigen über das, was des Nachts passiert war.

In den ersten Tagen nach Magdalenas Abreise war Jakobs Zorn entflammt, als Kaspar wieder einmal zum Frühstück in die Druckerei gekommen war, obwohl er außerhalb wohnte und deshalb ein entsprechendes Kostgeld erhielt. Kaum war er pfeifend in die Küche hereingeschlendert und hatte sich ungefragt am Mahl bedient, war Jakob aufgesprungen, hatte ihm die Schüssel entrissen und ihm mit der flachen Hand ins Gesicht geschlagen.

Das konnte Kaspar natürlich nicht auf sich sitzen lassen und traktierte daraufhin den deutlich jüngeren Jakob mit den Fäusten, während die Lehrlinge den beiden gespannt zusahen. Vor allem Ulrich feuerte die beiden Kampfhähne auch noch lauthals an und machte keine Anstalten, den Streit zu beenden. Als Oswald ihn schließlich nach einer Weile dazu aufforderte, einzuschreiten, winkte er nur ab und sagte, dass die beiden nur einmal etwas Dampf ablassen müssten. So ging Oswald letztendlich dazwischen, dem es mit Georg zusammen auch gelang, die beiden Streithähne endlich voneinander zu trennen.

Die Auseinandersetzung war beiden noch immer anzusehen. Kaspar hatte ein geschwollenes Auge, Jakobs Lippen waren aufgeplatzt, und ihm fehlte ein Zahn. Oswald und Georg waren es auch, die Kaspar dazu bewegt hatten, zukünftig erst nach dem Frühstück in der Druckerei zu erscheinen, wenn Jakob schon gegangen war. Trotzdem war es nicht bei dieser einen Konfrontation zwischen den beiden geblieben. Denn der bloße Anblick Kaspars genügte offensichtlich, um Jakob erneut zu reizen, und Oswald hatte seine liebe Not, das unvermeidliche Aufeinandertreffen der beiden zu überwachen, wenn Kaspar morgens zur Arbeit kam und Jakob zum Buchbinder Bartholomäus ging oder beide abends wieder von ihrer jeweiligen Wirkungsstätte nach Hause zurückkehrten. Nun war er heilfroh, dass seine Mutter wohlbehalten von ihrer Reise zurück war und ein Machtwort sprechen würde.

Magdalena spürte zum wiederholten Mal, dass sie die Druckerei nur mit der dafür notwendigen Härte führen konnte. Denn sobald sie die Zügel schleifen ließe – zum Beispiel indem sie Kaspar nicht davon abhielt, sich Mahlzeiten und Geld zu erschleichen, worüber sie sich selbst schon des Längeren ärgerte –, würde jemand anderes eingreifen und damit ihre Autorität untergraben. In diesem Fall ihr eigener Sohn Jakob.

Am Abend versammelte sie daher ihre Gehilfen um sich und verbot Kaspar, am gemeinsamen Mahl teilzunehmen, solange er gleichzeitig Geld für seine Kost erhielt. Sollte er sich erdreisten, noch einmal in ihrem Haus zu essen, so würde sie sein Kostgeld mit sofortiger Wirkung streichen. Als Kaspar protestierte und darauf verwies, dass die Lehrlinge ja auch ab und zu bei ihm zu Hause verköstigt wurden, antwortete Magdalena mit ruhiger Stimme, dass er das mit den Lehrlingen ausmachen müsse.

Der schwierigere Teil in dieser Angelegenheit war die Zurechtweisung ihres Sohnes, der wenig später nach Hause kam. In der Sache selbst gab sie Jakob recht – Kaspar hatte sich nicht richtig verhalten und musste dafür gerügt werden. Was sie Jakob jedoch nicht durchgehen lassen konnte, war, dass er einen ihrer Gehilfen tätlich angriff. Als er daher durch die Tür trat und seine Mutter nach ihrer langen Reise begrüßen wollte, wies sie ihn – so schwer es ihr auch fiel – erst einmal zurück und stellte ihn vor allen Anwesenden zur Rede. Da er den Streit vom Zaun gebrochen hatte, erhielt er von ihr eine Strafe – er würde zwei Monate lang keinen Kreuzer mehr von ihr für die Zusatzarbeiten, die er im Haus erledigte, bekommen. Da er während seiner Lehre nur einen geringen Lohn erhielt und kaum Ersparnisse hatte, wusste Magdalena, dass sie ihn damit am härtesten traf. Er würde die nächsten Wochen keine Schenke mehr besuchen und sich auch sonst keine Belustigungen mehr gönnen können. Jakob reagierte genau so, wie sie es erwartet hatte. Ungewöhnlich kleinlaut gab ihr Sohn zu, dass er sich danebenbenommen hatte, und entschuldigte sich bei Kaspar, der sich ein breites Grinsen nicht verkneifen konnte.

Nach dem Mahl wusch sie noch die Schüsseln ab, wenn auch nicht ganz so gründlich wie sonst. Die lange Reise und die Auseinandersetzungen in der Druckerei hatten Magdalena doch mehr Kraft gekostet, als sie gedacht hatte. Sie ging zeitig zu Bett und hoffte, dass sie eine Nacht durchschlafen könnte, noch dazu auf ihrem warmen Lager und nicht unter freiem Himmel. Das würde sie schnell wieder auf die Beine bringen.

Kaum hatte sie sich auf dem Strohlager ausgestreckt, fiel sie auch schon in einen tiefen, traumlosen Schlaf, aus dem sie am nächsten Morgen jedoch mit starken Schmerzen und Unwohlsein erwachte. Sie lag auf dem Rücken, ihr Gesicht glühte. Magda stand besorgt an ihrem Lager. »Was ist los, Mutter? Eure Augen sind ganz glasig. Fühlt Ihr Euch nicht wohl?« Magdalena wollte etwas erwidern, doch ihre Stimme versagte. »Durst«, konnte sie gerade noch herausbringen, bevor sie stöhnend den Kopf zur Seite drehte. Magda beeilte sich, ihrer Mutter etwas zu trinken zu bringen, und sagte auch ihren Brüdern sowie Ulrich Bescheid, der inzwischen in die Werkstatt gekommen war. Sie entschieden zunächst, dass Jakob wie immer zu seinem Lehrmeister und Moritz in die Schule gehen sollte. Nachdem die beiden gegangen waren, beratschlagten Oswald, Georg und Ulrich kurz und schickten Magda danach zu Agnes, der heilkundigen Kräuterfrau. »Sie muss sich auf der Reise etwas zugezogen haben. Agnes ist in solchen Dingen genau die Richtige, sie hat Kräuter gegen alles und ist nicht so kostspielig wie der Bader. Als mein Weib im Wochenbett lag und fieberte, hat Agnes ihr auch geholfen«, überzeugte Ulrich die anderen. Sie blickten alle zu Magdalena, deren Atem pfeifend ging. Zudem wurde sie von einem trockenen Husten geschüttelt. Sie sah sehr elend aus. Ulrich kniete sich neben ihr Lager. »Ich habe nach Agnes geschickt, Mutter«, sagte Ulrich in beruhigendem Tonfall. »Ihre Tinkturen und Tränke haben schon viele geheilt. Bleibt Ihr nur ruhig liegen und werdet schnell wieder gesund.« Er sah, wie Magdalena zu protestieren versuchte, und drückte sie sanft wieder auf das Strohbett. Oswald stellte sich neben ihn. »Wir haben es gerade eben zwei Wochen ohne Euch geschafft. Die Männer verrichten gute Arbeit. Wir teilen die Zubereitung des Essens unter uns auf, und auch das wird gelingen. Bleibt nur ruhig liegen, und Ihr werdet sehen, bald geht es Euch wieder besser.« Als ihnen gewahr wurde, dass sie nichts weiter für Magdalena tun konnten, verabschiedeten sie sich und versprachen, in den Pausen nach ihr zu sehen. Am späten Vormittag kam Georg mit der inzwischen eingetroffenen Agnes wieder in Magdalenas Kammer. Sie hatte einen Trank aus Thymian, Fenchel und Honig zusammengerührt, den sie der Kranken einflößte. Sie stellte einen großen Krug davon neben Magdalenas Lager. »Gebt Ihr mehrmals am Tag davon«, sagte sie zu Georg. »Als mir Magda sagte, dass Eure Mutter eine lange Reise gemacht hat und schlecht Luft bekommt, glaubte ich sofort zu wissen, woran sie leidet, und habe diese Kräuter mitgebracht, die in solch einem Fall helfen. Dazu noch Honig und viel Ruhe, und Ihr werdet sehen, schon bald geht es ihr wieder besser.« Georg fragte, wie viel er ihr schuldete, und gab ihr die verlangte Summe. Dann verließen sie die Kranke, die in einen unruhigen Schlaf gefallen war. An diesem Tag und auch an allen weiteren in dieser Woche sah vor allem Ulrich nach Magdalena und gab ihr jedes Mal einen Becher von Agnes' Arznei zu trinken. Bereits am dritten Tag ging es Magdalena etwas besser, und sie erkundigte sich häufiger nach den Vorgängen in der Druckerei. Und jedes Mal konnte Ulrich sie beruhigen und ihr versichern, dass alles hervorragend lief. Magdalena hätte natürlich gerne so schnell wie möglich wieder mitgeholfen, erkannte jedoch, dass sie dafür noch viel zu schwach war. »Was ist mit der Druckerlaubnis für die französische Übersetzung?«, fragte sie ihn eines Nachmittags, als er nach ihr sah, während die anderen eine Pause einlegten. »Oh, die Druckerlaubnis? Richtig – die habe ich erhalten. Das konnte ich, wie zu erwarten, schnell erledigen. Wir haben gestern sogar schon damit begonnen, die französische Kirchenordnung zu drucken. Aber so, wie Ihr ausseht, geht es Euch bereits wesentlich besser, und Ihr werdet Euch selbst bald von unseren Fortschritten überzeugen können. Vielleicht sogar schon morgen.« Mit einem aufmunternden Lächeln verließ er die Kammer und ging hinunter zu den anderen.

Als sie nach einer Woche wieder gesund war, bemerkte Magdalena jedoch, dass sich in der Druckerei einiges verändert hatte. Zwar war es mit dem Druck der Kirchenordnung dank der von ihr besorgten französischen Lettern gut vorangegangen, aber die Männer schienen mit ihren Fragen und Problemen, obwohl sie jetzt wieder in der Druckerei mithalf, eher zu Ulrich als zu ihr zu gehen. Wenn Magdalena den Gehilfen von sich aus Anordnungen gab, hörten sie ihr zwar höflich und geduldig zu, sie konnte jedoch beobachten, dass sie anschließend noch zu ihrem Stiefsohn gingen, um ihn nach seiner Meinung zu fragen. Ulrichs großer Einfluss wurde besonders deutlich, als Magdalena die neue Arbeitsmethode einführen wollte, die sie in Straßburg so sehr beeindruckt hatte. Sie hatte sich eigens Zeit dafür genommen, ihre Ansprache so überzeugend wie möglich zu gestalten.

»Alle Pressen liefen im gleichen Takt«, erklärte sie. »Die Pressmeister bewegten gleichzeitig die Bengel. Die Ballenmeister zogen zur gleichen Zeit die Karren heraus, und nach einer Stunde wechselten sie einander ab und übernahmen jeweils die bisherige Aufgabe des anderen.« Sie zog zwei kleine Sanduhren aus ihrer Tasche, die sie auf ihrer Reise gekauft hatte. »Die könnten wir oben auf eine der beiden Pressen stellen, um zu sehen, wann die Stunde um ist. Das hat sogar mehrere Vorteile für uns. Wir können dadurch über zweitausend Drucke pro Tag herstellen, und euch werden die Arme trotzdem weniger wehtun als bisher. Nun, was haltet ihr davon?«

Sie sah erwartungsvoll in die Runde. Zwar war sie keineswegs davon ausgegangen, dass die Männer in Beifallsstürme ausbrechen würden, aber sie hatte doch auf breite Zustimmung gehofft. Stattdessen schwiegen sie, mieden ihren Blick und schauten verstohlen zu Ulrich. Der hatte sich nicht wie die anderen in einem Halbkreis vor sie gestellt, sondern lehnte etwas abseits an einem Balken. Er hatte die Arme vor der Brust verschränkt und seine Beine überkreuzt, ein verächtliches Lächeln spielte um seine Lippen. Magdalena folgte den Blicken der Männer und drehte sich langsam zu ihm um. Als er sich der vollen Aufmerksamkeit aller Anwesenden gewiss war, löste er sich vom Balken. Er genoss die Situation sichtlich und ließ sich Zeit. Statt Magdalenas Frage zu beantworten, schlenderte er auf die Sanduhren zu und nahm eine davon spielerisch in die Hand.

»Ja«, sagte er gedehnt, »das klingt nicht schlecht. Aber zweitausend Drucke? Da haben sie Euch aber einen großen Bären aufgebunden, Mutter.« Er schlug sich gegen die Stirn. »Zweitausend Drucke! Was für eine Torheit«, sagte er und brach dann in schallendes Gelächter aus. Die Männer fielen erleichtert mit ein, bis schließlich der ganze Raum von Lachen erfüllt war. Magdalena schaute Ulrich zunächst verwirrt an. Dieser hielt sich schon die Seite vor lauter Lachen, und Tränen liefen ihm über das Gesicht. Dann nahm er Magdalena in den Arm. »Ach, Mutter. Ihr seid so gutmütig, aber leider viel zu leichtgläubig.« Magdalena hätte sich am liebsten aus seiner Umarmung befreit und ihn weggestoßen. Er hatte doch nicht gesehen, was sie gesehen hatte. Also fragte sie betont ruhig: »Was klingt daran denn so lächerlich?«

Ulrich wischte sich die Tränen ab und sah die Männer an. »Kaspar, komm einmal her und zeige uns deine Oberarme«, bedeutete er dem Gesellen, als das Lachen langsam verebbte. Der stellte sich selbstgefällig vor Magdalena hin, hob seinen Arm und zog den mit Druckerfarbe befleckten Ärmel zurück. »Mutter, seht mal«, Ulrich tätschelte den breiten Oberarm vor ihnen. »Kaspar ist unser stärkster Mann. Doch selbst wenn er den ganzen Tag durcharbeitet, bekommt er höchstens neunhundert Drucke zustande.«

»Gestern waren es sogar neunhundertzwanzig«, sagte Kaspar stolz und entblößte mit einem breiten Lächeln seine Zähne. Dann wandte sich Ulrich wieder an Magdalena. »Schneller kann man eine Presse nicht bedienen. Auch nicht, wenn man sich regelmäßig abwechselt.« Die Männer nickten zustimmend. Auch Georg schaltete sich nun ein. »Das kann nicht stimmen, Mutter. Ich glaube, da hat einer maßlos übertrieben. Vielleicht wollte er Euch einfach nur beeindrucken.« Magdalena war sich nun selbst nicht mehr sicher. Ulrich fuhr fort: »Und wir wechseln uns ja bereits ab, allerdings, wenn wir es für angebracht halten, und nicht, wenn es uns eine Uhr sagt. Stimmt's, Männer?«

Wie auf ein Zeichen hin reckte Kaspar den Arm in die Luft. »Wenn's ums Drucken geht, macht uns keiner was vor. Gerade nicht die Straßburger. Die sind ja bekannt dafür, dass sie gerne übertreiben.«

»Richtig! Wir sind die besten Drucker im ganzen Reich«, kam es von allen wie aus einem Munde zurück. Offensichtlich hatten sie diesen Wahlspruch während Magdalenas Abwesenheit eingeübt. »Kommt, Männer«, Ulrichs laute Stimme übertönte das Stimmengewirr, »die nächsten Bogen der Kirchenordnung rufen. Die beiden, die heute die restlichen dreihundert Bogen schaffen, bekommen nicht nur einen großen Krug Wein, sondern auch einen Branntwein umsonst«, feuerte er die Männer an und stimmte ein Lied an, in das alle sofort mit einfielen. Ehe sichs Magdalena versah, stand sie alleine da. Nur Oswald war bei ihr geblieben. »Die Idee klingt gar nicht schlecht, Mutter«, versuchte er, sie aufzubauen. »Vielleicht können wir sie ja mal ausprobieren, wenn wir die Kirchenordnung fertiggestellt haben.« Er drückte sie kurz und machte sich dann ebenfalls singend wieder an die Arbeit.

Kapitel 23

Am nächsten Morgen war Magdalena damit beschäftigt, die verschiedenen Bogen der Kirchenordnung zu sortieren. Sie hatten schon mehr als ein Viertel der Bogen gedruckt, wie sie zufrieden feststellte. Von Zeit zu Zeit nahm sie ein Blatt in die Hand und kontrollierte es. Sie verstand zwar kein Französisch, prüfte jedoch, ob die kleinen Striche auf den Buchstaben auch gut zu sehen waren. Sie betrachtete das französische Druckbild mit einer gewissen Genugtuung, auch wenn die Erinnerungen an ihre Reise nach Straßburg und der Überfall der Wegelagerer, den sie dafür in Kauf hatte nehmen müssen, sie des Nachts immer noch ab und zu hochschrecken ließen. Was hatten sie doch nur für ein Glück gehabt!

Sie legte den einen Bogen gerade wieder zurück und griff nach dem nächsten, als sie neben dem lauten Quietschen der Pressen plötzlich wütende Schreie hörte. Sofort verließ sie das Lager und eilte in den Verkaufsraum.

»Das ist doch nicht zu fassen! Es reicht mir jetzt mit Euch. Euer Vater würde sich im Grabe umdrehen, wenn er wüsste, was Ihr aus seiner Druckerei gemacht habt.« Magdalena konnte gerade noch sehen, wie Professor Meyer Ulrich wütend anfunkelte und dann mit hochrotem Kopf zur Tür hinausstapfte.

»Ihr eingebildeter Hundsfott!«, rief ihm Ulrich hinterher und ließ die Tür, die der Professor offen stehen gelassen hatte, donnernd ins Schloss fallen.

Magdalena konnte kaum glauben, was sie da gerade gehört hatte. »Bist du irregeworden?«, fuhr sie Ulrich an. »So kannst du doch nicht mit einem unserer besten Käufer umspringen.« Sie baute sich vor ihm auf. »Jetzt erklär mir bitte erst einmal genau, was hier gerade vorgefallen ist.« Ihre Stimme war laut und fordernd.

Ulrich sah sie sprachlos an, so kannte er sie gar nicht. Seine sonst so selbstsichere Fassade schien zu bröckeln. Magdalena empfand eine gewisse Befriedigung, als sie dies bemerkte.

»Ach, dieser dumme Bock. Regt sich wegen einer Kleinigkeit dermaßen auf. Ich habe ihm lediglich gesagt, dass wir mit dem Druck seines Buches erst in vier Wochen beginnen können. Aber Ihr kennt die Herren Gelehrten ja. Sie denken immer, sie wären die wichtigsten Leute hier in Tübingen und dass man sofort alles stehen und liegen lassen muss, um ihren Auftrag auszuführen. Dabei haben wir gerade jetzt Wichtigeres zu tun. Und außerdem können wir von der Kirchenordnung weit mehr Exemplare verkaufen als von seinem langweiligen Buch.«

Misstrauisch beäugte sie ihn und stellte sich ihm in den Weg, als er wieder in den Produktionsraum zurückkehren wollte. »Und deshalb ist Professor Meyer so ausfallend geworden? Er weiß doch, dass es bei uns ab und an zu Verzögerungen kommen kann.« Sie wurde das Gefühl nicht los, dass er ihr etwas Wesentliches verschwieg. »Wann genau hat er dir denn sein Manuskript gegeben?« Ulrich wurde unruhig. Offensichtlich hatte sie einen wunden Punkt berührt. »Vor einiger Zeit«, sagte er kurz angebunden und zuckte mit den Schultern. Doch damit gab sich Magdalena nicht zufrieden. Sie bohrte nach.

»Vor einiger Zeit? Wann genau war das?«

»Weiß nicht. Ich habe gerade ganz andere Dinge im Kopf.« Er drückte sich an ihr vorbei. »Die Kirchenordnung. Ihr erinnert Euch? Je schneller sie fertig ist, umso eher kann ich mit den anderen Drucken beginnen. Wenn Ihr mich jetzt entschuldigen würdet.« Aber so einfach wollte sie sich nicht abspeisen lassen. Sie stellte sich ihm erneut in den Weg. Doch als sie ihm gerade die Leviten lesen wollte, wurde sie unterbrochen.

»Meister, wir brauchen Euch hier ganz dringend. Die Presse hat sich verhakt.« Aufgeregt kam Kaspar auf sie zugerannt. Für Ulrich kam dieser Zwischenfall wie gerufen, Magdalena aber fluchte innerlich. Doch die Produktion hatte Vorrang. Sie würde sich Ulrich dann eben am Abend noch einmal vornehmen. Die Verzögerung verschaffte ihr zudem auch die Zeit herauszufinden, was genau der Professor Ulrich überhaupt vorgeworfen hatte. Vielleicht gab es ja noch andere Vorkommnisse, von denen sie wissen sollte. Magdalena beschloss, der Sache ohne Verzug auf den Grund zu gehen. Kurze Zeit später trat sie auf die Straße und schlug den Weg zur Burse ein. Sicherlich würde ihr dort jemand Auskunft geben können, wo der Professor zu finden wäre.

Als sie in die Bursagasse einbog, lief sie fast in einen großen Mann hinein, der dort des Weges kam. »Na, na, Frau Buchdruckerin. Seid Ihr so froh, mich wiederzusehen, dass Ihr mich vielleicht stürmisch umarmen wollt?« Nikodemus schmunzelte und rückte seinen Talar wieder zurecht. Magdalena wäre am liebsten sofort weitergegangen, um sich um Professor Meyer zu kümmern, bevor es zu spät war. Doch sie überlegte es sich anders. Mit einem gequälten Lächeln entgegnete sie: »Ah, Herr Professor. Ihr seid also aus Paris zurück. Was für eine Freude.« Unter anderen Umständen hätte sie sich tatsächlich gefreut, den Gelehrten mit dem grauen Backenbart wiederzusehen. Doch momentan war sie gedanklich einfach viel zu sehr mit anderen Dingen beschäftigt.

Ihm blieb ihre Reserviertheit nicht verborgen. »Ist alles in Ordnung mit Euch? Ich hoffe, Ihr musstet Euch nicht wieder mit einem unangenehmen Käufer herumschlagen«, zog er sie auf.

»Nein, diesmal gibt es andere ... Dinge zu tun«, sagte sie ausweichend. Er musste ja nicht umgehend von Ulrichs Zusammenstoß mit Professor Meyer erfahren. »Nichts Schlimmes«, fügte sie hinzu und wollte gerade ihren Weg zur Burse fortsetzen, als er noch einmal nachhakte. »Ach, geht es um den fehlerhaften Probedruck?«

Sie horchte auf. »Den fehlerhaften Probedruck?« Verwirrt sah sie ihn an.

»Ihr wisst noch gar nichts davon?«, fragte er erstaunt und musterte sie mit zusammengezogenen Brauen. Dann entspannten sich seine Gesichtszüge etwas, und er nickte verständnisvoll.

»Mir schwant, das wird ein längeres Gespräch werden, Magdalena. Kommt, lasst uns in die Burse gehen und dort etwas trinken. Ich kenne den Magister, der dort den Haushalt administriert. Er gibt mir und meinen Gästen gerne ab und zu einen Becher Wein aus. Eine kleine Erfrischung wird Euch jetzt guttun.« Sie wollte schon ablehnen, aber dann gewann ihre Neugier die Oberhand. Je mehr sie über die Probleme mit der Universität wusste, desto besser konnte sie Ulrich später zur Rede stellen.

Nachdem sie einen der beiden Treppenaufgänge zur Burse hinaufgestiegen waren, stellte Magdalena zu ihrem eigenen Erstaunen fest, dass sie das imposante Gebäude noch nie von innen gesehen hatte. Als sie die Eingangshalle betrat, blieb sie für einen Moment überwältigt stehen. Der Raum, der sich vor ihr öffnete, war deutlich größer, als sie es erwartet hatte. Seine Decke war recht hoch und wurde von zahlreichen langen Balken getragen. Gestützt wurden diese wiederum von viereckigen Holzpfeilern, die an ihrem oberen Ende mit wunderschönen Schnitzereien verziert waren. Sie war so beeindruckt, dass sie für einen Moment vergaß, warum sie überhaupt hier war. Magdalena trat näher an einen der Pfeiler heran, auf dem eine große Palme mit fein gefiederten Wedeln und Wurzeln dargestellt war.

»Dies ist das Wahrzeichen der Universität«, erklärte ihr Nikodemus nicht ohne Stolz, der nun neben sie getreten war. Er hielt seinen Begleitern gerne kurze Vorträge über die Stadt und die Hohe Schule. »Daneben seht Ihr die Wappen von unserem Gründer, dem edlen Eberhard im Bart, und seiner Frau sowie dessen Wahlspruch ›Attempto‹, was so viel heißt wie: Ich wag es. Und wenn Ihr genau hinseht«, er deutete mit dem Zeigefinger auf den unteren Teil des Baumes, »seht Ihr, umrankt von den Wurzeln, auch das Wappen unserer schönen Stadt Tübingen. Darunter befindet sich das Jahr, in dem der Künstler dieses Werk geschaffen hat.« Magdalena kniff ihre Augen zusammen und stellte sich auf die Zehenspitzen. Schließlich entdeckte sie die Zahl, die in das Holz eingeritzt war – 1478. Anerkennend nickte sie langsam mit dem Kopf und folgte dann dem Professor, der sich bereits auf den Weg zu einem der Nebenräume machte.

Sie betraten nun einen anderen Saal, in dem lange Tischreihen und Bänke standen. Hier wurde wahrscheinlich das gemeinsame Mahl eingenommen. Obwohl es noch nicht Mittagszeit war, saßen hier bereits etliche Studenten zusammen und unterhielten sich lautstark. Viele sprachen Latein, doch Magdalena hörte auch das ein oder andere deutsche Wort. Um sie herum blickten die jungen Männer verwundert auf und beäugten die kleine Frau kritisch, die offensichtlich nicht hierhergehörte. Doch als sie sahen, dass sie offenbar eine Bekannte des großen Mediziners war, verloren sie schnell das Interesse an ihr und unterhielten sich wieder mit ihren Tischnachbarn. Nikodemus geleitete Magdalena zu einem der hinteren Tische, der sich außerhalb der Hörweite der übrigen Anwesenden befand.

Als der kühle Tafelwein vor ihnen stand, begann Nikodemus: »Obwohl ich nun schon längere Zeit nicht mehr in Tübingen war, ist mir doch einiges durch die Briefe meiner Freunde zu Ohren gekommen.« In seiner Stimme lagen Anteilnahme und sogar Herzlichkeit. »Natürlich wissen wir Professoren, dass es schwer für Euch ist, nach dem Tod Eures geliebten Mannes dessen Geschäfte weiterzuführen.« Er drehte verlegen den Weinbecher zwischen seinen Händen hin und her, um die richtige Wortwahl zu treffen.

»Aber nun häufen sich die Klagen, leider. Ich habe von diversen Scholaren gehört, dass Termine nicht mehr eingehalten werden. Zudem habe ich erst letztens noch einen Probedruck durchgesehen, bei dem keine einzige Seite korrekt war. Die Sätze waren zum Teil nicht mehr lesbar. Da es sich um ein Buch unseres Rektors höchstpersönlich handelte, habe ich Ulrich unverzüglich darauf aufmerksam gemacht. Er sagte, er würde sich darum kümmern. Aber mich deucht, er hat mein Anliegen nicht ganz ernst genommen. Denn seitdem ist rein gar nichts passiert. Das mag sich in Euren Ohren nicht besonders schlimm anhören, aber die Universität wird dies nicht lange dulden. Die Regierung ebenfalls nicht, wobei ich allerdings nicht weiß, ob sie schon von den Missständen betroffen war. Dies wäre besonders verheerend für Euch. Ihr solltet Euch jetzt jedenfalls keinen gröberen Fehler mehr leisten, denn sonst könnte der Senat schnell einen anderen Drucker, zum Beispiel aus Nürnberg, hierher berufen, der dann alle zukünftigen Aufträge bekäme.«

Magdalena schüttelte ungläubig den Kopf. »Mein Gott, von alldem wusste ich bislang nichts!«, stöhnte sie. Dass es in den wenigen Wochen, die seit ihrer Reise nach Straßburg und ihrer anschließenden Krankheit vergangen waren, mit ihrer Druckerei derart abwärtsgegangen war, hatte sie nicht bemerkt. Sie hatte ihrem Stiefsohn zu sehr vertraut, seine Arbeit nicht überprüft, und er hatte sie durch seine aufopfernden Krankenbesuche und Berichte über den Stand der Dinge zudem in Sicherheit gewiegt. Die Verspätungen waren unbemerkt geblieben, da er in der letzten Zeit derjenige von ihnen beiden gewesen war, der sich hauptsächlich um die Annahme und Auslieferung der Aufträge gekümmert hatte. Daher wussten auch ihre Söhne und die Lehrlinge nicht Bescheid. Warum tat Ulrich das bloß? Es konnte sich dabei ja nicht nur um reine Nachlässigkeit handeln. Was hatte er vor?

»Magdalena«, sagte Nikodemus und sah ihr fest in die Augen.

Seine Stimme klang nun ernst. »Es ist auch Eure Druckerei. Sie hatte einen guten Ruf hier in Tübingen. Nur Ihr könnt diesen guten Ruf noch retten. Daher ist mein dringlicher Rat an Euch: Nehmt Euch die Verantwortlichen vor.«

Magdalena schnaubte verächtlich. »Ihr habt recht. Ich muss dringend ein Machtwort sprechen.«

Der Professor nickte bestätigend. »Ich vermute, Euer Stiefsohn steckt dahinter. Aber seid auf der Hut. Wenn man dem Gerede der Studenten Glauben schenkt, dann macht er kurzen Prozess mit denen, die sich ihm in den Weg stellen.«

»Was soll das heißen?«, wollte Magdalena wissen. »Könnt Ihr das bitte etwas genauer ausführen.«

»Nun ja, man sagt, wenn jemand gegen ihn beim Spiel gewinnt, ist ihm ein blaues Auge sicher. Man sagt auch, dass er irgendetwas mit dem letzten Brand zu tun hatte, bei dem einer meiner Studenten schwer verletzt wurde. Aber wohlgemerkt! Das sind alles nur Gerüchte, und da er noch immer ein gutes Verhältnis zu einigen Magistern und Professoren pflegt, hat ihn bislang noch niemand beschuldigt.«

Magdalena wäre vor Schreck fast der Becher aus der Hand gefallen. Ein Student war zu Schaden gekommen? Durch den Brand? Sollte es sich hierbei etwa um den Hehler handeln, der sich von Andreas Manuskriptteile des Landrechts hatte stehlen lassen? Ulrich hatte doch damals so siegessicher erklärt, er hätte diese vernichtet. Und kurz danach hatten sie die Feuerglocke gehört. Plötzlich ergab alles einen Sinn. Ulrich hatte das Feuer gelegt!

»Ich glaube, ich habe genug gehört, Nikodemus«, sagte Magdalena und trank ihren Wein aus, bevor sie aufstand. »Danke für den Wein und Eure ehrlichen Worte. Ihr habt mir die Augen geöffnet.«

Der winkte ab. »Keine Ursache. Es ist ja auch in meinem Interesse, dass die Druckerei bald wieder die alte wird und ich ihre Bücher an meine Studenten verkaufen kann. Ich bin mir sicher, unter Eurer Leitung wird das Geschäft bald wieder so laufen wie früher.«

Magdalena schwirrte der Kopf – und das nicht nur vom Wein –, als sie sich auf den Weg zurück nach Hause machte. Alles Mögliche schoss ihr durch den Kopf: der schlechte Ruf ihrer Werkstatt, der sie alle in den Ruin treiben würde, die verzweifelte Lage, in die sie und ihre Kinder dann geraten würden ... aber am meisten beschäftigte sie die Brandstiftung. War es wirklich eine gewesen? Nicht auszudenken, dass Ulrich sich solcher Methoden bedient haben könnte, um die gestohlenen Manuskriptbogen zu vernichten. Und offenbar, ohne einen Gedanken daran zu verschwenden, dass er damit auch andere in Gefahr bringen würde. Bei dem Brand waren mehrere Menschen schwer verletzt worden. Hatte er ihn etwa gelegt, um den Hehler mundtot zu machen? Oder diesen zuvor so schwer verletzt, dass er anschließend den Brand gelegt hatte, um seine Spuren zu verwischen? Beides war gleich schrecklich. Wie sollte sie diesem Monstrum jetzt gegenübertreten? Sie musste mit äußerster Vorsicht vorgehen, wie Nikodemus es ihr geraten hatte, gleichzeitig durfte sie sein Verhalten unter keinen Umständen länger dulden.

Gedankenversunken ging sie mit gesenktem Blick die Burgsteige hinauf. Erst als sie bereits den halben Hügel erklommen hatte, hob sie den Blick und blieb wie angewurzelt stehen. Von Weitem sah sie einen großen Wagen, der vor der Druckerei stand. Seltsam! Sie erwarteten doch weder eine Lieferung, noch mussten sie eine größere Menge Bücher ausliefern. Dann sah sie zwei Männer in Universitätskleidung aus ihrem Haus kommen. Jeder von ihnen trug einen großen Stapel Bogen und warf diesen achtlos auf den Wagen. Das Geschehen hatte auch schon eine kleine Gruppe von Schaulustigen angelockt, allen voran die alte Therese, die das, was sie sah, eifrig kommentierte. Während Magdalena ihre Schritte beschleunigte, hörte sie die Alte gerade rufen: »Ich habe schon immer gewusst, dass es in der Druckerei nicht mit rechten Dingen zugeht!«

Das letzte Stück Weg rannte Magdalena, während auch schon die nächsten Papierbogen auf den Wagen flogen. Ein kurzer Blick auf den Blätterhaufen genügte, um sie sofort die französische Kirchenordnung erkennen zu lassen, die sie erst diesen Morgen noch sortiert hatte. Auf einem der Bogen lief die schwarze Druckerfarbe langsam über den so sorgfältig gesetzten Text und hinterließ lange Schlieren. Der Druck war damit ruiniert.

Im Haus bot sich ihr ein grauenvoller Anblick: In den Regalen im Verkaufsraum lagen alle Bücher und auf dem Verkaufstisch die Bogen wirr durcheinander. Der Boden war von Blättern übersät. Da die Eingangstür sperrangelweit aufstand, flogen viele Bogen umher und wirbelten sogar auf die Straße hinaus. Das ihr so vertraute Quietschen und Knarren der Pressen war verstummt. Sie hörte nur den hitzigen Streit zwischen Ulrich und dem Pedell.

»Und ich sage Euch noch einmal, dass Ihr kein Recht dazu habt, hier einzudringen und unsere Druckwerke zu stehlen«, sagte ihr Stiefsohn erregt. Es wunderte sie, dass er so grob gegenüber dem Pedell auftrat, hatten die beiden ihrer Meinung nach doch stets ein fast freundschaftliches Verhältnis zueinander unterhalten. Die Gehilfen hatten sich dicht hinter Ulrich gestellt, wagten es aber nicht, sich in den Streit einzumischen.

Der Pedell zuckte nicht mit der Wimper. Er überragte Ulrich um Haupteslänge, und Magdalena wurde einmal mehr bewusst, warum die Universität ausgerechnet ihn zum Ordnungshüter bestellt hatte. Mit fast schon unheimlich ruhiger Stimme antwortete er: »Und ich sage Euch, wenn Ihr nicht augenblicklich das Maul haltet und meine Männer ihre Arbeit tun lasst, werde ich Euch in den Karzer sperren.« Ulrich wollte noch etwas erwidern, besann sich dann aber eines Besseren. Sein Blick fiel auf Magdalena, die inzwischen dazugekommen war. Auf ihrem Gesicht spiegelten sich sowohl Wut als auch Entsetzen. Mit empörter Stimme sagte sie: »Meine Herren, wer von Euch hat die Güte, mir zu erklären, was hier vor sich geht? Wer bezahlt mir den Schaden, den Ihr hier anrichtet? Und warum in Gottes Namen nehmt Ihr mir die Kirchenordnung ab?« Zunächst hatte sie noch versucht, höflich zu bleiben, aber mit jeder Frage steigerte sich ihre Entrüstung. Ihre Stimme war immer lauter geworden. Der Pedell drehte sich langsam in ihre Richtung und schnitt ihr mit einer kurzen Handbewegung das Wort ab.

»Schweigt, Weib! Ich brauche mir nicht auch noch Euer Gekreische anzuhören.« Magdalena ließ sich davon nicht beeindrucken und ging auf den Mann zu. »Was werft Ihr uns vor?«

Er entgegnete ärgerlich: »Ich werde es Euch allen jetzt zum allerletzten Mal erklären.« Dabei sah er Magdalena und Ulrich abwechselnd an. »Mir wurde heute Morgen mitgeteilt, dass Ihr eine französische Übersetzung der Kirchenordnung herstellt. Aber dies ist ohne vorherige Absprache mit der Regierung verboten! Gerade Ihr solltet das wissen, wo Ihr doch bereits so viele Ordnungen für unseren Landesfürsten gedruckt habt.« Sein Blick durchbohrte Magdalena geradezu. »Für jede offizielle Schrift braucht Ihr eine Genehmigung, und für diese französische Ausgabe wurde sie Euch nicht erteilt. Daher werden jetzt alle Bogen konfisziert.« Magdalena stand da wie vom Donner gerührt. Sie schloss für einen Moment die Augen, um nicht das Gleichgewicht zu verlieren. Dann feuerte sie zurück.

»Was redet Ihr denn da!?! Wir haben doch eine Genehmigung. Ulrich, hol sie!«

Doch der rührte sich nicht. Stattdessen setzte er eine Unschuldsmiene auf. »Ich? Ihr wolltet Euch doch darum kümmern!« Sie schnappte nach Luft – was sagte er da?

»Ich war davon ausgegangen, dass alles in Ordnung wäre«, schob er nach und sah dann den Pedell mit hochgezogenen Augenbrauen an. »Mein Vater hat sie doch zur Druckherrin ernannt.«

Magdalena konnte es nicht glauben. Seine Antwort war einfach unfassbar. Er hatte es ihr doch versichert! Sogar zwei Mal. Die Gehilfen hatten doch ... Aber nein. Nun fiel es ihr wieder ein. Sie waren beide Male allein gewesen, als sie über die einzuholende Druckerlaubnis gesprochen hatten. Es gab keine Zeugen. Einen Moment lang wusste sie nicht, was sie entgegnen sollte. »Du ... du«, begann sie und trat drohend auf ihn zu. Am liebsten hätte sie ihm eine Ohrfeige verpasst. Doch Eberhard hielt sie an der Schulter fest. »Ihr könnt Euch gleich die Köpfe einschlagen. Aber ich stelle fest, dass Ihr keine Genehmigung habt und nun eine Strafe von fünfzig Gulden bezahlen müsst. Und zwar noch diese Woche.« Ohne ein Wort des Abschieds verließ er die Druckerei. Seine Leute warfen die letzten Bogen auf den Wagen und verschwanden mitsamt der Kirchenordnung, für deren Herstellung Magdalena unter Lebensgefahr eigens französische Lettern aus Straßburg besorgt hatte.

In der Stille, die nun folgte, hätte man eine Stecknadel fallen hören können. Magdalena brach als Erste das Schweigen. Sie musste sich zwingen, nicht zu schreien, um ihre Autorität zu wahren. »Du sagtest, du hättest eine Genehmigung«, stieß sie mit zusammengebissenen Zähnen hervor. Nur mühsam konnte sie ihre Wut beherrschen. »Sieh dir dieses Durcheinander an.« Ihre Hände zitterten, als sie auf den Blätterwust um sie herum deutete. »Und nun haben wir nicht nur Verlust gemacht, sondern müssen zudem noch eine hohe Strafe zahlen. Das alles haben wir dir zu verdanken! Dir und deinen Lügen.« Sie konnte kaum noch an sich halten. »Und wofür? Jetzt haben wir nichts mehr!«

Ulrichs Augen blitzten, und als Magdalena kurz Luft holte, witterte er die Gelegenheit zurückzuschlagen. »Für wen haltet

Ihr Euch eigentlich«, setzte er an und warf sich in die Brust. »Ohne mich seid Ihr gar nichts. Nur eine Frau, die zufällig einen Drucker geheiratet hat und jetzt im Besitz seiner Werkstatt ist. Ihr versteht rein gar nichts von dem Handwerk, und die Männer respektieren Euch nicht im Geringsten.« Georg und Oswald zuckten zusammen. »So redest du nicht mit unserer Mutter …«, setzte Oswald an. Doch Ulrich überging seinen Protest und fuhr hämisch an Magdalena gewandt fort: »Ihr habt Euch zudem noch Teile eines sehr wichtigen Manuskripts, zu dessen Geheimhaltung wir alle verpflichtet waren, vor Eurer Nase stehlen lassen.« Er sah sich triumphierend um: »Ihr könnt von Glück sprechen, dass ich Euch überhaupt hier arbeiten lasse. Aber wenn Ihr vor meinen Männern noch einmal so mit mir sprecht, dann werde ich Euch auf die Straße setzen lassen. Da gehört eine wie Ihr schließlich auch hin.«

Oswald setzte erneut an, doch Magdalena gab ihm ein Zeichen. Sie wollte die Unterstützung ihrer Söhne noch nicht in Anspruch nehmen, um sich gegen Ulrich zu behaupten. »Du willst mich auf die Straße setzen?« Sie war selbst erstaunt darüber, wie laut sie geworden war. Aus dem Augenwinkel sah sie, wie die Gehilfen sie eingeschüchtert ansahen. So hatten sie Magdalena noch nie erlebt, und nach ihrem Gesichtsausdruck zu urteilen, wollten sie sie auch nie wieder so erleben. Gut – sie musste jetzt Stärke zeigen, wenn sie das Geschäft leiten wollte.

Daher sprach sie mit fester Stimme weiter: »Ganz im Gegenteil. Du bist derjenige, der diese Druckerei nie wieder betreten wird! Ein Professor hat mir heute endlich die Augen über dich geöffnet. Du bist es, der dieses Geschäft zugrunde richtet. Du produzierst fehlerhafte Drucke. Du verzögerst die Produktion. Du bist verantwortlich für den schlechten Ruf dieser Druckerei. Und die heutige Konfiszierung der Kirchenordnung ist auch ganz allein auf dich zurückzuführen.«

Während sie sprach, hatten sich Oswald und Georg zu beiden Seiten Ulrichs postiert. Sie warteten auf ein Zeichen ihrer Mutter, um ihn zu ergreifen und aus dem Haus zu werfen. Doch unvermittelt trat nun Kaspar streitlustig auf Magdalena zu. »Ulrich ist uns ein besserer Herr, als Ihr es je sein könnt«, schleuderte er ihr entgegen. Aber Magdalena hatte bereits erwartet, dass er sich auf Ulrichs Seite schlagen würde. Kalt lächelnd entgegnete sie ihm: »Verstehe ich das richtig? Du willst auch gehen?« Der Gesichtsausdruck des Gesellen änderte sich schlagartig. Doch sie ließ ihm keine Gelegenheit, sich zu sammeln. »Na, umso besser. Einen Gesellen deiner Beschaffenheit finde ich allemal.«

Kaspar sah sie ungläubig an. Damit hatte er nicht gerechnet. »Und was ist mit euch zwei?«, fragte Magdalena und sah Matthias und Paul herausfordernd an. Für einen Neuanfang war es ihr wichtig, klare Verhältnisse zu schaffen. Alle Augen richteten sich nun auf die zwei Lehrlinge, die bislang im Hintergrund geblieben waren. Zu ihrer Überraschung ergriff ausgerechnet der schüchterne Paul das Wort. Statt einer direkten Antwort wiederholte er erst leise, dann immer lauter seinen Eid, den er vor Antritt seiner Lehre geleistet hatte. Matthias stimmte sofort mit ein.

Die offene Treuebekundung der Lehrlinge und die Erinnerung an seinen eigenen Eid ließen Kaspar an seiner Entscheidung zweifeln. Unsicher schaute er Magdalena an. Doch sie blieb unversöhnlich. Zwar wusste sie, dass sie nach Ulrichs Rauswurf jede Hand gebrauchen konnte, allerdings nur von Gehilfen, die ihr ergeben waren. Zu diesem Zeitpunkt musste sie zeigen, wer letztlich das Sagen hatte. Bei der Bestrafung von Andreas hatte sie zum ersten Mal bitter lernen müssen, dass Härte ihrer Position zuträglicher war als Mitleid.

»Und jetzt verschwindet.« Sie trat einen Schritt zur Seite, und ihre beiden Söhne stießen die beiden Abtrünnigen zur Tür. »Das wird Euch noch leidtun«, zeterte Ulrich und reckte seine Faust in die Luft. »Das letzte Wort ist in dieser Sache noch nicht gesprochen. Ihr ...«

Doch Oswald unterbrach ihn mit den Worten: »Du hast meine Mutter schon genug beleidigt«, und schob ihn unsanft zur Tür hinaus. Als auch Kaspar ziemlich zerknirscht draußen stand, gab er der Tür einen kräftigen Stoß und ließ sie krachend ins Schloss fallen. Dann drehte er sich um.

»Verzeiht mir, Mutter. Ich hätte schon längst eingreifen sollen ...«

Aber Magdalena bedeutete ihm zu schweigen. »Das besprechen wir später. Ich muss mir zuerst einen Überblick über das verwüstete Lager verschaffen.« Das war zwar ein Vorwand, aber nach den vielen unangenehmen Ereignissen dieses Tages brauchte sie erst einmal etwas Zeit, um ihre Lage genau zu überdenken und zu prüfen, was sie als Nächstes tun musste. Im Lager zog sie den Vorhang vor und ließ sich stöhnend auf einen Hocker fallen. »Was für ein Tag!«, seufzte sie. Erst der Streit im Laden, dann die unangenehmen Nachrichten von Nikodemus, gefolgt von der rücksichtslosen Konfiszierung der Kirchenordnung, Ulrichs dreister Lüge und der kräfteraubenden Konfrontation mit ihm und Kaspar. Der Raum begann, vor ihren Augen zu verschwimmen. Sie schloss ihre Lider, stützte beide Arme auf ihre Oberschenkel und begrub ihren Kopf in den Händen. Die Vorfälle des heutigen Tages hatten sie schwer mitgenommen. Und wie sich Georg und Oswald zuletzt dann so selbstverständlich und deutlich auf ihre Seite gestellt hatten und die beiden Lehrlinge den feierlichen Eid wiederholten ... nun flossen die Tränen, die sie die ganze Zeit über zurückgehalten hatte, doch noch.

Als sie sich wieder gefangen hatte, ging sie, nachdem sie zuvor mehrmals mit einem Tuch über ihr verweintes Gesicht gefahren war, zu den Männern zurück. Den gesamten restlichen Nachmittag verbrachten sie damit, die Druckerei aufzuräumen. Sie lasen die Bogen vom Boden auf und legten sie in der richtigen Reihenfolge zusammen. Sie sortierten die aus, die große Flecke oder sogar Fußabdrücke aufwiesen. Danach stapelten sie die Bücher wieder in die entsprechenden Regale und beseitigten den Schmutz. Magdalena prüfte indessen die liegen gebliebenen Manuskripte und erstellte für sie einen Druckplan nach der zeitlichen Dringlichkeit ihrer Auslieferung. Zum Glück hatte Ulrich in einem seltenen Anflug von Geschäftssinn die einzelnen Schriften wenigstens mit dem Datum ihrer Übergabe versehen.

Am Abend nutzte Magdalena das Mahl für eine allgemeine Ansprache. Nachdem sie alle über die Missstände der letzten Zeit in Kenntnis gesetzt hatte, verwies sie auf die Veränderungen und Herausforderungen, die ihnen nun bevorstanden. Sie mussten ihre Ausgaben in den nächsten Monaten wegen der hohen, vom Pedell verhängten Strafe zwar stark einschränken und waren zudem im Verzug mit den Aufträgen der Universität, aber es war noch immer möglich, diese halbwegs rechtzeitig zu erfüllen. Deswegen würden sie gleich am nächsten Tag die neue Arbeitsmethode aus Straßburg anwenden und hoffentlich ebenfalls zweitausend Bogen pro Tag produzieren können. Dann könnten sie auch mit nur einer Presse eine ganze Menge schaffen. Matthias und Georg würden von nun an frühmorgens gleich die Texte setzen, und wenn es nachmittags möglich wäre, die zweite Presse bedienen. Magdalena würde ebenfalls versuchen, so oft wie möglich an der Presse zu helfen, obwohl sie nur als Ballenmeister arbeiten konnte, denn das mühevolle Ziehen des Bengels würde sie über einen längeren Zeitraum hinweg nicht bewältigen können. Außerdem war es wichtig, dass die Aufträge der Universität und der Regierung besonders schnell ausgeführt wurden, um verlorenes Vertrauen wiederzugewinnen. Sobald diese fertig wären, würde Georg sie umgehend ausliefern. Im Übrigen wollte Magdalena sich schnellstmöglich um einen Ersatz für Andreas, Kaspar und

Ulrich bemühen. »Ihr werdet sehen«, schloss sie ihre Rede zuversichtlich, »dass wir bald wieder die gute alte Morhart'sche Druckerei sind.« Das Klopfen der Weinbecher auf den Tisch, das daraufhin folgte, war genug Belohnung und Bestärkung für sie. Und so endete der Tag, der ebenso turbulent wie bedrückend verlaufen war, letztlich doch noch mit einem Lichtblick.

Kapitel 24

Nach einer unruhigen Nacht erwachte Magdalena am nächsten Morgen noch vor allen andern. Der Streit mit ihrem Stiefsohn lag ihr schwer im Magen. Nach seinen vielen Untaten wollte sie ihn am liebsten nie wiedersehen, doch befürchtete sie, dass er den ausstehenden Lohn, der ihm für die letzten Tage noch zustand, über den Pedell von ihr eintreiben könnte. Und wie schnell die Universität auf ein ähnliches Gesuch reagierte und wie dies dann für sie ausgehen könnte, hatte sie ja selbst am Beispiel ihres Mannes erlebt, von dessen Auseinandersetzung mit seinem Setzer sie erst vor Kurzem noch dem Winzer auf ihrer Fahrt nach Straßburg erzählt hatte. Es handelte sich zwar nur um einen Wochenlohn, aber Ulrich würde sicherlich auch wegen dieser geringen Summe gegen sie vorgehen. Magdalena beschloss daher, ihn in seinem Haus aufzusuchen und ihm den Lohn auszuhändigen. Sie hatte ein entsprechendes Papier vorbereitet, auf dem er ihr den Empfang des Wochenlohns bestätigen sollte. Außerdem würde ihr dieser Besuch vielleicht auch die Gelegenheit bieten, herauszufinden, was Ulrich im Schilde führte.

Nach dem Frühstück ging sie daher unverzüglich zu Ulrichs Haus in der Unterstadt, wo sie jedoch nur Katharina antraf. Sie war eine unscheinbare Frau von dünner Gestalt und trug ein schlichtes braunes Kleid, unter dem sich ihr Siebenmonatsbauch abzeichnete. Ihr aschblondes Haar hatte sie zu einem Knoten gebunden. Auf Magdalenas Klopfen hin öffnete sie misstrauisch eine Handbreit die Tür und sah ihren Gast durch den Spalt an. »Ach, Ihr seid es.« In ihrer Stimme schwang eine gewisse Abneigung mit. »Mein Mann ist zurzeit nicht da, und ich glaube auch nicht, dass er Euch zu sprechen wünscht.« Sie wollte die Tür gerade wieder schließen, als Magdalena, ohne nachzudenken, einen Fuß zwischen Rahmen und Tür stellte. Ihr Geld konnte auch Katharina entgegennehmen, und vielleicht verriete sie ihr sogar mehr über Ulrichs Vorhaben als dieser selbst. »Darf ich für einen kurzen Moment hereinkommen?« Ulrichs Frau zögerte. »Es dauert auch nicht lange, Katharina«, sagte Magdalena sanft, denn sie hatte nun einmal keinen Streit mit ihr, sondern nur mit ihrem Mann. Sie sah, wie es in der jungen Frau arbeitete, die ihr nach einer Weile dann aber doch die Tür öffnete und sie eintreten ließ.

»Nun gut, dann kommt rein.«

Magdalena betrat die düstere Stube, in die nur durch das Fenster neben der Tür etwas Licht fiel. Der Duft von Kohl stieg ihr in die Nase.

»Sicherlich hat Euch Ulrich erzählt, dass er und ich gestern eine ... Auseinandersetzung hatten.« Sie beide wussten, dass das eine Untertreibung war, doch Katharina entgegnete nichts. Die beiden Frauen hatten sich an den großen Tisch gesetzt, und die jüngere Frau sah sie wortlos an.

»Ich habe Euch hier seinen noch ausstehenden Lohn mitgebracht. Bitte bestätigt nur kurz hier auf dem Papier, dass Ihr das Geld erhalten habt«, sie legte einen Beutel mit drei Gulden auf den Tisch. Katharina blickte Magdalena ablehnend an. Dann aber zog sie das Papier zu sich heran und unterschrieb es. Dabei sagte sie spitz: »Wir brauchen das Geld eigentlich nicht.« Ihr Gesichtsausdruck veränderte sich. Feindlich und verbissen sah sie nun aus. »Ulrich wird bald viel mehr verdienen.« Sie lehnte sich nach vorne. Auf ihren Lippen lag ein triumphierendes Lächeln. »Schließlich ist er der eigentliche Nachfolger in der Druckerei. Er wird bald der Druckherr sein.«

Das ließ Magdalena aufhorchen. Katharinas Selbstsicherheit verriet nichts Gutes. Ulrich wollte die Druckerei für sich. Bloß wie wollte er es anstellen? Ohne Verzug fragte sie: »Wie meint Ihr das?« Doch es war bereits zu spät. Katharina hatte gemerkt, dass sie bereits zu viel gesagt hatte. Abrupt stand sie auf. »Wäre das dann alles?«, fragte sie frech und bedeutete Magdalena mit diesen Worten, ihr Haus zu verlassen.

Magdalena stand auf und verspürte kurz den Drang, das Geld einfach wieder mitzunehmen. Doch es gehörte Ulrich. Stattdessen nahm sie das Papier an sich und steckte es ein. Dann drehte sie sich auf dem Absatz um und schritt stumm zur Tür. Sie wollte sie gerade öffnen, als Katharina ihr hinterherfauchte: »Warum heiratet Ihr nicht wieder? Eine Druckerei führen könnt Ihr ja wohl nicht. Aber am besten wäre es eh, Ihr verlasst Tübingen, so wie es auch Eure Mutter getan hat.« Liebend gerne hätte Magdalena ihr einmal genauso gründlich die Meinung gesagt wie Ulrich gestern. Aber es war der Mühe nicht wert.

Kapitel 25

Wenige Tage später, sie reinigte nach dem Abendmahl gerade den Eingangsbereich der Druckerei, sah sie, wie Cordula aufgeregt die Burgsteige emporlief. Schon von Weitem winkte sie ihr mit beiden Armen zu. So aufgebracht hatte sie ihre Freundin noch nie gesehen. »Ich habe sofort alles stehen und liegen lassen, als ich es von Konrad hörte«, sagte sie atemlos, als sie endlich neben Magdalena zum Stehen kam, sich nach vorne beugte und ihre Hände auf die Knie stützte. »Es ist wirklich unglaublich«, keuchte sie und schnappte nach Luft. »Es ist nicht zu fassen ... dieser Schuft ... dieser ... gemeine ... Widerling! Er will dir doch tatsächlich die Druckerei wegnehmen.« Magdalena erstarrte. »Was sagst du da?« Doch bevor die Freundin antworten konnte, zog Magdalena sie bereits mit sich in den Laden. Denn schon hatten sich in der Burgsteige ein paar neugierige Köpfe in ihre Richtung gedreht, und Magdalena wollte nicht, dass gleich ganz Tübingen die Neuigkeit mithören würde. Die Leute zerrissen sich bestimmt jetzt schon das Maul über den Streit zwischen den Erben der Druckerei. Im Haus waren die beiden Frauen dagegen unter sich, weil die Männer mit Moritz und Magda zusammen nach dem gemeinsamen Essen alle zum Marktplatz gegangen waren, um dort einen Mann aus fernen Landen zu sehen, der angeblich ein großes Weinfass ohne Hilfe in die Luft stemmen konnte.

Sobald die beiden Frauen im Verkaufsraum waren, schloss Magdalena die Tür hinter ihnen und machte die Fenster zu. Dann schob sie der hochroten Cordula einen der Schemel hin und bedeutete ihr, sich zu setzen. »So, jetzt noch einmal ganz langsam.

Was ist los? Wer will mir die Druckerei abnehmen?«, wollte sie wissen, obwohl sie die Antwort schon kannte.

Endlich hatte sich Cordula wieder etwas beruhigt. Ihr Atem ging nun wieder regelmäßiger, doch ihre Augen waren immer noch weit aufgerissen.

»Ulrich hat heute ein Gesuch bei Konrad eingereicht, das der dem Universitätssenat vorlegen soll. Dein Stiefsohn hat sich für diesen Gang sogar richtig rausgeputzt. Selbst sein Haar war geschnitten. War wohl vorher noch beim Barbier gewesen, um sich als feiner Herr das Wohlwollen der Professoren zu sichern. Oh, ich könnte ihn dafür ohrfeigen, dass er sich hinter deinem Rücken die Druckerei aneignen will.«

Als sie Magdalenas Blick sah, kehrte sie jedoch schnell zum Thema zurück. »Konrad hat das Gesuch natürlich erst einmal genau durchgesehen. Darin hat Ulrich zuerst betont, wie wichtig die Druckerei für die Universität ist, und dann ausgeführt, dass du unfähig bist, sie zu leiten. Er möchte, dass du dich nicht mehr in die Geschäfte einmischst und alles ihm überlässt. Wenn du damit einverstanden bist, zahlt er dir und deinen Kindern eine Abfindung. Du darfst auch im Haus wohnen bleiben. Zumindest so lange, bis du neu verheiratet bist.«

Magdalena hatte Cordulas Bericht mit offenem Mund zugehört. »Das ist ja ungeheuerlich«, murmelte sie mehr an sich selbst als an Cordula gewandt. »Ich muss mich erst einmal setzen.« Mit diesen Worten ging sie zur Feuerstelle hinüber, wo sie sich immer noch sprachlos am Esstisch niederließ. Cordula folgte ihr, setzte sich neben sie auf die Bank und legte ihr tröstend die Hand auf den Rücken.

»Seit wann hatte er das wohl schon vor?«, fragte sich Magdalena. »Schon länger, wahrscheinlich?«

»Kann sein. Ich hatte ja schon immer ein ungutes Gefühl, was ihn betraf. Und die Missstände in der letzten Zeit waren bestimmt schon ein Teil seines Plans, um sie dir in die Schuhe schieben zu können.«

Magdalena sah sie erstaunt an. »Du meinst, das war alles geplant? Die ganzen Verzögerungen? Die schlechte Beschaffenheit der Drucke? Aber damit schadet er doch auch sich selbst.«

»Das hat er wohl billigend in Kauf genommen, um dich ein für alle Mal loszuwerden.«

»Aber die Professoren wissen doch, dass ich in Straßburg und danach krank war.«

»Ich glaube nicht, dass sie das interessiert. Sie sehen einfach nur, dass die Druckerei unter Ulrich und seinem Vater jahrelang gute Ergebnisse geliefert hat. Und seitdem du an der Leitung beteiligt bist ... Du verhältst dich sowieso schon nicht so, wie es sich für eine Witwe geziemt. Für einige Professoren wird dieses Gesuch Wasser auf ihre Mühlen sein.«

»Es ist wirklich ein Glück, dass du es über Konrad sofort erfahren hast und damit zu mir gekommen bist.« Magdalena drückte Cordulas Hand sanft. Sie warf ihr ein kurzes Lächeln zu, bevor ihre Miene wieder ernst wurde. »Wie geht es denn jetzt weiter? Kommt er einfach so damit durch?«

»Das kann ich dir leider nicht sagen. Konrad wird das Gesuch an den Senat weitergeben, und der wird es bestimmt erst mal prüfen, bevor er eine Entscheidung fällt. Schließlich ist es eine sehr wichtige Angelegenheit. Das kann schon ein paar Wochen dauern.«

Dann fügte sie aufmunternd hinzu: »Frag doch Nikodemus um Rat. Der wird bestimmt wissen, was dich erwartet und was du tun kannst.«

Magdalena sah sie hoffnungsvoll an. »Ja, das ist eine hervorragende Idee. Ich mache mich unverzüglich auf den Weg. Die Männer sind bestimmt noch eine Weile auf dem Marktplatz, also sollte ich keine Zeit verschwenden.« Augenblicklich wurde ihr wieder etwas leichter ums Herz. Sicherlich würde Nikodemus einen Ausweg wissen. Schließlich kannte er sich in Universitätsangelegenheiten sehr gut aus. Sie erinnerte sich an das Gespräch, das sie erst kürzlich miteinander geführt hatten und in dem er ihr die Augen über Ulrichs ungeheuerliches Verhalten geöffnet hatte. Am Ende hatte er noch betont, wie wichtig es auch für ihn wäre, dass die Druckerei bald wieder Bücher in der gewohnt guten Beschaffenheit produzierte.

Mit diesen tröstlichen Gedanken eilte sie schon kurze Zeit später durch die Straßen Tübingens, bis sie endlich vor der Haustür des Akademikers stand. Der Professor öffnete ihr sogar selbst die Tür. »Was für eine Überraschung, Euch so spät noch vor meiner Tür zu finden. Ihr habt doch nicht etwa schon wieder einen Probedruck, den ich schnellstens lesen soll, oder? Ihr kennt ja meine Preise«, scherzte er. Aber als Magdalena nicht auf seinen Scherz einging, sondern sich nur ein gequältes Lächeln abrang, wurde er ernst. »Bitte, kommt herein und verzeiht die Unordnung. Ich habe zu so später Stunde nicht mehr mit einem Gast gerechnet.«

Magdalena trat ein. Obwohl er seit vielen Jahren mit der Druckerei zusammenarbeitete, hatte sie bisher noch nicht sein Haus betreten. Neugierig sah sie sich um. Die Einrichtung der beiden Räume, in die sie vom Eingang aus hineinblicken konnte, war recht geschmackvoll. An der Wand direkt neben der Tür stand eine schwere Holztruhe, die der in ihrem Laden ähnlich war. Nur war sie weitaus aufwendiger gestaltet – die Eisenbeschläge waren kunstvoll verziert und mit schwarzer Farbe überzogen. Auch besaß die Truhe nicht nur ein, sondern gleich vier Schlösser. An diese Truhe würde sich sicherlich kein Dieb heranwagen, wenn Nikodemus sie auf eine seiner vielen Reisen mitnahm.

Sie begaben sich in seine Studierkammer, die im hinteren Teil des Hauses lag. Im Gegensatz zu den anderen Räumen besaß deren Eingang keinen Vorhang, sondern eine massive Eichentür. Als Nikodemus sie öffnete, blieb Magdalena erstaunt stehen. Der Professor nannte nicht nur mehrere kostbare Stühle sein Eigen, während sie sich in der Druckerei nur einen einzigen leisten konnten. In der Ecke stand auch ein riesiges Rad mit breiten, schaufelartigen Speichen, die sie an die einer Mühle erinnerten. Es war aus hellem Holz gefertigt, und auf seinen Speichen lag jeweils ein aufgeschlagenes Buch.

»Was habt Ihr denn da?« Sie trat näher an das Rad heran und konnte sofort sehen, dass das unmittelbar vor ihr liegende Buch in ihrer Werkstatt hergestellt worden war. Das siegreiche Lamm triumphierte über den Drachen am unteren Ende der Titelseite. Der Buchbinder hatte das Werk in einen schönen weißen Ledereinband geschlagen, welcher an den Ecken Metallplatten aufwies.

»Das Rad ist eine neue Errungenschaft aus Italien«, sagte der Professor nicht ohne Stolz. Er drückte die Speiche mit dem aufgeschlagenen Buch langsam nach unten, worauf sich das hölzerne Ungetüm knarrend in Bewegung setzte. »Man nennt es Bücherrad. Es hilft mir dabei, schnell etwas in verschiedenen Publikationen nachzusehen.« Auf der nächsten Speiche wurde ein weiteres Buch sichtbar, das etwa in der Mitte aufgeschlagen war. Seine beiden Seiten waren eng bedruckt, und Magdalena erkannte sowohl griechische als auch lateinische Buchstaben auf ihnen.

»So kann ich einfacher Übersetzungsfehler finden. Ihr könnt Euch gar nicht vorstellen, wie viele Mangelhaftigkeiten ich schon in den medizinischen Werken gefunden habe. Da können ja meine Studenten noch besser übersetzen«, kommentierte der Professor weiter, doch Magdalena hörte ihn kaum. Ihre Augen waren bereits auf das nächste Buch gerichtet, das sich nun langsam auf sie zubewegte, dessen aufgeschlagene Seiten aber nicht mit Text bedruckt waren, sondern zwei große Holzschnitte mit jeweils einem Skelett zeigten. Ihre Augen weiteten sich. Diese scharfen Linien, diese Genauigkeit! Solch ein präzises Bild hatte sie noch nie in ihrem Leben gesehen. Magdalena hatte das Gefühl, als sähe sie tatsächlich das Knochengerüst eines echten Menschen vor sich. Der Gedanke ließ sie schaudern und instinktiv zwei Schritte rückwärtsgehen.

»Hier sehen wir ein Buch des Vesalius. Die Holzschnitte sind wirklich bewundernswert. Und das Rad ist eine recht praktische Erfindung«, schloss der Professor und hielt das Bücherrad an. »Obwohl es bei Gott nicht einfach war, es nach Tübingen zu bekommen.« Der Gelehrte drehte sich wieder zu seinem Gast um und sah Magdalena fest ins Gesicht. »Aber nun zu Euch. Was führt Euch zu so später Stunde noch zu mir?«

Kapitel 26

Er setzte sich an seinen Schreibtisch und bedeutete ihr, sich ihm gegenüberzusetzen. »Ich vermute, es geht um die Missstände in der Druckerei. Habt Ihr mit Ulrich geredet?« Rein gewohnheitsmäßig drehte er die Sanduhr auf seinem Schreibtisch um, die er benutzte, um seinen Studenten die Dauer ihrer Gesprächszeit zu signalisieren. Sie war denen, die Magdalena in Straßburg erstanden hatte, nicht unähnlich, nur aus einem deutlich kostspieligeren Material gefertigt.

»Das kann man wohl sagen. Aber das ist noch nicht alles. Gleich nach unserem Gespräch in der Burse hatten wir Besuch vom Pedell und seinen Männern. Es stellte sich heraus, dass wir gar keine Genehmigung für den Druck der französischen Kirchenordnung hatten. Daher haben sie sämtliche Bogen mitgenommen, die wir in den letzten Wochen hergestellt hatten, und mir zudem noch eine hohe Geldstrafe auferlegt«, berichtete sie Nikodemus. Der sah sie über den Schreibtisch hinweg an, doch sie konnte seine Miene nicht deuten. Er hatte seinen Arm auf dem Tisch abgestützt, das Kinn in der offenen Hand. Mit einem Zeichen forderte er sie dazu auf, ihm auch noch den Rest der Geschichte zu erzählen.

»Das brachte dann das Fass zum Überlaufen, und ich habe Ulrich und Kaspar vor die Tür gesetzt.« Sie meinte in seinen Augen einen Anflug von Belustigung zu erkennen. Doch er schwieg weiterhin. »Und soeben habe ich erfahren, dass er ein Gesuch beim Senat eingereicht hat, in dem er mir die ganzen, wahrscheinlich absichtlich von ihm verursachten Missstände anlastet, um mich als unfähig erscheinen zu lassen. Auf diese Weise möchte er mir die Druckerei wegnehmen. Kommt er wirklich damit durch? Wie beurteilt Ihr meine Aussichten? Ihr seid doch Mitglied des Senats und habt wahrscheinlich schon einmal einen solchen Erbstreit mitbekommen.« Sie sah ihn gespannt an. Nikodemus richtete sich auf und beugte sich ein wenig zu ihr vor.

»Da seid Ihr allerdings in einer äußerst schwierigen Lage.« Er dachte nach und trommelte dabei mit den Fingernägeln auf dem Tisch. Magdalena, die seinem durchdringenden Blick nicht länger standhalten konnte, senkte den ihren auf seinen unaufgeräumten Schreibtisch. Auf ihm lagen mehrere Schriftstücke kreuz und quer durcheinander. Dazwischen entdeckte sie auch einige metallene Geräte, die er wahrscheinlich für seine Untersuchungen brauchte. Die Bücher waren hingegen alle fein säuberlich zusammengelegt und am Rande des Tisches aufeinandergestapelt. Sie erinnerte sich daran, dass er ihr einmal gesagt hatte, dass er nur bei ungebundenen Büchern auf Ordnung achtete, um nicht lange nach bestimmten Seiten suchen zu müssen.

Der Sand im oberen Teil der Uhr war schon zu einem guten Teil durchgelaufen, als Nikodemus endlich das Schweigen brach. »Es tut mir leid, Magdalena. Man mag es drehen und wenden, wie man will, aber es sieht nicht gut für Euch aus.« Seine Aussage traf Magdalena hart. Insgeheim hatte sie gehofft, dass Nikodemus ihr eine einfache Lösung aufzeigen würde, zumal ihm das Wohlergehen der Druckerei ebenfalls am Herzen lag. Warum hätte er ihr sonst von den Machenschaften ihres Stiefsohnes erzählt?

»Ich werde versuchen, als einer der vier Professoren benannt zu werden, die das Gesuch prüfen und sowohl in Ulrichs als auch Eurer Anhörung sitzen. Dadurch kann ich herausfinden, wessen Ulrich Euch genau anklagt. So könnt Ihr Euch besser auf Eure Anhörung vorbereiten. Leider bedeutet dies aber auch, dass ich während Eurer Anhörung neutral bleiben muss.«

»Aber das klingt doch gar nicht so übel«, schöpfte Magdalena bereits neue Hoffnung. Doch Nikodemus dämpfte ihre aufkeimende Freude. »Da es so einen speziellen Fall in der einzigen Druckerei in Tübingen bisher noch nicht gegeben hat, werden sich die anderen Professoren an die Handwerksmeister wenden und diese fragen, wie dort in ähnlichen Fällen entschieden wurde.« Er zog hörbar die Luft ein. »Soweit ich weiß, hat man bislang fast ausnahmslos die Werkstatt den männlichen Erben zugesprochen, während die Witwen und Töchter nur eine Geldsumme erhielten. Ulrich hat also sehr gute Karten.«

»Aber das ist doch ungerecht. Er ist als Druckherr völlig ungeeignet und hat in nur wenigen Wochen den guten Ruf der Druckerei erheblich beschädigt. Und jetzt bekommt er sie geschenkt, während ich und meine Kinder auf der Straße enden sollen.«

Nikodemus sah, wie Magdalena die Zornesröte ins Gesicht stieg, und fuhr fort: »Ich bin mir sicher, dass er das Gleiche über Euch sagen wird. Dann kann sich das Ganze zu einem langwierigen Prozess entwickeln, während dem die Pressen stillstehen werden. Da in der nächsten Zeit wichtige Publikationen anstehen, nicht nur die endgültige Fassung des Landrechts, sondern auch von unserem Rektor, wird der Senat einen solchen Prozess, der sich möglicherweise über Monate hinziehen wird, tunlichst vermeiden wollen. Ich hatte Euch ja bereits von dem fehlerhaften Probedruck des Buches von Professor Fuchs erzählt.«

Magdalena nickte.

»Das heißt«, sagte Nikodemus weiter, »sie werden Euch zwar anhören, aber danach wahrscheinlich so schnell wie möglich eine Entscheidung treffen.«

Seine letzten Worte trafen Magdalena wie ein Hieb. Unwillkürlich zuckte sie zusammen. »Aber ich werde bei der Anhörung doch wohl Zeugen anführen dürfen, die bestätigen werden, dass ich durchaus fähig bin, eine Druckerei zu führen? Selbst wenn meine Kinder und Lehrlinge als befangen betrachtet werden, könnte ich immer noch einige Professoren benennen, wie zum Beispiel Professor Meyer, der bereits mit Ulrich aneinandergeraten ist.«

»Da wäre ich ganz vorsichtig, Magdalena. Nach allem, was ich über Ulrich gehört habe, könnte ich mir vorstellen, dass er Mittel und Wege kennt, diese Zeugen zu beeinflussen.«

»Das ist doch nicht gerecht«, schnaubte Magdalena.

»Das ist es auch nicht. Aber alles, was die Druckerei anbelangt, wird vom Universitätssenat entschieden. Und wenn die Mitglieder des Senates eigene Interessen verfolgen, dann werden sie diese auch durchsetzen.«

»Dann werde ich bei der Regierung Beschwerde einlegen«, entgegnete sie starrsinnig.

Nikodemus sah sie traurig an. »Das könnt Ihr sicherlich tun. Aber das wird dann noch länger dauern. Und bis dahin werden die Pressen ruhen, und Ihr werdet keinerlei Einnahmen haben. Habt Ihr nicht gerade erst eine hohe Strafe entrichten müssen? Wie viele Monate könnt Ihr und Eure Kinder ohne Einkommen überleben? Und die Gefahr, dass die Regierung einfach einen weiteren Drucker ins Herzogtum berufen wird, ist auch nicht zu unterschätzen.«

Sie konnte es nicht fassen, dass ihre Lage so aussichtslos war. Aber Nikodemus hatte recht. Ein langes Verfahren würden sie nicht überstehen. Ulrich würde die Druckerei wahrscheinlich zugesprochen bekommen. Und sie konnte so gut wie nichts dagegen tun. Resigniert erhob sie sich.

»Vielen Dank, dass Ihr mich zu so später Stunde noch empfangen habt. Jetzt habe ich wenigstens eine genaue Vorstellung von dem, was auf mich zukommt.« Es gelang ihr gerade noch, so lange Haltung zu bewahren, bis sich die Haustür hinter ihr geschlossen hatte. Dann rollten ihr die Tränen unaufhaltsam über die Wangen. Sie würde alles verlieren! Womit sollte sie sich und ihre Kinder nun ernähren? Ulrich würde den Teufel tun und Oswald und Georg weiterhin beschäftigen. Vielleicht würde er dies sogar noch anbieten, sie dann aber bei erstbester Gelegenheit loswerden. Die beiden würden nach Augsburg oder Nürnberg in die nächstgelegene Druckerei gehen müssen. Oder sogar noch weiter weg. Aber könnte sie – wenn sie alleine in Tübingen bliebe – weiterhin Jakobs Lehrgeld und das Schulgeld für Moritz entrichten? Und was war mit Magdas Mitgift? Ohne die Druckerei würde sie das Geld für all diese Dinge nie und nimmer aufbringen können. Diese düsteren Aussichten begleiteten sie, bis sie – zu Hause angekommen – in einen unruhigen Schlaf fiel.

Teil 2

GEFÄHRLICHE GERÜCHTE

Kapitel 27

Der Kammersekretär Franz eilte über den großen Platz auf das dreigeschossige Kanzleigebäude zu. Wegen des warmen Wetters trug er heute nicht den Umhang, der ihn für jedermann als Leiter der Kanzlei auswies. Doch auch ohne sein amtliches Kleidungsstück erkannten ihn alle sofort und wussten, dass er von allen hochrangigen Beamten den größten Einfluss im Herzogtum hatte. Es hatte sich nämlich in Stuttgart längst herumgesprochen, dass er nicht nur die Briefe an den jungen Herzog las und dann zusammen mit diesem eine Antwort formulierte, sondern, dass er – als der weitaus Erfahrenere der beiden – für ihn auch die meisten Entscheidungen traf. Der Herzog segnete diese meist nur noch ab.

Entsprechend gab es am Hof natürlich eine Vielzahl von Neidern und Schmeichlern, die sich von ihm Vergünstigungen erhofften. Aber keiner von ihnen konnte sich auch nur im Entferntesten vorstellen, wie viel Arbeit diese herausragende Stellung für Franz mit sich brachte. So konnte er sich auch heute nur eine kleine Pause gönnen, obwohl er die letzten Nächte über an seinem Schreibpult verbracht hatte. Sein Körper verlangte nach Schlaf, und seine Glieder schmerzten bei jeder Bewegung. Am liebsten hätte er sich an diesem Morgen für wenige Stunden auf den harten Boden neben seinen Tisch gelegt, auch wenn sich das für einen hohen Beamten nicht ziemte. Doch selbst dafür fehlte ihm die Zeit.

Die Lage im Reich spitzt sich immer weiter zu, dachte er besorgt, während er das geschäftige Treiben vor dem großen Gebäude nur beiläufig zur Kenntnis nahm. *Nicht nur, dass der Konflikt zwischen den Evangelischen und Katholiken weiterwächst, nein, jetzt gibt es auch noch ernst zu nehmende Gerüchte, dass der König von Frankreich die momentane Schwäche des Reiches ausnutzen will.* Angeblich, so hieß es, habe dieser schon eine große Armee beisammen, die nur darauf wartete, die westlichen Gebiete des Württembergischen Reiches zu erobern. Franz schüttelte besorgt den Kopf. *Wenn es tatsächlich zu diesem Angriff kommt, wird Württemberg nicht standhalten können.* Er wollte lieber nicht daran denken, wie viele Untertanen des Herzogs dann ihr Leben verlieren würden.

Wenigstens hat der drohende Angriff Frankreichs auch sein Gutes, versuchte der Kammersekretär, sich zu beruhigen. *In dieser Notlage kann ich dem Herzog einmal mehr dazu verhelfen, sich als besonnener Regent im Reich zu zeigen.* Seit seinem Amtsantritt vor vier Jahren hatte Herzog Christoph schon mehr Ansehen gewonnen als sein Vater in vier Jahrzehnten. Fast täglich wurde der Herzog nun von Grafen, Herzögen, ja sogar Kurfürsten um Rat gebeten. Dabei fragten auch einige nach den umfangreichen Reformen, die er bereits in Württemberg durchgeführt hatte. Der Herzog sandte ihnen daraufhin großzügig Exemplare seiner neuen Ordnungen zu, und einige benachbarte Herrscher versuchten bereits, ihr Territorium nach dem Württemberger Vorbild zu verändern.

Kurz bevor Franz die steinerne Treppe zum Haupteingang der Kanzlei emporstieg, stach ihm ein Karren ins Auge, der vor einem Nebeneingang hielt. Der junge Mann, der eben noch neben dem Pferd hergegangen war, machte sich jetzt daran, das kleine Fass vom Gefährt abzuladen. Obwohl er nicht besonders stark aussah, schob er seine Last mühelos bis zur Kante, sprang dann vom Fuhrwerk und umfasste das Fass mit beiden Armen, um es sachte auf den Boden zu stellen. Franz wusste, was sich in dem Fass befand, noch bevor es ein Mitarbeiter der Kanzlei geöffnet hatte, um seinen Inhalt zu prüfen. Die Leichtigkeit, mit der der Junge die

Ware verlud, ließ nur einen Schluss zu: Es handelte sich um einige wenige Hundert Bogen Papier.

»Ihr bringt uns die neuen gedruckten Ordnungen?«, sagte Franz, noch bevor er den Jungen erreichte. Im Eingang des Gebäudes sah er bereits einen eifrigen Schreiber stehen, der den Empfang der gedruckten Bogen quittieren wollte. Doch Franz gab ihm ein kurzes Zeichen, woraufhin er sich im Hintergrund hielt, die beiden Männer aber nicht aus den Augen ließ. Fragend sah der junge Mann erst den innehaltenden Schreiber und dann den Kammersekretär an. Bisher hatte Franz den jungen Mann noch nie am Hof gesehen, aber er vermutete, dass es sich bei ihm um einen der Hinterbliebenen des Druckers Morhart handeln musste.

»Verzeiht, mein Herr. Mein Name ist Georg, und ich komme aus der Druckerei in Tübingen. Ich hatte gehört, dass ich die Drucke bei Hermann, dem Schreiber, abliefern soll. Nehmt Ihr an seiner Stelle die Bestellungen entgegen?«

Franz gefiel die forsche Art des Jungen. Die meisten Lieferanten, die Franz traf, hatten nicht genug Mut, sich mit ihm, einem der wichtigsten Beamten des Herzogtums, zu unterhalten, und flüchteten sich stattdessen in Unterwürfigkeit. Wenn man sie dann nach Neuigkeiten aus ihrer Stadt oder Region fragte, schüttelten sie nur lächelnd den Kopf und entschuldigten sich so lange, bis man ihnen endlich ihr Geld aushändigte. Dabei war es für den Hof unerlässlich zu erfahren, was im Land vor sich ging.

»Ich bin der Kammersekretär des Herzogs und werde ihn heute selbst davon in Kenntnis setzen, dass Eure Drucke nun sicher eingetroffen sind. Ich vermute, es handelt sich hierbei um die neuen Verordnungen für den Weinanbau?«

»Ganz recht, mein Herr. Ich liefere Euch außerdem noch die dreihundert Exemplare der Kupferschmiedeordnung.« Georg sah Franz unverwandt ins Gesicht, bis ihm plötzlich klar wurde, dass er vor einem hochrangigen Beamten stand. Die Schamesröte stieg ihm ins Gesicht, und er verbeugte sich hastig und tief. In dieser Position verharrte er einen Moment, bis er sicher war, dass er seinem Gegenüber den nötigen Respekt erwiesen hatte.

Ungeduldig wartete Franz, bis Georg ihn wieder ansah, und fragte dann bestimmt: »Aber die Kupferschmiedeordnung haben wir doch bereits vor zwei Monaten bei Euch in Auftrag gegeben. Warum liefert Ihr sie erst jetzt?«

Verlegen wich der junge Mann dem Blick des Kammersekretärs aus. »Wir hatten einige Probleme mit ...«

»... mit was?« Franz setzte eine strenge Miene auf. Er mochte den Jungen zwar, aber solch eine Verzögerung konnte er nicht durchgehen lassen.

»... mit unserem Papierhändler«, beendete der junge Mann endlich den Satz. Doch als Franz ihn zweifelnd ansah und auf den Wagen zutrat, errötete er erneut und wich seinem prüfenden Blick aus. *Hier stimmt etwas nicht,* dachte Franz. Er musterte den jungen Mann vom Scheitel bis zur Sohle. Seinem kräftigen Körperbau und seinen dunklen Fingern nach zu urteilen, war er selbst an der Presse tätig und musste somit genau wissen, warum sich die Auslieferung tatsächlich verzögert hatte, auch wenn er es nicht verraten wollte.

»Dann hoffe ich für Euch, dass Euer Papierhändler Euch in Zukunft keine Probleme mehr bereiten wird. Die Regierung duldet keine weiteren Aufschübe. Teilt das jedem in der Druckerei mit.« Er winkte den Schreiber herbei und trug ihm auf, die gedruckten Papiere sorgsam durchzusehen, bevor er die Ware bezahlte. Nicht, dass sie auch noch grobe Fehler enthielten. Dann warf er noch einen letzten Blick auf Georg und ging vom Nebeneingang zurück zum Haupteingang der Kanzlei.

Die Sache gefällt mir nicht! In seinem letzten Brief versicherte mir Professor Fuchs noch, dass die Erben Ulrich Morharts die Druckerei ohne Probleme weiterführen würden. Wenn dies aber nicht der Fall ist, müssen wir vorbereitet sein. Wenn der Herzog weiterhin für seine vielen Reformen geachtet werden soll, dann müssen wir eine verlässliche Druckerei haben, die die neuen Gesetze in der bestellten Anzahl sorgfältig und zeitgerecht vervielfältigt. Gerade jetzt, da das wichtige Landrecht überarbeitet wird, damit wir es endlich publizieren können.

Kopfschüttelnd betrat er das große Gebäude. Vielleicht sollten wir uns sicherheitshalber schon einmal überlegen, ob wir nicht einen zweiten Drucker ins Herzogtum berufen, für den Fall, dass die Druckerei Morhart ihren Verpflichtungen nicht mehr nachkommen kann.

Kapitel 28

Cordula sollte recht behalten. Die Professoren ließen sich in der Tat mehrere Wochen Zeit, um über die Erbstreitigkeit zu beraten. Als Magdalena am Ende der Woche, in der sie von Ulrichs Gesuch erfahren hatte, die hohe Strafe bezahlte, konnte ihr der Pedell jedenfalls nicht sagen, wann ihre Befragung stattfinden würde. So zuckte sie bei jedem Läuten der Ladenglocke zusammen und befürchtete, dass es nun so weit sei. Aber nichts tat sich.

Natürlich blieb ihre Angespanntheit weder ihren Kindern noch ihren Lehrlingen verborgen, aber sie wollte diese nicht ins Vertrauen ziehen, obwohl sie wusste, dass sie es wahrscheinlich hätte tun sollen. Sie hoffte nämlich, dass die Anhörung in ihrem Sinne verlaufen würde. Daher wollte sie sie nicht umsonst beunruhigen. Außerdem hatte sie noch ein Ass im Ärmel, das ihre Richter gnädig stimmen könnte. Zumindest hoffte sie, dass die Herren dadurch geneigt sein würden, ihr eine höhere Entschädigung zuzusprechen, als es Ulrich im Falle seines Sieges tun würde. Dann müsste sie vorerst wenigstens nicht ins Armenhaus. Ungeachtet dessen war ihre Lage recht aussichtslos. Bis zum plötzlichen Tod ihres Mannes hatte sie nie daran gedacht, dass sie einmal um ihr Überleben und das ihrer Familie kämpfen müsste. Aber es nützte auch nichts, sich ständig mit diesen Vorstellungen zu beschäftigen, solange sie keine Gewissheit über den Ausgang der Anhörung hatte. Daher versuchte sie, ihre Gedanken nur auf die Arbeitsabläufe in der Druckerei zu richten.

Ihre neue Arbeitsmethode zeigte zum Glück bereits nach wenigen Tagen erste Erfolge. Paul und Oswald wechselten sich an der Presse nach jeweils einer Stunde ab. Da die Arbeit mit dem Bengel sehr anstrengend war, trug der stündliche Wechsel dazu bei, dass sich die Arme schneller erholen konnten. Die sich ständig wiederholenden Arbeitsschritte an der Presse – Druckbild einschwärzen, Papier einspannen, Schlitten unter die Presse drücken, Bengel heranziehen, Bengel lösen, Schlitten herausziehen, Papier entnehmen – erzeugten nach einiger Zeit einen gleichförmigen Rhythmus, der sie die anstrengende Arbeit etwas vergessen ließ. Das mit Abstand schönste Geräusch war das Schmatzen, das immer dann zu hören war, wenn der Druck geglückt war: weil das Papier weder zu trocken noch zu nass gewesen, die Farbe gleichmäßig aufgetragen worden war und ein ebenmäßiges Druckbild erzeugt hatte, wenn das Blatt sich vom Druckblock löste.

Magdalena war hocherfreut, als sie anfänglich tausendfünfhundert Bogen bedruckten. Danach konnten sie sich auf knapp tausendsiebenhundert steigern, und nach einer Woche erreichten sie sogar tausendsiebenhundertfünfzig. Damit waren sie zwar noch nicht so gut wie die Straßburger, arbeiteten aber immerhin deutlich schneller als vorher.

Beim gemeinsamen sonntäglichen Gang zur Kirche hörte Magdalena, wie Paul und Matthias sich leise über die erbrachte Leistung unterhielten. »Ich hätte es nicht für möglich gehalten. Wir haben noch nie zuvor so viel an einem Tag hergestellt.«

»Hätte ich auch nicht. Seitdem ich meine Lehre in der Morhart'schen Druckerei angefangen habe, haben wir niemals so viele Drucke an einem Tag hergestellt.« Matthias trat gegen einen kleinen Stein, der ihm im Weg lag und nun an den Straßenrand kullerte. Dann sagte er: »Warum hat der junge Ulrich das nicht ausprobieren wollen, sondern hat es stattdessen als unglaubwürdig dargestellt? Wohl nur, weil es seine Stiefmutter vorgeschlagen hat.

Sein Stolz hat Ulrich so blind gemacht, dass er selbst Verbesserungen, die uns alle zugutegekommen wären, ablehnte.«

Der älteste Lehrling konnte das Verhalten seines ehemaligen Herrn immer noch nicht nachvollziehen. Nur weil der seine Stiefmutter als unfähig hatte dastehen lassen wollen, hatte er die französische Kirchenordnung absichtlich ohne Genehmigung gedruckt und mit deren Konfiszierung der Druckerei erheblich geschadet. Matthias hatte immer gut mit dem alten Ulrich zusammengearbeitet, musste nun aber erbittert feststellen, dass die Vorzüge, die er an seinem alten Meister geschätzt hatte, nicht auf dessen Sohn übergegangen waren.

Magdalena verlangsamte ihren Schritt. Sie wollte nicht, dass Paul und Matthias glaubten, sie würde sie belauschen. Aber der Teil des Gesprächs, in dem sie Magdalenas Arbeitsmethode lobten, verschönerte ihr den ganzen – ansonsten langweiligen – Gottesdienst. Zum Glück begegnete sie auch in der Kirche Katharina und Ulrich nur selten. Sie hatte das Gefühl, dass die beiden ihr aus dem Weg gingen, was sie keineswegs traurig stimmte.

Erst Anfang Juli hatte Magdalenas Warten endlich ein Ende. Sie hatte gerade ein weiteres Exemplar der *Confessio* verkauft und trug den Betrag ins Rechnungsbuch ein, als der Pedell gewichtig den Laden betrat. Hocherhobenen Hauptes stolzierte er durch den Ladenraum und blieb vor dem großen Verkaufstisch stehen. Magdalena nötigte sich ein freundliches »Gott zum Gruße« ab, obwohl sie innerlich unter Spannung stand. Es folgte eine bedeutungsvolle Pause, bevor er tief Luft holte und ihr seine Botschaft übermittelte. »Magdalena Morhart«, verkündete er mit lauter Stimme, obwohl sie unmittelbar vor ihm stand, »hiermit werdet Ihr aufgefordert, morgen zur Mittagsstunde vor den Senat zu treten, um zu den Vorwürfen des Ulrich Morhart Stellung zu nehmen. Nichterscheinen, Zuspätkommen und unangemessenes Verhalten wird sofort geahndet.« Ohne Magdalena eines weiteren

Blickes zu würdigen, machte er auf dem Absatz kehrt und verließ das Geschäft wieder.

In der Zwischenzeit waren die Pressen verstummt, da es Zeit für den Arbeitswechsel war. Diesen Umstand wollte Magdalena nutzen, um den Männern endlich von der anstehenden Anhörung und ihrer damit verbundenen morgigen Abwesenheit zu berichten. Sie schloss kurz die Augen, sammelte sich und zog dann energisch den Vorhang zur Seite. »Männer, es gibt da etwas, das ich euch sagen muss. Ulrich hat ein Gesuch beim Senat eingereicht, in dem er die Professoren bittet, die Druckerei als alleiniger Meister weiterführen zu können.«

Die Männer sahen sie mit einer Mischung aus Überraschung und Entsetzen an. Paul fielen vor Schreck fast die Ballen aus der Hand. Er konnte sie mit einer schnellen Bewegung gerade noch festhalten. »Morgen muss ich deshalb zum Senat und mich verteidigen.«

»O Meisterin, was sollen wir denn jetzt tun?«, fragte Matthias besorgt. »Können wir mit Euch kommen? Wir könnten bezeugen, was für eine gute Druckherrin Ihr seid.« Magdalena war gerührt. Sie hätte zur Anhörung nur allzu gerne einen Beistand mitgenommen, aber Nikodemus hatte ihr zu verstehen gegeben, dass sie bei der Anhörung alleine auftreten musste und Zeugen erst im weiteren Verlauf des Prozesses geladen werden könnten, was sie aus Kostengründen allerdings vermeiden wollte. »Ich fürchte, das wird nicht gehen«, sagte sie bedauernd und drückte kurz seinen Arm. »Ihr könnt mir allerdings bei etwas anderem helfen.« Als Nikodemus im Gespräch mit ihr die Publikation von Professor Fuchs erwähnt hatte, war ihr eine Idee gekommen. »Ich muss bis morgen unbedingt ein komplettes Exemplar der *Fabrica* haben – und es muss so gründlich wie möglich gedruckt werden. Und das heißt, dass wir heute noch allerhand schaffen müssen.«

Georgs Augen weiteten sich, als er, im Gegensatz zu den anderen, verstand, worauf seine Mutter hinauswollte. Nicht einmal Oswald bekam mit, was Magdalenas Worte bedeuteten.

»Mutter!«, rief Georg. »Was für eine hervorragende Idee!« Er klatschte laut in die Hände. »Kommt, Männer! Wenn wir uns sputen, kommen wir gut durch und können noch vor dem Abendmahl ein paar Exemplare des letzten Bogens zum Trocknen aufhängen. Die Pause machen wir danach.« Ohne weitere Zeit zu verlieren, begaben sich die Männer sofort wieder an die Arbeit. Das emsige Krachen und Quietschen, das nun folgte, erfüllte Magdalena mit Zuversicht. Jetzt konnte sie nur noch hoffen, dass ihr Plan aufgehen würde.

Kapitel 29

Am nächsten Tag war es dann so weit. In der Aula der Universität fand die Anhörung Magdalenas durch den Senat statt. Drei der vier Professoren waren ihr bekannt – neben Nikodemus erkannte sie Anastasius Demler, den sie bereits als äußerst kritischen Käufer kannte, und den Rektor der Universität, Leonhart Fuchs. Im Gegensatz zu den anderen Gelehrten waren sein Talar und Barett rot, was seine herausragende Stellung unterstrich. Um die Schultern hatte er, trotz des warmen Sommertages, einen rotbraunen Fuchspelz gelegt. Seit seiner Ankunft in Tübingen war dieser Pelz zu seinem persönlichen Erkennungszeichen geworden, genau wie die Druckermarke der Morharts auf ihren Büchern. Magdalena hatte von Nikodemus gehört, dass Fuchs' Wahl zum Rektor äußerst knapp ausgefallen war, weil viele der Tübinger Gelehrten es missbilligten, dass er so großen Wert auf die heilende Kraft der Pflanzen legte und mit seinen Studenten öfters aufbrach, um diese auf den Feldern, den Bergen oder im Wald zu betrachten. Einige Professoren verglichen den Rektor daher mit einem einfältigen Kräuterweib. Neben ihm saß ein kleiner Mann mit einer großen Nase und einer markanten Kinnlinie. *Das muss Professor Beer sein*, schlussfolgerte Magdalena. Er war ihr bisher noch nicht persönlich begegnet, doch sie hatte schon viel von ihm gehört. Er war der einflussreichste Professor unter den Juristen und wurde vom Hof bei fast jeder Gesetzespublikation um Rat gebeten.

Diese vier Herren würde sie nun überzeugen müssen, ihr die Druckerei ihres verstorbenen Mannes weiterhin zu überlassen. Wohl war ihr dabei nicht; genau genommen klopfte ihr Herz so heftig, dass sie seinen Schlag bis in den Hals hinauf spüren konnte. Da saßen vier Männer, um zwischen den Ansprüchen einer Frau und eines Mannes zu entscheiden. Im Grunde war die Sache schon jetzt klar. Aber sie würde dennoch nicht kampflos aufgeben. Es ging nicht nur um ihr eigenes Leben, sondern auch um das ihrer Kinder.

Der Pedell ging ihr voran, bis er vor dem großen Podium angekommen war. Darauf stand ein hoher Tisch, an dem die Professoren Platz genommen hatten und an dessen Seite, mit einigem Abstand zu ihnen, der Universitätsschreiber Konrad saß. Magdalena, die nun vor dem Podium stand und zu den vier Herren aufsehen musste, fühlte sich plötzlich klein und bedeutungslos. Sie dachte an die vielen Studenten, die vor dem Podium Disputationen abhielten und ihre Thesen verteidigen mussten. *Äußerst geschickt*, dachte sie und empfand Mitgefühl für die Studenten, *jemandem allein durch die Gegebenheiten vor Ort zu zeigen, wo er hingehört. Wir hier oben, du da unten.*

»Nun«, hob Professor Beer an, zu dem Magdalena aufgrund seines kalten Gesichtsausdrucks sogleich nur wenig Zutrauen hatte. »Euer Stiefsohn Ulrich erhebt Anspruch auf die Druckerei seines Vaters, da Ihr, ihm zufolge, unfähig seid, diese zu leiten. Seit dem Ableben Eures Mannes kam es wiederholt zu großen Verzögerungen bei der Anfertigung von wichtigen Büchern, die zudem auch noch grobe Mangelhaftigkeiten aufwiesen. Besonders gravierend ist jedoch, dass Ihr Euch nicht mit der Gesetzeslage auskennt und deshalb die französische Kirchenordnung ohne entsprechende Erlaubnis drucken wolltet. Und als Euer Stiefsohn diese Missstände ansprechen wollte, habt Ihr ihm nicht zugehört, sondern ihm stattdessen den weiteren Zutritt zur Druckerei verweigert. Folglich blieb ihm nichts anderes übrig, als sich an uns, den hohen Senat, zu wenden.«

Zum Glück hatte Nikodemus sie bereits über diese Vorwürfe in Kenntnis gesetzt, damit sie sich während der Anhörung nicht aufregte und möglichst ruhig blieb. Trotzdem brauchte sie all ihre Kraft, um sich beim Anhören der falschen Anklagen nichts anmerken zu lassen. Sie merkte, wie sich ihre Hände zu Fäusten ballten, und versteckte sie sicherheitshalber hinter ihrem Rücken.

»Um weiteren Auseinandersetzungen mit Euch zu entgehen«, fuhr Beer nun fort, »ist er nicht länger willens, mit Euch zusammenzuarbeiten. Daher beansprucht er die Druckerei für sich alleine.«

»Was nur recht und billig ist«, fiel Professor Demler an dieser Stelle ein und nickte seinem Nachbarn bestätigend zu. »Schon um den Probedruck meines neuen Buches herzustellen, hat dieses Weibsbild Monate gebraucht, und auf die endgültige Fassung warte ich nun auch schon wieder einige Wochen. Das Bücherdrucken ist wohl zu schwierig für sie.« Er sprach zunehmend aufgebrachter und schnappte nun hörbar nach Luft. Sein Barett saß schief auf seinem Kopf, und er wirkte ganz und gar nicht mehr wie ein ehrwürdiges Universitätsmitglied. Erst das laute Räuspern des Rektors mahnte ihn zur Mäßigung.

Die Professoren sahen Magdalena scharf an, nur Nikodemus sah aus dem Fenster. Er wusste von der Nachlässigkeit, für die letztendlich Ulrich verantwortlich war, sagte aber nichts. Magdalena ließ sich nicht aus der Fassung bringen. Dann holte sie aus ihrem Beutel ein fertiges Exemplar des Buches heraus, das gestern noch in aller Windeseile hergestellt worden war. Die Männer hatten bis tief in die Nacht daran gearbeitet, aber zum Glück waren sie noch rechtzeitig fertig geworden. Sie legte es mit einigen Schwierigkeiten und nur, indem sie sich auf die Zehenspitzen stellte, auf den Professorentisch.

»Entschuldigt die Verspätung«, sagte sie höflich. »Ich habe die dringend benötigte Neuauflage der *Fabrica* von Professor Fuchs

Eurem Manuskript vorgezogen. Die restlichen zweihundertneunundneunzig Exemplare sind im Druck und noch diese Woche fertig. Danach werde ich mich unverzüglich Eurem Werk zuwenden.« Der entgeisterte Blick des eben noch so wütenden Anklägers und das aufgeregte Gemurmel Beers belohnte Magdalena für die vielen Überstunden, die diese List sie und die Männer gekostet hatte. Denn wenn sie jemanden auf ihre Seite bringen musste, dann den Rektor. Und nachdem ihr Nikodemus gesagt hatte, dass die ursprüngliche Druckprobe mangelhaft gewesen war, hatte sie den Plan gefasst, diesem Buch die allerhöchste Priorität einzuräumen.

Der Rektor, Leonhart Fuchs, hatte der Anhörung bis dahin schweigend zugehört. Auch jetzt sagte er nichts, und seine ausdruckslose Miene ließ nicht erahnen, was er gerade dachte. Langsam zog er das vor ihm liegende Buch zu sich heran und schlug die ersten Seiten auf. Das Flüstern Beers und Demlers verstummte sofort, und alle, auch Nikodemus, richteten ihre Blicke nun auf ihn. Alles lag jetzt an seiner Entscheidung. Magdalena bemerkte, dass er das Buch leicht schräg hielt und es hauptsächlich mit seinem linken Auge betrachtete. *Er scheint rechts nicht gut sehen zu können,* vermutete Magdalena. Er blätterte das Werk bis zum Ende durch und begutachtete besonders den letzten Teil. Gerade die letzten Seiten würden zeigen, ob die Hast, mit der sie das Buch angefertigt hatten, ihnen zum Verhängnis geworden war. Magdalena verspürte einen heftigen Druck in ihrer Magengrube, während sie darauf wartete, dass der Rektor über ihre Zukunft bestimmte. Nach eingehender Prüfung legte er das Buch endlich aus der Hand, zeigte ein erlösendes Nicken und schob das Werk seinem neugierigen Nachbarn hin. Auch Nikodemus war sprachlos. Er hatte sie zwar von dem fehlerhaften Druck in Kenntnis gesetzt, aber nicht damit gerechnet, dass sie das Buch so schnell würde fertigstellen können und das offensichtlich auch noch zur vollsten Zufriedenheit des Autors. *Diese Frau ist doch immer für eine Überraschung gut,* lächelte er still in sich hinein.

Nun, da Magdalena die volle Aufmerksamkeit der Professoren gewonnen hatte, setzte sie zu der Verteidigungsrede an, die sie mit Nikodemus vorbereitet hatte. »Ehrenwerte Herren, Ihr habt vollkommen recht, wenn Ihr sagt, dass es in letzter Zeit einige Schwierigkeiten in der Druckerei gegeben hat. Nachdem mein Mann so plötzlich verstorben war, musste ich mich erst in ein paar Dinge einarbeiten und hatte auch nicht immer ein wachsames Auge auf die Vorgänge in meiner Druckerei. Ich habe es versäumt, die Genehmigung der Kirchenordnung persönlich zu beantragen.«

Nikodemus hatte Magdalena geraten, Ulrichs Schuld nur vage anzudeuten, aber keinesfalls zu betonen, obwohl sie das nur allzu gern getan hätte. Aber dadurch könnte sie einerseits wie ein zänkisches Weib wirken und die Achtung der Professoren verlieren. Andererseits wusste sie auch nicht, wie gut Ulrichs Beziehung zu Demler und Beer war und ob er sie nicht zu seinen Gunsten beeinflusst hatte.

»In Zukunft werde ich engen Kontakt zur Regierung und zur Universität halten und den Druck neuer Publikationen jedes Mal vorher mit Euch abstimmen.« Obwohl sie die Sätze abends immer wieder geübt hatte, fühlte sie sich äußerst unsicher. Zu viel stand auf dem Spiel. Sie spürte, wie sich ihre Kehle zuschnürte und ihre Stimme zu zittern begann. Daher drehte sie ihren Kopf kurz zur Seite, räusperte sich und hoffte, dass man ihr ihre Unsicherheit nicht anmerkte.

»Fehler und Verzögerungen mag es durchaus gegeben haben, und dafür entschuldige ich mich höflichst bei Euch. Doch durch eine neue Arbeitsmethode, die ich in Straßburg kennengelernt habe, ist es mir nun möglich, sowohl diese Verzögerungen aufzuholen als auch neue Bücher in Zukunft rechtzeitig zu liefern. Das vor Euch liegende Buch ist der Beweis dafür.« Sie deutete auf das Buch, das inzwischen an Nikodemus weitergereicht worden war. Er blätterte es vorsichtig bis zur Mitte durch und sah sich dann noch die letzten Seiten an.

»Wie Ihr Herren auf einen Blick sehen werdet, ist dieses Exemplar so gut wie fehlerfrei. Die einzelnen Buchstaben sind alle lesbar und die Seiten korrekt angeordnet, so wie Ihr es gewohnt seid. Alles in allem werden wir so bereits in wenigen Wochen wieder die gewohnte Schnelligkeit der Morhart'schen Druckerei erreicht haben«, beendete Magdalena ihre Rede.

Die letzten Sätze waren etwas schöngeredet – sie würden Monate brauchen, um die liegen gebliebenen Manuskripte in der benötigten Stückzahl zu drucken. Und selbst das war nur zu schaffen, wenn nicht noch irgendwelche dringenden Werke für den Herzog dazwischenkamen, die meist ohne jeden Verzug gedruckt werden mussten. Doch sie hoffte, dass sie alle anderen Punkte so überzeugend vorgetragen hatte, dass man ihr auch diese letzte Aussage abnahm. In den Augen von Professor Fuchs glommen Verständnis und Wohlwollen auf, während Nikodemus zustimmend nickte.

»Ich denke, wir sollten ihr die Gelegenheit geben, sich zu beweisen«, urteilte Professor Fuchs endlich. Seine Stimme war tief und gebieterisch und brachte unmissverständlich zum Ausdruck, dass er keinen Widerspruch duldete.

Innerlich jubelte Magdalena, doch sie zwang sich, sich dies nach außen hin nicht anmerken zu lassen. *Der erste Teil ist überstanden, aber das Schwierigste liegt noch vor dir,* ermahnte sie sich. Obwohl ihr Nikodemus davon abgeraten hatte, wollte Magdalena dennoch den nächsten Schritt wagen. Sie wartete kurz und begann mit ihrer zweiten Rede, die sie alleine und ohne das Wissen ihres Ratgebers vorbereitet hatte.

»Ich danke Euch vielmals, ehrenwerter Senat. Durch die unangenehmen Erbstreitigkeiten mit meinem Stiefsohn und die hohe, aber gerechtfertigte Strafe für den Druck der französischen Kirchenordnung sind unsere Geldvorräte weitgehend aufgebraucht. Das kann sich leicht auf die Fertigstellung der Bücher auswirken.«

Jetzt nur kein Misstrauen verursachen! Sie sah, wie Professor Demler sich in seinem Stuhl nach hinten lehnte und die Arme vor der Brust verschränkte. Doch sie setzte, davon unbeirrt, erneut an: »Daher bitte ich die gelehrten Herren um eine Verleihung von hundert Gulden, die wir sofort zurückzahlen, wenn wir die nächste Publikation des Herzogs, das Landrecht, gedruckt haben.« Der Herzog – so führte sie weiter aus – habe ihnen bereits mitteilen lassen, dass er das überarbeitete Landrecht bald publizieren lassen wolle. Dann verwies sie laut und nicht ohne Stolz darauf, dass sie selbst den umfangreichen Entwurf des Werkes bereits erstellt hätte. *Zum Glück weiß niemand der hier Anwesenden, dass dabei Teile des geheimen Manuskripts gestohlen wurden.* Außerdem erinnerte sie die Herren an die vielen Ordnungen, die schon in der Morhart'schen Druckerei entstanden waren. »... und vor zwei Jahren haben wir auch die komplette Landesordnung in fünfhundert Exemplaren gedruckt. Wir werden also das Landrecht ebenfalls herstellen können, und die Bezahlung, die wir dann vom Hof erhalten, werden wir hernehmen, um Euch die uns geliehenen hundert Gulden zurückzuzahlen.«

Sie konnte sehen, wie es in den Köpfen der Männer vor ihr arbeitete. Hoffentlich hatte sie jetzt nicht alles auf eine Karte gesetzt. *Vielleicht hätte ich die Professoren doch besser nicht auf meine derzeitige Lage hingewiesen? Was, wenn sie es sich nun wieder anders überlegen?* Aber sie brauchten einfach mehr Geld, damit nicht jede weitere Publikation ein großes Wagnis für sie darstellte. Sie hatte sogar schon ihre beiden Onkel Hans und Johann um Geld gebeten, aber die hatten sie nur mit einer lächerlich kleinen Summe abgespeist sowie mit dem Hinweis, sie möge doch möglichst bald wieder heiraten, dann wäre sie versorgt. Die Universität hatte im Gegensatz dazu ihrem Mann in Ausnahmefällen stets eine Verleihung gewährt, wenn Not am Mann war, weshalb sie hoffte, dass sie dies auch jetzt wieder tun würde, da sie doch die Nachfolgerin ihres Mannes war. Sie schielte kurz zum Schreiber Konrad, der am Ende des Tisches saß. Er hatte gerade eben vermerkt, dass sie die Druckerei ihres Mannes behalten durfte. Das konnte doch nicht wieder rückgängig gemacht werden, oder etwa doch?

»Wie viele Seiten hatten denn diese vorherigen Ordnungen?«, fragte Professor Demler und riss sie aus ihren Gedanken. Er versuchte noch nicht einmal, die Häme in seiner Stimme zu unterdrücken.

»Nun, so einhundertfünfzig bis zweihundert Seiten. Genauso wie das Landrecht eben«, sagte Magdalena arglos.

»Einhundertfünfzig bis zweihundert. Soso.« Der Professor zog seine weitere Antwort genüsslich hinaus. »Nun, vielleicht wisst Ihr noch nicht, dass wir – besonders Professor Beer – noch etliche Vorschläge und Anmerkungen zu dem ursprünglichen Entwurf gemacht haben.« Er beugte sich etwas nach vorne, wahrscheinlich weil er auf ein Zeichen der Anerkennung von Professor Beer hoffte, doch dieser ging nicht auf seine Bemerkung ein. Mit verkniffenem Gesichtsausdruck fuhr Professor Demler fort: »Es hat nun bereits über dreihundert Seiten, und wir sind noch immer nicht fertig mit der Bearbeitung.« Magdalena schluckte. Dass das Buch noch von den Professoren überarbeitet werden und eine Menge weiterer Textstellen enthalten würde, wusste sie. Das war nicht unüblich, vor allem, weil es sich hierbei um eine äußerst wichtige Publikation des Rechts handelte. Aber dass diese dabei auf das Doppelte des ursprünglichen Entwurfs angewachsen war? Das hatte sie nicht geahnt. Und sicherlich kämen noch weitere

Dutzend Seiten hinzu, wenn der Hof die abschließende Fassung anfertigte. Ihr schwante nichts Gutes.

»Außerdem haben wir inzwischen Kunde erhalten, dass der Herzog dieses Werk nicht nur an die Württembergischen Amtsleute schicken möchte. Er will es auch an viele Fürsten im Reich senden. Daher wird es die Regierung wahrscheinlich in einer weit höheren Auflage als sonst drucken lassen. Ich denke, es werden wohl tausend Exemplare geordert werden.«

Er verzog die Mundwinkel zu einem schiefen Grinsen und genoss es sichtlich, es dieser aufsässigen Frau endlich zeigen zu können. Wieso besaß sie auch die Vermessenheit, es den Männern gleichtun zu wollen? Noch bevor Magdalena etwas entgegnen konnte, fuhr er fort: »Und der Druck unterliegt zudem einer zeitlichen Begrenzung! Ob Ihr das in Eurer momentanen Lage schafft, ist doch recht zweifelhaft. Und dann wird die Universität ihre hundert Gulden niemals wiedersehen. Als Druckherrin – als eine solche bezeichnet Ihr Euch doch, oder? – müsst Ihr doch einsehen, dass das für uns ein sehr gefährlicher Handel ist.«

Magdalena brauchte einen Moment, um das Gesagte richtig zu verstehen. Tausend Exemplare? Normalerweise benötigte die Regierung doch nur zwei- bis dreihundert. Und dann auch noch von einem so umfangreichen Werk? Das war in der Tat ein sehr schwieriges Unterfangen! Doch Magdalena war nicht bereit, sich unterkriegen zu lassen.

»Mit dem Geld werde ich neue Lehrlinge einstellen können, die mir beim Druck helfen werden!«, sagte sie zuversichtlich und blickte selbstsicher zu den Gelehrten hoch.

Aber auf diese Antwort schien Professor Demler nur gewartet zu haben. »Das dürfte schwierig werden«, sagte er kalt lächelnd. »Ich habe mich erkundigt, wie andere Handwerker in einer Lage wie der Euren verfahren. Und es wurde mir einstimmig versichert, dass Frauen keine Lehrlinge ausbilden dürfen. Was sollten sie auch von Euch lernen? Ihr selbst habt doch keinerlei Ausbildung zum Drucker erhalten.« Sein Lächeln wurde immer breiter. Er fügte kühl hinzu: »Ich sage, die Universität sollte sich hier an die Regelungen halten, die auch in den Handwerksbetrieben gelten, und keiner Frau die Ausbildung von Lehrlingen gestatten. Und ob überhaupt jemand bereit ist, unter diesen Umständen bei Euch zu arbeiten, kann ich mir beim besten Willen nicht vorstellen. Selbst die Lehrlinge, die im Augenblick bei Euch arbeiten, werden Euch wahrscheinlich verlassen und ihre Ausbildung an einem anderen Ort vollenden. Nein, ich sage, wir können einer Verleihung nicht zustimmen.«

In Magdalenas Kopf jagte ein Gedanke den anderen. Würden Matthias und Paul das wirklich tun? Könnte sie andere Gehilfen anlernen und beschäftigen? Wie schnell könnten diese anfangen? Und würde die Zeit, bevor sie das Landrecht abgeben mussten, dazu überhaupt reichen?

»Am besten wäre wohl, Ihr verkauft Euren Anteil an der Druckerei und damit auch den Eurer Kinder an Euren Stiefsohn«, unterbrach Professor Demler ihr langes Schweigen. »Ihr bekommt dafür eine beträchtliche Summe, könnt woanders hinziehen, vielleicht sogar noch einmal heiraten. Und wir können der Regierung versichern, dass das Landrecht in guten Händen ist. Wäre das nicht die beste Lösung für alle?«

Die Professoren Beer und Fuchs nickten Demler zu. Für sie war die Angelegenheit damit offensichtlich geklärt, denn Professor Demler bedeutete dem Schreiber nun, das Ergebnis der Anhörung zu protokollieren. Vom unerwartet schnellen Sinneswandel des Rektors völlig überrumpelt, zuckte Nikodemus zusammen. Konrad tunkte bereits seine Feder in das Tintenfass vor sich und setzte sie danach schwungvoll aufs Papier, aber Magdalena war noch nicht fertig.

»Haltet ein! Hat mein Stiefsohn denn schon eine Summe genannt?«, fragte sie trotzig und stemmte die Hände in die Hüften. Konrad, überrascht von der Schärfe in Magdalenas Stimme, hielt tatsächlich inne und sah die Herren am anderen Ende des Tisches an.

»Oh ja. Es ist ein fairer Preis: Achtzig Gulden. Das ist mehr, als ein Professor hier per annum verdient. Damit könnt Ihr mit Euren Kindern Tübingen verlassen und andernorts ein neues Leben anfangen«, grinste Demler vielsagend.

In Magdalena kochte die Wut hoch.

»Achtzig Gulden! Das ist eine Ungeheuerlichkeit. Die Druckerei samt dem Haus ist mindestens fünfmal so viel wert. Dies weiß mein lieber Stiefsohn genauso gut wie ich.« Sie trat einen Schritt zurück, damit sie jedem der Professoren noch einmal ins Gesicht sehen konnte.

»Meine Herren«, holte sie dann aus, »ich bin nicht gewillt, mich so billig abspeisen zu lassen.«

Professor Demler hob erneut zu einer Erwiderung an, doch Rektor Fuchs brauchte nur kurz die Hand zu heben, und der Professor ließ, ohne auch nur einen Ton von sich gegeben zu haben, von seinem Vorhaben ab. Die Anwesenden blickten nun gespannt zwischen Professor Fuchs und der kleinen Frau, die mit hocherhobenem Kopf unterhalb ihres Tisches stand, hin und her.

Magdalena nutzte die momentane Stille und fuhr fort: »Es schmerzt mich zu hören, dass Ihr mir keine Verleihung geben könnt. Aber ich versichere Euch, dass ich trotzdem das Landrecht drucken kann, und zwar in der dafür vorgegebenen Zeit.«

Der Rektor warf ihr daraufhin einen durchdringenden Blick zu, der sie sicher durchbohrt hätte, wäre dies möglich gewesen, aber Magdalena hielt ihm stand. Jeden Moment rechnete sie damit, dass er ihr widersprechen würde, dass sie alle laut auflachen würden oder dass man die Anhörung einfach ohne Weiteres beenden würde. Doch nichts dergleichen geschah.

Nun schaltete sich endlich Nikodemus ein und nutzte geschickt das allgemeine Schweigen. »Wir werden den Fortschritt des Druckes natürlich überprüfen müssen, jetzt, wo Ihr uns über Eure schwierige Lage in Kenntnis gesetzt habt. Die Kanzlei würde es uns nicht verzeihen, wenn die Universität, die die Oberaufsicht über das Buchgewerbe hier in Tübingen hat, es versäumen würde, ihr rechtzeitig vorliegende Missstände aufzudecken. Aber da die Witwe Morhart momentan noch in der Lage ist, zu drucken, sehe ich keinen Grund, warum sie Haus und Druckerei vorerst nicht behalten sollte.«

Er blickte bei seinen letzten Worten zum Rektor hinüber. Die nun herrschende Spannung ließ sich fast mit den Händen greifen. Würde er sich darauf einlassen? Professor Fuchs richtete sich auf und räusperte sich, bevor er zu sprechen begann. »Sobald das Landrecht vom Hof überschickt wird, werden wir monatlich die von Euch gedruckten Bogen kontrollieren. Falls es Euch gelingt, den Auftrag rechtzeitig auszuführen, solltet Ihr dabei genug verdienen, um Eure missliche Lage beenden zu können. Dann werdet Ihr auch Eurem Stiefsohn seinen Erbteil ausbezahlen und die Druckerei behalten können. Falls Ihr aber versagt ...«, er räusperte sich ein weiteres Mal und senkte seine Stimme, »werdet Ihr die Druckerei an Euren Stiefsohn verkaufen. Wir können es uns nicht erlauben, dass die einzige Druckerei im Herzogtum aufgrund von Erbstreitereien ausfällt.« Er brauchte nur in die Richtung des Schreibers zu blicken und ein knappes »Res certa est« zu murmeln, und schon schwang Konrad voller Eifer den Federkiel. Das Kratzen auf dem Papier besiegelte die Worte des Rektors.

Kapitel 30

Nachdem die Anhörung beendet war, verließ Magdalena erhobenen Hauptes, innerlich aber noch immer aufgewühlt, die Aula. Mit festem Schritt ging sie die Flure entlang, sodass die Studenten, die hier in Gruppen zusammenstanden, ihr erstaunt nachsahen. Magdalena bemerkte es nicht. Sie war in Sorge, wie sie denn nun – wenn Matthias und Paul sie wirklich verließen – die Druckerei weiterführen konnte, noch dazu, wo sie die besonders schwierige Aufgabe meistern musste, das an Seiten und Exemplaren so umfangreiche Landrecht zu drucken. Unzählige Gedanken gingen ihr durch den Kopf. Wie sollte sie jetzt am besten vorgehen? Besonders die Regelung, dass sie keine Lehrlinge ausbilden durfte, machte ihr zu schaffen. Magdalena kannte diese Regelung, doch hatte sie sie bisher kaum beachtet, denn sie traf nur für zünftige Gewerbe zu. Als Buchdruckerin gehörte sie jedoch keiner Zunft an, sondern zählte zu den Universitätsverwandten, und nur die Professoren konnten ihr Regeln auferlegen. Die hatten sich allerdings bis heute nie zu Frauen im Druckgewerbe geäußert, und Magdalena hätte nicht im Traum daran gedacht, dass der Senat dies nun bei ihrer Anhörung im Erbstreit mit Ulrich zur Sprache bringen würde. Jetzt aber hatte ihr die Universität genau ein solches Verbot auferlegt. Und dies bedeutete, dass sich Matthias und Paul bald nach einem anderen Meister umsehen müssten. In einigen Reichsstädten, vor allem in Augsburg und Nürnberg, würden sie sicher schnell eine Anstellung finden. Aber was würde dann aus ihrer Druckerei? Sie überlegte kurz, ob sie den Lehrlingen diesen Umstand verheimlichen sollte, verwarf den Gedanken jedoch sofort. Die beiden hatten ihr immer treu gedient und es nicht verdient, derart von ihr getäuscht zu werden.

»Ich gratuliere!« Nikodemus, der offenbar eine Abkürzung genommen hatte, trat aus einem Seitengang auf sie zu. »Das habt Ihr gut gemacht! Eine überzeugende Verteidigung.« Sein Lob war ernst gemeint. »Ach, Ihr«, sagte Magdalena mit leichter Verärgerung. »Von Euch hatte ich mir durchaus etwas mehr Unterstützung erwartet.« Am liebsten hätte sie ihn einfach stehen lassen, doch sie besann sich eines Besseren.

»Na, na, Magdalena«, sagte Nikodemus im neckenden Ton.

»Dass ich als vierter Mann des Senats möglichst neutral auftreten muss, hatte ich Euch doch gesagt. Allerdings tut es mir leid, dass ich nicht vorhergesehen habe, dass Demler die Ausbildung der Lehrlinge zur Sprache bringen würde. Das hat mich genauso überrascht wie Euch. Und die monatlichen Überprüfungen setzen Euch noch weiter unter Druck. Aber es war der einzige Ausweg, den ich noch gesehen habe, um die Anhörung in Eurem Sinne zu wenden. Ich bin sicher, Ihr werdet einen Weg finden, Eurer Verpflichtung nachzukommen. Zunächst einmal solltet Ihr Euch jedoch auf das Wesentliche konzentrieren: Ihr habt gewonnen! Falls Ihr das noch nicht gemerkt habt. Ulrich ist aus dem Rennen.« Nur langsam drang diese Erkenntnis in Magdalenas Bewusstsein.

»Ich habe die Druckerei. Fürs Erste wenigstens!«, murmelte sie geistesabwesend.

»Wahrlich, genauso ist es.« Nikodemus konnte sich ein wohlwollendes Schmunzeln nicht verkneifen. »Freut Euch das denn kein bisschen?«

»Aber das Landrecht!« Magdalenas Freude erlosch sofort wieder und wich zunehmender Verzweiflung. »Wir werden es nicht schaffen. Die Lehrlinge werden mich verlassen, und dann bleiben zum Drucken nur ich und meine Kinder übrig. Und das ist nicht genug. Oh, sie wussten, wie sie mir die Druckerei doch noch abnehmen können. Und am Ende werde ich auch noch selbst an meinem Unglück schuld sein.«

Nikodemus, dem die tapfere Frau in der Seele leidtat, überlegte, wie er ihr helfen könnte. »Da eine erneute Heirat für Euch nicht infrage kommt, müssen wir einen anderen Ausweg finden. In Anbetracht Eurer Geldknappheit würde ich Euch von freien Meistern abraten. Aber es gibt Drucker in Paris und Straßburg, die Tagelöhner beschäftigen. Die sind zwar um einiges teurer als Lehrlinge und kennen die Abläufe in einer Druckerei nicht, aber es scheint dennoch zu funktionieren«, führte er aus. Magdalena versuchte, die Sache von diesem Standpunkt aus zu sehen. Ideal wäre es zwar auf keinen Fall – nach Ulrichs Intrige mit der französischen Kirchenordnung waren ihre Geldreserven fast aufgebraucht. Allerdings müssten sie erst einmal nur die Zeit bis zur Vollendung des Landrechts überbrücken, danach würde das Geld, das sie für diesen großen Auftrag bekamen, auch die anfallenden Kosten decken.

Ihre Aufregung legte sich langsam, und ihr Atem ging wieder regelmäßiger. Nachdenklich sah sie Nikodemus an. »Was ich Euch noch einmal sagen wollte, Magdalena«, hob der an und dämpfte seine Stimme. »Ich konnte während der Anhörung wirklich nicht Eure Partei ergreifen. So wie die Sache lief, wäre das nur zu Eurem Nachteil gewesen. Aber auch wenn Ihr einen anderen Eindruck hattet, habe ich trotzdem die ganze Zeit nach einer Möglichkeit gesucht, Euch zum Sieg zu verhelfen«, sagte er beschwörend.

Magdalena winkte ab. »Das weiß ich doch«, sagte sie, inzwischen wieder ganz die Alte. »Am Ende habt Ihr Rektor Fuchs ja auch den alles entscheidenden Vorschlag gemacht.«

»Wie wäre es, Magdalena«, begann er, und es kam ihr so vor, als hätte er sich die folgenden Sätze gut überlegt, »wenn Ihr noch kurz mit zu mir kommen würdet? Wir würden Euren heutigen Sieg mit etwas Wein feiern.« Dabei beobachtete er sie intensiv, um die Wirkung seiner Worte anhand ihrer Mimik abschätzen zu können. Als sie zögerte, legte er nach: »Ich hoffe, ich habe Euch mit meiner Einladung nicht beleidigt. Aber ich habe den Eindruck gewonnen, dass Ihr das offene Ohr eines wohlmeinenden Freundes benötigt, um Euch einmal Euren Kummer und all Eure Sorgen von der Seele zu reden.«

Magdalena stutzte und sah ihn überrascht an. Das Angebot klang sehr verlockend. Tatsächlich wollte sie nach dieser kräfteraubenden Anhörung nichts lieber, als sich einmal für eine Weile nicht um die Druckerei sorgen zu müssen. »Ich danke Euch«, sagte sie langsam. »Aber ich denke, ich habe bereits eine gute Freundin, die für all meine Sorgen ein offenes Ohr hat.« Sie war selbst etwas verwirrt über ihre abweisenden Worte. Natürlich war Cordula eine sehr gute Freundin, aber für viele von Magdalenas Problemen fehlten ihr doch der nötige Ernst und das Verständnis.

Nikodemus lächelte verständnisvoll. »Manchmal ist der gute Freund, der etwas mehr Erfahrung hat als die gute Freundin, aber besser.«

Er kann meine Gedanken lesen. Magdalena sah ihn an und nickte langsam. »Ich verstehe, was Ihr meint, Nikodemus. Vielleicht sollten wir uns tatsächlich zusammensetzen. Und sei es nur, um auf unseren gemeinsamen Sieg anzustoßen. Schließlich habt Ihr mir mit Eurer ausgefeilten kleinen Rede sehr geholfen.«

Nach etwas Wein in der Studierkammer des Professors entspannte sich Magdalena zusehends und bedankte sich ausführlich und überschwänglich für die vielen Male, die Nikodemus ihr schon geholfen hatte. »Und das alles so nett und freundlich, ohne mich wie ein dummes Weibsbild aussehen zu lassen! Von Männern dieser Art habe ich im Leben schon weiß Gott genug kennengelernt!«, schloss sie und prostete ihm zu.

»Nun, Magdalena, Ihr seid allerdings auch eine außergewöhnliche Frau.« Er lächelte sie liebevoll an. »So tapfer. So stark. So stolz. Von Eurer Art gibt es nur wenige auf der Welt.« In seinen Augen lagen echte Bewunderung und Zärtlichkeit. Magdalena konnte das Gefühl nicht ganz beschreiben, das in diesem Moment plötzlich von ihr Besitz ergriff. *Wahrscheinlich ist es der Wein oder die Wärme des Feuers,* versuchte ihr Verstand, eine wenig überzeugende Erklärung zu finden. Aber in ihrem Herzen wusste sie genau, dass sie noch nie einen so wundervollen Mann wie Nikodemus kennengelernt hatte. Nicht, dass er je als Ehemann für sie infrage gekommen wäre. Sie wusste, dass er einer der Professoren war, die nur für ihre Studien lebten und sich kein Eheweib wünschten, das sie von ihren Forschungen abhielt. Aber er war so ... so, sie konnte es einfach nicht in Worte fassen.

Kapitel 31

Die kleine Magda verlagerte ihr Gewicht aufgeregt von einem Fuß auf den anderen. Sie stand vor der Druckerei und schaute hinunter zum Universitätsviertel. Ihre Augen suchten die Straße ab – Studenten, die auf dem Weg zur Vorlesung waren, Bedienstete, die Holz herbeischafften, und Knechte, die Lasten trugen. Ihr Blick verweilte kurz auf einer Frau, die so groß wie ihre Mutter war. Doch beim näheren Hinsehen erkannte Magda, dass die Frau nicht das ihr so vertraute struppige Haar besaß.

Als sie ihre Mutter endlich entdeckte, entfuhr ihr ein spitzer Schrei. Das Mädchen drehte sich auf dem Absatz um, rannte ins Haus, um den Männern Bescheid zu geben, kam dann im Handumdrehen wieder auf die Straße und lief schnurstracks auf Magdalena zu. Ihre hellen Löckchen wirbelten im Wind, und sie wich, die kastanienbraunen Augen dabei immer fest auf ihre Mutter gerichtet, den Schweinen aus, die auf der Straße nach Futter suchten. *Es ist immer wieder verwunderlich, wie sehr die Kleine ihrem Vater ähnelt.* Der Gedanke an Ulrich versetzte Magdalena einen Stich. Im nächsten Moment war Magda schon bei ihr und schlang ihre Arme um sie. Ihre Mutter tat es ihr gleich. Für einen seligen Augenblick fühlte sie sich wieder, als wäre nichts geschehen, als würde sie keine solch schwere Last tragen. Sie ertappte sich sogar für einen Augenblick dabei, dass sie sich wünschte, sie hätte einen Ehemann, der ihr diese Last abnehmen könnte. Aber das würde den hohen Preis ihrer Mündigkeit erfordern. Und sie wollte sich nicht mehr unterordnen. Magdalena verbarg ihr Gesicht kurz im dichten Haar ihrer Tochter und sog dessen Geruch ein, während sich Magda ganz fest an sie drückte. Sie verstand zwar nicht, in welchen Schwierigkeiten ihre Mutter steckte, doch sie wusste, dass irgendetwas nicht in Ordnung war, nachdem sie heute Morgen das Haus verlassen hatte. Aber dass Magdalena nicht im Karzer war, sondern freien Fußes wieder nach Hause zurückkam, deutete sie schon einmal als ein sehr gutes Zeichen. Die merkte, wie sich ihr die Kehle zuschnürte und Tränen in ihr aufstiegen. Einen Moment dachte sie daran, wie einfach noch alles gewesen war, als die Kleine geboren wurde. Damals war ihr Körper zwar sehr geschwächt gewesen, doch sie hatte gewusst, dass Ulrich sich um sie kümmern würde. Nun konnte sie sich auf keinen Ehemann mehr verlassen. Aber sie durfte dennoch nicht aufgeben. Nicht, nachdem sie den Herren Professoren gerade erklärt hatte, dass sie den Auftrag zeitgerecht ausführen und um die Druckerei kämpfen würde.

Sie löste sich aus der Umarmung ihrer Tochter und wischte sich mit dem rechten Ärmel die Tränen weg, die sich auf ihr Gesicht gestohlen hatten. Dann zwickte sie Magda in die Seite, damit diese nicht mitbekam, wie traurig sie in Wirklichkeit war. Zusammen legten die beiden die letzten Schritte zur Druckerei zurück. Matthias und Georg standen bereits am Eingang und warteten gespannt auf die beiden. Die Geräusche der Presse verstummten, und Oswald und Paul traten nun ebenfalls auf die Straße hinaus.

»Was ist passiert? Wie ist die Anhörung ausgegangen?«, fragten sie wie aus einem Munde.

»Was sagen die Herren Professoren? Und was ist mit Ulrich?«

Urplötzlich tauchte die alte Therese in der Burgsteige auf und tat so, als ob sie ihre Abfälle an die herumlaufenden Schweine verfüttern wollte. Doch jeder wusste, dass sie nur die neuesten Ereignisse mithören wollte, um sie gleich danach auf dem Markt weiterzuerzählen. Denn sie hatte ein besonderes Interesse an den Geschicken der Breunings. Als Kind hatte sie den Fall der reichen und angesehenen Familie miterlebt. Nur allzu gerne wäre sie damals bei der Hinrichtung der beiden hochnäsigen Breuning-Brüder Konrad und Sebastian in Stuttgart dabei gewesen. Sie war verärgert, dass danach nicht auch alle anderen Familienmitglieder aus dem Herzogtum geflohen waren und einige von ihnen nun sogar wieder mehr Rückhalt in Tübingen gewannen. Das Bestreben der Alten war es daher, möglichst viel Schlechtes über die Breunings zu sammeln und zu verbreiten, in der Hoffnung, ihren Ruf dadurch zu schädigen und einen erneuten Aufstieg dieser furchtbaren Familie zu verhindern.

»Lasst uns reingehen, dann werde ich euch alles in Ruhe erzählen«, sagte Magdalena und warf der Alten ein falsches Lächeln zu. *Da musst du dich wohl noch etwas gedulden, wenn du wissen möchtest, wie meine Anhörung ausgegangen ist.* Sichtlich verärgert schnappte sich die Alte ihr mitgebrachtes Futter und verschwand, ohne die enttäuscht grunzenden Tiere eines weiteren Blickes zu würdigen.

Magdalena stellte sicher, dass die Eingangstür zur Druckerei gut verschlossen war, bevor sie den Männern im Produktionsraum die Lage schilderte. Die Fassungslosigkeit über Ulrichs falsche Vorwürfe ging langsam in Mutlosigkeit über, als diese hörten, dass ihre Herrin keine Lehrlinge mehr ausbilden durfte. Besonders Paul schien die Nachricht schwer zu treffen. Er wurde ganz blass um die Nase und stammelte etwas Unverständliches vor sich hin. Als er bemerkte, dass um ihn herum niemand mehr ein Wort sprach, schaute er unsicher zu seiner Herrin. Dann schloss er kurz die Augen, nahm seinen ganzen Mut zusammen und fragte mit zittriger Stimme: »Und was geschieht dann mit Matthias und mir?« Darüber, ob sie ihren jetzigen Lehrlingen nicht doch noch etwas anbieten könnte, damit sie bei ihr blieben, hatte sich Magdalena auf dem Heimweg bereits den Kopf zerbrochen. Allerdings ohne Ergebnis.

Sie wusste, dass ihre Antwort auf Pauls Frage für beide ein schwerer Schlag werden würde. Denn Matthias wollte seine Lehre so schnell wie möglich beenden, hatte er doch immer das Ziel verfolgt, eines Tages seine eigene Druckerei eröffnen zu können. Nun aber konnte er seine Lehre hier nicht mehr abschließen und müsste fortgehen. Und Paul würde es ihm sicher gleichtun.

Sie blickte zu Boden. Dann sah sie zu den beiden Lehrlingen hinüber, die sich an eine der beiden Pressen gelehnt hatten. Pauls Lippen bewegten sich noch immer, aber er brachte keinen Ton mehr heraus. Der sonst so selbstsichere Matthias blickte sie mit einer Mischung aus Hilflosigkeit und Mitleid an. Er kannte die Antwort bereits, bevor sie sie aussprach.

»Es tut mir sehr leid, aber ich werde euch nicht mehr ausbilden können«, sagte Magdalena schweren Herzens. Sie hatte die beiden Lehrlinge in der letzten Zeit sehr zu schätzen gelernt, und es tat ihr weh, ihnen solch schlechte Nachrichten überbringen zu müssen. Sie schwieg betroffen. »Ich kann daher gut verstehen, wenn ihr bei einer anderen Druckerei zu Ende lernen wollt. Allerdings steht bei uns, wie ihr wisst, der Druck des Landrechts an, und ich könnte eure Hilfe gut gebrauchen. Daher werde ich euch gerne etwas mehr Lohn zahlen, wenn ihr noch länger bleibt. Es wird leider nicht besonders viel sein, aber ich hoffe, dass ihr euch trotzdem dafür entscheidet«, fügte sie hinzu und nickte, um ihren Worten mehr Nachdruck zu verleihen.

Georg trat einen Schritt vor und sah abwechselnd zu den Lehrlingen und zu seiner Mutter. »Der Vorschlag ist nicht schlecht. Es wäre schön, wenn ihr ihn annehmen würdet«, sagte er an Paul und Matthias gewandt. Er ging auf Matthias zu und redete beschwörend auf ihn ein: »Du bist unser bester Setzer. Dir unterlaufen nur ganz wenige Fehler. Und du bist schneller als ich. Du kannst jetzt nicht gehen.« Der Lehrling wich seinem Blick aus und schwieg. Als er keine Regung zeigte, stellte sich Georg vor Paul, der inzwischen kalkweiß geworden war, weil er ahnte, was kommen würde. »Wir brauchen dich, Paul. Du kannst uns jetzt nicht im Stich lassen.« Mit zitternden Lippen versuchte Paul, etwas zu erwidern, aber er stotterte nur erneut leise etwas vor sich hin, bis er schließlich gänzlich verstummte. Sein Blick wanderte immer wieder zu Matthias, der jedoch weiterhin regungslos neben ihm stand. Die Situation war Paul sichtlich unangenehm, doch er wagte nicht, das Wort zu ergreifen. Was sollte er auch sagen?

Georg wandte sich nun an Magdalena. »Mutter – wenn sie nicht bleiben, werden wir die Aufträge wohl nicht rechtzeitig fertigstellen können. Ihr müsst gegen das Urteil vorgehen!« Nun schaltete sich auch Oswald ein, der bisher schweigend zugehört hatte. Er pflichtete seinem Bruder bei: »Ohne Lehrlinge können wir die Druckerei gleich schließen. Wir sind ja jetzt schon mit unseren Druckaufträgen in Verzug. Und nun, da die Universität uns nicht einmal Geld leihen möchte – wie sollen wir das denn schaffen?« Er verschränkte die Arme vor seiner Brust und stieß mit dem Fuß gegen eine Letter, die auf den Boden gefallen war, sodass sie klirrend gegen den großen Topf im hinteren Teil des Raumes schlitterte. »Ulrich weiß, dass wir ohne Lehrlinge nicht mehr viel drucken können. Er braucht also nur so lange abzuwarten, bis wir gezwungen sind, an ihn zu verkaufen. Und dann wird er uns wahrscheinlich nur einen niedrigen Preis bezahlen …«

»… einen niedrigen Preis von achtzig Gulden«, beendete Magdalena seinen Satz. Oswald blickte sie so entgeistert an, als hätte sie ihm gerade gesagt, dass die Druckerei bereits verkauft sei. Für einen Moment verschlug es ihm die Sprache. Dann stieg Zorn in ihm auf. Sein Gesicht lief rot an, und seine Augen verengten sich.

»Das darf doch nicht wahr sein!«, stieß er keuchend hervor. »Achtzig Gulden? Das ist doch lächerlich. Die Pressen alleine sind schon mehr wert. Und dann noch der Papiervorrat und die ganzen Lettern, die Einrichtung und die vielen Bücher. Oh, ich könnte ihm den Hals umdrehen. Dieser Schuft!« Er ging auf die Stiege zu und nahm den Prügel in die Hand. »Komm, Georg, wir zeigen diesem Hund einmal, wo der Hammer hängt!«, rief er auf dem Weg zur Tür. Sein Bruder war mit wenigen Schritten an seiner Seite. Doch als sie die Tür öffnen wollten, hielt ihre Mutter sie zurück.

»Glaubt mir, ich würde nichts lieber sehen, als dass ihr Ulrich verprügelt. Er hat uns allen übel mitgespielt und nichts anderes verdient. Aber ...«, sie warf einen kurzen Blick über die Schulter, »wir können uns jetzt keinen Fehltritt leisten. Noch haben wir nicht verloren. Noch können wir das Landrecht drucken. Und dann werden wir die Druckerei behalten, und Ulrich wird nichts mehr dagegen unternehmen können.« Während sie sprach, war ihre Stimme immer lauter und eindringlicher geworden. Der Ärger, den sie eben noch verspürt hatte, hatte sich in Entschiedenheit verwandelt. Sie wollte sich nicht mehr unterkriegen lassen. Sie wollte es ihrem heimtückischen Stiefsohn ein für alle Mal zeigen. Sie wollte endlich beweisen, dass sie die Druckerei besser führen konnte als dieser Taugenichts. Georg hielt inne. Aber Oswald wirkte unsicher, ob er nicht trotzdem einfach gehen sollte. Nach dem Tod seines Stiefvaters hatte er als Magdalenas ältester Sohn wie selbstverständlich den Platz als ihre rechte Hand eingenommen. Und es war bemerkenswert, wie schnell er in diese Rolle hineingewachsen und ihr gerecht geworden war. Nur manchmal, wenn er wütend wurde, handelte er noch wie ein kleiner Junge. Auch jetzt war er noch nicht ganz davon überzeugt, dass es besser war, einen kühlen Kopf zu bewahren. Deshalb wandte Magdalena sich nun ausschließlich an ihn: »Wenn du Ulrich jetzt verprügelst, wirst du dich sicherlich schneller, als du denkst, im Karzer wiederfinden. Und dann haben wir noch einen Mann weniger hier in der Druckerei.« Ihre Augen waren fest auf ihren Sohn gerichtet. »Ich könnte es nicht ertragen, auch noch auf dich verzichten zu müssen. Nicht jetzt.« Sie warf ihm einen besänftigenden Blick zu. Sein Ärger war ihm immer noch anzusehen, aber er ließ den Prügel langsam sinken. Dann nickte er. »Ihr habt recht, Mutter. Ulrich wird seine Strafe noch bekommen. Ich verspreche es Euch.« *Oh, ja,* fügte sie in Gedanken hinzu. *Gottes Mühlen mahlen langsam, aber sicher.*

»Das Schriftbild ist schon wieder uneben!«, rief Paul verärgert, als er den Bogen aus der Presse nahm. Es war bereits das fünfte Mal, dass er an diesem Morgen innegehalten hatte, um das Gedruckte zu überprüfen. Der Lehrling sah sich die schwarzen Buchstaben mit zusammengekniffenen Augen Zeile für Zeile an. Dann legte er das Papier achtlos aus der Hand und hockte sich neben den Satz, um ihn von der Seite aus zu beschauen. Er nahm den Hammer, den er neben der Presse abgelegt hatte, und klopfte erst sachte, dann immer fester auf die Buchstaben. »Warum seid ihr nicht auf der gleichen Höhe wie die anderen?« Magdalena beobachtete ihn aus der Ferne und konnte nicht umhin zu denken, dass sein Ärger nichts mit den Buchstaben zu tun hatte.

Seit dem Urteil waren alle in der Druckerei äußerst angespannt. Georg und Oswald hatten ihrer Mutter versprechen müssen, dass sie nicht mehr versuchen würden, die Lehrlinge zu bedrängen. Doch machten sie ihnen unbewusst des Öfteren ein schlechtes Gewissen, wenn sie über die düstere Zukunft der Druckerei sprachen. Paul und Matthias fühlten sich zunehmend unwohler. Sie versuchten immer wieder, einem offenen Streit aus dem Weg zu gehen, indem sie sich nach dem Abendmahl unverzüglich in ihre Kammer im Dachgeschoss begaben. Es gelang ihnen zwar gemeinsam, den Verzug der liegen gebliebenen Drucke weitestgehend aufzuholen, aber die Bezahlung war eher dürftig. Und zu alldem ließ sich der Hof sehr viel Zeit mit der Übersendung des Manuskripts des Landrechts, wodurch die Ungewissheit über die Zukunft der Familie immer unerträglicher wurde.

»Es ist wirklich zum Verzweifeln«, klagte Magdalena, als sie am Sonntag nach der Kirche Cordula noch einen Besuch abstattete. »Aber was kann ich tun, um die Lehrlinge noch weiter zu behalten? Wenn ich an ihrer Stelle wäre, würde ich auch nicht länger zögern ... In den großen Städten haben sie doch deutlich mehr Möglichkeiten. Wahrscheinlich können sie schon bald auf eigenen Beinen stehen«, sie seufzte. Sie befand sich wahrlich in einer unersprießlichen Lage.

Die Freundin blickte nachdenklich in ihren Honigwein. »Ich habe vor langer Zeit schon einmal etwas Ähnliches gehört. Der Mutter unserer Magd haben sie damals auch nicht erlaubt, Lehrlinge auszubilden, dabei wusste sie genau, wie man sich als Müllerin über Wasser halten kann. Sie hätte den Männern eine Menge beibringen können. Aber nein! Eine Frau darf nicht ausbilden, hieß es.« Sie zog eine Grimasse. So bitter kannte Magdalena ihre Freundin gar nicht, die bislang überhaupt noch nie über ihre Jugendjahre gesprochen hatte. Aber jetzt schien alles aus ihr herauszubrechen. »Die Tagelöhner, die sie dann einstellen musste, waren fast alle ein Graus. Die einen waren zu nichts zu gebrauchen und lagen nur auf der faulen Haut. Da hat selbst ein kleines Mädchen noch mehr geschleppt als die. Und die anderen haben sich jedes Mal, wenn man ihnen den Rücken gekehrt hat, am Hab und Gut der Familie vergriffen. Einer wollte sogar einmal das Schwein stehlen, aber das konnte gerade noch verhindert werden.« Sie stand auf, um neuen Honigwein zu holen. Als sie sich wieder an den Tisch setzte, fuhr sie fort:

»Es gab natürlich auch ein paar nette Burschen unter ihnen.« Ein geheimnisvolles Lächeln umspielte bei diesem Satz ihre Mundwinkel. Magdalena schaute ihre Freundin von der Seite an. »Ach ja?« Sie zog eine Augenbraue hoch. »Wie meinst du das denn?« Schmunzelnd goss sich Cordula großzügig aus der Karaffe ein. »Nun ja, einer war recht ansehnlich und hatte dazu noch ein ganz feines Stimmchen.« Sie lächelte in sich hinein. »Allerdings waren seine Gedanken ganz und gar nicht fein, und er dichtete neue Zeilen für die Kirchenlieder.« Sie warf Magdalena einen vielsagenden Blick zu. »Ich habe mir dann immer das dumme Gesicht des Pfarrers in dem Moment vorgestellt, in dem er erfahren würde, wie das Lied umgedichtet worden war.«

»Oh Cordula, du hast also mit deinem Seelenheil gespielt«, schalt Magdalena sie schelmisch. »Möchtest du denn später in der Hölle landen?«, ahmte sie dann den neuen Pfarrer nach, der sich in seinem Amt als genauso widerlich entpuppt hatte, wie er damals bei ihr in der Druckerei aufgetreten war. Seine Stimme klang während den Predigten immer äußerst unangenehm, sodass man ihn glatt mit einer Krähe verwechseln konnte. Dazu kamen seine weit ausholenden Gesten, die den Eindruck eines Vogels erweckten, der zum Fliegen ansetzen wollte, dem dies aber nicht gelang. Magdalena und Cordula fanden ihn lächerlich, doch seltsamerweise hatte er mit seiner harschen Art schon eine Reihe Anhänger um sich scharen können. Am letzten Sonntag hatte er ausgiebig über das Seelenheil gepredigt und dabei besonders eindringlich geklungen. Nehmt Euch ein Beispiel an Nürnberg, hatte er gesagt, der großen Stadt, die sich vollkommen in der Hand der Lutheraner befindet. Sie ist völlig frei von Aberglauben und Götzendienst und korruptem papistischem Klerus. Und wenn nicht auch Ihr dieses Joch abschüttelt, könnt Ihr nicht in die ewige Seligkeit gelangen.

Cordula prustete los. Der Wein in ihrem Becher schwappte

über, als sie versuchte, ihn wieder auf den Tisch zu stellen. Magdalena fiel in ihr Lachen mit ein. Es tat gut, ihre Sorgen um die Druckerei für einen Augenblick zu vergessen. Das Lachen wirkte befreiend, und Magdalena lachte und lachte, bis ihr die Tränen in die Augen stiegen und sie sich den Bauch halten musste. Derart angefeuert, war Cordula nun aufgestanden, mit dem Becher wieder in der Hand. Sie gestikulierte wild mit den Armen und zitierte die Predigt des Pfarrers von letztem Sonntag: »Oh, die Wildbret-Jäger. Sie werden mit ihrer Maßlosigkeit Unglück über uns alle bringen.« Ihr Becher fuhr durch die Luft. »Höret mich an, Ihr Leute! Das Wildern muss aufhören. Sonst werden wir alle von Gott bestraft.« Ihr Blick fiel auf Magdalena, deren Wangen hochrot waren. Immer mehr Tränen liefen ihr über das Gesicht. »Ihr glaubt mir nicht, Witwe Morhart?« Ihre Stimme war der des Pfarrers nun zum Verwechseln ähnlich. Sie kam näher und sah die Freundin eindringlich an. »Ihr werdet es bald am eigenen Leib erfahren. Gott wird uns seine Plagen schicken.« Es tat gut, sich über den Pfarrer lustig zu machen. Für Magdalena und Cordula war seine Absicht klar erkennbar: Mit seinen radikalen Predigten versuchte er, die Menschen zu verängstigen, um sie so zur Gotteszucht anzuhalten.

Doch plötzlich legte Cordula den Zeigefinger auf ihre Lippen und bedeute Magdalena zu schweigen. »Warte, gleich kommt der Alte wieder und beschwert sich.« Und tatsächlich kam, wie auf ein Zeichen hin, ihr Ehemann Konrad kurz darauf in die Küche gestürzt und schaute sie streng an. Obwohl er zu Hause war, trug er den gleichen schwarzen Amtsumhang, den er auch bei der Anhörung getragen hatte. Sein Stand ist ihm sehr wichtig, hatte Cordula Magdalena schon mehrmals gesagt. »Was ist denn das für ein Lärm? Es hört sich ganz nach einem großen Gelage an«, schrie er vorwurfsvoll. Der klein gewachsene Mann war etwas verwirrt, als er nur die beiden Frauen im Raum sah. Er runzelte die Stirn und schaute dann vorwurfsvoll zu seiner Frau. »Habt Ihr nichts zu tun, Weib? Sind denn schon alle Eure Arbeiten verrichtet?«

»Durchaus nicht! Magdalena kam nur gerade kurz vorbei, um mir ein neues Kochrezept zu bringen. Dazu braucht man guten Honigwein. Das ist äußerst wichtig. Und da wollte ich natürlich erst einmal den Wein probieren, den wir noch im Keller haben, bevor ich Euer Geld verwende, um neuen zu kaufen.« Sie machte einen kleinen Knicks vor ihm und mimte die untertänige Ehefrau.

Magdalena musste sich beherrschen, um nicht erneut laut loszulachen. Es war immer wieder erheiternd, wie Cordula es schaffte, ihren leichtgläubigen Ehemann an der Nase herumzuführen. Die Freundin sah es inzwischen als eine ihrer alltäglichen Freuden an, ihrem Gatten immer neue Geschichten zu erzählen, die nicht so ganz der Wahrheit entsprachen. Aber sie bewegte sich dabei immer am Rande der Wahrheit, sodass ihr Schwindel nicht aufflog. Nun hielt sie wie zum Beweis das Kochbüchlein in die Höhe, das ihr Magdalena tatsächlich mitgebracht hatte. Sie hatte es für Cordula in festes Papier eingeschlagen, damit das kleine Buch dem Zahn der Zeit etwas länger widerstehen konnte. In ihm befanden sich jedoch keine neuen Rezepte, geschweige denn eines für Honigwein.

Doch der des Kochens unkundige Universitätsschreiber schien die Geschichte zu glauben. Er schaute auf das Buch in der Hand seiner Frau, dann richtete er seinen Blick wieder auf Cordula. In einem versöhnlichen Ton sagte er nun: »Eure Sparsamkeit ehrt Euch, Frau Gemahlin.« *Der Mann hat Geld zum Scheißen, ist aber zu geizig, uns mehrmals in der Woche Fleisch auf den Tisch zu stellen*, hatte Cordula unmittelbar nach ihrer Hochzeit Magdalena gegenüber bemängelt. *Dabei bekommt er doch von der Universität einen stattlichen Lohn!*

»Nun gut, dann werde ich mich wieder meinen Aufgaben widmen.« Er hob wichtigtuerisch den Kopf und stolzierte davon. Als er außer Hörweite war, wandte sich Cordula wieder ihrem Gast zu. »Ha, hast du gehört? Er widmet sich seinen Aufgaben! Die bestehen doch hauptsächlich darin, in seiner Studierkammer zu schnarchen. Selbst durch die Tür hindurch kann man es hören, wenn man daran vorbeigeht.« Cordula kräuselte verächtlich die Lippen und schenkte neuen Wein nach. Dann genehmigte sie sich einen weiteren Schluck.

»Wenigstens kann er schlafen«, sagte Magdalena und lächelte tapfer. Sie hatte eigentlich einen Witz machen wollen, der ihr aber nicht gelungen war. Obwohl die Anhörung erst ein paar Tage her war, kam es ihr so vor, als könnte sie bereits seit Wochen abends nicht mehr einschlafen. Stattdessen lag sie lange wach und dachte darüber nach, wen sie einstellen oder wer ihr Geld leihen könnte. Leider war Nikodemus nur in der Lage gewesen, ihr einen kleinen Teil der benötigten hundert Gulden zu geben. Cordulas Mann, der Geizhals, würde ihr sicherlich nichts leihen, und ihre bisherigen Versuche, mit den Geldverleihern in Tübingen ins Geschäft zu kommen, waren ebenso gescheitert wie die, neue Gehilfen zu finden.

Ihre Freundin strich ihr tröstend über die Schulter. »Du weißt, dass Honigwein nicht nur gut fürs Kochen ist, sondern auch beim Einschlafen hilft?« Sie zwinkerte Magdalena zu. »Aber natürlich nur, wenn er in ausreichenden Mengen konsumiert wird. In diesem Sinne: Prost!« Die Becher klangen, als sie erneut anstießen.

»Und nun zur Druckerei.« Die Herrin des Hauses wurde unerwartet sachlich. »Bei den Tagelöhnern musst du die Spreu vom Weizen trennen, damit nur die Zuverlässigen, die rar gesät sind, bei dir arbeiten. Ich kann mich bei meinem Bruder erkundigen, wenn du möchtest. Der ist nun zum obersten Diener der Universität befördert worden, dank dieses Griesgrams«, sie deutete zur Tür, durch die ihr Ehemann eben entschwunden war. »Und daher sucht er immer wieder nach neuen Gehilfen, die ihm zur Seite stehen. Er weiß also, wo man gute Männer findet, die gerade nach Tübingen gekommen sind. Vielleicht kann er sich ja einmal für dich umhören?« Magdalena sah sie erfreut an. »Das wäre herrlich. Auch wenn ich nicht weiß, wie gut die Tagelöhner drucken können.« Sie merkte, wie sich unwillkürlich ihr Griff um den Becher verstärkte. Es war wirklich eine Gemeinheit, dass die Universität ihr nicht erlaubte, Lehrlinge auszubilden.

»Wie gesagt, die Gehilfen, die der Mutter meiner Magd zur Hand gingen, waren weder besonders fleißig noch besonders klug, und sie musste sie stets gut im Auge behalten. Aber das dürftest du mithilfe von Georg und Oswald ja sicherlich schaffen. Was sollte also schiefgehen?«

Leider eine ganze Menge, wie Magdalena bald darauf erfahren sollte. Nachdem sie Cordulas Haus verlassen hatte, schlug sie nicht gleich den Heimweg ein, sondern entschied sich, noch eine kleine Runde durch die Stadt zu drehen, in der Hoffnung, dadurch wieder einen klaren Kopf zu bekommen. Gerade ging sie an der inneren Stadtmauer vorbei, als sie eine kleine Gruppe Reisender sah, die am Wachturm ihren Zoll entrichteten. Während die Männer nach ihren Geldbeuteln griffen, taten sich die Frauen zusammen und kommentierten ihre Umgebung. Ihre Blicke blieben an der Stiftskirche hängen, die sie mit großer Ehrfurcht betrachteten. Magdalena wurde wieder einmal bewusst, in was für einer schönen Stadt sie doch lebte, als ihr eine Gestalt in der Gruppe auffiel, die sie zu kennen glaubte. Sie brauchte einen Moment, um den Mann richtig zuzuordnen, doch dann fiel es ihr wie Schuppen von den Augen – das war doch nicht möglich. Was wollte denn der hier? Wie ein Gockel stolzierte er auf die Wächter zu, warf ihnen ein paar Geldstücke auf den Tisch und stellte sich dann sofort wieder zu den Frauen, die seine Gesellschaft sichtlich genossen. Eine junge Maid schien ganz besonders von ihm angetan zu sein und zupfte spielerisch an dem Lederband in seinem Bart.

Magdalena sah einen großen Heuwagen, der von einem Ochsen gezogen wurde, und ging langsam hinter ihm her, sodass die Neuankömmlinge sie zwar nicht sehen konnten, sie selbst das Geschehen aber gut im Blick hatte. Denn es interessierte sie zu erfahren, was Leopold Gotthard wieder nach Tübingen führte. Doch hoffentlich kein neuer Antrag? Hatte sie ihm nicht deutlich genug zu verstehen gegeben, dass sie kein drittes Mal heiraten wollte?

Gerade in diesem Moment verabschiedete er sich übertrieben von seinen Mitreisenden und musste die Maid mehrmals auf die Wange küssen, bevor sie ihn gehen ließ. Sie sah ihm verträumt nach, als er den Weg in die Oberstadt einschlug. Neugierig heftete sich Magdalena an seine Fersen. Er führte sicherlich etwas im Schilde, und je eher sie wusste, was es war, desto besser. Zielstrebig ging er an den Gaststätten vorbei und strich sich mehrmals über die Haare, um sie zu ordnen. *Er scheint sich wohl mit einer wichtigen Persönlichkeit treffen zu wollen,* dachte Magdalena, die immer wieder stehen blieb, um kein Aufsehen zu erregen. Nur einmal drehte er sich in ihre Richtung, doch sie konnte noch rechtzeitig ein paar Schritte zur Seite und hinter zwei Knechten in Deckung gehen.

Sie ahnte bereits, wo er hinwollte, und tatsächlich hielt er kurz darauf vor den Universitätsgebäuden an. Nachdem er bei der Morhart'schen Druckerei nicht zum Zuge gekommen war, wollte er nun offenbar seine eigene Druckerei in Tübingen eröffnen und brauchte dazu die Genehmigung des Senats. Zumindest vermutete Magdalena das. Schließlich winkten ihm in der Stadt nicht nur viele Aufträge von der Universität, die jedes Jahr mehr Scholaren in die Stadt zog, sondern auch von der Regierung, die ihre Gesetzespublikationen mit den Professoren abstimmte und sie danach in Tübingen drucken ließ. Und bei den momentanen Problemen in ihrer Werkstatt würde sein Vorhaben bestimmt auf offene Ohren treffen. Sie konnte sich geradezu bildlich vorstellen, wie Professor Demler den Neuankömmling freudig begrüßte. Enttäuscht wandte sie sich ab und ging mit hängenden Schultern in Richtung Burgsteige. *Was habe ich nur getan, dass Gott so erzürnt über mich ist?*

Kapitel 32

Mitte Juli gab es jedoch endlich einmal eine gute Nachricht für Magdalena. Cordulas Bruder hatte tatsächlich vor Kurzem mit einigen zuverlässigen Tagelöhnern gearbeitet, die nach Tübingen gekommen waren. Sie kamen alle aus dem Norden des Herzogtums, zwei aus Schorndorf und einer aus Leonberg. Bisher hatten sie sowohl für die Universität gearbeitet als auch bei einem Winzer, wodurch ihnen die Arbeit mit einer Presse bereits bekannt war. Einer von ihnen konnte sogar lesen. Magdalena war jedenfalls guten Mutes, als die drei gleich zu Beginn der neuen Woche in der Druckerei erschienen. Sie hatte allerdings, auf Cordulas Rat hin, ihr Geld zum größten Teil, bis auf die täglichen Ausgaben, in ihrer Kammer im ersten Stock versteckt. Oswald schüttelte ihnen zur Begrüßung die Hand und wechselte ein paar Worte mit ihnen, bevor er sie zu Magdalena führte. Als gute Hausherrin lud sie die Tagelöhner zuallererst ein, sich mit der Familie an den Tisch zu setzen und das Frühstück einzunehmen. Sie hatte mit Absicht nicht die übliche Morgensuppe vorbereitet, sondern reichte Brot, Käse und Eier. Die Männer sollten sofort den Eindruck erhalten, dass es sich hier um einen ordentlichen und gut florierenden Betrieb handelte. *Von den momentanen Streitigkeiten mit meinem Stiefsohn müssen sie ja nicht gleich als Erstes erfahren,* dachte sie.

Doch bereits nach den ersten Bissen sprach der Größte von ihnen, Michel, den Streit mit Ulrich an. »Man sagt, dass Ihr den ältesten Sohn des Druckers rausgeworfen habt.« Er riss sich ein großes Stück Brot ab und stopfte es sich auf einmal in den Mund. Oswald und seine Mutter tauschten einen kurzen Blick aus. »So, sagt man das?«, meinte Oswald und musterte Michel dabei genau.

Dessen Hut, den er noch nicht einmal zum Speisen abgenommen hatte, war ganz verschlissen und schon mehrere Male geflickt worden. Er saß auf seinem Kopf, als sei es sein wertvollstes Hab und Gut. Seine Kleidung war einfach und schlecht genäht, seine Hose wies Schmutzflecken auf und war am unteren Ende aufgerissen. Der Mann hatte gut und gerne schon drei Dutzend Sommer gesehen, weswegen ihn die anderen beiden Tagelöhner wohl auch zu ihrem Wortführer gemacht hatten.

»Ja, das stimmt. Aber wir hatten unsere Gründe. Davon haben die Leute euch wohl nicht erzählt.« Oswald wirkte gelassen, doch Magdalena merkte, dass er längst nicht so ruhig war, wie er vorgab. Seine Antwort nahm Michel erst mal den Wind aus den Segeln, und er hakte nicht weiter nach. Doch Magdalena wusste, dass das Thema für ihn noch nicht erledigt war. Sie würde diesen Tagelöhner heute genau im Auge behalten. Er war etwas zu frech für ihren Geschmack.

Die Ladenglocke ertönte, worauf sich Magdalena sofort vom Frühstück erhob und den großen Vorhang zum Verkaufsraum zur Seite schob. Dort sah sich gerade der Professor um, den sie erst letztens von Weitem an der Seite von Nikodemus in eines der Universitätsgebäude hatte gehen sehen. Sie wusste außerdem, dass er zu denen gehörte, die mit der Korrektur des Landrechts betraut waren. Als sie ihn nun nach seinem Begehr fragte, teilte er ihr mit, dass er seine Disputation drucken lassen wolle. Magdalena nutzte die Gelegenheit, um ihn auszufragen.

»Gibt es Neues vom Landrecht? Bisher ist uns die endgültige Fassung noch nicht in die Druckerei geliefert worden«, sagte sie beiläufig, während sie einige Ansichtsexemplare von bereits gedruckten Disputationen für ihn aus dem Regal nahm.

»Oh, da müsst Ihr Euch noch etwas gedulden, gute Frau.« Er griff in seinen Ärmel und zog die Blätter mit seiner Disputation daraus hervor. »Wir haben den überarbeiteten Entwurf letzte Woche an den Hof übersandt, damit unsere Änderungen dort eingearbeitet werden können. Denn es befanden sich noch einige Stellen darin, die verbessert werden mussten. Es wird also sicherlich noch einige Wochen dauern, bis Ihr die endgültige Fassung erhaltet.«

Einige Wochen?, dachte Magdalena entsetzt. *Für mich geht es um die Lebensgrundlage für meine Familie, wenn ich nicht bald mit diesem großen Vorhaben beginnen kann. Aber zumindest haben wir nun einen neuen Auftrag, bei dem wir schon heute Geld bekommen, wenn auch nur wenig.*

»Und wie steht es mit dem Gesuch von Leopold Gotthard?«, wagte Magdalena einen kühnen Vorstoß und hoffte, dass der Professor nicht merken würde, dass sie ihn aushorchte. Sie legte die Ansichtsexemplare vor ihn auf die Theke und schaute kurz auf sein Manuskript. Für den Text würde sie keinen ganzen Bogen benötigen, sondern könnte einen halben verwenden.

»Ach, das. Er hat sich auch schon erkundigt, wie es damit steht. Das entscheiden wir nächste Woche, wenn der Rektor von seiner Reise zurückgekehrt ist«, murmelte er geistesabwesend und sah sich die Vorlagen an. »Können wir hier noch eine Zierleiste setzen?« Er malte mit seinem Zeigefinger einen unsichtbaren Rahmen auf das Papier.

»Aber sehr gern«, sagte Magdalena und war insgeheim erleichtert, dass bezüglich des neuen Druckers noch nichts entschieden war. Dann widmete sie ihre volle Aufmerksamkeit dem Verkaufsgespräch und zeigte die verschiedenen Zierleisten, die den Text der Disputation umrahmen sollten. Nach einer kurzen Weile leistete der Professor zufrieden seine Anzahlung. Kaum hatte er den Laden verlassen, ging Magdalena wieder zurück zum Tisch und sprach dort leise mit Matthias.

»Wer war denn da schon so früh unterwegs?«, fragte der Lehrling, während er sich die Hände an seiner Hose abwischte. Zum Glück hatten sowohl er als auch Paul entschieden, erst einmal in der Druckerei zu bleiben. Als er hörte, dass es sich um einen Professor handelte, stöhnte er leise auf. »Sagt bloß nicht, wir haben noch ein umfangreiches Manuskript erhalten? Wenn wir es zu drucken beginnen, werden wir es doch sicher auch vollenden müssen, bevor wir uns dem Landrecht widmen können. Und das kann doch nun jeden Tag eintreffen.«

Doch seine Herrin sah ihn aufmunternd an. »Das Landrecht werden wir erst einige Zeit später bekommen«, sagte sie betont beiläufig und fügte dann schnell hinzu: »Zum Glück ist es heute nur eine kleine Schrift, die er in fünfzig Exemplaren herstellen lassen will. Die können wir leicht produzieren.«

Der Lehrling nickte erleichtert. Dann griff er nach dem Manuskript, das Magdalena in ihrer Hand hielt, und prüfte es. »Das sieht nicht allzu schwierig aus. Ich kann es unverzüglich setzen, wenn Ihr es wünscht.« Ohne eine Antwort abzuwarten, erhob er sich vom Tisch und ging auf das Regal zu, um dort eine Form und einen Winkelhaken zu suchen.

»So, meine Herren, die Arbeit ruft«, meinte Magdalena. »Als Erstes werdet ihr euch ansehen, wie Georg die Druckerfarbe anrührt und das Papier fürs Bedrucken vorbereitet.« *Dann haben wir euch erst mal aus den Füßen, und Matthias kann sich ans Werk machen,* dachte sie bei sich. Sie sah, wie ihr Michel einen eigentümlichen Blick zuwarf und kurz innehielt, dachte sich aber nichts weiter dabei.

Schon bald ölte Paul die Presse, und Oswald holte neues Papier. Das regelmäßige Klicken, als die Lettern in den Winkelhaken eingelegt wurden, erfüllte den Raum. Die drei Neuen, die bei Georg standen, blickten immer wieder zu Matthias, der vor einem der beiden großen Setzkästen stand. Wieder und wieder griff seine rechte Hand nach den Buchstaben. Links oben, Mitte, Mitte, rechts unten, Mitte, Mitte. Es ging alles so schnell, dass seine Bewegungen fließend ineinander übergingen. Nur das leise Geräusch der Buchstaben, wenn sie in den Haken eingesetzt wurden, ließ erahnen, wann eine Bewegung zu Ende war und die nächste begann. Aber da die hellen Töne fast nahtlos aufeinander folgten, entstand der Eindruck, dass Matthias niemals innehielt. Erst als er drei Textreihen vollständig gesetzt hatte, hörte das regelmäßige Geräusch auf. Der Lehrling setzte vorsichtig, aber bestimmt die Buchstaben in die vor ihm liegende Form, bevor er erneut mit dem Setzen begann.

Magdalena war seine Schnelligkeit gewohnt, aber die Neuen starrten den Lehrling ungläubig an. Michel stand sogar der Mund offen. Sein Gesichtsausdruck sah dem einer Kuh auf der Weide zum Verwechseln ähnlich. Er schien kaum glauben zu können, was er da sah. »Ja«, sagte Magdalena, »Matthias ist einer der schnellsten Setzer, die wir je gehabt haben.« Da Matthias ihnen den Rücken zugekehrt hatte, bemerkte Magdalena nicht, dass dieser ob ihres Lobs rote Ohren bekam. Als er fertig war und die erstaunten Gesichter sah, sagte er: »Seht her, es handelt sich hier um einen Winkelhaken, der mit Lettern bestückt ist.« Seine Stimme klang ruhig und bedächtig. Vorsichtig streckte er seine Hand mit dem Haken aus, um ihnen zu zeigen, wie die nächsten Arbeitsschritte auszusehen hatten. Magdalenas Blick fiel derweil auf einen der beiden kleineren Tagelöhner. Der stand noch immer neben Georg und hatte das Geschehen interessiert verfolgt. Er schien von den dreien am meisten Verstand zu besitzen und war wahrscheinlich auch derjenige, der lesen konnte. Langsam ging er auf den Winkelhaken zu. Vorsichtig beäugte er ihn von allen Seiten. Matthias hielt ihn geduldig in der flachen Hand, sodass der Mann ihn genau betrachten konnte. Matthias bedeutete den anderen Männern, sich zu nähern. Der dritte Tagelöhner nahm den

Schriftsatz nun in die Hand und hielt ihn seinen Kameraden hin. Einige der Lettern fielen dabei auf den Boden, aber er beachtete sie nicht weiter, sodass Matthias sich bücken musste, um sie aufzulesen. Auch darauf reagierte keiner der drei. Matthias ging langsam zu seiner Herrin und murmelte so leise, dass nur sie es hören konnte: »Ich habe schon mit vielen zusammengearbeitet, aber diese Tagelöhner scheinen etwas schwer von Begriff zu sein.« Er schüttelte kaum merklich den Kopf. Aus den Augenwinkeln heraus behielt er die drei nach wie vor im Blick, die sich den Satz und die einzelnen Buchstaben nach wie vor ganz genau ansahen.

»Sie haben wohl noch nie eine Druckwerkstatt von innen gesehen«, versuchte Magdalena, ihr Verhalten zu entschuldigen. Doch auch sie hatte das Geschehen mit gemischten Gefühlen verfolgt. Sie brauchte dringend ein paar helfende Hände, doch wenn diese Männer nur zögerlich ihre Arbeit hier verrichten würden, wären sie ihren Lohn nicht wert. Magdalena fuhr dennoch fort: »Als Nächstes zeigen wir euch, was nach dem Setzen kommt. Wir werden nun den ersten Druck des Tages in Angriff nehmen.« Was dann folgte, war in der Druckerei ein ganz alltäglicher Ablauf. Oswald zog eine bereits gesetzte Form aus dem Regal und setzte sie in die Presse ein. Wie selbstverständlich nahm Paul zwei Ballen in die Hand, bestrich sie mit Druckfarbe und übertrug die Farbe dann durch gleichmäßiges Abrollen der Ballen auf den Satz. Als schließlich der neue Bogen Papier eingespannt war, wurde noch der Schlitten unter die Presse geschoben. Oswald zog den Bengel nun bis zum Anschlag, und als er ihn wieder löste, hörten sie das vertraute Schmatzen. Er war das Zeichen dafür, dass der Druck gelungen war, das Papier die Farbe aufgenommen und sich danach sauber vom Druckstock gelöst hatte. Die drei Neuen sahen sich überrascht an. Oswald zog den Schlitten heraus und präsentierte triumphierend den Druck, den er Magdalena überreichte. »Und diese Drucke hängen wir nun auf das Seil über euren Köpfen zum Antrocknen«, sagte Magdalena nicht weniger stolz als ihr Sohn. Ihre offensichtliche Zufriedenheit reizte Michel wohl zum Widerspruch. »Und Ihr überwacht das Ganze hier und gebt die Befehle?«, fuhr er Magdalena an. »Ich war der Meinung, einer Eurer Söhne hätte hier das Sagen. Ein Weib kann kein Handwerk leiten, und außerdem konnte ich nicht erkennen, dass Ihr auch nur einen einzigen Handschlag getan habt.« Seine Miene war so angewidert, als wollte er jeden Moment vor ihr ausspucken. »Einen Moment, mein Freund«, donnerte Oswald. »In diesem Ton redet niemand mit meiner Mutter.« Seit der Konfrontation mit Ulrich, in der er Magdalena nicht von Anfang an verteidigt hatte, war er noch mehr als früher darauf bedacht, sie zu schützen. »Entweder du mäßigst dich im Ton, oder du kannst gleich wieder gehen.« Letzteres hatte er eigentlich nur als Drohung gemeint, aber Michel sah mit wildem Blick seine beiden Begleiter an. »Kommt, Kameraden, wir gehen. Wir bekommen überall Arbeit angeboten und müssen uns nicht von einem Weibsbild herumkommandieren lassen.« Seine beiden Kameraden wirkten noch etwas unsicher, aber der wutentbrannte Michel schob die beiden vor sich her zum Ausgang. Kopfschüttelnd sah ihnen die Druckherrin nach.

»Na, wenigstens müssen wir denen keinen Lohn bezahlen«, sagte Oswald und schloss die Tür hinter ihnen. *Ja, sehr gut,* dachte Magdalena bei sich, *dann wird das mir von Nikodemus geliehene Geld noch einige Tage länger reichen. Aber wie sollen wir andererseits ohne die Tagelöhner nur den großen Auftrag für den Herzog bewältigen können?*

Kapitel 33

»Ihr werdet nicht glauben, was soeben passiert ist!«, rief Therese außer Atem, als sie Katharina eingeholt hatte. Die Alte war den ganzen Weg hinter Ulrichs Frau hergehumpelt. Ihr linkes Bein schmerzte, aber die Gier, wichtige Neuigkeiten über Magdalena brühwarm weiterzugeben, verlieh ihr Kraft. Katharina sah sie erwartungsvoll und mit einer gewissen Schadenfreude an. Therese war zwar äußerst einfältig, aber immer bereit, über Ulrichs furchtbare Stiefmutter zu lästern.

»Ist dieser widerlichen Magdalena etwa eine Presse kaputtgegangen? Das würde mir den Tag sofort verschönen!«, rief Katharina laut und freute sich, dass nun auch noch einige andere Frauen stehen geblieben waren und neugierig in ihre Richtung sahen. Je mehr Leute erfuhren, wie furchtbar Magdalena war, desto besser.

»Es ist noch etwas viel Schlimmeres passiert!«, keuchte die Alte mit leuchtenden Augen. »Offenbar hat die Breuning gerade versucht, neue Gehilfen anzulernen ...«

Katharina wusste es zu schätzen, dass Therese immer wieder auf Magdalenas Familie zu sprechen kam und vor allem das Gerücht über deren bevorstehenden Verrat am Herzog mit Vorliebe anheizte. Und jetzt hatte die Alte anscheinend gesehen, dass Magdalena einen Fehler begangen hatte.

»Aber sie darf doch gar keine neuen Lehrlinge einstellen! Das sollten wir sofort der Universität melden«, ereiferte sich Katharina nach wie vor mit laut vernehmbarer Stimme. »Ulrich wird sich der Sache sofort annehmen.« Innerlich freute sie sich schon auf das Gesicht ihres Mannes, wenn sie ihm davon erzählte. Doch die

Alte durchkreuzte ihre Pläne. Mit gedämpfter Stimme fuhr sie fort: »So dumm wird sie nicht gewesen sein. Die Männer sahen nicht wie Lehrlinge aus. Dazu waren sie schon zu alt, ich vermute deshalb, es waren Tagelöhner, so zerlumpt, wie sie daherkamen.«

»Wie schade«, entgegnete Katharina und verzog enttäuscht die Miene. Dann schickte sie sich an weiterzugehen. Mit Belanglosigkeiten wollte sie ihre Zeit nicht länger verschwenden. Dazu war ihr Einkaufskorb zu schwer. Außerdem war sie von der Geburt ihres Kindes noch geschwächt und musste sich schonen.

»Wartet!«, Thereses knöcherne Hand hielt Katharina am Kleid fest. »Sie sind nicht lange geblieben.« Die Alte versuchte zu lachen, doch es klang eher wie das Meckern einer Ziege. »Noch vor dem Mittagessen stoben sie aus dem Haus, als wäre der Teufel hinter ihnen her.«

»Wahrscheinlich, weil Magdalena sich ihnen gegenüber genauso furchtbar benommen hat wie gegenüber dem schönen Leopold«, sagte Katharina grimmig. Sie konnte es immer noch nicht glauben, wie man einen Mann abweisen konnte, der so begehrenswert war wie der weit gereiste Drucker – so gut aussehend, so freundlich, so gescheit. Sie bemerkte, dass sie innerlich ins Schwärmen geriet und Therese sie äußerst aufmerksam musterte.

Sie versuchte, sich aus dem Griff der Alten zu winden, doch diese ließ nicht locker und kam wieder auf die Tagelöhner zu sprechen. »Aber bedenkt doch: Erwachsene, Arbeit suchende Männer rennen völlig kopflos aus der Druckerei. Was ist da passiert, frage ich mich«, beharrte sie und bleckte die letzten ihr verbliebenen Zähne. Sie war schon früher keine besonders schöne Frau gewesen, und das Alter war nicht gnädig mit ihr umgegangen. Wegen ihres schütteren Haars und der großen Warze auf der Nase hatte sie inzwischen einen bösen Beinamen von einigen vorlauten Knaben bekommen: die hässliche Vettel. Katharina fand diesen Namen äußerst zutreffend, obwohl sie gegenüber der Alten vortäuschte, entrüstet zu sein, wenn ein kleiner Junge ihn Therese hinterherrief.

»Das ist in der Tat interessant.« Katharina hatte es nun gar nicht mehr so eilig, nach Hause zu kommen.

»Glaubt Ihr, es waren Dämonen?« Die alte Therese sah sie vielsagend an. »Ich habe doch schon immer gesagt, dass es in diesem Haus spukt. Es geht da nicht mit rechten Dingen zu«, sagte sie mit geheimnisvoller Stimme. »Schon damals, als sie mit ihren Kindern dort eingezogen ist, habe ich des Nachts seltsame Schreie gehört und einmal auch eine weiße Gestalt gesehen, die in der Haustür erschien.« Sie schauderte und presste ihre Arme an den hageren Leib.

Katharina hörte diese Geschichte nicht zum ersten Mal und hatte sie immer als eine Spinnerei der alten Vettel abgetan. Aber plötzlich erkannte sie, dass man sie vielleicht nutzen konnte, um Magdalena auf geschickte Art und Weise Schaden zuzufügen. Deshalb setzte sie ihren Korb ab und stachelte ihr Gegenüber noch weiter an. »Meint Ihr etwa, die neuen Gehilfen haben die weiße Gestalt aus nächster Nähe gesehen?«

Sie hatte genau die richtigen Worte gewählt. Die Augen der Alten weiteten sich, und ihre Nasenlöcher blähten sich auf. »Da könnt Ihr Euch drauf verlassen. Und sie sahen vielleicht noch Schlimmeres!« Therese war nun nicht mehr zu bremsen. »Vielleicht sogar den ... Gottseibeiuns. Und ich wohne ganz in der Nähe. Die Gestalt ist sicher nicht an einen festen Ort gebunden und wird bald die ganze Stadt heimsuchen. Der Drucker-Witwe muss Einhalt geboten werden, sage ich. Sie wird sonst Verderben über uns alle bringen.«

In Katharina reifte ein vielversprechender Gedanke heran. Vielleicht gäbe es ja doch noch einen Weg, wie Ulrich an sein rechtmäßiges Erbe kommen könnte, wenn sich der Senat schon nicht beim ersten Versuch auf seine Seite gestellt hatte. Doch dazu mussten sie beide die Alte für ihre Zwecke einspannen. Bestimmt würde Ulrich auch wissen, wie sie das am geschicktesten anstellen könnten.

»Nun beruhigt Euch erst einmal«, sagte Katharina daher besänftigend und legte eine Hand auf den knochigen Arm der Alten. »Ulrich wird der Sache nachgehen und sich mit den drei Tagelöhnern unterhalten. Dann wissen wir es mit Bestimmtheit und können gegen Magdalena vorgehen.« Die Alte schien nun etwas beruhigter zu sein, da sie wusste, dass sie nun nicht mehr die Einzige war, die sich wegen des grauslichen Hauses in der Burgsteige samt seiner Bewohner Sorgen machte.

Mit schmeichelnder Stimme fügte Katharina hinzu: »Warum kommt Ihr morgen nicht zum Abendmahl vorbei? Dann können wir uns gemeinsam überlegen, wie wir der Lage Herr werden.« Als Therese nickte und sich überschwänglich bedankte, wusste Katharina, dass sie soeben eine starke Verbündete gegen die dreiste Magdalena gewonnen hatte. Sie gab sich alle Mühe, ihre Freude über diese, für sie und Ulrich erfreuliche Entwicklung der Dinge zu verbergen, und begab sich ohne Umschweife nach Hause. Vielleicht wäre ja sogar der gut aussehende Leopold noch immer da und bespräche sich mit Ulrich. Als sie die beiden Männer heute Morgen verlassen hatte, waren sie in ein Gespräch über eine mögliche Zusammenarbeit vertieft gewesen. Sie hoffte sehr, dass die beiden sich einig geworden waren und sie Leopold dann öfter sehen würde. Was für ein Mann! Mit einem verzückten Lächeln auf den Lippen verabschiedete sie sich von Therese und lief, so schnell es ihr schwerer Korb erlaubte, nach Hause zurück.

Kapitel 34

Es war bereits dunkel, als Magdalena sich auf den Weg zu Nikodemus' Haus machte. Da sie schon wieder seinen Rat brauchte, hatte sie ihm diesmal ein Geschenk mitgebracht: einen Krug des köstlichen Honigweins, den sie erst kürzlich bei Cordula gekostet hatte. Ursprünglich hatte sie ihn auch nach dem Stand von Leopolds Gesuch fragen wollen, doch sie wollte die aufkeimende Freundschaft zwischen ihnen nicht unnötig ausnutzen. Außerdem würde er ihr wahrscheinlich sowieso nicht viel mehr sagen können, als sie zuletzt in der Druckerei gehört hatte.

Kaum hatte sie an die Haustür geklopft, öffnete ihr auch schon die Magd. Als Magdalena in seine Studierkammer trat, begrüßte Nikodemus sie freudig mit den Worten: »Je später der Abend, desto schöner die Gäste.« Sie fühlte sich geschmeichelt und lächelte ihn an. »Na, Magdalena. Wo drückt der Schuh diesmal?«, fragte er und lud sie mit einer Handbewegung zum Sitzen ein. Doch Magdalena überreichte ihm zunächst ihr Geschenk.

»Der ist für Euch als meinem ständigen Retter in der Not«, sagte sie kokett.

»Magdalena! Was habt Ihr denn vor?«, ging er auf ihr Spiel ein und stand auf, um zwei Gläser aus dem Schrank zu holen. Dies gestaltete sich jedoch als schwierig, denn wie sie bereits bei ihrem letzten Besuch in seiner Studierkammer festgestellt hatte, hielt sich der Professor nicht groß damit auf, Ordnung in seinen vier Wänden zu halten. »Dabei bin ich mir sicher, sie letztes Mal genau hier hingestellt zu haben«, murmelte er, während er ein paar Bücher beiseiteschob. Als er nach weiterem Suchen allerdings immer noch nicht fündig wurde, rief er nach seiner Magd. »Wo habe ich denn letztens die Gläser hingestellt, mein gutes Kind?«, fragte er sie.

»Die habt Ihr mir doch zum Säubern gegeben«, sagte diese nachsichtig und verschwand in die Küche, um sie zu holen. Magdalena schmunzelte, sagte aber nichts. Der Professor war ein heller Kopf und überaus liebenswert; mit den täglichen Dingen des Lebens hatte er es jedoch nicht so sehr und wäre ohne seine Magd verloren gewesen.

Als sie den ersten Schluck Honigwein genommen hatten, stellte Nikodemus sein Glas ab und schaute sie ernst an. »Ihr seid gewiss nicht nur gekommen, um mir diese Leckerei zu bringen«, kam er auf den Grund ihres Besuches zu sprechen. »Lasst mich raten. Dass Ihr keine Lehrlinge einstellen dürft, bereitet Euch große Probleme.«

»Ihr bringt es wieder einmal auf den Punkt«, seufzte sie und ließ sich auf den Stuhl, der gegenüber seinem Schreibtisch stand, fallen. »Gerade gestern wollten wir drei Tagelöhner anlernen, aber sie wollten nicht für ein Weibsbild arbeiten.« Sie rollte vielsagend mit den Augen.

»Mit Tagelöhnern kommt Ihr also wohl nicht weiter, was die Lösung Eures Problems betrifft.« Er nahm einen Schluck Honigwein und verzog anerkennend das Gesicht. »Also wollt Ihr stattdessen jetzt Studenten einstellen?« Nachdenklich nickte er. »Das ist natürlich eine gute Idee. Denn sie können zudem auch noch Latein lesen und korrigieren. Was für die Arbeit in einer Druckerei nicht ganz unerheblich ist. Aber es gibt zwei Gründe, warum ich Euch zunächst dennoch Tagelöhner ans Herz gelegt habe.«

Magdalena hob interessiert den Kopf und sah den Professor gespannt an. »Zum einen sind viele Studenten nicht so freigiebig mit ihrer Zeit, wie Ihr es gerne hättet. Und zum anderen ...« Er überlegte, wie er den Sachverhalt, ohne ihn zu bewerten, am besten ausdrücken konnte. Dann sagte er schließlich doch geradeheraus: »... müsst Ihr unbedingt noch eins über sie wissen.« Er beugte sich über den großen Schreibtisch hinweg zu ihr, legte seine rechte Hand an Mund und Nase und sagte im Flüsterton: »Sie sind schrecklich faul.« Dann zwinkerte er ihr zu und ließ sich wieder in seinen Stuhl zurückfallen.

Magdalena lächelte. »Also, wenn es nur das ist ...«

Der Professor holte darauf etwas weiter aus. »Wenn man ihnen etwas zu lesen aufträgt, vergessen sie es bis zur nächsten Stunde, und wenn man mit ihnen disputiert, sind sie entweder nur halb oder gar nicht vorbereitet.« Er seufzte. Wahrscheinlich hatte er im letzten Semester eine herbe Enttäuschung durch seine Studenten erfahren.

»Also werde ich mit der Peitsche hinter ihnen stehen müssen, damit sie auch spuren. Kein Problem. Das mache ich gerne«, entgegnete Magdalena und sah Nikodemus entschlossen an. Ihre Augen leuchteten ob der Aussicht auf die studentischen Helfer, sodass ihm ein leises Lachen entfuhr. *Diese Frau,* dachte er, *gibt einfach nicht auf.*

»Das kann ich mir bei Euch gut vorstellen, Magdalena. Ihr schreckt ja noch nicht einmal vor dem Senat zurück.« Er schmunzelte, als er sich bildlich vorstellte, wie sie die Studenten ordentlich antrieb. Nickend warf er ihr einen anerkennenden Blick zu.

»Allerdings gibt es noch ein weiteres kleines Problem.«

Er machte eine kurze Pause.

»Wie Ihr wisst, haben gerade die Hundstage begonnen, die wärmsten Tage des Jahres. Das heißt, dass momentan keine Vorlesungen stattfinden, sondern nur Disputationen. Natürlich sollten die Studenten auch zu den Disputationen gehen, aber die meisten von ihnen haben sich aus Tübingen verabschiedet und werden uns erst im Oktober wieder mit ihrer Gegenwart beehren.«

»Im Oktober? Aber bis dahin sind es ja noch über zwei Monate.« Sie schnappte nach Luft, denn das war viel zu spät! Sie musste die Studenten schließlich erst noch anlernen, bevor sie sie für den Druck des Landrechts einsetzen konnte.

»Ist denn wirklich kein einziger Student in der Stadt, der uns helfen könnte? Mit ein oder zwei Paar Händen wäre uns schon sehr geholfen.« In ihrem Blick lag etwas Flehendes.

»Lasst mich nachdenken, wer von den geeigneten Studenten noch hier in Württemberg ist.« Eine lange Zeit murmelte der Professor vor sich hin und vergaß gänzlich, dass er einen Gast vor sich sitzen hatte. Magdalena wartete geduldig und legte ihre Hände zu einem stillen Gebet zusammen. Die Studenten waren ihre allerletzte Hoffnung. Ohne sie würde sie ihre Druckerei nicht mehr halten können. Und dann ... sie musste sich förmlich dazu zwingen, an etwas anderes als an Ulrichs schadenfrohes Grinsen zu denken. Niemals. NIEMALS.

»Wartet«, unterbrach der Professor sie in ihren Gedanken. Sie sah ihn hoffnungsvoll an. »Es gibt vielleicht einen Studenten, der sich gut zum Setzen eignen würde. Zu mehr ist er wahrscheinlich nicht in der Lage. Er sieht so aus, als hätte er noch nie in seinem Leben eine Last gezogen, geschweige denn einen ganzen Tag lang schwer gearbeitet. Aber das muss er ja vielleicht auch nicht.«

»Wenn wir einen neuen Setzer hätten, könnte Georg vielleicht die zweite Presse alleine bedienen, und ich kann ihm, so gut es geht, dabei helfen«, sagte sie mehr zu sich selbst als zu Nikodemus. »Selbst wenn mir hinterher die Arme abfallen sollten«, fügte sie noch grimmig hinzu.

»Das glaube ich Euch aufs Wort, Magdalena. Von Euch kann sich so manch einer noch eine Scheibe abschneiden.« Einmal mehr wurde ihm bewusst, wie sehr er die kleine Frau doch in sein Herz geschlossen hatte.

»Gut, dann werde ich gleich morgen zu Tobias gehen und ihn

zu Euch schicken. Dann könnt Ihr sehen, ob er etwas taugt und wie viel Ihr ihm bezahlen möchtet.«

Über die Bezahlung werden wir uns schon einig, dachte Magdalena. *Vielleicht kann ich ihn hauptsächlich mit Büchern bezahlen. Er wird bestimmt einige gebrauchen können.*

»Wie immer ist Verlass auf Euch, Herr Professor. Ich danke Euch vielmals.« Sie hätte ihn glatt umarmen können, so heiter war sie plötzlich. Zum Glück befand sich jedoch der Schreibtisch zwischen ihnen, sodass es ihr gar nicht möglich war, ihren Wunsch in die Tat umzusetzen. *Wahrscheinlich fände er solch einen Ausdruck der Dankbarkeit auch völlig fehl am Platz,* schalt sie sich. Und so sprang sie statt einer Umarmung von ihrem Stuhl hoch und verbeugte sich. Der Professor schmunzelte erneut.

»Es freut mich, dass Ihr wieder frohen Mutes seid. So gefallt Ihr mir viel besser!« Sie fühlte, wie ihr die Röte ins Gesicht stieg. Schnell drehte sie sich nach ihrem Tuch um, das sie über die Stuhllehne gelegt hatte, um seinem Blick auszuweichen. Er sollte nicht sehen, was für eine Wirkung seine Worte auf sie hatten. Seit ihrem letzten Besuch bei ihm ertappte sich Magdalena immer öfter dabei, urplötzlich an ihn zu denken. An seine freundlichen blauen Augen, seinen grau melierten Backenbart und seine breiten Schultern, die wie eine Einladung an sie wirkten, an ihnen Schutz und Zuflucht zu suchen. In diesen Momenten wurde ihr immer wieder bewusst, wie allein sie im Grunde war. Seit Ulrichs Tod hatte sie niemanden mehr, dem sie sich anvertrauen, den sie um Rat fragen und mit dem sie scherzen konnte. Sie war nun die Herrin der Druckerei, war verantwortlich für den reibungslosen Ablauf der Bestellungen, sorgte für ihre Lehrlinge und Kinder, achtete darauf, dass alle ihre Pflichten erfüllten, dass genügend Vorräte an Papier, Farbe, aber auch an Holz und Viktualien im Haus waren, überprüfte Einnahmen und Ausgaben – und hätte doch so gerne einen Teil dieser Last abgegeben.

Doch daran war nicht zu denken. Sie war eine starke Frau, wie man ihr oft und gerne bescheinigte, aber sie wäre auch gerne wieder einmal schwach gewesen, hätte sich an die starke Brust eines Mannes gelehnt. Magdalena kannte die Männer, immerhin war sie zweimal verheiratet gewesen – und zwar mit angesehenen, tüchtigen Männern, beide fleißig, ehrbar, zuverlässig. Magdalena war sich all deren guten Eigenschaften bewusst, aber irgendetwas hatte ihr immer gefehlt, ohne dass sie genau hätte sagen können, was es war. Für sie war sie Ehefrau, Hausfrau und Mutter gewesen, aber nicht wirklich Magdalena. Für Nikodemus jedoch … Magdalena lächelte. Wenn er sie fragte, wie es ihr ginge, dann war er an einer aufrichtigen Antwort interessiert und nicht an einem Austausch von Nichtigkeiten.

Während sie sich ihr Tuch überwarf, kam ihr jedoch noch eine weitere Frage in den Sinn. »Plant Ihr dieses Jahr, noch für längere Zeit Tübingen zu verlassen? Ihr seid schließlich des Öfteren unterwegs. Ich würde natürlich nur äußerst ungerne auf meinen besten Korrekturleser verzichten.« Mit dieser Bezeichnung versuchte sie, ihr Verhältnis zu ihm wieder ins rechte Licht zu rücken.

»Ach, ich hatte gehofft, ich wäre ein wenig mehr für Euch«, sagte er scherzhaft und stand auf, um sie zur Tür zu geleiten. »Nein, ich bleibe Euch bis zum Christfest auf jeden Fall erhalten.«

»Gut«, sagte sie kurz angebunden und machte, dass sie auf die Straße kam, bevor sie noch etwas Unüberlegtes sagte. Dieser Mann schaffte es doch wirklich, sie durcheinanderzubringen. Zum Glück half ihr die abendliche Kühle, ihre Gefühle wieder unter Kontrolle zu bringen.

Kapitel 35

»Und was hat Nikodemus zu dem Gesuch gesagt? Wird Leopold eine zweite Druckerei in Tübingen eröffnen können?«, fragte Georg gespannt, noch bevor seine Mutter die Tür hinter sich geschlossen hatte. Seit er von ihr erfahren hatte, dass ihr Geschäft bald durch die Konkurrenz des Druckers Gotthard Einbußen erleiden könnte, war er sehr beunruhigt. Er hatte von seinem Stiefvater viel über die Gefahren des Druckens gelernt. Nicht nur, was die Arbeitsabläufe betraf, sondern auch, was das Geschäftsgebaren anging. Sein Bruder Oswald war, im Gegensatz zu ihm, eher an der technischen Seite des Gewerbes interessiert.

Georg hingegen interessierte sich weit mehr für Geldangelegenheiten, Verkäufe auf Messen, den Einkauf von Papier und: für den Gewinn. Solange sein Stiefbruder Ulrich noch im Geschäft gewesen war, waren diese Aufgaben fast ausschließlich in dessen Zuständigkeitsbereich gefallen, und der war tunlichst darauf bedacht gewesen, Georg außen vor zu halten. Nur äußerst selten hatte er ihn mit zu einem Papierer mitgenommen. Ulrich verstand jedoch die schwierigen Rechengeschäfte nicht so recht und war sich darüber öfters mit seinem Vater in die Haare geraten, weil seine Planung und seine Übersicht über die Kosten oftmals nicht stimmten. Georg wusste, dass sein Stiefvater nicht zuletzt deshalb sein Interesse an diesem Geschäftsbereich besonders geschätzt und sich viel Zeit genommen hatte, Georg mehr als nur die Grundlagen darin beizubringen.

Deswegen hatte er Georg auch ausführlicher über seine Anfangszeit als Drucker in Straßburg erzählt. Oft waren die beiden abends noch vor dem Feuer sitzen geblieben, wenn die anderen sich schon lange zurückgezogen hatten. Sein Stiefvater hatte ihm auch eines Abends eindrucksvoll vor Augen geführt, wie schnell man in den Ruin geraten konnte, wenn einem die Nachbardruckerei die Aufträge wegnahm. Das hatte sich dem Jungen so stark eingeprägt, dass er seitdem inständig hoffte, dass in Tübingen nie eine zweite Druckerei aufmachen würde. Und nun sollte es doch so kommen.

Aber seine Mutter teilte seine Sorge offenbar nicht. Sie schien nicht zu verstehen, wie ernst die Lage war, und blieb für alle seine Warnungen taub. Auch heute wiegelte sie ihn auf seine Frage hin ab und verwies darauf, dass sie mit Nikodemus gar nicht darüber gesprochen habe, da sich der Senat bis jetzt noch nicht zu der Sache geäußert habe. Man müsse einfach abwarten und sehen, was passiere, hatte sie freundlich, aber bestimmt gesagt und ihm damit zu verstehen gegeben, dass sie nicht weiter über dieses Thema sprechen wollte. Er konnte diese Sorglosigkeit nicht nachvollziehen. In einer solchen Lage musste man doch um seine Alleinstellung kämpfen und sie mit allen Mitteln, die einem zu Gebote standen, verteidigen. Seine Mutter aber tat nichts dergleichen, sondern hoffte, dass das Problem sich von selbst lösen würde. Was also konnte er tun?

Kapitel 36

Es war ein Leichtes für Ulrich, die drei Tagelöhner schnell ausfindig zu machen. Schließlich wusste er genau, wo er nach ihnen suchen musste. Das Gasthaus am Stadttor war der Sammelpunkt für alle Neuankömmlinge in Tübingen, die keine feste Anstellung hatten, aber dringend Geld benötigten. Dort würden sich bestimmt auch Magdalenas Arbeiter aufhalten. Als er in die Schenke trat, stieg ihm der Geruch von billigem Wein in die Nase. Im Gegensatz zum Hirschen musste sich der hiesige Wirt keine große Mühe geben, seinen Gästen etwas Gutes anzubieten. Der gute Platz an einer der größten Straßen Tübingens sicherte ihm immer genügend Kundschaft, der er schlechten Wein zu einem überteuerten Preis anbieten konnte. Professoren machten um diese Schenke einen Bogen, und auch Studenten mieden sie.

Auf seine Nachfrage hin wusste der Wirt auf Anhieb, wen Ulrich suchte. »Die drei? Die sitzen dort drüben!« Er zeigte auf einen Tisch, der von Leuten umringt war. Ulrich orderte vier Becher Hauswein – schließlich wollte er für die Tagelöhner nicht zu tief in die Tasche greifen – und ging dann zu ihrem Tisch. Die drei Männer schienen ganz in ihrem Element zu sein. Laut erzählten sie den staunenden Zuhörern von den unglaublichen Dingen, deren Zeugen sie in der Druckerei geworden waren.

»Dieses Weibsbild hat den Druckherrn gemimt«, verkündete Michel gerade. »Dabei weiß jeder, dass Weiber sich nicht über Männer erheben sollten. Nur ein Mann darf Befehle erteilen. Ich sage euch, das ist kein richtiges Weib. Sie ist bestimmt mit dem Teufel im Bunde. Deswegen roch es auch nach Pech und Schwefel.«

Genüsslich hörte Ulrich zu. Diese Gerüchte waren ganz in seinem Sinne. Er bräuchte nun nur noch ein wenig Öl ins Feuer zu gießen. »Wie recht ihr doch habt«, begann er daher verschwörerisch und schob den dreien die Weinbecher hin. »Ich selbst habe einmal dort gearbeitet und weiß, wovon ich spreche. Es begann, als mein Vater diese Breuning heiratete. Und am Ende stürzte er sich die Stiege hinunter, und der Bader entdeckte auf seinem Körper ein dunkles Mal. Kurz darauf starb er qualvoll. Das war kein natürlicher Tod, sage ich euch.« Dass er die Tatsachen dabei zu seinen Gunsten verdrehte, konnte ihm keiner von den Anwesenden nachweisen. Ganz im Gegenteil. Begierig saugten sie die Erklärung auf, die er ihnen darbot.

»Eine Nachbarin hat dort außerdem eine weiße Gestalt gesehen, die nachts aus dem Haus zu kommen pflegt. Sie bringt Unheil, sage ich euch. Sie sucht nach Seelen, die sie ins Verderben ziehen kann.« Alle Augen waren nun auf ihn gerichtet. Sogar ein unterdrücktes Stöhnen war zu hören. Ulrich nahm genüsslich einen langen Schluck aus seinem Becher, die Aufmerksamkeit seiner Zuhörer war ihm gewiss. »Macht dem ein Ende, sage ich euch. Arbeitet auf keinen Fall in dieser verfluchten Druckerei. Wenn das Weib keine Gehilfen mehr findet, wird es schließen müssen!«

Von ein paar Männern neben sich vernahm er ein tiefes Brummen, das er als Zustimmung deutete. »Ich habe auch schon gehört, dass diese Frau die Druckerei ganz alleine leitet. Unerhört!«, warf nun einer von ihnen ein.

»Eine Frau als Druckherrin! Sie widersetzt sich der gottgegebenen Ordnung! Das ist Frevel in den Augen des Herrn!«, rief ein anderer.

»Die Frau sei dem Manne untertan, das sagt Herr Doktor Luther«, ereiferte sich ein Dritter. Die Auswirkungen, die seine Gerüchte zeitigten, waren sogar noch besser, als Ulrich es sich erhofft hatte. Die deutlich gebildeteren Gäste im Hirschen hätte er nicht so schnell von diesem Unsinn überzeugen können, aber die einfältigen Landarbeiter und Tagelöhner, die hier verkehrten, glaubten ihm jedes Wort. Mehr brauchte er nicht mehr zu tun. Das Gerücht vom unnatürlichen Treiben in der Druckerei würde sich von nun an sehr schnell verbreiten. Damit hatte er sogar zwei Ziele erreicht: Zum einen würden neue Arbeiter, die nach Tübingen kamen, nicht zur Druckerei gehen. Zum anderen würde die Druckerei – und ganz besonders Magdalena – in Verruf geraten.

Wie er dann anschließend nach der Übernahme der Druckerei wieder deren guten Ruf herstellen könnte, darüber machte er sich erst einmal keine Gedanken. Er würde gegebenenfalls dem neuen Pfarrer ein paar Münzen zustecken, damit der die »bösen Geister« aus dem Haus triebe. Das würde die Leute schon beruhigen. Doch momentan war sein oberstes Ziel, seiner Stiefmutter die Druckerei abzujagen. Sie hatte nur noch zwei Lehrlinge, die Studenten hatten Semesterferien, und alle anderen, die für eine Anstellung infrage kamen, musste er nur wirkungsvoll davon abhalten, bei ihr vorstellig zu werden. Kursierende Gerüchte über Dämonen, Hexen und Teufel kamen ihm da gerade recht. Sie boten immer eine gute Erklärung für seltsame Ereignisse, wie er bereits gemerkt hatte, als er damals das Haus des Studenten in Brand gesetzt hatte. Dafür hatte er nur einem dahergelaufenen Jungen erzählen müssen, kurz vor Ausbruch des Feuers den Teufel gesehen zu haben, und schon hatte der seine Worte in halb Tübingen verbreitet.

Kapitel 37

Offensichtlich hatte Nikodemus nicht lange gebraucht, um den von ihm angekündigten Studenten zu überzeugen, denn der junge Mann kam ohne Umschweife am nächsten Nachmittag in die Druckerei. Seine blonden kurzen Haare reichten ihm gerade einmal bis zum Ohr, und auf seinem Gesicht lag ein pfiffiger Ausdruck. Aber wie Nikodemus bereits bemerkt hatte, machte Tobias körperlich einen so schmächtigen Eindruck, dass er für die harte Arbeit an der Presse nicht geeignet schien.

»Aha. Ich habe meine Bücher bisher von Professor Nikodemus erhalten. Aber von hier stammen sie also.« Er sah sich lange im Laden um.

»Ja, und hinter diesem Vorhang werden sie hergestellt. Kommt mit und seht Euch alles an«, sagte Magdalena und geleitete ihn in den Produktionsraum. Beeindruckt ging der junge Mann zu den Pressen und beäugte auch die Leine mit den gedruckten Bogen über ihnen. Er befühlte das Papier und las einige Zeilen auf den Bogen. »Oh, das hier ist das neue Buch meines Theologieprofessors. Wann werdet Ihr es fertig haben, und wie lange dauert es überhaupt, es zu drucken?« Magdalena war hocherfreut angesichts seiner Wissbegierde.

»Ihr könntet uns am besten unterstützen, indem Ihr die Texte setzen würdet«, sagte sie, nachdem sie alle seine Fragen beantwortet hatte. Mit ausgestrecktem Zeigefinger wies sie auf Matthias, der gerade wieder in Windeseile die Buchstaben in den Winkelhaken einlegte. Rechts, links, Mitte, Mitte, rechts, rechts. Dieses Mal war Magdalena etwas angespannt, weil sie nicht wusste, wie ihr neuer Gehilfe reagieren würde. Der aber war im Gegensatz zu den Tagelöhnern völlig fasziniert von den zackigen Handbewegungen des Lehrlings. Er trat dicht an den Lehrling heran und schaute ihm gespannt über die Schulter. »Ihr seid aber flink«, sagte er schließlich, als Matthias merkte, dass er beobachtet wurde, und innehielt.

»Es wäre schön, wenn Ihr noch diese Woche anfangen könntet, damit Matthias Euch schnell einiges beibringen kann«, sagte Magdalena, als sie an die beiden herantrat.

»Ja«, nickte der Student nachdenklich und schaute sich noch einmal die Buchstaben im Setzkasten genauer an. »Die Disputation morgen kann ich getrost ausfallen lassen. Die Herren Professoren erzählen sowieso immer nur das Gleiche.«

Magdalena überhörte diesen Kommentar geflissentlich. Gemessen an den Tagelöhnern, war Tobias jetzt schon deutlich vielversprechender, da wollte sie ihn nicht gleich als Erstes tadeln. »Gut. Dann bliebe noch die Frage der Bezahlung. Ich könnte Euch einen kleinen wöchentlichen Lohn geben und dazu noch Bücher. Die könntet Ihr dann auch gerne weiterverkaufen. Was sagt Ihr dazu?«

Der Student musste nicht lange nachdenken, und so besiegelten sie das Geschäft per Handschlag. *Was für ein wundervoller Tag,* dachte Magdalena. *Endlich einmal eine gute Fügung.* Was könnte jetzt noch schiefgehen? Eine Antwort darauf sollte sie bereits am nächsten Tag erhalten.

Obwohl sich Tobias bei allem, was er tat, deutlich klüger anstellte als die Tagelöhner, hatte er dennoch einen großen Nachteil – er war ein Scholar. Als Matthias ihm nach einer kurzen Einführung den Winkelhaken in die Hand drückte, zog der junge Mann verblüfft die Augenbrauen hoch – er hatte wohl erwartet, dass er sich erst einen langen Vortrag über die typischen Fehler und deren Vermeidung beim Drucken anhören müsste, bevor er selbst aktiv werden sollte. Aber weit gefehlt!

»Dann wollen wir mal sehen, was in Euch steckt.« Magdalena sah den jungen Mann aufmerksam an. Er war ungefähr im gleichen Alter wie ihr Ältester, doch hatte er im Gegensatz zu Oswald eine weit schmächtigere Statur. Seine Hände waren eher wie die von Nikodemus – feingliedrig und zart. Hie und da war ein verblasster Tintenfleck auf ihnen zu sehen, den er wahrscheinlich beim Entwerfen von Argumenten oder beim Abschreiben von Büchern verursacht hatte. Wenn er nun öfters in der Druckerei arbeitete, würden seine Hände schnell Schwielen und Verletzungen bekommen. Ob er das wohl bedacht hatte, als er sein Interesse für diese Arbeit bekundet hatte? Oder war er nur an der Bezahlung und den Büchern interessiert? Wie auch immer – sie würde es schon bald herausfinden.

Tobias kam nur sehr langsam mit der ihm übertragenen Aufgabe voran. Immer wieder zögerte er, bevor er einen Buchstaben in die Hand nahm, und sah dann mehrmals auf die Kreidezeichen auf dem Setzkasten, die den jeweils sich in den Fächern befindlichen Lettern entsprachen. Danach untersuchte er die Oberfläche des Bleistücks ganz genau, und erst wenn er überzeugt war, dass es sich um den richtigen Buchstaben handelte, fügte er ihn in das Metallstück ein. Matthias warf Magdalena einen verzweifelten Blick zu. Natürlich hatten beide damit gerechnet, dass Tobias länger brauchen würde als einer der Lehrlinge oder ihre Söhne, aber sie fanden es doch verwunderlich, dass der Student so unsicher ans Werk ging.

Es dauerte überaus lange, bis Tobias sich schließlich wieder zu Matthias umdrehte und ihm seinen Satz präsentierte. Während der die Buchstaben prüfte, betrachtete der Neue missmutig seine dunkel verfärbten Hände. Sein Bemühen, sie sich an seinem Gewand zu säubern, scheiterte, und so gab er es seufzend wieder auf. *Am Ende des Tages bekommst du die Druckerfarbe sowieso nicht mehr ab*, dachte Magdalena und sah auf ihre Hände hinab. Da sie nun verstärkt beim Einfärben des Satzes half, waren ihre Finger fast so dunkel wie ihr Kleid.

Endlich drehte sich Matthias zu ihr um. »Also, das Ergebnis ist überragend. Wir haben hier nur einige wenige Fische.« Er hielt dem Studenten den Winkelhaken hin, sodass dieser selbst sehen konnte. Der Neue sah ihn erstaunt an. »Fische? Wie?« Mit zusammengezogenen Augenbrauen schaute er erst auf den Satz in Matthias Händen und dann in dessen Gesicht.

»Ein Fisch ist ein falscher Buchstabe. Seht Ihr, hier. Da habt Ihr aus Versehen ein ›r‹ gegriffen, obwohl Ihr ein ›t‹ benötigt.«

»Das tut mir leid. Oje, dann muss ich jetzt den ganzen Text noch einmal setzen?« Seine Miene war aufrichtig bestürzt.

»Aber nicht doch! Solche Fehler können wir zum Glück leicht beheben. Nur hält das leider auf, sodass wir wertvolle Zeit verlieren.« Während Matthias die falschen Buchstaben aus dem Satz klaubte und sie austauschte, sah Tobias mit fragendem Gesichtsausdruck zur Herrin des Hauses hinüber. Die trat neben ihn und erklärte ihm: »Wir werden bald eine sehr wichtige Publikation des Herzogs bekommen, die so schnell wie möglich gedruckt werden muss. Deshalb stellen wir Euch nun auch ein, da wir nur sehr wenig Zeit haben.« *Und weil ich keine Lehrlinge ausbilden darf,* fügte Magdalena in Gedanken hinzu, da sie das dem Neuen nicht gleich auf die Nase binden wollte. Er wirkte zwar vertrauenerweckend auf sie, doch wollte sie nach ihren bisherigen Erfahrungen lieber nichts riskieren. »Ihr arbeitet schon recht gut! Aber Ihr müsst dabei noch wesentlich schneller werden. Traut Euch mehr zu und denkt nicht so lange nach, bevor Ihr setzt.«

Sie beschloss, Matthias und Tobias erst einmal alleine zu lassen und nach Oswald zu sehen, der gerade die Papiervorräte im Lager prüfte. Ulrich hatte zwar kurz nach dem Tod seines Vaters noch einige Papierballen gekauft, aber die Fehlproduktion der französischen Kirchenordnung hatte sie Tausende von Bogen gekostet.

Und wenn erst einmal das Landrecht an sie übersandt worden wäre, bräuchten sie Unmengen von Papier. Also mussten sie sich einen genauen Überblick darüber verschaffen, wie viel davon noch im Lager war.

Sie fand ihren Sohn umringt von Papierstapeln. Er hatte jeweils hundert Bogen sorgsam zu einem Päckchen gebunden und diese dann so übereinandergeschichtet, dass man die Stapel und damit auch die vorhandenen Bogen schnell zählen konnte. Nach eingehender Prüfung gelangte Oswald zu dem Schluss, dass sie mit dem Rest des vorhandenen Papiers gerade noch das mit fünfzig Exemplaren in Auftrag gegebene Theologiebuch drucken konnten. Magdalena hatte diese kleinere Schrift zuletzt entgegengenommen, weil sie von dessen Verfasser gehört hatte, dass das Landrecht noch länger auf sich warten ließe. Doch nach seiner Fertigstellung würden sie dringend neues Papier benötigen.

Kapitel 38

Nach dem Gottesdienst am Sonntag versammelten sich alle in der Morhart'schen Druckerei. Nachdem sie sich vergewissert hatten, dass Moritz und Magda draußen spielten, setzte sich Magdalena mit Oswald, Georg, Matthias und Paul zusammen, um eine kurze Besprechung abzuhalten, bevor sie gemeinsam das Mittagsmahl einnahmen. Zunächst erkundigte sie sich bei Matthias, welche Fortschritte der Neue gemacht hatte. Er berichtete, Tobias sei schon schneller geworden, es bräuchte aber noch einige Zeit, bis auch er drei ganze Formen große Schrift am Tag schaffen könnte. Eigentlich wollte sie dann auf die anstehende Papierbeschaffung zu sprechen kommen, doch Georg brachte erneut das leidige Thema auf. »Was unternehmen wir denn jetzt gegen Gotthard? Wir müssen endlich handeln.« *Wie oft muss ich es ihm denn noch sagen?,* fragte sich Magdalena insgeheim. *Der Junge begreift es schlichtweg nicht.* »Das ist jetzt nicht der richtige Zeitpunkt, Georg«, sagte sie schroffer als beabsichtigt. »Wir haben wesentlich wichtigere Dinge zu besprechen«, kam ihr Oswald zu Hilfe, »wie zum Beispiel den Papierkauf.«

Resigniert stand Georg auf, ging zur Feuerstelle und rührte im Bohneneintopf, der über den Flammen köchelte. Magdalena warf Oswald einen vielsagenden Blick zu, und er verstand sogleich, worauf sie hinauswollte. Also fuhr er ohne Umschweife fort. »Ich habe mir vor dem Gottesdienst noch das Rechnungsbuch angesehen. Ulrich hat immer bei zwei Papiermachern in Reutlingen gekauft. Warst du nicht bei einer der Bestellungen sogar dabei, Georg?«, fragte er und band auf diese Weise seinen Bruder wieder ins Gespräch mit ein. Georg hatte ihnen den Rücken gekehrt, hielt nun jedoch inne und schluckte seinen Ärger hinunter.

»Ja, erst Anfang des Jahres war ich mit unserem Vater noch bei Friedhelm, weil Ulrich krank war. Der Papierer machte einen guten Eindruck auf mich«, sagte er und kam wieder zurück zum Tisch. Seine Miene zeigte, dass er immer noch unzufrieden war, weil seine Mutter und sein älterer Bruder das Thema »Gotthard« nicht zur Sprache bringen wollten, aber er hielt sich zurück.

Magdalena nickte ihm entschuldigend zu und sagte dann: »Gut, das Landrecht hat in etwa dreihundertfünfzig Seiten, wurde mir gesagt. Das sind etwa achtundachtzig Bogen Papier – fast ein Fünftel Ries.« Sie schaute in die Runde, bevor sie weiter ausführte. »Wenn wir also insgesamt tausend Exemplare drucken, brauchen wir circa ...«

Georg pfiff durch die Zähne, als er die Aufgabe als Erster löste. »Hundertachtzig Ries! Das sind ja achtzehn Ballen. So eine große Menge haben wir noch nie auf einmal gekauft. Haben wir denn überhaupt genug Geld dafür? Wie viel haben wir denn die letzten Male für einen Ballen bei den Reutlinger Papiermachern bezahlt?«

»Ulrichs Aufzeichnung zufolge hat er für den Ballen durchschnittlich sechs Gulden bezahlt«, antwortete Magdalena. »In guten Jahren konnte er die Papiermacher öfter etwas herunterhandeln. Aber in schlechten Jahren gingen die Preise bis zu sieben Gulden hoch.« Sie machte eine kurze Pause.

Wieder rechnete Georg als Erster. »Wenn wir die gesamte Papiermenge auf einmal kaufen würden, dann wären das ... über hundert Gulden.«

Magdalena sah die anderen durchdringend an, die vor Schreck ganz stumm geworden waren. Alle schienen das Gleiche zu denken: *Eine so große Summe haben wir bestimmt nicht mehr!* Aber keiner traute sich, es auszusprechen. Stattdessen folgte betretene Stille.

Magdalena dachte nach. Selbst wenn der Professor diesmal zeitig für sein Theologiebuch bezahlte – was an ein Wunder grenzen würde, denn Professoren ließen sich generell gerne Zeit mit der Bezahlung –, hätte sie immer noch zu wenig Geld, um das Papier für das Landrecht zu kaufen. Schließlich musste sie noch Löhne, das Lehrgeld für Jakob und Schulgeld für Moritz, das Essen für sich und ihre Kinder sowie weitere zusätzliche Materialien bezahlen.

Ausgerechnet der schüchterne Paul fand als Erster seine Sprache wieder. »Wir müssen also von irgendwoher schnell Geld bekommen! Aber von wem?«

»Wir könnten die Regierung nach einem Vorschuss fragen«, warf Matthias unsicher ein. »Vielleicht lässt sich die Kanzlei ja darauf ein?« Aber seine Stimme verriet, dass er das für nicht sehr wahrscheinlich hielt.

»Vielleicht aber auch nicht, und dann werden die Beamten uns stattdessen fragen, ob wir überhaupt in der Lage sind, das Landrecht zu drucken«, sagte Oswald und schob seinen Becher Wein von sich. Er brauchte jetzt einen klaren Kopf.

»Was haben wir denn noch insgesamt an Papier im Lager?«, fragte Georg seinen Bruder. Doch bevor Oswald antworten konnte, hellte sich Georgs Miene auf. Er hatte plötzlich eine Idee. »Warte! Wir könnten doch versuchen, die vielen Bücher, die noch hier herumliegen, zu verkaufen. Wenn wir mit den bisherigen Preisen ein bisschen heruntergehen, können wir sicherlich noch einige davon an den Mann bringen.«

Oswald nickte langsam, mahnte aber auch: »Wir müssen nur aufpassen, dass wir diese nicht zu gering ansetzen und dadurch letztendlich Verlust machen. Wenn Jakob wiederkommt, kann er sich gleich noch die Bücher ansehen und uns ungefähr sagen, wie viel sie noch wert sind. Er kennt sich ja mit den Preisen gut aus, da der alte Bartholomäus auch eine Buchhandlung hat.«

»Gut, dann bleibt nur noch die wichtige Frage, wann und wo soll der Verkauf stattfinden.«

Magdalena hatte bereits einen Vorschlag parat. »Wie wäre es, wenn die Studenten wieder da sind?«

»Ja, das wäre ein guter Zeitpunkt. Dann müssten die interessierten Käufer nur noch den Weg in unsere Druckerei finden.«

»Nein, das brauchen sie nicht.« Magdalena erinnerte sich plötzlich an den Einfall ihres Mannes, der ihr einmal von einem guten Geschäft zu Beginn seiner Druckertätigkeit in Straßburg erzählt hatte. »Wir werden mit Bauchläden vor der Burse auf und ab gehen und zusätzlich auch noch Anzeigen drucken, die wir verteilen und auf denen die Leute unser Signet mit der Adresse finden.« Sie erhob ihre Stimme, als wäre sie ein Marktschreier. »Kauft Bücher in der Burgsteige. Theologie, Mathematik und Medizin. Alles zum Sonderpreis. Kommt zur Burgsteige. Zur Druckerei Morhart!«

Die Männer waren begeistert. Georg rief: »Das ist die Idee. Wir machen das am besten, wenn das nächste Mal eine Prozession der Universität durch die Stadt zieht. Begeht die medizinische Fakultät nicht bald ihren Festtag? Wann ist er denn dieses Jahr?«

»Das können wir bestimmt leicht in Erfahrung bringen. Nikodemus wird das doch wissen, oder?«, gab Oswald zurück. Alle Blicke richteten sich auf Magdalena.

»Jaja, das wird er bestimmt wissen«, bestätigte diese und machte ein gleichgültiges Gesicht. Ihre Söhne sollten nicht bemerken, dass Nikodemus mittlerweile für sie weit mehr als nur ein Käufer war. Daher fügte sie schnell hinzu: »Er wird sowieso bald in der Druckerei vorbeikommen, um die letzten Korrekturen für das Theologiewerk zu bringen. Dann werden wir ihn fragen.« Abrupt stand sie auf, um nach dem köchelnden Eintopf zu sehen – vor allem aber, um ihr erwartungsvolles Lächeln vor den anderen zu verstecken. Denn auf dieses Wiedersehen freute sie sich schon seit Tagen.

Kapitel 39

Nachdem die Sache mit dem Abverkauf der Bücher geklärt war, merkte Magdalena jedoch, dass Matthias noch irgendetwas auf dem Herzen hatte. Als sie daher nach dem Mahl vor dem Feuer saßen und Oswald eine Geschichte aus der Bibel vorlas, setzte sich die Herrin des Hauses zu ihrem ältesten Lehrling, der mit dem Morhart'schen Signet beschäftigt war. Auf ihr sanftes Drängen hin druckste er zunächst etwas herum, den Blick starr auf den Holzschnitt in seiner Hand gerichtet. Er fuhr mit dem Daumen die Konturen des Drachen nach. Paul, der neben ihm saß, war schließlich derjenige, der mit der schlechten Nachricht herausrückte – beide Lehrlinge würden die Druckerei bereits zur Mitte des Erntemonats verlassen müssen, um nach Nürnberg zu ziehen. Dort hofften sie, noch vor Beginn der Lichtarbeit zu Michaelis eine Anstellung zu finden.

Paul betonte, wie schwer es ihnen fiele, Magdalena zu verlassen. Sie hätten sich in der Burgsteige immer wohlgefühlt und würden nur schweren Herzens von dannen ziehen. Aber sie müssten nun an den Abschluss ihrer Lehre denken. Magdalena verstand sie sehr gut. Sie hatte schon viel früher mit ihrem Weggang gerechnet und war überaus dankbar, dass sie noch so lange geblieben waren, um die bereits begonnenen Bücher fertigzustellen. Matthias hatte zudem sogar noch Tobias angelernt. So viel Treue musste belohnt werden. Trotz ihres geldlichen Engpasses beschloss sie daher, den beiden je drei Batzen für ihre Reise zu schenken, damit sie sich unterwegs eine anständige Mahlzeit und ein Dach über dem Kopf leisten konnten. Sie selbst hatte schließlich am eigenen Leib erlebt, wie unangenehm eine Nacht unter freiem Himmel sein konnte. Schnell verdrängte sie die aufkommende Erinnerung an den Überfall der Wegelagerer.

Der Erntemonat rückte für die Druckerei Morhart viel schneller heran als erwartet. Schon bald machten die beiden Lehrlinge ihre letzten Erledigungen in Tübingen und konnten sich dann einer Gruppe Kaufleute anschließen, die nach Nordosten aufbrach. Als der Tag der Abreise gekommen war, verabschiedeten sich alle herzlich voneinander – wer wusste schon, ob sie sich jemals wiedersehen würden?

Bereits Anfang der folgenden Woche spürte Magdalena, wie sehr sich das Fehlen der zwei Lehrlinge auf den Betrieb auswirkte. In der Druckerei ging es drunter und drüber: Tobias war bei Weitem nicht so schnell, wie Magdalena gehofft hatte. Daher musste ihm Georg häufig beim Setzen helfen, fehlte dafür aber an der Presse. Oswald musste öfters alleine drucken, es sei denn, Magdalena hatte die Gelegenheit, ihm beim Auftragen der Farbe zu helfen. Oswald hatte zwar vorgeschlagen, Moritz aus der Schule zu nehmen und in der Druckerei mitarbeiten zu lassen, aber Magdalena wollte dies trotz allem nicht zulassen. Er sollte nach seinem Schulabschluss die Universität besuchen, hatte dieses Jahr aber schon häufiger gefehlt und musste schon jetzt viele Lektionen aufholen. Wegen all dieser Schwierigkeiten in der Druckerei verzögerte sich die Fertigstellung des Theologiebuches bereits um mehrere Wochen. Sie brauchten dringend mehr Männer! Aber woher sollte sie diese samt dem Geld, um sie zu bezahlen, nehmen? Und so gab sich Magdalena einen Ruck und tat endlich das, was sie schon seit der Anhörung in der großen Aula vor sich herschob – sie begab sich zu ihrer Schwester Käthe, um sie um Geld zu bitten.

Kapitel 40

Was Magdalena immer wieder hatte zögern lassen, sich als Bittstellerin zu ihrer Schwester aufzumachen, war das letzte Gespräch, das die beiden Schwestern miteinander geführt hatten. Käthes wenig hilfreicher Rat, einfach wieder zu heiraten und das Geschäft den Männern zu überlassen, hatte Magdalena nicht gerade das Gefühl vermittelt, sich auf ihre Schwester verlassen zu können, wenn es darum ging, irgendeine Form der Unterstützung von ihr zu bekommen. Sie war daher wenig zuversichtlich, dass Käthe ihr Geld leihen würde, aber da sich die Lage in der Druckerei langsam zuspitzte, musste sie es wenigstens versuchen. Sie hoffte, dass Käthe – im Gegensatz zu Magdalenas Onkeln Hans und Johann – sie als Händlerin vielleicht doch eher verstehen und ihr wenigstens ein wenig Geld leihen würde.

Am Abend traf sie ihre Schwester im Gewürzladen an, wo sie gerade den Verkaufsraum ausfegte. Obwohl Käthe sicherlich von dem Erbstreit um die Druckerei gehört hatte, sprach sie sie mit keinem Wort darauf an und versuchte, Magdalena nach einem kurzen Austausch von Nichtigkeiten wieder abzuwimmeln. Doch Magdalena setzte sich demonstrativ auf den Schemel hinter dem Verkaufstisch und sprach das Unausgesprochene geradewegs an. »Die Auseinandersetzung mit meinem Stiefsohn hat mich leider in eine schwierige Lage gebracht. Ich konnte die Herren Gelehrten zwar davon überzeugen, dass ich fähig bin, die Druckerei zu leiten, aber leider waren meine Versuche, mir Geld für das fortlaufende Geschäft zu leihen, vergebens.« Sie räusperte sich und wartete auf eine Entgegnung ihrer Schwester. Aber die kehrte nur weiter die Ecken aus und hatte ihr den Rücken zugedreht. Magdalena zögerte einen Moment und sprach dann weiter: »Wir haben jedoch einen sehr vielversprechenden Auftrag vom Hof in Stuttgart erhalten.«

Das ließ Käthe aufhorchen. Zwar hatte sie sich immer noch nicht zu ihr umgedreht, hielt aber mit dem Fegen inne und hörte ihr nun aufmerksam zu. *Hab ich sie doch richtig eingeschätzt*, dachte Magdalena bei sich und fuhr fort: »Um diesen Auftrag jedoch erfüllen zu können, muss ich einen weiteren Setzer einstellen und Papier kaufen. Daher wollte ich dich fragen, oder, besser gesagt, bitten, ob du mir achtzig Gulden leihen könntest?«

Sie wusste nicht zu sagen, was sie sich erhofft hatte. Vielleicht eine Zusage oder ein paar aufmunternde Worte? Eine Spur von Anteilnahme gar? Doch Magdalena wurde enttäuscht. Hatte ihre Schwester zuvor wenigstens noch ein klein wenig Interesse an dem Gesagten gezeigt, so machte sie ihr Desinteresse nun überdeutlich. Mit einer abrupten Bewegung drehte sich Käthe um, ging geradewegs an Magdalena vorbei und begann, die Gewürzbehälter nachzufüllen. Sie ergriff einen Tonkrug, öffnete ihn, lud mit einem Holzlöffel Körner nach, bis er voll war, und stellte ihn dann wieder zurück. Magdalena kam sich vor wie eine Bettlerin. Doch sie schluckte ihren Stolz hinunter und redete weiter.

»Wenn wir das Geld nicht bekommen, stehen wir bald vor dem Ruin. Wir werden uns dann vielleicht noch mit dem Verkauf des Hauses einige Monate über Wasser halten können. Aber danach wird Jakob nicht mehr seine Ausbildung beim Buchbinder zu Ende machen können und sich genauso wie Oswald und Georg als Knecht oder Tagelöhner Arbeit suchen müssen. Moritz und Magda sind dagegen noch zu jung, um eine Anstellung zu finden, und ich bin schon zu alt. Für uns bleibt nur das Armenhaus. Was wäre das für ein Triumph für die Widersacher unserer Familie.

Ich kann mir jetzt schon ihre Gesichter vorstellen.« Unwillkürlich dachte sie an die alte Therese. Bestimmt würde sie sich am meisten von allen das Maul über sie zerreißen und mit Freuden zusehen, wie Magdalena mit ihren beiden Jüngsten durch die Gassen ziehen musste, um ein paar Kreuzer zu erbetteln.

»Das hättest du alles vermeiden können.« Käthe ließ endlich von ihrer Tätigkeit ab und sah zu Magdalena herüber. Die trostlosen Aussichten für die Familie ihrer Schwester hatten bei ihr einen Nerv getroffen. »Warum hast du das Angebot von Gotthard nicht angenommen, als du die Gelegenheit dazu hattest? Oder die Druckerei an deinen Stiefsohn verkauft?«, fragte sie vorwurfsvoll. Ihre Stimme klang schroff und abweisend.

»Weil das den Untergang nur hinausgezögert hätte. Ulrich hat mir die Druckerei vermacht, weil er wusste, dass ich sie gut weiterführen kann. Dieser Leopold Gotthard hätte sie, genauso wie mein lieber Stiefsohn, nur ruiniert. Du hast doch gewiss mitbekommen, dass ein Buch von uns konfisziert wurde, weil wir dank meines Stiefsohnes keine Druckgenehmigung dafür hatten. Das war nur eine Unterlassung von vielen, die Ulrich zu verantworten hat, aber sie hat uns schweren Schaden zugefügt. Bitte, Käthe. Du bist unsere letzte Hoffnung. Wir müssen nur noch durch diesen einen Engpass. Ich weiß, dass wir das schaffen können. Rektor Fuchs war mit dem letzten Buch, das ich für ihn gedruckt habe, sehr zufrieden.«

Käthe sah ihre Schwester lange durchdringend an. Ihr Mann hielt große Stücke auf den Professor der Medizin. Er war nicht nur ein besonders guter Lehrer, sondern auch ein hervorragender Heiler, der auch den alten Herzog schon mehrmals hatte retten können, als dieser schwer erkrankt gewesen war. Im Gegensatz zu anderen Ärzten hielt er sehr viel von Kräutern und hatte in Tübingen bereits viele Menschen von der Heilkraft der Pflanzen überzeugen können. Die strömten seitdem förmlich zum Gewürzhändler, und Käthe und ihr Mann kamen mit ihren Bestellungen kaum noch hinterher. Wenn also dieser große Gelehrte Magdalenas Arbeit guthieß ... sollte sie es vielleicht auch tun.

»Nun gut! Ich werde dir die achtzig Gulden geben.«

Magdalena traute ihren Ohren kaum. Sie wollte schon aufspringen und ihrer Freude Luft machen, hätte da nicht noch ein unausgesprochenes Aber im Raum gestanden.

»Doch nur unter einer Bedingung«, kam es da auch schon von ihrer Schwester. Magdalena schluckte. Was würde Käthe für ihre Hilfe verlangen?

Käthe kam um den Tisch herum und ließ ihre Hand über die Holzplatte gleiten. »Natürlich brauche ich eine gewisse Sicherheit von dir, dass ich das Geld auch von dir zurückbekomme, wenn ich es brauche. Daher wirst du mir versprechen, dass du – falls ich das Geld brauche und du es mir nicht zurückgeben kannst – mir deinen Anteil am Haus zu einem günstigen Preis verkaufen wirst.«

Darauf wollte sie also hinaus. Die Druckerei war überaus günstig gelegen und deutlich größer als Käthes Haus. Wenn Käthes Mann dort seinen Gewürzladen einrichten würde, könnte er alleine im Trockenraum mehr lagern als in allen Kammern seines jetzigen Hauses. Und nun hatte Käthe eine gute Gelegenheit, an ihren Anteil des Hauses zu kommen. Über den anderen Teil würde sie sich mit Magdalenas Kindern und deren Stiefsohn schon einig werden.

Mit schnellen Fingern fasste Käthe in eine Schublade unter der Theke. Sie zog einen weißen Lederband heraus und schlug ihn in der Mitte auf. »Ich werde dir selbstverständlich einen fairen Preis machen. Abzüglich der geliehenen achtzig Gulden, versteht sich.« Langsam griff sie nach dem Federkiel und tauchte ihn in das kleine Tintenfass, das ebenfalls in der Schublade stand. Dann sah sie, dass ihre Schwester zögerte.

Magdalena biss sich auf die Unterlippe. Wenn sie auf den Handel einginge, würde sie die ihr geliehene Summe sofort für das dringend benötigte Papier ausgeben und könnte sie ihrer Schwester keinesfalls vor der Lieferung des Landrechts zurückzahlen. Damit war sie ihrer Schwester ausgeliefert.

»Ich kann nur auf den Handel eingehen, wenn ich dir das Geld erst in einem Jahr zurückgeben muss.«

Käthe zögerte. »Dann tut es mir leid.« Sie schlug das Rechnungsbuch so heftig zu, dass man ihren Worten keinen Glauben schenken konnte. Bevor sie es jedoch wieder in die Schublade legen konnte, hielt Magdalena sie am Handgelenk fest.

»Warte. Ich kann es dir vielleicht schon in neun Monaten wiedergeben.«

Doch Käthe ließ sich nicht erweichen. »Sechs Monate ist mein letztes Angebot.«

Die Gedanken rasten durch Magdalenas Kopf. Dies ließ ihr kaum Zeit für die Drucklegung des Landrechts, und das, obwohl sie noch nicht einmal wusste, wann genau sie das Manuskript endlich erhalten würde.

Aber was blieb Magdalena anderes übrig? Ihre einzige Hoffnung, die Druckerei retten zu können, war das Landrecht, und dafür brauchte sie nun einmal neue Setzer und einen großen Vorrat Papier. Nicht in einem Monat, nicht nach dem Christfest, sondern jetzt.

Vorsichtig ging sie einen Schritt zurück und sah ihre Schwester an. Magdalena hoffte inständig, dass sie gerade keinen großen Fehler machte. »Nun gut. Ich verspreche es dir.«

Kapitel 41

Obwohl seine Mutter ihm erneut zu verstehen gegeben hatte, dass er sich wegen Gotthards Gesuch bezüglich einer zweiten Druckerei keine Sorgen machen sollte, wollte Georg die Angelegenheit nicht auf sich beruhen lassen. Nachdem er sich tagelang den Kopf zermartert hatte, war in ihm eine nicht ganz ungefährliche Idee herangereift. Bei der nächsten sich bietenden Gelegenheit erkundigte sich Georg bei Tobias, in welcher Form und Weise man ein Gesuch bei der Universität einreichte. Er hoffte, dass der Student ihm diesbezüglich helfen könnte. Tobias war zum Glück tatsächlich bewandert, was amtliche Gesuche und Verfahrensweisen betraf, und in kurzer Zeit hatten die beiden ein Schriftstück erstellt. In diesem bat die Morhart'sche Druckerei den Senat, keinen weiteren Drucker in Tübingen zu erlauben, weil dies das Leben der ganzen Familie in Gefahr bringen würde. Dank Tobias' Hinweisen war der Charakter des Schreibens demütig, wie es solche Schriftstücke erforderten, ließ aber dennoch einen gewissen Stolz auf die jahrzehntelange gute Zusammenarbeit zwischen den Morharts und der Universität erkennen. Nach der Fertigstellung bestand Georg darauf, dass Tobias bezüglich des Schreibens unbedingt Stillschweigen gegenüber Magdalena bewahren müsse, damit diese keine Möglichkeit mehr hätte, das Gesuch zurückzuziehen. Georg war zwar bei dieser Sache nicht ganz wohl – immerhin würde er seine Mutter hintergehen –, aber vollkommen davon überzeugt, dass er diesbezüglich handeln musste. Es stand einfach zu viel auf dem Spiel!

Nachdem der erste Teil seines Vorhabens gut gelungen war, kam jedoch die eigentliche Herausforderung: Er würde das Gesuch persönlich abgeben müssen, und das ausgerechnet beim Universitätsschreiber Konrad – Cordulas Ehemann. Wenn Georg ihm weismachen könnte, dass er das Gesuch im Namen seiner Mutter geschrieben hatte, würde der Schreiber dem Schriftstück hoffentlich keine große Bedeutung beimessen. Aber wenn in dem Schreiber auch nur das geringste Misstrauen aufkäme, würde Magdalena sicherlich innerhalb weniger Stunden von seiner eigenmächtigen Handlung erfahren und sein ganzes Vorhaben zunichtemachen. Er wollte sich gar nicht ausmalen, was ihm dann blühte. Seit der Lohnforderung und dem Diebstahl des Manuskripts legte seine Mutter großen Wert darauf, ihre Autorität um jeden Preis zu wahren. Jakob hatte das bereits zu spüren bekommen, nachdem er dem raffgierigen Kaspar eine Tracht Prügel erteilt hatte. Zwei ganze Monate hatte er keinen Kreuzer mehr bekommen, obwohl er eigentlich im Recht gewesen war. Was also würde sie tun, wenn ein Sohn gegen ihren erklärten Willen und ohne ihr Wissen handelte? Würde sie ihm ebenfalls nur sein Geld vorenthalten oder sich noch etwas Schlimmeres für ihn einfallen lassen? Abrupt stand er auf, als könnte er dadurch seine düsteren Gedanken abschütteln. Was er tat, war sehr gefährlich, dessen war er sich bewusst. Aber er sah einfach keinen anderen Ausweg.

Bevor er es sich am Ende nicht doch noch anders überlegte und einen Rückzieher machte, steckte er entschlossen das Papier unter sein Wams, wartete auf die Mittagspause und verabschiedete sich unter einem Vorwand aus der Druckerei. Zum Glück sprach seine Mutter gerade mit Oswald über die Bücher, die sie beim Abverkauf anbieten wollten, sodass ihn keiner danach fragte, was er denn vorhätte. Draußen klatschte ihm der Regen ins Gesicht, und er dachte für einen Moment, dass dies ein Zeichen des Himmels sein könnte, doch besser wieder umzukehren. Einen Augenblick zögerte er, doch dann wischte er seine Zweifel beiseite, zog seinen Umhang enger um sich und stapfte die Burgsteige hinunter, das Papier unter seiner Kleidung fest an die Brust gedrückt. Als er am Klosterberg angekommen war, kam ihm plötzlich der Gedanke, dass das schlechte Wetter seinem Vorhaben vielleicht sogar zuträglich sein könnte.

Völlig durchnässt erreichte er schließlich Konrads Schreibstube. Bevor er eintrat, zog er den tropfenden Umhang aus und fuhr sich mit den Händen durch die Haare. Zu seiner Überraschung merkte er, dass seine Hände zitterten. Um das Zittern zu unterbinden, wischte er sich die Hände besonders fest an seiner Hose ab und zog vorsichtig das Gesuch unter seinem Wams hervor. Gott sei Dank war es dort trotz des Platzregens trocken geblieben, was er von seinen Hemdsärmeln nicht behaupten konnte. Sodann nahm er all seinen Mut zusammen, klopfte laut an und betrat die Kammer. Der Schreiber nahm keine Notiz von ihm; er war zu sehr mit einem Schriftstück beschäftigt, das er prüfend in das fahle Licht hielt, welches durch das Fenster in die Kammer fiel. Doch das Unwetter hatte den Himmel so sehr verdunkelt, dass er letztendlich doch fluchend eine Kerze in der ständig am Schwelen gehaltenen Glut des Kamins anzünden musste. »So eine Verschwendung«, murmelte er ärgerlich. »Kerzenlicht am helllichten Tag. Und dabei ist noch nicht einmal die dunkle Jahreszeit angebrochen.«

Georg wollte etwas sagen, Konrad aber auf keinen Fall verärgern. Daher räusperte er sich nur. Endlich sah der Schreiber von seinem offensichtlich sehr wichtigen Schriftstück auf und seinen Gast unwillig an. Jetzt kam es darauf an, nur ja kein Misstrauen zu erregen. »Entschuldigt die Störung«, sagte Georg daher besonders höflich. »Ich habe hier ein Gesuch der Druckerei Morhart, das ich dem Senat im Auftrag meiner Mutter vorlegen möchte. Ich habe ihr den Gang abgenommen, da es draußen gar so arg regnet und stürmt.« Wie zur Bestätigung klatschte eine Windbö den Regen gerade besonders heftig gegen das Fenster. Konrad wandte sich kurz um und sah dann den tropfnassen jungen Mann lange an. Für Georgs Geschmack zu lange. *Was gibt es denn da zu überlegen? Erkennt er mich etwa nicht? Er weiß doch sicherlich, dass ich seit dem Tod meines Stiefvaters öfters Botengänge mache.* Langsam wurde er unruhig.

Nach einer sehr langen Zeit nickte Konrad endlich. »Nun gut«, brummte er und schien zu einem Entschluss gelangt zu sein. »Gebt mir das Gesuch, ich werde es dem Senat bei seiner nächsten Sitzung verlesen.« Erleichtert trat Georg an den großen Tisch heran und übergab sein Schriftstück sowie ein paar Münzen. Während er die Hand ausstreckte, tropfte etwas Wasser von seinem Ärmel auf die Briefe, die auf dem Tisch lagen, was ihm einen bösen Blick von Konrad einbrachte. Schnell zog Georg seine Hand wieder zurück, damit er nicht noch mehr Schaden anrichtete. Seufzend tupfte der Schreiber die Blätter vorsichtig ab, bevor er sich wieder seinem Gast zuwandte. »Eure Mutter hört von uns«, sagte er kurz angebunden und beugte sich dann wieder über das Schreiben, das er vorhin in der Hand gehalten hatte. Georg deutete dies als Beendigung des Gesprächs, empfahl sich und ging respektvoll rückwärts bis zur Tür. Dann drehte er sich schnell um und verließ die Schreibstube. Ob sein Unterfangen wohl Erfolg haben würde? Konrad war anscheinend mit wichtigeren Dingen beschäftigt gewesen als mit seiner Eingabe und hatte keine neugierigen Fragen gestellt. Georg hatte es sich auch verkniffen, ihn einen Gruß an Cordula ausrichten zu lassen, wie er es zuerst vorgehabt hatte. Je weniger Aufmerksamkeit er erregte, desto besser. Jetzt hieß es also abzuwarten und zu hoffen, dass das Gesuch anstandslos vom Senat bewilligt wurde. Mehr konnte er nicht tun.

Als er völlig durchnässt eine halbe Stunde später in die Druckerei zurückkehrte, empfing ihn der Spott seiner Geschwister. »Muss ja ein wichtiger Grund gewesen sein, wenn du bei so einem Wetter vor die Tür gegangen bist. Hast wohl eine Angebetete«, scherzte Oswald und stieß Magda an, die sofort zu kichern begann. Georg ließ sich auf das Spiel ein und mimte den Trotzigen. »Keine, die du kennst«, sagte er bestimmt und stellte sich neben das Feuer, um sich zu trocknen. Sein Körper fühlte sich so eisig an, als würde er nie wieder richtig warm werden. War das schon die erste Strafe dafür, dass er seine Mutter hinterging?

Kapitel 42

Magdalena hatte ihre Entscheidung so lange wie möglich hinausgezögert, doch nun konnte sie nicht länger warten. Es war bereits Anfang September, als sie sich schließlich mit ihren Söhnen zusammensetzte und sie um ihren Rat fragte. Sollten sie dieses Jahr zur Frankfurter Herbstmesse fahren? Sie war der wichtigste Termin im Jahr eines jeden Buchdruckers. Über mehrere Tage lang wurden in der Reichsstadt die neuesten Bücher feilgeboten, und man konnte sehen, was die anderen Drucker gerade herstellten. Ulrich hatte immer wieder gesagt, dass er eigentlich alle Drucker in Basel, Straßburg, Augsburg und Nürnberg genau im Auge behalten müsste, damit seine Käufer trotz der höheren Lieferkosten nicht eines Tages ausschließlich bei diesen kaufen würden. Doch da die Orte so weit auseinanderlagen, war das eigentlich ein Ding der Unmöglichkeit. Nur auf der Frankfurter Herbstmesse hatte er die Gelegenheit, die Druckwerke der anderen Buchdrucker genau zu begutachten und sich neue Anregungen zu holen.

Man konnte auf der Messe sehen, was es für besondere Schriften gab, und die Lettern dann auch unmittelbar vor Ort kaufen. Außerdem sah man in Frankfurt auch die jüngst hergestellten Holzschnitte oder welche neuen Möglichkeiten es gab, Illustrationen in die Bücher einzufügen. In der Tat bedienten sich einige Drucker seit Kurzem einer neuen Technik, bei der die Bilder nicht mehr in Holzblöcke geschnitten, sondern in Kupferplatten geritzt oder geätzt wurden. Allerdings brauchte man für diese eine besonders starke Presse, die mehr Druck ausüben konnte. Bisher besaßen nur einige wenige Handwerker eine solche Presse, doch

Bücher aus Frankreich und Italien zeigten bereits die weitaus feineren Linien der Kupferstiche, die jedes Bild viel lebendiger wirken ließen, als es ein Holzschnitt vermochte.

Für Oswald schien die Frage, ob die Messe dieses Jahr besucht werden sollte, klar zu sein: »Wir müssen, Mutter. Ulrich ist jahrzehntelang nach Frankfurt gefahren, um dort die neuesten Entwicklungen in Augenschein zu nehmen und Bücher zu erstehen, die er den Professoren und Beamten dann vorlegte. Gerade in diesen Zeiten, in denen täglich neue theologische Schriften gedruckt werden, ist der Regierung und der Universität sehr daran gelegen, dass wir die Augen aufhalten.«

Doch Georg sah das ganz anders. Er machte ein nachdenkliches Gesicht und hüstelte dann kurz. »Wir dürfen aber auch nicht vergessen, dass uns die Messe immer wieder viel Geld kostet – die Reisekosten, die Unterbringung, das Messegeld. Und natürlich nicht zu vergessen: die Verpflegung. Der Preis für einen Laib Brot steigt doch während der Messe unverhältnismäßig hoch an. Die nächste größere Summe steht uns aber erst ins Haus, wenn wir das Landrecht liefern. Und das haben wir immer noch nicht erhalten. Können wir es uns unter diesen Umständen überhaupt leisten, auf die Messe zu fahren?«

Oswald wollte sich jedoch nicht so leicht geschlagen geben. »Ach, die Kosten können wir doch herunterschrauben, indem wir die Messe dann eben nur für zwei Tage besuchen ...«

»Aber dann sparen wir allerhöchstens das Geld für eine längere Unterbringung. Die Fahrtkosten werden die gleichen bleiben, die Summe aus dem Verkauf unserer Bücher wird dagegen sogar geringer ausfallen, weil wir ja nicht die ganze Zeit ...« Georg konnte den Satz nicht zu Ende sprechen – denn Magdalena hatte plötzlich einen Gedankenblitz und sprang von ihrem Schemel auf, um das lederne Rechnungsbuch zu holen. Bereits nach kurzer Zeit hatte sie gefunden, wonach sie gesucht hatte. Als sie wieder an den Tisch zurückkehrte, waren ihre beiden Söhne immer noch dabei, das Für und Wider des diesjährigen Messebesuchs zu erörtern, sodass Magdalena sie unterbrechen musste.

»Ulrich hat die Messe auch immer dazu genutzt, das Geld von Käufern einzutreiben, die ihm noch etwas schuldig waren.« Verdutzt sahen ihre Söhne zu ihr auf. Schließlich war ihnen diese Information nicht neu. Worauf wollte ihre Mutter also hinaus?

Sie fuhr mit ihren Fingern über die Seiten des Rechnungsbuches, bevor sie fortfuhr: »Meist waren es mehrere Dutzend Gulden, die noch ausstanden.« Sie tippte mit dem Zeigefinger auf eine Zahl in der rechten Spalte. *Mit solch einer Summe wäre uns jetzt sehr geholfen,* schoss es ihr kurz durch den Kopf, während sie weiterhin die Aufzeichnungen studierte.

»Ja, das uns noch geschuldete Geld würde die Kosten ...«, setzte Oswald an, doch seine Mutter bedeutete ihm, zu schweigen. Langsam blätterte sie nach hinten, bis sie zum Jahr 1554 kam und dort zu den letzten beiden beschriebenen Seiten. Diese studierte sie noch einen Moment, bevor sie endlich aufblickte.

»Ulrich hat auf seinen vielen Reisen bereits die ausstehenden Summen eingetrieben. Wir würden also gerade noch ein paar Gulden erhalten.« Sie ließ die letzte Seite aufgeschlagen und schob das Buch ihren Söhnen zu. Die steckten ihre Köpfe zusammen und sahen sich die Aufstellungen genau an.

Schließlich hob Oswald den Kopf und gab seiner Mutter zu bedenken: »Wenn wir nicht nach Frankfurt fahren, was wird dann aus den Büchern, die wir dort üblicherweise immer für die Professoren besorgen? Sicher werden in den nächsten Tagen schon die ersten Bestellungen eingehen. Wird es die Herren nicht verärgern und anderen Druckereien in die Hände spielen, wenn wir diesmal ihren Wünschen nicht nachkommen?«

Daran hatte Magdalena auch schon gedacht. Sie hatte den Senat zwar davon überzeugen können, dass sie die Druckerei leiten konnte, aber es gab immer noch einige Professoren, die sich wegen der Missstände gegen die Morhart'sche Druckerei aussprachen. In ihren Augen war die Witwe des Buchdruckers nicht in der Lage, die Geschäfte in der Weise weiterzuführen, wie sie es gewohnt waren und auch weiterhin erwarteten. Wenn Magdalena ihnen nun zudem nicht mehr anbieten würde, zur Bücherbesorgung auf die Messe zu fahren, könnte das weiteren Verdruss bereiten. Doch das Wagnis musste sie eingehen. Die Gründe, die gegen einen Messebesuch sprachen, waren dieses Jahr einfach zu schwerwiegend. Entschieden schüttelte sie den Kopf. »Nein, ich bleibe dabei. Wir werden dieses Jahr nicht nach Frankfurt reisen.«

Oswald wollte zu einer Erwiderung ansetzen, aber als er den entschlossenen Gesichtsausdruck seiner Mutter sah, wusste er, dass sie ihre Meinung nicht mehr ändern würde. »Ich hoffe, das wird uns nicht das Genick brechen«, konnte er sich dennoch nicht verkneifen zu sagen.

»Das hoffe ich auch«, sagte Magdalena bedächtig. *Hoffentlich habe ich damit nicht unser Ende besiegelt.*

Doch es war, als wäre ihre Entscheidung über Nacht allen Professoren verkündet worden. Denn am nächsten Morgen hatte Oswald noch nicht einmal die Tür aufgeschlossen, da kam bereits der erste Gelehrte in die Druckerei. In seinen Händen hielt er einen kleinen Zettel, auf dem er sorgfältig die Titel mehrerer Bücher notiert hatte. Durch die runden Gläser auf seiner Nase sah er auf den jungen Drucker herab und sagte mit wichtigtuerischer Miene: »Diese Bücher hätte ich gerne von Euch, wenn Ihr nach Frankfurt reist. Ich werde sie bezahlen, sobald ich sie erhalte.« Ohne eine Antwort abzuwarten, wandte er sich zum Gehen. Sein Pensum an Kontakt mit Nicht-Akademikern hatte er offenbar für heute erfüllt.

Doch Oswald war schneller. »Herr Professor«, sagte er höflich, aber bestimmt. »Leider werden wir dieses Jahr nicht auf die Messe fahren. Daher kann ich Euch Eure Wünsche nicht erfüllen.« Der Käufer blieb wie angewurzelt stehen. Er konnte nicht glauben, was er da hörte. Dann drehte er sich langsam um. »Wie bitte?«, seine Stimme klang schneidend. »Euer Stiefvater ist bis jetzt jedes Jahr gefahren und hat mir immer das mitgebracht, was ich bei ihm bestellt habe.« Seine Miene verriet, dass er dies nun auch in Zukunft erwartete. »Werdet Ihr von uns Professoren etwa nicht gut dafür bezahlt, dass Ihr uns mit Büchern versorgt?«

Oswald schluckte. Er musste sich die nächsten Sätze genau überlegen, um den Mann nicht noch weiter zu verärgern. »Wir werden von Euch für die Drucksetzung eines jeden Werkes gut bezahlt. Das ist richtig!« Er holte tief Luft und blickte dem Gelehrten dann direkt in die Augen. »Aber wenn mein Stiefvater Euch in den letzten Jahren Bücher aus Frankfurt mitgebracht hat, dann nur, weil er Euch damit einen Gefallen tun wollte. Nicht weil er dazu verpflichtet war.«

Er schaffte es, sich rein gar nichts von dem anmerken zu lassen, was in ihm vorging. Der Käufer ließ ihn nicht aus den Augen. Die hatten sich mittlerweile zu kleinen Schlitzen verengt, aus denen er Oswald anfunkelte. Seine Gedanken standen ihm förmlich ins Gesicht geschrieben: *Was nimmt sich dieser Junge eigentlich heraus?* Der Professor hob anklagend den Zeigefinger und richtete ihn auf Oswalds Brust.

»Ihr tätet besser daran, den Wünschen der Universität in allem nachzukommen. Der Senat war bereits sehr nachsichtig mit Eurer Mutter. Noch einmal werdet Ihr solch eine Gunst nicht erhalten. Wenn Ihr uns nicht die Bücher besorgt, die wir benötigen, werden wir gegen Euch Beschwerde einlegen. Dann wird ein anderer Drucker nach Tübingen berufen. Einer, der weiß, wie wichtig neue Bücher für die Universität sind.« Ohne noch ein weiteres

Wort zu verlieren, drehte sich der Professor um, war mit einem großen Schritt bei der Tür, trat nach draußen und ließ sie dann krachend hinter sich ins Schloss fallen.

Bis zum Nachmittag kamen noch zwei weitere Professoren und ein Magister in die Druckerei, um ebenfalls ihre Wünsche bezüglich der Messe zu äußern. Als Oswald auch ihnen eröffnen musste, dass die Druckerei ihren Bitten in diesem Jahr leider nicht nachkommen könnte, reagierten sie ähnlich empört wie der erste Besucher. Einer war sogar so erbost, dass er die ganze Druckerfamilie als »Schmutzfinken« beschimpfte, die sich keinen Deut um ihre Kundschaft scherten. Schließlich sah Oswald keine andere Möglichkeit, als noch einmal zu versuchen, seine Mutter umzustimmen. »Mutter, ich glaube, wir machen einen großen Fehler. Lasst doch wenigstens mich nach Frankfurt fahren. Ich werde auch nur in den auswärtigen Herbergen nächtigen und wenig essen.«

Doch auch jetzt ließ sich Magdalena nicht überzeugen. »Es ist nicht nur wegen der Kosten, die uns durch die Fahrt entstehen. Es sind auch die Ausfälle, die dadurch in der Druckerei entstehen. Ohne dich können wir nur noch die Hälfte produzieren. Und was, denkst du, wird die Herren Gelehrten mehr erbosen? Dass sie nicht sofort an die Bücher von anderen Professoren herankommen oder dass ihr eigenes Buch nicht rechtzeitig zum Semesterbeginn erscheint? Du weißt doch, wie die Herren sind. Wenn es hart auf hart kommt, dann sind ihnen ihre eigenen Bücher am wichtigsten.«

»Können wir dann nicht jemand anderes damit beauftragen? Der alte Bartholomäus ist doch auch schon des Öfteren nach Frankfurt gefahren.« *Er wird zwar die Hälfte der Bücher, die er einkaufen soll, vergessen, aber wenigstens hätten wir dann einen Teil der Be-*

stellungen bedient, dachte Oswald bei sich. Doch seine Mutter wiegelte ab. »Er würde von uns gewiss ein Entgelt dafür haben wollen ... Und du weißt selbst, wie schlecht es momentan um die Druckerei steht.« Als sie die Miene ihres Sohnes sah, fügte sie hinzu: »Gut, ich werde ihn gleich morgen zu Geschäftsbeginn fragen.«

Leider vernahmen sie jedoch noch am selben Abend von Jakob, dass es dem Buchbinder seit Wochen nicht sehr gut ging. Er litt wohl an einem schlimmen Fieber, gegen das kein Mittel half, erklärte ihnen Jakob, während er hungrig sein Abendmahl hinunterschlang. Daher kam es in der Buchbinderei auch gerade zu Verzögerungen, und Bartholomäus' Lehrlinge hatten alle Hände voll zu tun, die eingegangenen Aufträge abzuarbeiten. An manchen Tagen hatten sie noch nicht einmal Zeit für ein richtiges Mittagsmahl. Magdalena brauchte Oswald nur einen Blick zuzuwerfen – und er verstand, dass das Thema Frankfurter Herbstmesse damit abgeschlossen war. *Die Herren Gelehrten werden sich hoffentlich wieder beruhigen,* dachte Magdalena und schickte ein Stoßgebet gen Himmel, dass nicht auch noch einer ihrer Söhne krank wurde. Noch mehr zeitlichen Rückstand konnte sie sich einfach nicht leisten.

Kapitel 43

Am Morgen der Prozession zur Feier der medizinischen Fakultät Ende September warf Magdalena noch einen letzten Blick auf die Stapel der aussortierten Bücher. Ihr Mann hatte zwar immer gut kalkuliert, wie viele Exemplare er von einem Buch über die geordete Anzahl hinaus noch drucken und verkaufen konnte, ohne Verlust zu machen. Allerdings hatten sich über die Jahre hinweg doch an die achtzig Restexemplare angesammelt. Es handelte sich dabei um die Bücher von verschiedenen Professoren, Gesetzestexte, Psalmen, Katechismen und vieles andere. Ihre Söhne hatten sie sorgsam durchgesehen und die Texte, die sich noch am ehesten zu Geld machen ließen, für den Straßenverkauf zurechtgelegt. Jakob hatte auf vielen Titelseiten die Preise vermerkt. Nun standen zwei vollgepackte Bauchläden auf dem Verkaufstisch. Praktischerweise hatten sie an deren innerem Gurt jeweils einen ledernen Geldbeutel angebracht, sodass diese nicht leicht zu stehlen waren.

»Seid Ihr bereit, Mutter?« Oswald durchquerte den Raum mit wenigen Schritten und stellte sich neben Magdalena. »Und seid Ihr wirklich sicher, an Georgs Stelle gehen zu wollen? Wird Euch das nicht zu schwer?«, fragte er besorgt.

Magdalena legte zwar tatsächlich keinen großen Wert darauf, den ganzen Tag mit einem schweren Bauchladen durch die Gassen Tübingens zu ziehen. Doch sie nickte ihrem Sohn zu und schnallte sich das nun schwere Gestell um. Seit dem Weggang von Matthias und Paul fehlte es an allen Ecken und Enden an helfenden Händen. Dazu kam noch, dass Georg sich bei seinem Gang durch den Regen einen schlimmen Husten eingefangen hatte und

Magdalena nicht wusste, was sie davon halten sollte. Zwar hatte er die Krankheit immer wieder heruntergespielt, doch er konnte seiner Mutter nichts vormachen. Er aß immer weniger und fiel meist sofort nach dem Abendmahl in einen tiefen Schlaf. Auch wenn die anderen bisher nichts gemerkt hatten, wussten Georg und Magdalena doch, dass sein Husten der Anfang von etwas weit Schlimmerem sein konnte. Im Gegensatz zu dem Husten, den Magdalena vor einiger Zeit gehabt hatte, ging es ihm nach einigen Tagen immer noch nicht besser, trotz des Trankes von Agnes. Deswegen wollte sie ihm auch die heutige körperliche Anstrengung nicht zumuten, das übernähme sie schon lieber selbst.

Auf den Straßen hatte sich schon eine große Menge Schaulustiger versammelt. Die Prozession würde durch die ganze Oberstadt ziehen und sich schließlich vor der Burse auflösen. Darum stellten sich Magdalena und Oswald genau dorthin. Auf ihrem Weg waren sie bereits von vielen Interessierten beäugt worden, und Magdalena hatte gleich die Gelegenheit beim Schopfe gepackt, um einigen von ihnen ihre eigens dafür gedruckten Zettel in die Hand zu drücken. Erstaunt bemerkte sie jedoch, wie so manch ein Tübinger verächtlich schnaubte, als sie ihm ein Blatt geben wollte. Sie vermutete, dass diese Leute einfach kein Interesse daran hatten, Bücher zu kaufen, und sich von ihr und ihrem Sohn eher gestört fühlten. Nach einer Weile hatte sich Magdalena an die missfallenden Blicke einiger Einwohner gewöhnt und ließ sich davon nicht mehr beirren.

Sie stellte sich mit Oswald vor das große Gebäude mit den zwei imposanten Treppen und begann, mit lauter Stimme ihre Publikationen anzupreisen. Schon bald hatte sich eine Menschentraube um sie gebildet, die ihnen die ersten Exemplare abkaufte, und Magdalena stellte erfreut fest, dass ihr Lederbeutel immer voller wurde. Oswald, den sie im Gedränge nur an seinen dunklen Haaren ausmachen konnte, schien ebenfalls gute Geschäfte zu tätigen.

»Leute«, rief Magdalena laut, »unser Angebot gilt noch den ganzen Tag! Kommt zur Druckerei in der Burgsteige. Dort gibt es noch jede Menge Schriften zu sehr günstigen Preisen.« Immer wieder wiederholte sie diese Sätze, bis sie fast schon heiser war.

Der Verkauf lief so gut, dass Magdalena und Oswald um die Mittagsstunde herum in die Druckerei zurückgehen mussten, um Nachschub zu holen – und das, obwohl die Prozession noch gar nicht zu Ende war. Auch im Laden hatten sich schon einige Leute versammelt, und Oswald und Magdalena fanden sowohl Cordula als auch Moritz in Verkaufsgespräche vertieft vor. Die Schule fiel heute wegen der Prozession aus, weshalb der Junge mithelfen konnte. Zum Glück hatte sie ihre Freundin noch kurzfristig dazu gewinnen können, beim Verkauf mit einzuspringen, damit der Junge nicht ganz auf sich allein gestellt war. Die beiden schienen seit dem Morgengrauen schon ein richtig gutes Gespann geworden zu sein. Cordula begrüßte die Käufer und bot ihnen Wein an, und Moritz fragte sie, für welche Bücher sie sich interessierten, und zeigte ihnen dann die entsprechenden, infrage kommenden Exemplare, die seine Mutter bereitgelegt hatte. Die Interessenten schienen fast allesamt Gelehrte oder Studenten von außerhalb zu sein, die sich neugierig im Laden umsahen. Da Magdalena und ihre Kinder am Abend zuvor noch das gesamte untere Geschoss des Hauses gründlich gereinigt hatten und die Pressen heute stillstanden, schienen die meisten freudig überrascht von ihrem ersten Besuch in der Tübinger Druckerei zu sein. Als Magdalena neue Bücher in den Bauchladen gelegt hatte und sich gerade wieder die Gurte umlegen wollte, sah sie einen jungen Mann, kaum älter als Oswald, der ganz versunken in ein Buch auf einem der Schemel vor der Theke saß. Er betrachtete intensiv die gedruckten Seiten und bekam vom Treiben im Laden scheinbar gar nichts mit. Langsam fuhr er mit seinem Zeigefinger über die Buchstabenreihen und murmelte leise vor sich hin. Gemächlich ging

Magdalena auf ihn zu und sah, dass er ein Exemplar der *Fabrica* von Professor Fuchs in den Händen hielt. Das Buch hatte für Magdalena eine besondere Bedeutung, erinnerte es sie doch an ihren »Sieg« vor dem Senat.

»Einen guten Tag wünsche ich Euch«, sagte sie über die Stimmen der anderen Besucher hinweg. Doch der junge Mann rührte sich nicht. Als sie es erneut versuchte, drehten sich bereits einige Käufer an der Theke zu ihr um, doch von dem Angeredeten kam noch immer keine Antwort. Also fasste sich Magdalena ein Herz und legte ihm leicht die Hand auf die Schulter. Der Mann zuckte zusammen und sah erschrocken zu ihr hoch.

»Entschuldigung, mein Herr. Ich wollte Euch nicht erschrecken«, begann Magdalena, aber der Mann schüttelte nur den Kopf. Verwundert sah sie ihn an. Er war nicht besonders gut aussehend mit seiner leicht schiefen Nase und den dünnen Lippen. Sein Haar war fast genauso widerspenstig wie das ihre und auch von ähnlicher Farbe. Mit schnellen, aber sanften Bewegungen tippte er mehrmals an sein Ohr und bedeutete ihr dann mit ausgestrecktem Zeigefinger zu warten. Dann wühlte er in seinem weiten Gewand nach einem zusammengefalteten Zettel, den er vorsichtig herauszog und Magdalena reichte. Gespannt öffnete sie das Schriftstück und las:

Mein Name ist Daniel Moll. Ich komme aus Basel und habe leider mein Gehör verloren. Ihr könnt Euch mit allerlei Fragen und Wünschen an meinen Hauslehrer wenden.

Sie blickte auf und folgte Daniels ausgestrecktem Zeigefinger, der auf einen Mann am Eingang des Ladens wies. Er war deutlich älter als sein Schützling und trug einen zerknautschten Umhang. Mit seiner linken Schulter lehnte er an dem Regal neben der Tür und hatte Mühe, die Augen offen zu halten. Immer wieder fielen ihm die Lider zu. Aber als er sah, dass Magdalena auf ihn zukam, richtete er sich auf und rieb sich die Augen.

»Wie viel bin ich Euch für die Bücher schuldig, gute Frau?«, murmelte er, während er seinen Geldbeutel vom Gürtel löste.

»Bis jetzt noch nichts, mein Herr. Aber sagt, was bringt Euch und Euren Schüler nach Tübingen?«

Der Hauslehrer steckte seinen Beutel weg und nahm seine vorherige angenehmere Position wieder ein. »Magister Moll möchte gerne bei Professor Fuchs promovieren. Er hat schon viel über den großen Mediziner gelesen und auch gehört, dass er seine Studenten gerne auf die umliegenden Felder und Wiesen mitnimmt, um ihnen dort die Pflanzen zu zeigen.« Der frische Schmutz an seinen fein gearbeiteten Stiefeln zeigte, dass die beiden wahrscheinlich erst heute in der Stadt angekommen waren.

»Aber als Herr Daniel von Eurer Druckerei hörte, wollte er sie unbedingt in Augenschein nehmen. Er war bereits in Basel öfters in der Werkstatt des Herrn Isengrin, der das Große Kräuterbuch von Professor Fuchs hergestellt hat.« Dieses Buch kannte Magdalena nur zu gut. Der Professor war damals erst zu Ulrich gekommen, um es drucken zu lassen, aber die Hunderte von Holzschnitten, die er dafür benötigt hätte, waren ihrem Mann einfach zu kostspielig gewesen. Danach hatte sich der Gelehrte nach einem anderen Drucker umgetan und schließlich einen im fernen Basel gefunden.

»Herr Daniel hat damals sogar bei der Fertigstellung des Buches mitgewirkt. Er hat diese kleinen – wie heißen sie noch einmal – Lettern? gesetzt und dabei immer ganz schmutzige Hände gehabt. Sein Vater war nicht sehr erfreut. Das kann ich Euch sagen.«

»Er hat bereits in einer Druckerei gearbeitet, sagt Ihr?«, fragte sie und dachte insgeheim: *Der Tag wird ja immer besser. Erst läuft der Abverkauf sehr gut, und nun finden wir vielleicht auch noch einen Setzer! Ein weiterer Mann für die Presse wäre ihr lieber gewesen, aber ein anderer Setzer kam ihr ebenfalls sehr gelegen.*

»Ja, ich weiß auch nicht, was er daran findet! Sich zusammen mit Handwerkern in eine schmutzige Werkstatt zu stellen und den ganzen Tag körperliche Arbeit zu verrichten. Für mich wäre das nichts.« Hastig fügte er hinzu: »Ich bin allerdings sicher, dass Eure Werkstatt da eine Ausnahme darstellt. Eine so ordentliche und saubere wie die Eure habe ich zumindest selten gesehen.« Sein Versuch, sich zu retten, gelang. Magdalena überging seine saloppe Bemerkung.

»Das ist sehr nett von Euch, mein Herr«, bedankte sie sich höflich und fügte dann betont beiläufig hinzu: »Wenn Magister Daniel es wünscht, kann er auch gerne hier bei uns setzen. Er hat Glück, denn gerade ist einer unserer Gesellen auf Wanderschaft gegangen, und wir könnten einen Setzer gut gebrauchen.« *Lass dir nur nicht anmerken, wie verzweifelt du auf der Suche nach einem neuen bist*, ermahnte sie sich innerlich. *Das wirkt nur abschreckend.*

Mit einem Gähnen und einem Ruck löste sich der Hauslehrer vom Regal und ging zu seinem Schüler hinüber. Die beiden tauschten einige kurze Handzeichen aus, aus denen Magdalena nicht schlau wurde. Wenn er tatsächlich in der Druckerei anfangen würde, müsste er ihr wahrscheinlich erst einmal alle Handgriffe exakt aufschreiben, bevor auch sie mit ihm per Zeichen kommunizieren könnte. Endlich winkte sie der Magister herüber, stand von seinem Stuhl auf und hielt ihr freudestrahlend die geöffnete Hand hin. »Er sagt, er würde sich geehrt fühlen, bei Euch zu arbeiten«, erklärte sein Lehrer, und Magdalena, die dem Magister ebenfalls mit einem Lächeln antwortete, besiegelte ihre Abmachung mit einem Handschlag.

Als sie zu Geschäftsschluss mit ihrem Bauchladen wieder in die Burgsteige zurückkam, hatten sie alle zusammen mehr als drei Viertel der Bücher verkauft. Die Regale waren nun ungewohnt leer, und Moritz begann, die wenigen Publikationen, die ihnen noch geblieben waren, so auf den Brettern zu verteilen, dass die Lücken nicht allzu auffielen. Dafür waren die kleinen Geldbeutel, die jeder bei sich getragen hatte, umso voller. Erwartungsvoll versammelte sich die Familie samt Cordula vor dem Abendmahl um den Verkaufstisch, auf dem sie die gesamten Geldstücke auf einen Haufen geschüttet hatten. Der Kreis der Anwesenden war inzwischen doch recht klein geworden, nachdem zuerst Andreas geflüchtet war, danach Ulrich und Kaspar entlassen worden waren und schließlich auch Matthias und Paul die Druckerei verlassen hatten, um in einer anderen Werkstatt ihre Prüfung zu machen.

Oswald sortierte das Geld in Kreuzer, Batzen und Gulden und zählte dann gewissenhaft zweimal nach. »Dreiundzwanzig und ein halber Gulden und zehn Kreuzer«, stellte er schließlich fest und ließ den letzten Kreuzer auf den Tisch fallen. Er sah seine Mutter triumphierend an. »Zusammen mit dem Geld von Käthe und unseren letzten Ersparnissen können wir nun das gesamte Papier für das Landrecht kaufen und haben danach sogar noch ein wenig übrig!« In seiner Begeisterung umarmte er Cordula, die völlig überrascht erst einen erschreckten Schrei ausstieß und dann laut lachte. »Und das Beste kommt erst noch«, freute sich Magdalena, während sie ihre Kinder einzeln ansah: »Sehr bald haben wir auch einen zweiten Setzer!« Sie konnte es selbst kaum glauben. Ihre Rettung schien zum Greifen nah.

Kapitel 44

Doch die heitere Gemütslage in der Druckerei schlug schon wenige Tage später um, als der Pedell unerwarteterweise den Laden betrat. »Ah«, sagte Magdalena hoffnungsvoll, »Ihr bringt uns endlich das Landrecht.« Erleichtert machte sie Platz auf der Theke, damit er das dicke Manuskript darauf ablegen konnte. Doch dann sah sie, dass er gar keinen Beutel bei sich trug, in dem er dieses hätte mitbringen können. Stattdessen erhob der große Mann die Stimme und dröhnte: »Magdalena Morhart. Der Senat hat über Euer Gesuch entschieden.« Verwundert hob sie die Augenbrauen. *Wovon redet der da?* Sie hatte sich seit der Anhörung doch gar nicht mehr an die Herren Professoren gewandt.

Unbeirrt setzte der Hüne seine Rede fort. »Auf Euren Wunsch hin hat der Senat Leopold Gotthards Bitte ausgeschlagen, hier eine Druckerei errichten zu dürfen. Ihr bleibt somit bis auf Weiteres die einzige Offizin in Tübingen.« Er nickte kurz, drehte sich um, trat durch die Tür ins Freie und ließ eine verdutzte Magdalena zurück. Die brauchte einen Moment, um zu verstehen, was es mit dem Besuch des Pedells auf sich hatte. Dann aber stieg unbändiger Zorn in ihr auf. Aufgebracht zog sie den Vorhang zum Druckraum zurück und ging schnurstracks auf die Männer zu. Als Tobias sie kommen sah, hielt er erschrocken inne, und auch die anderen stellten ihre Arbeit sofort ein. Magdalena baute sich vor ihnen auf und blickte jeden Einzelnen von ihnen durchdringend an.

»Wer von euch hat die Dreistigkeit besessen, hinter meinem Rücken zum Senat zu gehen?« Aus dem Augenwinkel heraus sah sie, wie Georg an seiner Presse zusammenzuckte. Sofort schnellte sie zu ihm herum. »Du?« Sein ohnehin schon blasses Gesicht wurde noch bleicher. Doch sie konnte jetzt keine Rücksicht darauf nehmen, dass er krank war. »Du hast dieses Gesuch eingereicht? Nachdem ich dir immer wieder gesagt habe, dass du in dieser Sache nichts unternehmen sollst? Warum hast du das getan?« Zornig ging sie auf ihn zu, bis sie nur noch einen Fuß von ihm entfernt war.

Fast unhörbar murmelte er: »Ich wollte doch nur helfen, Mutter ...«

Doch er konnte ihren Ärger über sein eigenmächtiges Vorgehen nicht besänftigen. »Helfen? Du hast mich vor dem Senat aussehen lassen wie eine Bittstellerin. In den Augen der Herren Professoren bin ich nun eine Frau, die sich vor anderen Druckern fürchten muss und keine andere Möglichkeit mehr sieht, sich durchzusetzen, als den Senat um Hilfe anzuflehen.« Verlegen schaute Georg zu Boden. Er wagte nicht, sie zu unterbrechen, da er fürchtete, dadurch alles nur noch schlimmer zu machen.

»Ich habe sehr hart gearbeitet, um als Druckherrin in dieser Stadt ernst genommen zu werden. Und du machst das alles zunichte! Selbst mein eigener Sohn traut mir nicht zu, dass ich diese Druckerei ohne Hilfe führen kann. Schämen solltest du dich!«, herrschte sie ihn an.

»Aber ist es denn wirklich so schlimm? Wegen eines Gesuches wird Euch der Senat doch nicht als schwach erachten«, versuchte Oswald, seinen Bruder zu verteidigen. Doch seine Mutter wollte davon nichts hören. »Du weißt nicht, wovon du sprichst. Wenn du an meiner Stelle wärst, würdest du die Dinge genauso sehen.« In ihr tobte ein Kampf – einerseits war sie erleichtert, dass Gotthard ihrem Geschäft nun nicht mehr schaden konnte. Andererseits durfte sie eine solche Missachtung ihrer Autorität nicht dulden, noch dazu von ihrem eigenen Sohn. Wer weiß, wer sich dann noch berufen fühlte, in ihrem Sinne etwas hinter ihrem Rücken zu regeln. Sie ignorierte daher ihre Gefühle und sagte streng: »Ein jeder, der mich so hintergeht, wird umgehend rausgeworfen!«

Der Satz traf Georg wie ein Fausthieb. Er ließ sich auf den Schemel neben dem Setzkasten fallen. Die ganze Zeit hatte er damit gerechnet, dass er, sollte die Sache herauskommen, eine Geldstrafe bekommen würde, so wie es seinem Bruder Jakob widerfahren war. Aber ein Rauswurf? Das war eine weitaus härtere Strafe. Was sollte er denn tun, wenn er nicht mehr in der Druckerei arbeiten durfte? Wo sollte er hin? Er sah, wie ihm sein Bruder einen besorgten Blick zuwarf.

»Aber da du mein eigen Fleisch und Blut bist, bekommst du noch eine allerletzte Gelegenheit, dich zu beweisen. Ich warne dich allerdings davor, mein Vertrauen noch ein einziges Mal zu missbrauchen.« Magdalena hob den Zeigefinger und richtete ihn drohend auf Georg. Sie zitterte vor Wut. Sie wunderte sich selbst darüber, wie heftig ihre Gefühle waren. Aber das dreiste Auftreten des Gesellen Kaspar wie auch Ulrichs hatte ihr gezeigt, dass sie jedes Aufbegehren schon im Keim ersticken musste, wollte sie sich als Druckherrin durchsetzen. Daher überlegte sie nicht lange und sagte: »Und damit du das auch in Erinnerung behältst, wirst du bis zum Christfest dieses Haus nicht mehr verlassen und alle niederen Arbeiten verrichten. Nachttöpfe ausleeren, die Pressen jeden Abend gründlich säubern, Mausefallen reinigen, das Feuer schüren, die Asche wegtragen …« Georg sackte bei jedem Punkt mehr in sich zusammen.

»Mutter, er hat es doch nur zu Eurem Wohl getan. Seid doch nicht so hart zu ihm«, unterbrach sie Oswald schließlich und stellte sich zur Verteidigung neben seinen Bruder. Sein Versuch, Magdalena zu besänftigen, hatte endlich Erfolg. Abwechselnd sah sie ihre beiden Söhne an und nickte dann nachgiebig. »Bis zum Christfest«, wiederholte sie streng, warf Georg noch einen letzten wütenden Blick zu und gebot den Männern dann weiterzuarbeiten. Betroffen gingen diese alle wieder an die Arbeit.

Kapitel 45

Heute alle Bücher zum günstigen Preis. Wütend starrte Ulrich auf den Zettel und zerknüllte ihn sofort. Verächtlich wollte er ihn wegwerfen, doch dann überlegte er es sich anders. Diese verfluchte Magdalena und ihre Sippe! Nachdem ihr die Lehrlinge und die Tagelöhner weggelaufen waren, hatte er gehofft, dass sie den Druckbetrieb einstellen müsste und er endlich die Druckerei erhalten würde. Aber nichts war passiert. Auch hatten seine gezielt gestreuten Gerüchte über sie nicht den gewünschten Erfolg gezeigt. Danach wollte er sich mit Leopold Gotthard einigen, doch es stellte sich heraus, dass der noch ärmer war als jeder einfache Handwerker und noch nicht einmal den Senat auf seine Seite bringen konnte. Was für ein Nichtsnutz! Schließlich hatte er darauf gesetzt, dass seine Stiefmutter nicht in der Lage wäre, genug Papier für das Landrecht zu kaufen. Denn seine Bekannten an der Universität hatten ihm anvertraut, dass der Druck den Umfang der bisherigen Publikationen bei Weitem übersteigen würde. Doch da hatten die Morharts plötzlich die Idee gehabt, alle Restbestände der Druckerei zu Geld zu machen. Das war an sich keine schlechte Idee und ärgerte ihn deshalb umso mehr.

Er bog in die Korngasse ein und bemerkte die Magd erst, als es zu spät war. Als er mit ihr zusammenstieß, schrie sie auf. Die Kohlköpfe fielen aus ihrem Korb und rollten über die Straße. »Pass doch auf, du dumme Gans!« Laut fluchend stapfte er weiter, ohne sich noch einmal umzudrehen, und blieb erst vor dem kleinen Haus mit der schiefen Haustür stehen. Diese erzitterte unter seinen Faustschlägen.

Ein ziemlich verdatterter Kaspar öffnete ihm die Tür. »Um Himmels willen, Ulrich. Was ist passiert?«

»Lass mich herein. Wir müssen reden«, schnaubte Ulrich und schob seinen ehemaligen Gesellen unsanft zur Seite.

»Lasst mich raten. Es hat etwas mit Eurer Stiefmutter zu tun.« Statt zu antworten, knurrte Ulrich nur.

»Sie ist nicht so schnell kleinzukriegen. Ich sagte es Euch doch.« Noch bevor er den Satz zu Ende gesprochen hatte, wusste Kaspar, dass er eine Grenze überschritten hatte. Mit verzerrtem Gesicht holte Ulrich auch tatsächlich zum Schlag aus, doch sein Gegenüber konnte sich im letzten Moment noch ducken. Die Wutausbrüche seines ehemaligen Meisters waren ihm noch bestens in Erinnerung.

»Sachte, sachte. Nehmt erst einmal Platz. Ich bringe Euch einen Branntwein.« Kaspar bot ihm einen Schemel an und zog den seinen sicherheitshalber aus der Reichweite seines Gastes. Ulrich leerte sein Glas in einem Zug und schenkte sich gleich nach. »Sie schafft es irgendwie immer, ihren Kopf über Wasser zu halten.« Er kramte den zerknüllten Zettel hervor und warf ihn abfällig auf dem Tisch. »Da, lies! Das war ihre neueste List. Jetzt hat sie genug Geld, um sich das Druckpapier für das Landrecht zu kaufen. Das war's dann wohl mit unserem Vorhaben, sie aus dem Geschäft zu drängen.« Kaspar nahm das Papier zur Hand und strich es glatt. Dann versuchte er mühsam, die ersten Worte zu entziffern.

»Gebt her«, sagte Ulrich unwirsch und las ihm die Anzeige vor.

»Sie hat zumindest Ideen«, sagte Kaspar und bereute dies sofort, da er der zweiten Ohrfeige nicht schnell genug ausweichen konnte.

»Nun kommt doch erst mal wieder zu Euch.« Kaspar hielt sich die Wange und sah Magdalenas Stiefsohn vorwurfsvoll an. »Es gibt vielleicht noch einen Weg, wie Ihr an die Druckerei kommt.«

Ulrichs Augen blitzten wütend auf, doch seine Neugier gewann schließlich die Oberhand. »Sie wird bestimmt zu einem der beiden Papierhändler nach Reutlingen fahren, um sich dort Papier zu besorgen. Ich selbst bin oft dorthin gefahren und habe die Bestellung Eures Vaters abgeholt.« Ulrichs Miene hellte sich schlagartig auf. »Und du meinst, wir könnten ihr das Geschäft irgendwie erschweren?«

»… wenn nicht sogar ganz verderben«, vollendete Kaspar hämisch den Satz. »Wir unterrichten beide Händler einfach über Magdalenas Lage und legen ihnen ans Herz, untereinander den gleich hohen Preis abzusprechen. Da es außer ihnen keinen anderen Papierhändler mehr in der Reichsstadt gibt, ist sie somit gezwungen, bei einem der beiden zu kaufen. Und dazu wird ihr Geld nicht ausreichen.« Ulrichs Grinsen wurde immer breiter. Dann kamen ihm aber Zweifel.

»Und du meinst, die Papierhändler lassen sich darauf ein? Sie ist doch die Nachfolgerin meines Vaters!« Unwillkürlich verzog Ulrich das Gesicht und spuckte auf den Boden. Kaspar sah ihn entrüstet an, wagte aber nicht, ihn ob dieser Unflätigkeit zurechtzuweisen. Er beließ es bei einer kleinen Pause und bedachte seinen Gast mit einem scharfen Blick.

Dann sagte er: »Sie mag die Nachfolgerin Eures Vaters sein, aber sie ist und bleibt ein Weib. Und deshalb darf man einen weitaus höheren Preis für die Ware berechnen.«

»Woher weißt du das?« Ulrich hatte häufig schon im Auftrag seines Vaters in Reutlingen Papier gekauft, doch diese Regelung war ihm nicht bekannt. Aber warum auch? Schließlich war er ja auch kein elendes Weib.

»Ich weiß es, weil sich die Frau eines Druckers aus Nürnberg einmal darüber beschwert hat, als ich dort Papier abgeholt habe.« Ulrich sprang auf und warf dabei seinen Schemel um. »Also wenn das gelingt, dann haben wir sie, und die Druckerei gehört endlich wieder mir. Ihr wird sicherlich schon jetzt keiner mehr allzu viel Geld geliehen haben. Sie wird daher die höheren Preise nicht bezahlen können.«

Mit großen Schritten kam er um den Tisch herum und legte seine Hände schwer auf Kaspars Schultern. Dieser zuckte kurz zusammen, merkte dann allerdings, dass Ulrich wieder guter Laune war. »Und du, Junge, wirst dann meine rechte Hand.« Kaspars Augen glänzten. »Ich werde noch heute in die Reichsstadt aufbrechen und die beiden Papiermacher informieren«, versprach er und malte sich aus, wie er schon bald wieder an Ulrichs Seite im Hirschen sitzen und seinen Lohn erneut in guten Wein umsetzen würde.

Kapitel 46

Mit wohlgefülltem Geldbeutel begab sich Magdalena am Beginn der nächsten Woche nach Reutlingen, um dort das Papier für das Landrecht zu kaufen. Normalerweise hätte sie einen ihrer Söhne geschickt, doch nun, da jede Hand in der Druckerei gebraucht wurde, musste sie solche Aufgaben selbst erledigen. Schließlich war sie diejenige, die von allen am häufigsten einer Pause bedurfte, wenn sie mit den Ballen arbeitete. Außerdem konnte sie auf dieser Reise auch etwas Abstand von Georg gewinnen, über den sie, weil er sie hintergangen hatte, immer noch verärgert war. Zwar erledigte der Junge alle Dienste, die sie ihm aufgetragen hatte, aber sie konnte ihm seinen Treuebruch nicht verzeihen. Was hatte er sich nur dabei gedacht, hinter ihrem Rücken ein Gesuch beim Senat einzureichen?

Zu Magdalenas Freude entpuppten sich die neuen Setzer jedoch als wahrer Glücksfall. Bereits am ersten Tag, an dem der gehörlose Magister in der Druckerei angefangen hatte, brauchten Tobias und sie ihm kaum noch Anweisungen zu geben. Er nahm sich wie selbstverständlich einen Winkelhaken, schaute sich kurz das Blatt an, das sie ihm gut sichtbar über den Setzkasten geklemmt hatte, und arbeitete drauflos. Da er nichts hörte, störten ihn auch die lauten Geräusche der Pressen oder die gelegentlichen Rufe ihrer Söhne nicht. Es war, als würde er sich in seiner eigenen Welt bewegen, die nur aus den silbernen Lettern und den rhythmischen Handbewegungen für den Satz bestand. Auch Tobias lernte immer schneller zu setzen, sodass sie insgesamt recht zügig mit der Arbeit vorankamen. Inzwischen waren die beiden zusammengenommen fast so schnell wie Matthias.

Bis nach Reutlingen war es eine Wanderung von etwa zwei Stunden. Da die Strecke von vielen Händlern und Reisenden benutzt wurde, war sie eine der sichersten Straßen im ganzen Herzogtum. Magdalena schloss sich vorsichtshalber trotzdem einer kleinen Gruppe von Tuchhändlern an, die mit mehreren Karren in die Reichsstadt zogen. Nach einem Lasttier hatte sie gar nicht erst gefragt, da sie das gerade eingenommene Geld nicht verschwenden wollte. Denn das Papier musste ja nur geordert werden, sobald man sich über den Preis einig geworden wäre. Gut gelaunt und frohen Mutes traf Magdalena wenig später daher bei Friedhelm, dem Papierhändler, ein.

»Gott zum Gruße«, begrüßte sie ihn herzlich. »Mein verstorbener Mann Ulrich Morhart hat mir immer von den Vorzügen Eures Papiers berichtet. Natürlich würde ich gerne weiterhin von Euch beliefert werden und habe auch schon die erste große Bestellung für Euch. Könnt Ihr mir in der nächsten Zeit achtzehn Ballen nach Tübingen liefern?«

Er sah sie erstaunt an. »Achtzehn Ballen? Könnt Ihr denn so viel bezahlen?« Magdalena wähnte sich auf der sicheren Seite. »Aber ja doch. Wie viel verlangt Ihr? Hier habt Ihr schon einmal eine erste Anzahlung.« Sie legte den schweren Geldbeutel auf seinen Tisch und begann, ihn aufzuschnüren. Doch als sie den Preis hörte, hielt sie sofort inne. »Was? Fünfzehn Gulden pro Ballen? Das ist ja mehr als das Doppelte, das Ihr meinem Mann abverlangt habt!«

»Kann schon sein«, erwiderte Friedhelm gelassen. »Aber das ist schon eine Weile her, und ...«, er sah sie geringschätzig von oben bis unten an, »... er war ein Mann!«

»Das ist unerhört! Mein Geld ist ebenso gut und genauso viel wert wie das eines Mannes«, erregte sich Magdalena.

»Kann schon sein«, brummte Friedhelm erneut und sah sie gleichgültig an. »Aber nicht bei mir. Da werdet Ihr schon jemand anderes aufsuchen müssen. Bei mir zahlt Ihr den genannten Preis.« Er verschränkte seine Arme vor der Brust und sah sie herausfordernd an.

Empört verließ Magdalena den Papierer. Der Laden des zweiten Papiermachers befand sich am südlichen Stadttor der Reichsstadt. Zu Magdalenas Überraschung nannte dieser ihr jedoch genau den gleichen überhöhten Preis. »Ihr habt Euch doch mit Friedhelm abgesprochen«, Magdalena funkelte ihn über den Ladentisch hinweg an. »Ich werde es dem Stadtrat melden. Und dann werdet Ihr schon sehen.« Doch ihre Drohung lief ins Leere. Der Papierhändler zuckte nur mit den Schultern. »Tut, was Ihr nicht lassen könnt. Ich kann Euch deutlich mehr berechnen als Eurem Mann, weil Ihr nur eine Frau seid und ich bei Euch nicht sicher weiß, ob ich mein Geld bekommen werde.«

»Ihr habt bisher noch immer Euer Geld von den Morharts bekommen. Wie oft hat mein Mann schon Papier bei Euch bestellt und jedes Mal rechtzeitig bezahlt – bis auf den letzten Kreuzer.«

»Trotzdem habe ich Grund zur Annahme, dass ich das Geld von Euch nie bekommen werde. Es heißt, dass Ihr die Druckerei nicht mehr lange halten könnt, weil der Sohn des Druckers diese bald leiten wird.« Magdalena war sprachlos. Sie wusste, dass solche Gerüchte in Tübingen existierten, aber dass sie nun schon in Reutlingen umgingen, fand sie doch recht erstaunlich. »Von wem habt Ihr solche falschen Nachrichten?«, wollte sie wissen, doch ihr Gegenüber hüllte sich in Schweigen. Als Magdalena jedoch nicht lockerließ, sagte er schließlich kurz angebunden: »Es war jemand, der mich vor einem Verlustgeschäft bewahren wollte.«

»Euch vor einem Verlustgeschäft bewahren oder mich in den Ruin treiben wollte?« Magdalena konnte sich nur einen vorstellen, der Interesse daran hatte, ihren Ruf und ihr Geschäft zu schädigen.

Kapitel 47

Cordula sah die Freundin schon von Weitem. »Ich grüße dich. Hast du das eben mitbekommen? Der Goldschmied hat seinen Lehrling vor die Tür gesetzt. Offensichtlich hat er seiner Tochter schöne Augen gemacht, und ihr Vater bestand nun darauf, dass er sie heiratet. Aber nein. Der junge Herr war schon einer anderen versprochen. Stell dir das vor!« Sie schnalzte mit der Zunge und schüttelte missbilligend den Kopf. »Die Lehrlinge von heute sind auch nicht mehr das, was sie einmal waren. Sei froh, dass du keine mehr hast.« Mit einem Zwinkern kam sie auf Magdalena zu, die sich jedoch nur mühsam ein Lächeln abringen konnte. »Was ist denn los? Lass mich raten, hat Ulrich wieder einen Weg gefunden, dir das Leben schwer zu machen?«

Magdalena seufzte. »Du hast es erraten. Er hat den einzigen beiden Papierhändlern in Reutlingen gesagt, dass sie mir einen deutlich höheren Preis berechnen sollen. Aber denen werde ich es noch zeigen! Sie dürfen die Preise doch nicht einfach so erhöhen, nur weil ich eine Frau bin!« Ihre Stimme war so laut geworden, dass sich die vorübergehenden Leute schon zu ihnen umdrehten.

»Komm, es müssen ja nicht alle wissen, dass dein Ausflug nach Reutlingen nicht so erfolgreich verlaufen ist, wie du dachtest.« Cordula zog Magdalena von der Straße in den Schatten eines Hauses. »Also – sie berechnen dir nun einen viel höheren Preis?«, fragte sie, als sie sicher war, dass sie außer Hörweite waren. »Wie viel denn?«

»Mehr als das Doppelte. Es ist eine Unverschämtheit!«, gab Magdalena zurück und ballte die Hände zu Fäusten. Dann fügte sie hinzu: »Aber ich werde die Professoren darüber in Kenntnis setzen. So können die eine Tübinger Universitätsverwandte nicht behandeln.« Magdalenas kämpferische Seite hatte auf dem langen Rückweg aus der Reichsstadt wieder die Oberhand gewonnen. Sie hatte sich genau überlegt, welche Möglichkeiten sie nun hatte, und sich dazu entschieden, gegen die Papierhändler vorzugehen.

Doch Cordula war nicht überzeugt. Sie sah ihre Freundin nur nachdenklich an und runzelte die Stirn. »Du kannst natürlich Beschwerde einreichen. Aber wäre dir damit wirklich geholfen?«

Magdalena wurde stutzig. »Was meinst du? Natürlich wäre mir damit geholfen. Dann würden diese Papierhändler ein für alle Mal sehen, dass sie so nicht mit mir umspringen können. Schließlich bin ich die Besitzerin der einzigen Druckerei in Württemberg. Mit mir sollte man es sich nicht verscherzen.« Sie streckte den Zeigefinger in die Luft, um ihren Worten mehr Nachdruck zu verleihen.

Doch Cordula blickte weiterhin nachdenklich drein. Endlich sagte sie langsam: »Ich weiß nicht, ob du mit einer Beschwerde Erfolg haben würdest. Die Müllerin, von der ich dir erzählt habe, hat auch einmal Klage gegen die Wucherpreise eines Verkäufers eingereicht, aber außer Ausgaben kam nichts dabei herum. Ihr wurde am Ende mitgeteilt, dass der Verkäufer unterschiedlichen Käufern unterschiedliche Preise nennen darf, auch wenn diese weit auseinanderliegen. Aber was natürlich keiner laut ausgesprochen hat, war der Umstand, dass der Müllerin schlichtweg mehr berechnet wurde, weil sie eine Frau war.«

Magdalena zog die Augenbrauen zusammen. »Und das hat sie dann widerspruchslos hingenommen?« Nach alledem, was sie von Cordula über diese Müllerin bis jetzt gehört hatte, konnte sie das nicht glauben.

Ihre Freundin zuckte mit den Schultern. »Ihr blieb gar nichts anderes übrig.«

Magdalena merkte, wie der Zorn erneut in ihr aufstieg. *Das ist doch wirklich die Höhe – ich werde ungerecht behandelt und kann dann noch nicht einmal dagegen vorgehen?*

»An deiner Stelle«, fuhr Cordula fort, »würde ich versuchen, mir das Papier einfach bei einem anderen Händler zu beschaffen. Es gibt doch bestimmt nicht nur die zwei in Tübingens nächster Umgebung, oder?«

»Also im gesamten Rechnungsbuch habe ich jedenfalls nur diese beiden gefunden ... Aber ich werde erst einmal mit meinen Söhnen sprechen. Vielleicht wissen die ja noch von weiteren.« Sie drückte ihre Freundin kurz und machte sich dann auf den Weg in die Burgsteige.

Oswald reagierte ähnlich empört wie seine Mutter. Er verfluchte die beiden Halsabschneider und wünschte ihnen die Pest an den Hals. »Aber Cordula hat recht«, sagte Magdalena, als er sich wieder beruhigt hatte. »Eine Beschwerde würde nichts nutzen, vor allem, da wir bereits in Zeitnot sind. Daher suchen wir uns am besten einen anderen Papierhändler, der zwar weiter entfernt wohnt, aber noch nicht von Ulrich besucht wurde. Und der wird sich hoffentlich nicht so anstellen.«

»Nur wer?«, gab Georg zu bedenken. »Ich habe das Rechnungsbuch eigens noch einmal durchgesehen, und wir haben vorher immer nur bei diesen beiden eingekauft. Sie hatten wohl die meisten Vorzüge und die besten Preise.« Er schnaubte verächtlich.

Alle schwiegen, während sie überlegten. Sie hatten sich für eine kurze Pause an den großen Esstisch gesetzt. Georg saß mit dem Rücken zur Wand und ließ seinen Blick durch den Raum schweifen, in dem sie eben noch gearbeitet hatten. Für einen kurzen Moment verweilten seine Augen auf den beiden leeren Hockern, die vor dem Setzkasten standen.

Dann sprang er urplötzlich von der Bank auf. »Ich weiß zwar nicht, wo wir einen Händler finden können, aber ich weiß, wen wir danach fragen sollten.« Sein Blick war starr auf einen der Hocker gerichtet, und seine Mundwinkel umspielte ein triumphierendes Lächeln. »Wir sind schließlich nicht die Einzigen in Tübingen, die immer wieder neues Papier benötigen.«

Sein Bruder stand nun ebenfalls auf. »Du hast recht, Georg! Die Lösung für unser kleines Problem befindet sich direkt vor unserer Nase, und zwar schon seit Längerem. Jetzt müssen wir nur noch warten, bis einer von ihnen von der Disputation zurückkommt.«

Bereits kurz nach dem Mittagsmahl kam Tobias in die Druckerei, um seine Arbeit fortzusetzen. Er hatte die Tür noch nicht ganz hinter sich geschlossen, als er schon freudig begrüßt wurde. Wie beiläufig ging Oswald auf den Studenten zu und begleitete ihn vom Laden- in den Produktionsraum. »Sag, Tobias, die Universität muss doch einen großen Verbrauch an Papier haben, nicht wahr? Woher bekommt sie das denn?«, fragte er, während er ihm ein neues Blatt an den Setzkasten klemmte. Sie hatten entschieden, dass sie lieber vorsichtig sein wollten, damit Tobias diesem Gespräch keine besondere Bedeutung beimaß. Schließlich wollten sie ihm nicht direkt von ihren Problemen mit der Papierbeschaffung berichten. Obwohl sich der Student bis jetzt nichts hatte zuschulden kommen lassen, wollten sie ihn trotzdem nicht ins Vertrauen ziehen.

»Ich habe gehört, dass die Universität ihr Papier aus Urach bezieht. Aber das ist nur Papier zum Beschreiben. Ob es sich auch für den Druck eignet, weiß ich nicht«, antwortete er und nahm die ersten Buchstaben in die Hand. Magdalena, die sich im Hintergrund gehalten hatte, gab ihrem Sohn ein Zeichen. »Oswald, hilfst du mir beim Sortieren der trockenen Bogen oben?«

Er warf ihr einen fragenden Blick zu, denn er wollte den Studenten eigentlich noch etwas genauer aushorchen. Aber er sagte nichts und ging mit ihr die Stiege hinauf. Er würde noch genug Zeit haben, um Tobias auszufragen. Als sie im Trockenraum angekommen waren, drehte sich Magdalena abrupt zu ihm um. Er wäre fast in sie hineingelaufen. Im hellen Licht, das durch die beiden Fenster drang, bemerkte er den siegesgewissen Ausdruck in ihrem Gesicht.

»Mehr brauchen wir nicht zu wissen. Gleich Montag früh werden wir beide nach Urach fahren und diesen Papierhändler ausfindig machen. Auch wenn wir seinen Namen nicht kennen, werden wir ihn sicherlich leicht finden können.«

»Mutter, meint Ihr wirklich, dass das eine gute Idee ist?« Als er sah, dass sich ihre Augen verengten, erklärte er rasch: »Es ist doch möglich, dass sie Euch in Urach wieder das Papier zum überhöhten Preis verkaufen. Denkt doch nur an das, was Euch Cordula heute erzählt hat. Mit mir als Mann werden sie sicherlich kein solches Spielchen treiben.«

Sie dachte einen Moment nach. Dann nickte sie kurz und blickte ihn düster an. Ihre Freude war in nur wenigen Augenblicken in Enttäuschung umgeschlagen. Bevor sie die Frage aussprechen konnte, kam er ihr jedoch zuvor. Lauter als nötig sagte er: »Ich werde alleine fahren.«

In ihren Augen spiegelte sich Sorge – ihr Ältester hatte bisher noch nie für längere Zeit die Stadt verlassen. Er atmete tief ein, bevor er ihr das sagte, was er ihr schon lange sagen wollte. »Mutter, ich zähle schon dreiundzwanzig Lebensjahre und habe schon in vielerlei Hinsicht bewiesen, dass ich auch alleine gut zurechtkomme.« Der entsetzte Gesichtsausdruck seiner Mutter ließ ihn schnell noch beruhigend hinzufügen: »Bitte lasst mich Euch doch diese Arbeit abnehmen. Ich sehe doch, dass Ihr mit der Druckerei hier vor Ort schon genug zu tun habt.« Das Argument machte sie nachdenklich, und er konnte sehen, wie es in ihr arbeitete. »Nun gut«, stimmte sie schließlich zu. »Du hast recht. Aber dass du mir bloß heil zurückkommst.«

Kapitel 48

Als Magdalena am Sonntag aus dem Gottesdienst kam, hatten sich wie üblich vor der Kirche kleine Gruppen gebildet, die sich unterhielten. Meist redeten die Kirchgänger über allgemeine Themen wie kürzlich Gestorbene, Kranke, Heiratswillige und was das Gerede sonst noch so hergab. Die meisten Gespräche interessierten Magdalena nicht sonderlich, aber da sie auch ein Gemeindemitglied war, blieb sie üblicherweise schon einmal bei dem ein oder anderen stehen, um sich nach seinem Befinden zu erkundigen oder ein paar Worte über das Wetter auszutauschen. Daneben gab es eine nicht ganz unwesentliche Zahl von Gottesdienstbesuchern, die sich nach der Einführung des lutherischen Glaubens noch immer nicht mit der nun schmucklosen Kirche abgefunden hatten und die farbenfrohen Malereien und Heiligenfiguren vermissten. Obwohl sie in den Predigten regelmäßig hörten, dass diese Kunstwerke nur die Zeichen von Aberglauben und Götzenverehrung gewesen seien, von denen sie nun befreit seien, ging ihnen deren Verlust doch sehr nahe.

Doch dieses Mal war die Lage nach dem Gottesdienst eine andere. Schon als Magdalena aus der Kirchentür trat, sah sie, wie einige Leute sie nur kurz ansahen und dann gleich danach ihren Blick wieder senkten. Magdalena kannte dieses Verhalten. Es war Schuldbewusstsein. Man hatte wohl gerade über sie geredet. Sie ließ sich jedoch nichts anmerken, setzte ein Lächeln auf und nickte einigen ihrer Nachbarn grüßend zu. Doch man ignorierte sie einfach. Magdalena hielt kurz inne und richtete ihre Haube, um zu überlegen. Was sollte sie nun tun? Sollte sie versuchen herauszufinden, was hier vor sich ging? Aber wie? Sie konnte sich keinen Reim auf diese Zurückweisung machen. Als ihre Haube wieder ordentlich war und Magdalena immer noch keine gute Idee gekommen war, entschied sie sich, so zu tun, als hätte sie nichts bemerkt, wiederholte ihre Grußgesten und begab sich dann so schnell wie möglich nach Hause.

Wieder war es Cordula, der sie ihr Herz ausschüttete. »Habe ich irgendjemandem etwas getan? Ich kann mir nicht erklären, warum ich auf einmal geschnitten werde!«, sagte sie verzweifelt. Auch Cordulas Honigwein vermochte ihre trüben Gedanken nicht zu vertreiben.

Cordula hatte leider auch keine Erklärung für das seltsame Verhalten der Leute. Sie biss sich auf die Lippe und dachte angestrengt nach. »Irgendjemand bringt die Leute vielleicht gegen dich auf«, vermutete sie. »Jemand möchte dir zeigen, dass du nicht mehr zu dieser Stadt gehörst. Aber wer?«

Magdalena schüttelte betrübt den Kopf. »Und vor allem, wieso? Was habe ich denn getan? Ich bin doch keine Aussätzige.«

Magdalena, die sonst immer gewillt war, allen die Zähne zu zeigen, war ungewohnt mutlos. Seit sie die Druckerei nur noch mit ihren Kindern und den Studenten führte, ertappte sie sich des Öfteren dabei, dass sie sich schwach und schutzlos fühlte. Auch die Unterhaltungen während ihres gemeinsamen Abendmahls waren weitaus weniger heiter, als sie es früher gewesen waren, und hinterließen in Magdalena oftmals ein Gefühl der Leere.

»Könnte es sein, dass dein Stiefsohn dahintersteckt? Dem traue ich mittlerweile alles zu«, sagte Cordula zögernd.

»Ulrich? Um Himmels willen! Was hätte der denn davon?«

»Fragst du dich allen Ernstes, was er davon hätte, dich in Misskredit zu bringen? Das liegt doch auf der Hand! Er will dich ausgrenzen. Du gehörst nicht in diese Stadt. Du benimmst dich wie ein Mann. Du stehst einer Druckerei vor und gibst Befehle, schwingst die Ballen statt einer Suppenkelle und greifst Wegelagerer mit einem Gewehr an! So ein Verhalten dulden nicht viele Leute.« Cordula hatte sich so sehr in die Gedankenwelt der Leute hineinversetzt, dass sie nun in lautes Gelächter ausbrach, in das, Gott sei Dank, auch Magdalena befreit einstimmte.

»Und meine ganze Macht bekomme ich vom Teufel allein«, ergänzte sie, immer noch lachend.

Doch statt noch lauter zu lachen, wurde Cordula plötzlich ernst. »Magdalena, das ist nicht mehr zum Lachen. Wenn sie das von dir denken, kann es sehr gefährlich für dich werden! Dann muss nur noch ein Unglück passieren, und alle werden dich dafür verantwortlich machen!« Cordula hielt ihre Freundin am Arm fest, denn mit einem Mal war auch sie beunruhigt.

Magdalenas Heiterkeit verflog. »Man munkelt, die Pestilenz sei auf dem Vormarsch«, murmelte sie betroffen.

»Genau das meine ich«, sagte ihre Freundin mit düsterer Stimme. »Du weißt doch, wie schnell die furchtbarsten Gerüchte entstehen können. Ich möchte gar nicht daran denken …« Cordula brauchte ihren Satz nicht zu beenden. Magdalena wusste auch so, wovon sie sprach, und trotz des warmen Tages spürte sie, wie ihr ein Schauer über den Rücken lief.

Kapitel 49

Nachdem er sich etwas umgehört hatte, fand Oswald schließlich einen Kaufmann, der gleich am Anfang der nächsten Woche nach Urach aufbrechen wollte. Der Ältere war sogar erleichtert, als Oswald ihm vorschlug, sich doch gemeinsam auf die Reise dorthin zu machen, und dankte ihm überschwänglich für das Angebot. Nun würde er in Begleitung eines wehrfähigen jungen Mannes und keine leichte Beute für Wegelagerer mehr sein.

Und so machten sie sich, als der Tag der Abreise gekommen war und die Stadttore geöffnet wurden, zusammen gen Osten auf. Tübingen war noch nicht einmal außer Sichtweite, da hatte der Kaufmann Oswald bereits so gut wie alles über sein anstehendes Geschäft berichtet. Als Nächstes erzählte er ihm ausschweifend die neuesten Neuigkeiten aus dem Umland und brummte jedes Mal zufrieden, wenn der junge Drucker noch nichts von den Ereignissen gehört hatte. Während sie mit ihren Stöcken durch Wald und Wiesen gingen, merkte Oswald aber auch, dass seinem Weggefährten ganz andere Themen auf der Zunge lagen und dass er mit flüchtigen Seitenblicken, die er ihm von Zeit zu Zeit zuwarf, prüfte, ob er diese auch anschneiden könnte. Doch der Alte hielt letztendlich an sich und entschied sich dafür, Oswald nur nach dem Gewürzladen seiner Tante Käthe und ihres Mannes zu fragen und nicht nach der Druckerei und den Streitigkeiten zwischen den Erben.

In Urach angekommen, erkundigte sich Oswald nach dem Papierhändler und fand ihn an einem nahe gelegenen See. Er verlangsamte seinen Schritt, um im Kopf noch einmal durchzugehen, was er alles sagen und fragen wollte. Heute würde er sich das erste Mal als Drucker zu erkennen geben und mit einem Papierer verhandeln. Er hatte seinen Stiefvater schon unzählige Male mit Käufern feilschen sehen, doch nun war er ganz auf sich allein gestellt und daher etwas unruhig. Bislang hatte er noch nie eine Bestellung in Auftrag gegeben. Geschweige denn eine dieser Größenordnung. Obwohl er am Tag zuvor gebadet hatte und sein bestes Wams trug, fühlte er sich unwohl und wusste nicht recht, wie er das Gespräch beginnen sollte.

Schon von Weitem konnte er sehen, wer in der Papiermühle das Sagen hatte: ein großer Mann mit breiten Schultern, der Oswald unwillkürlich an einen Bären erinnerte. Um fast zwei Kopflängen überragte er eine Gruppe von jüngeren Männern, die eifrig damit beschäftigt waren, den Mühlengraben von Pflanzen und Steinen zu reinigen. Hin und wieder gab er ihnen Befehle, die sie sofort eilfertig erledigten. Sein Auftreten war gebieterisch, aber nicht unangenehm. In seinem wettergegerbten Gesicht spiegelte sich Humor, und er lachte auch, nachdem ihm einer der Gehilfen etwas zugerufen hatte.

Nachdem Oswald die Männer eine Weile beobachtet hatte, fasste er sich ein Herz und ging zielstrebig auf den großen Mann zu. Als dieser ihn kommen sah, musterte er ihn aufmerksam vom Scheitel bis zur Sohle. »Gott zum Gruße, was kann ich für Euch tun?«, rief er aus, noch bevor Oswald die kleine Gruppe erreicht hatte.

»Ich bin Oswald, einer der Nachfolger des Ulrich Morhart, seines Zeichens Drucker in Tübingen.« Er bemühte sich, seine Stimme fest und ruhig klingen zu lassen, und streckte selbstsicher seine Hand aus, um diesen Bären von einem Mann zu begrüßen.

Sein Gegenüber zog die dunklen Augenbrauen hoch, bevor er die Hand ergriff und sie kräftig drückte. Der Händedruck war so fest, dass Oswald fast aufgeschrien hätte. Doch er konnte sich im letzten Moment noch beherrschen.

»Ulrich Morharts Sohn?«, dröhnte der Papierhändler und schaute den jungen Drucker skeptisch an.

Oswalds Herz sank ihm in die Hose. Er glich seinem Stiefvater nicht im Geringsten und war auch noch nie mit ihm zusammen aufgetreten. Weshalb er nur hoffen konnte, dass er den Fremden mit dem prall gefüllten Geldbeutel überzeugen konnte, den er nun aus seiner Ledertasche zog und kurz in der Hand balancierte. Womit er gleichzeitig auch sicherstellte, dass der Fremde einen Blick auf seine schwarz gefärbten Finger werfen konnte. Doch der Mann verzog keine Miene und ließ nicht erkennen, ob er ihm Glauben schenkte. Warum zögerte er? Waren Ulrich und Kaspar etwa auch schon in Urach gewesen, um gegen sie zu sprechen? Hatten sie diesem Händler ebenfalls schon über die Erbstreitigkeiten aus ihrer Sicht berichtet? Er musste nun alles auf eine Karte setzen und fuhr deshalb unbeirrt fort: »Ja, ich bin sein Stiefsohn. Mein Stiefvater verstarb Anfang dieses Jahres, und nun hat mich die Regierung damit beauftragt, das Landrecht zu drucken. Dafür benötige ich achtzehn Ballen Papier. Das Geld hier ist eine Anzahlung. Den Rest bekommt Ihr bei Lieferung.« Als Oswald die Anzahl Ballen nannte, weiteten sich die Augen des Papierers. Er zog seine buschigen Augenbrauen erneut hoch, sodass sie gänzlich von dem Haarbüschel verdeckt wurden, das ihm in die Stirn fiel. Auch die Gehilfen ließen ihre Haken sinken und drehten sich ungläubig zu dem Neuankömmling um.

»Ihr wollt mich auf den Arm nehmen. Wie viele Exemplare wollt Ihr denn herstellen? Habt Ihr Euch da nicht verrechnet? Das erscheint mir zu viel Papier für ein einziges Buch zu sein.« Der Besitzer der Mühle konnte nicht glauben, was er da hörte.

Oswald hatte sich zum Glück gut auf diesen Teil der Unterredung vorbereitet. Und so erklärte er seinem Gegenüber fachmännisch, während er ihm dabei fest in die Augen blickte: »Ein jedes Exemplar dieses Buches besteht aus hundertneunzig Bogen, und wir müssen davon tausend Exemplare an den Hof liefern. Da wir mit einigen Fehldrucken rechnen, habe ich die Summe auf achtzehn Ballen aufgerundet. Könnt Ihr uns so viel liefern?«

Diese Ausführungen überzeugten den Papierhändler endlich. Seine Miene hellte sich sichtlich auf, und seine Lippen verzogen sich zu einem breiten Grinsen. Dann schüttelte er zu Oswalds Leidwesen erneut seine Hand – diesmal noch kräftiger. Der Auftrag würde ihn und seine Männer sehr gut über den Winter bringen. Sein Blick wurde wärmer, und er legte Oswald auch eine seiner Pranken auf die Schulter, um seinen neuen vielversprechenden Käufer willkommen zu heißen.

»Aber natürlich können wir so viel liefern. Zwar nicht sofort, aber über die Lieferzeiträume werden wir uns sicher einig. Kommt mit, wir werden das Geschäft bei etwas Wein besprechen.« Er deutete auf die große Mühle am Ende des Grabens und ließ Oswald den Vortritt. Bevor er ihm folgte, wandte er sich an einen seiner Gehilfen und rief: »Anna, bring uns einen Krug Wein.«

Aus der kleinen Gruppe löste sich daraufhin ein Junge, der Oswald bislang nicht weiter aufgefallen war. Zu seiner Überraschung bemerkte er nun, dass der vermeintliche Bursche in Wirklichkeit eine junge Frau war, die sich wegen ihrer kurzen Haare und ihrer Bekleidung äußerlich aber kaum von den anderen Gehilfen unterschied. Über ihrer Hose trug die junge Frau einen braunen Kittel, der mit Flecken übersät war. Auch ihre Hände waren die eines Papierherstellers – vom jahrelangen Arbeiten im Wasser waren sie rau und gerötet. An ihren Füßen trug sie abgewetzte Lederschuhe, die bereits Löcher aufwiesen. Doch dies schien ihr nicht das Geringste auszumachen, denn auf ihrem Gesicht lag ein freundlicher und kecker Ausdruck. Sie machte aus ihrer Neugier keinen Hehl und schaute den Neuankömmling interessiert an, bevor sie ihm zuzwinkerte und zügig vor den beiden Männern auf das Gebäude zuging.

In der Mühle angekommen, gingen der Papierer – er hatte sich seinem Besucher inzwischen als Johannes vorgestellt – und Oswald in die Ecke des Raumes, in der ein kleiner Tisch und zwei einfache Hocker standen. Unter ihnen klopfte beständig das vom Wasser angetriebene Stampfwerk, das alte und bereits in Lumpen zerteilte Gewänder zu Brei verarbeitete. Kaum hatten sie sich gesetzt, brachte ihnen Anna auch schon den Wein und zwei Becher. Während sie den Wein eingoss, sagte der Händler: »Darf ich vorstellen – meine Tochter Anna.« Sie machte einen Knicks, wie es sich für eine gut erzogene junge Dame ziemte, doch auf ihren Lippen lag ein schelmisches Lächeln. »Das ist also der Nachfolger des Buchdruckers in Tübingen. Sehr erfreut.«

Ihrem Beispiel folgend, machte Oswald ebenfalls eine weitaus höflichere Begrüßungsgeste als erforderlich und verbeugte sich besonders tief. Anna unterdrückte ein Lachen und ging wieder zurück an ihre Arbeit. Kurz bevor sie die Mühle verließ, warf sie Oswald jedoch noch einen letzten verschmitzten Blick über die Schulter zu.

Nachdem die beiden Männer angestoßen hatten, besprachen sie das Geschäft. Der Händler zeigte seinem Gast mehrere Arten von Druckpapier, von denen Oswald ein besonders weißes auswählte. Er rieb es zwischen den Händen und hielt es gegen das Licht, um seine Beschaffenheit zu überprüfen. Im Gegensatz zu dem Papier aus Reutlingen hatte dieses als Wasserzeichen keinen Pfeil im Wappenschild, sondern einen prächtigen Ochsenkopf mit großen Hörnern.

»Euer Papier ist wirklich sehr gut«, sagte Oswald anerkennend und bedauerte zugleich, dass er wegen dieses Lobs eine schlechtere Verhandlungsposition im nun anstehenden Kaufgespräch haben würde. »Was wollt Ihr dafür haben?«

Johannes sah Oswald prüfend an. »Ein Ballen kostet acht Gulden«, sagte er und nahm fast schon gleichzeitig seinen Becher zur Hand, um daraus zu trinken. Oswald konnte sich denken, warum er das tat – er wollte wohl mit seinem Gesichtsausdruck nicht verraten, dass er einen sehr hohen Preis angesetzt hatte. Das war ein Gulden mehr pro Ballen, als sein Stiefvater entrichtet hatte. Bei dieser großen Menge würde das zusätzlich achtzehn Gulden bedeuten, das war fast der halbe Jahreslohn eines Druckergesellen.

Als der Papierer den Becher wieder abgesetzt hatte, sah er Oswald an und zog fragend die Augenbrauen hoch. Der zögerte, während ihm mehrere Gedanken kamen. *Ich muss ihn runterhandeln, weil wir sein Papier dringend brauchen. Aber ich kann auch nicht acht Gulden akzeptieren, weil wir dies nicht bezahlen können,* dachte Oswald und hoffte inständig, dass man ihm seine Unruhe nicht ansah.

»Fünf Gulden«, platzte er dann heraus. Er musste tiefer gehen, damit sie sich in der Mitte einigen konnten, aber er wusste nicht, ob er mit diesem Preis nicht zu weit gegangen war und Johannes damit beleidigt hatte.

»Fünf Gulden?«, wiederholte der Papierer langsam. Oswald konnte seinen Gesichtsausdruck nicht deuten. Sollte er schnell noch »sieben Gulden« hinterherschieben, damit sie sich handelseinig werden würden? Aber damit würde er seine Unerfahrenheit nur unterstreichen, und Johannes würde dies sicher ausnutzen und auf seinen acht Gulden bestehen.

Oswald entschied sich also dafür, nichts zu sagen. Die beiden Männer nahmen einen weiteren Schluck Wein, während sie auf die jeweilige Entgegnung des anderen warteten. Der Ausgang seines ersten Verkaufsgesprächs war äußerst ungewiss, und langsam kam in Oswald die Befürchtung auf, er müsste unverrichteter Dinge wieder nach Tübingen zurückkehren.

Doch dann brach Johannes endlich das Schweigen. Erst leise, dann immer lauter werdend, lachte er, und Oswald wusste nicht so recht, wie er sich verhalten sollte.

»Fünf Gulden bietet Ihr mir? Junge, Ihr seid wirklich zäh«, prustete er, und Oswald entging die Ironie in seiner Stimme nicht. »In Anbetracht der großen Menge Papier, die Ihr benötigt, kann ich Euch etwas entgegenkommen, aber Euer Angebot ist viel zu niedrig.«

So ging es eine Zeit hin und her. Doch schließlich einigten sie sich auf sieben Gulden und fünf Batzen pro Ballen. Auf die Menge gerechnet, hatte Oswald durch sein Geschick tatsächlich insgesamt fast elf Gulden für den gesamten Auftrag gespart. Zwar bezahlte er nun immer noch etwas mehr, als sein Stiefvater in ebenfalls schlechten Zeiten ausgegeben hatte, doch er war stolz darauf, dass er den Händler überhaupt hatte herunterhandeln können.

Da die Herstellung des Papiers etwas länger dauern würde, schlug der Händler vor, die achtzehn Ballen bis zum Ende des Jahres in drei Lieferungen zu jeweils fünf Ballen Papier nach Tübingen zu schaffen.

»Außerdem kann ich Euch heute bereits drei Ballen mitgeben. Habt Ihr einen Karren für Eure Rückreise gemietet?«

Oswald schluckte. Er hatte sich zwar gut auf das Gespräch mit dem Papiermühlenbesitzer vorbereitet, dabei aber ganz außer Acht gelassen, was passieren würde, wenn er nicht wie seine Mutter unverrichteter Dinge wieder heimkehren musste, sondern erfolgreich wäre. Langsam schüttelte Oswald den Kopf und antwortete: »Nein, ich habe leider keinen Karren zur Verfügung.«

Doch zu seiner Überraschung störte das den Papierer nicht im Geringsten. »Gut, dann werde ich Euch morgen meinen borgen. Er ist zwar schon etwas alt, und Ihr müsst dem Rad nach jeder Meile einen guten Tritt verpassen, damit es nicht ins Stocken gerät, aber das dürfte kein Problem sein. Diese Nacht könnt Ihr selbstverständlich hierbleiben.« Er war sichtlich bemüht, bei seinem neuen Käufer einen guten Eindruck zu hinterlassen.

»Das ist sehr großzügig von Euch. Aber wie bekommt Ihr den Wagen danach wieder nach Urach?«

»Meine Tochter wird Euch begleiten, da sie noch Lumpen in Tübingen sammeln wollte. Dort sind die Stoffstücke meist von besonders guter Beschaffenheit und eignen sich hervorragend für unsere Papierherstellung. Sie wird den Karren dann wieder zurückbringen.«

Oswald fiel fast der Weinbecher aus der Hand. »Ihr lasst Eure Tochter ganz alleine reisen? Habt Ihr denn nicht von den marodierenden Söldnern gehört, die hier ihr Unwesen treiben?«

»Ach, allzu weit ist die Strecke bis hierher ja nicht, und sie kennt einige Wege, die selbst diese Banditen nicht kennen. Und wenn es hart auf hart kommt«, er beugte sich verschwörerisch zu Oswald vor, »weiß sie sich zu verteidigen. Ich habe ihr selbst ein paar Kniffe beigebracht.« Er lehnte sich stolz zurück. Oswald hätte gerne gewusst, was genau er damit meinte, doch er hielt es für unangebracht, sich genauer nach Annas Wehrfähigkeit zu erkundigen. Schließlich wollte er nicht den Eindruck erwecken, dass er irgendetwas im Schilde führte. So nahm er dankend das großzügige Angebot an und bot außerdem an, während seines Aufenthaltes in der Mühle mitzuhelfen.

»Schön, einen starken jungen Mann kann ich immer gebrauchen. Kommt mit! Ich führe Euch erst einmal rund, damit Ihr alles sehen könnt, und danach werden wir uns zurück an den Mühlengraben begeben.«

Auf ihrem Rundgang sah Oswald zuerst den Lumpenboden, wo zwei junge Mädchen damit beschäftigt waren, Stofffetzen nach Farben zu sortieren. Neben ihnen stand der große Stampfer, der in einem Becken Wasser die Lumpen zu einem Faserbrei zerkleinerte. Dieser Brei wurde anschließend in einer großen Bütte mit mehr Wasser vermengt und schließlich mit einem Schöpfsieb aus dem Wasserbottich herausgenommen. Der Bursche, der das Sieb in den Händen hielt, war etwa so alt wie Georg. Gewissenhaft tauchte er sein Werkzeug in die trübe Suppe, sodass Oswald deutlich den Ochsenkopf in den gespannten Drähten am Boden des Siebs erkennen konnte. Danach übergab der Bursche das Sieb an einen anderen, der neben ihm stand und den nassen Bogen Papier vorsichtig auf ein feuchtes Stück Filz legte. Hinter den beiden sah er eine Presse stehen, die der im Morhart'schen Hause sehr ähnlich sah. In die Presse war ein großer Packen Papier eingespannt, an dessen unterem Ende das Wasser tröpfchenweise herauslief und in einer kleinen Schale auf dem Boden gesammelt wurde.

Draußen war es inzwischen schon deutlich wärmer geworden. Die Sonne stand hoch am Himmel und brachte das Wasser im See zum Glitzern. Während Oswald das Unkraut entfernte, ertappte er sich immer wieder dabei, dass er Anna verstohlen beobachtete. Sie war so anders als die Frauen, die er bisher in Tübingen kennengelernt hatte. Nicht so scheu und zurückhaltend, sondern eine starke junge Frau, die ihres Weges ging und wahrscheinlich auch nichts auf das gab, was die Leute von ihr hielten. Sie imponierte ihm mächtig. Er erinnerte sich daran, wie er in den letzten Monaten die Leute mehrfach schlecht über seine Mutter und die Druckerei hatte reden hören. Eigentlich hätte er da sofort stehen bleiben und Magdalena verteidigen sollen. Doch er war jedes Mal weitergegangen, aus Angst, dass die Menschen dann auch über ihn klatschen würden, und hatte sich hinterher stets einen Feigling geschimpft.

Anna schien ganz und gar kein Feigling zu sein. Soeben schalt sie sogar einen Gehilfen, der unvorsichtig mit dem Rechen umging, obwohl er ihr körperlich weit überlegen war. Trotz ihrer zierlichen Figur arbeitete sie außerdem genauso hart wie jeder andere an diesem Tag und ließ sich die Anstrengung nicht anmerken.

Einer der jungen Männer zeigte besonderes Interesse an ihr. Er versuchte immer wieder, Anna unter einem Vorwand zu sich zu locken und sie zum Lachen zu bringen. Sie freute sich über seine Aufmerksamkeit, doch es sah nicht so aus, als ob sie seine Gefühle erwiderte. Stattdessen schielte sie ab und zu zum Gast ihres Vaters hinüber. Als sich Oswalds und ihr Blick einmal trafen, zwinkerte sie ihm zu, doch er war so verlegen, dass er schnell wieder wegschaute. *Ein Feigling bist du, Oswald. Ein richtiger Feigling.*

Da die Frau des Papierhändlers letztes Jahr gestorben war, war Anna auch für die Vorbereitungen des Abendmahls zuständig. Um heute jedoch nicht alles alleine machen zu müssen, teilte sie die Männer zum Gemüsewaschen und -schneiden ein. Selbst ihr Vater gehorchte und nahm sich lachend ein Messer, mit dem er die Rüben schälte. »Ihr seht schon, wer hier das Sagen hat«, raunte er Oswald zu, während er sich ans Werk begab. »Ihr braucht Euch also keine Sorgen zu machen, wenn Ihr sie morgen von Tübingen wieder alleine hierher zurückkehren lasst.«

Wenig später erfüllte der Duft des Rübeneintopfs die gesamte Mühle. Allerdings mischte sich, anders als bei dem Eintopf, den seine Mutter kochte, unter den Geruch von Rüben, Möhren und Sellerie noch ein anderes, wahrhaft köstliches Aroma. Oswald merkte, wie ihm das Wasser im Munde zusammenlief. Er trat näher an den Topf heran, in dem Anna gerade mit einem großen Holzlöffel rührte. Sie zog den Löffel heraus und hielt ihn Oswald hin. »Wollt Ihr überprüfen, ob ich Euch auch nicht vergifte?« Sie lachte kurz auf und steckte dann einen Finger in den Topf, um den

Eintopf zu probieren. »Alles in Ordnung, Herr Drucker. Ihr werdet es überleben, auch wenn ich nicht an Bärlauch gespart habe.«

»Bärlauch?« Er runzelte die Stirn. »Daher rührt also der mir unbekannte Geruch. Aber was ist das? Auch eine Rübe?«

Der Gehilfe, der Anna tagsüber nicht aus den Augen gelassen hatte, prustete los. »Was, Ihr kennt Bärlauch nicht? Ich dachte, Ihr Tübinger seid alle so klug!« Er bog sich vor Lachen und schlug sich auf den Schenkel. *Was für ein seltsamer Kauz,* dachte Oswald und schüttelte kurz den Kopf. Auch Anna fiel diesmal nicht mit in das Gelächter des Gehilfen ein, sondern sah ihn nur verständnislos an. Dann wandte sie sich ihrem Gast zu.

»Bärlauch wächst hier in der Umgebung im Frühjahr. Ich pflücke davon große Büschel und lasse sie trocknen, denn die Blätter kann man für viele Gerichte nutzen. Wartet.« Gelenkig griff sie hinter sich und nahm etwas von den Resten des Büschels, welches sie eben gehackt hatte. Sie streckte die Blätterreste Oswald entgegen, der sie interessiert in die Hand nahm. Als sich dabei ihre Hände trafen, durchfuhr es ihn wie ein kleiner Blitz, und sein Herz begann, schneller zu schlagen. Erschrocken wich er zurück. Es war ein unbekanntes Gefühl, das ihn nun durchströmte. Unbekannt, aber alles andere als unangenehm …

Kapitel 50

Am nächsten Tag machten sie sich bereits früh auf den Weg nach Tübingen. Oswald ging mit Anna neben dem einfachen Karren her, auf dem sich das Papier befand. Es war wie üblich in Fässer gepackt worden, damit es während des Transportes keinen Schaden nahm. Obwohl Oswald Anna erst gestern kennengelernt hatte, hatte er das Gefühl, ihr alles anvertrauen zu können. Sie verstand ihn, wenn er ihr von seiner Trauer um seinen Stiefvater erzählte. Ulrich war zwar nur zehn Jahre ein Teil von Oswalds Leben gewesen, doch er hatte das Leben des Jungen mehr verändert, als es sein leiblicher Vater in der Zeit davor getan hatte. Ulrichs Begeisterung für das Druckhandwerk hatte den Jungen von Anfang an fasziniert. Sein Stiefvater hatte immer mit leuchtenden Augen von den neuen Drucken gesprochen, die er herstellte, und hatte versucht, selbst die kleinteiligsten Verordnungen, die nur auf einem Bogen produziert wurden, makellos zu gestalten.

Nachdem seine Mutter ihn geheiratet hatte, hatte ihm der kleine Oswald von Beginn an kräftig bei der Arbeit geholfen. Die riesigen Pressen jagten ihm zwar gehörige Angst ein, vor allem, wenn sie im Licht des Feuers zuckende Schatten warfen. Doch Ulrich hatte Oswald gezeigt, dass diese riesigen Ungetüme ganz erstaunliche Dinge leisten konnten. Und so gewöhnte sich der Junge schnell an die große Gerätschaft, die nun zu einem festen Bestandteil seines Lebens geworden war. Anna konnte dies gut nachvollziehen. Sie hatte als Kind auch immer gehörige Angst vor dem großen Stampfwerk in der Mühle gehabt, doch nach und nach war ihr das laute Klopfen sogar vertraut geworden. Sobald sie dieses Geräusch hörte, wusste sie, dass sie zu Hause war.

Die Reisezeit verging für die beiden viel zu schnell, und Oswald wollte seinen Augen nicht trauen, als er schon bald in der Ferne Hohentübingen vor sich auftauchen sah. Normalerweise erfüllte ihn der Anblick des prächtigen Schlosses mit Stolz – diese wundervolle Stadt war seine Heimat. Aber heute näherte er sich Tübingen mit einem bitteren Beigeschmack. Denn schon bald würde er sich von Anna trennen müssen, und wann er sie das nächste Mal wiedersehen würde, war ungewiss. Als sie in die Burgsteige einbogen, warf Oswald ihr einen kurzen Blick zu – vielleicht könnte er ja …? Doch er verwarf diesen Gedanken wieder. Sicherlich müsste sie so schnell wie möglich mit dem Lumpensammeln anfangen, damit sie genug davon auf den Wagen laden und nach Urach zurückbringen konnte.

Zu seiner Erleichterung schienen sich ihre Wege jedoch nicht ganz so schnell zu trennen, wie er gedacht hatte. Denn als sie vor dem Haus angekommen waren, hielt Anna den Wagen an und begann, das Pferd auszuspannen. Sie wollte wohl noch etwas länger hier verweilen. Auf Oswalds fragenden Blick hin erwiderte sie nur kurz: »Zuerst muss ich mir unbedingt noch diese großen Pressen ansehen, von denen Ihr eben spracht«, und steuerte auf den Eingang zu. Bevor es sich Oswald versah, war Anna schon im Haus verschwunden. Schnell eilte er ihr hinterher. Er fand Anna vor dem Verkaufstisch, wo sie bereits in ein Gespräch mit Magdalena vertieft war.

»Mutter«, er räusperte sich, »draußen steht ein Karren mit drei Ballen Papier. Ich werde sie sofort ins Haus tragen. Und dies ist Anna, die Tochter des …«

»… Papierhändlers in Urach. Ja, das hat sie mir bereits gesagt.« Magdalenas Mundwinkel umspielte ein spöttisches Lächeln, als sie bemerkte, wie verwirrt Oswald war. Das Mädchen hatte ihrem Sohn offensichtlich den Kopf verdreht. Mit gespielter Strenge fuhr sie fort: »Sie sagte mir auch, dass sie sich gerne einmal in der Druckerei umsehen würde. Wieso führst du sie nicht ein bisschen herum, sobald du das Papier hereingeschafft hast? Wir haben doch noch weitaus mehr zu bieten als diese Bücherauslage.« Sie wies mit dem Kinn in die Richtung des Büchertischs, an dem Anna gerade vorsichtig mit der Hand über eines der wenigen gebundenen Werke strich.

Gemäß dem Wunsch seiner Mutter brachte Oswald erst das Papier ins Lager und führte Anna dann durch die Druckerei. Es freute ihn, mit welchem Interesse sie die einzelnen Arbeitsschritte verfolgte und kluge Fragen dazu stellte. Sie kenne sich zwar gut mit der Papierherstellung aus, erklärte sie ihm, aber sie hätte sich immer schon gefragt, was genau denn in einer Druckerei mit ihrem Papier geschehen würde, wofür es die verschiedenen Stärken gäbe, wie viel Papier pro Woche bedruckt und wie die Druckerfarbe so angerührt werden würde, dass sie viel dunkler als Schreibtinte erschiene. Ihre Neugier kannte offenbar keine Grenzen. Die Mädchen, mit denen Oswald bisher ausgegangen war, hatten dagegen ganz andere Interessen gehabt, hatten sogar lachend abgewinkt, sobald er zu erzählen begann, womit er sich den ganzen Tag beschäftigte. Lieber unterhielten sie sich über Kleider und Geschmeide und entsprachen so gar nicht der Art und Weise, in der seine Mutter dachte, redete und agierte.

Kleidung war für Anna hingegen offenbar kein Thema. Mit dem braunen Kittel und der weiten Hose hatte er sie deswegen zunächst auch für einen Jungen gehalten. Heute trug sie zwar ein schlichtes dunkles Kleid, das, auch wenn sie dies nicht beabsichtigte, ihre Figur betonte und wunderbar zur Farbe ihres kurz geschnittenen Haars passte. Sie hatte eine schlanke Taille, einen kleinen festen Busen und war auch sonst recht ansehnlich. Was ihn jedoch weit mehr an ihr faszinierte, waren ihr Witz und ihre Schlagfertigkeit, mit der sie den ihr völlig unbekannten Männern in der Druckerei Fragen zu den Arbeitsabläufen stellte. Vor allem den beiden Setzern konnte Oswald ansehen, wie beeindruckt sie von ihr waren. Und obwohl Daniel ihr zu verstehen gab, dass er sie nicht hören konnte, machte sie ihm ein paar unmissverständliche Zeichen, die der Student seinerseits mit ausschweifenden Gesten beantwortete. Selbst Magdalena war von Anna angetan, wie Oswald erfreut bemerkte.

Die wiederum wusste das unsichere Verhalten ihres ältesten Sohnes sehr gut zu deuten und schlug Anna nach deren Rundgang durch die Druckerei vor, doch nächste Woche zum Jahrmarkt zu kommen. Mit einem leichten Schmunzeln auf den Lippen sah sie, wie Oswald Anna bekräftigend zunickte, und auch Anna war nicht abgeneigt und nahm die Einladung erfreut an, bevor sie sich in Tübingen auf die Suche nach Lumpen begab.

Oswalds gute Laune steigerte sich mit jedem Tag, um den der Jahrmarkt näher rückte. Er machte lustige Bemerkungen, tänzelte hin und wieder vor der Presse herum, bevor er den Bengel betätigte, und strich seiner Mutter ohne jeden Anlass mehrmals liebevoll über den Rücken. *Er ist verliebt*, dachte Magdalena bei sich und freute sich, dass ihrem Ältesten neben all der Arbeit und Verantwortung, die er trug, nun etwas so Schönes widerfuhr. Zumal ihr dieses Gefühl seit Neuestem ebenfalls vertraut war.

Endlich stand das von Oswald so sehr herbeigesehnte Fest vor der Tür. Am späten Morgen traf Anna mit ihrem Wagen ein. Sie hatte die Gelegenheit genutzt und gleich noch einen weiteren Ballen Papier mitgebracht. Vor der Druckerei begrüßte Oswald sie begeistert, und Anna fühlte sich sehr geschmeichelt. »Wie schön, Euch zu sehen!«, rief er ihr zu und verbeugte sich tief.

»Gott zum Gruße, edler Herr Drucker«, gab sie gewohnt kess

zurück und begrüßte dann auch seine Mutter und die übrigen Familienmitglieder herzlich. Sie trug ein helles Kleid mit bunten Blumenranken und einen Kranz aus Blumen im Haar. Oswald fand sie umwerfend schön. Er freute sich darauf, mit ihr Seite an Seite, vielleicht sogar Hand in Hand zum Marktplatz zu gehen und dort verschiedene Weine zu probieren. Später würden sie dann vielleicht sogar noch gemeinsam einen langen Spaziergang machen. Ihm wurde ganz schwindelig vor Glück.

Magdalena bestand darauf, dass alle noch ein üppiges Mahl einnahmen, bevor sie das Fest besuchten, damit ihnen der Wein nicht so schnell zu Kopf stieg. Schließlich schlenderten sie gemeinsam zum Marktplatz, wo die Händler an Ständen und Buden ihre Waren präsentierten. Unterwegs strich Oswald wie zufällig über Annas Arm und Schulter, und sie ließ es geschehen. Derartig ermutigt, ergriff er schließlich ihre Hand. Sie sah ihn nur lächelnd an, ohne irgendeinen Kommentar zu machen, und drückte die seine. Oswald schwebte wie auf Wolken. Als sie eine Weile an verschiedenen Weinständen vorübergegangen waren, blieb er plötzlich stehen und bestellte zwei Gläser Weißwein. Eins reichte er an seine Begleiterin weiter, stieß mit ihr an und sagte: »Ich heiße Oswald.«

Sein Versuch, ihr das »Du« anzubieten, gelang nicht so ganz, weil er den zweiten Schritt vor dem ersten machte und Anna deshalb nicht so recht wusste, worauf er hinauswollte. Sie sagte daher nur vorsichtig: »Und ich heiße Anna.« Oswald lächelte, erst dann verhakte er seinen rechten Arm mit dem Becher in der Hand mit dem ihren, trank, beugte sich zu ihr hinab und küsste sie auf die rechte Wange. »Jetzt haben wir Brüderschaft getrunken«, sagte er und strahlte sie an. Anna verhakte nun ihrerseits den Arm mit seinem, trank ebenfalls und sagte dann: »Wenn das so ist. Sei gegrüßt, Bruder«, und küsste Oswald mitten auf den Mund. Ihre Lippen fühlten sich warm und weich auf den seinen an, und er glaubte für einen Moment, das Herz würde ihm stillstehen. Dann durchströmte ihn ein wohliges Gefühl, das sich langsam in seinem Körper ausbreitete. Er vergaß die Welt um sich herum und sah nur noch ihr wunderschönes Gesicht vor sich. Noch nie zuvor war er so glücklich gewesen wie in diesem Moment. Er umarmte sie, küsste sie innig und wollte sie nie wieder loslassen.

Kapitel 51

Mitte Oktober erhielt die Druckerei endlich das Landrecht. Magdalena warf einen mutlosen Blick auf das Manuskript. Seitdem sie den Entwurf abgeliefert hatten, schien sich sein Umfang verdreifacht zu haben. Das hatte sie zwar bereits von Professor Demler in der Anhörung erfahren, doch nun, da das Manuskript in seinem stark erweiterten Umfang vor ihr lag, war es noch einmal etwas ganz anderes. Es war nun so dick, dass der herzogliche Kanzleidiener es nicht wie damals in seine Ledertasche hatte stecken können, sondern es in ein Leinentuch gebunden quer über der Schulter getragen hatte. Er hatte das Werk vorsichtig ausgepackt, auf den Verkaufstisch gelegt und danach von Magdalena gefordert, im Namen der gesamten Druckerei zu schwören, dass sie und alle, die an der Erstellung des Druckes beteiligt wären, die Arbeit unter strengster Geheimhaltung verrichten würden. Nachdem sie ihm dies versichert hatte, empfahl er sich. Die verschiedenen Papierlagen waren fein säuberlich mit weißen Schnüren zusammengebunden, die sie gleich wieder behutsam aufschnüren mussten, um die Einteilung für die Druckseiten vorzunehmen.

Auf dem obersten Blatt stand in großen Buchstaben geschrieben: *New Landtrecht des Fürstenthumbs Würtemberg/ in vier Theil verfasst MDLIIII.* Ihre Augen verweilten für einen Augenblick auf der Jahreszahl. Als sie im Januar das Manuskript für den Entwurf erhalten hatte, war die Angabe noch richtig gewesen. Allerdings würden sie, selbst wenn sie sich beeilten, dieses Jahr nicht mehr tausend Exemplare des umfangreichen Buches drucken können. Sie würde das Datum daher nach Rücksprache mit der Regierung auf das nächste Jahr ändern, also in MDLV. Würde sie dann überhaupt noch die Herrin der Druckerei sein? Sie hatte schon schlucken müssen, als ihr diese Aufgabe auferlegt worden war. Doch nun, da das zu druckende Buch vor ihr lag, traf sie das Urteil des Senats noch härter. Die Worte von Professor Demler hallten in ihrem Kopf wider, der hämisch behauptet hatte, sie sei nicht in der Lage, einen solch großen Auftrag zu erledigen. Sie ließ sich kraftlos auf den Schemel niedersinken, der in der Ecke stand. Wie sollte sie das nur schaffen?

»Das ist also das Buch.« Magdalena schreckte auf. Sie hatte Oswald gar nicht kommen hören, so sehr war sie in Gedanken versunken gewesen. »Damit kann man ja jemanden erschlagen.« Er rang sich ein Lächeln ab, doch auch ihn erschreckte der gewaltige Umfang des Manuskripts. Ohne lange nachzudenken, nahm er das Buch in beide Hände und öffnete es. »Wenigstens hat es nicht auch noch diese kleinen Texte neben dem Haupttext, so wie die Bücher der Herren Professoren.«

Er blätterte durch das Buch, besah hie und da einmal einzelne Seiten und schlug dann wieder einige Dutzend auf einmal um. Sie verfolgte seine Bewegungen und war auf sein Urteil gespannt. Im Gegensatz zu ihr sah er das Manuskript nur als ein ganz normales Buch an, das sie drucken sollten. Sie allerdings maß diesem Buch eine ganz andere Bedeutung zu – es war das Buch, das über ihr Schicksal entscheiden würde.

»Das sieht gar nicht so kompliziert aus, Mutter!« Endlich schlug er das Buch zu und sah zu ihr hinüber. Sie saß noch immer auf dem Schemel in der Ecke. »Die Studenten werden das schon setzen können.« Seine aufmunternden Worte hellten Magdalenas Miene etwas auf. Nach ihrer Anhörung hatte sie sich dieses alles entscheidende Buch oftmals vorgestellt – mit kompliziertem Text an den Rändern, schwierigen langen Absätzen, die alle auf eine Seite passen sollten. Doch die Leichtigkeit, mit der Oswald über das zu druckende Manuskript sprach, verriet ihr, dass dem nicht so war.

Sie erhob sich vom Schemel und stellte sich neben ihren Ältesten, der das Buch noch immer in seinen Händen hielt. Er hatte recht: Es war zwar ein sehr umfangreiches Werk, aber zum Glück nicht allzu kompliziert zu setzen. Als hätte er den Bann gebrochen, der Magdalena seit der Lieferung gelähmt hatte, kam ihr das Landrecht nun ebenfalls wie ein ganz gewöhnliches Buch vor. *Wenn auch wie ein Buch, von dem unser aller Schicksal abhängt!*

Nun, nachdem Oswald das Buch geöffnet hatte, traute auch sie sich, in ihm herumzublättern. Das Landrecht enthielt auf den ersten Seiten ein ausführliches Register, in dem die verschiedenen Punkte mit den entsprechenden Folio-Angaben aufgelistet waren. Sie überflog die Seiten und nahm nur einzelne Wörter zur Kenntnis: Prozesse, Erbangelegenheiten, Testamente, Kaufen, Verkaufen. Allerdings war dieses Register nun in vier Teile unterteilt worden und würde alleine schon über zehn Seiten lang werden!

Der darauffolgende Text war recht schlicht gehalten worden. Die Überschriften sollten in Rot gedruckt und nur mit zwei kleinen Blattranken als Verzierung hervorgehoben werden. Danach folgten jeweils große Initialen. Sonst nichts. Magdalena nahm dies mit großer Erleichterung zur Kenntnis. Es war also ein gewöhnlicher Gesetzestext, der nur einfach sehr, sehr umfangreich war. Sie ließ das Manuskript sinken. Doch bevor sie es wieder auf den Tisch legen konnte, nahm Oswald es ihr aus der Hand.

»Gut, dann sollten wir unverzüglich mit dem Drucken anfangen. Die sechs Monate, die uns die Universität für dieses Werk einräumt, beginnen genau jetzt!« Noch ehe sie einen weiteren Blick auf das Manuskript werfen konnte, schlug es Oswald mit einer schnellen Bewegung zu, drehte sich zum Druckraum hinter dem Vorhang um und rief bereits nach den Studenten, die sich gerade im Innenhof der Druckerei eine Pause gönnten.

Kurze Zeit später stand die ganze Belegschaft der Morhart'schen Druckerei in einem Halbkreis um Magdalena herum. »Männer, der Tag ist gekommen. Die Kanzlei hat uns soeben das Landrecht übersandt, und wir müssen nun bis Anfang März tausend Exemplare davon herstellen und liefern. Wir müssen also sehr schnell drucken, dürfen uns aber trotzdem keine groben Fehler erlauben.« Daniels Hauslehrer, der eigentlich nur kurz vorbeigekommen war, um nach dem Magister zu schauen, übersetzte Magdalenas Worte nun für diesen in die entsprechenden Handzeichen. Als er fertig war, warf sein Schüler Tobias einen Blick zu, der verriet, dass ihm der Ernst ihrer Lage bewusst war.

»Daher ist es wichtig, dass ihr mir nun genau zuhört. Wenn wir alle an einem Strang ziehen, werden wir es schaffen!« Sie machte eine kurze Pause, um ihren Worten mehr Nachdruck zu verleihen. Eben hatte sie noch ein Rascheln hier und ein Quietschen dort gehört. Nun aber war es mucksmäuschenstill – die Männer gaben keinen Ton mehr von sich.

»Tobias und Daniel, Ihr werdet gleich die ersten zwei Seiten setzen. Und zwar im Folioformat. Das heißt, Ihr beginnt mit Seite 1 und Seite 4. Die werden dann auf die Vorderseite eines Bogens gedruckt. Danach werden wir Euch diesen sogleich«, sie sah die beiden Studenten wieder an, »zum Lesen geben. Prüft den Bogen gewissenhaft, aber bedenkt auch, dass wir zügig vorankommen müssen.« Sie sah kurz zu Tobias hinüber. Die beiden zuletzt Angesprochenen nickten kurz. Ihre Anspannung stand ihnen ins Gesicht geschrieben.

»Den Satz werden wir dann ganz vorsichtig wieder aus der Presse nehmen und hier auf den Tisch stellen. Wir werden ihn nicht wie üblich aufbrechen und die einzelnen Buchstaben wieder in die Kästen sortieren. Stattdessen werden wir die Korrekturen gleich am Satz vornehmen. Das wird den Vorgang beschleunigen. Wir müssten genug Lettern haben, da wir nun nur noch diesen einen Auftrag haben.« Bis auf Georg, der sich einmal zur Seite drehte, um zu husten, rührte sich keiner vom Fleck. Alle blickten gespannt auf die Herrin der Druckerei.

»Dann werden Georg und Oswald tausend Exemplare dieses Bogens auf der ersten Presse drucken. In der Zwischenzeit beginnt Ihr, die Seiten 2 und 3 zu setzen. Wenn diese dann fertig sind, wird entweder Oswald oder Georg einen Probedruck mit der anderen Presse anfertigen, damit auf der ersten Presse die Arbeit nicht unterbrochen werden muss.«

Sie klatschte in die Hände. »Nun denn, an die Arbeit!« Tobias und Daniel gingen sofort auf die Setzkästen zu und zogen die Winkelhaken hervor. Oswald machte noch einen kleinen Witz über Kustoden, um die Stimmung aufzulockern, doch keiner lachte. Leise ging er auf Magdalena zu und flüsterte ihr ins Ohr: »Was sollen wir machen, Mutter, während die beiden den Text setzen?« Sie nickte kurz mit dem Kopf und forderte ihn damit auf, ihr in den Verkaufsraum zu folgen. Dort überlegte sie kurz. Das Setzen der Seiten würde bestimmt einige Zeit dauern.

»Wir bereiten am besten noch mehr Papier vor. Von nun an muss alles reibungslos funktionieren! Es wäre ärgerlich, wenn wir die Pressen ruhen lassen müssten, und das nur, weil wir nicht rechtzeitig genug Papier befeuchtet haben. Nimm Magda mit, sie kann dir dabei zur Hand gehen.«

»Ich hole sie«, hielt Oswald sich gar nicht lange auf und stieg nach oben in den ersten Stock.

»Und ich?«, fragte Georg, der ihnen hinter den Vorhang gefolgt war.

»Du könntest einige weitere Lagen des Manuskripts vorsichtig von den anderen lösen. So brauchen wir uns damit nicht länger aufzuhalten.« Ihr Sohn nickte und verschwand augenblicklich wieder im Produktionsraum.

Für einen Moment war Magdalena ganz allein. Sie hörte das leise Klicken der Buchstaben hinter sich, das Rascheln des Papiers, das nun befeuchtet wurde, und das Aufschnüren der Fäden, die das Manuskript zusammenhielten. Sie schloss die Augen. Der Moment war gekommen. Jetzt musste sie zeigen, was in ihr steckte.

Kapitel 52

In den ersten Wochen kamen sie gut voran. Der Eifer, den die zwei Studenten nach Magdalenas kurzer Rede an den Tag legten, beeindruckte sie immer mehr. Unermüdlich suchten sie die richtigen Buchstaben heraus und legten sie in den Winkelhaken ein, nahmen die fertigen Reihen schließlich heraus und legten sie in den Druckrahmen. Sobald Oswald oder Georg dann die Probeseiten an der zweiten Presse gedruckt hatten, machten sie sich unverzüglich an den fertigen Bogen und korrigierten diesen dann mit der Feder in der Hand. Kurze Zeit später ersetzten sie die fehlerhaften Lettern im Satz und übergaben ihn wiederum den beiden Brüdern zum Drucken.

Das läuft ja gar nicht mal so schlecht, obwohl wir nur so wenige sind, nahm Magdalena erleichtert zur Kenntnis, während die beiden Studenten gerade die nächsten Lagen des Manuskripts bearbeiteten. Wenn wir so weitermachen, haben wir noch vor Anbruch der dunklen Jahreszeit bereits so viele Bogen gedruckt, dass uns die zeitliche Verzögerung durch die früher einsetzende winterliche Dunkelheit nichts mehr anhaben kann. Sie konnten bereits seit dem Michaelistag nur noch knappe zwölf Stunden pro Tag drucken, die sich im Winter auf weniger als sieben Stunden verkürzen würden. Danach wäre es so dunkel, dass selbst die erfahrensten Setzer – und dazu gehörten Tobias und Daniel noch nicht einmal – im Kerzenlicht immer mehr Fehler machten. Das wollte sie beim Landrecht nicht riskieren. Zudem wusste sie nicht, wie viele Stunden die beiden Studenten neben ihren Vorlesungen dann noch in der Druckerei arbeiten könnten.

Die Kontrolle der Universität erfolgte, wie angekündigt, am

letzten Arbeitstag im Oktober. Mit wichtigtuerischer Miene erschien der Pedell zu Tagesbeginn in der Druckerei. Er sah so aus, als freue er sich darauf, der anmaßenden Witwe Morhart endlich Einhalt gebieten und Ulrich als neuen Druckereibesitzer ausrufen zu können – so wie es seiner Meinung nach rechtens war. Doch ihr siegessicherer Gesichtsausdruck ließ ihn stutzen. Magdalena begrüßte ihn überaus freundlich und führte ihn selbstsicher in das Lager, wo sich bereits der erste Teil des gedruckten Landrechts türmte. Die losen Bogen waren ordentlich zu Päckchen zusammengebunden und mit einer handschriftlichen Notiz versehen, die angab, um welche Lage es sich dabei handelte. Der Hüne ließ seinen Blick über die Papierberge schweifen. Es waren bereits mehr als ein Dutzend – viel mehr, als er erwartet hatte. Rasch steuerte er den ersten Stapel an, hielt jedoch inne und ging dann auf die Bogen im hinteren Teil des Lagers zu.

Du traust mir wohl nicht!, dachte Magdalena, ließ sich aber nichts anmerken. Hilfsbereit reichte sie ihm ein kleines Messer, mit dem er die Schnur des Bündels durchschneiden konnte. Er hockte sich neben das Papier und begann, es zu zählen. Danach sah er zu einem anderen Stapel, öffnete ihn wortlos und begann, erneut zu zählen. Erst als er sich davon überzeugt hatte, dass er tatsächlich jeweils tausend Exemplare der beiden Lagen vor sich hatte, richtete er sich wieder auf.

»Nun gut!« Er blickte sie von oben herab streng an. »Magdalena Morhart – mir scheint, Ihr habt den ersten Teil ordnungsgemäß hergestellt«, gestand er ihr sichtbar widerwillig zu. Worauf sie ihm freundlich zunickte und sich gleichzeitig Ulrichs Gesicht vorstellte, wenn der Riese ihn davon in Kenntnis setzen würde, dass seine Stiefmutter bisher ihre Pflicht zur Gänze erfüllt hatte.

»Ich werde Ende November wiederkommen und sehen, ob Ihr

auch die nächste Auflage erfüllt.« Seine Stimme verriet, dass er sich das Gegenteil wünschte. Ohne sie noch eines weiteren Blickes zu würdigen, marschierte er schnurstracks zur Tür. Am liebsten hätte sie Nikodemus umgehend von diesem ersten Erfolg berichtet, aber der war seit Beginn dieses Semesters besonders stark in der Universität eingespannt.

Magdalena ging stattdessen auf den Produktionsraum zu. Sie brauchte nur den Vorhang aufzuziehen und ihr breites Lächeln zu zeigen, als schon ein lauter Jubelschrei in der Druckerei ertönte. Die Anspannung der letzten Wochen machte sich endlich Luft. Ausgelassen reckte Georg seine Hände in die Höhe und begann, lauthals zu singen. Dabei schwenkte er die Ballen im Takt. Oswald ging mit zwei großen Schritten auf seinen Bruder zu und fiel in den Gesang mit ein. Dann drehten sie sich beide zu ihrer Mutter um und umarmten sie so stürmisch, dass ihr für einen kurzen Moment sogar die Luft wegblieb. Lachend löste sie sich von ihren Söhnen und schritt zu den zwei Studenten, die noch am Setzkasten standen und von der Kontrolle nichts mitbekommen hatten. Sie schauten nun etwas verwirrt drein, weil sich die beiden Drucker so seltsam benahmen.

»Wir haben die Auflage für diesen Monat erfüllt«, erklärte Magdalena und schüttelte ihnen überschwänglich die Hände. Geschwind trat der Hauslehrer hinzu, der auch heute wieder in der Druckerei war. Nachdem sich sein Schützling immer besser mit allen in der Druckerei verständigen konnte, kam er allerdings nicht mehr täglich, sondern nur noch gelegentlich vorbei. Eben hatte er noch ein Buch gelesen, nun machte er Daniel mit entsprechenden Zeichen klar, warum alle so erleichtert waren. »Ohne Euch hätten wir das nie so gut geschafft! Ihr habt uns in der letzten Zeit sehr geholfen. Euch hat wirklich der Himmel gesandt.« Tobias' Wangen glühten, und auch der stumme Daniel freute sich außerordentlich über ihr Lob.

»Habt Ihr jetzt die Druckerei zurückgewonnen?«, fragte der Hauslehrer hoffnungsvoll.

»Noch nicht ganz.« Magdalena nickte ihm bedächtig zu. »Aber wir haben einen großen Schritt in die richtige Richtung getan.« *Wenn uns jetzt kein größeres Unglück trifft, haben wir es tatsächlich bald geschafft!*

Kapitel 53

In einem Stall in der Unterstadt wurde der Fuhrmann von einem Hustenanfall übermannt. Er hatte schon seit Tagen einen schlimmen Husten, der ihn nachts immer wieder aus dem Schlaf riss. Doch dieses Mal war der Anfall heftiger gewesen als alle vorangegangenen. Neben ihm wurden seine Pferde unruhig und wieherten. Doch er hörte die Tiere nur noch wie aus weiter Ferne. Zu schwach, um sich noch länger auf den Beinen halten zu können, schleppte er sich mit letzter Kraft zur Wand und stützte sich dort mit beiden Armen ab. Dann bäumte sich sein Körper mehrmals auf und sackte schließlich in sich zusammen. Das Atmen fiel ihm immer schwerer. Seine Lunge schien nur noch aus Feuer zu bestehen, und sein Kopf drohte jeden Moment zu zerplatzen.

Plötzlich war der Anfall wie von Geisterhand vorüber. Erschöpft ließ er sich auf das weiche Stroh sinken. Dort lag er wie ein Häufchen Elend, keuchend und japsend. Die Gedanken rasten durch seinen Kopf. Er konnte nicht mehr klar denken. Nach einer Weile bemerkte er, dass ihm Blut aus Mund und Nase lief. Langsam versuchte er, sich aufzurichten, doch es gelang ihm nicht.

Von draußen hörte er Schritte, die sich schnell näherten. Kurz darauf kauerte sich eine Frau neben ihn – Marie. Vorsichtig nahm sie seinen Kopf in beide Hände und bettete ihn auf ihren Schoß. Im Fieberwahn konnte er noch den rauen Stoff ihres Kleides an seinen Schläfen fühlen. Seine Brust hob und senkte sich immer noch schnell, doch sein Herz beruhigte sich endlich ein wenig. Er konnte hören, dass sie ihn etwas fragte, doch er verstand ihre

Worte nicht. Die Schatten vor seinen Augen wurden dunkler und dichter, bis er nichts mehr sah und das Bewusstsein verlor.

Als er wieder aufwachte, lag er immer noch im Stall. Seine Frau hielt immer noch seinen Kopf fest, aber nun war auch noch jemand anders bei ihnen. Er erkannte den Bader, der ihm letztens schon eine Tinktur gegen seinen Husten verabreicht hatte. Nun beugte sich der beleibte Mann über seinen Oberkörper und tastete ihn behutsam ab. Der ältere Mediziner wechselte ein paar Worte mit der Frau, doch der Fuhrmann konnte nicht verstehen, was er sagte. Dann wurde sein Kopf angehoben, und er spürte, wie ihm das Hemd ausgezogen wurde.

Noch ehe sein Kopf zurück in Maries Schoß sank, spürte er, dass etwas nicht stimmte. Die Hände seiner Frau, die seinen Kopf hielten, versteiften sich zunächst und begannen dann, langsam zu zittern. Er konnte ihr Gesicht nicht sehen, weil sie hinter ihm kniete, doch sie schien sich nicht mehr beruhigen zu können. Auch der Bader war erschrocken und wich vor dem Kranken zurück. Sein Blick war starr auf dessen nackten Bauch gerichtet. Immer noch benommen, sah der Fuhrmann langsam an sich hinab und begriff, warum die beiden sich so verhielten. Grauen packte ihn. Denn neben seinem Nabel war eine Beule. Nicht größer als eine Haselnuss, doch rabenschwarz.

Panik ergriff ihn. Er konnte nur noch eins denken: Bitte, Herrgott, bitte nimm mich noch nicht zu dir! Ich kann meine Familie nicht so zurücklassen. Doch seine Bitten wurden nicht erhört. Am nächsten Tag bekam er erneut einen schweren Fieberanfall und fiel in eine Ohnmacht, aus der er nicht mehr erwachen sollte.

Teil 3

DIE PEST

Kapitel 54

Die Pest war in Tübingen!

Franz erstarrte vor Schreck. Die Pest: der schlimmste Schlag, der eine Stadt treffen konnte. Selbst wenn die Stadt die Seuche überstand, würde sie viele Einwohner verlieren, würden Gebäude von Plünderern zerstört und die Universitätsstadt an Bedeutung verlieren. Vielleicht müssten sie die Universität dann sogar gänzlich schließen. Und das, obwohl Württemberg in den vergangenen Jahren schon genug gelitten hatte. Der Kammersekretär spürte, wie sein Mund trocken wurde und ihm der Atem stockte. Er hatte bereits vor drei Jahren miterlebt, wie die Seuche in Stuttgart wütete. Damals hatte die ganze Kanzlei nach Tübingen umziehen und die Stadt Dutzende gute Männer zu Grabe tragen müssen.

Verstohlen warf er einen Blick auf den Boten, der ihm soeben die versiegelte Nachricht überbracht hatte. Der dürre Bursche stand immer noch in respektvollem Abstand vor dem Pult. Die Gefahr, dass er den Brief unterwegs geöffnet haben könnte, um die Geheimnisse der Regierung an jemanden weiterzugeben, war eher gering. Wahrscheinlich konnte er noch nicht einmal lesen. Auch schien er nicht einmal bemerkt zu haben, wie sehr das überbrachte Schriftstück ihn, einen der wichtigsten Beamten des Herzogtums, entsetzt hatte.

Oh heilige Unschuld! Wahrscheinlich schert er sich nur um seine zwei Kreuzer Lohn. Aber wer weiß schon, ob er die überhaupt noch ausgeben kann. Als Franz sich wieder etwas gefasst hatte, zog er mit der Linken die oberste Schublade seines Schreibtisches auf, suchte ein paar Münzen zusammen und übergab sie dem Überbringer dieser schrecklichen Nachricht. Er musste ihm wohl etwas mehr Geld als erwartet gegeben haben, denn der Bote errötete und verbeugte sich so tief, dass sein Gesicht den Boden zu berühren schien. Danach verließ er rückwärtsgehend und weitere Verbeugungen andeutend die Schreibstube.

Franz kümmerte sich nicht weiter um ihn. Nachdem er die schwere Tür ins Schloss hatte fallen hören, traf ihn die Bedeutung der soeben gelesenen Nachricht erneut mit voller Wucht. Die Pestilenz! Vor dieser furchtbaren Seuche war niemand sicher. Und dann brach sie auch noch in der ehrwürdigen Stadt Tübingen aus, die seit der Gründung der Universität dem Herzogtum Ruhm und Glanz verliehen und erhabene Gelehrte aus dem ganzen Reich angezogen hatte. Diesen wiederum waren junge Adelige ins Herzogtum gefolgt, die bei den illustren Professoren studieren wollten. Das hatte dem gesamten Land bisher ungeahnten Reichtum beschert.

Und das soll nun alles dahin sein! Ein Gefühl der Ohnmacht ergriff ihn. Im Geiste sah er eine große Zahl lebloser Körper auf den Straßen liegen, Scharen von weinenden Kindern und wehklagenden Erwachsenen und blanke Verzweiflung allenthalben.

Und dann kam ihm ein noch schrecklicherer Gedanke.

Die Reformen des Herzogs! Sie waren in Gefahr! Tübingen beherbergte die einzige Druckerei des Landes. Wenn sie nun ausfallen würde, wie sollten sie dann die dringend benötigten Gesetze vervielfältigen? Sicherlich nicht per Hand! Selbst wenn alle Beamten in der Kanzlei von nun an Tag und Nacht das Landrecht abschrieben, würden sie für die Abschriften des wichtigen Gesetzbuches mehrere Jahre benötigen. So viel Zeit hatte die Regierung nicht. Das Werk sollte schnell landesweit verbreitet werden und auch an zahlreiche Fürsten im Reich gesandt werden. Dazu war die Regierung schlichtweg auf eine Druckerei angewiesen! Und das war die in Tübingen.

In den letzten Wochen hatte Franz vergeblich versucht, auch eine Druckerei in Stuttgart einrichten zu lassen. Aber obwohl er all seine Kontakte hatte spielen lassen, war es ihm nicht gelungen, einen auswärtigen Drucker dazu zu bewegen, ins Herzogtum umzuziehen. Die einen verlangten dafür einen horrenden Lohn, die anderen stellten sonstige absurde Forderungen, und einige Drucker waren schlichtweg zu alt, um noch einen Umzug mit ihrer gesamten Werkstatt zu bewältigen. Letztendlich hatte Franz nur einen mittelmäßigen Druckersohn finden können, doch selbst den hatte er nur mithilfe einer stattlichen Summe für die Errichtung einer eigenen Offizin gewinnen können.

Aber dafür war wenigstens gesichert, dass das Landrecht auch ganz sicher gedruckt wurde. Doch wenn die Pest nun in Tübingen wütete, würde der Druckersohn nicht mehr ins Herzogtum ziehen. Der Ausbruch der Seuche war für viele ein unumstößliches Zeichen dafür, dass das Land Gott erzürnt hatte und sie nun alle deswegen bestraft wurden. Auch wenn es inzwischen immer mehr Gelehrte gab, die andere Erklärungen für die Ausbreitung der Seuche hatten, das gemeine Volk – und dem gehörte ohne Zweifel auch der untalentierte Druckersohn an – würde von diesen neuen Ansichten gewiss noch nichts gehört haben. Und wer wollte schon in ein Land umsiedeln, welches beim Allmächtigen in Ungnade gefallen war?

Nun hing also alles von der Druckerei dieser Breuning ab, deren Familie möglicherweise mit den Habsburgern zusammenarbeitete. Schon als Franz erfuhr, dass die Witwe des Druckers und nicht dessen leiblicher Sohn die Werkstatt weiterführen sollte, hatte er ein sehr ungutes Gefühl gehabt. Und nun würde diese Frau, deren Loyalität gegenüber dem Herzog nicht bewiesen war und die zudem weder eine Ausbildung besaß noch große Erfahrung, die Druckerei in solch einer schwierigen Zeit leiten? Was hatte sich der Universitätssenat nur dabei gedacht, solch ein Urteil zu fällen? Als ihn die Nachricht vor einigen Wochen erreicht hatte, hatte er den Worten von Professor Fuchs zuerst keinen Glauben schenken wollen. Diese Frau sollte sich beweisen dürfen? War der Rektor denn von allen guten Geistern verlassen? Was für eine absurde Idee!

Aber daran war Franz wahrscheinlich nicht ganz unschuldig. Denn er hätte den Rektor auch bezüglich der Dringlichkeit und nicht nur wegen der Geheimhaltung des Landrechts ins Vertrauen ziehen müssen. Er hätte ihm sagen sollen, wie wichtig die reibungslose Publikation dieses Werkes für die Stellung des Herzogtums im Reich war. Dann hätten die Gelehrten sicherlich ein anderes Urteil gefällt und einem fähigen Drucker die Leitung der Werkstatt anvertraut.

Seufzend erhob sich Franz hinter seinem Schreibpult und machte sich auf den Weg, um den Herzog unverzüglich zu unterrichten. *Der einzige Weg, der uns bleibt, ist jetzt, die Seuche irgendwie einzudämmen und unter allen Umständen eine Panik zu vermeiden,* dachte er, als er mit gesenktem Kopf seine Stube verließ. *Mehr können wir für Tübingen nicht mehr tun.*

Kapitel 55

»Das darf doch nicht wahr sein«, donnerte Ulrichs Stimme durch die Kammer. »Und du hast wirklich gründlich nachgesehen?«, schnaubte er, und Geifer kam aus seinem Mund.

In der Vergangenheit hatte er den Pedell für die Ausführung seines großen Planes, die Druckerei alleine zu leiten, gut gebrauchen können, vor allem nachdem der erste Teil des Planes fehlgeschlagen war. Ulrich hatte Magdalena damals unter einem Vorwand auf Reisen nach Straßburg geschickt, weil dieser Weg als ganz besonders gefährlich galt. Als sie dann wider Erwarten zurückgekommen war, musste er wohl oder übel in den sauren Apfel beißen und die französische Kirchenordnung drucken. Dann hatte er allerdings den genialen Einfall gehabt, ihr aus dieser Publikation einen Strick zu drehen. Er beteuerte Magdalena gegenüber fälschlich und ohne Zeugen, dass er eine Genehmigung dafür habe, die Übersetzung drucken zu dürfen, und hoffte, dass der Pedell, dem er einen Hinweis auf Magdalenas unerlaubte Machenschaften in der Druckerei gab, die Werkstatt danach ganz auf ihn übertragen würde. Doch auch dieser Teil des Planes war nicht nach Ulrichs Wünschen verlaufen, weil er nicht damit gerechnet hatte, dass Magdalena ihm jemals so heftigen Widerstand vor dem Senat leisten würde. Die Gefahren der Reise mussten ihren Kampfgeist gestärkt haben.

Viele Gelegenheiten, die Druckerei zu übernehmen, gab es für Ulrich nun nicht mehr. Wenn Magdalena das Landrecht in der vorgegebenen Zeit drucken könnte, gehörte ihr die Druckerei für immer. Deshalb hatte er auch versucht, ihr die Papierlieferung zu erschweren. Als auch das nicht gelang, hatte er darauf vertraut, dass der Pedell, der offenkundig dagegen war, dass nunmehr eine Frau die Druckerei leitete, ihm zur Hand gehen würde. Doch weit gefehlt!

Wütend funkelte er den Pedell nun an. *Dieser Ackergaul!*, dachte er bei sich. *So dumm kann man sich doch gar nicht anstellen! Hätte er nicht einfach ein paar Bogen selbst beschädigen und dann Magdalena dafür verantwortlich machen können? So viel Verstand sollte er doch wohl noch besitzen.*

Sein Gegenüber wischte sich betont beiläufig Ulrichs Spucke vom Gewand. Er hatte dessen Wutausbruch kommen sehen und bewahrte nach außen hin die Ruhe. Doch innerlich kochte er. Was nahm sich dieser Kerl eigentlich heraus? Für sein Gezeter bei der Konfiszierung der Kirchenordnung vor ein paar Monaten hatte er sich zwar aufrichtig entschuldigt und versprochen, dass das nie wieder vorkommen würde. Doch nun führte er sich erneut so auf. Schließlich hatte er ein ehrenwertes Mitglied der Tübinger Universität vor sich. Hatte dieser Mann denn gar keinen Funken Respekt? *Er benimmt sich schlimmer als der ungehobeltste Student. Und selbst dem hat man noch mehr Manieren beigebracht. Aber dieser Buchdrucker ... was für ein Flegel.*

Eberhard reckte sein Kinn in die Höhe und sagte mit betont ruhiger Stimme: »Mehr kann ich Euch nicht sagen.« Absichtlich war er zur Höflichkeitsform zurückgekehrt, um den Standesunterschied zwischen ihnen zu unterstreichen.

»Frau Morhart hat bereits mehr als zwanzig Bogen gedruckt. Damit hat sie über ein Sechstel des Textes produziert. Es sieht also momentan ganz danach aus, als würde sie das komplette Landrecht bis März fertigstellen können.« Den letzten Satz hatte er extra nachgeschoben, um Ulrich noch mehr zu verärgern. Regungslos starrte er den Druckersohn an, bis dieser schließlich seinen Blick abwandte. Wütend drehte sich Ulrich um und ging erst zögernd, dann immer schneller aus der Kammer. Als er draußen war, lief er den steinernen Gang bis zum Ende hinunter. Studenten, die sich eben noch mit gedämpften Stimmen unterhalten hatten, wichen ihm erschrocken aus. Denn sein Gesichtsausdruck verhieß nichts Gutes.

Die frische Abendluft dämpfte seinen Zorn nur leicht. Mit großen Schritten überquerte er die Gasse und lief geradewegs auf das Haus mit dem Hirschen auf der Stirnseite zu. Als er die Tür aufstieß, empfing ihn die feuchte, stickige Wirtshausluft. Es roch nach Braten und Bier, aber was Ulrich jetzt brauchte, war etwas anderes: einen Branntwein. Zielstrebig ging er auf die Theke zu und machte – in Richtung des Wirtes – eine kurze Handbewegung. Dieser sah Ulrichs Miene und goss ihm sofort ein Glas seines stärksten Gebräus ein. Erst als Ulrich mehrere Gläser hintereinander geleert hatte, ging es ihm etwas besser. Er ließ sich auf einen Schemel vor der Theke fallen und legte seine Arme auf die Holzplatte, um sich abzustützen. Das Gefühl, am Ende der große Verlierer zu sein und zu bleiben, breitete sich langsam in ihm aus. Noch kämpfte er dagegen an – aber wie lange noch? Um sich abzulenken, versuchte er, den leisen Stimmen hinter sich zu lauschen.

»Und ich sage euch – er ist einfach so verschwunden. Auf und davon! Dabei wollte er sich doch hier in Tübingen niederlassen«, sagte ein Mann mit tiefer Stimme. Er wirkte beunruhigt.

»Aber warum? Was hat er hier nur gesehen, das ihm solche Angst eingejagt hat? Etwa die weiße Gestalt aus der Burgsteige?« Die andere Stimme, die er gleichfalls nicht kannte, gehörte einem deutlich jüngeren Mann.

Für einen Augenblick verzog Ulrich die Mundwinkel zu einem matten Lächeln. Die Gerüchte der alten Therese schienen sich immer noch hartnäckig in der Stadt zu halten. Wenigstens etwas Erfreuliches.

»Nein, das glaube ich nicht. Ich glaube, es war etwas viel

Schlimmeres! Etwas, das wir vielleicht auch zum Anlass nehmen sollten, um zu fliehen ...«

Ulrich hörte, wie der junge Mann nach Luft schnappte. »Ihr meint doch nicht etwa ...«, begann er, ließ den Satz dann aber unvollendet, denn er wagte es nicht, seine ungeheuerliche Vermutung laut auszusprechen.

Die benehmen sich wie Weiber, dachte Ulrich, zog eine Münze aus seinem Beutel hervor und schmiss sie achtlos auf die Theke. Dann verließ er den Hirschen und torkelte leicht benommen nach Hause. Doch als er so durch die Gassen streifte, merkte er, dass etwas in der Luft lag. Immer wieder schnappte er Worte auf, die nichts Gutes erahnen ließen. Schließlich blieb er stehen und runzelte die Stirn. Zögernd blickte er zum Ende der Straße, an dem sein kleines Haus lag. *Nein, erst will ich noch herausfinden, was hier vor sich geht,* dachte er, drehte sich um und ging die Straße wieder hinauf. Dann bog er in die Gasse, die zu Kaspar führte, ab.

Doch sein ehemaliger Geselle öffnete auf sein Klopfen hin nicht die Tür. Fast wäre Ulrich wieder gegangen, als er im Haus ein lautes Krachen hörte. Keine drei Lidschläge später wurde die Tür vor seiner Nase plötzlich aufgerissen, und Kaspars Schwager, der im oberen Teil des Hauses wohnte, lief mit ruderndem Arm an ihm vorbei. Er trug seinen Reiserock und eine kleine Kiste unter dem anderen Arm. Es sah ganz danach aus, als würde er die Stadt für längere Zeit verlassen. Im Laufschritt lief er die Straße hinunter.

Verdutzt sah Ulrich ihm hinterher, bevor er ins Haus ging. Er fand Kaspar vor dem Feuer, wo er gerade seine Stiefel auszog. »Was ist denn heute nur los? Alle benehmen sich so seltsam!«, fragte Ulrich und trat zu seinem ehemaligen Gesellen.

Der Hausherr ließ seinen Schuh sinken und schaute Ulrich durchdringend an. »Habt Ihr es denn noch nicht gehört? Heute

Morgen hat es einen Fuhrmann erwischt – er starb wahrscheinlich an der Seuche. Daraufhin ist der Bader, der ihn behandelt hat, sofort aus der Stadt geflohen.«

Auf diesen Schreck hin musste sich Ulrich erst einmal setzen. Sein Ärger über seine Stiefmutter war im Nu verflogen. *Die Pest! Gott steh uns bei!* Er hatte sie schon einmal erlebt, als er noch ganz jung gewesen war. Damals hatte die Unterstadt furchtbar gestunken, und er hatte immer wieder von Leuten gehört, die gestorben waren. Nach einigen Tagen waren auch die Bußprediger gekommen und hatten sich vor seinen Augen mit ihren Peitschen die Körper blutig geschlagen. Es war ein schrecklicher Anblick gewesen.

»Ach, jetzt zieht doch nicht so ein Gesicht. Wer weiß schon, ob es wirklich die Pestilenz war. Der Bader hatte wahrscheinlich einfach nur etwas mit den Augen, als er ihn behandelt hat. Es war bestimmt nur ein Fieber.« Kaspar schien die Nachricht nicht weiter zu beunruhigen. Er kam schließlich auch aus einem kleinen Dorf im Norden des Herzogtums, wo er als Kind von der Pestilenz verschont geblieben war.

Doch Ulrich glaubte ihm nicht. Wenn es wirklich die Pestilenz war, dann mussten auch er und Katharina mit ihrem Neugeborenen fliehen, solange es noch möglich war. Denn waren die Stadttore erst einmal geschlossen, gäbe es kein Entkommen mehr. Die Pest! Damals hatte sie Hunderte von Menschen dahingerafft, darunter auch viele seiner Freunde, wie den Sohn des Metzgers.

Kaspars Stimme riss ihn aus seinen düsteren Gedanken. »Falls es aber doch die Seuche sein sollte«, erklärte er gerade, »werden wir sie schon überleben. Schließlich ist die Pestilenz schon mehrmals hier an den Neckar gekommen, und soweit ich sehen kann, steht Tübingen immer noch.«

Er lehnte sich auf seinem Schemel zurück und streckte die Beine von sich. »Nun, die Herren Professoren sind jedenfalls noch nicht in Aufruhr. Da gibt es doch diesen bekannten Mediziner unter ihnen, wie heißt er doch gleich noch mal?«

»Leonhart Fuchs«, sagte Ulrich niedergeschlagen.

»Ja, genau, der alte Fuchs. Man sagt, er sei ein großer Gelehrter, der auch schon mehrmals den alten Herzog geheilt hat. Und der hat einen großen Kräutergarten – darin wächst sicherlich ein Kraut, das uns retten wird.«

Es war stadtbekannt, dass der Rektor der Universität in dem alten Kloster am Ammerkanal wohnte, das nach der Einführung des neuen Glaubens aufgelöst worden war. Den dortigen Kräutergarten hatte Fuchs nicht nur weiterhin gepflegt, sondern sogar erweitert und um zusätzliche Heilpflanzen ergänzt.

Kaspar hatte die Augen geschlossen und genoss eine Weile stumm die Wärme des Feuers. Dann blickte er wieder zu Ulrich, der immer noch wie benommen an der Wand lehnte.

»Kopf hoch, Ulrich. So schlimm wird es schon nicht werden«, sprach er seinem früheren Meister Mut zu, konnte Ulrich jedoch nicht überzeugen, der weiterhin mit düsterem Blick ins Feuer stierte. »Spätestens wenn die Professoren gehen, werde ich mit meiner Familie die Stadt verlassen. Aber bis dahin muss ich die Druckerei für mich gewonnen und Magdalena vertrieben haben. Hast du denn gar keine Angst, Kaspar, dass es dich treffen kann?«

»Ach, wenn es uns trifft, dann trifft's uns. Bedenkt doch, was wir für Möglichkeiten haben, wenn hier die Leute überhastet aufbrechen. Sie werden viel zurücklassen müssen: ihre Habe, ihre Vorräte und vor allem«, Kaspar schnalzte mit der Zunge, »ihren Wein. Ich wette, Ende dieser Woche kann ich schon die ersten Häuser aufbrechen. Das wird ein Fest!«

Kapitel 56

Am ersten Dienstag im November wurde der alte Bartholomäus beigesetzt. Seitdem Jakob vor acht Wochen erzählt hatte, dass sein Meister krank sei, war es dem alten Herrn immer schlechter gegangen. Da er ein treuer Käufer der Druckerei gewesen war, erwiesen sowohl Magdalena als auch Oswald ihm die letzte Ehre. Während der Pfarrer scheinbar geistesabwesend die Formeln herunterbetete, ließ Magdalena ihren Blick über den Friedhof wandern. In einer Ecke sah sie drei Grabheber, die unermüdlich mit ihren Spaten die Erde lockerten und sie nach und nach aushoben. Gleich vor ihnen sah sie zwei Reihen frischer Gräber, manche waren mit Blumen geschmückt, andere zierte nur ein hölzernes Kreuz mit dem Namen des Verstorbenen. Erst jetzt, mit diesem Bild vor Augen, wurde ihr bewusst, wie viele Leute in den letzten Tagen gestorben waren, und sie erschauerte. Urplötzlich fühlte sie sich hilflos. Was könnten sie schon tun, wenn die Seuche sie heimsuchte? Auch beim Überfall durch die Wegelagerer hatte ihr Leben auf dem Spiel gestanden. Aber damals hatte sie sich zumindest wehren können. Gegen die Seuche jedoch gab es keinen Schutz. Der Stadtrat versuchte zwar, die Sache herunterzuspielen, um keine Panik aufkommen zu lassen, indem er kundtat, dass momentan nur eine schlimme Krankheit in der Unterstadt umginge. Doch die Bevölkerung befürchtete, dass ihr ein größerer Ausbruch der Pestilenz bevorstand, der ganz Tübingen betreffen würde.

Magdalena konnte sich an zwei besonders schlimme Pestwellen erinnern. Die eine hatte Tübingen vor dreizehn Jahren ereilt. Damals lebte sie noch mit ihrem ersten Mann in Dornstetten. Als

Stadtschreiber hatte er ein besonderes Interesse an den Neuigkeiten aus der Umgebung, und so wurde ihm von verschiedenen Handelsleuten immer wieder berichtet, wie viele Menschen der Krankheit schon erlegen waren. An so manchen grausamen Tagen hatte die Seuche sogar fünfzehn Seelen gefordert: Neugeborene, Kinder, Gesellen, Bürger, Studenten, Professoren – die Krankheit machte vor niemandem halt. Zuletzt wütete sie so sehr, dass sich die Universität gezwungen sah, die Stadt für mehrere Monate zu verlassen, und nach Hirsau zu flüchten, um dem großen Sterben zu entkommen.

Das zweite Mal hatte die furchtbare Krankheit vor drei Jahren in Stuttgart gewütet. Auch dort war ihr Verlauf so heftig gewesen, dass nicht nur zahlreiche Menschen nach Tübingen flüchteten, sondern sogar die ganze Regierung in die Universitätsstadt umgezogen war. Wochenlang residierten alle Kanzleischreiber, Juristen, Rechtspfleger und sonstige Beamte auf dem Schloss Hohentübingen. Die vielen zusätzlichen Menschen in der Stadt hatten die Preise für die Viktualien in die Höhe schnellen lassen. Getreide, Brot und Gemüse kosteten das Doppelte, wenn nicht sogar das Dreifache des üblichen Preises, und Fleisch wurde völlig unbezahlbar. Alle atmeten daher auf, als Stuttgart die Pestilenz überwunden hatte und der Hof wieder dorthin zurückgekehrt war.

Das eintönige Gemurmel des Pfarrers endete unvermittelt. Magdalena befürchtete schon, dass der Mann bemerkt haben könnte, dass sie ihm nicht zuhörte. Doch er hatte aus einem anderen Grund seine Rede abgekürzt. Für einen kurzen Moment spielte er mit seinen dicken Fingern unruhig an seinem Gewand herum. Dann wandte er sich mit deutlich lauterer Stimme erneut an seine Zuhörer, und Magdalena meinte sogar, Furcht in seiner Stimme ausmachen zu können.

»Man sagte mir, Bartholomäus sei aufgrund seines Alters vom Herrn zu sich gerufen worden. Doch ich sage Euch, dass ich das nicht glauben kann. Als ich ihm die letzte Beichte abnahm, sah er so kränklich aus, als ob ein Teufel in ihm wohnen würde. Deswegen rate ich Euch«, er sah nun die Hinterbliebenen eindringlich an, »nicht nur unablässig für ihn zu beten, sondern auch seine gesamte Habe zu verbrennen und seine Kammer auszuräuchern. Sonst wird der Teufel dieses Haus nicht verlassen und Euch alle holen.«

Die kleine Gruppe der Trauernden zuckte zusammen. Die Witwe bekreuzigte sich sofort und faltete die Hände zu einem stummen Gebet, ihre Kinder wurden ganz bleich und schauten den Pfarrer ängstlich an, und auch Magdalena fühlte, wie ihr erneut ein Schauer über den Rücken lief. Die Worte des Geistlichen klangen ungewohnt besorgt, und aus seinen sonst so roten Wangen war jedwede Farbe gewichen. Das Gesagte ließ keinen Zweifel zu. Der Pfarrer schien sich sicher zu sein, dass der Alte an der Pestilenz gestorben war. Und wenn dem so war, gab es damit nun auch den ersten Toten in der Oberstadt.

Das anschließende gemeinsame Mahl fand zur Erleichterung aller nicht im Haus des Verstorbenen statt, sondern im Haus seines ältesten Sohnes, dem Buchbinder Josef. Er war, wie sein Vater, ebenfalls ein guter Käufer der Druckerei und würde nun Jakobs weitere Ausbildung übernehmen. Während er am Morgen noch einen gefassten Eindruck gemacht hatte, schien ihn die Rede des Pfarrers nun sichtlich erschüttert zu haben. Mit brüchiger Stimme bedankte er sich bei Magdalena und Oswald für ihr Kommen und bot ihnen die beiden Sitze zwischen sich und seiner Mutter an. Während Magdalena der Witwe ihr Beileid bekundete, kam Josef auf die Worte des Pfarrers zurück. Stockend sagte er: »Ich habe bereits der Magd meines Vaters aufgetragen, alle Kleider und Stoffe aus seiner Kammer in den Hof zu werfen, um sie noch heute Nachmittag zusammen mit seinem Strohbett zu verbrennen.« Er schluckte schwer und stocherte in dem Stück Rehbraten vor sich herum, als hätte er keinen Appetit. »Meine Mutter wird dann vorübergehend bei uns wohnen, damit sie sich nicht auch noch ...« Er ließ das Messer sinken und legte es achtlos neben seinem Teller ab. Dann verstummte er. Oswald sah ihn mitfühlend an. Über Josefs Gesicht huschte kurz ein Ausdruck von Dankbarkeit. Dann erschien auf seiner Stirn wieder eine tiefe Sorgenfalte. »Aber auf lange Sicht werden wir nicht in Tübingen bleiben können. Sobald ich die Angelegenheiten meines Vaters geregelt habe, werden wir mit den Lehrlingen zusehen, baldmöglichst in einen Ort zu ziehen, an dem wir sicher sind. Aber dies wird wahrscheinlich nicht vor dem Christfest zu bewerkstelligen sein.«

Genau das hatte Oswald befürchtet. Man munkelte, dass wegen der Gerüchte um die Pestilenz schon viele Studenten vorzeitig abgereist wären. Nun würden also auch noch die alteingesessenen Tübinger, die es sich leisten konnten, die Stadt verlassen. Er hatte plötzlich das Gefühl, als befände er sich auf dem immer schneller fließenden Neckar und steuerte direkt auf einen Abgrund zu. Was sollten er und seine Familie nun tun? Etwa auch fliehen? Aber wohin? Sie müssten mehrere Meilen zwischen sich und diese furchtbare Krankheit bringen, um einigermaßen in Sicherheit zu sein. Wäre Stuttgart weit genug weg, oder würde schon Urach reichen? Plötzlich kam ihm ein schrecklicher Gedanke – was, wenn die Seuche sich ausbreitete und auch in Urach Leute stürben? Anna war nicht sicher dort! *Nun sieh nicht gleich so schwarz, Oswald,* mahnte er sich. Er schluckte einen Bissen Braten hinunter und zwang sich, seine düsteren Gedanken beiseitezuschieben. »Meint Ihr wirklich«, wandte er sich kurz entschlossen an Josef, um sich zu beruhigen, »dass es so schlimm werden wird? Wir haben doch inzwischen einige sehr gute Doctores hier an der Universität. Die werden uns doch hoffentlich vor dem Schlimmsten bewahren können?«

Josef schüttelte unmerklich den Kopf. »Dieses Wagnis werden meine Familie und ich nicht eingehen. Flucht ist der einzige Ausweg bei einer Seuche.« Er vermied es, die Pestilenz beim Namen zu nennen. Wie so viele hatte er Angst, dass dies die Krankheit erst recht heraufbeschwören würde. Sein Blick verhärtete sich und richtete sich starr auf die gegenüberliegende Wand. Seine Worte sollten Oswald noch lange verfolgen.

Kapitel 57

Die Stimmung der Leute auf dem Markt hatte sich in den letzten Wochen zusehends geändert. Hatte man anfangs noch die lauten Rufe der Marktschreier vernommen, begleitet vom fröhlichen Geschwätz und Gemurmel der Tübinger, so herrschte jetzt große Betroffenheit. Eine ganze Reihe von Menschen war inzwischen gestorben, viele waren krank. Man flüsterte sich die neuesten Fälle hinter vorgehaltener Hand zu und spekulierte, wen es wohl als Nächstes treffen würde. Gerüchte, dass es sich um einen neuen Ausbruch der Pestilenz handelte, machten weiterhin die Runde, obwohl der Vogt und seine Männer hart gegen die Frauen und Männer vorgingen, die es wagten, von einer Seuche zu sprechen.

»Den jungen Johann Seiters hat es auch erwischt«, erklärte die Obsthändlerin Martha gerade mit gesenkter Stimme einem Käufer. »Er kam nach Hause und sagte, ihm sei nicht gut. Kurz darauf bekam er heftiges Fieber, und sie haben den Stadtarzt gerufen. Der vermutete, es könnte die Pestilenz sein.« Auf den letzten Satz hin ließ sie eine längere Pause folgen, um das Gesagte besser auf den Käufer wirken zu lassen. Der zuckte in der Tat bei der Nennung der Krankheit zusammen und schaute sich erschrocken um. Einige andere Marktbesucher hatten sich schon um ihn versammelt.

»Die Seuche! Aber warum kommt sie nach Tübingen? Womit haben wir den Allmächtigen nur so erzürnt?«, fragte der Käufer mit zittriger Stimme. Die Farbe wich langsam aus seinem breiten Gesicht.

»Ich habe gehört, man hat zwei Sonnen am Himmel gesehen. Und das heißt, dass wir die himmlischen Mächte erzürnt haben!«, flüsterte eine zierliche Frau hinter ihm.

»Es muss Sünder unter uns geben«, eiferte sich eine Magd und bemühte sich noch nicht einmal, ihre Stimme zu senken. Die immer größer werdende Zuhörerschar raunte daraufhin besorgt etwas über »Zeichen am Himmel«, »Sünder« und »Gottes Strafe«.

Viele konnten sich noch an den letzten Ausbruch der Pest erinnern. Damals hatte ein Mann sein Eheweib so schwer geschlagen, dass es wenige Tage später an seinen Verletzungen gestorben war. Und eine Nonne war aus dem Kloster geflohen, was den Herrn besonders erzürnt haben musste. Etliche schienen die Ursachen für den Ausbruch der Seuche in der Vergangenheit genau zu kennen. Was war es diesmal? Der alte Mann, der fluchend und gotteslästernd, gestorben war? Die junge Frau, die ihr Neugeborenes ausgesetzt hatte? Oder die Frau, die ohne Ehemann eine Druckerei leitete? Die Vermutungen wurden immer lauter, bis sich die Menge schließlich zerstreute.

Der morgendliche Austausch von Neuigkeiten auf dem Marktplatz fand am Abend in den Wirtshäusern seine Fortsetzung. Da meist nur Männer beim abendlichen Besuch im Wirtshaus zusammensaßen, war die Tatsache, dass ein Mann seine Frau zu Tode geprügelt hatte, als Erklärung für die Rückkehr der Pest schnell abgetan. Eine junge Frau, die ihr Neugeborenes ausgesetzt und damit die Seuche ausgelöst hatte, dagegen schon eher, und eine Frau, die sich wie ein Mann aufführte und ohne Ehemann einer Werkstatt vorstand, musste in den Augen der meisten Besucher ja geradezu den Zorn Gottes auf sich ziehen und damit die himmlische Strafe auslösen. Magdalena war schon öfters Gesprächsgegenstand im Hirschen gewesen, und Ulrich, der hier regelmäßig seinen Wein trank, hörte mit Genugtuung zu, beteiligte sich aber nicht an der Hetze. Er verkniff es sich sogar, Magdalena zum Schein zu verteidigen, was ihm besondere Freude bereitet und ihn gleichzeitig gut dastehen hätte lassen.

Was die Wirtshausbesucher aber ebenso stark beschäftigte wie die Frage, wer die Pest ausgelöst hatte, war, wie man sich denn nun nach Ausbruch der Seuche verhalten sollte. Bleiben und hoffen, dass man überleben würde? Oder aber das Nötigste zusammenpacken, um sein nacktes Leben zu retten, auch wenn man damit den größten Teil seines Besitzes den Plünderern überließ? Viele hatten haarsträubende Geschichten zu erzählen. Sie hatten die letzten Ausbrüche der Pestilenz miterlebt – und vor allem überlebt! Wenn die Stadt die nötigen Vorkehrungen treffen und erprobte Mittel und wirkungsvolle Arzneien verabreichen würde, könnte man die Seuche tatsächlich überleben! Neue Hoffnung keimte auf, und für die Pest-Erfahrenen gab es neuen Wein. Nachdem sich nun der erste Schrecken gelegt hatte, wurde es doch noch ein unterhaltsamer Abend, und die Zuhörer weideten sich genüsslich an Schreckensgeschichten über Kranke von nah und fern, im festen Glauben daran, dass sie die Seuche schon nicht treffen würde.

Kaum war das Thema Pest von der Bevölkerung sattsam diskutiert worden, ging es auch in die Sonntagspredigt ein. Der Tod des alten Bartholomäus hatte den Pfarrer nochmals in seinen Ansichten bestärkt. Gewichtig baute er sich auf der Kanzel auf, räusperte sich kurz und zog dann gegen alle Missetäter in der Gemeinde zu Gericht, die er für den Ausbruch der Seuche verantwortlich machte, vor der sie immerhin einige Jahre Ruhe gehabt hatten. Besonders schlecht kamen dabei die weiblichen Gemeindemitglieder weg, denn »durch ein Weib kam die Sünde in die Welt«, deklarierte er laut. Die Rolle der Frau sei die einer Dienenden. Wer diesem Prinzip zuwiderhandele, der stelle die Weltordnung Gottes auf den Kopf. Und dennoch gäbe es in dieser Gemeinde

Frauen, die ihre Männer nicht schätzten und ehrten und ihnen sogar Vorhaltungen machten. Er hatte sich inzwischen so in Rage geredet, dass sein Kopf feuerrot war. Und er wüsste sogar von einer Frau, die Männer für sich arbeiten ließe und ihnen Befehle erteilte. Durch die Versammlung ging ein Ausruf des Entsetzens, obwohl der größte Teil der Zuhörer schon längst begriffen hatte, dass er von Magdalena sprach. Diese konnte kaum fassen, was sie da hörte. Sie wusste zwar von Cordula, dass Gerüchte über sie umgingen, aber nun glaubten auch schon so respektable Personen wie der Pfarrer – auch wenn sie ihn persönlich nicht leiden konnte –, dass sie als Druckherrin gegen Gottes Gebot verstieß und damit schuld an der Pest war, die die Stadt heimsuchte. Da sie sich machtlos fühlte, wagte sie jedoch keinen Widerspruch, sondern zog nur ihren Kopf ein und schlich sich noch vor dem Ende der Predigt durch die Seitentür aus der Kirche.

Kapitel 58

Die Aula der Universität war ein riesiger Saal mit einem hohen Podium an der Kopfseite und vielen langen Stuhlreihen davor. Magdalena nahm bei ihrem diesmaligen Besuch auch Einzelheiten wahr, die sie am Tag ihrer Anhörung übersehen hatte. Sie war tief beeindruckt. Für einen kurzen Moment vergaß sie sogar ihre Sorgen und Ängste, die auch ganz Tübingen im Augenblick bewegten. Sie schaute sich in dem großen Raum um. An den Wänden hingen Ölgemälde der württembergischen Herzöge und Tübinger Universitätsrektoren in wunderschönen goldenen Rahmen und schauten Ehrfurcht gebietend auf die Anwesenden herunter. Normalerweise hätte Magdalena sich gerne das eine oder andere Bildnis genauer angesehen, aber heute war nicht der Tag dafür. Der Rektor hatte unvermittelt eine außerordentliche Versammlung für alle Studenten, Professoren und Universitätsverwandten einberufen, und diese würde gleich beginnen. Da auch die Studenten Tobias und Daniel an ihr teilnahmen und noch kurz davor den Satz für den nächsten Bogen angefertigt hatten, war Magdalena ohne ihre Söhne gegangen, damit Oswald und Georg in der Druckerei ihre Arbeit weiter fortsetzen konnten.

Die außerplanmäßige Versammlung schien nicht nur sie zu überraschen. Immer mehr Leute drängelten sich in den bereits überfüllten Saal und schlossen sich zu kleinen Gruppen zusammen, in denen sie sich aufgeregt fragten, was denn los sei. Auf dem Podium saßen die Herren Professoren und schauten nicht wie üblich erhaben oder gebieterisch drein, sondern waren entweder in Gedanken versunken oder unterhielten sich leise miteinander. Magdalena erkannte den auffallend schlanken Nikodemus sofort neben den vielen dickleibigen Professoren. Aber seine Miene verhieß nichts Gutes. Magdalenas Herz schlug schneller. Sie hatte ihn schon eine ganze Weile nicht mehr gesehen und freute sich darauf, nach der Versammlung endlich wieder ein paar Worte mit ihm wechseln zu können.

Die schwere Eingangstür wurde, kurz nachdem Magdalena eingetroffen war, zugezogen und fiel mit einem lauten Krachen ins Schloss. Augenblicklich verstummte die Menge und richtete ihren Blick nach vorn. Magdalena hatte sich extra unmittelbar neben eine der Sitzreihen im vorderen Teil der Aula gestellt, damit sie das Geschehen, trotz ihrer geringen Körpergröße, genau beobachten konnte. Nun sah sie, wie sich Leonhart Fuchs von seinem Stuhl erhob und langsam an das hohe Pult auf dem Podest herantrat. Wie immer trug er im Gegensatz zu den anderen Professoren nicht nur seinen roten Talar, sondern auch sein bekanntes Fuchsfell und eine schwere Kette, in der rote und grüne Juwelen blitzten. Unter seinem Hut lugten seine weißen Haare hervor, die nahtlos in seinen krausen Bart überzugehen schienen. Seine Augen blickten ernst auf die Zuhörerschaft hinab.

»Seit einigen Wochen wächst in unserer Stadt die Anzahl der Toten. Daher wurden wir Professoren von der Regierung bereits letzten Monat dazu aufgefordert, uns über mögliche Fluchtorte zu beraten.«

Ein leises Murmeln ging kurz durch die Reihen, doch der Rektor brauchte nur die Arme zu heben, und das Gemurmel verstummte so schnell, wie es begonnen hatte.

»Jedoch würde uns die Verlegung aller Fakultäten in große Unkosten stürzen. Wir müssten nicht nur neue Gebäude anmieten, sondern unser gesamtes Hab und Gut über Meilen hinweg auf unzähligen Wagen befördern. Die Regierung hat uns dafür jedoch keinerlei Gelder zugesagt.«

Er machte eine kleine Pause, um seine Worte wirken zu lassen.

Einige Studenten reagierten mit Entsetzen und sahen den Professor nur mit weit aufgerissenen Augen an. Andere stießen einen Ruf der Empörung aus und flüsterten etwas über den Geiz des Herzogs. Als Rektor Fuchs wieder zu sprechen begann, wurde es sofort wieder leiser.

»Daher hat sich der Senat nach reiflicher Überlegung dazu entschlossen, die Vorlesungen und Disputationen wie gewohnt fortzuführen und dabei besondere Vorsicht walten zu lassen.«

Seine Worte wurden augenblicklich kommentiert. Diesmal bemühten sich die Zuhörer nicht einmal mehr darum, möglichst leise zu sprechen, sondern taten ihren Unmut lauthals kund. Selbst auf dem Podium konnten sich die vielen Professoren, die den Senatsbeschluss noch nicht kannten, nicht mehr zurückhalten.

»Aber das geht doch nicht!«

»Wir müssen die Stadt verlassen, sonst wird uns die Seuche noch alle ereilen.«

»Ich werde hier nicht einen Tag länger bleiben!«, rief einer der Professoren im Auditorium, stand abrupt auf und unterstrich seine Worte mit wilden Gesten. Er wollte gerade auf die kleine Treppe des Podiums zugehen, als Leonhart Fuchs langsam den Kopf wandte und seine nächsten Worte an den Aufgebrachten richtete.

»Wer den Senatsbeschluss missachtet, wird mit sofortiger Wirkung von dieser Hohen Schule ausgeschlossen. Er erhält weder seinen Jahressold noch sonstige Vergünstigungen und muss auch alle seine Ländereien aufgeben.«

Dies ließ den Hitzkopf sofort innehalten. Wahrscheinlich hatte er, wie viele andere Professoren auch, einen kleinen Weinberg, aus dem er ein nicht zu unterschätzendes Zusatzeinkommen bezog. Nähme man ihm dieses, wäre er auf einen Schlag deutlich ärmer. Er überlegte kurz und begab sich dann zögernd zurück auf seinen Platz.

Professor Fuchs fuhr fort: »Ich hoffe, dass wir die Regierung bald von der Notwendigkeit eines Umzuges überzeugen können und die dafür von uns benötigte Summe erhalten werden. Bis dahin jedoch möchte ich, dass ein jeder die folgenden Vorgaben für den Unterricht strengstens befolgt ...«

Da sie das Folgende nicht betraf, ließ Magdalena ihren Blick durch den Saal gleiten. Die Mehrheit der Studenten lauschte andächtig den Worten des Professors, manche machten sich sogar Notizen auf kleinen Fetzen Papier. Doch andere waren wieder in Gespräche vertieft, vor allem die Universitätsverwandten im hinteren Teil der Aula flüsterten aufgeregt miteinander. Zu Magdalenas Rechten standen einige Maler und Illuministen der Universität mit dem Apotheker Richard zusammen. Unter ihnen befand sich auch ein junger Mann, der den Professoren wahrscheinlich als Gehilfe diente. Ihrem Gesichtsausdruck und heftigen Kopfbewegungen nach zu urteilen, waren sie alle nicht gewillt, länger in der Stadt zu bleiben.

»Selbstverständlich werde ich meinen Kräutergarten auch jedem Heilkundigen in dieser Stadt zur Verfügung stellen, damit wir die richtigen Mittel herstellen können«, endete der Rektor. Doch Magdalena merkte, dass diese entgegenkommende Geste nicht ausreichen würde, um die aufgebrachten Gemüter zu besänftigen.

Als die großen Türen wieder geöffnet wurden, verließen die Herren Professoren – angeführt von Leonhart Fuchs – in einer langen Reihe die Aula durch den Mittelgang. Magdalena versuchte verzweifelt, sich durch die Menge zu Nikodemus vorzuarbeiten. Er würde bestimmt wissen, wie es weiterging und was dies alles für die Druckerei bedeutete.

»Was werdet Ihr nun tun?«, fragte sie ihn ohne Umschweife, als sie ihn schließlich eingeholt hatte.

Doch er reagierte ungewöhnlich abweisend und schüttelte nur

müde den Kopf. »Im Augenblick können wir nur beten. Am liebsten würde ich auch gehen. Da ich das aber – wie Ihr gerade gehört habt – nicht kann, werde ich versuchen, mit möglichst wenigen Menschen in Kontakt zu kommen, um die Ansteckungsgefahr zu verringern. Ich kann Euch nur dringend raten, das Gleiche zu tun. Geht nur unter Leute, wenn es nicht anders geht.« Er sah sie bedauernd an. »Ich fürchte, das bedeutet auch, dass wir uns vorläufig nicht mehr sehen werden.«

Seine Worte versetzten ihr einen Stich. Gerade jetzt, da sich die bösen Gerüchte über sie häuften und die Seuche umging, würde sie keinen Halt und Rat mehr bei Nikodemus finden. Was für eine düstere Zukunft lag vor ihr ... Gab es überhaupt keinen Lichtblick mehr?

Kapitel 59

Es war vereinbart worden, dass Anna am folgenden Donnerstag mit einer weiteren Papierlieferung nach Tübingen kommen sollte. Und seit ihrem gemeinsamen Jahrmarktsbesuch hatte Oswald auch an nichts anderes mehr gedacht als an das nächste Wiedersehen mit ihr. Doch nun, da sich die Gerüchte über die Pest mehrten, war er von Zwiespalt erfüllt. Einerseits wollte er nicht, dass Anna auch nur einen Fuß in die verseuchte Stadt setzte. Andererseits freute er sich auf sie, und zudem benötigten sie dringend weiteres Papier für den Druck des Landrechts.

Und so war es, als der besagte Donnerstag sich näherte, zu einem Kompromiss gekommen. Anna sollte sich, sobald sie das Papier ausgeladen hatten, umgehend wieder auf den Heimweg begeben. Doch bevor sie wieder gehen konnte, stellte sich Oswald, nachdem er eingehend den Himmel betrachtet hatte, noch neben sie ans Fuhrwerk. »Du solltest heute lieber nicht mehr nach Hause fahren«, meinte er besorgt. »Die Tiere sind äußerst unruhig, und es zieht sich immer mehr zu. Ich glaube, es wird ein heftiges Gewitter geben.« Obwohl er sie lieber außerhalb der Stadtmauern gewusst hätte, war es in diesem Fall doch besser, sie nicht übers freie Feld fahren zu lassen. Die ansonsten wenig ängstliche Anna war sichtlich erleichtert. »Du kannst natürlich bei uns übernachten. Die Kammer im Dachgeschoss ist frei, nun, da die Lehrlinge fort sind«, fügte er hinzu. »Und ich würde mich freuen, bei dieser Gelegenheit ein bisschen mehr von dir zu haben.«

Anna errötete. »Natürlich in allen Ehren«, beeilte er sich klarzustellen. Sie schmunzelte, wurde aber schnell wieder ernst. »Ich habe Angst vor Gewittern«, gestand sie. »Einmal habe ich gesehen, wie ein Blitz in einen Baum einschlug. Es gab einen so gewaltigen Knall, dass mir fast das Herz vor Schreck stehen blieb. Und danach war der Weg über und über mit Holzsplittern bedeckt, bis schließlich der ganze Baum umfiel. Ich mag gar nicht daran denken, wie es ist, wenn der Blitz in ein Haus einschlägt oder in mein Fuhrwerk!« Oswald legte beruhigend seinen Arm um ihre Schultern, was sie ohne Gegenwehr geschehen ließ. »Gerade deshalb solltest du hierbleiben. Komm, wir gehen wieder ins Haus.«

Inzwischen war es immer dunkler geworden, und auch Magdalena sah besorgt zum inzwischen schwarzen Himmel empor. Die wenigen Wolken, die noch zu sehen waren, jagten einander und nahmen dabei die seltsamsten Formen an. In einer meinte sie sogar, einen schwarzen Reiter erkannt zu haben. Da krachte auch schon der erste Donner. »Schnell, schnell!«, rief sie Tobias, Daniel und ihren Kindern zu.

»Versperrt die Fenster von außen und holt die Bank neben dem Eingang und Annas Pferd herein.« Sie hatte Angst, das Tier würde sich sonst losreißen und verletzt oder gar getötet werden. Sie banden das Pferd zwischen den Pressen im Produktionsraum an. Leider hatten sie für den Karren jedoch keinen Platz mehr im Haus und stellten ihn deshalb so nah wie möglich an die Hauswand. Hoffentlich würde das Unwetter ihn verschonen. Inständig hoffte sie, dass Moritz in der Schule und Jakob beim Buchbinder Schutz gefunden hatten. In diesem Moment brauste auch schon die erste starke Windbö gegen das Haus. Anna zuckte zusammen. Sie war heilfroh, nicht gefahren zu sein, und malte sich aus, wie bei diesem Gewitter ihr Pferd durchgegangen wäre. Selbst jetzt, obwohl es geschützt und angebunden zwischen den Pressen stand, war es verängstigt und tänzelte unruhig umher. Die kleine Magda sprach beruhigend auf das Tier ein und streichelte ihm vorsichtig den Hals. Alle halfen mit, die schweren Holzplanken, die sie für solche Notfälle bereithielten, auch von innen an den Fenstern zu befestigen. Das Heulen des Windes nahm an Stärke zu. Und obwohl es noch früh am Nachmittag war, umgab sie pechschwarze Finsternis. Magdalena zündete ein paar Kerzen an. Zu allem Übel war auch Georgs Husten wiedergekommen. Der junge Mann lag nun zusammengerollt auf einem notdürftig errichteten Lager in der Nähe des Feuers, damit er die Krankheit ausschwitzen konnte, wie Magdalena hoffte. Doch da die Türen und Fenster wegen des Gewitters geschlossen waren, bereitete ihm der Rauch des Feuers Atemnot. Vergeblich hatte Magdalena in der letzten Woche versucht, einen Mediziner ausfindig zu machen, doch die waren entweder schon geflohen oder hatten alle Hände voll mit der Seuche zu tun.

Nachdem sie ihren kranken Sohn versorgt hatte, ging sie hinüber zu den anderen. »Und jetzt alle mal herhören. Wir dürfen keinesfalls die Glut oder die Kerzen unbewacht lassen. Legt keine neuen Scheite auf. Bei diesem Sturm kann jedes noch so kleine Feuer umschlagen und unser Papier in Brand setzen.« Ihre Worte gingen in dem Getöse der entfesselten Urgewalten beinahe unter. Blitze zischten, gefolgt von Donnerschlägen in immer kürzeren Abständen. Magdalena konnte sich nicht erinnern, jemals ein so schweres Gewitter erlebt zu haben. »Der Herr schütze dieses Haus«, murmelte sie unablässig. Ein Blitz ins Dach, und das Haus stünde lichterloh in Flammen. Schnell würde das Feuer auf die gedruckten Bogen und die Papiervorräte übergreifen, dann auf die Regale, die hölzernen Druckerpressen ... Ihr ganzes Hab und Gut würde ein Raub der Flammen werden. »Kommt. Wir beten gemeinsam!«, forderte sie die anderen auf, und alle setzten sich im Kreis um das Herdfeuer, das ihnen ein Gefühl von Sicherheit gab.

Endlich zog das Gewitter weiter, aber der Sturm tobte noch immer und rüttelte am Dach, den Fenstern und den Türen. Dazu ging jetzt ein Wolkenbruch auf die Stadt nieder, als hätte der Himmel all seine Schleusen auf einmal geöffnet. Er prasselte auf das

Dach, klatschte gegen die Balken vor den Fenstern, und Magdalena sah zu ihrem Entsetzen, dass das Haus diesen Wassermassen nicht gewachsen war. Denn schon bald bildeten sich an vielen Stellen neben den Fenstern und unter der Eingangstür kleine Pfützen auf dem Boden, in deren unmittelbaren Nähe auch viele fertige Bogen des Landrechts lagerten!

»Neiiiiiin!«, schrie Magdalena und begann hektisch, im Halbdunkel die Stapel einzusammeln. Bloß, wohin damit? Wo gab es garantiert trockene Stellen im Haus? Auch Oswald und Anna waren bei ihrem Schrei aufgesprungen und sammelten nun die Papierberge ein, die sie auf den Verkaufstisch stapelten, und als dieser voll war, auf die Bank, die sie von draußen hereingeholt hatten. Hier waren sie zunächst einmal sicher. Magdalena behielt sie trotzdem den ganzen Abend über im Blick. Sie nahm nur am Rande wahr, dass Anna und Oswald mehrmals versuchten, sich zu unterhalten, was der Regen aber unmöglich machte. Schließlich begab sich die Familie nach oben in die Schlafkammern, Anna ins Dachgeschoss, und die Studenten, die sicherheitshalber in der Druckerei geblieben waren, übernachteten im Produktionsraum.

Die Nacht verging ohne weitere Vorfälle, wenn auch das Trommeln und Prasseln der niedergehenden Wassermassen sie alle des Öfteren erschaudern ließen. Magdalena war erleichtert, dass Jakob offenkundig beim Buchbinder und Moritz in der Schule geblieben waren und nicht bei diesem Wetter den Weg nach Hause antreten mussten. Am nächsten Morgen hatte der Wind nachgelassen, und der Wolkenbruch war in einen gleichmäßig fallenden Landregen übergegangen. Nur ab und zu fegte noch eine kräftige Bö gegen das Haus, so auch, als Tobias einmal kurz die Tür öffnete, um nach draußen zu sehen. Der Wind drückte ihn zurück ins Haus und wirbelte die Stapel, die auf dem Verkaufstisch lagen, durcheinander, sodass die noch ungebundenen Bogen im gesamten Laden verstreut wurden.

Geistesgegenwärtig schloss Tobias die Tür, aber nicht schnell genug, um zu verhindern, dass eine Menge Bogen auf den nassen Boden fielen. »Es ist wie verhext«, entfuhr es Magdalena, nicht ahnend, dass sie damit genau das ausgesprochen hatte, was ein Großteil der Bewohner Tübingens nach diesem Unwetter dachte.

Die Schäden waren beträchtlich, wie sie später hörten. Eine Scheune war in Brand geraten – und da man während des Gewitters keine Löschketten hatte bilden können –, bis auf die Grundmauern abgebrannt. Auch für die Rettung einiger sich in ihr befindender Tiere war es zu spät gewesen. Das Feuer war schließlich durch den Wolkenbruch gelöscht worden. Der Sturm hatte zudem mehrere Dächer abgedeckt und Fuhrwerke umgestoßen. Sogar der Kirchturm war beschädigt – für viele Bewohner ein deutlich sichtbares Zeichen, dass hier der Teufel am Werk gewesen war. Im Vergleich dazu waren Magdalenas Druckerei und der Karren davor glimpflich davongekommen. Noch ein offensichtliches Zeichen! Die Druckerin war ganz eindeutig mit dem Teufel im Bunde. Magdalena wusste von all diesen Deutungen nichts – die alte Therese umso mehr. Die Geschehnisse waren Wasser auf ihre Mühlen, sie bezeichnete Magdalena nun offen als Hexe. Und sie wusste, dass sie damit so manchem Tübinger aus der Seele sprach.

Kapitel 60

Tobias hatte zwar rasch reagiert, als die Bö die Tür aufgestoßen hatte, indem er sich mit seinem ganzen Körpergewicht gegen sie warf und sie wieder zudrückte. Aber da war es schon zu spät gewesen. Er war nur für einen Augenblick unachtsam gewesen, und nun das. Ein heilloses Durcheinander! Die Bogen, die sie in den letzten Wochen gedruckt, aber noch nicht zu Paketen zusammengebunden hatten, lagen nun kreuz und quer im ganzen Verkaufsraum verstreut und waren mit Wasserflecken bedeckt.

»Verflixt und zugenäht«, hörte er Oswald fluchen, der sich nun auf die Tür zubewegte und Anstalten machte, sich zu bücken. Doch er wurde von seiner Mutter daran gehindert.

»Halt!«, befahl ihm Magdalena, und Oswald hielt mitten in der Bewegung inne und richtete sich wieder auf. Mit gerunzelter Stirn sah er Magdalena an. Die stand in der Nähe des vierbeinigen Verkaufstisches und versuchte, sich im Kerzenlicht einen Überblick zu verschaffen. Denn die Fenster waren noch immer mit Brettern von außen und innen verschlossen, und einen weiteren Windstoß, um mehr Licht hereinzulassen, wollte sie durch ein erneutes Öffnen der Tür nicht riskieren. Dann sah sie die beiden an. »Wir dürfen jetzt nicht wahllos alle Seiten aufsammeln und damit heillos durcheinanderbringen. Die meisten Bogen sind nicht weit geflogen. Lasst uns daher an verschiedenen Ecken anfangen und sehen, welche Bogen dort jeweils am häufigsten liegen. Dann werden wir vorerst nur diese aufsammeln, auf den Tisch legen und ihnen die restlichen dann zuordnen. Das wird uns die Arbeit hoffentlich erleichtern.«

Oswald sah auf die Bogen zu seinen Füßen hinab und erkannte, dass sie recht hatte. Um ihn herum lagen vor allem die bereits beidseitig bedruckten Bogen vom Anfang des Landrechts – zahllose Titel- und Registerseiten. »Gut, Mutter. Aber wir werden auch etwas brauchen, um die Drucke zu trocknen und sammeln zu können. Den Tisch können wir dafür leider nicht gebrauchen.« Mit seiner Rechten deutete er auf den vollgestellten Verkaufstisch.

Ohne ein Wort zu verlieren, drehte sich Anna um und verschwand im ersten Stock. Nur wenig später kam sie wieder herunter und warf jedem von ihnen eine Wolldecke zu, die sie aus den Schlafkammern geholt hatte. »Hier – das sollte fürs Erste ausreichen.« Als sie die verdutzten Blicke der anderen bemerkte, erklärte sie: »Wir können die Decken auf die um uns herumliegenden Bogen legen. Dann saugen sie schon einmal einen Teil des Wassers auf und beschweren sie gleichzeitig. Oswald sah sie bewundernd an. »Eine ausgezeichnete Idee.«

»Nicht für die Tochter eines Papierers«, sagte Anna und lächelte ihm im flackernden Kerzenlicht zu. Sie warf Oswald seine Decke nicht zu, sondern zog sich die Schuhe aus und brachte sie ihm, indem sie sich vorsichtig auf Zehenspitzen einen Weg durch den Blätterwust am Boden bahnte. Geschickt, wie sie war, schaffte sie es tatsächlich, auf keinen der Bogen zu treten.

»Wir sollten aber auch sichergehen, dass wir beim Aufräumen nicht gestört werden«, sprach sie und balancierte nun zum Türschloss, um den Riegel vorzulegen. Dabei sah sie noch kurz zu Magdalena hinüber, die mit einem Nicken ihr Einverständnis gab. »Noch eins«, sagte diese, nachdem Anna die Tür fest verschlossen hatte. »Am besten legen wir die stärker durchfeuchteten Bogen zur Seite, damit wir diese später trocknen können.«

Danach machten sie sich an die Arbeit und setzten um, was sie gerade besprochen hatten. Nachdem sie die leicht zu erkennenden Bogen aufgesammelt hatten, kam der etwas schwierigere Teil. Immer und immer wieder mussten sie sich bücken, um gleiche Bogen zu finden. Dazu griffen sie sich jeweils eine Handvoll Bogen und suchten nach den Seitenzahlen oder den Kustoden am Ende der Seiten. Die noch trockenen Bogen legten sie ordentlich auf die verschiedenen Stapel vor sich. Rasch erkannten Anna und Oswald, wie sie die Unordnung vor sich am schnellsten beseitigen konnten. Nachdem sie in ihrer Ecke fertig waren, legten sie ihre Decken auf die hohen, sortierten Blättertürme und beschwerten sie zusätzlich mit den wenigen gebundenen Büchern, die nach dem Abverkauf noch im Laden waren. Anschließend begaben sie sich zu Tobias und Daniel und halfen ihnen, in ihren Ecken Ordnung zu schaffen, während Magdalena und ihre Tochter die Bogen sortierten.

Das Aufräumen kostete sie fast den gesamten Vormittag, bis sich das Papier endlich wieder fein säuberlich in gleichmäßigen Türmen vor ihnen stapelte. Die feuchteren Bogen hatten sie in einem gesonderten Bereich abgelegt und sahen sich diese nun genau an. Oswald seufzte tief. »Herrje, ich hatte gehofft, dass es sich nur um ein paar Hundert Bogen handeln würde. Aber das sind ja mehrere Tausend.« Erschöpft lehnte er sich gegen den Verkaufstisch und rieb sich den schmerzenden Rücken. Durch das ständige Bücken war er ganz steif geworden. Auch seine Mutter blickte mutlos auf die Türme feuchter Bogen. Die sonst so wortgewandte Magdalena hatte keine Idee, wie man die feuchten Bogen am schnellsten wieder trocken und glatt bekam. Mit leiser Stimme meinte sie endlich: »Es bleibt uns wohl nichts anderes übrig, als die Bogen alle noch einmal zu drucken.«

»Was?« Oswald konnte nicht fassen, was er da hörte. »Aber das wird uns Wochen kosten. Es sind fast alle Bogen betroffen. Wir müssen dann alles noch einmal setzen! Das ist unmöglich.« Er stöhnte auf. Er hatte befürchtet, dass sie einige Bogen nachdrucken mussten, aber alle? Er trat näher an den Blätterwust heran und sah sich die Bogen genau an. Sie hatte recht – es waren fast alle Bogen des ersten Teils nass geworden. Die Familie würde aber Wochen brauchen, um diese alle noch einmal zu setzen und zu drucken. Wütend nahm er ein paar der knittrigen Bogen in die Hand, um sie zu zerknüllen. Doch Anna hielt ihn plötzlich am Arm fest. Sie nahm ihm die Bogen aus der Hand und hielt sie prüfend gegen das Kerzenlicht. Dann nahm sie weitere in die Hand, befühlte das Papier sorgfältig und sah sich die Bogen sowohl von vorne als auch von hinten genau an.

»Es gibt vielleicht noch einen anderen Weg, wie Ihr die Bogen wieder glatt und trocken bekommt. Mir scheint, der Text ist noch lesbar.«

Magdalena trat sofort neben sie und schaute das Mädchen aufmerksam an. »Wie meint Ihr das?«, fragte sie und nahm gleichfalls einen Bogen zur Hand. Mit dem Finger fuhr sie vorsichtig über die nassen Kanten des Papiers.

»Wir legen das Papier bei uns in der Mühle zum Trocknen immer für mehrere Tage in unsere große Presse.« Sie ging hinüber zu den beiden Pressen, machte dann aber ein bedenkliches Gesicht. »Leider werdet Ihr hier nicht viele Bogen gleichzeitig einspannen können. Der Zwischenraum ist deutlich kleiner als der in unserer Presse.«

Sie ließ ihren Blick durch den Produktionsraum schweifen. »Ihr braucht etwas Schweres. Etwas, das …« Ohne ein weiteres Wort ging sie hinüber zu den beiden Setzkästen an der Hintertür und warf einen Blick auf die vielen Hundert bleiernen Lettern, die darin lagen. Sie versuchte, einen Kasten anzuheben. »Das wäre es«, sagte sie dann zufrieden.

Oswald stand sofort neben ihr und versuchte, den Kasten hochzuheben. Doch auch ihm war es ohne Hilfe nur schwer möglich.

»Das könnte in der Tat gelingen«, keuchte er unter der Anstrengung.

Nur Magdalena war noch nicht überzeugt. »Aber wenn wir die Setzkästen zum Beschweren verwenden, können wir nicht mit ihnen arbeiten – und das tagelang nicht. Ich fürchte, das wird nicht gehen.«

»Wie steht es dann mit den Nächten? Das wird den Trocknungsprozess natürlich verlängern. Aber wenn Ihr zu jedem Feierabend mehrere Stapel mit Euren Setzkästen beschwert, müsstet Ihr auf jeden Fall einen Teil glatt bekommen, bevor der Pedell zur nächsten Kontrolle kommt.«

Magdalena warf Oswald einen kurzen Blick zu – er hatte Anna also bereits von den Auflagen der Universität, die es zu erfüllen gab, erzählt, obwohl dieser Umstand nicht für die Ohren von Außenstehenden gedacht war. Doch ihr blieb keine Zeit, über ihren Ältesten verärgert zu sein. Denn würde Annas Trocknungs-Methode funktionieren, hätte seine unbedachte Plauderei wenigstens einen rettenden und hochwillkommenen Nebeneffekt erzielt.

»Halt! Wartet!«, sagte Magdalena plötzlich. »Im Lager haben wir doch auch noch Setzkästen mit lateinischen, griechischen und sogar hebräischen und französischen Lettern.« Sie lief sofort hinüber ins Lager, und die anderen folgten ihr.

»Was meint ihr? Wie viele Bogen können wir denn auf einmal unter einen Kasten legen?«, fragte sie in die Runde.

»Nun ja, das hängt ganz davon ab, wie viel Filzlagen Ihr jeweils zwischen die einzelnen Bogen legen könnt. Denn ein jeder muss auf eine breite Filzunterlage gelegt werden, damit das überschüssige Wasser sofort von dieser aufgesogen werden kann«, meldete sich Anna wieder zu Wort.

»Wir haben etwas Filz im Haus, der vielleicht für fünfzig Bogen reichen würde. Der Pedell kommt allerdings schon am Ende der

Woche. Wir werden also auf den Markt gehen müssen, um noch weiteren zu kaufen.« Magdalena klatschte in die Hände. »Ausgezeichnet! Dann müssen wir doch nicht alle Bogen noch einmal setzen.« Anerkennend klopfte sie Anna auf die Schulter. »Dich hat uns der Herrgott gesandt«, meinte sie und war in ihrer Freude unwillkürlich dazu übergegangen, Anna zu duzen. Aus dem Augenwinkel heraus sah sie, wie Oswalds Wangen sich schlagartig röteten.

Kapitel 61

Als Magdalena mit ihrer Jüngsten an der Hand und einem großen Korb im Arm wenig später in die Stadt ging, um Filz zu kaufen, bemerkte sie, dass deutlich weniger Händler ihre Stände aufgebaut hatten als sonst. Viele waren wegen der Seuche und des Unwetters nicht zum Markt gekommen. Auch der Bauer Breitkreuz war nicht mehr da, und Magdalena hoffte inständig, dass sie ihn nicht zum letzten Mal in ihrem Leben gesehen hatte. Zwar konnte sie keinen Filz erstehen, aber dafür nutzte sie die Gelegenheit, einige der wenigen Rüben zu kaufen, die es trotz der Seuche noch gab. Doch als sie an den Stand herantrat, wusste sie nicht, wie ihr geschah. Die Bauersfrau sah sie empört an, kam um den Tisch herum, griff wütend in Magdalenas Korb und nahm die Rüben wieder heraus. »So eine wie Ihr wird bei mir nicht bedient. Schert Euch fort. Ihr seid eine Schande für ganz Tübingen!« »Aber ... aber«, weiter kam sie nicht, denn die nächste Käuferin schob sie unwirsch zur Seite und wurde von der Bauersfrau übertrieben freundlich bedient.

Magdalena verschlug es die Sprache. Zuerst wollte sie sich diese Behandlung nicht ohne Widerrede gefallen lassen, dann aber merkte sie, dass ihr nach allem, was sie in diesem Jahr schon erlebt hatte, inzwischen die Kraft dazu fehlte. Deshalb verließ sie den Stand ohne ein weiteres Wort und ging zum nächsten Stand. Einige Schaulustige folgten ihr, offenbar gespannt auf ein ähnliches Spektakel.

»Einen Apfel, bitte«, sagte die kleine Magda etwas vorlaut, als sie das glänzende Obst vor sich sah. »Ja, ein Pfund von diesen leckeren Äpfeln«, wiederholte Magdalena. Ihre gespielte Freundlichkeit verflüchtigte sich jedoch sofort, als sie das finstere Gesicht ihres Gegenübers sah. »Schert Euch fort, samt Eurem Wechselbalg. Bei mir bekommen solche wie Ihr nichts. Schert Euch zum Teufel.« Die inzwischen beträchtliche Gruppe der Zuschauer hatte den Bauern wohl dazu ermuntert, so mit ihr umzuspringen. Und nicht nur ihn. »Verdammte Hexe. Ihr habt das Unwetter beschworen und viel Schaden angerichtet, Teufelsbuhle. Verschwindet von hier. Ihr bringt die Seuche über uns.« Die Menge steigerte sich sichtlich in ihre Abneigung und ihren Hass auf Magdalena hinein. Ihre Tochter begann zu weinen und klammerte sich an sie. Magdalena war entsetzt. Aber zum Glück war sie so geistesgegenwärtig, den Rückzug anzutreten. Denn schon wurde sie von den ersten Kohlköpfen getroffen, die man auf sie warf, und begann zu laufen. Hinter ihr ertönten weitere Verwünschungen und Flüche. Magdalena wusste nicht, wie ihr geschah. *Was ist nur in die Marktbesucher gefahren,* fragte sie sich insgeheim, während sie, Magda fest an der Hand gepackt, mehr zur Burgsteige stolperte, als dass sie lief. Endlich sah sie die Druckerei vor sich und rettete sich mit einem letzten Sprung in den Laden. Magda folgte ihr dicht auf dem Fuße. Als sie beide in Sicherheit waren, warf Magdalena die Tür zu und stemmte sich mit ihrem ganzen Körpergewicht dagegen, bis der Riegel zur Gänze vorgeschoben war. Die Tür, die donnernd ins Schloss gefallen war, rief Oswald, Georg und Anna sofort auf den Plan. »Was ist passiert?«, rief Oswald aus dem Produktionsraum und zog den Vorhang zurück. Alarmiert sah er seine Mutter an, die keuchend nach Atem rang. Es dauerte eine Weile, bis sie den dreien erzählen konnte, was ihr und Magda auf dem Markt zugestoßen war.

Die waren fassungslos. »Irgendjemand verbreitet böse Gerüchte über Euch, Mutter«, sagte Oswald bedenklich. »Und die anderen sind immer gerne bereit, alles Elend einem Einzelnen anzulasten«, meinte Anna und fügte schnell hinzu: »Habt Ihr Feinde? Ist irgendjemand neidisch auf Euch?« Oswald und Magdalena tauschten einen schnellen Blick aus. Sie wussten beide, wer dafür infrage kam. Aber übte Ulrich wirklich einen so großen Einfluss auf die Menschen in der Stadt aus?

»Und gibt es ein paar Schandmäuler, die jedes Gerücht dankbar aufgreifen und noch ausschmücken?«, fragte Anna, die offenbar wusste, wovon sie sprach, denn Oswald bemerkte einen Anflug von Bitterkeit in ihrer Stimme, fragte aber nicht weiter nach. Denn dafür war jetzt nicht der passende Moment. »Da wäre die alte Therese«, meinte Magdalena nachdenklich. »Vor der hat mich Cordula schon gewarnt. Sie ist immer schnell bei der Hand mit bösem Gerede. Das verleiht ihr Macht.«

»Das Problem ist«, brachte Oswald das Thema auf den ursprünglichen Ausgangspunkt zurück, »woher bekommen wir nun unsere Viktualien und den Filz? Haben sich diese Städter nur gegen Euch verschworen oder gegen die gesamte Familie Morhart? Dann sieht es fürwahr düster aus.« Auch hier bewies sich Anna als praktisch denkende junge Frau. »Fällt Euch denn keiner ein, der mit Euch befreundet ist und im Notfall für Euch einkaufen gehen könnte, Magdalena? Eine Freundin vielleicht. Aber zunächst geht es erst einmal darum, den Kopf nicht hängen zu lassen.«

Magdalena war gerührt von Annas Anteilnahme. Die Tochter des Papierhändlers war ihr inzwischen ans Herz gewachsen, und sie hätte sie am liebsten umarmt. Junge Frauen, die sich nicht unterkriegen ließen, waren genau nach ihrem Geschmack. Das sich anbahnende Liebesverhältnis zwischen Oswald und Anna sah sie daher mit großer Befriedigung. Nicht zuletzt, weil sie damit auch über eine gute Verbindung zum Papierer in Urach verfügen würde. Aber die junge Liebe sollte sich in aller Ruhe entwickeln können. Weshalb eine gewisse Zurückhaltung mütterlicherseits durchaus angebracht war. Und so beließ sie es bei einem dankbaren Nicken und einem – vielleicht etwas zu sachlichen »Gut gesagt, Anna«.

Kapitel 62

Sie hatten die letzten Schüsseln nach dem Abendmahl gerade abgewaschen, als es leise, aber bestimmt an der Vordertür klopfte. Magdalena, die gerade mit Moritz zusammen nach dem kranken Georg gesehen hatte, sah, wie ihr Jüngster erstarrte. Seine Hände hielten das feuchte Tuch für den Kranken umklammert und begannen, leicht zu zittern. Der ängstliche Ausdruck in seinen Augen verriet ihr, dass er sich genau das Gleiche fragte wie sie. Standen einige aufgebrachte Marktbesucher vor dem Haus oder vielleicht sogar Plünderer, die seit Ausbruch der Pest auszuspionieren versuchten, welche Häuser bereits verlassen und welche noch bewohnt und gut bewacht waren? Sofort waren alle in Alarmbereitschaft. Damit sie nicht zwischen die Fronten geraten würde, schickte Magdalena ihre Tochter Magda sicherheitshalber sofort nach oben in die Schlafkammer. Oswald ging mit schnellen Schritten zur Stiege und nahm dort den Prügel vom Haken. Dann nickte er Moritz und Jakob zu, und gemeinsam gingen sie zur Vordertür. Denn da sie nicht mit Sicherheit ausschließen konnten, dass es sich nicht doch um einen Käufer oder Beamten handelte, wollten sie der Sache auf den Grund gehen.

Oswald trat an die große Eichentür und rief mit lauter Stimme: »Wer ist da?« Doch niemand antwortete. Magdalena bedeutete Jakob, den Schemel, der vor dem Bücherregal stand, zu holen und sich auf ihn zu stellen, sodass er durch das hohe Fenster neben der Tür auf die dunkle Straße hinausblicken konnte. Der tat, wie ihm geheißen, konnte vor der Tür allerdings nur eine Gestalt ausmachen, die zwar mit einer Laterne vor der Tür stand, sich den schwarzen Hut aber so tief ins Gesicht gezogen hatte, dass er ihr Gesicht nicht erkennen konnte.

»Es ist nur ein einziger Mann«, flüsterte er seiner Mutter und seinen Geschwistern zu, kletterte leichtfüßig vom Schemel und stellte sich wieder neben Oswald an die Tür. Trotz des fahlen Lichts, das von der Feuerstelle in den Ladenbereich drang, konnte Magdalena erkennen, dass ihre Söhne äußerst angespannt waren. Langsam zog Oswald mit bereits erhobenem Prügel den Riegel zurück und öffnete dann mit einem Ruck die Tür. Die draußen stehende Gestalt zuckte zusammen und riss vor Schreck die Laterne hoch. Im plötzlichen Lichtschein sahen sie ganz deutlich das kostbare Gewand unter dem dunklen Überwurf, das seinen Träger für jedermann als Professor auswies. »Herr Professor …!«, rief Oswald überrascht aus und ließ den Prügel sofort sinken. Der Gast schaute sich erschrocken um, ob sich noch jemand auf der Straße befand, der den Ausruf gehört haben könnte. Doch der am Nachmittag einsetzende Nieselregen hatte sich inzwischen in einen heftigeren Dauerregen verwandelt, bei dem keiner mehr aus dem Haus ging, wenn er nicht unbedingt musste, noch dazu zu solch später Stunde.

Nachdem er sich vergewissert hatte, dass ihn keiner gesehen hatte, legte Professor Fuchs seinen Finger auf die Lippen. Von seinen schwarzen Handschuhen perlte der Regen ab. »Psst, nennt bloß nicht meinen Namen!« Er hatte sich bereits wieder gefasst, und seine stolze Haltung und seine strenge Stimme zeigten, warum er selbst den respektlosesten Studenten Respekt einzuflößen vermochte.

Ohne Umschweife trat Fuchs durch die geöffnete Tür in den Ladenraum und bedeutete Magdalenas Söhnen, sie umgehend wieder hinter ihm zu verschließen. Die jungen Männer gehorchten ihm aufs Wort, drückten die schwere Eichentür zurück ins Schloss und schoben den Eisenriegel wieder vor. Kaum war dies geschehen, drehte sich Leonhart Fuchs auch schon zu der Herrin des Hauses um, die ihren späten Gast sofort willkommen hieß. »Rektor Fuchs«, sagte sie mit einer kurzen Verbeugung und trat neben ihn, »was verschafft uns die Ehre?« Sie konnte sich noch keinen Reim auf seinen Besuch machen, war er bisher doch nur wenige Male hier gewesen. Er schien um den Schmutz und den ständig herrschenden Lärm in der Druckerei einen großen Bogen zu machen. Also musste ihn eine dringende Angelegenheit hergeführt haben. Sie hoffte inständig, dass es nichts mit der Publikation des Landrechts zu tun hatte. Zumal sich durch den Ausbruch der Pest die Fertigstellung des Druckes wahrscheinlich um einige Wochen verzögern würde, weil die Kosten für die Viktualien mittlerweile derart hoch waren, dass es sich die Familie nicht mehr leisten konnte, so reichhaltige Mahlzeiten wie früher zu sich zu nehmen. Vor allem Oswald merkte man an, dass ihn die harte Arbeit an der Presse auslaugte, sodass er weit mehr Pausen einlegen musste als bisher. Wie die Herren Professoren und die Regierung auf die Verzögerung des Druckes reagieren würden, wagte sich Magdalena nicht auszudenken.

Doch Professor Fuchs erkundigte sich nicht nach dem Landrecht. Seine Miene verriet, dass er sich gerade über etwas aufgeregt hatte. »Diese starrköpfigen Räte«, schimpfte er los, während er wie selbstverständlich den Vorhang zum Produktionsraum zurückzog und auf das Feuer zuging, um sich dort zu wärmen. Er sah den kranken Georg links neben dem Feuer auf seinem Strohlager liegen, sagte jedoch nichts und stellte sich auf die rechte Seite der Feuerstelle, wo er sich langsam die ledernen Handschuhe auszog. »Ich komme gerade von einem Treffen mit ihnen, bei dem ich ihnen dringend dazu geraten habe, endlich wirkungsvollere Maßnahmen gegen die Seuche zu ergreifen. Bis jetzt sind ihre Versuche, die Krankheit einzudämmen, einfach nur lächerlich! Aber anstatt auf mich zu hören, faseln sie nur davon, tunlichst eine Panik vermeiden zu wollen.« Verärgert schüttelte er den Kopf. Dabei fiel ihm eine Strähne seines weißen Haares ins Gesicht. Magdalena folgte ihrem Gast und kam zu dem Schluss, dass er sich höchstwahrscheinlich über die Mitglieder des Stadtrates erregte. Sie hatte dieser Tage bereits gehört, dass sich die Universität und der Stadtrat uneins über die Maßnahmen waren, die die Überwindung der Pest betrafen.

Während der Professor seine Hände langsam zu Fäusten ballte und sie dann wieder öffnete, um seine kalten Finger zu bewegen, kommentierte er weiter: »Als wäre eine Vermeidung von Panik ihr oberstes Ziel. Pah! Es sterben täglich Menschen, und wenn wir nicht bald etwas dagegen unternehmen, wird uns die Pest alle dahinraffen. Gleichgültig, ob wir uns dann im Rathaus verschanzen oder nicht. Diesen vermaledeiten Dummköpfen fehlt es einfach an Weitsicht, verdammt noch mal.«

Schon etliche Male hatte Magdalena gehört, dass der Professor kein Blatt vor den Mund nahm und immer genau das sagte, was ihm in den Sinn kam. Doch solch harte Worte hatte sie ihm nicht zugetraut – vor allem, weil der Herzog das Fluchen verboten hatte. Sollten sich nicht besonders die Herren Professoren an dieses Gesetz halten? Ihren Söhnen erging es angesichts der offenen Sprache des ehrenwerten Rektors offenbar nicht anders als ihr. Oswald und Jakob sahen ganz verwundert drein, und Moritz starrte den Mediziner sogar mit offenem Mund an. Doch ihr Gast bemerkte dies nicht. Er sah nur wütend auf die brennenden Holzscheite, als müsse er sich erst einmal beruhigen, bevor er den nächsten Schritt in Angriff nahm. Eine Weile war nur das stetige Klatschen des Regens gegen die Fenster und das Knistern des Feuers zu hören. Bis Magdalena schließlich die Stille durchbrach und den Rektor nach dem Grund seines Besuchs fragte. »Und wie kann ich Euch in dieser Sache weiterhelfen?« Ihr war immer noch nicht ganz klar, warum er von allen Tübingern ausgerechnet sie aufgesucht hatte.

Er richtete seine dunklen Augen nun auf sie, und sie sah, dass sein rechtes Auge wie bei der Anhörung vor ein paar Monaten unnatürlich gerötet war. Davon abgesehen, wurde ihr schlagartig bewusst, warum so viele Studenten sich davor fürchteten, bei ihm in Ungnade zu fallen. Unwillkürlich wich sie einen Schritt zurück. Als er schließlich merkte, dass er keinen Widersacher mehr vor sich hatte, wurde sein durchdringender Blick milder.

»Ihr, Frau Buchdruckerin, könnt mir einen nützlichen Dienst erweisen. Da Ihr die Auflagen der Universität bisher alle erfüllt habt, seid Ihr wohl in der Lage, gut und schnell zu drucken. Daher würde ich Euch bitten, folgende Mitteilung zu vervielfältigen.« Bei diesen Worten wurde seine Miene fast schon freundlich. Er griff unter seinen weit geschnittenen Überwurf und zog ein kleines gefaltetes Papier heraus, das er ihr reichte. Als Magdalena es entfaltete, sah sie sofort, um was es sich handelte. »Ein neues und nützliches Traktat von der Pestilenz«, las sie laut vor, damit auch ihre Söhne wussten, was darauf geschrieben stand. Dann überflog sie den Text. Er war in einfachem Deutsch geschrieben und überaus verständlich. Zuerst gab er eine Beschreibung der Krankheit, dann folgten genaue Maßnahmen, wie man den Kranken helfen und sich selbst vor der Pestilenz schützen konnte. Magdalena sprang sofort der Absatz ins Auge, in dem der Professor aufzählte, welche Mittel bei der Seuche jedoch nicht halfen. Darunter befanden sich getrocknete Regenwürmer, Teufelsdreck, Vipern-Essenz, gedörrte Kröten und Hundehaar. *Solche Mitteilungen können wir jetzt sehr gut gebrauchen*, schoss es ihr durch den Kopf. *Bei den vielen unglaubwürdigen Geschichten über wundersame Heilungen von der Pest ist es wichtig, dass wir wissen, was wirklich hilft. Und das wird auch den vielen Scharlatanen den Wind aus den Segeln nehmen, die nun fast wöchentlich nach Tübingen kommen, um den Menschen ihre angebliche Wunderarznei zu verkaufen.*

Doch sie zögerte. Ihre Augen wanderten zwischen dem Blatt

Papier in ihrer Hand und ihrem Gast hin und her. Sie wusste nicht, wie sie ihre Frage formulieren sollte, ohne den Rektor zu beleidigen. Unschlüssig räusperte sie sich und faltete das Traktat wieder zusammen. Doch bevor sie das, was ihr auf der Seele lag, in Worte fassen konnte, beantwortete der Professor auch schon ihre unausgesprochene Frage.

»Nein, die Publikation ist nicht von der Obrigkeit genehmigt. Angeblich, weil sie Panik hervorrufen würde. Und die wollen die Herren Stadträte ja tunlichst vermeiden.« Er schnaubte verächtlich, als er sich die sture Haltung des Rates erneut vergegenwärtigte. Zum Glück hatte er dem Rat gegenüber nur angedeutet, mit welcher Art von Hinweisen er der Stadt helfen könnte. Aber das bereits verfasste Schriftstück hatte er in weiser Voraussicht weder erwähnt, geschweige denn vorgelegt.

Magdalena hatte es geahnt. Die Unannehmlichkeiten mit der französischen Kirchenordnung kamen ihr wieder in den Sinn – die Konfiszierung, das rücksichtslose Auftreten des Pedells mit seinen Männern und die hohe Strafe. Damals hatte sie dieser Fehler fast ihr gesamtes Hab und Gut gekostet. Noch ein weiterer Druck ohne Genehmigung würde das endgültige Aus für den Familienbetrieb bedeuten. Und das, nachdem sie alles dafür getan und so hart darum gekämpft hatte, die Druckerei behalten zu können. Letztendlich war damit klar, wie sie sich jetzt entscheiden musste.

»Es tut mir leid, aber ich kann das nicht tun. Man wird uns auf die Schliche kommen, und dann wird unsere Druckerei ein für alle Mal geschlossen«, sagte sie schweren Herzens und gab ihm das Papier zurück. Sie wusste, dass diese hilfreichen Mitteilungen die Seuche in ihren Anfängen vielleicht noch ersticken konnten, bevor sie ganz Tübingen überrollen würde. Doch das Risiko für Magdalena und ihre Familie war einfach zu groß.

Zu ihrem Erstaunen schien der Professor genau diese Antwort

von ihr erwartet zu haben. Seine Augen blitzten, und ein verächtliches Lächeln umspielte seine Lippen. »Ihr fürchtet Euch vor der Strafe. Das kann ich nur zu gut verstehen. Das Traktat ist für ganz Tübingen bestimmt, und daher wird der Vogt auch, so wie ich ihn kenne, wieder einmal die Gerichtsbarkeit der Universität missachten und sogleich gegen den Druck und die Verteilung des Traktats einschreiten. Dabei steht auch für mich viel auf dem Spiel. Denn wenn sie Euch erwischen, werden meine vielen Gegner an der Universität diese Gelegenheit nutzen, um mich als Rektor zu stürzen. Aber ich bitte Euch zu bedenken: Was ist wichtiger – Gesetze oder Menschenleben?« Er nahm das Schriftstück entgegen, machte aber keinerlei Anstalten, es wieder in sein Gewand zu stecken. Stattdessen trat er einen Schritt auf sie zu. Die Härte war nun vollkommen aus seinem Gesicht gewichen. »Ich bitte Euch ebenfalls zu bedenken, dass Ihr nur erwischt werdet, wenn man Euch als Drucker identifizieren kann.« Sie runzelte die Stirn. Worauf wollte er hinaus? *Wir sind die einzige Druckerei hier im Ort,* überlegte sie bei sich. *Die Räte werden sofort wissen, wer die Zettel hergestellt hat. Und der Vogt wird uns dann in ihrem Namen unverzüglich aufsuchen.*

Doch der Rektor lächelte nur verschwörerisch und zog erneut etwas aus seinem Ärmel. Diesmal war es ein kleines gedrucktes Büchlein, das nicht mehr als ein Dutzend Seiten zählte.

»Dies habe ich letztens auf meiner Reise nach Augsburg erstanden. Es weist natürlich bei Weitem nicht die Qualität auf, die ich von Euch gewohnt bin. Aber schaut Euch mal die Angaben zum Drucker an.«

Sie nahm die Schrift entgegen und betrachtete die Titelseite genauer. Am unteren Ende standen lediglich ein Name, kaum erkennbar, und der Ort: die Stadt Augsburg. Kein auffälliges Signet, so wie sie es, mit dem Drachen und dem Siegeslamm, benutzte.

Einfach nur eine ganz normale Aneinanderreihung von Buchstaben. Sonst nichts.

Oswald begriff als Erster, worauf der Professor hinauswollte. »Wir sollen diesen Namen benutzen, um die Beamten auf eine falsche Fährte zu locken.« Den Prügel hatte er inzwischen beiseitegelegt und sich neben seine Mutter gestellt, um ihr über die Schulter sehen und die Schrift mustern zu können.

Leonhart Fuchs nickte. »Genau das möchte ich Euch ans Herz legen. Und macht Euch keine Sorgen um den Augsburger Drucker. Der hat mir selbst versichert, dass er die Stadt bald verlassen und gen Norden ziehen wird. Er will nach Wittenberg gehen, um dort direkt mit den großen Reformatoren zu arbeiten. Der Tübinger Stadtrat wird ihn somit nicht mehr in Augsburg antreffen, wenn er nach ihm sucht. Ihr schadet mit dieser kleinen Flunkerei also niemandem.« Er breitete die Hände aus und zuckte mit den Schultern, als ob er zeigen wollte, dass er nichts zu verbergen hatte. Als er jedoch merkte, dass Magdalena immer noch unschlüssig war, ließ er die Arme sinken und fuhr fort: »Ihr solltet allerdings hier und dort ein paar kleine Fehler einfügen und das Druckbild insgesamt etwas schmutziger erscheinen lassen. Sonst kommt man Euch am Ende doch noch auf die Schliche. Und Ihr müsst natürlich alle Spuren, die auf die Schrift verweisen, in Eurer Druckerei verschwinden lassen. Man darf kein einziges Blatt bei Euch finden. Am besten verbrennt Ihr auch sofort mein Manuskript, nachdem Ihr es gesetzt habt. Danach müsst Ihr nur noch eine Unschuldsmiene aufsetzen und sagen, dass Ihr von alledem nichts wisst.«

Aus seinem Mund hörte sich das alles sehr einfach an, doch würden sie es auch wirklich so einfach umsetzen können? Was, wenn sie einer beim Druck erwischte? Und wie wollten sie dieses Traktat überhaupt verteilen, ohne ihre Identität preiszugeben?

»Aber wie können wir es ungesehen unter die Leute bringen?«, fragte Magdalena nachdenklich.

»Im Schutze der Dunkelheit. Die Hauptsache ist doch, dass wir so viele Bewohner wie möglich retten.«

Magdalena war bei der Sache nicht ganz wohl. Sie war hin- und hergerissen. Einerseits war es höchste Zeit, dass in Tübingen endlich einmal verlässliche Nachrichten über die Seuche verbreitet wurden. Die Obrigkeit hüllte sich ja seit Wochen in Schweigen und gab keinerlei offizielle Angaben über das Geschehen heraus. Das befeuerte die Gerüchte natürlich umso mehr, weshalb auch bereits von tausend Toten gesprochen wurde – eine absurd hohe Zahl, aber es gab Leute, die sie trotzdem für wahr hielten. Andererseits wusste sie nicht, wie viel sie für dieses Traktat zu riskieren bereit war.

»Unter normalen Umständen wäre es äußerst riskant, das gebe ich zu. Aber ich habe vollstes Vertrauen in Euch, dass Ihr Euch dieser Sache annehmen könnt, ohne dadurch in Schwierigkeiten zu geraten. Vor allem jetzt, da der Stadtrat mit ganz anderen Problemen zu kämpfen hat.« Leonhart Fuchs nickte Magdalena aufmunternd zu. Es war schon seltsam – der Rektor der Universität stiftete sie dazu an, sich offensichtlich gegen die Ratsherren zu stellen. Das hatte sie nun wirklich nicht von ihm erwartet. Doch sie wusste, dass in solch schrecklichen Zeiten schnell gehandelt werden musste. Und da der Rat nicht handelte, stand in diesem Fall das Gemeinwohl über den Ratsbeschlüssen.

»Momentan haben die Herren der Stadt alle Hände voll zu tun mit der Pestilenz. Es gibt nicht genügend Totengräber, selbst die Verdopplung des Lohnes kann kaum einen dazu bewegen, diese Tätigkeit auszuführen«, argumentierte Fuchs weiter. »Alle haben viel zu große Angst, sich anzustecken. Dazu versinkt die Stadt im Unrat, und nun ist auch noch ein Geißelzug auf dem Weg hierher. Daher glaube ich kaum, dass der Rat größere Nachforschungen anstellen wird, was diesen Druck anbelangt.«

Seine Logik leuchtete sowohl Oswald als auch Moritz ein, doch

Jakob blieb skeptisch und sah zu seiner Mutter hinüber. Als diese sich immer noch nicht rührte, holte Leonhart Fuchs zu seinem letzten und seiner Meinung nach überzeugendsten Argument aus.

»Und natürlich soll es nicht umsonst sein.« Erneut griff er in seinen Umhang. Diesmal zog er einen prall gefüllten Beutel mit Münzen heraus. Magdalenas Augen weiteten sich. Mit diesem Geld könnten sie sich endlich wieder mehr leisten und müssten nicht mehr tagein, tagaus nur noch Kohlsuppe essen. Sie sah, wie Oswald neben ihr kurz davor war, nach dem Geld zu greifen. Doch mit einem strengen Blick hielt sie ihren Ältesten davon ab.

Dann holte sie tief Luft. »Nun gut, Herr Professor, wir werden das Traktat drucken.« Ein selbstzufriedenes Lächeln erschien auf dem Gesicht des älteren Mannes. Wieder einmal hatte sich sein Gegenüber genauso verhalten, wie er es wollte. Doch ihre starre Haltung verriet ihm, dass das letzte Wort in dieser Sache noch nicht gesprochen war. Langsam ließ er daher den Samtbeutel sinken und forderte sie dazu auf, weiterzusprechen.

»Aber nur unter einer Bedingung.« Sie blickte ihm direkt in die Augen, die sich nun zu kleinen Schlitzen verengten. Er neigte den Kopf und den Oberkörper unwillkürlich etwas nach hinten. Dann sagte sie so ruhig wie möglich: »Mein Sohn Georg leidet seit Wochen an einem schweren Husten, doch ich kann keinen Mediziner ausfindig machen, der ihm helfen will.« Besorgt blickte sie zur linken Seite des Feuers hinüber, wo Georg schlief. Er hatte am heutigen Tag kaum etwas zu sich genommen, für Magdalena eindeutig ein alarmierendes Zeichen. Letzte Woche hatte sie noch gedacht, dass er sich auf dem Weg der Besserung befand, doch inzwischen ging es ihm täglich schlechter.

Der Professor folgte ihrem Blick und trat zögernd etwas näher an den Kranken heran, beugte sich aber nicht zu ihm hinab, um ihn zu untersuchen. Ruhig umrundete er dessen Lager, bis er am Kopfende stehen blieb.

Magdalena stellte sich neben Leonhart Fuchs und fuhr fort: »Wenn wir ins Geschäft kommen sollen, werdet Ihr die nötigen Schritte in die Wege leiten, damit mein Sohn gleich morgen von einem Arzt behandelt wird.« Aus dem Augenwinkel heraus konnte sie sehen, wie ihr Gast seine Miene unwillig verzog. In seiner Ansprache an alle Universitätsverwandten vor einem Monat hatte er den Studenten und Gelehrten eigens ausdrücklich eingeschärft, nur dann Kontakt mit anderen Menschen zu haben, wenn es sich nicht vermeiden ließ – und gar keinen Kontakt, wenn diese bereits krank waren. Nur so könne man den Lauf der Seuche aufhalten. Seine Worte waren ihr noch gut im Gedächtnis.

Die Wendung des Gespräches gefiel dem Professor nicht. Mit zusammengezogenen Brauen blickte er abwechselnd zwischen Magdalena und ihrem Sohn hin und her. Doch etwas an ihrem Gesichtsausdruck verriet ihm, dass sie die Vervielfältigung des Traktats nicht wagen würde, wenn er nicht einen Schritt auf sie zuginge.

»Hat er dunkle Flecken auf seinem Körper?«, fragte er kühl, während er seinen Kopf reckte, um den auf seinem Strohlager zusammengerollten Georg genauer zu beschauen. Der junge Mann zitterte leicht, obwohl er im Gesicht hochrot war und ihm Schweißperlen auf der Stirn standen. »Als ich ihn heute Nachmittag gewaschen habe, habe ich keine gesehen«, antwortete Magdalena und kniete sich neben ihren Sohn. Sorgsam tupfte sie ihm den Schweiß ab und legte das Tuch dann wieder neben den Weinbecher, der auf dem Boden stand. Wenigstens trank er noch ab und zu, wenn er schon nicht aß. Als sie ihm sanft über das Haar strich, wimmerte er leise in seinem unruhigen Schlaf.

»Und wie sieht sein Harn aus? Seht Ihr dort eine Veränderung?«, vernahm sie die tiefe Stimme des Professors hinter sich.

»Nein, meines Wissens hat sich sein Harn nicht verfärbt. Aber seht selbst.« Mit ihrem linken Arm griff sie nach dem Nachttopf, der am unteren Ende des Lagers stand, und hielt ihn ihrem Gast hin. Doch der Professor schaute nur kurz hinein und zog sich dann in den Ladenbereich zurück. Dort setzte er sich auf einen der Schemel und überlegte, das Kinn in seine rechte Hand gestützt. Nach einer Weile kam er endlich zu einem Entschluss. Er stand abrupt auf. »Nun gut. Bringt ihn morgen Abend nach Anbruch der Dunkelheit zu mir ins Nonnenhaus am Ammerkanal. Ich werde mich ausnahmsweise selbst um ihn kümmern, obwohl mein rechtes Auge mir schwer zu schaffen macht. Aber sprecht mit niemandem darüber. Schließlich wollen wir doch nicht, dass jemand etwas über unser Abkommen herausfindet.«

Erleichtert streckte Magdalena ihm die Hand entgegen, um den Handel zu besiegeln, und wollte ihm schon überschwänglich danken. Doch er ignorierte ihre Geste und meinte mit einem Seitenblick auf Georg: »Für heute muss die mündliche Absprache genügen.« Dann legte er die beiden Schriftstücke sowie den Geldbeutel auf den Verkaufstisch, zog sich seinen Hut wieder tief ins Gesicht und bedeutete Oswald und Moritz, die ihm zur Tür vorausgeeilt waren, diese zu öffnen. Mit einem für sein fortgeschrittenes Alter erstaunlich schnellen Schritt verschwand er in der Dunkelheit und war schon nach kurzer Zeit nicht mehr zu sehen. Nachdenklich hatte Magdalena ihm noch hinterhergeblickt, bis sie seine Gestalt nicht mehr ausmachen konnte. Sie wusste, dass der Rektor mit diesem Handel nicht ganz zufrieden war, aber das nahm sie billigend in Kauf. Schließlich würde sie eine Menge für ihn riskieren.

Kapitel 63

Sie beschlossen am nächsten Morgen, die Vordertür der Druckerei nicht wie üblich zu öffnen. Da sich das Wetter immer noch nicht gebessert hatte und auch erneut starker Wind aufkam, würde die vorübergehende Schließung der Druckerei wohl niemandem besonders auffallen. Oswald setzte die Schrift des Professors gleich nach dem Verzehr der Frühstückssuppe, und bereits am späten Nachmittag hatten sie Hunderte der Traktate hergestellt. Magdalena nahm einen der noch leicht feuchten Bogen von der Leine und sah sich den Druck genau an. Ihr Sohn hatte tunlichst darauf geachtet, zwar einige zusätzliche Setzfehler einzubauen, um damit von der Druckerei Morhart abzulenken, gleichzeitig aber nur solche, die das Verständnis des Textes nicht erschwerten oder gar unmöglich machten. Denn was für einen Sinn hätte die ganze geheime Aktion, wenn die Leute danach den Sinn des Textes nicht verstehen würden und die Pest sich weiterhin ausbreitete?

In der nächsten Pause überlegte Magdalena zusammen mit ihren Söhnen, wie sie die Papiere am besten des Nachts unter die Leute bringen könnten. Meistens wurden Zettel mit Neuigkeiten aus dem Umland am Marktplatz ausgehängt oder in den Kirchen verteilt. Aber dabei war die Gefahr, erwischt zu werden, viel zu hoch. Daher entschieden sie sich für eine andere Methode – Magdalena, Moritz und Oswald würden nach Einbruch der Dunkelheit jeder Familie ein Blatt unter der Haustür hindurchschieben. Dafür müssten sie natürlich ungesehen durch die Stadt laufen können. Glücklicherweise lag Tübingen immer noch unter einer dichten

Wolkendecke, und nach wie vor windete es stark, sodass ihnen das Wetter und die Dunkelheit der Nacht genügend Schutz bieten würden.

Während sich Georg nach dem Abendmahl, gestützt auf die kleine Magda, auf den Weg zu Professor Fuchs machte, traf Magdalena mit Oswald und Moritz die letzten Vorbereitungen für ihren nächtlichen Plan. Sie zogen sich ihre wärmsten Sachen an und hofften, dass ihre Umhänge sie vor der kühlen Nässe draußen ausreichend schützen würden. Die Zettel teilten sie in drei Stapel auf und wickelten diese in besonders dickes Papier ein, damit die Schrift vom Regen nicht allzu sehr in Mitleidenschaft gezogen wurde. Als Georg mit seiner Schwester, kurz nachdem die Kirchenglocke Mitternacht geschlagen hatte, wieder nach Hause kam, kümmerte sich Magdalena noch kurz um den Kranken. Dann machte sie mit Jakob noch ein spezielles Klopfzeichen aus, damit er keinesfalls irrtümlich den Plünderern, die seit einigen Nächten ihr Unwesen in Tübingen trieben, die Tür öffnen würde.

Bevor sie über die Schwelle traten, nickte Magdalena ihren beiden Söhnen noch einmal kurz im schummrigen Licht des Hauses zu. Dann traten sie zu dritt hinaus und hörten, wie die Tür hinter ihnen von Jakob verriegelt wurde. Draußen war es so dunkel, dass sie kaum die Hand vor Augen sehen konnten. Ideale Voraussetzungen für ihr Vorhaben, aber auch nicht ganz ungefährlich. Magdalena sah ihren beiden Söhnen noch kurz nach, während sie die Burgsteige hinunterliefen. Oswald und Moritz würden sich die Unterstadt vornehmen, während sie den Häusern der Oberstadt einen Besuch abstattete. Allerdings würden alle drei sicherheitshalber einen großen Bogen um die Häuser machen, in denen noch Licht brannte oder aus denen Geräusche drangen, die auf Plünderer schließen ließen. Sie wollten das Schicksal nicht unnötig herausfordern. Zusätzlich würde Magdalena die Häuser der Ratsmitglieder meiden. Die Ratsherren würden zweifellos, auch ohne dass sie morgen das Traktat auf ihrer Türschwelle vorfänden, von den Maßnahmen gegen die Seuche erfahren, sei es, weil einige Städter ihnen davon berichteten, oder sie die Zettel bei einem ihrer Nachbarn sehen würden.

Magdalena wartete, bis ihre Söhne in der Nacht verschwunden waren, und ging dann ebenfalls die Burgsteige hinunter. Der raue Wind ließ ihren Umhang flattern, und der Regen tropfte stetig auf ihren Kopf und ihre Schultern. Sie begann bereits nach wenigen Schritten zu zittern und wusste nicht so recht, ob dies von der Kälte oder ihrem Gesetzesverstoß herrührte. Hoffentlich würden sie nicht erwischt werden! Mit ihrer Rechten hielt sie ihre Kapuze unter dem Kinn fest geschlossen und presste mit ihrer Linken die Traktate, die sie bei sich führte, fest an ihren Leib. So begab sie sich von Haustür zu Haustür, zog ein Blatt unter ihrem Umhang hervor und schob es durch den Türschlitz hindurch.

Am Ende der Straße hielt sie inne. In der Ferne konnte sie den dämmrigen Schimmer einer Laterne entdecken. Wer war das? Schnell zog sie sich in den engen Spalt zwischen zwei Häusern zurück und lugte vorsichtig um die Hausecke in die Richtung, in der sie das Licht gesehen hatte. Es kam immer näher. Magdalena drückte ihren Rücken fester an die Hauswand und glitt dann langsam und geräuschlos an ihr hinab, bis sie auf dem Boden kauerte. *Ich darf auf keinen Fall gesehen werden,* dachte sie unablässig. Aber vielleicht würde sie in dieser Stellung ja unentdeckt bleiben.

Die Laterne war nun nur noch einige Schritte von ihr entfernt. Sie wurde von einem großen Mann getragen, der sich bei diesem furchtbaren Wetter ebenfalls die Kapuze tief ins Gesicht gezogen hatte. Nur sein stoppeliges Kinn und seine dünnen Lippen waren zu sehen. Wahrscheinlich war es der Nachtwächter Josef, der gerade seine Runde durch die Stadt drehte, um sicherzustellen, dass sich niemand unerlaubterweise auf den Straßen und in den Gassen herumtrieb. Niemand wie sie!

Magdalena senkte ihren Kopf bis auf die Knie, damit der Lichtschein, schwenkte Josef seine Laterne Richtung Hausspalt, nicht sofort auf ihr Gesicht fallen würde. Der Nachtwächter war nun ganz dicht bei ihr. Sie konnte hören, wie sich seine Lampe im Wind hin und her bewegte. Und sie sah aus dem Augenwinkel heraus seine schweren dunklen Stiefel, die völlig verschmutzt waren, als er nun an dem Haus vorbeiging, an dessen Seitenwand sie hockte. Instinktiv schloss sie die Augen und betete, dass er sie nicht doch noch entdecken würde.

Und dann war es vorbei. Josef bog mit seiner Laterne gerade in die Kronengasse ein, als sie vorsichtig ihren Kopf aus der Häuserspalte herausstreckte, und war kurz danach aus ihrem Sichtfeld verschwunden. Doch erst als das Quietschen der rostigen Lampe nicht mehr zu hören war, wagte sie es, sich langsam wieder aufzurichten. Vom langen Kauern schmerzten ihr die Knie. Sie stützte sich am Mauerwerk ab und schüttelte erst das eine, dann das andere Bein aus. Wie gerne hätte sie gleich dem Nachtwächter jetzt eine Leuchte bei sich gehabt, denn die Nacht war rabenschwarz. Kein Stern war zu sehen. Sie spürte, wie etwas um ihre Beine herumhuschte und dann laut fiepte. Unwillkürlich schüttelte sie sich und wäre dabei fast hingefallen, konnte sich jedoch im letzten Moment noch an der rauen Wand festhalten. Dann tastete sie sich weiter von Haus zu Haus und schob die Zettel unter den schwach erleuchteten Ritzen der Türen hindurch.

Erst als der Morgen graute, hatte sie alle Zettel verteilt. Ihre Glieder schmerzten, und die Müdigkeit drohte sie jeden Moment zu übermannen. Mit letzter Kraft schleppte sie sich zurück in die Burgsteige, wo sie von Jakob empfangen wurde. Da er die Tür auf ihr Klopfen hin sofort öffnete, gelangte sie ungesehen ins Haus. Jakob hatte die ganze Nacht im Laden verbracht, um den drei Verschwörern bei ihrer Rückkehr sofort öffnen zu können. Im warmen Verkaufsraum zog sie sich den völlig durchnässten Umhang aus und ließ sich auf den Schemel vor dem Bücherregal sinken. Auf dem harten Holz zu sitzen, war eine wahre Wohltat, nachdem sie die ganze Nacht unterwegs gewesen war. Oswald und Moritz waren noch nicht zurück, und so gestattete sie sich, einen Moment die Augen zuzumachen. Sie musste wohl eingeschlafen sein, denn urplötzlich schreckte sie hoch. Helles Tageslicht drang durch das Fenster neben der Tür. Der Regen hatte endlich aufgehört, und die Wolken machten der Sonne Platz. Einen Augenblick war sie völlig orientierungslos, doch dann bemerkte sie, dass gerade die Tür geöffnet worden und Oswald hereingekommen war. Schweiß stand ihm auf der Stirn, und keuchend stützte er seine Hände auf den Oberschenkeln ab. Durch die noch offene Tür kam einige Herzschläge später auch Moritz gerannt und schlug sie mit einem Krachen zu. Er lehnte sich gegen das Türblatt und hielt sich die Seiten.

»Was ist denn mit euch passiert?« Magdalena war schlagartig hellwach und stand von ihrem Schemel auf. Die beiden rangen noch immer nach Luft, wechselten aber kurz einen spitzbübischen Blick. »Oje, das war knapp!«, schnaufte Moritz und schloss kurz die Augen vor Erschöpfung. »Ja, fast hätte er uns gehabt.« Oswald ging zum großen Verkaufstisch hinüber, stützte sich auf dessen Platte und ließ sich dann kraftlos auf den Schemel sinken, auf dem seine Mutter eben noch geschlafen hatte. Als er ihren fragenden Blick sah, ergänzte er: »Der Nachtwächter. Er hat uns gesehen.« *Oh nein! Das darf nicht wahr sein!* Magdalena zog hörbar die Luft ein.

Oswald setzte erneut an. »Moritz konnte sich zwar noch rechtzeitig verstecken, aber mich hat er bis zum Kornhaus gejagt. Erst da konnte ich ihn abschütteln.« Obwohl er immer noch japsend nach Atem rang, erschien ein Grinsen auf seinem Gesicht. »Bist du sicher, dass er euch nicht erkannt hat? Oder gesehen hat, wo du hingelaufen bist?« Magdalena konnte nicht verstehen, wie Oswald die Sache mit dem Nachtwächter auf die leichte Schulter nehmen konnte. Er wusste doch, was für sie alle auf dem Spiel stand.

»Beruhigt Euch, Mutter. Wir waren vorsichtig, er hat uns zwar gesehen, kann uns aber unmöglich erkannt haben. Ihr braucht Euch also nicht zu sorgen. Den Einzigen, den wir nun noch überzeugen müssen, dass wir nichts mit den Zetteln zu tun haben, ist der Vogt. Sein Besuch wird bestimmt nicht lange auf sich warten lassen.«

Seine Worte waren kein Trost für sie, denn auch er wusste, dass sie gegen ein Gesetz der Stadt verstoßen hatten. Obwohl sie eigentlich der Gerichtsbarkeit der Universität unterstanden, würde der Vogt in diesem Fall einschreiten, weil dieses schwere Vergehen die Stadt unmittelbar betraf. Magdalena erinnerte sich nur ungern an die Vorführung von Gesetzesbrechern, zum Beispiel der zwei Diebe, deren Zeuge sie geworden war. Sie wagte nicht, sich auszumalen, was das für sie und ihre Familie bedeuten würde. Hätte sie sich doch nur nicht von Professor Fuchs zum Druck des Traktates überreden lassen. Aber daran ließ sich nun nichts mehr ändern. Es blieb ihr nur noch zu hoffen, dass der Rest ihres Plans weniger aufregend verlaufen würde.

Tatsächlich suchte der Vogt, als der Nachmittag eingeläutet wurde, mit zwei seiner Gehilfen die Druckerei auf. »Sofort aufhören!«, schrie er herrisch über den Lärm der Presse hinweg. Gehorsam hielten Magdalena und Oswald die Presse an und traten dann den Männern entgegen. Georg war nach seinem nächtlichen Besuch bei Professor Fuchs tatsächlich wieder etwas zu Kräften gekommen. Der hatte ihm einen großen Krug Arznei mit nach Hause gegeben, die er weiterhin drei Mal täglich einnehmen sollte. Die Hände des Professors wirkten demnach also wirklich so heilsam, wie so manch einer in Tübingen es behauptete. Als die Männer hereinkamen, saß er gerade an dem großen Esstisch in der Ecke und schlürfte etwas Suppe.

Der Vogt beachtete den Kranken kaum. Er hielt einen zerknüllten Zettel in der ausgestreckten Hand und sagte mit gepresster Stimme: »Diese Zettel sind des Nachts überall verteilt worden. Da Ihr die einzige Druckerei in der Stadt seid, müssen sie von Euch sein. Wie kommt Ihr dazu, solch eine Publikation ohne Erlaubnis zu drucken?« Wie verabredet stellten sich alle ahnungslos. »Was für Zettel?«, fragte Oswald verblüfft und nahm dem Vogt das Blatt aus der Hand. Dann überflog er es, als würde er es zum ersten Mal in den Händen halten und prüfen, um was es bei diesem Druck überhaupt ging. Nach einer Weile schüttelte er den Kopf. »Das habe ich noch nie zuvor gesehen.« Er reichte den Zettel an seine Mutter weiter. »Nein«, sagte diese nach einer angemessenen Pause und schüttelte ebenfalls den Kopf. »Die Publikation ist nicht von uns. Sie ist ja auch von Fehlern übersät. So etwas würden wir niemals produzieren.«

Sie machte Anstalten, das Traktat an Moritz weiterzureichen, als sie plötzlich innehielt. Mit zusammengezogenen Brauen musterte sie das untere Ende des Blattes. Dann sagte sie langsam: »Aber Moment ... hier steht doch etwas zum Buchdrucker. Die Drucke sind von Hans Scheider in Augsburg hergestellt worden.« Ohne sich irgendetwas anmerken zu lassen, blickte sie den Vogt an. Nicht angriffslustig, nicht herausfordernd, sondern einfach so, wie es jemand täte, der mit dem Druck nichts zu tun hatte: unschuldig.

Sie sah, wie ihm das Blut in die Wangen stieg und sein Gesicht eine fast schon ungesunde lila-rötliche Färbung annahm. *Verlier jetzt bloß nicht die Fassung,* mahnte sie sich innerlich. *Du bist ohne Schuld. Du hast mit dieser Sache nichts zu tun!*

Der Vogt öffnete seinen Mund und brachte nur unter Mühen die nächsten Worte heraus, so sehr ärgerte er sich. »Und wie sind sie dann von Augsburg hierhergekommen? Geflogen?«

Einer seiner beiden Begleiter kicherte unwillkürlich in sich hinein. Er war deutlich kleiner als der Vogt und hielt sich seine Hand vor den Mund, während er versuchte, die Kontrolle über seine Mimik zurückzuerlangen. Es gelang ihm erst, als sein Kamerad ihn scharf ansah.

Aber Magdalena ließ sich vom Vogt nicht provozieren: »Wahrscheinlich hat sie jemand von seiner Reise mitgebracht und dann hier verteilt. Vielleicht einer dieser Wunderheiler. Ich weiß es nicht.« Sie zuckte betont ruhig die Schultern und gab ihm dann den Zettel zurück. Bloß nicht zu viele Hinweise geben, das erweckt sonst den Eindruck, als hättest du dir schon vorab die passenden Argumente zurechtgelegt, hatte sie ihren Söhnen vorher noch eingebläut. Nun musste sie sich selbst daran halten.

Doch so leicht gab sich der Vogt nicht geschlagen. Sein Blick fiel auf das Lager neben dem Verkaufsraum, in dem sich die Papierstapel türmten. Ohne ein weiteres Wort mit der Druckerin zu wechseln, streckte er den Zeigefinger aus und deutete auf den Raum. »Sucht alles ab«, wies er seine Männer knapp an. Die machten sich unverzüglich an die Arbeit. Sie durchwühlten die verschiedenen Stapel und richteten ein furchtbares Durcheinander an. Aber sie fanden nur die zahllosen Bogen des Landrechts. Hilflos ließen sie die Bogen sinken und trotteten dann unverrichteter Dinge zurück zum Vogt, der sich noch einmal prüfend in der Druckerei umsah. Mit seinen Augen erkundete er jeden Winkel des Produktionsraums. Er ging sogar zur Feuerstelle und stocherte in der Glut herum. Doch die Reste des Manuskripts waren dort schon vor Stunden zu Asche zerfallen.

Er wollte seinen Männern gerade den Befehl zu gehen erteilen, als er plötzlich innehielt. Dann drehte er sich um und sah die Stiege hinauf. »Habt Ihr nicht auch eine Tochter, Witwe Morhart?«, sagte er langsam, während sich auf seinem Gesicht ein triumphierendes Lächeln abzeichnete.

Magdalena lief es eiskalt den Rücken hinunter. Sie wusste, worauf er hinauswollte. »Ja, meine Tochter ist oben.« Vorsichtshalber hatte Magdalena ihrer Jüngsten heute aufgetragen, einige Aufgaben an dem kleinen Tisch im Trockenraum zu verrichten, damit sie beim Besuch des Vogtes nicht dabei war. Sie wollte nicht riskieren, dass sich das Mädchen verplapperte. Die Kleine war noch zu jung und unbedacht, um zu verstehen, was sie damit anrichten konnte.

»Dann ruft sie.« Die Stimme des Vogtes stellte unmissverständlich klar, dass sie seiner Anordnung besser Folge leisten sollte. Magdalena suchte fieberhaft nach einer Ausrede, warum er nicht mit Magda sprechen konnte. Aber ihr fiel ärgerlicherweise nichts ein. Sie wusste auch, dass sie sich damit nur verdächtig machen würde. Ihre Unentschlossenheit war ihr wohl anzumerken, denn ihr unangenehmer Gast legte augenblicklich nach.

»Sofort«, forderte er, wobei das Grinsen auf seinem Gesicht immer breiter wurde. Seine beiden Gehilfen, die hinter ihm standen, schienen jedoch nicht zu wissen, auf was er hinauswollte. Derjenige, der soeben noch gekichert hatte, warf dem anderen einen fragenden Blick zu, entschied sich dann aber dazu, nicht genauer nachzuhaken.

Wie erstarrt ging Magdalena auf den unteren Stiegenabsatz zu und rief nach ihrer Tochter. Als sie sich wieder zum Vogt umdrehte, sah sie hinter ihm die blassen Gesichter ihrer Söhne. Sie wussten ebenfalls, dass nun alles von der Kleinen abhing. Das Mädchen müsste nur etwas Unachtsames sagen, schon wäre das Geheimnis um das verbotene Traktat gelüftet, und alles wäre aus. Hätten sie sich doch bloß nicht auf dieses Wagnis eingelassen! Magdalena haderte schwer mit sich, denn in diesem Fall hatte ihre mütterliche Sorge um Georg ihre Bedenken als Geschäftsfrau eindeutig überlagert. Im günstigsten Fall müssten sie eine hohe Strafe bezahlen, die ihren Betrieb zum jetzigen Zeitpunkt endgültig ruinieren würde. Wahrscheinlicher war aber, dass mindestens einer von ihnen bei Wasser und Brot in den Karzer müsste. Im schlimmsten Falle würden sie jedoch alle wie der Drucker Hans Wehrlich der Stadt verwiesen werden, der einst in Stuttgart unerlaubterweise Luthers Pamphlete nachgedruckt hatte. Das Schicksal der gesamten Familie lag nun in den Händen von Magda.

Das Mädchen hielt sich am Geländer fest, während es nun Stufe für Stufe die Stiege herunterkam. Als Magda den Vogt und seine Gehilfen erblickte, blieb sie kurz stehen und schaute ängstlich zu ihrer Mutter. Dann ging sie langsam weiter, bis sie unten war und sich sofort neben Magdalena stellte. Der Vogt kam mit großen Schritten auf sie zu und kniete sich vor ihr nieder. »Nun, mein Kind«, sagte er übertrieben freundlich und hielt ihr den Druck hin. »Hast du dies hier schon einmal gesehen? Vielleicht hier in der Druckerei?« Er sah kurz zu Magdalena hinauf, die steif neben ihrer Tochter stand. Wenn sie ihr doch irgendwie zu verstehen geben könnte, dass sie nun auf keinen Fall etwas über das Traktat sagen durfte. Sie spürte, wie die Kleine neben ihr ihr Gewicht unruhig von einem Bein aufs andere verlagerte. *Bitte, Kind, bitte sag nichts!*, flüsterte sie ihr in Gedanken zu. Magda sah abwechselnd zu ihrer Mutter, zum Vogt und zu ihren Brüdern. Sie schien zu spüren, dass vieles von ihrer Antwort abhing. Aber sie wusste nicht, was sie sagen sollte, um ihrer Familie zu helfen.

Dann geschah etwas Unerwartetes. Georg wurde plötzlich von einem heftigen Hustenanfall ergriffen. Für einen winzigen Augenblick war der Vogt abgelenkt und sah zum Tisch hinüber, an dem der Kranke kauerte. Auch seine Gehilfen blickten in Georgs Richtung und traten furchtsam schnell zwei Schritte zurück. Selbst Magdalena war abgelenkt und kurz davor, zu ihrem Sohn zu gehen. Nur Oswald reagierte blitzschnell. Er sah weiterhin das kleine verängstigte Mädchen an und schüttelte dabei fast unmerklich den Kopf. Die Bewegung dauerte nur einen Lidschlag und war kaum wahrnehmbar, aber die Kleine hatte sie gesehen. Nun wusste sie, was sie zu tun hatte.

Als sich Georg wieder erholt hatte, tat Magda einen tiefen Atemzug und sah dem unangenehmen Mann vor sich direkt ins Gesicht. Mit lauter Stimme stieß sie nun ein kurzes, aber wirkungsvolles »Nein« aus und verschränkte ihre kleinen Ärmchen vor der Brust. Im Hintergrund sah sie, wie sich Oswalds besorgte Miene etwas entspannte.

Für einen Moment war der Vogt sprachlos. Er war sich doch so sicher gewesen, dass dieses verdammte Traktat in der Morhart'schen Druckerei hergestellt worden war! Und nun sollte es tatsächlich aus Augsburg stammen? Langsam begann er zu zweifeln. Doch er wollte noch nicht aufgeben. Mit einer schnellen Handbewegung hielt er ihr den Druck nun unmittelbar vor das kindliche Gesicht. »Bist du wirklich sicher, dass du dieses Blatt noch nie gesehen hast?«, fragte er noch einmal. Sein freundlicher Tonfall war nun gänzlich verschwunden.

Magda drückte sich noch näher an die Mutter. Sie mochte den garstigen Mann vor sich nicht und wollte, dass er aufhörte, ihr Fragen zu stellen. Magdalena legte schützend den Arm um ihre zitternde Tochter. »Ihr macht dem Mädchen Angst, Herr Vogt«, sagte sie und schob Magda hinter sich. »Habt Ihr nichts Besseres zu tun, als Kinder zu erschrecken? Ganz Tübingen leidet unter der Pestilenz und braucht Eure Hilfe, Ihr aber wollt uns für etwas bestrafen, das wir nicht getan haben.«

Abrupt richtete sich der Mann auf und sah sie erbost an. Ihm lag schon eine passende Antwort auf der Zunge. Doch dann begann es, in ihm zu arbeiten. Er hatte tatsächlich noch eine ganze Reihe anderer Dinge zu erledigen, die alle deutlich dringlicher waren als dieses verbotene Traktat. Aber er hätte es dieser Frau, die sich anmaßte, wie ein Meister diese Druckerei zu leiten, und die inzwischen viele Tübinger gegen sich aufgebracht hatte, so gerne noch gezeigt. Nur leider hatte er nichts gefunden, was er ihr zur Last legen konnte.

Schließlich erkannte er seine Niederlage an, drehte sich auf dem Absatz um und verließ mit seinen Gehilfen, ohne ein weiteres Wort zu verlieren, die Druckerei. Als der letzte der drei Männer die Tür hinter sich geschlossen hatte, atmeten alle erleichtert auf. Oswald umarmte seine kleine Schwester stürmisch und hob sie zu sich hoch. Das Mädchen vergrub sein Gesicht tief in seiner Halsbeuge. Magdalena ließ sich auf die unterste Stufe der Stiege sinken und stützte ihren Kopf in die Hände. Sie konnte nicht glauben, dass sie gerade noch einmal alle davongekommen waren, und sandte ein schnelles Stoßgebet gen Himmel. *Gott meint es gut mit uns,* dachte sie, während ihr vor Erleichterung die Tränen über die Wangen liefen. *Wir haben es tatsächlich geschafft!*

Kapitel 64

Trotz Annas gutem Rat, die feuchten und gewellten Bogen zwischen Filz zu legen und danach über Nacht mit den Setzkästen zu beschweren, war es Magdalena und ihren Söhnen nicht möglich, alle dreitausend Bogen, die betroffen waren, bis zur zweiten Kontrolle vorzeigbar zu machen. Zwar hatte Cordula den zusätzlichen Filz, den sie fürs Trocknen der Bogen unbedingt brauchten, noch rechtzeitig für sie gekauft. Aber um alle trocknen zu können, fehlte ihnen einfach die Zeit. Daher mussten sie sich zusätzlich noch etwas einfallen lassen.

Moritz schlug vor, die noch welligen Bogen auf einige der mittlerweile dreißig Stapel zu verteilen, und zwar hauptsächlich auf die mittleren, denn der Pedell hatte bei seinem ersten Besuch nur Stichproben von den vordersten und letzten Stapeln genommen. Dennoch war es gefährlich, auch wenn die Stapel – nun wieder verpackt und verschnürt – rein äußerlich nichts von ihrem nicht ganz einwandfreien Inhalt erkennen ließen. Sie mussten also als weitere Maßnahme versuchen, ihn während des Prüfvorgangs möglichst unauffällig mit einem anderen Thema abzulenken.

Magdalena wusste inzwischen nicht mehr, wo sie anfangen und wo sie aufhören sollte. Um sie herum gab es nur noch Probleme, und sie wusste nicht, wie lange sie alldem noch standhalten konnte. Darüber hinaus begannen mehr und mehr Tübinger, die Stadt zu verlassen, und Magdalena ertappte sich dabei, dass sie sie darum beneidete. Auch sie hätte liebend gern mehrere Tagesreisen Abstand zwischen sich und Tübingen gebracht, doch sie musste wegen ihrer Kinder durchhalten – wenigstens so lange, bis das Landrecht gedruckt war.

Als der Pedell schließlich kam, konnten besonders Moritz und Georg ihre Unruhe kaum verbergen. Daher übernahm Magdalena den ersten Teil der Unterhaltung. Ihr lag natürlich sehr daran, Eberhard den Eindruck zu vermitteln, dass sie durchaus in der Lage war, das Landrecht im vorgegebenen Zeitrahmen zu drucken. Insofern betonte sie ihre Rolle als erfahrene Geschäftsfrau.

»Gott zum Gruße, Herr Pedell«, begrüßte sie ihn gleich mit seinem Titel. »Wie Ihr seht, haben wir auch diesmal unsere Pflicht erfüllt und alle Bogen gedruckt. Glücklicherweise waren die Setzer fleißig und die Pressen ständig im Einsatz. Im Grunde lief alles genauso gut wie beim letzten Mal, und deshalb sind wir auch sehr stolz, Euch das Ergebnis präsentieren zu können.« *Ich höre mich ja fast schon wie der junge Drucker in Straßburg an, den ich damals wegen seines selbstsicheren Auftretens so bewundert habe,* dachte Magdalena und spürte Zuversicht in sich aufsteigen.

Was Magdalena nicht wusste, war, dass der Pedell zuletzt von ihrem Stiefsohn Ulrich angeschrien worden war, als er diesem, auf dessen Wunsch hin, das Ergebnis der letzten Kontrolle überbracht hatte. Ulrich war außer sich vor Wut gewesen, dass es Magdalena geschafft hatte, die von ihr geforderte Anzahl der Bogen zu drucken. Damit war sein Traum, die Druckerei im Handumdrehen übernehmen zu können, in weite Ferne gerückt. Eberhard wiederum hatte nach diesem Zwischenfall nur mehr wenig Interesse, Ulrich weiterhin über die Fortschritte des Landrechtdrucks zu informieren.

Als er nun wie erwartet einige der ersten Stapel aufschnitt und prüfte, seufzte er plötzlich und setzte sich dann auf den Boden. »Wer weiß schon, wie es mit uns allen noch ausgeht«, meinte er unvermittelt und überraschend menschlich. »Die Pestilenz greift immer weiter um sich. Alle, die können, fliehen, so schnell sie ihre Beine tragen.« Die Seuche schien ihn sehr zu beschäftigen, und er wirkte zu Magdalenas Erstaunen aufrichtig besorgt. So kannte man ihn in der Druckerei bislang gar nicht, und die Männer wechselten schnell einen flüchtigen Blick untereinander. Da dies aber genau eins der Themen war, mit dem sie ihn hatten ablenken wollen, damit er seine Kontrolle nicht gar so gründlich durchführte, fragte Magdalena ihn mitleidsvoll: »Ist es denn so schlimm?«

»Ach, Rektor Fuchs würde lieber heute als morgen gehen, aber die Bezahlung des Umzuges ist weiterhin ungeklärt.«

»Wieso denn das?«, übernahm nun Georg, der zwar immer noch geschwächt war, sich aber trotzdem nicht davon abhalten ließ, wieder beim Drucken mitzuhelfen.

»Wie Euch Eure Mutter nach der letzten Versammlung wahrscheinlich berichtet haben wird, muss die Universität bei einer Flucht den Umzug selbst bezahlen. So viel Geld haben wir aber nicht. Und wer weiß, ob der Ort, den wir uns aussuchen, dann auch wirklich vor der Pestilenz sicher ist. Zum Glück hat wenigstens das Traktat, welches letztens des Nachts verteilt wurde, die Zahl der Ansteckungen verringert und sogar einige Leben gerettet. Dennoch wird auf lange Sicht gesehen nur die Flucht helfen.«

»Ach, das wussten wir bislang nicht. Wie schrecklich, hierbleiben zu müssen und nicht zu wissen, ob man den Ausbruch der Pestilenz überlebt.« Oswalds Mitleid war nicht gespielt. Denn ihnen erging es ja nicht anders als Eberhard. Auch sie mussten bleiben, um das Landrecht fertig zu drucken. Auch wenn sie damit riskierten, sich mit der Seuche zu infizieren.

Etwas fahrig zählte der Pedell nun die restlichen Stapel, ohne sie jedoch zu öffnen. »Ich denke, Ihr habt Euer Soll erfüllt«, meinte er schließlich. »Ich werde es dem Senat melden. Das nächste Mal komme ich erst zu Beginn des Januars – nach dem Neujahrstag. Möge Gott uns allen gnädig sein.« Und mit diesen Worten verließ er die Druckerei ebenso schnell, wie er zuvor gekommen war.

Kaum war er außer Hörweite, als sich bei den Anwesenden große Erleichterung breitmachte. Ihre kleine Betrügerei war nicht entdeckt worden. Jedoch hatte das Gespräch über die Pestilenz die Familie beunruhigt, vor allem, da Eberhard seine Arbeit so ungewöhnlich ungenau verrichtet hatte, und keiner von ihnen wusste, ob die Seuche ihn nicht auch erwischte. Solange man keine Gewissheit hatte, wie sich die Ansteckung verhindern ließ oder wie man sich im Falle einer Erkrankung verhalten sollte, so lange bestand auch immer und überall Lebensgefahr.

Kapitel 65

Als sich der nächste Sonntag näherte, verspürte Magdalena ein ungutes Gefühl. Die letzte Predigt war ihr noch in bester Erinnerung. Zunächst hatte der Pfarrer seine Schäflein wie immer ermahnt. Sie sollten die neue Bibel studieren, meinte er, damit sie sich vom alten Glauben lösen könnten. Eine neue Zeit sei angebrochen und die heutige Welt eine andere. Und auch diesmal hatte er wieder von den Ketten des Irrglaubens und der päpstlichen Knechtschaft gesprochen, von denen man sich unter allen Umständen befreien müsse. Daraufhin aber – und dies war neu gewesen – war die Verdammung erfolgreicher Frauen gefolgt, die die Arbeit eines Mannes verrichteten und damit Gottes Zorn auslösten – für alle erkennbar am Ausbruch der Seuche. Worauf ein großer Teil der Gemeinde Magdalena beschimpft und sie die Kirche vorzeitig verlassen hatte.

Dennoch musste Magdalena auch diese Woche ihre Sonntagspflicht nach den strengen Gesetzen des Herzogs erfüllen, und so traf sie mit ihren Söhnen kurz vor Beginn des Gottesdienstes ein und setzte sich – mit tief ins Gesicht gezogener Haube – in eine der letzten Bänke im Seitenschiff nahe der Tür. Der Pfarrer hatte diesmal jedoch ein anderes Thema gewählt, über das er leidenschaftlich predigte. Doch nach dem Gottesdienst begann das Spießrutenlaufen für Magdalena erneut – noch schlimmer, als sie gedacht hatte –, denn dieses Mal war die Menge noch aufgebrachter als beim letzten Kirchgang. Einige ältere Männer ballten sogar die Hände zu Fäusten und drohten der Buchdruckerin offen. Frauen kreischten, sie solle endlich die Stadt verlassen und den Fluch von ihnen nehmen, und wären Oswald und Georg nicht gewesen, die sie zu ihrem Schutz zwischen sich nahmen, wäre sie sicherlich schweren Hieben ausgesetzt gewesen. Auch so schlug und trat man nach ihr und versuchte, ihr ins Gesicht zu spucken. Magdalena zog zitternd ihre Haube noch weiter nach vorn und hielt sich schützend beide Hände vors Gesicht. Sie betete, dass es bald vorbei wäre. Nur knapp entkamen die drei der wütenden Menge.

»Da braut sich allerhand zusammen, Mutter«, meinte Georg besorgt, als sie endlich in ihrem Haus in der Burgsteige angekommen waren. »Ihr solltet das Haus nicht mehr ohne Begleitung verlassen.«

»Einkaufen könnt Ihr sowieso nicht mehr, ohne beschimpft und belästigt zu werden, und wenn Ihr jemanden sprechen wollt, muss der Betreffende eben in die Druckerei kommen.« Oswald stimmte seinem Bruder zu, legte ihr zum Zeichen dafür die Hand auf die Schulter und nickte stumm. Auch er wirkte bedrückt. Georgs Vorschlag gefiel Magdalena ganz und gar nicht, bedeutete er doch, dass sie wie eine Gefangene leben musste. Sie fühlte, wie der Ärger in ihr aufstieg. Und obwohl sie eine gottesfürchtige Frau war, ertappte sie sich dabei, dass sie insgeheim betete, die Seuche möge diejenigen treffen, die sie so offen beleidigten und ihr unrecht taten.

An einem der nächsten Tage kam die treue Cordula vorbei, um der Familie Viktualien zu bringen. Wie immer hatte sie auch die neuesten Neuigkeiten im Gepäck, nach denen sich Magdalena umso mehr sehnte, als sie nun zu einem Leben in Abgeschiedenheit verdammt war. »Ich habe diesmal sehr viel mehr Geld für die Viktualien ausgeben müssen«, berichtete die Freundin. »Viele Händler kommen wegen der Pestilenz nicht mehr in die Stadt. Und die, die noch kommen, haben ihre Preise kräftig erhöht. Mittlerweile sind Fisch, Wein, Tuch und Holz sehr knapp geworden. Wir haben also die Wahl: Entweder wir sterben an der Pestilenz, oder wir verhungern«, sagte sie düster.

»Vielleicht gibt es ja noch Hoffnung«, meinte Magdalena nachdenklich. »Wenn auch die Lösung nicht in unserem Sinne sein kann.«

»Nämlich?«, fragte Cordula gespannt.

»Nun, wenn die Universität wegzieht, sind weniger Menschen in der Stadt, und dann werden die Preise hoffentlich wieder sinken. Aber was ist Tübingen ohne Universität? Sie verschafft vielen Menschen Arbeit – auch uns.«

»Nun, noch ist es ja nicht so weit. Ich habe von meinem geliebten Gatten jedenfalls noch nicht gehört, dass die Universität zu einer Entscheidung gekommen wäre.«

»Dann bleibt alles so, wie es ist, und wir müssen uns wegen der hohen Preise eben etwas einschränken. Aber genug der düsteren Überlegungen«, sagte Magdalena und klopfte Cordula auf den Rücken. »Wir haben schon Schlimmeres überstanden.« Ihre aufmunternden Worte waren nicht nur an die Freundin gerichtet, sie wollte damit auch sich selbst Mut machen.

Die nächsten Tage zeigten aber, dass Magdalena, auch wenn sie sich nicht außerhalb der Werkstatt zeigte, trotzdem nicht vor Anfeindungen sicher war. Eines Morgens zog ein widerlicher Geruch durch die Druckerei: Jemand hatte Schweineexkremente an die Fenster geschmiert. An einem anderen Tag lag ein großer Misthaufen vor der Tür des Verkaufsraums, und an einem dritten hatte jemand ein geköpftes Huhn an die Tür genagelt. Magdalena ließ sich nichts anmerken und beseitigte die Schmähungen, noch bevor sie ihre Kinder zu Gesicht bekamen. Aber ihre Gebete, die Übeltäter möchten der Pestilenz zum Opfer fallen, wurden immer inständiger.

Kapitel 66

Magdalenas Gefühle, die Pestilenz betreffend, waren durchaus zwiespältig. Zugegeben, es war eine Seuche, die immer wieder ausbrach. Die immer wieder Hunderte von Toten forderte. Die jedoch auch von vielen Menschen überlebt wurde. Und das gab ihr Hoffnung. Wie man dieser Seuche am besten begegnete, beziehungsweise ihr sogar entkam, war jedoch umstritten. Viele Menschen glaubten, dass man sich durch den Genuss bestimmter Pflanzen gegen die Ansteckung schützen konnte, oder dass die Verwendung von Öl die Geister abtötete, die angeblich die Pestilenz übertrugen. Magdalena hielt dies aber für Humbug.

Die Hilfsmittel, die Professor Fuchs in seinem Traktat gegen die Pest genannt hatte, erwiesen sich dagegen als äußerst hilfreich, doch hielten sich nicht alle Bewohner Tübingens daran. Die einen misstrauten der Schrift, die ohne Angaben zum Verfasser erschienen war, die anderen bewerteten sie als eine weitere Scharlatanerie. So wie eine von Magdalenas Nachbarinnen, die ihre an der Pest erkrankte Mutter gepflegt, sich dabei aber nicht an die Hinweise des Traktats gehalten hatte. Kurze Zeit später war sie selbst an der Seuche erkrankt und gestorben. Für Magdalena hieß dies nichts anderes, als dass man jeden Kontakt mit an der Pestilenz Erkrankten vermeiden musste. Zumal man auch nicht genau wusste, wer sich von den noch gesund Wirkenden bereits angesteckt hatte. Denn nicht alle Kranken wiesen die für die Pest typischen schwarzen Beulen an Körper und Händen auf. Insofern hatte Magdalena ihren Kindern jedwedes Zusammentreffen mit den Bewohnern Tübingens untersagt. Moritz ging dementsprechend nicht mehr in die Schule, und auch seine älteren Geschwister bekamen dadurch nicht mehr mit, wie sehr Magdalena inzwischen von den meisten Einwohnern gehasst wurde.

Der von Professor Fuchs angesprochene Geißelzug traf schließlich in Tübingen ein. Er bestand aus Flagellanten, die sich auspeitschten, um für die Sünden der Welt um Vergebung zu bitten und dadurch der göttlichen Strafe zu entgehen. Vom Fenster des Trockenraumes aus boten sie einen gruseligen Anblick. Sie ließen unter eintönigen Gesängen und Klagerufen die Peitschen auf ihre Rücken klatschen, bis ihre Hemden zerrissen und blutverschmiert waren. Und selbst dann hörten sie nicht auf.

Magdalena konnte kaum noch hinsehen und hoffte, dass der Bußakt dieser Menschen auch den gewünschten Erfolg haben möge. Der Zug, der momentan durch Tübingen ging, bestand aus gut einem Dutzend magerer Gestalten, deren Köpfe wie Totenschädel aussahen. Ihre Lederpeitschen waren blutverkrustet, und sie wankten im gleichen Schritt durch die Gassen, als würden sie von einem unsichtbaren Faden gezogen. Die kleine Magda war entsetzt und verbarg sich hinter dem Rücken ihrer Mutter. An den nächsten Tagen betete sie besonders lang und ausführlich. Die Selbstgeißelung der ausgemergelten Gestalten bis aufs Blut hatte sie tief erschüttert.

Kapitel 67

»Wie haben die Leute die Zeichen an der Druckerei denn aufgenommen, Ulrich?«, fragte Katharina eines Abends ihren Mann, während sie seine Hose flickte. Der dreimonatige Johann war gerade neben seiner Schwester eingeschlafen, und im Haus war eine wohltuende Ruhe eingekehrt. Ulrich nahm einen großen Schluck aus seinem Krug und starrte auf den Tisch. »Eigentlich hast du damit deutlich genug gemacht, dass dort eine Hexe haust. Am widerlichsten fand ich das Blut, das du eines Nachts überall verspritzt hast.« Sie schüttelte sich. »Bestimmt hat sich doch wenigstens die alte Therese ihren Reim darauf machen können? Oder musstest du sogar sie noch darauf hinweisen?« Katharina genoss die Vorstellung einer zu Tode erschreckten Magdalena in vollen Zügen. Zufrieden stach sie die Nadel immer wieder durch den Stoff, als würde sie damit die vermaledeite Buchdruckerin durchbohren.

»Nichts ist bekannt geworden«, brummte Ulrich und starrte in seinen Krug. Langsam drehte er ihn in seiner Hand. »Sie müssen alles gleich in aller Herrgottsfrüh wieder entfernt und gesäubert haben. Ich habe zwar unseren Bekannten von den Zeichen erzählt, aber beweisen konnte ich nichts. Sie entkommt mir immer wieder.« Verärgert stellte er den Krug mit einem Knall auf den Tisch. Dass er die Druckerei noch immer nicht leitete und sich und seine Familie stattdessen mit niedrigen Knechtsarbeiten über Wasser halten musste, ärgerte ihn gewaltig. Der kleine Johann öffnete beim Aufschlagen des Krugs auf die Tischplatte kurz die Augen, schlief aber zur Erleichterung seiner Mutter bald darauf wieder ein.

»Eine Schande!«, pflichtete sie ihm bei und ließ die Hose in ihrer Hand verärgert sinken. »Dir, dem besten Drucker von allen, hat sie die Druckerei weggenommen und dich sogar vor die Tür gesetzt; dich um deinen Arbeitsplatz gebracht, obwohl du eine kleine Tochter hast und ich mit deinem Sohn schwanger war. Sie hat also sozusagen eine Familie dem Hungertod ausgesetzt. Und mithilfe des Teufels hat sie immer wieder Männer gefunden, die ihr beim Drucken geholfen haben, und jetzt schafft sie es wahrscheinlich auch noch, das Landrecht rechtzeitig abzuliefern und damit die Druckerei für immer in ihren Besitz zu bringen!« Um ihre Kinder nicht aufzuwecken, hatte Katharina mit gedämpfter Stimme gesprochen. Nun war ihr Flüstern zu einem bösartigen Zischen geworden. Mit ihren dünnen Fingern griff sie nach Ulrichs Unterarm. »Du musst dich wehren! Kannst du denn gar nichts mehr tun, Ulrich?«

»Ich habe ihr doch schon eine Menge Steine in den Weg gelegt. Aber nichts hat geholfen«, verteidigte er sich und zog seinen Arm weg.

»Nun gut, Ulrich.« Katharina lehnte sich in ihrem Stuhl zurück, verschränkte die Arme und dachte nach. Während das Feuer im Ofen knisterte, kamen ihr mehrere Gedanken, wie sie Magdalena schaden könnte, doch nichts war auf die Schnelle umsetzbar. Auch Ulrich zerbrach sich den Kopf und trommelte geistesabwesend mit seinen Fingern auf dem Holztisch. Doch auch seine Überlegungen führten zu nichts. Nach einer Weile stand Katharina schließlich auf und stellte sich hinter ihren Mann, um ihm die Hände auf die breiten Schultern zu legen.

»Gut. Dann müssen wir uns für den Moment also geschlagen geben. Es sieht so aus, als hätte sie uns besiegt.« Ulrich heulte auf, aber Katharina massierte seine Schultern. »Wir verlassen Tübingen, aber wir kommen wieder! Und dann werden wir uns für all das rächen, was sie dir angetan hat.« Sie tätschelte seine Arme. »Sieh mal, im Augenblick verdienst du nicht viel, und unsere Vorräte sind fast aufgebraucht. Zu allem Übel können wir wegen der ständig steigenden Preise auch kaum mehr Viktualien erstehen. Und die Pestilenz fordert immer mehr Opfer.« Ulrich war ungewöhnlich schweigsam und ließ den Kopf hängen. Er wusste, dass Katharina recht hatte und sie momentan nichts ausrichten konnten.

»Auch andere werden Tübingen verlassen. Irgendwann sogar deine Stiefmutter. Dann werden die Plünderer kommen und auch vor der Druckerei keinen Halt machen.«

Ulrich hob langsam den Kopf.

»Sie werden stehlen und zerstören, und Magdalena wird einen schweren Stand haben, ganz gleich, ob sie dageblieben oder schon fortgezogen ist.« Mit Genugtuung setzte sich Katharina wieder auf ihren Platz und sah, als sie ihrem Mann unverwandt ins Gesicht sah, dessen Augen plötzlich voller Schadenfreude aufleuchten. Er stellte sich vor, wie seine Stiefmutter vor dem Nichts stand, und ein böses Lächeln umspielte seine Lippen.

»Jaaaa!«, freute er sich.

Froh, ihn aus seiner Schwermut gerissen zu haben, fuhr sie fort: »Du, mein Lieber, wirst indes tüchtig arbeiten und viel Geld verdienen. Außerdem wirst du versuchen, viele Handwerker zu treffen, die es dir ermöglichen, gute Holzschnitte in deine Bücher einzufügen. Damit kannst du die Hexe hoffentlich aus dem Geschäft drängen.« Ulrich war inzwischen wieder zum Leben erwacht und sah seine glänzende Zukunft anscheinend schon deutlich vor sich liegen. »Ich werde als gemachter Mann nach Tübingen zurückkehren und eine eigene Druckerei eröffnen«, sagte er zuversichtlich. »Die Leute werden zu mir kommen, weil ich die schönsten Bücher von allen anbiete. Ich werde ein Dutzend Lehrlinge beschäftigen und Magdalena – sollte sie denn noch immer eine Druckerei betreiben – samt ihrer unfähigen Brut aus dem Geschäft drängen.« Er klatschte in die Hände.

»Das ist mein Ulrich«, sagte seine Frau stolz. »So machen wir es. Und jetzt überlegen wir uns, was wir von unserem Besitz alles mitnehmen können.«

Kapitel 68

Es war kurz nach der Mittagspause, als Cordula in die Druckerei gestürmt kam. Oswald und Georg bedienten gerade die Pressen, Magdalena legte die bedruckten Bogen zusammen. Die Studenten würden heute erst nach den Vorlesungen zu ihnen kommen. Die kleine Magda fegte gerade den Boden. Sie bekam zum Glück mit Ausnahme des Flagellanten-Zugs nicht viel von der Aufregung mit, die ganz Tübingen erfasst hatte. Noch bevor Magdalena ihren Gast begrüßen konnte, platzte Cordula aber schon heraus. »Wisst ihr, wer gerade Tübingen verlassen hat?«, fragte sie und wartete die Antwort gar nicht erst ab. »Der Pfarrer! Und dabei sollte doch gerade er sich jetzt um unser Seelenheil kümmern.«

Magdalena zog verächtlich die Augenbrauen nach oben. »Er war wohl doch nicht der gute Hirte, der zu sein er vorgab. Der Mietling lässt die Herde im Stich, wenn der Wolf kommt. So steht es schon in der Bibel. Wahrscheinlich hat er sich auch noch nachts davongestohlen, damit ihn nur ja keiner mehr aufhalten kann.« Doch insgeheim freute sie sich, dass sie nun sein großspuriges Gehabe, welches ihr schon damals bei seinem Auftritt in der Druckerei so unangenehm aufgestoßen war, nicht mehr ertragen musste. Hoffentlich würde mit seinem Weggang nun auch das Gerede über sie verstummen.

»Aber vorher hat er noch besonders große Reden geschwungen. Dieser Wichtigtuer. Um uns dann, wenn es ernst wird, alle im Stich zu lassen«, pflichtete die Freundin ihr bei.

»Aber das ist noch nicht alles. Die eigentliche gute Nachricht kommt erst noch«, fügte sie triumphierend hinzu. Ein vierfaches

Interesse war ihr sicher. »Ulrich und Katharina haben sich ebenfalls auf und davon gemacht! Wie es scheint, für länger. Sie haben den halben Hausrat mitgenommen!« Cordula holte tief Luft und sah sich um.

»Sehr schön!«, sagte Georg. »Gut gemacht, Ulrich. Bleib möglichst lange weg. Am besten für immer!« Auch Oswald und besonders Magdalena waren erleichtert. Was hatte Ulrich ihnen doch für Ärger bereitet! Er hatte die Druckerei in kurzer Zeit in Verruf gebracht, die Aufträge nur sehr nachlässig ausgeführt, versucht, sich mit den Gehilfen zu verbrüdern, hatte wahrscheinlich auch den Hehler des Manuskripts lebensgefährlich verletzt, die Papierhändler dazu bewegt, ihnen viel höhere Preise zu berechnen. Alles nur mit dem einen Ziel: Magdalena aus der Druckerei zu drängen. Jede Intrige war ihm dazu recht gewesen. Ein überaus unangenehmer Zeitgenosse! Es war also nur gut, dass er die Stadt verlassen hatte. In die Erleichterung mischte sich jedoch auch eine gewisse – nicht unbegründete – Sorge. Immer mehr Menschen verließen Tübingen aus Angst vor der Pest. Noch war die Universität vor Ort, aber wie lange würde es dauern, bis auch sie abzog? Zwar hatten viele Städte, unter anderem auch Tübingen, die Pest schon überstanden, aber wer konnte mit Gewissheit sagen, wen der Tod ereilen würde und wen nicht?

Doch Magdalena und ihre Kinder hatten keine andere Wahl. Wenn sie die Druckerei behalten wollten, mussten sie das Landrecht vollständig und fristgerecht drucken, und das hieß: noch drei Monate in der Stadt auszuharren! Eine bittere Erkenntnis. Über die ihnen für den Augenblick jedoch das Triumphgefühl hinweghalf, dass ihr Widersacher sich aus dem Staub gemacht hatte.

Kapitel 69

Das Christfest in diesem Jahr war so ganz anders als in den vergangenen Jahren. Genauer gesagt, war es ein trauriges Fest, und das in vielerlei Hinsicht. Die Familie, die noch im letzten Jahr so fröhlich beisammengesessen hatte, trauerte noch immer um Ulrich, Magdalenas Mann, Magdas Vater und den Stiefvater von Oswald, Jakob, Georg und Moritz. Gerade zu Weihnachten vermissten sie ihn alle schmerzlich. Auch war sein Sohn Ulrich nicht mehr bei ihnen, den nach all dem, was er ihnen angetan hatte, allerdings niemand vermisste. Traurig war auch, dass der einst so nette und lustige Halbbruder und Stiefsohn sich zu einem Intriganten, Betrüger und Brandstifter entwickelt hatte. Magdalena fragte sich, was dafür wohl der Auslöser gewesen sein mochte. War es sein Hass auf sie, oder war er vielleicht schon immer so gewesen, und sie hatten es bislang nur nicht bemerkt? Ebenfalls fehlten die vier Gehilfen, von denen besonders Paul und Matthias schon fast zu Familienmitgliedern geworden waren. Hoffentlich hatten sie gute Meister gefunden, und wer weiß, vielleicht würde die Familie Morhart sie ja auch eines Tages wiedersehen. Wenigstens waren die beiden Burschen der Pestilenz noch entkommen, und Magdalena war froh, dass ihr Sohn Jakob für die Zeit vor und nach dem Fest zusätzlich noch ein paar Tage freibekommen hatte. Nun, da sein Lehrmeister, der alte Bartholomäus, verschieden war und ihn dessen Sohn Jakob als Lehrling übernommen hatte, arbeitete der junge Mann noch mehr als früher, vor allem, weil sein Herr in den nächsten Wochen Tübingen verlassen wollte.

Seitdem die Pest sich vor allem im letzten Monat immer mehr ausgebreitet hatte, war seitens der Stadt schließlich doch noch die

Anweisung ergangen, dass die Tübinger jeden Kontakt untereinander und Menschenansammlungen tunlichst zu vermeiden hätten. Damit folgte der Stadtrat – nicht nur in diesem Punkt – den Vorgaben, zu denen Professor Fuchs in seinem Traktat geraten hatte. Offenbar hatte die Obrigkeit endlich eingesehen, wie wichtig die Handreichungen waren, die in dem von ihr zunächst nicht erlaubten Traktat standen. Dennoch wollten einige in der Stadt nicht auf den Gottesdienst zum Christfest verzichten, wie Magdalena von Cordula wusste, und die Kirche war allen Anweisungen zum Trotz erneut recht voll gewesen. Laut hatten die Gläubigen während der Fürbitten um Schutz vor der Seuche gebetet und sich ansonsten mit ergreifenden Christfestliedern ein wenig über die ernste Lage hinweggetröstet.

Das traditionelle Christfestmahl war diesmal bei vielen Familien und auch bei den Morharts recht kärglich ausgefallen. Weil die Viktualien knapp geworden waren und man vieles gar nicht mehr bekam, gab es dieses Jahr zu Weihnachten keinen Gänsebraten, was alle sehr bedauerten. Aber dafür hatte Magdalena ein paar kleine Plätzchen von Käthe besorgt, die dafür sorgten, dass die Laune in der Druckerei nicht allzu sehr sank.

Nachdem alle gegessen hatten, setzten sie sich mit einem Becher Gewürzwein um das flackernde Feuer. »Wie geht es denn nun weiter mit uns Tübingern? Was meint ihr?«, fragte Magdalena in die Runde, etwas munterer, als es die tatsächliche Lage zuließ. »Eigentlich müssten wir die Stadt verlassen«, meinte Oswald. »Die Zahl der Kranken nimmt ständig zu. Wer weiß, ob wir uns nicht schon längst angesteckt haben.« Seine Geschwister sahen ihn entgeistert an. »Jeden Tag, den wir hierbleiben, wächst die Gefahr.«

»Dann geht doch«, ließ sich Jakob wie üblich trotzig vernehmen. »Ach ja. Ich weiß. Das Landrecht.« Er zog eine Grimasse und rief damit Magdalena auf den Plan.

»Ja, das Landrecht«, echote sie. »Und wir werden es fertig drucken. Bis März. Du meine Güte, die beiden Monate werden wir doch wohl noch durchhalten. Wir haben dieses Jahr schon so viel gemeinsam durchgemacht. Da werden wir das auch noch schaffen.« Der Blick, mit dem sie nun ihre drei anderen Söhne ansah, warb um deren Zustimmung. »Wir liegen in der Zeit etwas zurück, da wir wegen der früh einsetzenden Dunkelheit nicht so lange arbeiten können wie im Sommer. Aber wir werden es schaffen. Doch dafür brauchen wir jetzt jede Hand im Haus.« Diesmal sah sie Jakob an und steckte sich ein Plätzchen in den Mund, während sie auf seine Antwort wartete. Der rang mit sich. Einerseits wollte er seine Lehre nicht aufs Spiel setzen. Andererseits wusste er, auch wenn er nur an den Abenden und sonntags zu Hause war, dass seine Familie in immer größeren Schwierigkeiten steckte. »Ja, ich werde versuchen, Euch zu unterstützen, wo ich kann, Mutter. Vielleicht gibt es eine Möglichkeit.«

»Hat Professor Fuchs denn noch etwas über die Pestilenz verlauten lassen?«, wollte Georg wissen. »Es sind doch inzwischen verschiedene Arzneien gegen die Seuche bekannt. Vielleicht können wir ein paar davon erwerben. Oder wir besorgen uns die entsprechenden Kräuter aus seinem Garten und stellen die Arznei selbst her.« Er wollte sein Schicksal nicht als gottgegeben hinnehmen und alles tun, um sich und seine Familie vor der Pestilenz zu schützen. Magdalena lächelte ihn liebevoll an. Sie hatte ihm inzwischen verziehen, dass er sich ohne ihre Erlaubnis an den Senat gewandt hatte. »Du hast völlig recht, Georg. Das Landrecht ist für uns alle sehr wichtig. Aber genauso wichtig ist unser aller Gesundheit. Ich werde Rektor Fuchs demnächst einen Besuch abstatten und ihn fragen. Und nun genug der ernsten Themen. Genießen wir lieber den restlichen Abend und singen noch einmal«, schlug Magdalena vor und stimmte auch schon mit fester Stimme »Vom Himmel hoch, da komm ich her« an.

Nachdem das Christfest vorüber war, kamen auch die Studenten wieder zum Arbeiten in die Druckerei. Nichtsdestotrotz musste Magdalena feststellen, dass sie die vorgeschriebene Anzahl Bogen für das Landrecht diesen Monat nicht erreichen würden. Zeichnete sich nun also doch das Ende für die Druckerei ab? Sie hoffte inständig auf ein Wunder – und es ereignete sich tatsächlich eins!

Am Neujahrstag herrschte in der Stadt ziemliche Unruhe. Ersten Gerüchten zufolge verließ Rektor Fuchs Tübingen! Wie immer wusste Cordula Genaueres. »Er zieht weg, Magdalena! Er, seine Frau und seine zehn Kinder. Die ganze Straße steht voller Fuhrwerke, auf die ihr komplettes Hab und Gut verladen wird!« Das war nun sicherlich übertrieben, dafür aber äußerst interessant. »Und was passiert dann mit der Universität? Er kann doch nicht einfach so gehen. Oder hat die Landesregierung nun zugesagt, die Kosten für einen Umzug zu übernehmen?« Cordula zuckte nur mit den Schultern. Magdalena wusste nicht, was sie von der Flucht des Rektors halten sollte. »Und was, wenn auch die übrigen Universitätsprofessoren aus Tübingen verschwinden?« Dann spürte sie eine große Erleichterung: In diesem Fall würde wahrscheinlich keiner mehr prüfen, ob sie zum nächsten Termin die vereinbarte Bogenanzahl gedruckt hätte! Schließlich hatten sie nun deutlich andere Probleme. Der Herrgott im Himmel hielt doch seine segnende Hand über sie. Magdalena fiel geradezu ein riesiger Felsbrocken vom Herzen.

Tatsächlich hieß es wenige Tage später, dass die Universität geschlossen werden würde. Was Magdalena in ihrer Erleichterung jedoch nicht bedacht hatte, war, dass das auch für sie einen erheblichen Nachteil mit sich brachte: Die Studenten zogen mit allen anderen nach Calw! Und das ausgerechnet jetzt, wo sie mit dem

Drucken bereits in Verzug waren und der Abgabetermin für das Landrecht in Stuttgart nach wie vor unverändert in zwei Monaten war! Das bedeutete, dass Georg nun die ganze Zeit für den Satz aufwenden musste und sie nur noch mit einer Presse drucken konnten. Ein winziger Trost war lediglich, dass nun auch die Schule geschlossen wurde und Moritz deshalb mithelfen konnte. Aber ob das ausreichen würde?

Kapitel 70

Während Magdalena noch dabei war, den ersten Schrecken zu verarbeiten, und sich im Geiste verschiedene ihrer Bekannten vorstellte, die ihr beim Drucken behilflich sein könnten, meldete die Ladenglocke einen Besucher an. Es war Nikodemus. Seit Wochen hatte sie nichts mehr von ihm gehört und dafür gebetet, dass er die Seuche heil überstehen möge. Schon auf den ersten Blick bemerkte sie, dass die Ereignisse der letzten Zeit nicht spurlos an ihm vorübergegangen waren. Der sonst so stark wirkende Professor sah nun abgekämpft und mager aus. Magdalena ließ sich jedoch nicht anmerken, wie erschrocken sie über sein Aussehen war, und begrüßte ihn herzlich. »Nikodemus. Wie schön, Euch zu sehen! Wie geht es Euch?« Aber Nikodemus war offenbar nicht zum Plaudern aufgelegt. »Magdalena«, sagte er besorgt und ergriff mit beiden Händen die ihren. »Die Lage in Tübingen ist sehr ernst. Es erkranken immer mehr Menschen an der Pestilenz, und viele von denen, die fliehen können, tun dies jetzt. Der Rektor der Universität ist schon abgereist, und meine Magd und ich werden es ihm gleichtun. Noch ist Zeit. Ihr tätet deshalb gut daran, ebenfalls zu flüchten. Daher bitte ich Euch, kommt mit uns!« Sie war gerührt und spielte für einen kurzen Moment tatsächlich mit dem Gedanken, mit ihm zusammen die Stadt zu verlassen. Doch sie verwarf ihn ebenso schnell, wie er gekommen war.

Magdalena drückte seine Hände, die die ihren noch immer festhielten, zärtlich, um ihre abschlägige Antwort, die sie ihm gleich darauf erteilte, etwas abzumildern. »Nikodemus, Eure Sorge um mich ehrt Euch sehr, aber meine Kinder und ich bleiben hier! Denn wie Ihr Euch vielleicht erinnern könnt, haben wir gerade einen sehr wichtigen Auftrag für den Herzog zu erledigen, der es uns zudem, sofern wir erfolgreich sind, ermöglichen wird, die Druckerei zu behalten. Also bleiben wir hier, bis wir ihn ausgeführt haben!« Sie sprach genauso fest und entschlossen zu ihm wie zu ihrer Schwester, die sie völlig unerwartet aufgesucht und gebeten hatte, die Stadt zu verlassen.

Als Nikodemus merkte, dass er sie nicht umstimmen konnte, schüttelte er traurig den Kopf. So viel Sturheit hatte er nicht erwartet. »Magdalena, bedenkt doch nur: Ihr riskiert nicht nur Euer Leben, sondern auch das Eurer Kinder. Ihr werdet es Euch nie verzeihen, wenn durch Eure Starrköpfigkeit eines Eurer Kinder zu Tode kommt.«

Magdalena entzog ihm ihre Hände. »Ich finde, jetzt geht Ihr zu weit! Wenn ich diese Druckerei verliere, verurteile ich uns alle zum Hungertod. Und der dürfte uns derzeit sicherer sein, als dass wir an der Pestilenz sterben. Wir müssen es also wagen.« Nikodemus merkte, dass er so nicht weiterkam. Er fasste erneut nach ihren Händen. »Nun gut. Vorausgesetzt, Ihr bleibt, könnt Ihr Euch dann auch vorstellen, was in dieser Stadt passieren wird? Die Plünderer werden gewaltsam in Häuser eindringen und dort alles mitnehmen, was nicht niet- und nagelfest ist. Es sind zu allem entschlossene, verzweifelte, teilweise aber auch brutale, raffgierige Menschen. Gegenwehr ist zwecklos, vielleicht sogar tödlich. Sie kennen kein Erbarmen und brauchen sich auch vor Strafen nicht zu fürchten – denn es gibt hier kein Recht mehr. Selbst der Stadtwache laufen die Männer davon. Überall wird das nackte Grauen herrschen.« Bei der Schilderung der schaurigen Verhältnisse hatte er sogar zu zittern angefangen, und auch Magdalena war zutiefst erschrocken. Fürwahr eine entsetzliche Aussicht. Sie schluckte schwer, als sie merkte, dass sich ihr die Kehle zuschnürte. Doch dann schüttelte sie den Kopf, um die grausamen Gedanken zu vertreiben, und atmete tief durch. Sie würde sich nicht von der Seuche unterkriegen lassen. Nicht, nachdem sie schon so weit gekommen war.

Wieder drückte sie die Hände von Nikodemus voller Zuneigung. »Das alles klingt schrecklich, Nikodemus. Und ich kann sehr gut verstehen, dass Ihr Tübingen verlasst, aber wir werden bleiben! Ich habe keine andere Wahl, und ich bin zuversichtlich, dass wir uns gegen die Plünderer zur Wehr setzen können. Wir müssen das Landrecht zu Ende drucken und haben es schon fast geschafft. Jetzt aufzugeben, wäre unverzeihlich.« Nikodemus wusste einen Moment nicht, ob er sie bewundern oder für irre erklären sollte. Diese Frau hatte den Mut von zwei Männern!

»Magdalena«, meinte er abschließend. »Wir fahren übermorgen. Es ist uns gelungen, noch eins der inzwischen immer knapper werdenden Fuhrwerke zu ergattern. Vielleicht kann ich auch noch eins für Euch mieten. Lasst Euch alles noch einmal in Ruhe durch den Kopf gehen. Und sprecht auch mit Euren Söhnen darüber. Ich meine es nur gut mit Euch!«

Schweren Herzens erwiderte sie: »Das weiß ich doch und bin Euch auch sehr dankbar für Eure Sorge um mich. Aber mein Entschluss steht fest. Lebt wohl und bis hoffentlich bald, wenn dieser Spuk hier wieder vorbei ist.« Sie fuhr ihm liebevoll über den Arm. »Lebt wohl.«

»Lebt auch Ihr wohl, Magdalena. Was ich sagte, entsprang nur meiner großen Sorge um Euch. Ich hoffe, Ihr kommt doch noch zur Besinnung und bringt Euch und Eure Familie in Sicherheit. Gott befohlen.« Und dann, in einer plötzlichen Gefühlsaufwallung, zog er sie zu sich heran, umarmte sie fest und drückte ihr einen Kuss auf die Wange. Dann verließ er sie, ohne sich noch einmal umzusehen. Magdalena blieb mit wehem Herzen zurück. Warum fühlte es sich nur so falsch an, das Richtige zu tun?

Kapitel 71

In den nächsten Tagen schien die Stadt aus allen Nähten zu platzen. Die ausgesandten Boten hatten nicht nur unzählige Fuhrwerke mitgebracht, sondern auch Helfer aus der ganzen Umgebung. Schon vor dem Morgengrauen setzte lebhaftes Treiben ein. Männer riefen einander etwas zu, und man konnte hören, wie schwere Kisten und Truhen verladen wurden und wie ein Wagen nach dem anderen langsam die Stadt verließ. Die meisten Sachen, die mitgenommen wurden, packte man in leere Weinfässer, die sich zum Transport besonders gut eigneten. Magdalena, die des Morgens ihre Neugier befriedigen und sich ihr eigenes Bild machen wollte, sah dabei mit Erstaunen, dass so manches Fass ebenso breit war wie sie groß. Gerade eben wurde vor der Burse eines von ihnen von einem Diener bepackt. Er stand neben dem Fass auf dem Wagen und räumte unermüdlich alle Gegenstände darin ein, die ihm von anderen Gehilfen gebracht wurden. Bänke, Stühle, Vorhänge und jede Menge Bücher verschwanden in dem großen Holzungetüm, bis es schließlich mit einem riesigen Deckel, den drei Mann tragen mussten, verschlossen wurde. Zwischen den Männern lief der Pedell aufgeregt hin und her und brüllte ihnen immer wieder Anweisungen zu. Wenn es ihm zu langsam ging, packte er sogar selbst mit an. Die Besorgnis, die ihm schon bei seinem letzten Besuch in der Druckerei ins Gesicht geschrieben gewesen war, schien ihn auch an diesem Tag wieder anzutreiben.

Zum Glück machte das Wetter den Universitätsverwandten keinen Strich durch die Rechnung; es war zwar äußerst kalt und bewölkt, doch es fiel kein einziger Tropfen vom Himmel. Mittags zog der Herold durch die Straßen. Er hatte sich eine große Trommel umgebunden und schlug diese, so kräftig er konnte, während er langsam von Haus zu Haus ging. An jeder Ecke blieb er stehen, verstärkte sein Trommeln und hielt dann inne, um auszurufen: »Alle Studenten müssen der Universität nach Calw folgen. Alle Studenten müssen nach Calw. Sonst verlieren sie ihr akademisches Bürgerrecht.« So ging er weiter, bis Magdalena ihn nicht mehr sehen und hören konnte.

Nachdem die meisten Wagen die Stadt verlassen hatten, machte sich Magdalena auf den Weg, um ein paar Dinge zu besorgen. Sie konnte einfach nicht länger nur in der Druckerei verweilen, während die ganze Stadt auf den Beinen war. Außerdem wusste sie von Cordula, dass die Gerüchte über sie langsam weniger wurden. Es war das erste Mal seit Langem, dass sie sich wieder außerhalb ihrer Werkstatt blicken ließ, und es war ihr dabei durchaus mulmig zumute. Ihren letzten überaus unangenehmen Kirchenbesuch, an dem sie übel beschimpft und getreten worden war, würde sie so schnell nicht mehr vergessen. Sicherheitshalber trug sie ein dunkles Tuch über ihrer Haube, damit sie nicht gleich erkannt werden konnte. Doch Cordulas Worte bewahrheiteten sich – die Leute interessierten sich nicht weiter für Magdalena. Alle waren viel zu sehr damit beschäftigt, über den Auszug der Akademiker zu sprechen oder ihre eigenen Sachen zu packen.

Magdalena nutzte die Gelegenheit, um sich nach all den Wochen, die sie in ihren vier Wänden verbracht hatte, wieder einmal in Tübingen umzusehen. Die Stadt hatte sich sehr verändert: Viele Häuser waren bereits verlassen – einige waren noch verrammelt, andere bereits aufgebrochen. Auf den Plätzen brannten große Haufen aus Kleidung, Betten, Strohlagern und anderen Besitztümern, die den verstorbenen Kranken gehört hatten. Ein beißender Geruch lag in der Luft, sodass sich Magdalena ihr Tuch über Mund und Nase zog. Mit Abstand das Grausamste waren jedoch die Leichenkarren, die von einigen Männern durch die Gassen geschoben wurden: hölzerne Karren, die langsam von Haus zu Haus bewegt wurden. Die Angehörigen trugen ihre Verstorbenen heraus und legten sie auf die Karren. Grobe Leinentücher sollten die Körper wohl notdürftig verhüllen, aber die vom Wagen herabhängenden Beine und Arme, die zum Teil unnatürlich verdreht waren, jagten Magdalena einen Schauer über den Rücken. Es war ein grauenvoller Anblick, den sie möglichst schnell wieder vergessen wollte.

Das volle Ausmaß des Leids wurde ihr allerdings erst bewusst, als sie von der oberen Stadt in die untere ging, wo die einfachen Handwerker und Tagelöhner wohnten. Hier hörte sie laute Klagen und Schmerzensschreie und sah an jeder Straßenecke mehrere Bettler sitzen, die, in Lumpen gehüllt, um Almosen baten. Unter ihnen befanden sich auch zahlreiche Kinder – ausgemergelt und kraftlos saßen sie zwischen den Älteren und starrten sie aus leeren Augen an, als sie vorüberging. Ein dürres Mädchen, kaum älter als Magda, hockte über einer schmutzigen Pfütze und sog gierig das Wasser auf, bis ein größerer Junge sie unsanft zur Seite stieß, um ebenfalls zu trinken. Er war deutlich älter als die Kleine, und sein Körper wies die Spuren eines jüngst vergangenen Kampfes auf. Vorsichtig versuchte das Mädchen, sich am oberen Ende der Pfütze zu platzieren. Doch da traf sie auch schon ein Fausthieb des Burschen, worauf sie aufstand und sich an die Wand des nächststehenden Hauses zurückzog.

Magdalena konnte es nicht mit ansehen. Sie ging zu dem Mädchen, beugte sich zu ihm hinunter und steckte ihm einen Kreuzer zu, den sie zur Not noch entbehren konnte. Das ließ den Jungen augenblicklich innehalten. Er hob den Kopf und schaute neidisch auf das Mädchen. Dann machte er Anstalten, sich auf sie zu stürzen und ihr das Geld abzunehmen, doch die Kleine war schneller. Sofort richtete sie sich auf, presste die Münze fest an den Stofffetzen, der ihr als Kleidung diente, und rannte davon. Noch bevor der Junge die Verfolgung aufnehmen konnte, war sie bereits hinter einigen Leuten in einer der Gassen verschwunden.

Hoffentlich kann sie sich mit dem wenigen Geld noch etwas kaufen, dachte Magdalena und setzte ihren Weg fort. Sie kam nicht umhin, sich zu fragen, was diese Kinder wohl verbrochen hatten, dass sie so von Gott gestraft wurden. Der üble Geruch verstärkte sich, je näher sie dem Ammerkanal kam. Zu dem Brandgeruch, der sie schon in der Oberstadt begleitet hatte, gesellte sich nun auch der Gestank aus den Gerbereien und vielen Misthaufen, die vor den Häusern lagen.

Plötzlich bot sich Magdalena ein Bild, das ihr die Sprache verschlug. Eingehüllt in ein schmutziges Stück Stoff, lag auf einem der Haufen ein Mann, dessen Haare wild vom Kopf abstanden. Mit seinen Händen hielt er den Stoff fest umklammert, sie waren ganz dunkel – ob vor Blut oder Schmutz, wusste sie nicht zu sagen. Obwohl er mitten im Unrat lag, der nach Schweinedung stank, schlief er tief und schnarchte. Als Magdalena näher herantrat, mischte sich unter den Gestank auch ein anderer intensiverer Geruch: Branntwein.

»Oh, mein Gott, Hannes. Was ist denn mit Euch passiert?«, rief sie und kniete sich neben den Fuhrmann. Sie rüttelte ihn sanft an seiner Schulter, bis er ein Grunzen von sich gab und die Augen öffnete. Sie waren verquollen und glasig. »Lass mich in Ruhe, Weib«, fuhr er sie an und zog sich seinen Stofffetzen über das Gesicht. Dadurch entblößte er seine Füße, die genauso dunkel wie seine Hände waren. Magdalena ließ ihn jedoch nicht in Ruhe. Sie schüttelte ihn erneut, diesmal fester, und wich seiner Linken aus, mit der er sie verscheuchen wollte. Endlich öffnete er erneut seine Augen. Wütend starrte er sie an und rief: »Was wollt Ihr denn noch? Ihr habt mir doch schon alles genommen, Ihr …« – »Hannes, ich bin es – Magdalena. Was ist denn um Himmels willen mit Euch passiert?«

Der Mann stutzte. Dann veränderte sich sein Gesichtsausdruck, und er ließ seinen Kopf zurücksinken, den Blick immer noch auf Magdalena gerichtet. Sie konnte sehen, wie er nachdachte. Offensichtlich versuchte er, sich daran zu erinnern, wer sie war, und hatte mittlerweile immerhin erkannt, dass es sich bei der Person vor ihm um einen ihm bekannten Menschen handelte, denn er stieß keine weiteren Drohungen mehr aus.

»Kommt, Hannes, ich helfe Euch auf«, sagte Magdalena und legte ihm vorsichtig ihre Hand auf den Arm. Misstrauisch beäugte er sie. Als er jedoch nicht protestierte, fasste sie ihn an der Schulter und zog ihn langsam hoch, sodass er vor ihr zu sitzen kam. Er ließ es mit sich geschehen, obwohl er sie immer noch nicht erkannt hatte. Dann packte sie ihn unter den Achseln und merkte zu ihrer Erleichterung, dass er mithalf und versuchte, aufzustehen. Es dauerte eine ganze Weile, bis er schließlich auf beiden Beinen stand. Mühsam lehnte er sich gegen die Hauswand hinter sich. Er keuchte vor Anstrengung, sagte aber kein Wort. Auch nicht, als Magdalena seinen rechten Arm nahm, ihn sich um die schmale Schulter legte und ihn derart stützend mit sich Richtung Burgsteige nahm.

Als sie sich der Druckerei näherten, rief Magdalena nach ihren Söhnen. Ohne ein Wort zu verlieren, kamen Oswald und Georg auf ihre Mutter zu und nahmen ihr Hannes ab. Dann zogen sie ihn in den kleinen Innenhof, wo Magdalena ihm seine schmutzige Kleidung auszog und ihn wusch. Sein Körper war übel zugerichtet, er hatte etliche blaue Flecke und einige eiternde Wunden, die sie, so gut es ging, säuberte. Als sie damit fertig war, legte sie ihm mehrere Verbände an und zog ihm eine Hose und ein Hemd ihres verstorbenen Mannes an, die Moritz ihr von oben gebracht hatte. Zum Schluss trugen Oswald und Georg ihn vor das Feuer im Produktionsraum, damit er sich etwas aufwärmen konnte.

Hannes hatte alles still über sich ergehen lassen, sein Blick war immer noch leer.

»Was ist mit ihm passiert?«, flüsterte Oswald, als er neben Magdalena trat.

»Ich weiß es nicht. Aber seinen Verletzungen nach zu urteilen, wurde er angegriffen und muss sich mit Händen und Füßen gewehrt haben. Wir werden ihn erst einmal hierbehalten und pflegen.«

Sie konnte sehen, wie Oswald die Stirn runzelte und kaum merklich den Kopf schüttelte. Die Worte: Wir haben doch selbst kaum genug zum Überleben, lagen ihm wohl auf der Zunge, doch er sprach sie nicht aus. Georg, der sich mittlerweile zu ihnen gestellt hatte, schien etwas Ähnliches zu denken, und auch aus Moritz' Gesichtsausdruck konnte man schließen, dass er damit nicht einverstanden war. Er dachte wahrscheinlich auch daran, dass sie sich mit Hannes nun möglicherweise die Pest ins Haus geholt hatten. Erst jetzt wurde Magdalena bewusst, dass sie vorschnell gehandelt hatte und mit der Aufnahme von Hannes ihrer aller Leben in Gefahr brachte. Deshalb sagte sie mit lauter Stimme, nicht zuletzt, um sich selbst zu beruhigen: »Es ist unsere Pflicht als aufrichtige Christenmenschen. Und die werden wir erfüllen.«

Kapitel 72

Nachdem die Gelehrten die Stadt verlassen hatten, breitete sich unter den Zurückgebliebenen die Panik aus, die der Vogt und der Stadtrat unter allen Umständen hatten vermeiden wollen. Viele Familien versuchten, nun die letzten Karren und Wagen zu erstehen, damit auch sie entkommen konnten. Diejenigen, die sich eine Flucht nicht leisten konnten, deckten sich mit den angeblichen Heilmitteln gegen die Seuche ein und verschanzten sich danach in ihren Häusern. Mit jedem Tag wurden die Straßen und Gassen Tübingens leerer, bis sich nur noch einige wenige Menschen vor die Haustür wagten. Meist waren es Handwerker und einfache Knechte, die sich im Angesicht des Todes ihrem Schicksal ergaben. Getreu dem Wahlspruch: Morgen sind wir sowieso alle tot, brachen sie in die leer stehenden Häuser ein und feierten dort wilde Gelage.

So oder so waren alle in der Stadt Verbliebenen mit der Pestilenz beschäftigt und nicht mehr mit ihrer angeblichen Verursacherin, der Frau, die sich wie ein Mann benahm, einem Druckbetrieb vorstand und noch dazu Männer befehligte. Die nachlassende Hetze gegen die Teufelsbuhle ärgerte die alte Therese gewaltig, vor allem, weil sie in ihrem Bemühen, den Breunings zu schaden, nicht weitergekommen war. Sie konnte ihre Wut kaum bändigen. Für eine Weile hatte es so ausgesehen, als könnte es ihr und Magdalenas Stiefsohn Ulrich, in dem sie einen mächtigen Verbündeten gewonnen hatte, gelingen, dass Magdalena der Hexerei angeklagt, verbrannt oder zumindest aus der Stadt gejagt werden würde. Doch nun hatte Ulrich die Stadt verlassen und die Tübinger ihr Interesse an Magdalena als der Verursacherin der Pest wieder verloren. Wäre Magdalena arm, unfreundlich und hässlich gewesen, hätte Therese ihre Ziele vielleicht erreichen können. Aber all das war Magdalena nicht und hatte sich deshalb, wehrhaft und tatkräftig, wie sie zudem war, bislang über Wasser halten können.

Halblaute Verwünschungen ausstoßend, schlurfte die alte Therese die Straße entlang. Sie wollte zur Münzgasse gehen, um zu sehen, ob die Plünderer schon das Haus des Juristen Beer aufgebrochen hatten. Denn der Professor war bekannt dafür, dass er sehr guten Wein anbaute, von dem er jedes Jahr viele Fässer in seinem Keller lagerte. Und die hatte er bestimmt nicht alle nach Calw mitnehmen können. Vielleicht hatten die Plünderer ja das ein oder andere Fässchen übersehen.

Angespornt von dieser Aussicht, beschleunigte die Alte ihren Schritt. Zu spät sah sie den Wagen, der auf sie zuraste. Dem Fuhrmann waren die Pferde durchgegangen, und sein lautes Geschrei und Gestikulieren machte die Tiere nur noch wilder. Schaum stand ihnen bereits vor den Mäulern, und vom Wagen, den sie im vollen Galopp hinter sich herzogen, polterte ein Fass nach dem anderen auf die Straße. Bei jedem Auftreffen aufs Pflaster gab es ein dumpfes Geräusch, gefolgt von einem Krachen und Platschen, wenn das Holz brach und der Wein sich über die Straße ergoss.

Therese hob angsterfüllt ihre Arme, als könnte sie die Tiere damit von sich fernhalten. Doch genau das Gegenteil war der Fall. Die beiden Pferde hielten geradewegs auf sie zu, und Thereses Brust wurde von einem Huf getroffen. Für einen Moment wurde ihr schwarz vor Augen. Dann spürte sie einen rasenden Schmerz, der ihren ganzen Körper durchfuhr. Sie schnappte nach Luft und keuchte, versuchte, sich zu bewegen, aber ihre Glieder gehorchten ihr nicht mehr.

»Hilfe! So helft mir doch!«, wollte sie rufen, aber die Stimme versagte ihr. Nur ein leiser, kehliger Laut entfuhr ihr, der in der

Verwirrung, die die Pferde stifteten, unterging. Einige Tübinger rannten den Pferden und dem Wagen hinterher, andere stürzten sich auf das Holz der Fässer, das sie – da sich die Kosten für Brennholz zuletzt verdreifacht hatten – gut gebrauchen konnten. Aber niemand interessierte sich für die Alte, die in Todesangst am Boden lag.

Sie würde wahrscheinlich elendig hier krepieren, und sie wusste, dass dieser schändliche Tod nur ein Vorgeschmack auf das war, was sie im Jenseits erwartete: das ewige Höllenfeuer. Es war zu spät, ihre Sünden dem Pfarrer zu beichten, zu spät, Magdalena und all die anderen Opfer ihrer Verleumdungen um Vergebung zu bitten. Gott versagte ihr diese Gnade, weil sie ihn im Diesseits so enttäuscht hatte. Ein heiserer hässlicher Schrei entfuhr ihr, als sie ihr Leben im Straßengraben alleine, verzweifelt und ohne geistlichen Trost beendete.

Kapitel 73

In den kommenden Tagen erholte sich Hannes etwas, obwohl er noch immer unter dem litt, was er mit ansehen hatte müssen. Magdalena bekam nur mühsam einige Worte aus ihm heraus, konnte sich jedoch in etwa denken, was ihm zugestoßen war. Er und seine Familie waren wohl einigen Plünderern zum Opfer gefallen und hatten ihr Hab und Gut bis zuletzt verteidigen wollen. Anders konnte sie sich die vielen Verletzungen an Hannes' Körper nicht erklären. Die Tatsache, dass sie ihn alleine vorgefunden hatte, konnte nur bedeuten, dass seine Frau und sein Sohn den Überfall nicht überlebt hatten. Magdalena wollte besser nicht daran denken, was ihnen genau widerfahren war. Wenn die Druckerpressen nach einem Arbeitstag schwiegen und es nachts wieder ruhig im Haus geworden war, hörte man, wie er im Traum die Namen seiner Lieben schrie und um ihre Verschonung flehte. Es tat ihr in der Seele weh, ihn so leiden zu sehen. Hannes war immer ein aufrichtiger Mann gewesen, der keiner Fliege etwas zuleide tat. Warum musste er nur ein derart grausames Schicksal erleiden?

Nachdem die erste Welle der Panik vorüber war, breitete sich zunächst eine gewisse Ruhe in Tübingen aus. Eine Ruhe, die Magdalena als wohltuend empfand, obwohl die Seuche nach wie vor auf alle Verbliebenen lauerte. An einem Dienstagmorgen berief Magdalena den Kriegsrat ein, wie sie es nannte. Dieser umfasste die ihr für die Druckarbeit zur Verfügung stehenden Arbeitskräfte, also ihre Söhne Oswald, Georg, Moritz und seit Neuestem auch ihren Sohn Jakob, nachdem dessen Meister wegen der Pestilenz zuletzt ebenfalls geflohen war, ihn aber zurückgelassen hatte, damit er seiner Familie in dieser schwierigen Zeit bei der Fertigstellung des Landrechts helfen konnte. Er hatte Jakob versprochen, dass er danach seine Lehre bei ihm in Calw fortsetzen dürfe.

»Wir fünf müssen nun überlegen, wie wir schneller arbeiten können«, begann sie. »Es ist schon Februar, und wir müssen mit dem Landrecht bis März fertig sein. Ich weiß, dass wir alle am Ende unserer Kräfte sind.« Wochenlang hatten sie nun schon wegen der Seuche nur noch gegessen, was sie sich wegen der überteuerten Preise noch leisten konnten: Getreidebrei und Brot, Kohlsuppe und Rüben. Und das morgens, mittags und abends. Eines Nachts hatte Magdalena sogar schon von saftigen Äpfeln geträumt. Doch sie hatte den alten Bauern Breitkreuz seit Wochen nicht mehr gesehen.

»Wir müssen also die Arbeit besser unter uns aufteilen, denn bisher haben wir Zeit dadurch verloren, dass Jakob, ich und Moritz noch nicht richtig eingespannt waren. Hat jemand einen Vorschlag?«, fragte Magdalena.

»Georg setzt natürlich die Texte«, begann Oswald und sah seinen Bruder an, der langsam nickte.

»Gut«, meinte Magdalena, »dann bist du an der ersten Presse, Oswald. Moritz und ich werden abwechselnd die Druckform einfärben. Und Jakob kann dich vielleicht auch einmal am Bengel ablösen. Trotz allem fehlt ein zweiter Pressmeister.«

»Ich mache das!«, rief die kleine Magda von hinten, wo sie gerade mit Fräulein Pfote spielte.

Oswald lächelte schwach. »Das ist sehr lieb von dir. Aber dazu hast du leider nicht genügend Kraft. Du hättest besser etwas mehr Kohl gegessen!«

»I wo! Von Kohl bekommt man keine Kraft«, verteidigte sich die Kleine kess. Sie zeigte ihm ihren angewinkelten Arm, um ihn ihre Muskeln fühlen zu lassen. Aber Oswald lachte nur kurz. Sogar sein Lachen klang nicht mehr wie früher. Es war, als wäre die Kraft inzwischen sogar aus seiner Stimme gewichen.

»Das sollen starke Arme sein? Das ist Brei«, neckte er sie trotzdem, und auch Georg und Jakob konnten sich ein schwaches Grinsen nicht verkneifen. Magda schlug zum Schein nach ihrem ältesten Bruder und verfehlte seine Schulter nur um Haaresbreite. Magdalena war froh, dass ihre Söhne versuchten, die Kleine zu schützen und sie in dem Glauben zu lassen, dass die Welt um sie herum nicht so hoffnungslos war, wie sie es derzeit empfanden.

»Vor dir muss man sich ja richtig in Acht nehmen, Schwesterlein. Gut, dass wir dich zu unserer Verteidigung hier haben«, sagte er noch immer lachend und tätschelte Magdas Arm. Die Wangen des Mädchens begannen zu glühen. Sie freute sich über die Anerkennung und setzte sich zufrieden wieder hin.

Schon wurde Oswald wieder ernst. »Aber wo kriegen wir einen zweiten Pressmeister her, Mutter? Selbst wenn Jakob und Ihr an der zweiten Presse arbeitet, müsst Ihr häufig Pause machen. Wir brauchen einen starken Mann. Sonst schaffen wir es nicht mehr rechtzeitig.« Schmerzlich fiel Magdalena wieder ein, dass es vor nicht einmal einem Jahr noch drei zusätzliche starke Gehilfen und sogar einen Gesellen in der Druckerei gegeben hatte. Gedankenverloren blickte sie auf die leeren Plätze, an denen sie einst gesessen hatten. Was würde sie nun darum geben, einen von ihnen wieder hier zu haben – selbst Kaspar wäre schon eine große Hilfe. Auch ihre Söhne blickten betroffen zu Boden.

»Ich werde Euch helfen«, ertönte da plötzlich eine schwache Stimme hinter ihnen. Alle richteten ihren Blick auf den hinteren Teil des Raumes, wo Hannes ganz langsam die Stiege herunterkam. Seine Wunden waren zum größten Teil wieder verheilt, nur noch einige blaue Flecke waren auf seinen Armen und in seinem Gesicht zu sehen. *Aber keine schwarzen Beulen,* dachte Magdalena erleichtert.

»Nein, Ihr seid noch nicht wieder gesund«, wehrte sie ab und lief auf die Stiege zu, um ihm die letzten Stufen herunterzuhelfen. Seitdem Ulrich verunglückt war, hatte sie große Angst, dass die Stiege auch einem anderen zum Verhängnis werden könnte. Hannes ergriff ihren ausgestreckten Arm und stand schon bald neben ihr im Produktionsraum.

»Ihr pflegt mich hier, und Ihr gebt mir zu essen, obwohl Ihr selbst nicht genug habt. Da ist es nur recht und billig, dass ich auch etwas beitrage«, sagte er und schaute die Versammelten abwechselnd an. Magdalena wusste einen Moment lang nicht, was sie entgegnen sollte.

Georg war der Erste, der sprach. Dankbar trat er auf den Fuhrmann zu und fragte: »Wir können Euch gut gebrauchen, aber traut Ihr Euch das wirklich jetzt schon zu?« Magdalena sah ihren alten Freund besorgt an. Sie wusste nicht recht, ob sie sein Angebot annehmen sollte. Einerseits war er als Helfer hochwillkommen, andererseits wollte sie einen Kranken nicht ausnutzen oder gar zusätzlich schwächen.

Aber Hannes hatte sich die Sache offenbar gut überlegt. »Ich habe ganz entsetzliche Bilder in meinem Kopf, wie diese Verbrecher ... meine Frau ... und meinem Sohn ...«, er schluckte. Auf seinem Gesicht lag ein seltsamer Ausdruck von Wut, aber auch von tiefer Trauer. Magdalena warf ihren Söhnen einen flüchtigen Blick zu. Wenn jemand ihnen etwas antun würde – allein die Vorstellung war schon unerträglich.

»Und daher muss ich ... etwas tun ... um nicht immer daran denken zu müssen. Bitte lasst mich Euch helfen!«, vollendete Hannes schließlich seine kurze Ansprache. Magdalena tauschte einen schnellen Blick mit Oswald und Georg aus. Dann nickte sie und sagte: »Nun gut. Wenn Ihr meint, dass es Euch hilft, nehmen wir Euer Angebot sehr gerne an. Wie Ihr wisst, sind wir für jede helfende Hand dankbar.«

Kapitel 74

Es war zwar bei Weitem nicht so, als hätten sie wieder einen vollwertigen Lehrling oder Gesellen, denn Magdalena musste Hannes zur Hand gehen, um das Papier richtig zu legen, damit das Druckbild nicht schief wurde. Aber Hannes war tatsächlich so stark, dass er den Bengel der zweiten Presse wieder und immer wieder bedienen konnte. Jedes Mal zog er ihn zu sich heran, als würde er damit die Dämonen, die ihn verfolgten, abwehren können. Die kleine Magda holte neues Papier herbei, legte es vor die Pressen und brachte den hart Arbeitenden zu trinken. Wenn es dann dunkel wurde und alle ihr Tagewerk betrachteten, erfüllte Magdalena jedes Mal tiefe Zufriedenheit, weil sie wieder so viel geschafft hatten und das hochgesteckte Ziel von tausend fertig gedruckten Exemplaren allen Widrigkeiten zum Trotz wohl doch in der vorgegebenen Zeit schaffen würden. Sie war voller Liebe für die Männer, die ihr so eifrig halfen und dabei ihr Wohl über das eigene stellten, obwohl sie ja noch nicht einmal alle im Druckgewerbe zu Hause waren. Für ihren Jüngsten, aber auch für Jakob als Buchbinder war die Arbeit an der Presse hart und ungewohnt! Vor allem aber dankte sie Hannes, der immer noch litt, ihnen in dieser Notlage jedoch trotzdem zur Seite stand.

Doch einen Wermutstropfen gab es noch: Magdalena musste häufig an die Warnungen von Nikodemus bezüglich der Plünderer denken, und auch ihre Söhne waren sich dieser Gefahr voll bewusst. Zwar wirkte die Druckerei wie eine Festung: Sie hatten die Vordertür von innen mit Planken und Holzbalken versperrt und auch die Fenster mit quer stehenden Brettern gesichert, nur auf der Rückseite gab es eine Schwachstelle: die Tür zum Innenhof. Obwohl sie täglich benutzt wurde, waren ihre Angeln rostig, und sie konnte nur notdürftig mit Brettern verkleidet werden. Hier würden mehrere kräftige Tritte oder Stöße genügen, um sie zu öffnen. Magdalena hoffte inständig, dass die Vorderfront des Hauses abschreckend genug wirkte. Oswald und Georg hatten Prügel bereitgelegt, sollten die Plünderer doch ins Haus vordringen. Aber Magdalena war trotz allem besonders des Nachts angsterfüllt und lauschte zitternd und angestrengt auf jedes ungewohnte Geräusch.

Eines Nachts traten ihre schlimmsten Befürchtungen schließlich ein. Sie hörte leise Stimmen und Schritte um das Haus herum. Es mussten an die zehn Männer sein. Von Zeit zu Zeit rüttelte jemand an der Vordertür, die aber allerdings fürs Erste nicht nachgab. Die Familie hatte seit einigen Nächten ihre Strohlager in den Produktionsraum verlegt, damit sie – im Falle eines Angriffs – keine wertvolle Zeit durch das Herunterklettern der Stiege verlieren würden.

In dem schwachen Licht, das die Glut spendete, sah Magdalena die Katze regungslos mit erhobenem Kopf und gesträubtem Fell zum Sprung bereitstehen. Der buschige Schwanz stand in einem eigenartigen Winkel vom Körper ab, und das Tier knurrte leise. Magdalena klopfte das Herz bis zum Hals, und sie musste sich eine Faust vor den Mund halten, um nicht laut zu schreien. Auch die anderen waren inzwischen in Alarmbereitschaft. Moritz und Magda zitterten vor Angst und klammerten sich aneinander. Hannes bedeutete ihnen, die Stiege nach oben zu klettern, damit sie nicht zwischen die Fronten geraten würden. Dann hörte Magdalena, wie einer der Männer draußen versuchte, ein Fenster einzuschlagen, und machte ihren Söhnen ein Zeichen. Gemeinsam erhoben sie sich, ohne ein Geräusch zu machen, und griffen zu den vorsorglich bereitgelegten Waffen. Jakob langte nach dem Prügel, der sonst an der Treppenstiege hing, Oswald packte einen

Holzbalken, und Georg nahm die lose Planke aus dem Lagerraum in die Hand.

Plötzlich ertönten laute Schläge vor dem Haus. Jakob wäre vor Schreck fast der Prügel aus der Hand geglitten, doch er konnte ihn noch rechtzeitig festhalten. Die jungen Männer pirschten langsam in die Richtung, aus der das Geräusch kam, während Magdalena noch einen kurzen Blick auf die Tür im hinteren Bereich warf – die Schwachstelle des Hauses, vor der sich nun Hannes platzierte. Offenbar hatten die Plünderer sie noch nicht entdeckt. Es gab also noch Hoffnung.

Die Wucht, mit der die Schläge ausgeführt wurden, ließ vermuten, dass es sich um besonders kräftige Männer handelte, denen man wohl auch mit Prügeln und Brettern nicht beikommen konnte. Jakob, Oswald und Georg standen nun genau vor der Stelle, an der der Durchbruch erfolgen würde. Jeder Schlag ließ Magdalena erzittern. Sie glaubte, dass ihr letztes Stündlein gekommen wäre.

Ein Gedanke nach dem anderen schoss ihr durch den Kopf. Sie hatten sich so angestrengt, das Landrecht fertig zu drucken, und nun – so kurz vor Schluss – schien alles umsonst gewesen zu sein. Hätte sie vielleicht doch lieber Leopold Gotthard heiraten sollen? Dann hätte sie nun einen weiteren starken Mann zu ihrer Verteidigung an der Seite. Oder hätte sie vielleicht mit Nikodemus und seiner Magd die Stadt verlassen sollen? Er hatte genau gewusst, was sie erwartete, und sie eindringlich davor gewarnt. Zu spät. Alles zu spät. Ihre Kinder und sie würden ausgeplündert und wahrscheinlich sogar ermordet werden. Wen kümmerte das schon?

Ein lauter Schlag folgte dem nächsten. Wieder und wieder traf das Werkzeug, wahrscheinlich ein Hammer, das die Männer draußen benutzten, auf das Holz der Fensterläden. Es würde nicht mehr lange standhalten können. Gleich würde es nachgeben und die Räuber durch die Öffnung in die Druckerei gelangen. Vielleicht könnten sie die ersten zwei, drei Männer noch abwehren. Aber wenn dort draußen wirklich an die zehn waren, hätten sie keine Chance.

Aber gerade als Magdalena erwartete, dass die Räuber durchbrechen und ins Haus eindringen würden, hörte sie einen kurzen Ruf. Er schien vom Nachbarhaus zu kommen. Die Schläge verstummten augenblicklich. Oswald drehte sich fragend zu den anderen um, doch Jakob zuckte nur mit den Schultern. Was hatte die Männer von ihrem Treiben abgebracht? Draußen war nun Gemurmel zu vernehmen. Die Räuber schienen sich zu beraten. Den Stimmen nach zu urteilen, waren mehrere Männer an dem Gespräch beteiligt. Was sie jedoch sagten, konnte man im Inneren des Hauses nicht verstehen. Nach einer Weile ließen sie jedoch von der Druckerei ab und entfernten sich. Denn kurz danach hörte man zerberstendes Holz und splitternde Scheiben. Das Nachbarhaus war wohl eine einfachere Beute gewesen.

Magdalena schwankte zwischen Entsetzen und Erleichterung. Erleichterung, weil sie heute Abend wider Erwarten wohl doch nicht den Plünderern zum Opfer fallen würden. Sobald sie jedoch die verzweifelten Schreie ihrer Nachbarn hörte, überwog das Entsetzen. Das betagte Ehepaar hatte sich, so gut es ging, in seinem Haus verschanzt. Nun kämpfte es um sein Überleben. Die Stimme von August klang verzweifelt, während er versuchte, die Räuber abzuwehren. Magdalena hielt es kaum noch aus. Ihre Söhne hatten alle Mühe, sie davon abzuhalten, aus dem Haus zu rennen und ihren Nachbarn zu Hilfe zu eilen. Aber das wäre der reinste Selbstmord gewesen. Was hatte Nikodemus über die Plünderer gesagt? *Es sind zu allem entschlossene, verzweifelte, teilweise aber auch brutale, raffgierige Menschen. Gegenwehr ist zwecklos, vielleicht sogar tödlich.* Und so mussten Magdalena und ihre Männer tatenlos der Zerstörung und dem Wüten der erbarmungslosen

Plünderer zuhören, bis die Schreie, das Poltern, Brechen und Zersplittern nach einer schier endlosen Zeit endlich aufhörten. Ihr einziger Trost war, dass sie die Druckerei, zumindest heute Nacht, nicht verlieren würden.

Auch in den folgenden Nächten kamen die Plünderer wieder in die Oberstadt und zerstörten dort alles, was nicht niet- und nagelfest war. Magdalena erzitterte jedes Mal, wenn sie sie in der unmittelbaren Nähe wüten hörte, und hoffte inständig, dass sie kein zweites Mal versuchen würden, die Druckerei aufzubrechen. Zum Glück hatten ihre Söhne gleich am nächsten Tag die Schäden am Haus – so gut es ging – wieder ausgebessert und auch die Hintertür nochmals gesichert. Trotz alledem konnte sich Magdalena an keinem Abend sicher sein, ob sie die nächtlichen Plünderungen und Gewalttaten unbeschadet überstehen würden. Sie betete daher besonders lange und forderte ihre Kinder auf, das Gleiche zu tun.

Doch obwohl sie sich in den Nächten kaum von der schweren Arbeit erholen konnten, arbeiteten am Tag alle so schnell, wie ihre müden Glieder es zuließen. Nicht zuletzt deshalb, weil die Aussicht, bei schnellstmöglicher Fertigstellung des Landrechts, die gefährliche Stadt ebenfalls verlassen zu können, ein starker Antrieb war. Glücklicherweise reichten zudem die eingelagerten Papiervorräte aus, sodass sie die Druckerei deswegen nicht zu verlassen brauchten. Anna hatte ihnen das letzte Papier, noch bevor die Universität die Stadt verlassen hatte, gebracht und sich danach tränenreich von Oswald verabschiedet. Dennoch waren das Gefühl, eingeschlossen zu sein, und die schlechten Lichtverhältnisse für alle bedrückend. Wahrscheinlich schlichen sich dadurch auch viele Fehler in die Drucke ein, aber das konnten sie nun beim besten Willen nicht mehr beeinflussen. Jetzt zählte nur noch, das Landrecht fertigzustellen. Über den ein oder anderen unleserlichen Buchstaben oder sonstigen Fehler würde die Regierung wegen der Umstände hoffentlich hinwegsehen.

Magdalena bemühte sich nach Kräften, ihre Männer bei Laune zu halten. An die Wand hatte sie mit Kreide gezeichnet, wie viele Bogen bereits bedruckt und wie viele noch zu drucken waren. Der so sichtbare Fortschritt war Ansporn und Ermutigung zugleich, und man konnte auf diese Weise gut nachvollziehen, wann die Plackerei endlich ein Ende haben würde. Magdalena sparte auch nicht mit Lob und Trost – wenn es sein musste –, um ihre Leute anzuspornen. Es war wichtig, dass niemand während des letzten, alles entscheidenden Teils des Auftrages aufgab und verzweifelte. Denn Verzweiflung war ansteckend, und wäre der Funke erst einmal übergesprungen, hätte er alles zunichtegemacht. Wie schwer ihr dieser selbst verordnete Frohsinn fiel, ließ sie sich nicht anmerken. Es war allein ihr eiserner Wille, der sie antrieb und auf ein gutes Ende hinarbeiten ließ.

Kapitel 75

Endlich kam der Tag, an dem die letzten Bogen gedruckt waren und lautes Triumphgeschrei in der Druckerei zu hören war. Alle fielen sich erleichtert um den Hals, und Moritz wischte sich verstohlen eine Träne aus dem Auge. Zu groß waren der Druck und die Anstrengung gewesen, die auf ihm gelastet hatten, sodass sie sich nun in Tränen der Erleichterung auflösten. Jakob, Oswald und Georg legten einander die Arme um die Schultern und parodierten einen Soldatentanz, zu dem sie laut sangen. Die kleine Magda schnappte sich Fräulein Pfote und drückte sie so fest an sich, dass die Katze ihre Krallen einsetzen musste, um sich aus der Umarmung zu befreien. Und etwas abseits standen und beobachteten Magdalena und Hannes das Ganze. Der Fuhrmann war zwar immer noch gezeichnet von den furchtbaren Ereignissen, die seine Frau und seinen Sohn das Leben gekostet hatten, doch auch auf sein Gesicht stahl sich nun ein schwaches Lächeln. Es war geschafft. Was kaum einer für möglich gehalten und Magdalena im Stillen sogar bezweifelt hatte, war nun erreicht.

Das Landrecht war gedruckt!

Sie hatte die ihr auferlegte große Herausforderung gemeistert und nun die berechtigte Aussicht, die Druckerei behalten zu können. Sie hatte es allen gezeigt, die sie nicht für fähig hielten, eine Werkstatt zu leiten. Und sie hatte zusammen mit ihrer Familie die furchtbare Zeit in Tübingen überlebt, ohne dass einer von ihnen an der Seuche erkrankt war.

Magdalena fühlte den plötzlichen Drang, sich hinzusetzen. Da die anderen noch im Produktionsraum feierten, ging sie auf den

Vorhang zu und in den Ladenbereich. Dort setzte sie sich auf einen der Schemel, die eigentlich für Käufer vorgesehen waren, in der letzten Zeit allerdings für das Anbringen der vielen Planken und Bretter benutzt worden waren. Sie ließ sich auf der Sitzfläche nieder und atmete tief durch.

Sie hatten es geschafft. Sie hatten das Landrecht vollendet.

Magdalena kam es vor, als erwachte sie aus einem langen schweren Traum. Konnte es wirklich sein, dass nun alles vorbei war? Bruchstückhaft sah sie vor ihrem geistigen Auge noch einmal die Professoren während ihrer Anhörung vor sich, die ihr den Auftrag gaben, das Landrecht zu drucken, als Voraussetzung dafür, dass sie die Druckerei behalten konnte. Sie sah die Tagelöhner, auf deren Hilfe sie angewiesen gewesen war und die sich schnell als unbrauchbar erwiesen hatten. Und schließlich den Ausbruch der Pest, die Angst, Wut und Verzweiflung unter den Stadtbewohnern auslöste, viele zur Flucht veranlasste und die Plünderer ermutigte. Wie gerne wäre auch sie zu diesem Zeitpunkt mit ihren Kindern geflohen! Sie dachte aber auch an die vielen Intrigen und Anfeindungen, denen sie ausgesetzt gewesen war, von herablassenden Bemerkungen und Demütigungen ganz zu schweigen. Magdalena war selbst überrascht, dass sie das alles überstanden hatte, ohne größeren Schaden zu nehmen. Sie spürte, wie eine tiefe Befriedigung in ihr aufkam: Sie hatte es allen gezeigt! Sie war nicht länger nur die Frau des Buchdruckers Morhart, genau genommen seine Witwe. Magdalena musste schlucken. Armer Ulrich, was würde er sagen, wenn er sie so sähe? Ob er wohl stolz auf sie wäre? Sie war die Druckherrin, die es allen Widrigkeiten zum Trotz geschafft hatte, das umfangreiche Landrecht rechtzeitig fertigzustellen und in Kürze abzuliefern. Damit bestand nun auch die Möglichkeit, die zerstörte Stadt endlich zu verlassen. Wie lange hatten sie sich alle danach gesehnt. Aber nachdem der Druck nun ausgeführt war, gab es kein Halten mehr – sie würden nach Calw ziehen und dort noch einmal neu beginnen.

Doch etwas hielt sie davon ab, genauso ausgelassen wie ihre Söhne zu reagieren. Denn noch war es nicht ganz vorbei. Noch hatten sie ein Problem, das sie lösen mussten. Sie hätten den Auftrag erst geschafft, wenn … ja, wenn sie die tausend Exemplare heil nach Stuttgart befördert hätten. Obwohl es in ganz Tübingen wohl kein einziges Fuhrwerk mehr gab. Wo sollten sie nun eins herbekommen?

Als sich die Freude der jungen Männer etwas gelegt hatte, hörte sie, wie Oswald nach ihr suchte. Sie stand daher auf, strich sich ihr Kleid glatt und begab sich wieder zurück zu den anderen. Georgs Gesicht war noch hochrot vom Tanzen, und auch Jakob atmete immer noch schwer. Doch als sie den Gesichtsausdruck ihrer Mutter sahen, verflog ihre Heiterkeit augenblicklich.

»Woher sollen wir nur einen Wagen nehmen?«, fragte Jakob, nachdem Magdalena ihnen erzählt hatte, worüber sie nachdachte. »Vielleicht können wir die Kanzlei ja darum bitten, die Exemplare abzuholen?«

»Darauf wird sich die Kanzlei nicht einlassen. Wir werden nur bezahlt, wenn wir das Landrecht auch wie vereinbart an den Hof bringen«, antwortete Georg und ließ sich auf der Bank vor dem Feuer nieder. Er war so sehr mit der Fertigstellung des Drucks beschäftigt gewesen, dass ihm darüber ganz entgangen war, dass sie die Abertausende von Bogen auch noch nach Stuttgart bringen mussten.

»Vielleicht gibt es ja jemanden, der uns retten könnte«, meldete sich auf einmal Hannes zu Wort. Überrascht drehten sich alle zu ihm um. »Ich habe auf einer meiner letzten Fahrten einen Weinbauern mitgenommen, der nicht weit von Tübingen wohnt. Ich weiß von ihm, dass er einen Karren hat, sein Pferd aber letztens verkaufen musste, da es lahmte. Allerdings wollte er sich mit dem Verdienst, den er bald machen würde, einen Ochsen kaufen, der ihm dann seinen Karren ziehen sollte.«

Magdalena schöpfte erneut Hoffnung. »Und Ihr meint, dass er diesen Ochsen inzwischen haben könnte?« Hannes nickte langsam und blickte sie ernst an. »Ja, und ich glaube auch, dass er mir den Karren und den Ochsen leihen würde.« Dann fügte er geheimnisvoll hinzu: »Ich habe ihn nämlich auf unserer gemeinsamen Reise vor einem großen Fehler bewahrt.« Oswald runzelte die Stirn, fragte aber nicht, worauf Hannes anspielte.

Mit schnellen Schritten ging Hannes in den Laden. Dort schaute er prüfend durch den kleinen Spalt eines Fensters, der sich ganz oben zwischen den Brettern befand, um etwas Tageslicht in die Druckerei zu lassen. »Es ist inzwischen früher Nachmittag, also könnte ich mich noch auf den Weg zu dem Weinbauern machen.«

»Nein, Hannes. Das ist viel zu gefährlich. Ihr wisst nicht, ob Ihr nicht in die Dämmerung geratet und überfallen werdet«, wehrte Magdalena ab und schüttelte entschieden den Kopf. Das würde sie nicht zulassen!

Beschwichtigend legte ihr Hannes die Hand auf die Schulter. »Magdalena«, sagte er ruhig und sah ihr dabei tief in die Augen. »Ohne Euch wäre ich wahrscheinlich schon tot. Ihr habt mich gerettet und gesund gepflegt. Nun würde ich Euch gerne in Eurer Not helfen. Bitte lasst es mich wenigstens versuchen.« Nein, das war viel zu gefährlich! Sie schüttelte abermals den Kopf. Doch tief im Inneren wusste sie, dass es die einzige Möglichkeit war.

Nachdem sie die Bretter von der Vordertür entfernt hatten, traten sie auf die Straße. Das helle Tageslicht stach ihnen in die Augen. Magdalena musste mehrmals blinzeln, bevor die verschwommenen Schemen vor ihr allmählich scharfe Konturen annahmen. Was sie dann jedoch sah, erschreckte sie zutiefst. In der gesamten

Nachbarschaft bot sich ihr ein Bild der Verwüstung. Zerstörte Häuser, umgestürzte Truhen, tote Tiere und sogar einige Leichen säumten die Burgsteige. Als Magda aus dem Laden ins Freie kam, schickte ihre Mutter sie daher gleich wieder ins Haus zurück. Sie sollte nicht sehen, was sie ihr Leben lang nicht mehr vergessen würde. Der Anblick der Flagellanten hatte der Kleinen schon genug zugesetzt.

Hannes hatte sich in der Zwischenzeit mit einem großen Stock bewaffnet, der achtlos auf der Straße zurückgelassen worden war. Dann zog er sich einen von Ulrichs alten Reiseumhängen über und wandte sich, bevor er loszog, noch einmal an Magdalena. »Ich werde, so schnell ich kann, wiederkommen. Und damit Ihr auch in Eurer Festung wisst, dass ich es bin, werde ich das Lied pfeifen, das wir damals in der Kirche so gerne gesungen haben.« Während Oswald und Georg sich verwirrt anschauten, wusste Magdalena genau, welches Lied gemeint war. »Macht sonst niemandem die Tür auf«, fügte Hannes noch hinzu. »Selbst dann nicht, wenn sie sich als Schutzsuchende ausgeben. Wer weiß schon, zu was für Listen die Plünderer greifen, um sich Zugang zu verschaffen.« Keine zwei Lidschläge später lief er auch schon die Burgsteige hinunter und verschwand in Richtung Lustnauer Tor.

Kapitel 76

Die Familie verschanzte sich wieder in ihrem Haus. Zunächst konnten sie sich noch ablenken, indem sie die Druckerei aufräumten – sie säuberten die Lettern und legten sie dann zurück in die Kästen, brachten die restlichen Bogen wieder ins Lager und legten dann die trockenen Bogen bogenweise zusammen. Die fertigen Exemplare wurden sorgsam in der Mitte geknickt und dann in noch übrig gebliebene Holzfässer gelegt. Es war ein wahres Glück, dass sie noch einige Fässer in Reserve hatten, denn insgesamt brauchten sie fast ein Dutzend, um die tausend Exemplare sicher zu verpacken.

Nach ein paar Stunden allerdings gab es nichts mehr zu tun, und so warteten sie. Oswald und Jakob fielen nach einer Weile in einen tiefen Schlaf, doch Georg blieb wach, um Moritz und Magda abzulenken. Er nahm sich ein Exemplar des Katechismus und las ihnen langsam daraus vor. Dabei fuhr er, wie es seine Art war, mit dem Finger die jeweilige Zeile entlang, damit die Kleine die Worte sehen konnte, die er aussprach. Die meisten Sätze konnte Magda inzwischen sogar schon selbst lesen und las daher stellenweise auch laut mit.

Magdalena prüfte unterdessen noch einmal, ob die beiden Türen auch wirklich fest verschlossen waren. Denn mittlerweile war es Abend geworden, und das bedeutete, dass sie sich erneut gegen einen möglichen Überfall wappnen mussten. Aber nun, da Hannes nicht mehr da war, fühlte sie sich auf einmal schutzlos. Natürlich würden Oswald, Jakob und Georg sie ebenfalls beschützen, wenn es drauf ankam, aber ob sie einer Gruppe gewalttätiger

Männer lange standhalten könnten? Außer Jakob waren ihre Söhne ihres Wissens nach noch nie in Kämpfe verwickelt gewesen, und selbst Jakob hatte sich wahrscheinlich immer nur mit unbewaffneten Gleichaltrigen angelegt.

Nach dem Abendmahl legten sie sich alle früh schlafen. Während Magdalena innerhalb kürzester Zeit die gleichmäßigen Atemzüge ihrer Söhne hörte, bemerkte sie, wie die kleine Magda in der Dunkelheit noch die schnurrende Katze streichelte. Das Mädchen war ebenfalls unruhig und spürte die Verunsicherung seiner Mutter. Es wusste, dass die Gefahr noch nicht vorüber war, und konnte genau wie Magdalena kein Auge zutun.

Doch Gott sei Dank blieb es draußen ruhig. Keine flehenden Schreie, keine lauten Schläge und keiner, der versuchte, sich Zutritt zur Druckerei zu verschaffen. Magdalena musste eingeschlafen sein, denn plötzlich erwachte sie ruckartig. Dann ließ sie ihren Kopf langsam zurück auf ihr Strohlager sinken. Ein kleiner Lichtschimmer drang zwischen den Balken hindurch und verkündete den nächsten Morgen. Sie hatten es geschafft. Nun würde Hannes hoffentlich bald mit dem Wagen kommen. Sie lag noch eine Weile da und schaute auf das helle Licht.

Dann hörte sie es. Ein leises Pfeifen drang von draußen herein. Es war das verabredete Kirchenlied. Sofort richtete sie sich auf und durchquerte den Produktionsraum. Schlaftrunken folgte ihr Oswald in den Laden.

»Er ist hier. Hilf mir, die Tür zu öffnen«, bat sie ihn und griff nach dem Hebeleisen, um die gestern frisch angebrachten Holzlatten zu entfernen. Auch Jakob und Georg kamen nun aufgeregt in den Laden. Mit vereinten Kräften lösten sie die Bretter und hatten schließlich die Tür freigelegt. Oswald zog den Riegel zurück, und Magdalena zog ungeduldig die Tür auf.

Da stand Hannes. Und hinter ihm ein ausgewachsener Ochse, dessen Hörner spitz nach oben standen. Es war ein kräftiges Tier und gut genährt. Das Ziehen der vielen Fässer würde ihm kein Problem bereiten. Zwar war der Wagen recht klein, aber wenn sie die Fässer etwas enger zusammen- und teils übereinanderstellten, würde es gehen. Endlich konnten sie die Exemplare des Landrechts zur Kanzlei nach Stuttgart fahren.

Kapitel 77

Das Landrecht war gedruckt und eingetroffen! Franz hatte seinen Ohren kaum trauen wollen, als ein Diener in seine Schreibstube gestürzt war und ihm die sehnlichst erwartete Nachricht gebracht hatte. Im Grunde hatte er die Hoffnung, je wieder etwas von der Druckerei Morhart zu hören, schon vor Wochen begraben und nicht mehr daran geglaubt, die Publikation noch jemals zu erhalten. Denn die Nachrichten, die den Hof aus Tübingen erreichten, waren allzu grauenvoll gewesen. Es war die Rede von Hunderten von Toten, von Kranken und auch Schwerverletzten, denn neben der Seuche sorgten nun auch skrupellose Plünderer für Angst und Schrecken. Die ehrwürdige Stadt war zwar schon in der Vergangenheit von der Seuche heimgesucht worden, nun aber trauten sich selbst der Vogt und seine Männer nur noch im Schutz Dutzender Bewaffneter in die eigene Stadt, die zu einem gesetzlosen Ort verkommen war. Und zu allem Übel haderte Franz immer noch mit sich, ob er recht daran getan hatte, der Druckerei Morhart den Auftrag zu geben. Immerhin wurde diese mittlerweile von der Witwe des ehemaligen Druckers geführt, die der Familie Breuning entstammte, der man nicht unbedingt trauen konnte. Und für ihre Zuverlässigkeit hatte er ja nichts weiter als das Wort von Professor Fuchs.

Franz erinnerte sich, dass er in seiner Verzweiflung bereits bei verschiedenen Druckereien außerhalb des Herzogtums angefragt hatte, ob sie vielleicht das Landrecht herstellen könnten. Doch schon die Erstellung des Probedrucks würde Wochen beanspruchen, und bis die Korrekturen des Probedrucks übergeben werden konnten, würde es vielleicht sogar ein halbes Jahr dauern. Denn Tübingen hatte im Gegensatz zu vielen anderen Drucker-Städten den großen Vorteil, dass hier vertrauenswürdige Professoren oder Studenten die Kontrolle des Probedrucks schnell und zuverlässig erledigen konnten. Bei einer neuen Druckerei müsste der Probedruck erst wieder zur Kanzlei zurückgebracht und dort durchgesehen werden, und das, obwohl sie wegen der Seuche bereits jetzt die täglich anfallende Arbeit kaum noch bewältigen konnten. Das Drucken in einer neuen Druckerei brachte also ungemeine Verzögerungen mit sich, ganz zu schweigen von den immensen Kosten für den weiten Transport. Weiter erinnerte Franz sich daran, wie er unermüdlich auf den Herzog eingeredet hatte, das Problem schnell zu lösen, und ihm in diesem Zusammenhang auch verdeutlicht hatte, wie wichtig es für weitere Reformen wäre, eine zuverlässige Druckerei zu haben.

Doch nachdem Franz nun gehört hatte, dass der Druck des wichtigen Gesetzeswerks wider Erwarten vollendet worden war, war er überstürzt in den Hof der Kanzlei geeilt, ohne darauf zu achten, dass es sich für einen hohen Beamten nicht geziemte, schnell zu laufen. Die Etikette scherte ihn in diesem Moment aber nicht. Die Ankunft des Landrechts war einfach zu wichtig.

Nun stand er also im Hof und sah zu, wie die bauchigen Fässer entladen wurden. Erwartungsvoll sah sich Franz jedes einzelne Fass an und stellte beglückt fest, dass alle samt Inhalt unversehrt geblieben waren. Sie waren bis zum Rand mit gedruckten Exemplaren gefüllt. Das Landrecht würde die alten willkürlichen Landesbräuche ein für alle Mal ersetzen. Es würde auch die skurrilen Sonderrechte aufheben und den Dorfbewohnern endlich die gleichen Rechte verleihen wie den Stadtbewohnern. Was für ein Fortschritt für das Herzogtum!

Und so ging Franz, nachdem das letzte Fass vom Wagen geladen worden war, zu der tüchtigen Buchdruckerin und ihren Söhnen Oswald und Georg und schüttelte ihnen lange die Hände. Denn sein Misstrauen ihr gegenüber war unbegründet gewesen. Die Frau – geborene Breuning hin oder her – hatte eine großartige Leistung vollbracht und verdiente seine Anerkennung. Die Anstrengungen der letzten Monate waren den drei Tübingern deutlich anzusehen. Sie mussten wahrlich unermüdlich gearbeitet haben, noch dazu unter den schlimmsten Bedingungen. Entsprechend bleich und ausgezehrt sahen sie auch aus, obgleich die Arme der Männer nach wie vor stark und kräftig wirkten. *Bestimmt kommt das von der harten Arbeit an der Presse*, dachte Franz und fühlte eine seltene Anwandlung von Mitgefühl in sich aufsteigen. Auch der Frau war anzusehen, dass die letzten Monate sie an den Rand des Zusammenbruchs gebracht hatten. Entsprechend langsam und bedächtig, als müsste sie mit der restlichen Kraft, die ihr noch geblieben war, sparsam umgehen, bewegte sie sich. Doch in ihren grünen Augen spiegelte sich ein unbändiger Wille sowie ein gewisser Stolz.

»Herr Kammersekretär«, sagte sie respektvoll, nachdem sie ihn standesgemäß begrüßt hatte. »Ich würde Euch gerne bitten, uns einen Teil des Lohnes in Naturalien auszuzahlen. Die Preise für Getreide sind in Tübingen nicht mehr zu bezahlen, und wir benötigen dringend Reiseproviant für unseren Umzug – auch wir werden nun der Universität folgen und nach Calw ziehen.« Bei den letzten Worten blitzten ihre Augen kurz auf, als wäre dieser Ort etwas Besonderes für sie. *Will sie nur vor der Pest fliehen, oder gibt es noch einen anderen Grund, der sie nach Calw zieht?*, fragte sich Franz unwillkürlich und meinte dann:

»Selbstverständlich können wir Euch den Lohn in der Form aushändigen, die Ihr bevorzugt. Obwohl die Seuche die Preise für Getreide, Brot und Fleisch auch hier in Stuttgart in die Höhe getrieben hat, werden wir Euch gerne so viel geben, wie Ihr braucht.«

Sie nickte. »Das ist sehr gütig von Euch.« Dann machte sie, wenn auch etwas wackelig auf den Beinen, einen höflichen Knicks. Franz nickte ihr ebenfalls kurz zu und sah die Sache damit als erledigt an. Doch damit irrte er sich.

Denn Magdalena räusperte sich leise, aber bestimmt: »Herr Kammersekretär, wenn Ihr erlaubt – ich hätte noch eine weitere Bitte an Euch.« Sie trat einen kleinen Schritt vor, sodass sie nun direkt vor ihm stand. Erst jetzt fiel ihm auf, dass die Frau fast einen ganzen Kopf kleiner war als er. Aber ihre stolze Körperhaltung ließ sie erhaben wirken. Auf ihrem Gesicht lag eine Entschlossenheit, die Franz bisher nur von einigen seiner ehrgeizigen Beamten kannte. Bei einer Frau hatte er diesen Ausdruck noch nie gesehen.

»Ich würde gerne auch in Zukunft für Euch drucken und Euch damit helfen, das Herzogtum vollends zu reformieren.«

Franz fehlten die Worte. Er war fest davon ausgegangen, dass die Witwe Ulrich Morharts nach diesen lebensgefährlichen Monaten eingesehen hätte, dass sie gut daran täte, das Geschäft mit den Büchern zukünftig lieber einem gelernten Drucker zu überlassen und ihren Lebensunterhalt auf andere Weise zu bestreiten. Vielleicht indem sie noch einmal heiratete oder den Betrieb verkaufte. So hatten es bisher fast alle Handwerkerwitwen im Herzogtum gehandhabt.

Geschickt nutzte sie seine Sprachlosigkeit aus und fuhr in ihrer Rede fort: »Wie Ihr an den tausend Exemplaren des Landrechts sehen könnt, bin ich selbst in Krisenzeiten in der Lage, meine Druckerei zu leiten. Allerdings werden wir so schnell wie möglich umziehen müssen, damit wir bald wieder voll einsatzfähig sind. Ich würde Euch daher bitten, uns einen Vorschuss von zweihundert Gulden zu gewähren, damit wir zusätzliche Hilfskräfte aus dem Umland anwerben und einen Wagen anschaffen können. Wir hoffen, dass wir mit Eurer Unterstützung bereits Ende des

Monats wieder voll einsatzbereit sind, und werden uns dann unverzüglich Euren neuen Aufträgen widmen.«

Ihre kurze Rede hatte die Aufmerksamkeit der Hofdiener erregt, die Magdalena nun überrascht ansahen. So etwas hatte es noch nie gegeben – eine Frau, die den obersten Beamten der Regierung freundlich, aber bestimmt nach einem beträchtlichen Vorschuss fragte. Franz konnte sehen, dass die beiden Diener, die gerade noch dabei gewesen waren, die bedruckten Bogen vorsichtig aus den Fässern zu bergen, innehielten und die kleine Frau mit offenem Mund anstarrten. Auch Hermann, der Schreiber, der in seinem kleinen Büchlein vermerkte, wann genau die Lieferung eingetroffen war, ließ seine Feder langsam sinken. Sein Blick wanderte von der Buchdruckerin zu seinem Herrn.

Franz, der das allgemeine Interesse auf sich gerichtet wusste, überlegte, wie er am besten reagieren sollte. Verlegen wich er Magdalenas Blick aus. Auf der einen Seite wäre der Regierung sehr damit geholfen, wenn die Druckerei ihren Betrieb aufrechterhalten würde. Damit würden sie sowohl Geld als auch Zeit sparen. Doch was, wenn die Frau nicht halten konnte, was sie versprach? Oder wenn sie – Gott bewahre – auch noch ein Opfer der Seuche werden würde oder die Plünderer sie überfielen, bevor sie aus Tübingen wegziehen konnte? Dann würde er von der beträchtlichen Summe keinen einzigen Kreuzer wiedersehen.

»Ihr verlangt nicht gerade wenig. Selbst für die Regierung sind zweihundert Gulden keine Kleinigkeit. Das sind immerhin mehrere Jahreslöhne eines Dieners«, sagte er schließlich gedehnt. Am besten wäre es wahrscheinlich, ihre Bitte einfach abzulehnen und die kommenden Gesetze fortan in Augsburg drucken zu lassen. Das wäre weitaus sicherer. Doch irgendetwas ließ ihn zögern. War es ihre Selbstsicherheit, ihr forsches Auftreten? Oder Dankbarkeit und Bewunderung für das von ihr Geleistete?

Einer ihrer Söhne machte nun Anstalten, sich an dem Gespräch zu beteiligen, aber Magdalena brauchte lediglich leicht den Kopf in seine Richtung zu drehen, um ihn davon Abstand nehmen zu lassen. Franz erkannte, dass er dem jungen Mann vor einigen Monaten schon einmal im Hof der Kanzlei begegnet war. Er meinte, sich auch daran zu erinnern, dass sein Name Georg war. Allerdings schien er seit ihrem Zusammentreffen um Jahre gealtert zu sein. *Die furchtbaren Gräuel der Pest haben ihre Spuren hinterlassen*, dachte er.

»Das ist mir durchaus bewusst. Allerdings möchte ich Euch daran erinnern, dass ich die Auflagen, die mir der Universitätssenat auferlegt hat, erfüllt habe, und das, obwohl mein Stiefsohn alles dafür getan hat, um dies zu verhindern, und die Seuche uns fast das Leben gekostet hat. Trotz alledem stehe ich nun vor Euch und kann Euch versichern, dass Eure nächsten Drucke ebenfalls rechtzeitig und zu Eurer vollsten Zufriedenheit angefertigt werden.«

Franz musste zugeben, dass ihre Worte durchaus zutrafen. In der Tat kannte er keinen Handwerker, der im gleichen Zeitraum so unermüdlich an der Fertigstellung der höfischen Aufträge gearbeitet hatte wie diese Frau. Die meisten fragten sogar schon nach einem Zeitaufschub, wenn es nur einen leichten Preisanstieg beim Getreide gab. Und ob es früher oder später nicht auch Verzögerungen bei den Druckereien in Augsburg geben würde, konnte ihm niemand garantieren. Vielleicht sollte er es einfach auf einen Versuch ankommen lassen?

»Nun gut – wir haben bereits eine kleine Verordnung von etwa drei Bogen vorliegen. Wenn Ihr diese in Eurer neuen Druckerei zu unserer Zufriedenheit herstellen könnt, werden wir Euch auch in Zukunft mit Aufträgen versehen.« Er sah, wie Magdalenas Söhne einen kurzen, erleichterten Blick austauschten. Das Gesicht der Buchdruckerin zeigte allerdings keine Regung. Wahrscheinlich weil sie schon ahnte, was er als Nächstes sagen würde.

»Aber einen Vorschuss in dieser Höhe kann ich Euch nicht gewähren. Es tut mir leid.«

Magdalena musterte ihn lange. Fast glaubte Franz schon, dass sie klein beigeben oder wie ein Weib zu klagen beginnen würde. Doch nichts dergleichen geschah. Stattdessen ließ sie ihren Blick durch den Hof wandern, bis er an einem alten ausgelagerten Wagen hängen blieb.

»Wenn Ihr uns die Summe nicht leihen könnt, wäret Ihr dann bereit, uns das zu geben, was wir mit dem uns geliehenen Geld erstehen wollten? Wir benötigen zwei starke Knechte, ein großes Fuhrwerk und ein kräftiges Zugtier.« Während sie mit ihm sprach, wandte sie ihren Blick nicht von dem alten Wagen ab. Er war aus massivem Holz gefertigt und besaß eine geräumige Ladefläche, auf der man sicherlich die doppelte Menge an Fässern befördern könnte, die sie gerade zur Kanzlei gebracht hatte. Man benutzte ihn meist zur Weinlese, aber bis dahin war es noch weit. Franz sah zum Schreiber Hermann, der mit einem leichten Schulterzucken andeutete, nicht zu wissen, ob der Wagen demnächst gebraucht werden würde.

»Gut. Ihr könnt Euch den Wagen bis Anfang des nächsten Monats leihen und ihn dann zusammen mit dem neuen Druck zurück an den Hof bringen. Aber leider kann ich keinen Mann entbehren«, gestand ihr Franz schließlich zu und machte Hermann ein Zeichen, damit dieser sorgfältig notierte, was er der Buchdruckerin zugesagt hatte. Ihre beiden Söhne, die hinter ihr standen, wurden bereits unruhig, und der größere legte seiner Mutter kurz die Hand auf die Schulter, um ihr zu bedeuten, dass sie sich mit dem Angebot zufriedengeben sollte.

Doch Magdalena ließ sich nicht so leicht abspeisen. »Vielen Dank, mein Herr. Ich kann verstehen, dass Ihr alle Männer hier in

Stuttgart braucht, aber für einen schnellen Umzug sind wir ebenfalls auf hilfreiche Hände angewiesen. Schließlich ist es in unser aller Interesse, dass wir unsere Pressen so schnell wie möglich nach Calw bekommen.« Sie machte eine kurze Pause und rechnete Franz dann vor: »Da Ihr uns freundlicherweise einen Wagen zur Verfügung stellt, verringern sich dadurch zwar unsere Zusatzkosten. In diesen schwierigen Zeiten sind jedoch die Löhne und die Preise stark gestiegen. Wenn wir jetzt zwei Tagelöhner für den restlichen Monat anheuern und uns dazu noch ein Pferd kaufen, werden wir um die fünfzig Gulden bezahlen müssen. Könntet Ihr uns denn diese Summe leihen?«

Eine äußerst zähe Geschäftsfrau, dachte Franz und spürte die Blicke der beiden Diener und des Schreibers in seinem Rücken, die das Gespräch immer noch mit regem Interesse verfolgten und hin und wieder hinter vorgehaltener Hand miteinander tuschelten. Diese Geschichte würde sicher noch vor Sonnenuntergang innerhalb Stuttgarts die Runde gemacht haben.

»Mehr als dreißig Gulden kann ich Euch nicht geben.«

»Vierzig und zwei Säcke Hafer für unser neues Pferd«, entgegnete sie und streckte ihm mit entschlossenem Gesichtsausdruck die Hand entgegen.

Franz konnte sich ein Schmunzeln nicht verkneifen. Er musste sich eingestehen, dass er ihre Hartnäckigkeit bewunderte. »Aber nur, wenn Ihr mir versprecht, in Zukunft auch mit Euren Lieferanten und Gehilfen so zu verhandeln wie mit mir«, sagte er schließlich. »Ich bin gewillt, Euren Vorschlag anzunehmen. Allerdings solltet Ihr mit Eurer Druckerei eher in die Reichsstadt Reutlingen ausweichen. Sie liegt zwar außerhalb des Herzogtums, aber wir kennen einige vertrauenswürdige Personen dort, die Euch bei der Korrektur der Texte helfen können. Außerdem unterhalten wir gute Handelsbeziehungen zu dieser Stadt. Da es dort auch mehrere Papierhändler gibt, dürftet Ihr viel leichter an Euer Material kommen, was den Druck unserer Gesetzeswerke vereinfachen würde.«

Er sah, wie sie kurz zusammenzuckte und einen Moment überlegte. Um ihr die Entscheidung zu vereinfachen, fügte er hinzu: »Wir werden Euch selbstverständlich bei der Suche nach einer neuen Werkstatt helfen. Und es soll ja auch nur für die Zeit sein, in der die Seuche in Tübingen wütet. Vielleicht könnt Ihr nach ein paar Wochen bereits wieder zurück in Eure Heimat.«

Schließlich tauschte sie einen Blick mit ihren Söhnen aus, und als die beiden bekräftigend nickten, stimmte sie dem Umzug nach Reutlingen zu.

Als sich die Tübinger wenig später zum Pferdehändler in Stuttgart aufmachten, sah Franz der Buchdruckerin noch lange hinterher. Es kam nicht oft vor, dass der Kammersekretär einen Menschen bewunderte. Doch Magdalena Morhart hatte ihn nachhaltig beeindruckt.

Epilog

»Und stapelt es ordentlich auf, so wie ich es Euch eben gezeigt habe!«

»Ganz wie Ihr wünscht, Herrin«, antwortete Friedhelm, der Papierhändler, beflissen und schichtete einen zweiten Papierstapel neben dem ersten auf. »Ihr habt hier wirklich eine sehr schöne Druckerei, obwohl Ihr erst sechs Wochen in Reutlingen seid!«, brachte er schwer atmend hervor, während er weiteres Papier vom Wagen ablud und in die Druckerei brachte. »Ja, wir hatten Glück«, antwortete Magdalena, während sie ihm mit einem Handzeichen zu verstehen gab, wo er den nächsten Stapel aufrichten sollte. »Der Tuchhändler Theodor hat mir einen Teil seines Hauses vermietet ... aber passt doch bitte auf, wo Ihr hintretet!«

»Oh, entschuldigt! Ich war einen Augenblick unachtsam. Es tut mir leid«, stammelte er. »Am besten sage ich nun nichts mehr.«

Magdalena hatte mit Friedhelm hart um den Papierpreis gekämpft. Sie war längst nicht mehr so ahnungslos und leicht zu beeindrucken wie bei ihrem letzten Besuch bei ihm. Alles, was sie im letzten Jahr durchgemacht hatte, hatte sie nicht zerbrechen können. Es hatte sie, im Gegenteil, nur noch stärker gemacht. Und dass Friedhelm, der sie damals so hämisch und herablassend behandelt hatte, nun demütig das Papier für sie stapelte, gehörte auch zu ihren Siegen.

Magdalena sah ihm zu, wie er seine Arbeit verrichtete. Ja, sie hatten in der Tat Glück gehabt, so schnell eine Unterbringung für ihre Werkstatt zu finden. Doch das Haus war leider nur bedingt geeignet für eine Druckerei. Es gab hier nicht genügend

Platz, um das viele Papier, das sie benötigten, ordentlich zu lagern. Zudem machten sich bereits einige Käfer und Mäuse daran zu schaffen, und wegen der wenigen Fenster konnten sie die Drucke nur sehr schlecht trocknen. Auch hatte die Regierung in der letzten Zeit nur einige kleine Drucke bei ihr in Auftrag gegeben. Die Aufträge der Universität waren sogar gänzlich ausgeblieben. Wahrscheinlich beschäftigten die Herren Gelehrten nun einen Drucker, der eine Werkstatt betrieb, die näher an Calw gelegen war als die ihre. All das wirkte sich bereits jetzt schon nachteilig auf ihr Geschäft aus, vor allem, weil sie auch noch ihre Schulden bei Käthe hatte begleichen müssen. Wenn sie daher nicht bald ein größeres Werk zur Drucklegung erhielten, sähe es düster für sie aus.

Inzwischen hatte Friedhelm den letzten Teil der Papierbestellung aufgestapelt und wischte sich den Schweiß von der Stirn. »Das dürfte wohl für eine Weile reichen«, meinte er. »Wenn Ihr dann wieder etwas benötigt, lasst es mich wissen, ich werde Euch einen guten Preis machen. Immer gern zu Diensten. Lebt wohl!« Mit diesen Worten verbeugte er sich tief und ging davon.

Nun war auch das Krachen und Quietschen im hinteren Teil des Hauses verstummt, und Georg kam in den Lagerraum. In der rechten Hand schwenkte er stolz einen Bogen Papier. »Hier! Die letzten Korrekturen sind fertig! Wir haben alle Druckfehler beseitigt.« Magdalena klopfte ihm anerkennend auf die Schulter. »Sehr gut, mein Sohn!«

Leider hatte der Kammersekretär nach der genauen Durchsicht des Landrechtes noch einiges zu bemängeln gehabt. Die schlechten Lichtverhältnisse in der Druckerei und die Eile, mit der sie das Werk wegen der Pest zu Ende drucken mussten, hatten zu Setzfehlern geführt. Doch zum Glück hatte der Kammersekretär ihnen die Zeit gewährt, um die fehlerhaften Bogen nachzudrucken.

Nun kamen auch Magda und Oswald aus dem hinteren Teil des

Hauses zu ihnen. Oswald war zwar auch darüber erfreut, dass sie nun fertig waren, bedauerte aber zutiefst, dass sie momentan nicht mit dem Papierhändler aus Urach zusammenarbeiteten. Denn er hätte nur zu gerne erfahren, wie es Anna ging. Er hoffte inständig, dass sie der Seuche entkommen war. Seit ihrem letzten Zusammentreffen hatte er nichts mehr von ihr gehört, und obwohl er immer wieder Händler fragte, die aus Urach kamen, konnten ihm diese keine Auskunft über sie geben.

»Seid ihr denn mit der Arbeit für heute fertig?«, fragte Magda und sah von einem zum andern. »Dann kann ich nämlich damit beginnen, die Lettern zu reinigen«, erklärte sie, als sie keine Antwort erhielt. Das Mädchen war seit der Arbeit am Landrecht zu einer großen Hilfe im Betrieb geworden. Unermüdlich ging Magda den Männern zur Hand und erledigte alle kleineren Aufgaben, die anfielen. Und wenn es gerade nichts für sie zu erledigen gab, malte sie in einem alten Schulbuch von Moritz die Buchstaben nach, um dadurch das Schreiben zu lernen.

Magdalena wollte ihr gerade entgegnen, dass sie noch einen weiteren Auftrag des Stadtrates von Reutlingen bearbeiten mussten, als es an der Tür klopfte und ein großer Mann in die Druckerei trat. Magdalena erkannte ihn zuerst nicht, doch dann blieb ihr schier das Herz stehen.

Es war Nikodemus!

Nachdem Jakob nach Calw gezogen war, um dort wie versprochen seine Lehre beim Buchbinder fortzusetzen, hatte er ihr mitteilen lassen, dass Nikodemus schwer erkrankt war und selbst Professor Fuchs nichts gegen seine Krankheit auszurichten vermochte. Magdalena hatte den Professor, seitdem sie dies erfahren hatte, in ihr tägliches Gebet mit eingeschlossen und inständig gehofft, dass er wieder gesund werden würde. Nun, da er leibhaftig vor ihr stand, fühlte sie, wie ihr Tränen der Erleichterung und Freude in die Augen stiegen.

Sie trat auf ihn zu und hätte ihn am liebsten umarmt. Doch die Art, wie er sich bewegte, seine blasse Gesichtsfarbe und seine müden Augen ließen sie innehalten. Also zog sie nur einen der Schemel heran und bot ihn dem Professor an. Ohne lange zu zögern, ließ er sich schwerfällig darauf nieder. Sie holte zwei Becher Wein und nahm dann ebenfalls auf einem der Schemel Platz.

»Nikodemus. Ich freue mich so sehr, Euch wiederzusehen«, sagte Magdalena sanft und drückte seine Hand. »Aber Ihr hättet doch nicht zu kommen brauchen. Die Reise von Calw hierher war sicherlich sehr beschwerlich.«

Er lächelte matt. »Ich gebe zu, dass ich die Anstrengungen der Reise etwas unterschätzt habe.« Er drückte nun ebenfalls ihre Hand. »Aber ich musste mich einfach mit eigenen Augen davon überzeugen, dass es Euch gut geht.« Gerührt sah sie den Mediziner an.

»Ich habe mir große Sorgen um Euch gemacht! Mich erreichte immer wieder schlimme Kunde aus Tübingen. Die Plünderungen müssen grausam gewesen sein. Doch Ihr habt es trotz allem geschafft, das Landrecht an den Hof zu liefern.« Er hustete kurz und schloss die Augen. Dann richtete er seinen Blick wieder auf die kleine Frau vor sich.

»Die Nachricht über Eure gute Arbeit hat sich bis zu uns verbreitet. Und nun kann ich Euch das hier überreichen.« Er zog ein dickes Manuskript aus seiner Tasche.

»Ihr habt einen Druckauftrag für uns?!«, konnte sich Magdalena nicht zurückhalten, erfreut zu fragen. Nikodemus lachte leise aufgrund ihres Eifers.

»In der Tat, auch wenn es lange gedauert hat. Die Universität hat Eure gute Leistung sehr zu schätzen gelernt. Denn wir haben zwischenzeitlich einen anderen Drucker beschäftigt, waren aber nicht mit ihm zufrieden. Seine Drucke waren minderwertig, und auf einigen Bogen war sogar die Farbe verlaufen. Außerdem war er uns zu langsam.« Magdalenas Schultern hoben sich mit jedem indirekten Lob für sie ein wenig höher. »Selbst Professor Demler, der in der Anhörung noch an Euch zweifelte, muss nun widerwillig zugeben, dass Ihr deutlich bessere Arbeit leistet als andere.« Magdalena stellte sich mit Genugtuung vor, dass Professor Demler diese Aussage nicht leicht über die Lippen gekommen war.

»Man könnte Euch mit Fug und Recht die Herrin der Lettern nennen«, meinte er mit einem Schmunzeln. »Dieses Werk«, sein Blick senkte sich auf das Manuskript, »soll in dreihundert Exemplaren hergestellt werden. Und hier ist bereits eine Anzahlung.« Er zückte einen prall gefüllten Lederbeutel und übergab ihn der hocherfreuten Magdalena. Sie konnte ihr Glück kaum fassen. Der Herrgott im Himmel meinte es gut mit ihr.

»Und ich habe auch noch eine zweite gute Nachricht für Euch«, sagte Nikodemus, als er sah, wie Magdalena nach Worten des Dankes rang.

»Man sagt, dass sich die Seuche aus Tübingen zurückgezogen hat.« Magdalenas Augen leuchteten auf. »Noch wartet die Universität ab, ob sich dies auch bewahrheitet. Aber ich bin mir sicher, dass es nicht mehr lange dauern kann, bis wir zurückkehren können. Dann werdet Ihr gewiss wieder deutlich mehr Aufträge erhalten. Und …«, er zwinkerte ihr zu, »dann werde ich Euch auch wieder bei den Korrekturen unterstützen können.« Er hielt einen Augenblick inne und wartete ihre Entgegnung ab.

Magdalenas Herz schlug schneller, sie war schlichtweg überwältigt. »Wieder in Tübingen! Und wieder mehr Aufträge!«, wiederholte sie seine Worte leise, weil sie es noch immer kaum glauben konnte. Dann umarmte sie Nikodemus aus einem plötzlichen Impuls heraus, ohne lange nachzudenken. Er ließ es trotz seiner schwachen Körperverfassung geschehen und umfasste Magdalena seinerseits, wenn auch weitaus weniger kräftig.

»Aber was ist mit Ulrich?«, fragte Magdalena auf einmal, die befürchtete, dass ihr Stiefsohn nach der Seuche ebenfalls wieder nach Tübingen zurückkehren und erneut versuchen würde, ihr die Druckerei streitig zu machen. So leicht gäbe er sich sicher nicht geschlagen. Doch Nikodemus konnte sie beruhigen. »Ich habe gehört, dass er in einer Druckerei zu arbeiten angefangen hat, aus der er aber schon bald wegen seiner unbefriedigenden Leistung wieder hinausgeworfen wurde. Seit Monaten haben wir nichts mehr von ihm gehört.«

Was für ein Tag! Eine gute Nachricht folgte der nächsten! Magdalena konnte ihr Glück kaum fassen. »Ich hoffe, Ihr habt hier in der Reichsstadt ein paar gute Männer finden können, die Euch bald in der Druckerei helfen werden? Ihr werdet damit viel zu tun haben.« Er deutete auf das umfangreiche Manuskript, was Magdalenas Hochgefühle sofort etwas dämpfte. »Wir suchen leider noch«, sagte sie langsam. »Aber wenigstens scheinen die hiesigen Gehilfen etwas fähiger zu sein als die Tagelöhner, die wir in Tübingen beschäftigen wollten.«

Dann kam ihr noch ein weiterer Gedanke, der sie in den letzten Wochen immer wieder beschäftigt hatte. »Was ich Euch noch fragen wollte: Hat es denn noch Schwierigkeiten wegen des unbekannten Pesttraktats gegeben? Der Vogt hatte zuletzt angenommen, dass es ein Professor der Medizin geschrieben haben muss.« Magdalena konnte Nikodemus bei dieser Frage nicht in die Augen sehen. Denn für den unerlaubten Druck und dessen heimliche, nächtliche Verteilung waren immerhin sie und ihre Söhne mitverantwortlich gewesen. Aber Nikodemus sah sie nur gespielt unschuldig an.

»Ganz im Gegenteil. Wer auch immer das Traktat geschrieben, hergestellt und verteilt hat«, meinte er, hielt einen Augenblick inne, sah zunächst auf seine Füße hinab und dann Magdalena an, »hat der Bevölkerung von Tübingen einen großen Dienst erwiesen.« Seine Mundwinkel zuckten, aber er bemühte sich, ernst zu bleiben.

Dann hob er seinen Becher und prostete ihr zu. »Sehr zum Wohle, Magdalena. Auf all das, was Ihr geleistet habt, und auf all die Erfolge, die noch kommen werden!« Er nahm einen tiefen Schluck. Kurz zögerte Magdalena, doch schließlich hob auch sie ihren Becher und prostete ihm zu. »Auf bessere Zeiten!«

Nachwort

Magdalena Morhart war eine beeindruckende Persönlichkeit, weil sie als eine der ersten Frauen nach der Erfindung des Buchdrucks mit beweglichen Lettern durch Johannes Gutenberg selbstständig und über längere Zeit hinweg eine Druckerei im deutschen Sprachgebiet leitete. Seit sie mir vor Jahren zum ersten Mal während meiner Doktorarbeit über den Buchdruck in der frühen Neuzeit begegnet ist, spielt sie in meiner Forschung eine große Rolle. Ich war überrascht zu hören, dass ihr Werdegang und ihr Wirken bisher selbst internationalen Experten kaum bekannt waren. Daher habe ich viele Vorträge über sie gehalten – unter anderem auf Konferenzen der renommierten Renaissance Society of America und der Sixteenth Century Society – und mit Freude gesehen, dass Magdalena Morhart auch bei Forschern aus der ganzen Welt auf großes Interesse stieß. In dieser Zeit hatte ich auch das erste Mal den Gedanken, ihre Geschichte außerhalb der historischen Fachkreise bekannt zu machen.

Die genaue Vorstellung, wie ich dies bewerkstelligen könnte, kam mir, während ich mehrere Studentengruppen in St. Andrews unterrichtete. In den Kursen diskutierten wir über die verschiedenen Möglichkeiten, ein historisch interessiertes Publikum für unterschiedliche Epochen zu begeistern. Neben Dokumentationen, Biografien und Inszenierungen geschichtlicher Ereignisse fand dabei der historische Roman besonderen Zuspruch: Er sei das ideale Medium, um Vergangenheit lebendig werden zu lassen, war die allgemeine Meinung. Die Idee, neben meinen wissenschaftlichen Publikationen auch einen Roman über die faszinierende Buchdruckerin Magdalena Morhart zu schreiben, war damit geboren.

Was macht sie so besonders? Das Drucken war ein äußerst schwieriges Geschäft, welches nicht selten zum finanziellen Ruin führte. Absatzschwierigkeiten, Vorfinanzierungen und auch die politisch instabilen Verhältnisse durch die Reformation machten das Gewerbe zu einem der schwersten in der Frühen Neuzeit. Um in diesem Geschäft Erfolg zu haben, benötigte man einen sehr guten Geschäftssinn, Kalkül und äußerst gute Kontakte, was Aufträge und Absatz betraf. Starb ein Drucker, übernahm zwar häufig seine Witwe das Geschäft, doch führte sie es meist nur wenige Jahre weiter, bevor sie es entweder verkaufte oder sich wieder verheiratete. Damit wurde der neue Ehemann – meist ein Geselle, der sich durch die Heirat einen gesellschaftlichen Aufstieg versprach – der neue Herr der Druckerei, während seine Frau zwar wahrscheinlich noch im Betrieb mithalf, aber nicht mehr namentlich in den Drucken oder Rechnungen aufgeführt wurde. Sie verschwand somit aus dem Blickfeld der Historiker.

Was Magdalena von anderen Druckerinnen unterscheidet, ist die Tatsache, dass sie nach dem Tod ihres Mannes nicht wieder heiratete, sondern das Geschäft selbstständig weiterführte. Dabei war sie sehr erfolgreich, denn sie leitete die Druckerei fast zwei Jahrzehnte und erhielt für ihre Aufträge über die Jahre hinweg eine äußerst hohe Bezahlung, wie ich zahlreichen Rechnungen im Archiv entnehmen konnte. Das Geheimnis ihres Erfolges liegt darin, dass sie mit der hohen Druckqualität ihrer Werke sowohl die Universität als auch die Regierung überzeugen konnte. Besonders die vielen Ordnungen für das Herzogtum Württemberg waren lukrativ, denn Herzog Christoph erließ viele umfangreiche Gesetzeswerke, die er häufig auch an Regenten außerhalb seines Herrschaftsgebiets verschickte. Damit versuchte der Landesfürst, sein Herzogtum als Vorbild für ein evangelisches Territorium zu etablieren und es gleichzeitig in den unruhigen Zeiten der Reformation zu stabilisieren.

Das Landrecht, welches auch im Roman eine große Rolle spielt, war in diesem Zusammenhang ein besonders ambitioniertes Projekt, das nicht nur durch seinen schieren Umfang von über dreihundert Seiten hervorsticht, sondern auch durch die langen Vorarbeiten. Die Landstände, die sich aus Geistlichkeit, Adel und Bürgertum zusammensetzten, forderten bereits im Jahr 1514 die Vereinheitlichung des Rechtes, doch es dauerte noch vierzig Jahre, bis die Verhandlungen zu einem Abschluss kamen. Als das Werk 1555 schließlich von Magdalena Morhart publiziert wurde, wurde es schnell zu einem Vorbild für viele Territorien im südwestdeutschen Raum, wodurch es dem Herzog, wie von ihm beabsichtigt, gelang, seine Stellung im Reich zu stärken.

Dass Magdalena Morhart das Landrecht publizierte, war nicht selbstverständlich. Das umfangreiche Dokument wurde im Unterschied zu anderen württembergischen Gesetzestexten in einer in den 1550er-Jahren recht hohen Auflage, nämlich in tausend Exemplaren, gedruckt. Und das im ersten Jahr nach dem Tod ihres Mannes, welches auch in anderer Hinsicht für sie besonders turbulent war. Bereits nach wenigen Monaten wollte ihr ein Buchdrucker aus Ulm Konkurrenz machen. Danach geriet sie in Schwierigkeiten, weil in ihrer Druckerei eine unerlaubte französische Übersetzung der Kirchenordnung entdeckt und konfisziert wurde, wie ich den damaligen Senatsprotokollen entnehmen konnte. Die Konfiszierung muss ein herber Schlag für die Druckerei gewesen sein. Schließlich bedeutete eine Beschlagnahmung der Druckwerke, dass die bereits entstandenen Kosten nicht wieder eingespielt werden konnten.

Außerdem erfuhr sie zusätzlichen Widerstand durch ihren Stiefsohn. Er war erbost darüber, dass die väterliche Druckerei an die Witwe übergegangen war, und versuchte durch den Universitätssenat, der das Druckhandwerk in Tübingen übersah, das Geschäft als alleiniger Druckherr zu leiten. Jedoch gewann Magdalena Morhart diesen Erbstreit, was sogar noch über fünfzig Jahre später den Sohn ihres Stiefsohns dazu veranlasste, sehr emotional über den damaligen Familienstreit zu schreiben. In seiner Chronik beklagt er sich über die große Ungerechtigkeit, die seinem Vater damals widerfuhr, als statt seiner Magdalena die Druckerei übernahm. Da der Erbstreit zwischen den beiden Kontrahenten so schwerwiegend war, habe ich ihn zu einem der zentralen Motive in diesem Buch gemacht.

In dieser schwierigen Lage waren Magdalena Morharts Kinder sicherlich eine große Stütze für sie. Wir wissen, dass zwei ihrer Söhne später selbst Buchdrucker wurden und ein weiterer wahrscheinlich den Beruf des Buchhändlers ergriff. Um das alltägliche Leben von Magdalena zu veranschaulichen, habe ich die maßgeblichen Personen, die in ihrem Leben eine größere Rolle gespielt haben müssen, auch im Roman auftreten lassen: den Pedell, als Vertreter der Universitätsgerichtbarkeit, den Vogt, der für die städtische Ordnung zuständig war, den Kammersekretär als einen der wichtigsten Beamten in der Regierung von Herzog Christoph, verschiedene Professoren und nicht zu vergessen – Rektor Leonhart Fuchs. Er war eine äußerst schillernde Persönlichkeit. Seine Briefe und die seiner Zeitgenossen zeigen ihn als bedeutenden, aber auch eigenwilligen Kopf, der öfters auf große Kritik stieß. Viele seiner Kollegen kritisierten seine Heilmethoden, die auf die Wirkung der Pflanzen setzten, weswegen man ihn auch als »Kräuterweib« verpönte. Sogar die Regierung kritisierte sein eigenmächtiges Vorgehen des Öfteren, vor allem während der Pestwelle Ende 1554, Anfang 1555. Als der Herzog der Universität keinerlei finanzielle Unterstützung für den Umzug während der Pest zusagte, stellte Leonhart Fuchs kurzerhand den Lehrbetrieb ein und verließ die Stadt. Die übrigen Professoren und Universitätsverwandten folgten ihm kurze Zeit später.

Abgesehen von diesen historisch verbürgten Personen, wird es in Magdalenas Umfeld natürlich auch eine Anzahl von Menschen gegeben haben, die ihr mit Rat und Tat beistanden, denen sie ihr Herz ausschütten konnte, die sie schätzten, aber auch verleumdeten und gegen sie intrigierten. Über diese Menschen ist leider nichts bekannt; ich habe sie daher erfunden, um Magdalena als Mensch lebendig werden zu lassen: die treue Freundin Cordula, der Magdalena auf sehr persönlicher Ebene begegnen kann; Nikodemus, ihr starker Helfer, wenn es um Universitätsangelegenheiten geht; und Hannes, ein Freund aus Kindestagen, der ihr tatkräftige Unterstützung bietet. Ich kann mir gut vorstellen, dass sie alle Magdalenas Leben bereichert haben, auch wenn wir nichts über sie wissen.

Eine Frau wie Magdalena, die sich durchsetzen musste, stieß sicherlich bei vielen ihrer Mitmenschen auf Neid und Missgunst, noch dazu, weil sie aus einer Familie stammte, die aufgrund der Hinrichtung von Konrad und Sebastian Breuning ihr hohes Ansehen zum großen Teil verloren hatte. Insofern gab es zu ihrer Zeit auch gewiss engstirnige Pfarrer, missgünstige Klatschweiber und intrigante Nachbarinnen, die ihr das Leben schwer machten. Da Magdalenas Stiefsohn mithilfe des Universitätssenats versuchte, seine Stiefmutter aus dem Geschäft zu drängen, kann man mit großer Wahrscheinlichkeit davon ausgehen, dass er ihr auch sonst nicht wohlgesinnt war. Er könnte daher gut derjenige gewesen sein, der die ahnungslose Magdalena dazu verleitete, die französische Kirchenordnung zu drucken, um ihr damit schweren finanziellen Schaden zuzufügen. Dass die unerlaubten Drucke von der Universität konfisziert wurden, ist wiederum durch die Senatsprotokolle belegt.

Auf ähnliche Art und Weise habe ich noch weitere historische Fakten mit Magdalenas Leben verwoben, um die Geschichte dieser bewundernswerten Frau meinen Lesern möglichst interessant und spannend darstellen zu können.

Buchdrucker, die für Regierungen arbeiteten, wurden häufig dazu verpflichtet, die Geheimnisse der Regierung zu bewahren. Nach der Erfüllung mancher Aufträge mussten die Drucker sogar alle Unterlagen, die auf das gedruckte Buch hinwiesen, vernichten. Warum sollte dies nicht auch beim Landrecht der Fall gewesen sein? Schließlich handelte es sich hier um eine Publikation, die viele lokale Sonderrechte beseitigte.

Zudem waren während des Interims von 1548–1552 Soldaten des Kaisers nach Württemberg geschickt worden, die jedoch nicht von diesem entlohnt worden waren. Nach Beendigung des Interims blieben daher viele von ihnen in Württemberg und überfielen Reisende und Kaufleute. Warum sollten sie also nicht auch Magdalena auf ihrer Reise nach Straßburg auflauern und sie bedrohen?

Eine weitere Destabilisierung erfuhr das Land durch die Pestwelle, die auch Magdalena Morhart und ihre Kinder fast das Leben kostete. Wahrscheinlich hätte die Familie Tübingen gerne verlassen, genauso wie es Professor Fuchs getan hat, sie musste jedoch das wichtige Landrecht drucken, um ihre Existenz zu sichern. Der Ausnahmezustand in Tübingen Ende 1554, Anfang 1555 und die damit verbundenen Gefahren müssen die Produktion in der Druckerei sehr erschwert haben. Magdalena Morhart jedoch meisterte sogar diese Herausforderung und lieferte das umfangreiche Landrecht schließlich im März an den Hof nach

Stuttgart. Angesichts der Tatsache, dass viele Handwerker in diesen schwierigen Zeiten ihre Aufträge vernachlässigten, um sich vor der Pest in Sicherheit zu bringen, ist die Leistung der Buchdruckerin umso bewundernswerter.

Bei der Vielfalt von Quellen, die ich gesichtet habe – Korrespondenzen, Senatsbeschlüsse, Rechnungen, amtliche Verlautbarungen, um nur einige zu nennen –, bin ich auf eine Reihe interessanter Details gestoßen, die ich nur allzu gern in den Roman eingeflochten habe. Da gab es zum Beispiel das Verbot der Universität, Pluderhosen zu tragen; da waren absonderliche Heilmittel gegen die Pest wie Vipern-Essenz und andere staunenswerte Dinge und Menschen, wie zum Beispiel der Mann, der ein großes Weinfass ohne Hilfe tragen konnte und damit von Ort zu Ort zog, um die Menschen zu beeindrucken. Es gab steile Stiegen in Häusern, die zu vielen Unfällen führten, und Feuerwaffen, die häufig unerwarteterweise explodierten und für ihre Besitzer tödlich waren. Da waren Gesetze, die es verboten, des Nachts in Tübingen ohne Laterne unterwegs zu sein, oder verhinderten, dass zu viele Schweine in den Gassen umherliefen. Es gab zudem Flugblätter, die von einem Bauern berichteten, der seine Früchte vergiftet hatte, oder von einem Goldregen über Prag, oder Gerüchte, dass ein Bäckerslehrling seine Wecken mit einem Liebestrank versetzte. Auch was die Druckerei anbelangt, habe ich viel Wissenswertes mit einfließen lassen: so zum Beispiel, dass man die Qualität von Druckerfarbe durch die Beimischung von Ruß steigerte, dass man durch stündlichen Wechsel der Arbeiter an der Presse die Produktivität erhöhte, dass man Schemel verwendete, weil Stühle sehr teuer waren, dass, grob geschätzt, bis zu zweitausend Bogen pro Tag gedruckt werden konnten, wie viel ein Drucker, Setzer und Geselle pro Tag verdiente und wie viel Papier kostete. Bemerkenswert ist auch, dass Bücher damals noch keine Bücher in unserem Sinne waren, sondern ungebunden verkauft wurden, damit der Käufer beim Buchbinder einen individuellen Einband auswählen konnte. Da nur Adelige und Reiche mit einer Kutsche reisten, waren Reisende häufig zu Fuß oder im Leiterwagen unterwegs, und Händler nahmen gerne auch Briefe mit, um sie am Zielort abzuliefern.

In den Druckereien war es äußerst laut und schmutzig, weswegen Vorhänge als Raumabtrennung durchaus plausibel waren. Die Beziehung zwischen Akademikern und Druckern war mancherorts sehr angespannt. So beschwerte sich die Universität in Marburg 1538 über einen Buchdrucker, denn er sei ein »einfeltiger, ungerattener man, und handelt mit grossem unrat« (Reske, S. 654). Martin Luther bezeichnete einen Drucker sogar als Schmutzfinken, der den Text so entstellt hatte, dass ihn nicht einmal mehr der Autor wiedererkennen könnte.

Was die Erzählsprache im Roman betrifft, habe ich mich bemüht, moderne Wörter zu vermeiden, die es im 16. Jahrhundert noch nicht gegeben hat. Dabei war mir das Frühneuhochdeutsche Wörterbuch eine große Hilfe, welches durch die Akademie der Wissenschaften zu Göttingen nun auch online zur Verfügung gestellt wird (https://fwb-online.de/). Gleichzeitig habe ich aber auch versucht, den Text für moderne Leser möglichst lesbar zu machen, und so werden dem ein oder anderen sicher einige wenige Ausdrücke auffallen, die im deutschen Sprachgebrauch erst zu einem späteren Zeitpunkt verwendet wurden. Ich bitte Sie, mir dies nachzusehen.

Ich hoffe, es jedenfalls geschafft zu haben, die Geschichte der Magdalena Morhart für Sie lebendig werden zu lassen, sodass Sie von dieser faszinierenden Buchdruckerin genauso beeindruckt sind, wie ich es bin.

Historischer Hintergrund

Die Zeit von Februar 1554 bis März 1555 war für Magdalena Morhart äußerst ereignisreich. Ihr Mann, der Buchdrucker Ulrich Morhart, starb an einem Tag zwischen dem 10. Februar und dem 21. März 1554. Bereits kurz danach gab es die ersten Schwierigkeiten in der Druckerei: Am 23. Mai wurde eine unerlaubte Übersetzung der Kirchenordnung konfisziert. Im Sommer reichte ein Drucker aus Ulm beim Universitätssenat ein Gesuch ein, in dem er darum bat, in Tübingen eine weitere Druckerei eröffnen zu dürfen, und am 5. Juli reichte Ulrich Morhart der Jüngere ebenfalls ein Gesuch ein, weil es Streitigkeiten unter den Erben gab.

Magdalena Morhart konnte jedoch die Druckerei weiterführen und das als eine der ersten eigenständigen Buchdruckerinnen im deutschen Sprachgebiet. In den nächsten Monaten wurde sie des Öfteren für ihre Bücher von der herzoglichen Regierung in Stuttgart entlohnt.

Der Streit zwischen Ulrich Morhart dem Jüngeren und Magdalena Morhart währte lange. Johann, der Sohn Ulrichs, schreibt in seiner Chronik für das Jahr 1605 (also fünfzig Jahre nach dem Erbstreit!) noch äußerst emotional über die Situation zwischen den Erben. Aus seiner Sicht war es ein Unding, dass Magdalena Morhart es geschafft hatte, die Druckerei zu behalten und seinen Vater gänzlich aus dieser hinauszudrängen.

Worüber die Quellen jedoch schweigen, ist der Umstand, dass Ulrich Morhart wahrscheinlich gar nicht in der Lage gewesen war, eine solch wichtige Druckerei zu führen. Die Publikationen, die er später in seiner eigenen Druckerei herstellte, waren qualitativ jedenfalls bei Weitem nicht so hochwertig und umfangreich wie die seiner Stiefmutter.

Eines der anspruchsvollsten Bücher, die Magdalena Morhart im Todesjahr ihres Mannes herstellte, war das Landrecht. Über dieses Gesetzbuch wurde lange verhandelt, und schließlich schickte Professor Beer am 30. August den endgültigen Entwurf an den Hof. Dort wurde das Werk abschließend überarbeitet und im Oktober nach Tübingen in die Druckerei gebracht. Es dauerte mehrere Monate, bis der Druck der tausend Exemplare des Landrechtes im März 1555 schließlich beendet war. Da jedoch noch Druckfehler zu berichtigen waren, wurde das Werk erst am 6. Mai an alle Ämter des Herzogtums übersandt.

Diese Druckfehler sind wahrscheinlich auf die schwierigen Pestzeiten in Tübingen zurückzuführen. Bereits im Oktober 1554 berieten Regierung und Universität, wie mit einem erneuten Ausbruch der Seuche umzugehen sei. Es wurde über geeignete Zufluchtsorte beraten, allerdings sagte die Regierung der Universität keine ausreichende finanzielle Unterstützung im Falle eines Umzugs zu. Daher wurde Anfang November beschlossen, den Lehrbetrieb so lange wie möglich aufrecht zu halten.

Die Verhandlungen zwischen der Universität und der Regierung gingen indes weiter, und Rektor Fuchs vertrat temperamentvoll und energisch den Standpunkt, dass die Universität flüchten sollte und die Regierung sie dabei voll und ganz unterstützen müsste. Als diese sich jedoch weiterhin weigerte und sich in Tübingen die Krankheitsfälle mehrten, floh Rektor Fuchs kurzerhand mit seiner Familie am Neujahrstag aus der Stadt. Wenig später zog die Universität schließlich nach Calw, während die Druckerei – wahrscheinlich erst nach der Lieferung des Landrechts – nach Reutlingen umsiedelte.

Glossar

Ballen Papierzählmaß. Ein Ballen umfasst fünftausend Bogen (zehn Ries) Druckpapier

Batzen Münze. Fünfzehn Batzen ergeben einen Gulden

Bengel Holzstange, die mit der Spindel der Druckpresse verbunden ist. Durch kräftiges Ziehen am Bengel senkt sich die Spindel samt dem an ihr angebrachten Tiegel ab und drückt das Papier fest auf den eingefärbten Satz

Bogen Großer Papierbogen, der nach dem Bedrucken für die verschiedenen Buchformate (siehe Folio, Oktav) gefaltet wird. Buchdrucker wurden üblicherweise nach der Anzahl der Druckbogen bezahlt, die sie für die Drucklegung der Bücher benötigten

Burse Universitätsgebäude, in dem sowohl gelehrt wurde als auch Studenten wohnten und aßen

Confessio Die »Confessio Virtembergica« wurde 1551 von Johannes Brenz verfasst und 1552 dem Kirchenkonzil vorgelegt. Mit dem Werk strebten Herzog Christoph von Württemberg und der Reformator Johannes Brenz während des Interims einen Ausgleich mit der katholischen Kirche an. Ulrich Morhart druckte die Confessio sowohl auf Latein als auch auf Deutsch

Druckballen Mit Pferdehaar gefüllte Lederballen, die mit jeweils einem Handgriff versehen sind. Die Ballen nahmen mit kreisenden Bewegungen die Druckfarbe auf und wurden dann aneinandergerieben, damit sich die Farbe gleichmäßig auf ihnen verteilte. Danach wurde die Farbe wiederum mit kreisenden Bewegungen auf den Satz aufgetragen

Folio Für dieses Format wird ein Druckbogen einmal gefaltet, wodurch sich zwei Blätter bzw. vier Seiten ergeben

Format Beruht auf der Anzahl der Faltungen des Druckbogens. Je mehr Faltungen vorgenommen werden, desto kleiner wird im Prinzip das Format des Buches

Gulden Münze und Recheneinheit. Fünfzehn Batzen ergeben einen Gulden

Illuminist Künstler, der Buchstaben, Bordüren und dekorative Elemente in Büchern gestaltet (lat. illuminare = erleuchten)

Interim Kaiser Karl V. führte 1548 eine provisorische Kirchenordnung ein, die bis zur endgültigen Klärung der theologischen Streitigkeiten zwischen Katholiken und Evangelischen durch ein Konzil gelten sollte (lat. interim = inzwischen). Das Interim sollte in Glaubenslehre und Gottesdienst die Protestanten zur katholischen Kirche zurückführen und wurde durch kaiserliche Truppen in Württemberg überwacht. Das Interim wurde 1552 aufgehoben

Karzer Gefängnis der Universität

Kreuzer Münze. Sechzig Kreuzer ergeben einen Gulden

Kustode Zeichen, welches auf bestimmte Seiten gedruckt wurde, um so die Reihenfolge der gefalteten Druckbogen für das gesamte Buch zu markieren. Häufig wurde auch das erste Wort der folgenden Seite am Fuß der vorangehenden Seite abgedruckt

Landrecht Unter Mitwirkung der Landstände erarbeitet, beruht es auf der Zusammenführung und Vergleichbarkeit der lokalen Rechte. Es stellt einen wichtigen Beitrag zur Integration des Territoriums dar und wurde schnell zum Vorbild für andere Herrscher im Heiligen Römischen Reich

Landsknecht Ein gegen Bezahlung meist deutscher, zeitlich begrenzt dienender und durch Vertrag gebundener Soldat

Michaelistag 29. September, in vielen Gewerben markiert der

Tag den Anfang der »Lichtarbeit« (Arbeit bei künstlichem Licht wegen der früher einsetzenden Dunkelheit im Winterhalbjahr)

Oktav Für dieses Format wird ein Druckbogen dreimal gefaltet, wodurch sich acht (lat. octo) Blätter bzw. sechzehn Seiten ergeben

Ries Papierzählmaß. Ein Ries umfasst fünfhundert Bogen Druckpapier

Setzen Die beweglichen Buchstaben und Zeichen werden mithilfe eines Winkelhakens zu Textzeilen zusammengesetzt

Supplikation Bittgesuch

Tiegel Druckplatte, die durch die Bewegung des Bengels das Papier auf den Satz drückte

Universitätssenat Entschied über alle wichtigen Universitätsbelange, u. a. bei Streitigkeiten zwischen Universitätsverwandten

Universitätsverwandte Waren sowohl Professoren und Studenten als auch Handwerker in den universitätstypischen Gewerben, z. B. Buchdrucker und Buchbinder. Sie alle unterstanden nicht der städtischen, sondern der universitären Gerichtsbarkeit

Winkelhaken Werkzeug für den Setzer, der damit die Zeilen des Textes setzt

Weiterführende Literatur

Magdalena Morhart ist erst in letzter Zeit in den Fokus der Forschung gerückt. In diesem Zusammenhang ergaben sich viele neue Erkenntnisse zu den herzoglichen Aufträgen, deren Bezahlung sowie zu den Erbstreitigkeiten mit Ulrich Morhart dem Jüngeren. Nachzulesen in: *Saskia Limbach, Life and Production of Magdalena Morhart. A Successful Business Woman in Sixteenth-Century Germany, in Gutenberg-Jahrbuch 94 (2019).*

Das Tagebuch von Johann Morhart, dem Sohn von Ulrich Morhart dem Jüngeren, liegt ediert vor und gibt einen authentischen Einblick in das frühneuzeitliche Leben: *Haller Haus-Chronik von Johann Morhard. Herausgegeben vom Historischen Verein für Württembergisch Franken (1962).*

Die Bücher, die Magdalena Morhart gedruckt hat, sind im Verzeichnis der im deutschen Sprachbereich erschienenen Drucke des 16. Jahrhunderts recherchierbar (www.vd16.de). Mehrere Exemplare des Landrechts sind online einsehbar (VD16 W 4513).

Einen sehr guten Überblick über Buchdrucker der damaligen Zeit, ihre wirtschaftliche Lage und ihre Publikationen gibt: *Christoph Reske, Die Buchdrucker des 16. und 17. Jahrhunderts im deutschen Sprachgebiet (2015).*

Über den Erfinder des Buchdrucks mit beweglichen Lettern, sein Leben und die Auswirkungen der »schwarzen Kunst«: *Stephan Füssel, Johannes Gutenberg (2013).*

Zu den Anfängen des Buchgewerbes in Tübingen: *Gerd Brinkhus, Wilfried Lagler und Claudine Pachnicke (Bearb.), Eine Stadt des Buches. Tübingen 1498–1998 (1998),* und zudem: *Hans Widmann, Tübingen als Verlagsstadt (1971).*

Das große Friedrich-Barbarossa-Epos geht weiter!

Sabine Ebert

SCHWERT UND KRONE – DER JUNGE FALKE

Roman

Sommer 1147. Gegen den Willen seines Vaters reitet der junge Friedrich von Schwaben, der als Barbarossa in die Geschichte eingehen wird, mit den Kreuzfahrern ins Heilige Land – während die Fürsten von Meißen, Sachsen und Anhalt die benachbarten Slawenstämme bekriegen. Die zurückgelassenen Frauen müssen sich allein gegen Hungersnot und Angreifer behaupten. Schwer krank kehrt der König mit wenigen Überlebenden in sein zerstrittenes Reich zurück. Als er stirbt, kommt für den jungen Friedrich die Stunde der Entscheidung. Hilft er seinem minderjährigen Cousin auf den Thron – oder greift er selbst nach der Krone?

»Noch dynamischer, noch dramatischer und noch authentischer.«
Westfalenpost